"江苏高校品牌专业建设工程"资助项目
国家"双一流"建设学科"南京大学中国语言文学艺术"资助项目

汉语言文学本科专业核心课程
研究导引教材

主编 徐兴无 徐雁平

欧美文学

肖锦龙 唐建清 等编

南京大学出版社

汉语言文学本科专业核心课程研究导引教材

顾　问

［学校按汉语拼音顺序排列］

北京大学	陈晓明
北京师范大学	过常宝
复旦大学	陈引驰
华东师范大学	朱国华
吉林大学	张福贵
南开大学	沈立岩
武汉大学	涂险峰
中山大学	彭玉平

序

徐兴无

任何一所大学的本科课堂教学,都要随着知识内涵和教学手段的更新而不断地改进。课堂教学改进的途径是多种多样的,在当下中国高等教育"以本为本,植根课堂",打造"金课"的基调中,中国的高校主要在三个方面下功夫:一是培育教学名师和优秀教学团队;二是变革教学方式,有所谓"线下课堂"、"线上课堂"、"线上线下混合课堂";三是打造精品教材,"精品"是一个流行词汇,应该指有内涵、高等级的产品,包括文化产品。这三方面的核心是提高学生的知识积累和学习能力。

但是,不同的学科、不同的培养目标,其课堂教学的三个方面各有其规律与特点。汉语言文学是基础性人文学科,按照英国学者托尼·比彻和保罗·特罗勒尔所著《学术部落及其领地》中形象的学科分类,属于所谓的"纯软科学",其知识带有整体性和有机性的特点,关注事物的特殊性和复杂性,包含着人的主观色彩以及价值观与信仰,本质上是人类对世界的理解或阐释,因而涉及的领域广,问题分散,甚至很难有共识。上述特点,决定了人文学科的主要传授方式就是讲学与讨论,古人叫做"讲习"、"讲论"或者"讲辩"。"讲"的本义,就是不同观点与思想的商议,《说文解字》曰:"讲,和解也。"段玉裁注曰:"不合者调和之,纷纠者解释之,是曰讲。"从孔子、苏格拉底这些人类文明"轴心时代"的思想家开始直到现代大学的人文学科教育,无不如此,既古老,又现代,即便线上课堂也应设计讨论的场域,但终究不如面对面,"见而知之"。这和具有普遍性、规律性、客观性的知识传授不同,后者主要通过验证事实、计算推理、技能训练等方式教学。

因此,尽管不需要很多物质条件的支撑,人文学科的教学永远是成本最高的教学,因为它对人力资源的要求最为苛刻,所以荀子在《劝学篇》中说:"学莫便乎近其人。学之经莫速乎好其人。"这里的人,指的是知识渊博、富有智慧而且能以人格和道德魅力影响学生的师长。人文学科的教学方式,绝不是一两本教材、一张嘴、一支笔、一块黑板或一个PPT、一教室的学生、一两张考试卷子。人文学科教学的第一步,就是要真正地将"一言堂"改进为"多言堂",由集中讲授与平行小班研讨共同构成课堂教学的实践过程。只有学会聆听不同的声音,才能提出问题;只有学会与他者对话,才能克服偏见;只有学会自我陈述,才能主动学习。需要特别指出的是:这样的理想绝不是什么先进的教学改革理念,而是大学人文学科教学方式的"题中之义"和"应然"的状态,只是当下的"实然"状态,与此相差甚远。作为研究型大学的人文学科,如果具备师资基础和教学投入能力,与其不断地创新教学方式,还不如让课堂教学回到其"应然"状态。

随着知识信息的网络化和云端化,人文学科的主要教学目标必须由获得与掌握系统化知识或纯粹的信息,转变为培养问题意识、提升理解与阐释能力。这就要求教师的教学水平要从讲授技巧的提升转变为讲授内容的提升:集中讲授讲得少,讲得精,讲成有新意有深度的学术讲座。还要求教师从一个讲授者转变为训练者与组织者:在平行小班研讨课上和助教一道,向学生抛出有启发性的问题,提供研习材料与书目,训练、督促学生开展阅读、讨论、报告,辅导课程论文、习题训练,管理学生的学习环节和评价环节;既要避免漫谈式的研讨,又要避免小班化的"一言堂"。

传统的中文本科专业,以通史、通论和作品选作为专业核心课程的教材形式,旨在传授系统的知识和经典作品的内容。现在看来,这些常识性的知识只能是工具性的,起到接引和背景坐标的作用,而不是教学内容的主体。如果以问题作为教学的核心内容,就要围绕问题设计一系列的研讨活动与研究课题,这就需要有面向"应然"的课堂教学,并为其提供示范的教材。早在2006年,南京大学就已经规划编纂文史哲等人文学科本科专业的"大学研究型课程专业系列教材",由周宪教授担任总主编,并出版了其中"中国语言文学类导引系列"8种,部分教材如《中国古代文学研究导引》、《文学理论研究导引》等已经在南京大学汉语言文学本科教学中使用,受到师生们的广泛好评,作为"中文本科专业研究型课程体系建设"的成果之一,荣获2009年国家优秀教学成果二等奖。随着一流学科建设的开展,创新型人才培养的教学改革逐步深化,南京大学文学院自2018年起,对汉语言文学本科和戏剧影视文学本科专业的核心课程实行全面提升计划,实施集中讲授与平行小班研讨教学,编纂了《核心课程助教手册》,各核心课程的任课教师也编纂了《小班研讨教学资料汇编》、《学生研讨会论文集》等,边实践边总结,积累了一些经验。在此基础上,我们决定对2006版"中国语言文学类导引系列"8种的内容进行改编,有的重新编纂,有的修订三分之一以上的内容并修改体例,经过各专业一年的努力,推出这套新编的"汉语言文学本科专业核心课程研究导引"教材。

这套教材的编纂思路体现在三个方面:

一、以问题建构教材的内容体系。在每门课程的知识领域内,结合本课程的教学实践与科研成果,提炼最主要的问题集群。这些问题既是本课程的核心知识集群,又是本学科基础性或前沿性乃至带有方法论启示性的科研课题。通过对问题的发现、分析和研究,培养学生的问题意识和科研能力。

二、围绕问题,选择具有权威性、文献性、可读性与引导性的经典学术文献。通过对这些典范性文献和研究方法的解析,训练学生把握或体会研究方法和理论。

三、设计研讨、研究和课外延展学习的方案。这些方案,既可以为平行小班研讨课程提供参考,又可以为本科生的学年论文与毕业论文写作提供前期训练,甚至对研究生的学习也具有参考价值。

梁启超先生说过:"教科书死物,教员所讲则活物也。"在人文学科中,任何教材都是知识或学术的"导游图",在使用时,既不能指定教材,也不能"照本宣科",绝不能将"导游图"当成在场的体验。因此,我们将这套教材定义为一个开放的体系,它的目的只是"导引"而已,老师和学生可以参考教材的体例与功能,在具体的教学过程中,创造性地自行拓展问题,选择研讨文献,设计研究方案,深化、更新教学内容。我们衷心地希望这套教材能够帮助、启发师生进入学术对话的场域,变被动接受知识为主动探求知识,从而创新中文本科专业教材的形式。更希望广大师生在教学实践中对这套教材提出批评与建议。

前　言

我国高校（主要是中文院系）的外国文学教学，习惯上分成"东方文学"和"西方文学"两块，本书选文集中在西方文学，未涉及东方文学。

西方文学即欧美文学。欧洲在地域和文化上存在同一性、同源性，欧洲文学的发生发展及传承变迁构成了"史"的范畴和模式。美洲文学或许有很强的地域性，但无论从殖民历史，还是从语言和文化传统来看，都和欧洲文学有着十分密切的关系，因而一般将之当作西方文学的一部分。

本书是欧美文学研究文选，精选中外学者的文学评论和研究性论文三十余篇。可以作为教师组织教学和学生进一步学习和研究、撰写论文的参考资料，也可以作为教学改革和教材创新的一种尝试和新思路，积极参与课堂教学。本书采用"历史的方法"，即按欧美文学的发展进程进行分章。本书分上下两编，共九章。

上编五章：古典文学、中世纪文学、人文主义文学、古典主义文学、启蒙主义文学。下编四章：浪漫主义文学、现实主义文学、现代主义文学、后现代主义文学。

本书除每章"导论"外，选文前都有"导言"，本书的导论和导言不是要刻意引向某种观念或结论,而是提供问题语境和讨论平台,借此希望将学生引向鲜活的文本(作品),引向活跃而开放的思维。文学史不应是一个封闭的系统,各种观点学说也只是一家之言,并非确定的结论。教材及课程本身可视为一种多元文本。

为了把握一个时期的文学精髓和更好地参与课堂讨论,我们就学生的作品阅读提出一些建议。当然,文本阅读是开卷有益,但也因人而宜,不妨有所偏爱,有所选择。"问题探讨"是在文本阅读基础上,结合选文提出一些可供讨论的思路和问题意向,但这并不意味在这一专题中只有这些问题或只能讨论这些问题。文本是开放的,问题也是开放的。而且问题的大小、主次也只是相对而言。但不管提出何种问题,做何种讨论,作品应是中心,应避免泛泛而论和不着边际的空谈。"延伸阅读"可以认为是本书选文的补充和扩展,以深化对某一文学现象和某个问题的理解和把握。

总之,本书的基本思路是以作品为中心,强调对文本的阅读、讨论和研究,变单一的灌输性教学为多元的启发性教学,变被动学习为主动学习,培养学生动口(讨论)动手(研究)的能力,倡导开放的、对话的、过程的新型教学理念。

本书所选文章多为译文,入选时译文基本不作改动,人名、地名也未作统一,原文注释或有所删节,在此向各入选文章的作者和译者表示感谢。

本书选编工作由南京大学文学院比较文学与世界文学教研室承担。各章的选编者分别为:肖锦龙(第一章—第三章),余斌(第四、五章),董晓(第六、七章),唐玉清(第八章),叶子、王立峰(第九章)。

由于编者水平所限,本书定有许多不足之处,恳请同行专家学者批评指正。

目　录

上　编

第一章　古典文学 …………………………………………………（001）
　　导论 …………………………………………………………………（001）
　　选文 …………………………………………………………………（003）
　　　　荷马的智慧（[美] 古斯塔夫·缪勒）………………………（003）
　　　　西西弗的神话（[法] 阿尔贝·加缪）………………………（013）
　　问题探讨 ……………………………………………………………（017）
　　选文 …………………………………………………………………（018）
　　　　古典悲剧：索福克勒斯（[德] 泽克）………………………（018）
　　　　俄底浦斯情结（[奥地利] 西格蒙德·弗洛伊德）…………（024）
　　问题探讨 ……………………………………………………………（030）
　　延伸阅读 ……………………………………………………………（030）

第二章　中世纪文学 ………………………………………………（032）
　　导论 …………………………………………………………………（032）
　　选文 …………………………………………………………………（034）
　　　　致斯加拉大亲王书（[意大利] 但丁）………………………（034）
　　　　地狱篇（[英] 乔治·霍尔姆斯）……………………………（037）
　　问题探讨 ……………………………………………………………（048）
　　延伸阅读 ……………………………………………………………（049）

第三章　人文主义文学 (050)

导论 (050)

选文 (051)

意大利文艺复兴时期的文化（[瑞士]雅各布·布克哈特）(051)

问题探讨 (053)

选文 (054)

拉伯雷笔下的筵席形象（[俄]巴赫金）(054)

问题探讨 (064)

选文 (065)

哈姆莱特与堂吉诃德（[俄]屠格涅夫）(065)

哈姆莱特（[英]布雷德利）(071)

问题探讨 (080)

延伸阅读 (081)

第四章　古典主义文学 (083)

导论 (083)

选文 (086)

论撒旦（[英]刘易斯）(086)

伪君子（[德]埃里希·奥尔巴赫）(094)

问题探讨 (113)

延伸阅读 (113)

第五章　启蒙主义文学 (115)

导论 (115)

选文 (117)

推敲"自我"：小说在18世纪的英国·绪言（黄梅）(117)

问题探讨 (125)

选文 (126)

卢梭思想的一致性（[法]朗松）(126)

问题探讨 (137)

选文 ··· (138)
　　　　浮士德和靡非斯特（[匈牙利] 卢卡契）···························· (138)
　　问题探讨 ·· (157)
　　延伸阅读 ·· (158)

下　编

第六章　浪漫主义文学 ·· (160)
　　导论 ·· (160)
　　选文 ·· (163)
　　　　自然主义的登峰造极（[丹麦] 格奥尔格·勃兰兑斯）············· (163)
　　问题探讨 ·· (183)
　　选文 ·· (184)
　　　　评华兹华斯（[英] 安诺德）······································ (184)
　　问题探讨 ·· (197)
　　选文 ·· (198)
　　　　评《悲惨世界》（[法] 波德莱尔）································ (198)
　　　　论《叶甫盖尼·奥涅金》（[俄] 别林斯基）······················· (205)
　　问题探讨 ·· (216)
　　选文 ·· (216)
　　　　爱伦·坡的界限（[法] 托多罗夫）································ (216)
　　　　波德莱尔的诗歌传统（[瑞士] 马塞尔·雷蒙）···················· (226)
　　问题探讨 ·· (231)
　　延伸阅读 ·· (231)

第七章　现实主义文学 ·· (233)
　　导论 ·· (233)
　　选文 ·· (235)
　　　　论司汤达（[法] 左拉）·· (235)
　　问题探讨 ·· (247)

选文 ······ (248)
　《傲慢与偏见》叙述的透视方法([美]E.M.哈里代) ······ (248)
　《简·爱》与《呼啸山庄》([英]弗吉尼亚·伍尔夫) ······ (254)
问题探讨 ······ (259)
选文 ······ (260)
　《匹克威克外传》([英]杰斯特顿) ······ (260)
问题探讨 ······ (270)
选文 ······ (271)
　论巴尔扎克([法]马塞尔·普鲁斯特) ······ (271)
　居斯塔夫·福楼拜([美]勒内·韦勒克) ······ (278)
问题探讨 ······ (284)
延伸阅读 ······ (285)
选文 ······ (286)
　陀思妥耶夫斯基与托尔斯泰([苏联]弗里德连杰尔) ······ (286)
问题探讨 ······ (296)
选文 ······ (297)
　左拉与自然主义([法]莫泊桑) ······ (297)
问题探讨 ······ (302)
选文 ······ (303)
　挪威戏剧家亨利克·易卜生([挪威]比昂·亨默) ······ (303)
问题探讨 ······ (314)
延伸阅读 ······ (315)

第八章　现代主义文学 ······ (316)
导论 ······ (316)
选文 ······ (319)
　弗兰茨·卡夫卡([德]瓦尔特·本雅明) ······ (319)
问题探讨 ······ (332)
选文 ······ (333)
　普鲁斯特论([爱尔兰]塞缪尔·贝克特) ······ (333)
问题探讨 ······ (355)

选文 ·· (356)
 詹姆斯·乔伊斯（[英]马尔科姆·布雷德伯里） ·············· (356)
问题探讨 ··· (373)
选文 ·· (373)
 关于《喧哗与骚动》：福克纳小说中的时间（[法]萨特） …… (373)
问题探讨 ··· (381)
选文 ·· (381)
 加缪与小说艺术（郭宏安） ··· (381)
问题探讨 ··· (398)
延伸阅读 ··· (398)

第九章　后现代主义文学 ··· (400)

导论 ··· (400)
选文 ·· (402)
 阿兰·罗伯-格里耶的美学革新（[法]罗歇-米歇尔·阿勒芒）
 ··· (402)
问题探讨 ··· (411)
选文 ·· (412)
 作家豪尔赫·路易斯·博尔赫斯谈博尔赫斯（[阿根廷]博尔赫斯）
 ··· (412)
问题探讨 ··· (416)
选文 ·· (417)
 赫尔墨斯的恶作剧——伊塔洛·卡尔维诺的《寒冬夜行人》
  （[南非]安德烈·布林克） ··· (417)
问题探讨 ··· (441)
选文 ·· (442)
 马尔克斯谈写作（[哥伦比亚]加西亚·马尔克斯） ············ (442)
问题探讨 ··· (453)

上编

第一章 古典文学

导 论

西方古代文学即古希腊罗马文学,大约从公元前11世纪到公元5世纪,持续1600余年。

古典文学是西方文学的源头。

古典文学中成就最高、影响最大的是《荷马史诗》和希腊悲剧。

"史诗"在神话的基础上,由英雄故事和历史传说综合而成。希腊文学中的两大史诗《伊利昂纪》和《奥德修纪》据说由约公元前8世纪的盲诗人荷马所作,故又合称《荷马史诗》。荷马虽被称为西方文学最早的一位大诗人,但生平事迹不详,说法不一,"荷马问题"由此产生。这两部史诗挂在荷马名下,但《荷马史诗》属于口传文学,应是通过口耳相传的方式,由一代又一代的民间吟游诗人共同创作的。作为古代史诗的典范之作,《荷马史诗》是古希腊人集体意识的结晶。

《伊利昂纪》的主题是战争①。虽然由于神话思维的作用,神的因素决定着战争的成败进退,但史诗展现的是人类的生活、意志和情感。《伊利昂纪》表现了古希腊人对战争以及对人类暴力的认识和感受。战争从来就是人类的悲剧,但"特洛伊大战"却被艺术地表现为宏大的"史诗"。荷马描写战争,也描写和平,战争与和平构成了人类生活的整体图景。荷马笔下的英雄热爱生活,渴望和平,追求荣誉,但他们也勇于面对苦难和死亡。

---

① 《伊利昂纪》一译《伊利亚特》。下文中的《奥德修纪》一译《奥德赛》。

《奥德修纪》的主题是"还乡"。奥德修斯的航海故事体现了与自然的抗争中人的智慧和勇气。奥德修斯虽然归心似箭,期待早日与家人团聚,但作为一个英雄他不会苟活偷生。在十年战争和随后的十年漂泊中,他克服无数的困难,拒绝种种诱惑,体现了生命的顽强。当他在地狱中面对阿喀琉斯的鬼魂时,相比此时的奥德修斯,诗人显然更欣赏生气勃勃的奥德修斯,因为他是生命的象征。

　　《荷马史诗》体现了古希腊人的"诗性智慧",构成了希腊文化的基础,有"荷马时代的百科全书"之称。色诺芬认为,希腊人"从一开始就从荷马那儿学习"。柏拉图指出,荷马被他的赞赏者称为"希腊的教育者"。可以认为,伟大的史诗英雄已成为希腊人的人生楷模。同样,荷马笔下的奥林匹斯神祇也成为希腊宗教和艺术取之不竭的源泉。"荷马是最古老、最重要的一位诗人,又是最伟大的导师。荷马的影响不仅渗透于整个希腊文学中,而且遍及希腊生活的各个领域。"[①]荷马史诗在性格描写、情节结构等方面取得了很高的艺术成就,奠定了西方叙事文学的基础。

　　本章所选《荷马的智慧》一文有助于认识古代文学的"诗性"特征,《奥德修斯的伤疤》则让我们把握《荷马史诗》的叙事风格。《西西弗的神话》有助于我们深刻理解《荷马史诗》中的某些具体话语的思想内涵。

　　希腊悲剧的前身是作为民间歌舞的"酒神颂",因而亚里士多德认为悲剧意在"严肃"而不在"悲"。希腊悲剧取材自神话,主人公多为具有高贵血统的英雄人物,他们的苦难构成了悲剧情节的核心。苦难指"毁灭或痛苦的行动"。悲剧主人公因不应遭受的厄运而引起我们的怜悯,又因他们和我们相似而引起我们的恐惧。对希腊舞台上的悲剧英雄来说,苦难和厄运都是不可抗拒和无可逃避的,它揭示了人与命运的悲剧性冲突。亚里士多德论悲剧时虽未提及"命运",但他所说的情节三要素其实就是命运三要素:除"苦难"外,"突转"是命运的突转,"发现"是对命运的发现。"命运"就是苦难的必然性和厄运的无可逃避。英雄便是这种命运的承担者,是行动(及其后果)和责任的承担者。英雄对苦难的承受和对厄运的抗争造就了希腊悲剧的崇高风格。

　　希腊悲剧先后有埃斯库罗斯、索福克勒斯和欧里庇得斯三位大师。亚里

---

① [英]伦纳德·惠布利编著,《希腊研究指南》,转引自《外国文学教学参考资料》(第一册),福建人民出版社,1980年版,第117页。

上 编

第一章 古典文学

导 论

西方古代文学即古希腊罗马文学,大约从公元前11世纪到公元5世纪,持续1600余年。

古典文学是西方文学的源头。

古典文学中成就最高、影响最大的是《荷马史诗》和希腊悲剧。

"史诗"在神话的基础上,由英雄故事和历史传说综合而成。希腊文学中的两大史诗《伊利昂纪》和《奥德修纪》据说由约公元前8世纪的盲诗人荷马所作,故又合称《荷马史诗》。荷马虽被称为西方文学最早的一位大诗人,但生平事迹不详,说法不一,"荷马问题"由此产生。这两部史诗挂在荷马名下,但《荷马史诗》属于口传文学,应是通过口耳相传的方式,由一代又一代的民间吟游诗人共同创作的。作为古代史诗的典范之作,《荷马史诗》是古希腊人集体意识的结晶。

《伊利昂纪》的主题是战争①。虽然由于神话思维的作用,神的因素决定着战争的成败进退,但史诗展现的是人类的生活、意志和情感。《伊利昂纪》表现了古希腊人对战争以及对人类暴力的认识和感受。战争从来就是人类的悲剧,但"特洛伊大战"却被艺术地表现为宏大的"史诗"。荷马描写战争,也描写和平,战争与和平构成了人类生活的整体图景。荷马笔下的英雄热爱生活,渴望和平,追求荣誉,但他们也勇于面对苦难和死亡。

---

① 《伊利昂纪》一译《伊利亚特》。下文中的《奥德修纪》一译《奥德赛》。

《奥德修纪》的主题是"还乡"。奥德修斯的航海故事体现了与自然的抗争中人的智慧和勇气。奥德修斯虽然归心似箭,期待早日与家人团聚,但作为一个英雄他不会苟活偷生。在十年战争和随后的十年漂泊中,他克服无数的困难,拒绝种种诱惑,体现了生命的顽强。当他在地狱中面对阿喀琉斯的鬼魂时,相比此时的奥德修斯,诗人显然更欣赏生气勃勃的奥德修斯,因为他是生命的象征。

《荷马史诗》体现了古希腊人的"诗性智慧",构成了希腊文化的基础,有"荷马时代的百科全书"之称。色诺芬认为,希腊人"从一开始就从荷马那儿学习"。柏拉图指出,荷马被他的赞赏者称为"希腊的教育者"。可以认为,伟大的史诗英雄已成为希腊人的人生楷模。同样,荷马笔下的奥林匹斯神祇也成为希腊宗教和艺术取之不竭的源泉。"荷马是最古老、最重要的一位诗人,又是最伟大的导师。荷马的影响不仅渗透于整个希腊文学中,而且遍及希腊生活的各个领域。"[1]荷马史诗在性格描写、情节结构等方面取得了很高的艺术成就,奠定了西方叙事文学的基础。

本章所选《荷马的智慧》一文有助于认识古代文学的"诗性"特征,《奥德修斯的伤疤》则让我们把握《荷马史诗》的叙事风格。《西西弗的神话》有助于我们深刻理解《荷马史诗》中的某些具体话语的思想内涵。

希腊悲剧的前身是作为民间歌舞的"酒神颂",因而亚里士多德认为悲剧意在"严肃"而不在"悲"。希腊悲剧取材自神话,主人公多为具有高贵血统的英雄人物,他们的苦难构成了悲剧情节的核心。苦难指"毁灭或痛苦的行动"。悲剧主人公因不应遭受的厄运而引起我们的怜悯,又因他们和我们相似而引起我们的恐惧。对希腊舞台上的悲剧英雄来说,苦难和厄运都是不可抗拒和无可逃避的,它揭示了人与命运的悲剧性冲突。亚里士多德论悲剧时虽未提及"命运",但他所说的情节三要素其实就是命运三要素:除"苦难"外,"突转"是命运的突转,"发现"是对命运的发现。"命运"就是苦难的必然性和厄运的无可逃避。英雄便是这种命运的承担者,是行动(及其后果)和责任的承担者。英雄对苦难的承受和对厄运的抗争造就了希腊悲剧的崇高风格。

希腊悲剧先后有埃斯库罗斯、索福克勒斯和欧里庇得斯三位大师。亚里

---

[1] [英]伦纳德·惠布利编著,《希腊研究指南》,转引自《外国文学教学参考资料》(第一册),福建人民出版社,1980年版,第117页。

士多德在其《诗学》中对悲剧做了理论上的阐述和总结。① 索福克勒斯是希腊悲剧艺术的代表,他的《安提戈涅》和《俄狄浦斯王》是希腊悲剧的经典之作。本章所选德国泽克教授的文章主要围绕索福克勒斯的创作阐述了古典悲剧的"人性主题"和悲剧冲突。弗洛伊德的《俄底浦斯情结》从无意识心理的角度解释了《俄底浦斯王》的思想内容。希腊戏剧的中文译者主要是罗念生,他的《论古希腊戏剧》一书也值得参考。

选 文

荷马的智慧②

[美]古斯塔夫·缪勒

导言——

此文选自美国学者古斯塔夫·缪勒(Gustave E. Mueller, 1879—1954)的学术著作《文学的哲学》(1948)。作者在书中采取"历史的方法",即以自荷马史诗至20世纪存在主义为例,研究西方文化的价值观(哲学)与想象(文学)的关系。

缪勒将首章题为"荷马的智慧",这明显受了18世纪意大利思想家维柯的启发。维柯在他的《新科学》中将原始人类的智慧,即人类"最初的智慧"定义为"诗性的智慧"(poetic wisdom)。诗性的智慧的核心是想象。维柯断言:"荷马的智慧绝不是另外一种不同的智慧。"缪勒没有直接采用"诗性"一词,但他开宗明义地指出:"荷马揭示了诗的神奇力量:缪斯。"在希腊神话中,缪斯是诗与艺术女神。维柯认为智慧是从缪斯女诗神开始的。缪勒视荷马为缪斯的"预言者",荷马以"神奇的想象"和"神圣的语言",吟唱古代的英雄故

---

① [古希腊]亚里士多德,《诗学》,罗念生译,人民文学出版社,1982年版。
② 选自古斯塔夫·缪勒《文学的哲学》,孙宜学、郭洪涛译,广西师范大学出版社,2001年版。

事。接着缪勒似乎信手拈来,以"缪斯"、"技巧"、"生命"、"激情"等为题的几节文字中,概括出荷马的智慧的诸种特征,荷马的智慧不仅是创造性的诗性智慧,也是世俗性的生活智慧。

维柯曾自诩"诗性的智慧"是打开"新科学"的万能钥匙,我们则可以将缪勒昭示的"荷马的智慧"作为进入荷马史诗的通道。

缪　斯

荷马揭示了诗的神奇力量:缪斯。生活被看作是为了她而举行的节日庆典场面。神圣而温柔的爱以光芒四射的先兆改变了人及其本性。神奇的想象幻化成各种不同的面相把灵与肉融为一体。人就是在这种"神圣的语言唤起的形象"中找到了与自己可见的宇宙的和谐与统一的。

特洛伊的海伦以及俄底修斯回家的故事都是用来揭示行动中的人以及人与世界的相互关系的情境,它们是外在的形式。

缪斯战胜了时间、环境和纯粹的实际生活的无效,而荷马则是其预言者。"神已经决定了希腊人和特洛伊人的命运,"国王阿尔喀诺俄斯①对俄底修斯说,"这样,将来的人就有谱歌的材料了。"

阿基琉斯坐在自己的帐篷前,尽情享受着里拉②发出的洋溢全身心的音乐,唱着古代的英雄故事;当他停下来时,他的朋友帕特洛克罗斯就接着唱下去。英雄们的过去成了现在的娱乐,出现在我们面前的英雄将永远留在不朽艺术的不朽想象之中。

当人们感觉到缪斯的存在时,他们不禁欣喜若狂。他们在神圣的圆形场地跳起赞美神的舞蹈。音乐是他们简单宴乐的高贵客人。费阿刻斯人③坐着,当他们听着俄底修斯,这伟大的寓言家的甜言蜜语时,不知不觉地陷入迷醉状态。

---

① 阿尔喀诺俄斯,荷马史诗《奥德修纪》中斯刻里亚岛上淮阿喀亚人之王,是一个英明、好客、气度豁达的统治者,曾殷勤接待被海浪抛到岛上的俄底修斯,并帮助他返回故乡。——译注
② 里拉,古希腊的一种七弦竖琴。——译注
③ 费阿刻斯人,荷马史诗《奥德修纪》中居住在希尔里亚岛上的一个民族,以航海为生。——译注

荷马源自缪斯的灵感是预言性的、权威性的。缪斯赋予他一种权力,让他在将来的所有人中间预言英雄们的不朽故事。我的名声,俄底修斯说,升到了天堂。对永恒的荣誉和不朽名声的渴望使荷马的贵族世界生机勃勃;但荣誉和名声只能在艺术中实现,而不是在行动中实现。人们行动的目的,是为了使自己的行为值得回忆。历史之所以成为历史,只是因为历史想成为神话或传说。荷马所做的一切都将永远成为典范。信仰的破灭以及因此产生的忏悔,对所有将来的时代来说都是一个足以引起警觉的典范,阿伽门农如是说。

艺术不是主观性的,也不是私人或心理的愉悦,诗人不是为了减轻自己的痛苦才吟唱的,而是为了照亮这个世界。他的想象一定为世界所充满,而无法传达的感觉却永远与此无缘。这是诗人神圣的、启示性的呼唤,是缪斯的呼唤:"因为你们是神,显现于一切事物中,你们知道一切,但我们只听到谣言,什么也不知道。"诗人塔密里斯①想用自己的歌压过缪斯,结果受到她的惩罚,被打成盲人,并被剥夺了天才。使他盲目是公正的惩罚。之所以公正,是因为它使诗人回复到未得神救的人的自然命运,即"无论如何我们一无所知"。特定的感觉如果不在激情和感情中再生,如果不被缪斯提升、再造和祝福,它们就是缄默而盲目的。

她赋予诗歌、艺术工作一种神圣的狂乱。赫淮斯托斯②,这众神中的跛子,浑身烟灰的工匠和技师,在自己酷热的铺子里自得其乐地工作了整整九年,孤独地从事着创造的工作。他从创造中得到的幸福和快乐都从他的作品中闪射出来,这些作品再现了人、神的创造。他为银足的忒提斯的儿子阿基琉斯锻造的盾表现了可见世界的平面,太阳、月亮、星星、天空和地球,两个忙碌的城市,一次婚礼的庆宴,一次人民的集会,一次法庭开庭,围攻和战斗,耕地和收获,秋天的葡萄园,收获者中有一个弹着思慕的曲调唱着歌的男孩,在草地上悠闲地吃草的牛和长满毛的羊群,舞蹈和翻筋斗,而这一切的周围就是大洋河③。

---

① 塔密里斯,希腊神话中色雷西亚的歌手,乐师菲拉蒙和神女之子。他竟敢向缪斯女神提出比赛音乐,结果被缪斯打成盲者,失去歌喉和演奏竖琴的技艺。——译注
② 赫淮斯托斯,火神和锻冶之神,宙斯和赫拉的儿子。他与其他神不同,并不在宴饮闲适中打发时光,而是热爱体力劳动。他制造出许多奇妙的东西。——译注
③ 大洋河,神话中环绕大地的河流。按古代人的观念,一切海流、河川、水泉都发源于大洋河;太阳、月亮和星辰都从大洋河升起,又落入此河。——译注

当美被看作是神的展示时，它就能拯救邪恶的世界。神看流血的战争一如我们看一场棋赛。他们喜欢战争。人忍受着自己不得不忍受的痛苦，但在自己的歌中又为自己辩护。艺术中的不朽者一定要消失在存在之中。诗歌表现的是没有激情的党派的公正，时运的济与不济，焦虑与胜利。那是荷马艺术的"太阳"，是他那罪恶世界的光和晕。他所能想起来说的最伤人的话是：你的言行无标准，或者说，你没有美丽的秩序。

技　　巧

莱辛在其《拉奥孔》中通过描述阿基琉斯的盾表明了得自于荷马的主题，即诗不是绘画。诗人将一切场面都分解成叙述出来的行动，而画家则将一切场面都凝固在一个富有成效的瞬间，一个与可见的环境交织在一起的瞬间。这是真的。不仅荷马的主要行动是移动的，而且其明喻和隐喻的宝藏也都是移动的。

但一切行动同时也都静止在幻觉、直觉之中。每一个情节都是一个圆形的整体，自身是显现于外的。荷马给我们展示了一幅画面，并且同时叙述了其行动。他总是让听者立刻知道每一事件的结果和后果。这使人感觉到一种无所不在的控制，一种平衡和优势。这种被表达出来，被注视到的运动着的生活之梦的明晰，就是想象的特性。

荷马始终处于紧张的运动之中，但他避免了对惊奇的廉价的好奇心；他有时翱翔，有时安静地滑翔，有时戏剧般地停在一处不动，他从来都是不急不忙的。例如，当最需要帮助的希腊人哀求阿基琉斯帮助他们阻止特洛伊人接近在燃烧的船，阿基琉斯同意让帕特洛克罗斯出战时，诗人利用这一平静的时刻，用可爱的细节描写了帕特洛克罗斯的恋爱；他甚至告诉读者，当众神接受了献祭之后，阿基琉斯是多么仔细地将奠酒杯放回柏树箱子上。

荷马从来不让他的读者忘记他们是在读诗，他们也永远不会迷失在行动中。完美而灵活的场面从来不是独立的，但总能构成一部睿智作品的庞大整体的一个有机组成部分；帕特洛克罗斯的葬礼平衡了赫克托尔的哀歌。

这种诗歌的奥林匹斯风格表明了对具体时刻的喜爱与在这一时刻中迷失之间的巧妙的平衡。荷马让你生活在瞬间，同时又不断迫使你从宽泛的视觉范围看这一瞬间；他让你参与，但又将你拒之门外。

军队在伊达山下相互残杀，但宙斯从战场上抬起双眼，停留在天真的色雷斯牧羊人所在的平静的山谷。这同样的场面变化不时发生着,从争吵着的商人的忧郁、混乱到奥林匹斯的宁静、和平,这种变化提醒读者:诗的世界是一个宇宙,在这个宇宙中,悲哀与幸福,祝福与诅咒,充满激情的人类目标与神的命运并存。诗作为理想的艺术将世界作为神的展示表现出来。

永恒的标志,有规律重复出现的程式,如人与人的见面、宴会的开始、一天的开始、登陆离岸,都介绍了进来,提升了这种诗歌理想和形式。

荷马的风格类似于所谓的古代希腊艺术风格,它也用几何模式约束人物形象。战斗中的女神衣服上的褶皱和细绉被战争抚平,她们微笑着战斗。人被想象为宇宙的一部分,一种合法并接受精确指令的自然。

生　命

荷马以一种无限的激情和温柔来爱有限的甜蜜的人类生活。无论什么东西,只要他一触及,就会开始闪射出意义的光芒,就如神拜访人的住所时一样。

生活与肉体是一致的,没有肉体就没有生活。灵魂本身是软弱而悲哀的阴影。肉体生活的优雅与美,健康与力量,唤醒了隐蔽的尊敬和爱。神和人都是这样。鲜活肉体的每一部分都受到深情的爱的注意:银足,乞援人抓着的膝,充满活力、灵巧无比的四肢,毛茸茸的胸脯,强壮的手臂,硕大的头颅,可爱的眼睑,美丽的皮肤。邪恶的忒耳西托斯①弯曲的驼背与他灵魂的弯曲正好相当。

因为生活与肉体是一致的,因此对生活的这种审美的爱使一切服务于其培养和保存的东西具有了神圣的价值:神麦做成的白面包被装在编织得非常美丽的篮子里送走;人就是吃面包的人,荷马知道:即使处于悲哀之中,人也必须吃面包。他们喝着泛着泡沫的酒,火炬照亮了欢乐的大厅,他们来到这里休息,并被温柔的睡眠征服;许普诺斯②,死神之弟,舒展开他们的四肢,安抚着他们焦虑的心。但有时宙斯也会给他们送来梦;当他们离开自己的角门或象牙门时,他们可能是狡诈的,或者是会预言的。

---

① 忒耳西托斯,希腊军的普通一兵,他由于在特洛伊城下的军队会议上同阿伽门农及其他将领争辩而遭到俄底修斯的痛打。从他身上反映出普通的农村公社社员试图捍卫自己的权利,抵制氏族显贵的侵犯。荷马代表将领们的利益,在《伊利昂纪》中把他描写成可笑的人物,饶舌、凶狠、丑陋。——译注
② 许普诺斯,睡眠之神,夜的儿子,死神的兄弟。——译注

上床、起床是这种肉体文化的仪式。他们在接近自己的神之前沐浴，客人到时，先要沐浴，在提出任何问题之前，先要吃饭。受到赞美的礼物换成了芬芳的油料、陈年老酒、著名的武器，它们从带屋顶的藏宝屋中被带走。国王住在威严的宫殿里，金、铜、象牙、银器装饰着他们的大厅。这些大厅周围环绕着庭院、花园、葡萄园和果园，一直延伸到永远存在的大海。

生活是男男女女的生活。关于男女两性及它们在世界上的作用，荷马刻画了一幅令人难忘的画卷。特别是他笔下的女性：等待丈夫归来的帕涅罗珀①；王后阿瑞特②坐在宫殿里纺织，并用智语安抚着人与人的争吵；公主瑙西卡③，她管理着一个大洗衣坊。——她们都被写进这部高贵的作品之中，所以她们至今还是令人尊敬的象征。女人谈着她们精力旺盛的丈夫，丈夫则谈着心细的妻子，或使他们心仪的扎着金色的辫子、束着美丽的腰带的姑娘。

人类生活深植于土壤和民族传统：他们为自己的家乡而骄傲，这些家乡与代表它们的英雄一样是个人化的、是不可替代的；他们赞美自己的土地，不管它是沙质的还是用来养马的，都是美丽的女人的母亲，或是美丽的羊的母亲，上面长满了松树或草，盛产小麦可爱万分。

特洛伊永远象征着处于危险中的家乡。荷马作为诗人的人性使他对朋友和敌人表示了同等的同情。战败的普里阿诺斯④和勇敢的勇士反抗着命运，赫克托尔与敏捷而可怕的阿基琉斯以及足智多谋的俄底修斯在地位上是平等的。

这些人根植于他们的土壤，并且听命于高尚的雄辩，以自己的英雄为代表，忠诚于自己的传统，投身于战争，贪婪地攫取战利品，满怀报复的野心，渴望着不朽的荣誉。荷马一方面将他们表现为一个活的整体，同时又对每一个人都表示了喜爱之情，并将他们活生生地表现在你面前：当杀人的阿基琉斯想到自己亲爱的父亲再也不会出现在自己眼前时不禁悲哀痛哭；一切凡人彼

---

① 帕涅罗珀，《奥德修纪》主人公之一，俄底修斯的妻子，在丈夫离家外出的二十年里，拒绝了众多求婚者的求婚，一直等到丈夫归来，是品行高尚、忠于爱情的理想女性。——译注
② 阿瑞特，淮阿喀亚人的王后，在人民中间享有崇高的威信。——译注
③ 瑙西卡，淮阿喀亚人国王的女儿。雅典娜托梦给她，让她清晨到海边去，在那里她发现了遭遇海难之苦的俄底修斯，于是给他衣服穿，引他进入父亲宫廷，并爱上了他。——译注
④ 普里阿诺斯，赫克托尔的父亲，特洛伊的老国王。——译注

此之间的感情都蕴含在赫克托尔与自己最小的儿子吻别,以及他是怎样再将儿子交回到昂多马格手中这一细节上了。

家与冒险、和平与战争、离家和返家、痛苦的焦虑和胜利的进攻,冒险生活的这种"起"和"伏",像大海一样有力,它一会儿如波涛汹涌,一会儿又如潺潺细流。

激情像雄狮一样跃过大门,或像狂吠的狗一样被系在皮带上;恐惧使膝颤抖,也使心颤抖。

人是中心,在这个中心周围是一个神圣的消耗着生命的地球,它已消失在传说中的遥远大陆的边缘,这里住着奇怪的生物。

除了卡吕普索岛上悬长着葡萄藤的田园诗般的洞穴外,史诗中再没有任何独立的自然描写,但无限丰富的自然形象就生活在明喻和比较之中,这是人类存在的宝贵领域和背景。山上是深绿色饱经风霜的森林,狮子在牧场上咆哮,耕耘过的可爱风景,物产丰富、盛产麦子和葡萄的田地。荷马对独特风景的描写是如此出色,以至于现代的摄影家曾沿着俄底修斯的航海路线去发现荷马笔下的景色。

地球回应着人们对它的感激的爱和尊敬,但大海就像一个伟大的幽灵一样令人难以捉摸:它是远航者的一条危险的高速公路;鱼的王国;它那懒散的光亮反射着无情的自然,以及其潜在的威胁,没人喜欢穿梭于如此深不见底的咸水之中;大海心胸开阔,幅员辽阔,它喷吐着汹涌的海浪,雷鸣般冲击着海岸;当大海的精灵抚平自己的海面时,它也许从不静止,从不险恶,从不怀有恶意:荷马花了大量篇幅描绘它的颜色、节奏;它总是离我们很近,各种各样的小船、大船穿梭其中。

值得一提的是荷马笔下的动物以及人与它们的关系:阿基琉斯的两匹不朽的马,像帕尔式奴神庙中阿波罗的马一样美丽、健壮,它们在帕特洛克罗斯①的葬礼上昂着头,悲哀地嘶鸣着,而当阿基琉斯告诫它们将他自己从战场上平安带回时,克珊托斯(阿基琉斯的马)向他预言了结局。

当俄底修斯假装成乞丐回到家时,是他的老狗阿耳戈斯最先认出了自己的主人,然后死在粪堆上。

---

① 帕特洛克罗斯,特洛伊战争的参加者,阿基琉斯的朋友,曾代替阿基琉斯出战,被赫克托尔杀死。——译注

激　情

荷马笔下或刚强或柔顺的男女主人公似乎都是超人。然而，就像菲迪亚斯①雕刻的神，他们超人般的伟大永不会僵硬，他们的意义完全是人的意义。他们完全知道个体化的生存，他们的姿势、形象和行动都是明晰的。

荷马努力使自己的世界具有一种柔和的光泽，因而，他使自己的事件摆脱了平庸的世界，进入到一种美丽高贵的"过去"的世界。但他笔下的人所经历的一切都来自永恒存在的人的经验，并会进入任何一个时代的中心。

他们过着一种高度文明的生活，适合这种生活的人或物都必须符合一种标准，一种内在的感觉。他们能相信自己的本性，因为那种本性"天生"具有教养。

相反，像库克罗普斯（独目巨人）那样的野蛮人是未开化的，因为他们不知道这个未形诸文字的标准法则。他们说话，就是在喊叫；他们傲慢无礼，不受约束；他们都只为自己活着，没有法律；他们愚蠢、野蛮、残酷、邪恶。他们不尊敬来到他们岸边的穷人和陌生人；他们应该知道这两种人都从宙斯那儿来，那个主宰着宇宙间的自然和人的秩序的神。

荷马笔下人类的中心问题是高贵的激情。激情控制着灵魂，但人不是它们孤独无助的牺牲品。他对自己所做的一切负责。他自己与自己争辩。《伊利昂纪》的主要道德主题谈的就是阿基琉斯的愤怒以及由此导致的致命的后果，解决激情并使之和谐是《伊利昂纪》的奇妙结局。阿基琉斯必须克服自己内心中的复仇之心，赫克托尔被交回到战胜了自己的骄傲的老国王、老父亲之手；他们一起在帐篷里哭泣，虽然此时仍处于战争状态，但人的纽带将他们紧紧相连。

如果激情战胜了人，并且驱使他们采取激烈的行动，那他们也不会被认为是坏人，而是被看作盲目的、没有理性的人。他们是应受到怜悯而不是受到谴责的受害者。他们被人祈祷，祈祷者是宙斯的女儿们。她们的脸上布满皱纹，她们都是内斜视者。她们缓慢费力地跟在激情后面，但激情迅疾而强烈，一直走在祈祷者的前面，愚弄了整个世界。祈祷者跟在后面，试图修复被激情毁灭的一切。听从激情的人得到了很好的抚慰；他自己或许有时会需要

---

① 菲迪亚斯，活动时期为公元前490年至公元前430年，希腊雅典雕刻家，主要作品有雅典卫城的三座雅典娜纪念像和奥林匹斯宙斯神庙的宙斯坐像，均已无存。——译注

它们。

荷马坚持认为,人尽管有激情,但他是自主的。人们该知道做什么,什么适合自己。当他打破了这一"激情"法则时,一切后果都会落到他自己的肩膀之上。

人应该勇敢,勇敢战胜恐惧的激情;但战争不是生活的目的,这是一个将希腊人与北欧日耳曼民族的英雄传奇区别开的特征。领袖应该勇敢,因为他们的地位要求他们这样,因为他们无论怎样都必须死。对勇敢的奖赏是名誉和声望。但战争本身是罪恶,世界和平才是真正的目的。

这种和平来自于成功克服激情,它使荷马的世界"充满阳光"。活着就是为了看到太阳。这是阿波罗,这净化者的太阳,它散发的光,明亮、快乐、公正。它照射到善和恶上的光都一样。在它那强烈的阳光下,只有朝气蓬勃、强壮明亮的东西才能显露出来。宁静的大胆沉思是其本质。

投射到这个世界上的巨大阴影是死亡。甜蜜温暖的生活,赫利俄斯①的结晶,是最高的善,是其他一切善的容器。这也就说明了神为什么是神,不朽,没有老年,没有忧虑和痛苦;他们住在万里无云的奥林匹斯山上,吃的是令人长生不老的仙果,喝的是令人长生不老的仙浆;但我们是悲哀的,我们终有一死,我们来自泥土也终要归于泥土。我们知道自己的命运,并且知道自己无力反抗可怕的命运女神,这就是我们必须勇敢地承受的悲哀,但反对这种悲哀是不会得到什么安慰和舒适的。宁愿做农场里的奴隶,也不做幽灵中的王子,阿基琉斯如是说。

抱怨无济于事。这就是生活。神有两个桶,他们在里面将我们混合成善恶一体。他们将恶给了谁,谁就将生活在悲哀中,受人轻视;但没有一个人是只在善的容器里接受神的恩遇的。

一代代的人延续着,就如秋天被风吹落的树叶;甚至都不需要问他们的名字或询问他们。他们被遗忘了。

在这样一个充满激情的世界,责任的内在声音是最好的也是唯一的导师。赫克托尔宣布,他不在乎什么神谕,不在乎鸟儿是往左飞还是往右飞;唯一的神谕就是为城邦而战,不管是胜利还是失败。人就生活在阿波罗自然的

---

① 赫利俄斯,太阳神。神话中,他每日驾驭由四匹喷火快马曳引的太阳车从东方出发,傍晚落入西方的大洋河里。《荷马史诗》将他写成一个无所不在的神。——译注

太阳和死亡的阴影之间,他机智、勇敢地面对着生活,没有幻觉,也没有迷信。

但他也必须生活在彼此冲突的神之间。他们彼此不断发生冲突,就如火神赫淮斯托斯与河神斯卡曼德罗斯的冲突,智慧女神雅典娜与战神阿瑞斯的冲突。但神之间的冲突不会对他们自己造成太大的伤害,因为他们是永生的。当他们为凡人的拥有权和命运争吵不休时,最后的结局总是和平,因为他们认为凡人的事情不值得他们大动肝火。作为自然力,他们弥漫于自然的一切层面,也弥漫于人的心,因为人本身就是自然的一部分。他们用引诱和欺骗使人们盲目,神魂颠倒,他们引导着人犯罪,采取毁灭性的行动,随后又抛弃他们,让他们以痛苦和忏悔偿还这种由神注定的罪行。

整部《伊利昂纪》都建立在这种悲剧模式上。阿伽门农因对权力的贪婪与攫取而盲目,阿基琉斯因愤怒而盲目。希腊领袖间的这种分裂几乎造成了整个远征的彻底失败,而反过来说,这次远征也是出于贪婪和欲望。只有当他们将自己带到毁灭的边缘时,他们才忏悔,才和解,才因残酷的痛苦控诉神和阿忒①,这可怕的幻觉,宙斯的女儿。

荷马笔下的人都陷入一种以人与人之间冷漠无情的战争为法则的自然。就像狮子杀死鹿,就像隼杀死鸽子,人杀死人。他毫无怜悯之心地、无情地、彻底地做着这杀人的勾当。当一个城市被征服时,所有男人都会死,女人和孩子都成为俘虏,一切物品都为更强者所掳掠。被俘的女人成为竞技比赛优胜者的奖品,虽然她们的价值还不抵一只漂亮的金瓶。对这种长年不断的必然的战争,荷马没有一句赞扬的话。他称战争是凄凉的、悲哀的、悲惨的。但人命定要忍受战争。人对此只能束手无策。人必须适应战争。许多诗歌都用冷静、客观、专家般的兴趣描写了残害和杀戮的各种各样的可能性。

即使自然不是战争,她也是季节的节奏、时代的节奏、占领的节奏,她是自发的、重复再现的,总是一模一样。人们是自然的一部分,并在她有规律的复发中摇摆,在秋季则衰落,被席卷而走。《伊利昂纪》中的每一个事件每一个人都陷入这种命运之中并认识到这种命运。赫克托尔知道他的特洛伊注定要陷落,但这并没有阻止他去为它的存在和自由而战斗。阿基琉斯知道自己杀死赫克托尔之后注定要死亡,但这并没有阻止他为自己朋友帕特洛克罗斯的死而报复,并因此挽救了自己的荣誉。

---

① 阿忒,希腊神话中能使人一时发狂而失去理智的女神,宙斯的女儿。——译注

荷马笔下的人都像高贵的动物,像狗一样天真、心胸开阔,像食肉动物一样狡猾、奸诈。当神支持他们胜利时,他们是胜利者,并嘲笑对手;当命运与他们作对时,他们就悲哀、哭泣。阿基琉斯对人的憎恶远胜于对哈得斯(冥王)之门的憎恶,后者将自己心里所想的都隐藏于口里所说的。人们应该为展示自己的本质而骄傲。

他们努力挣扎着,要"始终成为最好的,并超过别人"。但因为他们爱自己以及自己的力量,所以他们也赞美别人的才干。这个人可能好在强壮,那个人可能好在智慧;这个人可能好在有年轻人的力量,那个人可能好在有老年人的经验。但行动的施行者以及语言的言说者应该是同一个人,即使这是一个超越经验的理想:"一个人不可能具备所有的能力,在战场上英勇,在音乐和舞蹈方面杰出,而在造福于许多人的思想方面又伟大。"

遵守自然的秩序总是对的。宙斯之所以能在众神之间维持着秩序,是因为他们都害怕他更强大的力量。就如遵守万物的自然和神的秩序一样,在人类社会中也是一样。更强者制定法律,因为"这样使他愉悦"。统一之所以得以维持,是因为只有这样才能加强统一。当它得不到加强时,也就是它遇到了力量相当的对手的时候,"强化法则"也就不可能有了。因为每一个人都是自己的法则,他的骄傲、他的威望和荣誉都是他自身的一部分。因为不朽的神统治着人,并且随心所欲地对人做着他们喜欢做的一切,而人只能害怕他们。因此,在人与人的关系中,贵族统治着受轻视的不知其名的奴隶和仆人。

西西弗的神话①

[法] 阿尔贝·加缪

导言——

此文选自法国著名作家、哲学家阿尔贝·加缪(Albert Camus,1913—1960)的名著《西西弗的神话》。《西西弗的神话》主要探讨了荒谬理论。加缪

---

① 选自阿尔贝·加缪《西西弗的神话》,刘琼歌译,光明日报出版社,2009年版。

认为，世界上的一切事物都是自相矛盾的、荒谬的。如生与死相伴而生，死"最终却是沙漠之中对生和创造的真挚邀请"；主体与客体相辅相成，荒谬不在于人，也不在于世界，而只在它们一起出现时才存在；理性、可知、规则与非理性、不可知、规则相互依托，一方离不开另一方。荒谬是生活的本质所在。在加缪看来，正确的人生态度，既不是那些一味强调生、光明、可知、秩序、规则、永恒的理性主义者的态度，也不是那些一味强调死亡、黑暗、不可知、无秩序、无规则、无意义的非理性主义者的态度，而是那些勇敢地接受和面对世界的矛盾荒谬，不断探索解决生活中的矛盾荒谬性、开发新世界的荒谬者的态度。只有那"既不否定，也不为永恒作出努力"，"一方面否定，一方面推崇"，或者说既重复又再创造的荒谬者，才真正把握了生活的真谛，才苦中有乐、活得有意义有乐趣，才值得称道。加缪认为，《荷马史诗》中描述的西西弗就是这类荒谬者的典型代表。

在此文中加缪从其自创的荒谬理论的角度深刻开掘了西西弗神话乃至《荷马史诗》的存在主义思想内涵，为我们如何深入发掘和论述文学话语文本的思想蕴意提供了一个成功的范本。

诸神惩罚西西弗，不断地把巨石滚上山顶，而石头因为它自身的重量又会滚下去。他们完全有理由相信没有比这徒劳而无望的工作更可怕的惩罚了。

如果相信荷马的话，西西弗其实是最聪明、最精明的人。然而，根据另一个版本，他被安排承担公路工人的工作。没看出这有什么矛盾。对于他为什么成为地狱里无用的劳动者，意见很不统一。一开始，他被指控不尊重诸神。他偷走了他们的秘密。埃伊纳是伊索普斯的女儿，她被朱庇特掳走。埃伊纳的父亲对女儿的失踪十分震惊，对西西弗抱怨。西西弗知道这场诱拐的真相，提出条件只要伊索普斯给科林斯城堡供水就告诉他真相。与天国的雷电相比，他更喜欢水的恩赐。因为这个原因他在地狱受罚。荷马还告诉我们，西西弗铐住了死神。冥王不能忍受他荒芜而沉默的帝国场景。他派战神去把死神从她的征服者手里解救出来。

还有说法是西西弗在临死前鲁莽地想要测试他妻子的爱。命令她把他未掩埋的尸体抛在广场中心。西西弗在地狱里醒来。在那里，他被这种与人类的爱相对立的顺从激怒了。他从冥王那里得到允许回到世上惩罚他的妻子。但是当他再一次看到这个世界的面孔,舒服的水和阳光,温暖的石头和海洋,他再也不想回到地狱的黑暗中去了。召回、愤怒的信号、警告都无济于事。又过了许多年,他活着,面对海湾的弧线,波光粼粼的海洋,还有大地上的微笑。必须用诸神的命令了。墨丘利来了,抓住这聪明人的衣领,把他从快乐里抓回来,强制地把他带回地狱,在那里他的巨石已经准备好了。

你已经理解了西西弗是荒谬的英雄。他的确是,既因为他的热情,也因为他的痛苦。他对诸神的嘲讽,他对死亡的痛恨,以及他对生命的热爱为他赢得了那不能言说的惩罚,那里整个人都在徒劳地努力。这就是因为热爱这土地而必须付出的代价。关于西西弗在地狱的情况我们一无所知。神话的产生缘于将生命灌输其中的想象。而对于这则神话,人们只看到绷紧了身体来几百次地举起巨石,滚动并把它推上斜坡的整个体力部分;人们看到贴着石头皱起的脸庞和脸颊,沾满泥土碎屑的肩膀,插入的脚,双臂张开有力的开始,还有沾满泥土的双手带来的全部人身保障。在这由没有深度的时间和不见天日的空间测量的长久劳动结束时,目的就达到了。然后西西弗看着石头马上朝着更低的地方滚下去,在那里,他不得不把它重新滚上山顶。他回到山脚下。就在西西弗回去的时候,他突然吸引了我。那张贴近石头的劳苦面孔本身已经变成石头了。我看到他回到山下,迈着沉重而整齐的步子,走向他永远不知道尽头的痛苦。那一小时的行程,像是休息的机会,像他的痛苦一样会再来的,那是意识的一小时。每个瞬间,当他离开山顶,渐渐沉没在诸神的领地,他是高于他的命运的。他比那巨石更坚硬。

如果这神话是悲剧,那是因为它的主角有意识。的确,如果每一步成功的希望都支撑着他,那么他的痛苦又在哪里呢?今天的工人,在他的生命里,每天要完成同样的任务,而这命运一样荒谬。然而只有在偶尔它的主角变得有意识的时候它才是悲剧的。西西弗,是诸神里的无产阶级,没有权力而且反叛,他知道自己整个悲惨状态的程度,这就是他下山时想的东西。给他带来痛苦的清醒同时也给他的胜利加了冕。没有不被嘲讽凌驾的命运。

* * *

如果因此下山有时是悲伤的,它也可以是快乐的。这个词并不过分。我再一次幻想西西弗回到他的石头那里,然后悲痛就开始了。当大地的景象过于紧密地依附于回忆的时候,当快乐的呼声变得太急切的时候,感伤就在人们心底产生了：这是巨石的胜利，这是巨石本身。无边的悲痛过于沉重，让人承担不起。这是我们的客西马尼之夜。但是被承认之后，令人心碎的真理就消失了。因此俄狄浦斯一开始不知道这一点的时候就顺从了命运。但是他从他知道的那一刻起，他的悲剧就开始了。而同时，盲目而绝望地，他意识到把他和世界联系起来的唯一纽带就是女孩冰冷的手。然后可怕的评论涌现出来："撇开这许多的苦难，我的年迈和灵魂的高贵让我得出结论，这一切都很好。"因此，索福克勒斯的俄狄浦斯，像陀思妥耶夫斯基的基连洛夫一样，给荒谬的胜利提供了诀窍。古代的智慧肯定了现代的英雄主义。

人们发现荒谬，却没有被吸引去写个幸福手册。"什么！以这么狭隘的方式……？"然而只有一个世界。幸福和荒谬是大地的双生子。他们不可分。说幸福一定源于那个荒谬的发现是错误的。偶尔荒谬感也缘于幸福。"我得出结论，一切都很好。"俄狄浦斯说，而那个论断是神圣不可侵犯的。它回响在人类狂野而有限的宇宙里。它告诉我们，一切都没有，也从不曾穷尽过。它把一个神从这个世界驱逐出去，而他来的时候带着不满和对徒劳痛苦的偏爱。它把命运变成人类自己的问题，这问题必须在人间解决。

西西弗所有沉默的欢乐都包含在那里了。他的命运属于他，他的石头是他的东西。同样，荒谬者，当他思考自己的痛苦时，就让一切神像沉默了。在突然恢复沉默的宇宙里，大地上飘荡的无数微弱声音都涌出来了。没有意识的秘密呼唤，各种面孔的邀请，它们是胜利必需的倒转和代价。不存在没有阴影的太阳，也必须了解黑夜。荒谬者说是的，而他的努力从此就没有休止了。如果存在个人的命运，就没有更高的天命了，或者至少有他认为不可避免而又卑鄙的命运。至于其他，他知道他是自己生活的主人。在人们回顾自己人生的那个微妙瞬间，西西弗回到他的石头那里，微微转身，他思考着那一系列构成他的命运而互不关联的动作，那是他创造的，通过他回忆的眼睛连接起来，很快就被他的死亡封印。因此，相信着人类世界的整个人类本源，盲人想知道谁说过黑夜没有尽头，他还在忙碌。石头还在滚动。

我把西西弗留在山脚下！人们总会再次发现自己的负担。但是西西弗教给人们否定神灵并举起石头的更高的忠诚。他，同样，认为一切都好。从此，这个没有主宰的宇宙，对于他来说，似乎既不枯燥也不是徒劳的。石头的每一个微粒，笼罩在夜色中的山上每个矿物碎片本身就构成了一个世界。朝山顶的挣扎就足以填满一个人的心脏。人们必须想象西西弗是快乐的。

问题探讨

1. "荷马的智慧"是一种怎样的智慧？有哪些特征？怎样理解《荷马史诗》的叙事风格？缪勒认为是"现在时风格"，奥尔巴赫认为属于"写实主义"，你的看法呢？

2. 人们认为《伊利昂纪》和《奥德修纪》的作者并非同一个人，它们是不同时代的作品，这其实是说这两部作品存在一些差异，结合文本分析它们在主题或艺术层面上的差异。（另参阅张月超《〈伊利亚特〉与〈奥德赛〉的分析和比较》，《欧洲文学论集》，江苏人民出版社，1981 年版）

3. 亚里士多德认为荷马环绕一个"整一性的行动"构成史诗的情节，贺拉斯指出荷马"写特洛伊战争也不从双胞胎的故事写起"，他们都很重视并高度评价《荷马史诗》的艺术结构。《荷马史诗》的情节结构有哪些特点？它们对西方史诗文学有什么影响？（参阅亚里士多德《诗学》第八章、第二十三章，贺拉斯《诗艺》）

4. 英国古希腊文学专家默雷高度评价《伊利昂纪》的结尾："阿喀琉斯和普赖姆两大敌人痛哭过去彼此所做的惨事，以及战胜者允许他的高贵的敌人的尸体满载荣誉运回，这种结束场面之精美，简直是无与伦比的。"你如何看待《伊利昂纪》的结尾？（参阅吉尔伯特·默雷著《古希腊文学史》，孙席珍等译，上海译文出版社，1988 年版）

5. 黑格尔认为"在荷马的作品里，每一个英雄都是许多性格特征的充满生气的总和"，"每一个人都是一个整体，本身就是一个世界，每一个人都是一个完满的有生气的人，而不是某种孤立的性格特征的寓言式的抽象品"，他尤其欣赏荷马笔下阿喀琉斯这一形象："这是一个人！高贵的人格的多方面性在这个人身上显出了它的全部丰富性。"《荷马史诗》的性格描写有什么特点？它是否达到了黑格尔肯定的如此高的成就？（参阅黑格尔《美学》第一卷第三章中有关"人物性格"的论述，朱光潜译，商务印书馆，1982 年版）

6. 什么是"拟史诗"？什么是"文人史诗"，以罗马诗人维吉尔的《埃涅阿斯纪》为例，分析它与荷马史诗的关系。西方文学史上还有哪几部重要的文人史诗？

选 文

古典悲剧：索福克勒斯[①]

[德] 泽 克

导言——

此文选自陈洪文、水建馥所编《古希腊三大悲剧家研究》中《希腊悲剧》(1981)一文，作者泽克(G. A. Seeck, 1933—)是德国研究古希腊文学的学者，法兰克福大学教授。他的这篇文章原有八节，从悲剧的起源一直谈到悲剧的晚期传统。《古希腊三大悲剧家研究》选译了文章中介绍三位悲剧作家的文字，前后两节的标题分别为："建立传统：埃斯库罗斯"和"古典时代的问题悲剧：欧里庇得斯"。

在本书的选文中，泽克教授主要探讨作为古典悲剧大师的索福克勒斯的创作的重要特征。泽克教授首先肯定索福克勒斯的才能之一是"对效果强烈的戏剧表演和悲剧性主题的注意同明确而有意识的形式和艺术（人性的）生命力，以一种向来被认为是独特的方式融为一体"。泽克教授还提到，一系列技巧上的创新都可追溯到索福克勒斯，其中，通过采用第三个演员，"提高戏剧的灵活性和可变性"。然而，泽克教授特别强调索福克勒斯创作中的"充满自信的人性表现"，他在人们看到"两个价值范畴对立"的《安提戈涅》一剧中看到的是人物身上的人性，认为"真正私人的感情高于一切原则之上"。这样，"索福克勒斯使悲剧的重心最终从原则过渡到人"。在泽克教授看来，索福克勒斯的悲剧中心是"让人的行为举止面对一个为人无法洞悉的、使人即使怀着最善良的愿望仍要归于失败的某种力量或原则所控制的世界"。《俄狄浦斯王》正是希腊悲剧中命运主题的集中体现。双目失明的忒拜国王是人类悲剧性的一个象征。

[①] 选自《古希腊三大悲剧家研究》，陈洪文、水建馥编选，中国社会科学出版社，1986年版。

据索福克勒斯自己说，他开始时学习埃斯库罗斯的风格，后来才渐渐找到自己的路子。他保留下来的最早的剧《埃阿斯》已显示出，他超过埃斯库罗斯已经有多远。在这个剧中，他显示出自己是能可靠地预感到舞台效果的高度自觉的匠师，但是重点不再在于视觉的生动形象，而在于舞台上动作的表现力。一开始奥德修斯寻找着上场，在台上四处搜索，雅典娜告诉他已到了目的地，真的把已疯了的埃阿斯带到他面前。戏剧中比较复杂的多层次在序幕中就已经可以看出来了。女神冷静客观地对待所发生的一切事件。疯子被表现成立刻就会可怕地清醒过来，最后是对立面的代表，他的敌对情绪变成了同情。与此相应，索福克勒斯在继续发展中，为了突出关键时刻，也利用了舞台画面。例如歌队离开舞台——这是很不寻常的——为了让埃阿斯能完全孤独寂寞地出现在舞台上，以便宣告他要自杀，尽管也许不是要让观众直接看到。索福克勒斯也不惧怕效果太强烈。在《俄狄浦斯王》中弄瞎双眼的俄狄浦斯最后单独来到台上，让观众看到最可怕的场面，一个盲人双目血流如注，跌跌撞撞地到处摸索。在他的《埃勒克特拉》中和埃斯库罗斯的《奠酒人》一样，克吕泰墨斯特拉的尸体被搬到宫殿门口，而且索福克勒斯还增加了几乎令人毛骨悚然的效果——不知底细的埃吉斯托斯亲手掀起尸布，吓得连连向后倒退，以为裹着的是奥瑞斯忒斯的尸体；在这一刹那他明白了，克吕泰墨斯特拉的死，同时便是他自己的末日的到来。

索福克勒斯懂得寻找和加强这种效果，使之在戏剧范围内表现得如此清楚，以至人们把这种效果看作自古典文学以来全然是情节的不言而喻的组成部分。在阿里斯托芬让他笔下的欧里庇得斯嘲笑索福克勒斯效果过于强烈的画面时，他似乎没有发现索福克勒斯的舞台艺术处理上有什么可以给恶作剧式的批评提供借口的东西。这适用于他整个对索福克勒斯的态度。在索福克勒斯的剧中他想必发现了这样精当的剪裁没什么可讥笑的。如果有人从阿里斯托芬的作品中看出他承认索福克勒斯的值得称赞的，但却稍显苍白无力的艺术性，那这个印象是错误的。他对索福克勒斯评价很高，他的保留只是说明这个诗人实际的伟大之处很难描述，任何嘲笑都只能是歪曲。在索福克勒斯作品中，对效果强烈的戏剧表演和悲剧性主题的注意同明确而有意识的形式和艺术的（人性的）生命力，以一种向来被认为是独特的方式融为一体。他成功地把悲剧固有的语言、形式和思想内容的不同倾向协调起来，使得在埃斯库罗斯笔下本来还明确的伸延性被和谐完整的印象所代替。这并不是磨光了棱角,在索福克勒斯身上也谈不到古典主义的节制性。自18世纪以来,人们把他称为"希腊诗歌的最高目标",并简单地把他列为古典作家,致使人们有时把他理解为和谐与美好信念的诗人。这不是他,因为他的艺术的剪裁与自然质朴、温和是不相干的。索福克勒斯是不相信古典主义唯美论的古典作家。但是仅靠冷静而理性的分析仍不能理解他,因为这种分析经常有丢掉最本质的东西的危险。如果今天人们一再认为这种艺术只可意会不可言传的话,那绝不是听天由命。

一系列技巧上的创新都应追溯到索福克勒斯。是他发明了舞台布景——舞台绘画。当然不能把他的发明理解为现代剧意义上的舞台布景,那只是挂在剧场墙上的一块板。它与演出的戏有多大关系也还说不清。索福克勒斯把歌队队员规模由十二人扩大到十五人也是一种革新,但本来的意图已经看不出来了。就戏剧本身来讲是第三个演员的采用,和埃斯库罗斯加上第二个演员一样,也逐渐扩大了演员的任务。最初的意图不是狭义上的三人对话,即可能出现三方谈话的情况,而是通过迅速变换和更大的综合的可能性提高戏剧的灵活性和可变性。尽管《埃阿斯》一开始三方同时出场,但并没有形成雅典娜、奥德修斯和埃阿斯同时参加的谈话。雅典娜分别对这两个人间的伙伴说话。剧终场时情形也类似。奥德修斯在阿伽门农和透克罗斯之间传话。后来索福克勒斯才创造了真正的三人对话。但是它对于悲剧来说不像二人对话那样具有同样中心的意义。如同柏拉图的《对话》告诉我们那样,没有人比希腊人更懂得谈话基本上只是在两个参加者之间进行的。因此,索福克勒斯也不是让他的第三者参加谈话,而主要是表示他在场并参与到整个谈话场面中去。

这可能与最初的拜神活动有关,希腊悲剧基本上不是对话表演,而是动作表演;对话或一般的口头表达只是动作的一部分或者动作的陪衬。因此,情节总是受到偏爱,在情节中纯行动的因素尽可能清晰可辨,例如礼仪性的请求或哀祈行动,或者欢迎一个人,或者报信人的出场。在埃斯库罗斯的《阿伽门农》中卫兵进行观察,克吕泰墨斯特拉得到消息,报信使者报告到来的消息,阿伽门农从战争中归来,这一切都意味着动作,第二位的才是谈话和独白。的确,《波斯人》中开场一幕就表明悲剧早已为自己开创了活动空间,而且不再觉得被严格限制在规则上。就剧本来看,歌队在舞台上不再起一种官方的职能,为劝说服从义务或请求行动,对国王和军队的忧虑促使波斯显贵们除了谈论公务也相互交谈起来。阿托萨也不是以国王的母亲的官方身份出场,她私人的忧虑促使她走到显贵中间来。埃斯库罗斯选择了忧虑作为动机而不写礼仪上的聚会,主要是把私人会面作为歌队和王后谈话的基础。但是直到索福克勒斯才有这样的场面,在这里只把谈话作为重要的因素,除了谈话没有别的,这就是《安提戈涅》的开场。安提戈涅自己把她妹妹领到房前,为了和她单独谈话。谈话的起因不是伊斯墨涅此刻听到的新闻——禁止安葬的布告,而是安提戈涅在克瑞翁的布告后开始的行动。这一场戏对于埃斯库罗斯的戏剧来说是一个根本变化。伊斯墨涅在剧情中没有自己的作用,因为她与已死的哥哥既没有特别近的联系,也没有戏剧性的任务要完成,好像只是一个消息的传递人。她的作用只在于和安提戈涅的关系,即局限于和另一个人的联系上。常常用于称呼伊斯墨涅的"反衬人物"正是指的这种情况。

更重要的是在安提戈涅身上也有与此相应的表现。过去解释中一直争论,她和克瑞翁的矛盾是否涉及两个价值范畴的对立,两人之中谁有道理,安提戈涅是否自己承担了责任等,因此都走入歧途。安提戈涅的特点正在于在这个人物身上的人性,真正私人的感情高于一切原则之上。尽管安提戈涅自己这方有神的支持,有要求安葬的权力,但她不是为这种权力斗争的斗士,而是为安葬她的哥哥而斗争。这时她看事物完全是从个人的角度出发,不顾克瑞翁一定要维护的那种高于一切的准则。安提戈涅身上吸引人之处是她那几乎不顾一切限制的人性。她不去考虑对方合理的要求,也不顾伊斯墨涅踌躇的谨慎小心。那句著名的话"我在此是为了爱,不是恨",不是表示赞成基督教的基本精神,而是把个人的爱置于任何仍有理由存在的原则之上。安提戈涅以一种"不理智"的执拗态度径直走她自己的路,根本不顾错综复杂的情况和从原则考虑产生的相反理由。

这种充满自信的人性表现在索福克勒斯所有的人物身上,而在《安提戈涅》一剧中,人性本来就是它的主题。海蒙正是为这种人性的自信才发表了一篇辩护词,因为他比安提戈涅更了解事物的反面并从理性上把问题看透了……

但是克瑞翁也是一个——以完全不同的方式——具有这种特点的人物形象。克瑞翁通常被解释成固执的专制君主,他后来受到了应有的惩罚,开头是一个肩负相应任务、起官方职能的人物,但后来渐渐变成普通人,变成和安提戈涅一样的人。《安提戈涅》让一群人落到原则的转盘机中，让他们各自做出不同的反应，最终走向毁灭。这是完全不同于埃斯库罗斯的《奥瑞斯忒斯》三部曲中克吕泰墨斯特拉和奥瑞斯忒斯的世界的另一个世界。在《奥》剧里，人也落入到两个更高准则的冲突之中，但是奥瑞斯忒斯不像安提戈涅那样对此置之不理，而是同时承认双方，在极度的人性的痛苦之中把希望寄托于阿波罗的帮助。因此，在《欧默尼德斯》一剧中我们看到在开释奥瑞斯忒斯时胜利的不是人性，占第一位的原则是通过妥协达到和解，第二位的才是允许人，即奥瑞斯忒斯幸免。索福克勒斯是使悲剧的重心最终从原则过渡到人的形象。他那不可思议的质朴的核心和人性的亲切感可能就在于此。

索福克勒斯的悲剧对我们来说不仅从外表结构上，而且在许多方面都比埃斯库罗斯更现代化。歌队的削弱并将其作为分节的因素，为后来的分幕剧作了准备；对于个别人物的兴趣以及由此产生的戏剧进程的紧张形势，预示了后来亚里士多德在《诗学》，特别是在他的"一致"这个概念中使用的美学标准。诚然，这并不是说索福克勒已放弃了排列原则。这在《埃阿斯》中表现得更明显，致使现代观察家在解释他的作品时感到困难，因为埃阿斯的死在剧的中间已经发生，而且第二部分是围绕着他的安葬进行的。从现代剧的眼光看来，这个剧似乎是分割成了两部分。人们想通过一个美学上的比喻（记事板结构）来解决这一难题，于是就从错误的角度了解、考察这种现象。索福克勒斯的悲剧其实不是一致的，只是在偏离他自己的道路或在早期才分为双层次或多层次，它基本上是排列式的，但同时也通过不断上升、紧张或者发展的线索，表现了渐趋一致的倾向。在《安提戈涅》剧中克瑞翁的戏紧接着安提戈涅的戏，同时在第一部分他的戏已经开始了，因此就出现了一个相对来说复杂的、交织在一起的现象。就是从现代戏角度看已经是完整的、封闭式的《俄狄浦斯王》一剧中，这种排列原则仍然看得出来。人们早在数十年前就指出了由此而产生的现代意义上的困难。在说明它时，人们有一种个别场景是特殊现象的错误观念，似乎这里是为了取得更强烈的瞬间效果，破坏了本身的完整性。事实正好相反：索福克勒斯原则上的个别性是以一定的先决条件为前提的，并从特定的意义上说多少服从于整体。

《俄狄浦斯王》是索福克勒斯艺术的高峰。但现代化的解释却往往掩盖了剧的本质及其思想的、美学的成就。它不是心理分析解释的恰当对象，在这种研究中，人们勾画一个尽可能完整的俄狄浦斯形象也是不合适的，这个形象只是由个别台词和情节拼凑起来的。在这个戏里，索福克勒斯把情节和个别人物相互联结起来用，就我们所知，在这前后他从未试图用过这样的方式。俄狄浦斯一开始是城邦的"救星"，大家都把希望寄托在他身上。后来，由于外部发生的事件和传来的消息以及俄狄浦斯自己行动的综合作用，他不可避免地走向毁灭。在每一场戏里，俄狄浦斯都是舞台上的中心人物。这种令现代美学观点感到特别满意的完整性，是一种偶然的次要效果。索福克勒斯要把这样一点特别明显地表现在舞台上，他的所有悲剧都是以这样一点为中心的，这就是让人的举止行为面对一个为人所无法洞悉的、使人即使怀着最善良的愿望仍要归于失败的某种力量或原则所控制的世界。与《安提戈涅》中的克瑞翁不同，俄狄浦斯一开始就不只是一个国家的君主和最高权威，他想施以人性的安慰，他承担调查追究已发生的罪行的任务，尽管正是他自己对此知道得最少。从此开始，不管他在哪里询问或行动，总会碰到最可怕的纠葛——杀父和娶母，而他自己毫不知情地落到这个网中。他在任何地方都忠于原则，就是在他除了计谋别无办法的时候，也总是能从人性去理解，因为他完全靠自己的力量，他不可能逃脱被揭露的后果，或是像奥瑞斯忒斯那样，求助于更高的权威。这可能是结尾一场的意义，索福克勒斯让俄狄浦斯双目失明登场，以此使人类悲剧性的独立在一个象征性的场面上出现。

  我们不知道，当亚里士多德谈到悲剧几经变迁达到它自己的本性时，是否想到了索福克勒斯，但那定义毫无疑问是确切的，在埃斯库罗斯作品中作为主导的、能够展开的因素，发展到了一个新的高度，越过它只能带来原有水平的变种或冒风险的偏离，而不再是合乎规则的继续发展：情节作为功能结构产生了很大的差别，比如说可能不再要求增加演员数量。悲剧的一般形式已经相当固定，比如演员登场（开场）是在歌队出场（进场歌）之前，接下去是歌队合歌（合唱歌）和场次的交替以及个别人物的某种典型化，最终神话主题完全从人和人的问题的角度来看。这种悲剧从此以后便成了标准悲剧，并决定着以后的传统。在这个框框之内仍可能出现的重大差别，则反映了索福克勒斯和欧里庇得斯的并存。（宁瑛　译）

俄底浦斯情结①

[奥地利]西格蒙德·弗洛伊德

导言——

  此文选自奥地利著名心理分析学家西格蒙德·弗洛伊德（Sigmund Freud,1856—1939)的巨著《梦的解析》第五章第四节。弗洛伊德在该著中致力于破解梦的奥秘。他认为梦是人现实中无法实现的愿望的表现。人身上有一种最强烈的愿望就是源自性本能的愿望，即独自拥有母亲和消灭父亲的愿望。此愿望在男孩的情感态度中、男人的梦中以至作为白日梦的文学作品中表现得非常明显。古希腊最伟大的悲剧作家的杰作《俄底浦斯》淋漓尽致地表现了人类的这一深厚的无意识心理状态。

  此文是西方现当代文学批评领域心理分析学派批评的开山之作。

  每个人都曾亲眼见过所有这些关系的表现。但对一些视孝道为天经地义、理所当然的人，为什么也会梦到父母死去，关于这点还无法解释通。关于这点，上面的解释已经让我们明白，这还得回到童年时对父母死亡的愿望上。

  神经症方面的分析更证实了我们以上的说法。因为分析结果显示，小孩最原始的"性愿望"发生在很早的年岁，女儿最早的感情对象是父亲，而儿子的对象是母亲。因此对儿子而言，父亲变成讨厌的对手，同样地，女儿对母亲也是如此。在兄弟姐妹的情况中我们已经解释过，这种感觉是如何变成对死亡的愿望的。一般而言，在父母方面也很早就产生了同样的性别选择，很自然地，父亲溺爱小女儿，而母亲袒护儿子，只要性别的魔力还没有干扰到他们的判断，他们还是能够对子女进行严格教育的。孩子能够发现这种偏爱，因此就会与不偏爱他的那一方作对。小孩子认为成人爱他的话，并不只是要满足他的某种特殊需要，成人还必须对他在各方面的意愿做出让步。小孩这么做，一方面是遵循自己的性本能；另一方面，如果他选择的双亲中的一方也选

---

① 选自西格蒙德·弗洛伊德《梦的解析》，殷世钞译，江西人民出版社，2014年版，第146—152页。

择了他，那他的行为就会变本加厉。

人们习惯忽视儿童大部分的幼稚倾向，但其中有一部分在儿童期依然能被看出来。一个我认识的8岁女童，当她妈妈离开餐桌时，她就利用这机会，俨然以母亲自居："现在我是妈妈，卡尔，你要再多吃些蔬菜吗？再吃点吧，拜托了。"一个还不到4岁的天赋异禀、活泼可爱的小女孩，更加清晰地道出这种儿童心理，她直率地说："现在妈妈可以走了，然后爸爸一定与我结婚，而我将成为他太太。"这并不意味着小女孩不爱她妈妈。如果在父亲远行时，男孩被允许睡在母亲旁边，而一旦父亲回来后，他又被叫回去与他不喜欢的保姆睡觉，他一定会希望父亲永远都不在，这样他就可以一直睡在亲爱的、美丽的妈妈身边。实现这一愿望的方法显然是父亲的死亡，因为他从自己的经验可以知道，就像祖父一样，如果人死了，就会离开，再也不回来了。

虽然这种对小孩的观察完全符合我提出的解释，但是神经症医生却不能完全赞同这种说法。那些由神经症患者做的梦也都得加上前提，那就是它们也都是欲望梦。有一天我发现一位妇人十分忧郁，她啜泣着告诉我："我再也不愿见我的亲戚们，他们害怕我。"然后她毫无过渡地开始讲一个梦，她当然不了解那梦的意义。那大概是她4岁时做的，梦的内容是："*一只狐狸或山猫在屋顶上走来走去，然后有些东西掉下来，又像是我自己掉下来，然后母亲死了，被抬出屋外。*"讲到这里，梦者痛苦大哭。我告诉她，这个梦意味着她小时候希望母亲死的愿望，正是这个梦使她认为亲戚们都怕她。在我告诉她这些之前，她提供了一些材料使梦得到解释。在她很小时，街上的小顽童曾经骂她是"山猫眼"，而当她3岁时，她母亲被屋顶上掉下来的瓦片砸中，流了很多血。

我曾经有机会对一个经历过各种不同精神状态的年轻女病人做透彻的研究。在她最初发作时，她陷入一种狂暴的、神志不清的状态，特别是对母亲，她表现出一种特别的厌恶，只要母亲走近她的床，她便对母亲又打又骂。而同时她对另一位长她很多岁的姐姐表现出亲爱、温顺的态度。后来她变得清醒而冷漠，并且睡眠极差。也就是在这时我开始对她进行治疗，对她的梦进行分析。在大量的梦中，她都或多或少地以伪装过的方式表现她母亲的死亡。她有时梦见参加一个老妇人的丧礼，有时梦见她与姐姐坐在桌旁，身着丧服。在渐渐康复时，她又有了癔症、恐惧症，而最大的畏惧便是担心她妈妈会发生意外。不管她当时身在何处，只要一有了这种念头，她就需要赶回家确认母亲还活着。基于我其他方面的经验，我意识到这个例子很具有启发性，由此可以看出，心灵对同一个使它兴奋的意念可以产生好几种不同的反应，就像用不同的语言对其进行翻译一样。在狂暴的、神志不清的状态时，我认为当时"第二精神"已完全被平时受压抑的"第一精神"打败，以致对母亲的潜意识的恨意占了上风，通过运动强烈表现出来。后来，病人变得清醒冷漠，这表明心灵的骚动已平息下来，审查作用的统治得以重新确立，这时对母亲的敌意只有在梦境中才能出现，梦表现了希望母亲死亡的愿望。最后，当她更加正常时，她产生了对母亲过分的关切——这是一种"癔症式的逆反应"和"自卫现象"。通过这些不难解释，为什么一些患癔症的女孩们会对自己的母亲有超乎寻常的依恋。

在另一个例子里，我有机会对一个年轻男子的潜意识精神生活进行深入研究。他患有严重的"强迫神经症"，几乎活不下去了，他不敢到街上去，因为他害怕自己会杀掉所有遇到的人。他整天只是在处心积虑地想办法，为市镇上发生的任何可能牵涉他的谋杀案，找出自己不在场的证据。当然，此人的道德感与他所受的教育一样，都有相当高的标准。分析证明（顺便说一句，这种分析使他得到痊愈），在这痛苦的"强迫观念"后面隐藏着他对过于严厉的父亲的谋杀冲动。使他吃惊的是，在他7岁时，他曾明确表明过这种愿望。当然，这冲动是来自更年幼时。当这年轻人31岁时，他父亲因一种痛苦的疾病去世，于是这强迫观念便开始在心中作祟，将谋杀对象转变为陌生人。一个想把自己的父亲从山顶上推到悬崖下的人，人们可以相信，他一定也不会吝惜旁观者的生命的，人们最好把他关在自己的房间里。

以我丰富的经验来看，在所有后来患有神经症的病人童年时期，父母在他们的心理中扮演很重要的角色。对双亲中一方的爱、对另一方的恨构成了开始于童年的永久的心理冲动，也是决定后来神经症症状的重要来源。然而，我不相信神经症的病人与一般正常人在这方面存在明显不同，这也就是说，我不相信这些病人能制造出一些与正常人完全不同的新奇东西。更为可能的是（对正常儿童的平日观察可以证实这点）：在大多数正常的儿童心中，对自己父母爱或恨的感情表现得不那么明显和强烈，而在日后患神经症的儿童那里，那种感情则明显表露出来。

古人留给我们的传说可以用来支持我们这一认识，而只有当人们承认儿童心理的那一广泛前提后，那些传说的深邃而普遍的意义才能被理解。

我指的是有关俄狄浦斯王的传说和索福克勒斯的同名戏剧。

俄狄浦斯是底比斯国王拉伊俄斯与王后伊俄卡斯达生的儿子,在他出生前,有神谕预言他长大后会杀父,所以他一出生就被遗弃了。他被他国国王收养,成了该国王子。直到后来他因自己出身不明而去求助于神谕。神谕警告他,要远离家乡。因为他命中注定杀父娶母。他离开了他自以为的家乡。就在这离家的路上,他碰到了拉伊俄斯王,在偶然发生的争端中他杀死了父亲,当时他当然不知晓他的身份。在到了底比斯后,他答出了挡路的斯芬克斯的谜语,被感激的国民拥戴为王,并且娶了伊俄卡斯达为妻。他在位多年,期间国泰民安,他与没有相认的生母生下了一男二女,直到最后底比斯瘟疫流行,底比斯人再次去求神谕。索福克勒斯的悲剧就是从这开始的。使者带回神谕说,只有把杀死拉伊俄斯国王的凶手逐出国度才能停止这场浩劫。但凶手在哪呢?"久远的罪恶的晦暗痕迹难以发现,它到底在哪儿?"

这部剧的情节就是一步步揭开真相,但是这个过程是渐进的,同时艺术性地给予延迟的,这跟精神分析的工作有点像。俄狄浦斯王就是杀死拉伊俄斯的凶手,并且更糟的是他本身竟是死者与伊俄卡斯达的儿子。由于发现了这在不知情的情况下酿成的可怕罪恶,俄狄浦斯受到了沉重打击,最终自己弄瞎了眼,远走他乡,神谕应验了。

《俄狄浦斯王》是一部命运悲剧,它的悲剧效果来自神的至高无上的意志和人类徒劳的挣扎之间的冲突。观众会深受触动,并且得到教训,那就是人类应该服从神至高无上的意志,对自己的无能要有自知之明。近代作家也纷纷以他们自己的故事来表达类似的冲突,以达到同样的悲剧效果。但是尽管这些作品也是表现无辜的人类经过各种努力也没能阻止诅咒或者神谕的实现,观众们却并没有被打动。单就这方面而言,近代的悲剧是失败了。

《俄狄浦斯王》这部戏剧带给现代的观众或读者的感动不亚于它当时给古希腊人带来的感动,对此唯一可能的解释是,这种效果不是来自命运与人类意志的冲突,而是在于这冲突的情节中所显示出的某种特质。在我们内心深处也存在某种声音,它辨识出了俄狄浦斯命运里面的强制力。而对于《女祖先》等近代的命运悲剧,我们则斥为无稽之谈。的确,在俄狄浦斯王的故事里,我们可以找到呼应我们的心声的内容,他的命运之所以会感动我们,是因为我们自己的命运跟他一样,在出生以前,神谕就把同样的诅咒加在我们身上了。我们所有人第一个性冲动的对象都是自己的母亲,而第一个仇恨、想要施加暴力的对象是自己的父亲,我们的梦也使我们相信这种说法。俄狄浦斯王杀父娶母只不过是我们童年时期的欲望的满足。但是我们比他要幸运，因为我们没有患神经症，我们成功地将对母亲的性冲动化解，同时忘掉了对父亲的嫉妒。我们儿童时期的愿望在俄狄浦斯身上得到了实现，然后我们将这愿望竭力压抑到内心当中。诗人在人性的探究过程中，将俄狄浦斯的罪恶公之于众，同时也迫使我们认识到自己内心压抑的冲动，它们只是被压抑而不是被消除，所以它们一直都存在。戏剧中结尾的合唱展现给我们一种鲜明对照：

"看吧！这就是俄狄浦斯，他解开了宇宙的谜团，从此拥有至高权力，所有的臣民都称颂羡慕他的幸福幸运！但是，看吧，他沉沦在怎样的厄运苦海中啊！"

这段训诫深深地击中了我们和我们的骄傲，自童年起我们便为自己的聪明和力量自豪。就像俄狄浦斯一般，我们怀着自然赋予的欲望，全然不知这些欲望违背道德，等到它们被暴露之后，我们又把目光从童年景象上移开，不忍直视。

在索福克勒斯的这部悲剧里，清楚无误的是，俄狄浦斯的传说来自远古的梦的内容，其内容就是由于初次的性冲动的出现，儿童与父母的关系产生了紊乱。俄狄浦斯在当时还不知道自己的身份，并且时而为神谕担心。伊俄卡斯达为了安慰他，提到一个很多人都做过的梦，她认为这个梦没什么意义：

> 有很多人梦见自己在梦中娶了自己的母亲为妻。他们认为这个梦没什么意义，于是就能过一个轻松的生活。

从古至今都不乏梦到与自己的母亲性交的人，但是人们在讲起这梦时，总是十分愤怒、惊讶。很容易理解，这就是我们解开那个悲剧的关键，它可以补充那些梦见父亲之死的梦。俄狄浦斯的故事，其实就是对这两种"典型的梦"产生的幻想反应。就像那些做类似梦的成人怀有的抗拒感一样，这样的传说内容必然也含有恐惧和对自己的惩罚。为了使它符合宗教目的，它又被再次改编，以致于人们常常对它产生误解。想要使神力的万能与人类的责任心达成协调的努力，不管是在这个材料上，还是在别的材料上都会失败。

另外还有一个伟大的文学悲剧——莎士比亚的《哈姆雷特》——与《俄狄浦斯王》有着同样的根基。对同一内容的不同处理，显示出了两个时代的人们在心理生活上的差距——人类感情生活的压抑在世俗化过程中的发展。

在《俄狄浦斯王》里，儿童的愿望就像在梦中一样被公之于世，并且实现了；而在《哈姆雷特》里，这些一直都被压抑着，就好像在神经症患者中那样，只有通过压抑的效应才能看出它的存在。对于具有极大感染力的近代戏剧，人们本来公认其效果之大就在于，人们琢磨不透人物性格。这部剧着重刻画了哈姆雷特要完成这件加在他身上的复仇使命时表现出的犹豫。这犹豫的原因或动机原剧并未透露，而各种解读的尝试也没有让人满意。歌德曾经提出一个现在都还流行的观点，他认为哈姆雷特代表人类中的一种类别——他们的直接行动力因为过分的思考活动而陷入瘫痪（"他有一种因为过度思考带来的苍白脸色"）。而另外一种观点则认为，作者在这展示给我们的是一种病态的、优柔寡断的性格，这种描写的原型是"神经衰弱"患者。然而，就整个剧本的情节来看，哈姆雷特绝不是一个没有行动力的人物。我们看到他在两个场合充满行动力，一次是在盛怒下，他刺死了躲在挂毯后的窃听者；另一次是他故意地，甚至是诡计多端地，以一种复仇王子的无情毫不犹豫地杀死了两位谋害他的臣子。那么，为什么他却对父王的鬼魂吩咐的任务犹豫不前呢？唯一的解释便是这个任务具有某种特殊性。哈姆雷特什么事都做得出来，但对一位杀掉他父亲、篡夺王位、霸占他母后的人，他却无法进行复仇行动，那是因为这人实现的正是他自己压抑已久的童年欲望。于是对仇人的恨意被内心的自责所取代，因为良心告诉他，他自己其实并不比这杀父娶母的凶手好多少。这里我是把故事中人物的潜意识翻译为意识层面可懂的语言；如果有人认为哈姆雷特是一个癔症患者，我也只能承认，从我的分析中确实能导出这样的结论。哈姆雷特与奥菲莉亚的对话中表现出的对性欲的反感，在莎士比亚的心中也是与日俱增，直到他在《雅典的提蒙》中将这种反感最为强烈地表现出来。当然，我们也可以说，哈姆雷特的遭遇其实是莎士比亚自己的心理投射，而且布兰德（George Brandes）对莎翁的研究报告指出，这一剧本创作于莎士比亚的父亲去世不久。这就是说，当他写这部剧时，仍处于失去父亲的悲痛情绪中。我们还知道，莎士比亚有个早夭的儿子，名字叫作哈姆涅特（发音近似哈姆雷特）。就像《哈姆雷特》处理了儿子与父母的关系，他同时期的另一作品《麦克白》则是关于"无子"的主题。就像所有神经症的症状和梦的内容，它们都可能被过度解读，这种过度解读对人们完全理解它们是起促进作用的。每一个真正的文学作品都是诗人心灵中不止一个动机和冲动的产物。在这儿我只是试图对创作者心灵冲动的最深一层进行解读。

问题探讨

1. 亚里士多德认为悲剧"借引起怜悯与恐惧来使这种情感得到陶冶",怎样理解"陶冶"(katharsis)这一概念?(参阅朱光潜《西方美学史》上卷,第三章第三部分,人民文学出版社,1981年版。另参阅罗念生《论古希腊戏剧》中"卡塔西斯笺释")

2. 伏尔泰指出《俄狄浦斯王》存在诸多"错误",你认为他的批评有道理吗?(材料:伏尔泰"关于《俄狄浦斯王》的第三封信",见《古希腊三大悲剧家研究》)

3. 尼采认为古希腊悲剧兼有"酒神精神"和"日神精神",什么是"酒神精神"和"日神精神"?(参阅尼采《悲剧的诞生》,周国平译,三联书店,1986年版)

4. 什么是"三联剧"?阅读《奥瑞斯提亚》并概括三联剧的主要特征。(参阅汤姆逊"奥瑞斯忒斯①三部曲",见《古希腊三大悲剧家研究》。另参阅罗念生《论古希腊戏剧》中"埃斯库罗斯")

5. 美国学者大卫·丹比认为"盲目,而不是命运,是《俄狄浦斯王》的中心比喻",你怎么理解?(参阅《伟大的书》第六章"索福克勒斯",曹雅学译,江苏人民出版社,2003年版)

6. 有评论家认为,欧里庇得斯"首先在希腊文学的领域里发现了女人";欧里庇得斯还被誉为"出色的女性心灵专家"。(参阅谢·伊·拉茨格《对欧里庇得斯〈美狄亚〉进行历史-文学分析的尝试》,见《古希腊三大悲剧家研究》)

7.《俄狄浦斯王》是否符合亚里士多德所提出的"好悲剧"的定义?(参阅米勒《亚里士多德的俄狄浦斯情结》一文)

8. 简述弗洛伊德所谓"俄狄浦斯情结"的内容。(参阅上面选文)

延伸阅读

1.[意]维柯:《寻找真正的荷马》,维柯《新科学》,朱光潜译,人民文学出版社,1987年版。

---

① 奥瑞斯忒斯即上一句的奥瑞斯提亚。

2. ［美］特伦斯·欧文:《荷马》,特伦斯·欧文《古典思想》,覃方明译,辽宁教育出版社,1998年版。

3. ［法］让-皮埃尔·韦尔南:《阿喀琉斯的"漂亮的死"》,让-皮埃尔·韦尔南《神话与政治之间》,余中先译,三联书店,2001年版。

4. ［美］伯纳德特:《奥德修斯的抉择》,伯纳德特《弓弦与竖琴》,程志敏译,华夏出版社,2003年版。

5. ［英］基托:《安提戈涅》,陈洪文、水建馥选编《古希腊三大悲剧家研究》,中国社会科学出版社,1986年版。

6. ［美］古斯塔夫·缪勒:《俄瑞斯特亚》,缪勒《文学的哲学》,孙宜学、郭洪涛译,广西师范大学出版社,2001年版。

7. 罗念生:《卡塔西斯笺释》,罗念生《论古希腊戏剧》,中国戏剧出版社,1985年版。

8. ［美］希利斯·米勒:《亚里士多德的俄狄浦斯情结》,希利斯·米勒《解读叙事》第一章,申丹译,北京大学出版社,2002年版。

9. ［法］斯达尔夫人:《奥古斯都统治时期的拉丁文学》,《斯达尔夫人论文学》,徐继曾译,人民文学出版社,1986年版。

10. ［加］诺思罗普·弗莱:《秋天的神话:悲剧》,索伦·克尔凯郭尔等著《悲剧:秋天的神话》,中国戏剧出版社,1992年版。

第二章 中世纪文学

导 论

公元476年,西罗马帝国灭亡,由此开始了欧洲中世纪的历史。所谓"中世纪"(Middle Ages),指介于古代世界的衰落与现代欧洲兴起之间的十余个世纪。文学史上,一般将公元5世纪到15世纪的欧洲文学称为"中世纪文学"或"中古文学"。

西方中世纪的历史和基督教在欧洲的发展分不开,基督教思想是中世纪占统治地位的思想。基督教教会填补了古代世界崩溃后的权力真空,基督教神学为正在形成中的欧洲封建社会提供了思想文化的统一,因而欧洲中古文化具有显著的教会宗教特征。基督教文化与古希腊罗马文化既冲突又融合,成为现代西方的文化渊源和文化内核。

英国哲学家罗素认为支配中世纪欧洲思想的是天主教哲学,中世纪与古代世界相比,具有不同形式的二元对立的特征:如僧侣与俗人、天国与人世、灵魂与肉体的二元对立。① 法国19世纪批评家泰纳在其《艺术哲学》第四编中比较了古代世俗教育和中世纪宗教教育的不同,他指出,基督教神学和本能抵触,破坏了心灵的原始状态,宣扬人性本恶,压制一切天生的倾向,折磨肉体,放逐现世生活。在基督教看来,感官和理性都是靠不住的、虚妄的,应把启示、信仰和神的点拨作为指路明灯;应用赎罪、舍弃和默想来发展

---

① [英]罗素,《西方哲学史》上卷,何兆武、李约瑟译,商务印书馆,1986年版,第376—377页。

人的心灵,使眼前的生活成为来世和解脱的期待;放弃生命意志,永远皈依上帝,投身极乐世界的幻影,因而,一千余年来,人类生活的楷模是隐士和修士。泰纳认为"要估量这样一种思想的威力,要知道这思想改变人类的机能与习惯到什么程度,只消读一遍伟大的基督教诗歌和伟大的异教诗歌"①。泰纳所说的"伟大的异教诗歌"即《荷马史诗》,而"伟大的基督教诗歌"则是但丁的《神曲》。

但丁是中古文化的集大成者和中世纪文学的杰出代表。他在流放期间(1302—1321)创作的长诗《神曲》被认为唱出了"沉默的十个世纪的声音"。由于基督教会是中古社会的精神领袖,在思想文化领域占有至高无上的地位,中世纪文学自然表现出浓厚的宗教色彩。宗教性的梦幻和象征是中世纪文学的重要特征。《神曲》全诗100篇,由《地狱》、《炼狱》和《天堂》三部分构成,叙述诗人"人生中途"(1300年)"神游"三界的所见所闻所想。

在西方,但丁最早的研究者及传记作者是但丁的同胞薄伽丘。此后,但丁一直是人们研究中古文学及文化的学术重点。本章选择了三篇文章:一篇是但丁自己说明《神曲》的主题和艺术方法的文章,一篇是卡莱尔的激情洋溢的作家论,另一篇是霍尔姆斯的文章,讨论了《神曲》的《地狱篇》。

《神曲》中文译本主要有王维克和田德望的散文体译本(人民文学出版社)、朱维基的诗体译本(上海译文出版社)。

---

① [法]泰纳,《艺术哲学》,傅雷译,人民文学出版社,1963年版,第282页。19世纪的人们普遍认为文艺复兴和中世纪是两个对立的历史时期,泰纳的观点代表了这种贬低中世纪的流行看法。

选 文

致斯加拉大亲王书[①]

[意大利] 但 丁

导言——

此文原是中世纪意大利伟大作家但丁·阿利吉耶里（Dante Alighieri, 1265—1321）的一封书信。在此信中但丁对他的杰作《神曲》的意义、形式、文类做了明确说明。他指出，《神曲》的意义有四种：字面的、比喻的、道德的、寓言的意义。形式有两重：文章的形式和处理的形式。文类是喜剧。

此文对准确理解《神曲》以至中世纪文学的创作方法和形式有重要参考价值。

6. 如果我们想对于任何作品的某一部分提供一个引论，我们就得提供关于这个作品的某种知识。因此我既然想对于喜剧的上述部分提供一种作为引论的东西，我认为必须先就全部作品谈一谈，然后对待那一部分就比较容易和全面了。在任何有教育意义的作品的开头，有六种事情应该研究一下，即主题、主角、形式、目的、作品名称和作品所关系到的哲学，而其中有三件事情，就我所要给你介绍的这部分而论，与整个作品的有所不同，而其余三件，则并无二致，这在下面探讨中可以明显看出。因此，关于这三件事情，特别须就整个作品加以研究；只有这样，才可清楚地看出如何论述某一部分的方法。在这之后，我们就其他三件事情跟整部作品的关系以及跟我要奉献给你的那一特殊部分的关系进而加以研究。

7. 为了进一步阐述我们的意见，必须说明这部作品的意义并不简单，相反，可以说它具有多种意义，因为我们通过文字得到的是一种意义，而通过文字所表示的事物本身所得到的则是另一种意义。头一种意义可以叫做字面

[①] 选自伍蠡甫、胡经之主编《西方文艺理论名著选编》（上），北京大学出版社，1985年版。

的意义,而第二种意义则可称为比喻的,或者神秘的意义。为了更好地阐明它的意义,这种处理方式可以就下面这行诗考虑一下:"当以色列①逃出埃及,雅各②的家族逃离说外国语言的异族时,犹太就变成他的圣域,以色列就变成他的权力。"③假如你就字面而论,出现于我们面前的只是以色列的子孙在摩西④时代离开埃及这一件事;可是如果作为比喻看,它就表示基督替我们所做的赎罪;如果就道德意义论,我们看到的就是灵魂从罪恶的苦难到天恩的圣境的转变;如果作为寓言看,那就是圣灵从腐朽的奴役状态转向永恒的光荣的自由的意思。虽然这些神秘意义都有各自特殊的名称,但总体都可以叫作寓意,因为它们同字面的历史的意义不同。"寓言"一词源于古希腊语"alleon",这和拉丁字"alienum"或"diversum"意义相同,意为"相异"或"其他"。

8. 我们了解了这一点之后,就可以清楚地看出环绕主题的不同意义一定有两层。因此我们必须从字面意义上,然后又从寓言意义上,考虑这部作品的主题。仅从字面意义论,全部作品的主题是"亡灵的境遇",不需要什么其他的说明,因为作品的整个发展都是围绕它进行的。但是如果从寓言意义看,则其主题是人,人们在运用其自由选择的意志时,由于他们的善行或恶行,将得到善报或恶报。

9. 作品的形式也是双重的,即文章的形式和处理的形式。由于文章分成三篇,其形式也分成三个方面:头一方面是全书分成三首长歌,第二是每一首长歌又分成若干短歌,第三是每一首短歌又分成若干行。处理的形式或方法是诗的、虚构的、描写的、散论的、譬喻的,而进行方式则有界说分论、证明、反驳和举例。

10. 作品名称是"但丁的喜剧在此处开始,但丁是佛罗伦萨人,但却没有佛罗伦萨的性格"。为了理解这一点,必须说明"comedy"(喜剧)一词起源于"comus"(意为"村镇")和"oda"(意为"歌曲"),因此喜剧不光说是"村歌"的意思。喜剧是一种叙事诗,跟其他一切叙事诗不同。它在内容上和悲剧不同,

---

① 以色列(Israel),犹太民族的称号,意为"与上帝搏斗的人",常用以称呼雅各。
② 雅各(Jacob),被认为犹太民族的祖先,事见《创世纪》。
③ 引自《圣经·颂诗》第114首第1节。
④ 摩西(Moses),基督教传说中的先知。

因为悲剧在开始时优美静穆,而结果或煞尾则丑恶可怖,字源出于"tragus",意为"山羊之歌",像山羊一样,有腥臭的味儿,这在塞内加①的悲剧中可以看出;而喜剧虽在开头有不愉快的纠结,但收场总是皆大观喜,太伦斯②的喜剧可以说明这一点。因此某些作家在自我介绍时总是习惯写这样的祝词:"祝君以悲痛始,以欢乐终。"悲剧和喜剧在语言上也各不相同,悲剧语言崇高雄伟,喜剧语言松弛卑微。贺拉斯在《诗艺》中曾经允许喜剧家有时使用悲剧的语言,同时也允许悲剧家有时使用喜剧的语言。

有时喜剧也可以提高语调,如同克来迈斯③在发怒时就使用狂风暴雨般的语言,而悲剧家也常常用平凡的语调低声哀诉。

本书所以题名为"喜剧",其故在此。倘使我们就内容论,开头是腥臭可怕的,因为内容是关于地狱的事情,但到结尾时则一切顺利、沐浴天恩、万事大吉,因为内容是关于天堂的一切。如果就语言方法论,则松弛卑微,因此所用的语言正是妇女交际用的俗语。此外,还有其他种种叙事诗,如牧歌、挽诗、讽刺诗、祈祷等,这从贺拉斯的《诗艺》中也可以看到,但关于这些,这里可以略而不论。

11. 论到我献给你这一部分的主题,并无困难,因为整个作品的主题就字面上说来,如果是"亡灵的境遇",并不需要再加其他的说明,那么很显然,这一部分的主题也是这同样的境遇,只需要加上一个限定语"幸福的亡灵的境遇"。如果全书的主题就其寓意说是"人们在运用其自由选择的意志时,由于善行或恶行,将得到善报或恶报",那么这一部分的主题就可缩小为"人们由于善行将得到善报"。

12. 同样,这一部分的形式也可从整个作品的形式明白看出。如果说全文的形式有三个方面,这一部分就只有两个方面,就是长歌的组成部分和短歌的组成部分。头一方面不能构成它自己特殊形式的一部分,因为它本身就

---

① 塞内加(Lucius Annaeus Seneca,约公元前4—65),古罗马哲学家,曾根据希腊原作,改编悲剧九种。
② 太伦斯(Terence,公元前190—公元前159),罗马喜剧家。
③ 克来迈斯(Chremes),希腊喜剧作家阿利斯托芬的剧中人物。亦为罗马喜剧作家太伦斯的剧中人物。

是在那第一方面之下的一部分。

13. 作品名称也是很明白的,如果整个作品的标题是像上面所说的"喜剧在此处开始"等,那么这一部分的标题就是"但丁喜剧的第三首长歌从此开始,题名'天堂'"。

14. 我们既然已经探讨了作品这一部分和整个作品得以区别的三件事情,就必须考察一下它们彼此之间并无差别的其他三件事情。前面已经说过,全书和部分的主角是人,这一点贯穿全书,可以看出。

15. 全书和这一部分的目的可以不止一个,例如,眼前的目的和终极的目的。但是如果不去做细微的探索,我们不妨简单地这样说:全书和这一部分的目的就是要使得生活在这一世界的人们摆脱悲惨的境遇,把他们引到幸福的境地。(杨岂深 译)

(根据威克斯悌德[P. H. Wicksteed]英译本)

地狱篇①

[英]乔治·霍尔姆斯

导言——

此文选自英国学者乔治·霍尔姆斯(G. Holmes, 1927—)的专著《但丁》第三章。正如全书的主题一样,作者在本文中主要探讨的是但丁的思想。他首先指出,但丁《地狱篇》的思想模型来源于罗马诗人维吉尔的《伊尼德》(通译为《埃涅阿斯纪》),而且作为但丁的"向导",维吉尔不仅支配着《地狱篇》的始末,也是但丁流放岁月中艺术和政治理论的主要思想来源。

霍尔姆斯认为,但丁笔下的地狱图景明显与人类的历史性堕落相关联,可以将《地狱篇》视为一部关于人类罪恶、人类堕落及其报应的诗体论文。作者还指出,但丁在表达对人类罪恶的道德义愤的同时,也夹杂着一些个人怨恨。这表明,但丁的个人生活与《地狱篇》的主题有直接的联系。这一联系的重要性在于:但丁将自己的政治经历与佛罗伦萨的政治斗争结合起来,从而

---

① 选自乔治·霍尔姆斯《但丁》,裴珊萍译,中国社会科学出版社,1989年版。

表达了他的看法:派系斗争是灾难性的,美德属于那些超脱这些争斗之上的人们。霍尔姆斯提醒读者:在主要表达基督教观念的《地狱篇》中也可以听出某些"弦外之音"。如位于地狱第八圈的古代英雄尤利西斯"成了一种不断开拓的人类精神的象征"。霍尔姆斯最后认同这样一个观点:《地狱篇》是但丁最辉煌的作品,它实现了生活、思想与艺术的完美结合,尤其是将深奥的主题与生动的描写融为一体。

整部《神曲》从这里开始了:在人生旅程的中途,但丁迷失在一座山脚下黑暗的森林里,他面对三只令人惊恐的猛兽:象征着淫欲的豹、象征着傲慢的狮和象征着贪婪的母狼。这时,他被维吉尔的幽灵营救。维吉尔告诉他,在一位神秘的救星到来之前,我们无力战胜这只母狼。因此,他要将但丁引上另一条通往地狱之路。他还告诉但丁,自己是贝雅特里齐的使者。在对但丁做了一番劝说之后,终于在第3歌中,他们开始了地狱之行。《地狱篇》的其余部分描写了他们在整个地狱的旅行。他们遇到的幽灵一个比一个罪孽深重,在最底层,他们遇见了撒旦。

但丁《地狱篇》的思想模型,来源于维吉尔《伊尼德》一书第6章。《伊尼德》叙述了伊尼亚斯的故事。当特洛伊城被希腊人毁灭后,伊尼亚斯告别故乡,开始了自己的浪游。途中,他也探访了地下世界,最后,他终于来到意大利,成了罗马人的祖先。维吉尔的地下世界与但丁的地狱有许多相似之处。探访者都必须由卡隆①摆渡,穿过地狱之河——阿刻隆。地狱的上下层之间被一座险恶的绝壁隔开(它与《地狱》第8歌中的狄斯城相似),在绝壁后面,所有的罪人都在为各自的罪恶忍受应有的惩罚。在他们到达中心区域前,伊尼亚斯与他从前生活中的人物——他的已被淹死的舵手帕林努斯,他曾爱过而又抛弃了的迦太基女王狄多等——有过许多对话。但是维吉尔的另一个世界与但丁的又有所不同。当伊尼亚斯来到幸福之境时,他见到了自己亡父的幽灵,在谈话中,后者向他预言了罗马的未来。同样,但丁在《天堂篇》中也见到了他的祖先卡基亚归大,这很容易使人想起伊尼亚斯与父亲的谈话。然而一般来说,但丁的炼狱和天堂与维吉尔的著作并无多大关系。但是,在《地狱

---

① 在但丁的地狱中共有四条大河,卡隆为第一条大河的摆渡者。——译注

篇》中,我们却可以看到一种普遍的相似现象,它不仅表现在外部安排和诗中的许多细节上,而且表现在有关地狱的普遍观念上。但丁和维吉尔都写道,在地狱中,惩罚一直持续下去,同时,友善的死者的幽灵也可以回答他们有关自己命运的询问。正是对于维吉尔的这种热忱推动着但丁,使他写出了《地狱篇》(甚至可能是整部《神曲》)。

作为但丁的向导,维吉尔支配着《地狱》的始末。为了使他成为一个有见地的引导人,但丁甚至创造了一段传奇:他受一位女预言家的差遣而来。但是,为什么将他选作主角呢?维吉尔是但丁的文学英雄和鼓舞者,他刚一出现,便受到了欢迎:"你是我的老师,我的楷模,只有从你那里,我才获得了那种为我带来荣誉的优美的风格。"①但丁从中世纪的前辈那里接受了这样一种观念,即维吉尔不仅是一位伟大的诗人,同时他还是一位卓越的预言家。这个观念建立在这一假设上,即维吉尔的《牧歌》第4歌本身就是一种预言②。但是对但丁来说,更重要的是:维吉尔描写了伊尼亚斯的地下世界之行,他在这一过程中展现了整幅罗马历史的画卷。这一点也正是但丁现在所要从事的工作。"从这次由你(维吉尔)引导的旅行中,他(伊尼亚斯)知道了许多事情,这就是他的胜利和'圣教的'荣光的原因。"③《伊尼德》一书第6卷对但丁具有双重的重要性:其一,它记载了一次地下世界之行,以及伊尼亚斯与许多死者的灵魂的相遇;其二,它展现了伊尼亚斯帝国的命运。维吉尔是但丁文学和基伯林党政治学④上的向导,也是但丁流放岁月中艺术和政治理论的主要思想来源。

在《地狱篇》第11歌中,维吉尔为但丁解释了地狱的结构。这时,故事中的两位旅行者已穿过了地狱的前六圈。他们曾在林菩狱遇见过许多善良的异教徒,也在地狱的其他层遇到了各类罪人:暴饮暴食者、贪婪者、挥霍浪费者、暴怒者和信奉异端邪说者,这些人都在为各自的罪恶而忍受惩罚。他们在此止步,向下望去,那是一个更令人厌恶的地方,它发散着一股令人作呕的臭味。维吉尔说,在这以下的三圈(即7、8、9三圈)中的罪人,都是在恶意的驱

---

① 《地狱篇》,第1歌。——原注
② 参见维吉尔《牧歌》,杨宪益译,人民出版社,1951年版,第16—19页。——译注
③ 《地狱篇》,第2歌。——原注
④ 指但丁的皇权政治学。——译注

使下做出非正义行为的人。恶意可能会通过暴力或者欺诈而表现出来。欺诈是人所特有的一种能力,其他生物对此一无所知。所以,人类本性的堕落使上帝更为痛恨。因此,那些犯有欺诈罪的人便被推到了比仅仅犯有残暴罪的人更深的地方。在这个总范围内,维吉尔又对各种犯罪类型做了更为详尽的分析。暴力可以施于邻人(谋杀和盗窃)、施于自身(自杀和挥霍),或施于上帝和自然(亵渎和鸡奸)。欺诈亦可再分为两类:一类是对那些不信任他的人的欺诈(伪善者、谄媚者、妖术惑人者、盗窃者、买卖圣职者、拉皮条者和贪官污吏);另一类则是对于那些信任他的人的欺诈,这是一种忘恩负义的行为,它比前者罪孽更深重。接着,但丁谦恭地问道,为什么他们在前六圈中看到的罪人没有受到这样的惩罚?维吉尔不耐烦地提醒他,难道忘记了亚里士多德《伦理学》中的教诲吗?他告诉我们,有三种罪恶,即纵情、恶意和兽性,其中所谓纵情对上帝的触怒最小。因此,上面那些圈里的罪人,其罪恶仅仅在于缺少自我克制,而不在于所谓恶意。

  这里,需要对但丁的地狱之圈做出说明,因为它不符合任何现成的模式。比起炼狱(在这里,只有忏悔神学承认的七种主要罪人)的模型,地狱模型显得更为精巧,也更为离奇。维吉尔所提到的亚里士多德模式,实际上,在以下两个方面并不适用于但丁的地狱之图。首先,亚里士多德并没有依据无节制、恶意和兽行的区别而建立一种分类目录;其次,但丁的第三种范畴,即兽行,也只是匆匆地一带而过。但丁所使用的术语和概念,大都来源于同时代的经院神学。例如,他将恶意、非正义等词都作为技术术语来使用。另外,他用来区分伤害自我、伤害他人和上帝的概念,我们都可以从阿奎那的书中找到;最后,关于暴力罪和欺诈罪的区分(地狱最低层之构成即是以此为根本依据的),很可能源于西塞罗的一本题为《论义务》的哲学著作。西塞罗在此书中谈到,暴力和欺诈都可以造成"非正义","此二者均有违于人性,而欺诈尤甚"。

  由此但丁形成了自己的地狱模型。这里包含着亚里士多德、西塞罗和阿奎那的思想因素。然而,即使我们撇开维吉尔的错误评论[①]不谈,也很难证明新的地狱之图与他们中任何一人的思想直接相关。在通过善良而又未经洗

---

① 指前述维吉尔关于亚里士多德对于罪行的区分法。——译注

礼的异教徒①、亚里士多德以及维吉尔等居住的林菩狱之后,他们又穿过纵情之圈,进入容纳邪教徒的狄斯城。接着,他们来到了地狱上下两部的分界处。分界线之下,都是些犯有恶意罪的人。他们匆匆通过强暴圈,但却在鸡奸圈停留了很长时间。最精彩的是,但丁在这里遇见了自己的良师益友,佛罗伦萨的勃鲁内托。②自此,《地狱篇》的其他部分(它们占《地狱篇》一半之多)均被用来论述形形色色的欺诈罪。它起自拉皮条者和诱奸者,而终止于那些卖主的叛徒,包括最大的叛徒撒旦。

地狱之图也明显与人类的历史性堕落相关联。在《地狱篇》第14歌中,维吉尔讲道,在古典传奇中,克里特是"纯真时代"的人类的摇篮。在克里特的伊达山上,站立着一位"伟大的老人",他面向着罗马,"好像那里是他的一面镜子"。他的头由纯金制成,手臂和胸膛由白银制成,躯干由黄铜制成,他的大腿由黑铁制成,他的右脚由陶土制成。我们眼前的这一奇异形象是由《旧约圣经》中尼布甲尼撒③梦中的人物和奥维德《变形记》(*Metamorphoses*)所记时代的人物混合而成。许多古代作家都认为,早期人类生活在一种幸福的境况下,因此,这位老人身体各个部分的材料象征着自黄金时代的纯真状态以来人性的堕落。那只右脚可能象征着与强健的世俗帝国相对的衰退的精神力量④。除金色的头颅外,这位老人的全身都是裂缝,从缝中流淌着眼泪,这些泪水奔涌着,汇成了地狱之河——阿刻隆、斯提克斯和菲利哲桑⑤。就这样,在但丁精心设计的传奇中,人类的那种世俗善性的堕落便与那个将人的恶行加以分类并依此施以惩处的地狱的结构紧密地联系在一起了。

从一种观点看,可以将《地狱篇》看作是一部关于人类罪恶、人类堕落及其报应的诗体论文。但丁耗费了大量的文学才智,分别使各类罪行受到恰如其分的惩处。例如,占卜者们的头都被紧紧固定住,只能向后看;体格硕大的

---

① 异教徒(pagan)和异端(heretics)是有区别的。前者指基督教世界以外的人,如古希腊人、阿拉伯人等。后者则指基督教世界以内的人,如东正教徒之于天主教徒,天主教徒之于新教徒,以及非正统教义信奉者之于正统教义信奉者等。事实上,在但丁(也在许多人)看来,异端比异教徒更可憎,对他们更不能施以宽容。——译注
② 《地狱篇》,第15—16歌。——原注
③ 尼布甲尼撒(Nebuchadnezzar,? —公元前562),新巴比伦王国国王,公元前586年攻陷耶路撒冷,俘大批犹太人而归。——译注
④ 指教会。——译注
⑤ 此三者均为地狱中的河流名。——译注

撒旦因为企图取代三位一体的上帝，而被嘲讽地赋予三重丑脸。对人的弱点的这种系统观察，与但丁在流放初年的著作中的那些观点有着某种联系。在写于1302至1304年间的两篇伟大的道德诗歌《三位女性》和《悲伤使我勇敢》中，但丁都尖锐地对同时代人加以评论。《三位女性》一文抱怨人们从自己的心中放逐了正义、慷慨和节制。《悲伤使我勇敢》有一个奇怪的主题，即妇女应该掩盖她们对于男人们的爱，因为他们已经丧失了美德。"男人们已与美德绝缘，虽有人的外表，但已经不是人，而是凶残的野兽。噢，上帝，这是多么奇怪呵，他们竟然愿意从主人堕落为奴隶，从生存堕落到死亡。"在《飨宴》第4篇的最后一章中，但丁论及了个人灵魂的高贵性问题，从这里，我们更为清楚地看到《地狱篇》主题已初露端倪。在这段文字中，作者以一种与《地狱篇》相反的方式讨论了人性的问题。他将人划分为不同的年龄层，并且将各种品德分别归属于不同年龄的人：朝气（Adolescence）属于25岁以前的人；青春（Youth）属于25—45岁的人；衰老（Old）属于45—70岁的人；而陈腐（Senility）则属于70岁以上的人。维吉尔笔下的伊尼亚斯是一个具有多种美德的典型，恰好在他获得这些美德的年龄上，但丁也开始了自己的地狱之行。《飨宴》中的这部分思想主要应归功于亚里士多德的《伦理学》和西塞罗的《论义务》。这两大思想来源曾经对但丁整个思想框架产生过巨大的影响，《地狱篇》第6歌曾对此做了详细的阐述。《飨宴》第4章中表现出的对心理学的兴趣。上述"诗歌"的道德悲观主义倾向，以及对于《伊尼德》一书的推崇等，这些因素可以在一定程度上对《地狱篇》的观念如何出现于但丁头脑中这个问题做出解释。《飨宴》正是在这一点上显示出但丁开始将视线转向复杂多变的人类心理，同时，他在这一工作中所采用的方式也预示着《神曲》的诞生。

《地狱篇》所描绘的地狱之图，即外部地理环境和相应的道德层次等，都是极为复杂的。它对于读者的忍耐力的确是一次考验。然而，这张图表本身还不是全部困难之所在。与那种由罪恶而来的分类模型相对，但丁又提出了一种更为扑朔迷离的思考和评论模型。在这一模型中，他以一种不那么系统的方式，就他本人的境况、他的生活经历的结果等发表了自己的看法。当然，在某种程度上，对于罪恶本身的分类，直接表达着但丁本人的道德倾向。相较于奸诈的母狼，他更厌恶强暴的狮子。但是，当他来到代表罪恶的人物面前时，他的谴责与他们所属的位置就不成比例了，有时甚至极不相符。在《地狱篇》第8歌的愤怒者圈中，但丁遇到了腓力波·阿真提，但丁对此人表示了极大的厌恶,他甚至愿意将阿真提,而不是那些尽管陷得更深但却为他所尊敬的人,踢回泥淖之中。腓力波·阿真提是佛罗伦萨的一个故弄玄虚、专横跋扈的政治保守主义者。但丁可能一直厌恶他。在这里他表现了一种与道德分类无关的个人仇恨。尽管但丁的道德分类严格地表现出一种道德观,同时,他也曾费尽心机地使罪恶与报应对应起来,但是,他的许多人物所谈的问题,实际上与他们所代表的罪恶并无关系。就这方面而言,但丁是在随心所欲地对待自己的道德分类,他似乎经常只是把它当作一种借口,以便提及某些他因为别的原因而希望与之交谈的人。

但丁忍受着如此巨大的悲痛,坚持让《神曲》开始于1300年的复活节,这一事实本身就表明,这一日期对他具有深远的意义。这是一个新世纪的起始年。在这一年中,罗马教皇颁布了特赦令。但是,除了这一原因外,1300年之于但丁可能还有着一种双重的意义。根据《神曲》第一行所述,它是但丁"人生旅程的中途",这一年,他恰好35岁。此外,正是在1300年复活节前后,他无可挽回地卷入了佛罗伦萨的派系斗争。我们可以想象,他可能已经看到,他的地狱之行由此开始,他对于人类罪恶的认识同样也由此开始。在《地狱篇》中,但丁的政治经历十分惹眼。这部作品有一条最为明显的辅助性线索,即他对于政治问题的思考,它像是一条彩线,贯穿于各首"歌"的始终。

在某种意义上,但丁的个人生活与《地狱篇》的主题最直接的联系,表现在这一点上,即他本人在尘世中也是一个被判有罪的人。他已经因买卖官职这一政治上的腐败行为而被逐出佛罗伦萨。地狱第8圈中的行刑所,大部分都是为犯有此罪的人准备的。在《地狱篇》第21歌中,但丁和维吉尔看到了一泓沥青湖,湖中黑色的魔鬼正用铁钯痛打买卖官职者的魂灵。此处,有两个值得注意的问题:首先,这里充满着一种令人非常厌恶的滑稽气氛,这在《地狱篇》中通常很少见到;另外,它也隐隐约约地做出了这样的暗示——即便在公正的惩罚中,也可能存着某些不公正的因素。当但丁和维吉尔到来时,一个魔鬼正在追打一位刚刚来自卢加的魂灵。他高叫着:那边除了庞得洛·达蒂①外,个个都是买卖官职者!但是,根据14世纪评论家们的记述,这位达蒂先生恰恰是这座城市中最腐败的人。维吉尔上前与魔鬼们交涉,以便得到它

---

① 庞得洛·达蒂是当时卢加的平民党首领。——译注

们的帮助,通过此地,继续旅行。此时,但丁却恐惧地躲到了岩石背后。直到维吉尔呼唤时,他才慢慢走了出来。可能是为了造成某种滑稽的效果,这些魔鬼都有奇怪的名字。他们沿湖巡逻,护送但丁等前行。途中,他们看到,但丁前一代人中的一个精灵正纠缠于湖中。这是一个被谋杀了的无名之辈(之后,在地狱的叛徒圈中,我们可以见到那位谋杀者的魂灵),他大概也犯了买卖官职罪。这次沿湖旅行突然被两个魔鬼的争斗打断。这两个家伙撕咬着,一同跌入沥青湖中。之后的情况表明,这些魔鬼们都是说谎者,它们已经将但丁和维吉尔引上了歧途。这是一幕颇具讽刺意味的场景,它传达了一种对于拷问者和惩罚的不信任情绪。敏感的读者可以想见,一位被诬犯有受贿罪的人,哪怕他是一个明显的受害者,也要多少遭受一点折磨。在《神曲》中,但丁本人就感到了这种威胁。他正是因为害怕魔鬼的进攻,才情不自禁地哆嗦起来。①

就其总体而言,《地狱篇》并未探讨哲学问题。在这里,但丁只是从一个不同的侧面考察了人类的天性。然而,它当中的许多段落仍旧可以被解释为哲学和宗教观点的反映。其中最明显的是那些有关异端的段落。与人们的想象不同,这里的居民不是早期教会的那些伟大叛逆者,也不是中世纪激进的宗教改革者。实际上,他们都是13世纪意大利的自由思想家。这些人追随"使灵魂和肉体共灭亡的伊壁鸠鲁和他的弟子"②,否认灵魂不朽。为了强调他们的错误,但丁使这些人统统深陷于坟墓之中,每个人都占据着一个敞开的棺材。除了法利那太外,这里的主要人物是但丁的朋友归多·卡瓦尔康提之父——卡瓦尔康太·卡瓦尔康提。当维吉尔和但丁进入居住着许多"伊壁鸠鲁主义者"的狄斯城时,但丁受到了"复仇女神"们的攻击,她们威胁说戈刚·美杜萨③将要把他变为顽石。维吉尔要但丁闭上眼睛,"因为戈刚一出现,你若看见了她,就没有回生之望了"。但丁以一种不寻常的方式,评论了诗中的这一情况。他补充道:"呵,聪明的读者,在这神秘的诗幕背后,擅自读出那深奥的含义吧。"④

---

① 见《地狱篇》,第21歌。——译注
② 在《飨宴》中,这些人曾因其理性主义而备受推崇,但现在却被冠之以比较庸俗的称号:"伊壁鸠鲁主义者"。——原注
③ 美杜萨是希腊传说中的复仇女神,她的眼睛所见到的东西都将变为顽石。——译注
④ 《地狱篇》,第9歌。——原注

在这里,但丁所暗含的意义可能就是那种由灵魂可朽这一荒谬学说而来的理智毁灭的危险。但丁感到,他本人就曾遇到过这样一次危险。当见到老卡瓦尔康提时,后者首先问道,为什么归多没有与你同来。这里有着双重的意指,首先是,归多在不到五个月后的猝然死亡;其次是,归多是但丁的亲密朋友。但丁以一段不可思议的话语对此做了回答:"是他(维吉尔)在那里等着,他引导我来到此地;可能你的归多对她太轻蔑了。"①这里的"她"似乎指的是贝雅特里齐。在同时代人眼中,归多是一个"伊壁鸠鲁主义者",而且,从他的诗作中,的确也能找到这方面的证据。无论对"归多的轻蔑"做出怎样的解释,这一点都是可以肯定的,即但丁之所以刻画异端,正是要使自己从盛行于意大利某些团体中的唯物主义的思想中分离出来,并通过避免由"伊壁鸠鲁"精神所造成的污染,通过与归多保持着距离,与自己年轻时信奉过的某些思想分道扬镳。

从另一处,即奸诈的谋士们居住的地狱第 8 圈中,我们亦可以清楚地听出《地狱篇》的某些弦外之音。在这个区域中,有两个伟大的灵魂,一个是著名的尤利西斯②,另一个是 13 世纪晚期杰出的雇佣军首领归多·达·蒙太潘尔脱洛。③ 希腊人尤利西斯之所以被安置于此,乃是因为他提出了"特洛伊木马"这一罪恶的欺骗性的计谋,使高傲的罗马人的祖先——特洛伊人遭到惨败。拉丁人归多之所以被安置于此,则是因为他曾为博尼法斯八世设谋,从而摧毁了博尼法斯的对手克洛纳的红衣主教的堡垒帕尔斯垂那。他的做法促使教会偏离了自己的正确轨道,一味热衷于战争,残害自己的基督教伙伴。这两个人有一点是相似的,即他们都伤害了尘世间的伟大机构——帝国和教会。然而,他们对但丁讲的那些话又表明,他们的行为有着不同的意义,他们之相似处也并非尽在于此。

这里,但丁为尤利西斯设计了另外一种命运,这与《奥德修纪》中的内容大相径庭。但丁笔下的尤利西斯没有回到伊大卡④,恰恰相反,在离开瑟西以

---

① 《地狱篇》,第 10 歌。——原注
② 即奥德修斯。——编注
③ 归多·达·蒙太潘尔脱洛(Guido da Montefltro,1223—1298),1274 年成为罗曼亚基伯林党的首领,后皈依教门,成为圣芳济各会的修士。——译注
④ 伊大卡为尤利西斯的故乡。——译注

后,他便与同伴们开始了漫长的航程。他们经过海格立斯之柱①,进入了大西洋。甚至对家庭的眷恋"也征服不了我心中的热忱,它要去获得关于世界的知识,关于人类的善恶的知识"。在进入未知的大西洋时,他激励所有的水手:"想想你们是怎样的种族,你们并非注定要像野兽那样生活,而是要追求美德和知识。"②

他们在大西洋中整整行驶了5个月,突然,眼前出现了一座幽黑的山峰,就在他们行将到达之际,一阵旋风刮过,船倾覆了。我们可以设想,这座他们可望而不可即的高山就是尘世乐园的基石。之后将会看到,为了达及此处,但丁也曾在炼狱中历尽艰辛。在这里,热情奔放的尤利西斯已经成了一种不断开拓的人类精神的象征。然而,尘世乐园不是人们的独立探寻所能企及的。尤利西斯是一位高贵的异教徒,他一心要追求美德和知识,但尽管如此,他的探索最终还是走入了歧途。

相反,归多的错误却是一位基督徒所能犯下的典型错误。在生命的最后时期,这位常胜将军脱下戎装,成了一名修道士。在《飨宴》中,他因此受到了但丁的赞扬。但丁的《地狱篇》第 27 歌依据的是这样一些传闻:在解甲向圣以后,他又被教皇召见,征询有关帕里斯垂那的军事谋略。正当他犹豫不决之际,圣保罗的法定继承人——教皇③以他那既可以捆缚④也可以松绑的权力,庄严地许诺,他将赦免人们的罪恶⑤。归多让步了。但是,现在他发现(这已经太迟了),甚至连圣芳济各——他的团体的创始人——也无法将他救出地狱。归多的故事体现着人们对于教会权威的过分信赖,而尤利西斯的故事则体现着对于人性的过分信赖。然而,他们都受到了欺骗。这两个故事是否也反映着但丁本人的遗憾呢?就归多而言,这种看法似乎是没有道理的(当然,我们也可以说,但丁已经从他的政治经历中更加认清了教皇政权的本来

---

① 海格立斯是希腊神话中的伟大英雄,他曾在直布罗陀海峡建立石柱,以阻止人们继续冒险。这一传说反映了希腊人(他们从未离开过地中海)的地域观。而尤利西斯的举动无疑是一次伟大的尝试,是对于这种地域观的伟大突破。《神曲》中关于这一内容的诗章历来广为人们所称颂,它雄浑有力、气魄宏大,具有悲剧色彩和崇高精神。——译注
② 《地狱篇》,第 27 歌。——原注
③ 据说圣保罗系第一任教皇,后来者均为他的传人。——译注
④ 指教皇具有关闭和开启天国的权力。——译注
⑤ 据《神曲》原文,此处似应为"赦免他(归多)的罪恶"。——译注

面目),至于尤利西斯的情况,则更加难以断言。他的情感是高尚的,——他的叙述可能是《地狱篇》中最具永久魅力的段落——但又是复杂的。但丁是一个为政治牺牲了家庭的流浪者。他可能已经感到,以前,他本应注意宗教和道德上的责任,而不应该一味地追求"美德和知识"。

《地狱篇》的写作是一个长期的过程,在此提及的段落可能多少反映了但丁在某些比较重要的阶段中的思想倾向,但是它们并不能展现出全部的中心景物,或者全诗的风貌。像此前的《新生》、《飨宴》和《论俗语》一样,《地狱篇》也表现着那些在某一时期内左右着但丁思想的兴趣域和灵感群。《地狱篇》的主题比以前著作的主题更加难以确定。当然,用致斯加拉大公信中的话(事实上,这封信的内容更适合于《地狱篇》和《炼狱篇》,而不是随信寄去的《天堂篇》的那些片段)来说,它是"亡灵的境遇"和"人们在运用其自由选择的意志时,由于善行或恶行,将得到善报或恶报"。但是,这种抽象的叙述,不仅忽略了《地狱篇》诸诗的孕育过程,而且忽略了那些不断被灌输其中的强烈的个人情感。就传统而言,人们一致认为,《地狱篇》是但丁最辉煌的作品,它实现了生活、思想与艺术的完美结合。但是,可能正因为这一点,我们也最难对它进行分析。像他早期的每一部主要作品一样,这篇作品也在相当大的程度上关注着一个新的主题。这证明,但丁具有一种惊人的能力,他可以调动一切新的知识和艺术经验,从而在每部作品中都创造出一些具有高度创造性的内容。他的作品形态各异,每一部都是那样新奇,简直无法纳入早期文学的分类原则。的确,不能将但丁的成就解释为某一流派既有风格的扩展,甚至不能解释为它的极度扩展。但丁的最大创作特点在于,他常常出人意料地将各种似乎最难相容的因素联结在一起,从而创造出一个完全出人意料的混合体。在《新生》中,圣徒的生平和美艳的诗句被融为一体;在《地狱篇》中,维吉尔的地下世界与13世纪意大利最普通的名字又被合为一道。正是这一点使但丁实现了文学史上的伟大突破。

但丁的诗风无疑随着其生活的改变而改变。然而,在《地狱篇》中,读者仍旧可以发现这种风格在成熟时期的风采。想要勾勒出它的特征,这的确是一件冒险的事,因为它的成功在相当大程度上依赖于它所选用的那些词汇。这经常是一些意想不到的词,它们是那样华丽,同时,又是那样贴切。这种情况英语读者也可以见于莎士比亚的作品之中。对此,我们不能进行过细、过多的分析。《地狱篇》的另一个突出成就在于,它惟妙惟肖地刻画出各种人物。正像我们在本章看到的,这无论在思想上,还是在艺术上,都是一种创新。同时,但丁也展现了他的另外一种能力,即通过一种严格的韵律形式,表达出各种抽象的观念。在《地狱篇》以后的作品,特别是更具哲学意味的《天堂篇》的诸歌中,这种技巧得到了淋漓尽致的发挥。这可能也是但丁在风格上的最显著的变化。与其早期诗作相比,《神曲》中的诗篇更为庄重,它总是维持着一种稳健的、极为严肃的基调。但是,《神曲》的读者们首先记住的却是但丁在不同场景中或以隐喻,或以笑谑,或以白描手法塑造出来的各种栩栩如生的人物。他可能是那位正在讲述亚比阿河畔的蒙太潘提之役的法利那太。在这场惨烈的战斗中,"愤怒和屠杀把亚比阿河染成了红色"①。也正是由于这一战役,他被佛罗伦萨的圭尔夫党人恨之入骨。或者,他也可能是那位逃离地狱烟尘的勃鲁内托。他使人想起了味罗那一年一度的赛跑:"然后,他转过身去,像味罗那的那些为了绿布而穿过田野的选手一样,急速地跑去,但是,他像是其中的得胜者,而不是失败者。"②

不仅如此,这种生动性也表现在许多场景的描写中。我们仿佛看到,但丁和维吉尔像两个孤独的旅人,在晨曦之中来到了炼狱之岸那寂静的海滩:"晨曦驱赶着夜的最后一刻,它正在匆匆逃去,我因此远远看见了大海的颤动。"③

由于这些生动的描写,但丁不仅使另一个世界活生生地展现在人们的面前,同时,又在不损害诗歌的庄严性的前提下,表达了他对于书中人物的怨恨和同情,从而满足了他的读者们最浪漫的遐想。我的这本书主要讨论的是但丁的思想,而不是他的诗歌成就。但是,我们同时应该记住,特别是在那些最伟大的篇章(例如关于尤利西斯的"歌")中,抽象的含义与诗的意境几乎已经融为一体,因而根本无法分割。

♀ 问题探讨 ♀

1. 阅读《奥德修纪》第十一卷、《埃涅阿斯纪》第六卷、《神曲·地狱篇》,比

---

① 《地狱篇》,第10歌。——原注
② 《炼狱篇》,第15歌。——原注
③ 《炼狱篇》,第1歌。——原注

较三位诗人对"地狱"的不同描写。

2. 比较《奥德修纪》中奥德修斯和《地狱篇》中尤利西斯这两个人物形象，但丁改写奥德修斯的故事有什么意义？

3. 但丁为什么将弗朗赛斯加和保罗这对情侣的灵魂置于地狱，然而又给予同情？

4.《神曲》是一部长诗，但丁为什么称之为"喜剧"？（《神曲》原名直译为"神圣的喜剧"，参阅埃里希·奥尔巴赫《摹仿论》第八章"法利那太和加发尔甘底"）

5.《地狱》第一圈惩罚的是"异教徒"，《地狱》第六圈惩罚的是"异端"，从但丁的宗教立场看，两者有什么区别？

6. 在《神曲》的结构层面上，数字具有什么作用？会引起怎样的宗教联想？

7. 但丁将艺术作品的意义区分为哪四个层次？以《神曲》为例予以说明。（参阅古斯塔夫·缪勒《文学的哲学》第四章"但丁"）

8. 但丁在神游三界的终点瞻仰上帝，但丁所见的上帝呈现一种什么景象？上帝有什么样的形象？为什么？

9. 一个现代读者还能欣赏《神曲》吗？如何解读《神曲》？（参阅大卫·丹比《伟大的书》第十六章"但丁"）

延伸阅读

1. [英] T. S. 艾略特：《但丁》，《英国作家论文学》，汪培基等译，三联书店，1985年版。

2. [美] 古斯塔夫·缪勒：《但丁》，古斯塔夫·缪勒《文学的哲学》第四章，孙宜学、郭洪涛译，广西师范大学出版社，2001年版。

3. [美] 大卫·丹比：《但丁》，大卫·丹比《伟大的书》第十六章，曹雅学译，江苏人民出版社，2003年版。

4. [德] 埃里希·奥尔巴赫：《法国英雄史诗：〈罗兰之歌〉》，埃里希·奥尔巴赫《摹仿论》第五章"罗兰被任命为法兰克远征军后卫部队司令"，吴麟绶译，百花文艺出版社，2002年版。

第三章 人文主义文学

导 论

14—16世纪是西方历史上一个非常重要和特殊的时期。这是欧洲从古代(包括中古)社会向现代社会进行转型的时期。这一历史时期因"文艺复兴"(Renaissance)而得名。"文艺复兴"一词最早是由意大利人提出来的,他们认为中世纪是"黑暗的世纪"(Dark Ages),而到14世纪人类才又重新发现或复活灿烂的古代文化。① 文艺复兴其实是这一时期的一场思想文化运动,是欧洲新兴阶级借助古代(希腊罗马)文化,批判封建旧文化,建设资产阶级新文化的运动。"新文化在本质上是异教性质的,它仰慕希腊罗马,蔑视中世纪。"② 文艺复兴运动瓦解了中世纪的神学思想体系,它随同16世纪的宗教改革运动(Reformation)和18世纪的启蒙运动(Enlightenment),为西方现代社会的建立奠定了思想文化的基础。

文艺复兴时期是有着一系列"发现"的激动人心的时期,其中两项最伟大的发现是"世界"的发现和"人"的发现。说到底,对世界和人的发现也就是对世界和人的重新认识和重新定义,并由此构成有别于中世纪基督教神学的人文主义新文化的价值取向。

意大利是"现代欧洲的长子",佛罗伦萨是意大利文艺复兴运动的发祥

---

① 现今西方有些学者认为"黑暗"一说是文艺复兴时期的一个"神话",所谓中世纪导致西方文化的"中断"也是夸大其词,主张抛弃有关中世纪的错误观念,重新认识中世纪,认为中世纪是西方文明发展的不可或缺的环节,对西方文化的发展做出了贡献。
② [英]罗素,《西方哲学史》上卷,李约瑟、何兆武译,商务印书馆,1963年版,第589页。

地,也最早产生了人文主义新文学。彼特拉克,这位罗马桂冠诗人,被认为是"文艺复兴的第一个作家"。薄伽丘在其《十日谈》中借助对男女性爱的大胆描写挑战了中世纪神学禁欲主义观念。在16世纪的法国,新文学的代表是拉伯雷。拉伯雷笔下的巨人形象、吃喝主题及民间诙谐文化,宣泄了久被压抑的生活激情和世俗欢乐。

本章所选布克哈特的论述提供了理解人文主义对人和世界重新认识的讨论平台,巴赫金有关民间"诙谐"文化的论述涉及到俗文学的重大主题,而延伸阅读中论《十日谈》一文提到"中等文体"的概念,可以看作是介于但丁的《神曲》和拉伯雷的《巨人传》,文学风格从高雅到粗俗、从庄重到狂放的过渡性变迁。

16世纪下半叶,文艺复兴时期文学在西班牙和英国进入高潮,塞万提斯的小说和莎士比亚的戏剧标志着新文学的辉煌成就。《堂吉诃德》揭示了人生中难于回避的理想与现实的巨大矛盾;莎剧则显示了人类自我认识的前所未有的广度和深度。关于《堂吉诃德》,本书选了俄国作家屠格涅夫的长篇演讲,他将文艺复兴时期两大艺术形象相提并论、横向比较,拓展了对《堂吉诃德》和《哈姆莱特》的解读空间。关于《哈姆莱特》,本书选了英国著名莎评家布拉德利的论作,它集中讨论了哈姆莱特的性格特征延宕,是性格分析方面的一篇范文。

选 文

意大利文艺复兴时期的文化[①]

[瑞士]雅各布·布克哈特

导言——

此文选自瑞士19世纪历史学家雅各布·布克哈特(Jacob Burckhardt,1818—1897)的名著《意大利文艺复兴时期的文化》。《意大利文艺复兴时期

---

① 选自雅各布·布克哈特《意大利文艺复兴时期的文化》,何新译,商务印书馆,1979年版,第143、170—171、211、279、302、309、483页。

的文化》是西方文艺复兴史领域里的一部最重要的著作。在此著中作者提出了文艺复兴时代是世界和人的发现的时代的观点,是人们理解文艺复兴文化的基础材料。

本选文摘录了书中的一些重要观点和论断,为学生深入理解和把握文艺复兴文学奠定了基础。

在中世纪,人类意识的两方面——内心自省和外界观察——都一样,一直是在一层共同的纱幕之下,处于睡眠或者半醒状态。这层纱幕是由信仰、幻想和幼稚的偏见织成的,透过它向外看,世界和历史都罩上了一层奇异的色彩。人类只是作为一个种族、民族、党派、家族或社团的一员——只是通过某些一般的范畴,而意识到自己。在意大利,这层纱幕最先烟消云散;对于国家和这个世界上的一切事物做客观的处理和考虑成为可能。同时,主观方面也相应地强调了它自己;人成了精神的个体,并且也这样来认识自己。

文化一旦摆脱中世纪空想的桎梏,也不能立刻在没有帮助的情况下找到理解这个物质的和精神的世界的途径。它需要一个向导,并在古代文明的身上找到了这个向导,因为古代文明在每一种使人感到兴趣的精神事业上具有丰富的真理知识。人们以一种赞美和感激的心情采用了这种文明的形式和内容,它成了这个时代的文明的主要部分。

这时,出现了一种在中世纪的另一面建立起它自己的基础的新文明,它成为基本属于神职人员的、为教会所哺育的中世纪的整个文化的竞争者。它的积极的代表者成了有影响的人物,因为他们知道古人所知道的,因为他们试图用古人写作的方式来写作,因为他们用古人曾经思索或感受的方式开始思索并欣然感受。他们所崇奉的那个传统在各方面都进入了真正的再生。

意大利人已经摆脱了在欧洲其他地方阻碍发展的许多束缚,达到了高度的个人发展,并且受到了古代文化的熏陶,于是他们的思想就转向外部世界的发现,并用语言和形式表达出来。

文艺复兴于发现外部世界之外，由于它首先认识和揭示了丰满和完整的人性而取得了一项尤为伟大的成就。

虽然我们在彼特拉克的诗歌中看到一些勉强的、不自然的东西，这仅仅是作者在有意地重复自己的格调和按照老调来歌唱，但我们仍不能不叹赏那些灵魂深处的许多美妙的图画——刹那之间的欢乐和悲哀的描写。这些一定都完全是他自己的，因为在他以前，没有一个人做过任何这种描写，而他对于他的国家和全世界的重要意义就在于此。

使文艺复兴时期同中世纪看来成为一个鲜明对比的那种世俗性，首先源于那些改变了中世纪对自然和人的观念的新思想、新意志和新观点的浪潮。这种精神本身对于宗教并不比当时取代宗教的"文化"更怀有敌意，可是这种文化对于发现新的伟大世界所唤起的普遍的激昂之情却只能给我们一个微弱的概念。这种世俗性的态度并不是轻薄的，而是认真的，而且是被艺术和诗歌所提高了的。这种态度一采取就永远不会再失去，一种不可抗拒的动力迫使我们去研究人和事物，而我们也必须把这种研究当作我们的正当的目的和工作，这正是一种近代精神的崇高的必然趋势。

♀ 问题探讨 ♀

1. 什么是"文艺复兴"？为什么要复兴古典文化？它只是对古典文化的"复兴"吗？存在一种"文艺复兴文化"吗？它与古典文化及中世纪神学文化是什么关系？

2. 什么是"人文主义"？作为文艺复兴时期逐步形成的一种新的世界观，它包括哪些思想内容？它能概括文艺复兴时期的思想特征吗？它同"人本主义"、"人道主义"是什么关系？

3. 布克哈特称彼特拉克是"一个最早的真正的现代人"，在你看来，彼特拉克在其诗作中表达了哪些现代人的意识和观念？他的《歌集》与但丁的《新生》存在哪些差异？他对"凡人的幸福"的追求意味着什么？"十四行诗"是一种怎样的诗体？

4. 概括和评述布克哈特《意大利文艺复兴时期的文化》第四篇"世界的发现和人的发现"的主要内容及观点。

5. 简述西方文学史上十四行诗作者及其诗作的情况,并作简要比较。

6. "humanism"一词的词义考察及中文表述。(参阅加林《意大利人文主义·导言》及阿伦·布洛克《西方人文主义传统》)

选 文

拉伯雷笔下的筵席形象[①]

[俄] 巴赫金

导言——

此文选自俄国著名批评家巴赫金(M. Михаил Михэйлович Бахтин, 1895—1975)的《拉伯雷研究》(1965)第四章。巴赫金极富创见地将拉伯雷的创作与民间诙谐文化联系起来,通过研究小说《巨人传》中的广场语言、节日形式和各种怪诞形象,提出了著名的"狂欢"理论。

在此文中,巴赫金考察了西方筵席形象所表现的怪诞传统。最后总结性地指出,民间筵席形象具有多方面的积极意义。

拉伯雷长篇小说中的筵席形象,即吃、喝、吸纳的形象,与民间节庆仪式紧密相联。因为这绝不是一些个别人日常的、局部生活的吃和喝。这是民间节庆仪典上的饮食,是普天同庆。拉伯雷饮食的每一个形象都体现了丰富性和全民性的强烈倾向,它决定着这些形象的外形、它们的正面夸张、隆重而快乐的基调。这种追求丰富性和全民性的倾向就像搅拌在所有饮食形象中的酵母似的。在这些酵母的作用下,它们开始发酵、生长、膨胀开来,达到极其

---

① 选自巴赫金《拉伯雷研究》,李兆林等译,河北教育出版社,1998年版。

丰富和极其庞大的程度。拉伯雷的所有饮食形象就像人们常常在狂欢游行队列中激动地传来传去的巨型香肠和面包。

筵席形象是同所有其他民间节庆形式有机地结合在一起的。筵席是一切民间节庆欢乐不可或缺的部分。没有筵席就连现有的任何一种令人发笑的戏剧演出都是行不通的。我们看到，在塔波古的房子里人们正是在婚庆宴席进行的时候痛打那些爱搬弄是非的人的。肢解塔波古同样是发生在魔鬼剧的参加者聚集在小酒馆里举行筵席的时候。所有这一切，当然都不是偶然的。

拉伯雷长篇小说中筵席形象的作用是很大的。几乎没有一页这些形象不出场，尽管它们是以从饮食范畴里借用来的比喻和修饰语的形式出现的。

筵席形象是同离奇古怪的肉体紧密相连的。有时很难在它们之间划一道明显的界限，因为它们之间具有一种有机的本质联系，比如我们所分析的牲口屠宰节的情节中，就出现过"吞食者和被吞食者的肉体混合体"。如果我们阅读这部长篇小说的第1部（按年代顺序）《庞大固埃》，马上就会发现，这些形象都是密不可分地联结在一起的。作者讲，阿韦利被杀死之后，大地就吮吸他的血，所以大地就变得非常肥沃。后来，人们吞吃山茱萸的果实，于是，他们的肉体就长得特别大。张开大嘴的主题是《庞大固埃》中占主导位置的主题，与之相联的吞食的主题是建立在肉体形象与吃喝形象紧密的结合点之上的。再往后，从庞大固埃生身的母亲敞开的胸怀里驶出一辆满载腌渍好的下酒菜的大车。这样，我们就清楚地看到吃食形象同肉体形象、生产力形象（肥沃的土地、生长、生育）有着多么密不可分的联系。

我们不妨探讨一下整部小说中筵席形象的作用。

庞大固埃最初的功绩还是他在摇篮里完成的，这就是吃食的功绩。铁钎上烤肉的形象是巴奴日在土耳其的故事情节中的主要形象。拜兹居尔和于莫外纳以及拜兹居尔和图马斯特之间争吵的情节，都是以筵席而告终的。我们看到筵席在表现勇士们强烈情感中起着多么巨大的作用。同国王安那其打仗的全部故事情节都贯穿着筵席形象，主要是一些纵情狂的形象。这些纵情狂几乎成为战争的主要工具。甚至连爱比斯德蒙造访阴间王国的情节也渗透着筵席形象。同安那其打仗的情节就是以阿莫罗人在首都举行民间神农节宴会而结束的。

即使在第2部（按年代顺序）里，筵席形象的作用也是很大的。情节是从牲畜屠宰节上的筵席开始的。在教育高康大的情节中食物形象起着最主要的作用。毕可罗寿大战刚开始的时候,高康大回到家里。高朗古杰正在举办筵席,而且作者详尽地列数了菜肴和野味。我们从中清楚地看到,在毕可罗寿战争初期和在修道院葡萄园鏖战的故事情节中面包和葡萄酒起着怎样的作用。这部书中的隐喻、比喻特别丰富,都是从饮食范畴中借用来的。这部书以"Et grad chere!"(佳肴、盛宴)①结了尾。

第3部里筵席形象虽然比较少,但是即使在这里也还有,它们散落在各种故事情节中。我们要特别强调的是,巴奴日召开的神学家、医生和哲学家的咨询会议正是在吃午饭的时候。这个情节的主要内容是对妇女的禀性和婚姻问题的自由讨论,这是"午宴"上最典型的话题。

在第4部里筵席形象的作用又明显地强化了。这些形象在香肠大战的狂欢化的情节中占据主导的地位。在这同一部书的反映巡回演出员生活的故事情节中出现了长长的历数菜肴和饮料的场景,这种场景只有世界文学名著中才会有。这里还大大颂扬了卡斯台尔及其发明创造。吞咽食物在有关巨人布兰格纳里伊和"风岛"的情节中起着极其重要的作用,人们在这里以风为生。这部书里还有一章,是专门写"厨房修士"的。最后,这部书以轮船上的会餐而结束。庞大固埃和他的旅伴借助于这次会餐"使天气变好"。这部书的最后一句话"让我们干杯!"结束了巴奴日冗长的演讲。这也是拉伯雷写的长篇小说中的最后一句话。

所有这些筵席形象在这部长篇小说中究竟具有什么意义呢?

我们曾经说过,它们同各种节日、诙谐的演出、离奇怪诞的肉体形象密不可分。此外,它们还以其最主要的方式同语言,同富有智慧性的谈话,同令人发笑的至理名言密不可分。最后,我们还指出了它们所具有的那种追求丰富性和全民性的倾向。究竟应该怎样说明筵席形象这种独特的和包罗万象的作用呢?

饮食是离奇怪诞肉体生命的重要表现形式之一。这个肉体的特征,是指它的裸露性、未完成性以及它与客观世界的相互关系。这些特征在与食物的

---

① 在同德廉美修道院有关的故事情节中几乎完全没有筵席形象,这引起了人们的注意。这里详细地标明,并且描绘了修道院所有的房屋,但奇怪的是却把厨房忘了,好像德廉美修道院里就没有给厨房留个地方。——原注

关系中十分明显地和十分具体地表现了出来：这个肉体来到世界上，它吞咽、吮吸、折磨着世界，把世界上的东西吸纳到自己身上，并且依靠它使自己充实起来，长大成人。人与客观世界的接触最早是发生在能啃吃、磨碎、咀嚼的嘴上。人在这里体验世界、品尝世界的滋味，并把它吸收到自己的身体内，使它变成自己身体的一部分。人这种觉醒了的意识，不可能不集中在这一点上，不可能不从中吸取一系列最重要的、决定着人与世界相互关系的形象上。这种人与世界在食物中的相逢，是令人高兴和欢愉的。在这里是人战胜了世界，吞食着世界，而不是被世界所吞食。人与自然界界限的消除，对人来说具有非常积极的意义。

在远古的一系列形象中食物是同劳动密不可分的。它是实现劳动和斗争不可或缺的，它是它们圆满的结果和胜利的标志。劳动的胜利是通过食物来体现的。人与自然界在劳动中的相逢，人与自然界在劳动中的斗争都是通过食物来完成的，即吞食从自然界争夺来的一部分食物。作为劳动最后的胜利阶段，食物往往通过一系列形象，代替整个劳动过程。在较为古老的形象系列中，食物和劳动，一般不可能有明显的界限：这就是同一种现象的两个方面——人与自然界的斗争，以人的胜利而告终。不过，这里需要强调的是，无论是劳动，还是食物，都是集体性的，是全社会都参加的。这种集体性的会餐，作为集体劳动过程的结束，不是动物生物性的活动，而是社会性的活动。假如我们把作为劳动过程的结束的会餐同劳动分离开来，把饮食理解成个别的家庭生活现象，那么从人与世界相遇的形象中，从体验世界的形象中，从张开大嘴的形象中，从食物同语言和欢愉的真理的联系中，就什么也不会存留下来，除了一些冗长的、毫无意义的隐喻。但是，劳动人民通过劳动斗争获得了生存和食物，他们吞食的只是所争取到的自然界的一部分。在劳动人民这一系列的形象中，筵席形象含有重要意义，具有多方面性且与生、死、斗争、胜利、喜庆、更新的本质相联系。因此这些形象以其多层含义继续活跃在民间创作的一切领域。它们在这些领域里继续发展、更新，并以新的细微的内涵丰富起来。它们继续与新出现的现象建立新的联系。它们与创造它们的人民一道成长起来，并得到更新。

然而，筵席形象并非是过去时代残留下来的僵化现象，比如不是狩猎时代初期残留下来的现象。那时人们集体去打猎，共同撕碎和吞食被打死和捕获的野兽，正像一些民族学家、民俗学家所确认的那样。这些有关原始狩猎的粗浅的看法,对解释与撕碎、吞食相连的一系列筵席形象的起源,提供了很大的鲜明性和明确性。但是,留传至今的那些最古老的筵席形象(包括怪诞离奇的肉体形象)比这些关于原始现象最简单的看法要复杂得多:寓意深刻、意向明确、富于哲理、含义细微,与所有相近文本的联系极其丰富多样。它们绝不像那些被人们遗忘了的僵化世界观的残余。这些生动的形象在官方宗教系列的祭祀和礼仪中具有完全不同的性质。这里真正以升华了的形式记录了这些形象最古老的发展阶段。不过,到了拉伯雷时代,这些民间节庆形象系列已经走过了一千年的发展和更新的历程,而且会在以后的世纪里继续合理地、有效地、艺术地生存下去。

这些筵席形象在荒诞的现实主义文学中特别富有生命力。正是要在这里寻找拉伯雷筵席形象的主要源泉。古希腊罗马筵席交谈影响具有第二位的意义。

正像我们说过的那样,肉体与世界界限的消除,是通过饮食活动,这对肉体的作用是肯定的:肉体战胜了自然界,战胜了对方,庆贺对它的胜利,并依靠它而成长。这个胜利庆典的时刻必然属于所有的筵席形象。饮食不可能是忧伤的。忧愁与饮食是不相融的(但是死亡与饮食却能很好地结合)。筵席总是为庆祝胜利而举行。这是它的本质属性。宴会式的庆典是包罗万象的:这是生对死的胜利。从这个方面看,它同怀胎、分娩是等同的。胜利了的肉体把被征服了的自然界的食物吸收到自己身上,从而获得新生。

因此筵席作为胜利和新生的庆典,在民间创作中经常起着完成的职能。在这方面它同婚礼(生产行为)是等价的。这两种完成的结局,往往在"婚宴"形象中融合成一起,民间创作也往往以此作为结束。问题在于"宴会"、"婚礼"和"婚宴"并不表示抽象的单纯的结束,而是这种结束总是孕育着新的开始。最典型的是,民间创作里死亡永远不是完结。假如死亡出现在生命结束的时候的话,那么继它之后紧接着就是举行追悼死者的酒宴(即出殡筵席,如《伊里亚特》就是这样结尾的)。出殡酒宴才是真正的结束。这同民间创作中所有形象的双重感情色彩紧密相连:结束应该是新的开始,犹如死亡孕育着新生一样。

任何胜利庆典筵席的本质不仅是事件合适的结束,而且也是一系列重要事件合适的镶框。因此在拉伯雷的作品里筵席几乎总是要么表示事件的完成,要么表示对事件的"包装"(如痛打诽谤者)。

但是，筵席作为对智慧的话语、诙谐的真理的镶边，有着特别重要的意义。话语与筵席之间自古以来就有着联系。在古罗马筵席交谈里，这种联系是通过最鲜明和最古典的形式表现出来的。但是，中世纪离奇怪诞的现实主义也通晓筵席交谈最富独特性的传统，即筵席话语。

到人类语言最早的发源地去寻找饮食和话语这种联系的起源确实很诱人。但是，要是有某种可能确定这种联系的最初的源头的话，那么它就会对我们认识以后的生活，对深入思考饮食同话语之间的这种联系，提供许多帮助。因为，即使是对于古罗马的筵席交谈者，如柏拉图、色诺芬、普卢塔克、阿费奈、马尔科比、卢奇安，话语与筵席之间的联系完全不是僵死的残存的现象，而是经他们能动地深思熟虑过的。无论是在离奇怪诞的筵席交谈那里，还是在它的继承者和完成者拉伯雷那里，这种联系都同样是生动的、经过思考过的。①

在《高康大》的前言中拉伯雷直接谈到这种联系。请看这一段：

> 应该指出，写作这样大的一本书，我从未浪费过、也未曾使用过规定上满足口腹之欲的时间以外的时间，换句话说，我仅是使用了喝酒和吃饭的时间。喝酒吃饭的时间才是写这种高深的学术文章最适宜的时候。语文学家的典范荷马，还有贺拉斯所证明的拉丁诗人之父埃尼乌斯②，就是善于运用这个时间的，尽管有一个粗坯说埃尼乌斯的诗酒味大于油味。
>
> 一个坏蛋说我的书也是这样，这叫活该！酒味比起油味来，要更可爱、更吸引人、更诱惑人、更高超、更精美到不知道多少倍了！因此有人说我浪费的酒比油多，我感到很光荣，和德谟斯台纳③听见说他浪费的油比酒多感到自豪一样。对于我，只要有人说我，称道我是笑话能手，好伙伴，我就感到荣耀和光彩，单凭这个头衔，只要

---

① 当然，离奇怪诞的筵席交谈的传统是以贫乏的形态继续存在下去；我们在19世纪一系列形象中曾经碰到过（如贝多芬的席间谈话会）；其实这种传统一直流传到我们今天。——原注
② 埃尼乌斯（公元前240—公元前170），古罗马诗人。——译注
③ 德谟斯台纳（公元前385—公元前322），古希腊大演说家，曾因演说受辱，发奋苦练，直至成功。——译注

有乐观派在场,我都能受到欢迎。有一个难对付的人曾经非难过德谟斯台纳,说他的演说气味像一个卖油的身上那条又脏又臭的围裙。对于我的言行,你们可要往最完善的方面去解释,请珍惜供给你们这些快活笑料的奶酪形的脑汁,并尽你们的能力,让我笑口常开。(第1部,作者前言)

起初作者故意贬低自己的作品,说他只是在吃饭的时候写作,而且他对待写作,就像对待一件小事、一个小玩艺儿一样,花费的时间很少。因此可以从讽喻的角度去理解这种"高谈阔论和内涵深奥的问题"的表达方式。然而,这种贬低现在不再以荷马和埃尼乌斯的创作为依据了,尽管他们曾经是这样做的。

饭桌上的谈话是戏谑的无拘无束的谈话。通过这种形式,人们民间节日期间开怀自由说笑的权利得到扩大。拉伯雷把防御性的滑稽好笑的尖顶帽戴到自己的创作上。但是,饭桌上的言谈,其实同时与其内在的心理活动也是完全相吻合的。他实际上认为酒比橄榄油好,因为橄榄油是"纯素的"、虔敬严肃的象征。

拉伯雷坚信,只有在酒宴的氛围中和吃饭时的交谈中才能说出自由的和坦诚的真理,因为只有这种氛围,才能排除任何谨小慎微的想法,也只有这种交谈的语调才符合真理的本质,正如拉伯雷所理解的那样,真理就内质而言,都是自由的、愉悦的和唯物的。

拉伯雷透过一切高雅的和官方文体的虚假的严肃性看到了昔日消逝了的政权和消逝了的真理,即毕可罗寿、阿纳尔斯、约诺土斯、波塔古、好打官司者、进馋言者、诽谤者、刽子手以及任何种类的不会笑之人、野人(他们以吠代替笑)、憎恶人类者、伪善者、伪君子们等的真理。对拉伯雷来说,严肃性要么是过去真理的风格,注定要灭亡势力的风度;要么是被一切恐惧吓坏了的软弱无能人的腔调。与此同时,离奇怪诞的筵席交谈、民间节庆狂欢的筵席形象,特别是古代"饭桌上的交谈",给他提供笑、语调、词汇,以及表示他对真理新的理解的完整的系列形象。酒宴和筵席形象是表现绝对无畏的欢愉的真理的最好媒介。面包和葡萄酒(用劳动和斗争而获得世界)驱散了所有恐惧,并使话语获得了自由。吞食世界而不被它吞食的胜利者的人,在饮食方面与世界进行欢快隆重的相会,这同拉伯雷世界观的本质是很吻合的。这种对世界的征服在吃食行为上是具体的、可感的、肉体物质的。可以直接感受到被征服了的世界的滋味。世界供养着,并将继续供养人类。而且在这个征服世界的形象上既没有丝毫神秘的痕迹,也没有丝毫抽象的理想主义的升华。

这个形象把真理具体化了,不让它离开大地,但同时又要保存它的多层性和宏伟性。"饭桌上交谈"的主题和形象——这永远是"高谈阔论"、对"深奥问题的探讨"。可是它们却以同样的形式,在物质肉体方面失掉荣誉和重新振作起来:"饭桌上的交谈"不要求遵守一般物品和珍品之间的等级。它们自由地把庸俗的和神圣的、崇高的和卑微的、精神的和物质的东西搅拌在一起。对它们来说,不存在有失身份的婚姻。

在上面列举的一段里,我们强调了酒与橄榄油的对立。我们也说过,橄榄油是官方虔敬严肃性的象征,是对上帝的敬仰和恐惧的象征,而酒是从恐惧和虔敬的桎梏中解放出来的。"酒中的真理"是自由的、无畏的真理。

必须指出,还有一个重要的方面,即筵席上的话语同未来和褒贬含义的特殊关系。这一点,直到现在还常常出现在宴会的举杯祝酒词中。筵席上的话语仿佛属于同一个事件中令人悲痛的死亡的时间和令人高兴的生育的时间本身。因为这番话具有双重含义和双重感情色彩。甚至在柏拉图和色诺芬那里最严格、最定型的酒会——筵席交谈上褒扬也保存双重感情色彩,其中含有贬抑(尽管是轻微的):在颂扬苏格拉底的时候,可以说他其貌不扬的外表,而苏格拉底本人(在色诺芬那里)却能把自己当作拉皮条来颂扬。衰老与年轻、美与丑、生与死在这里往往融合在一个具有两副面孔的形象里。但是,现代节日的主旋律首先是话未来。盛宴庆典不可避免地要采取颂扬美好未来的形式。这就赋予那些摆脱了过去和现在束缚的宴席话语以新的特征。在《希波克拉底文集》里有一篇论文《论风》(这是拉伯雷很熟悉的)。在这篇论文里给筵席狂饮下了这么一个定义:"狂饮中人们几乎都是这样:由于血流突然加大,情感以及寓于其中的思想也发生了变化,于是人们把现在的不幸,忘得一干二净,对未来的幸福寄予莫大的希望。"但是,这番宴席话语的乌托邦,依然存在于今天举杯的祝酒词中,它并没有离开大地。人对未来的祝福表现在人的丰富和更新的物质—肉体的形象上。

中世纪和文艺复兴时期的筵席形象传统大致就是这样。拉伯雷则是这一传统的继续者和完成者。这些形象在他的作品里大多具有正面隆重庆祝胜利和解放的成分。它们所固有的全民性和丰富性的倾向在这里得到了充分的揭示。

但是，拉伯雷也熟悉僧侣——寄生虫和贪食者形象。这种类型的筵席形象已经被充分揭示出来。例如，第4部里《为什么教士喜爱厨房》这一章，在描写高康大接受烦琐哲学教育期间消磨时光的时候，拉伯雷运用讽刺的方法表现了主人公的贪食（这里年轻的高康大消磨时光的情景很能使人想起《某教士生活的一天》）。但是，这种狭隘的讽刺观点，在拉伯雷的小说中具有非常局限和从属的意义。

拉伯雷的《卡斯台尔的荣誉》带有极其复杂的特点。这种颂扬同它以前的那一章"关于巡回演出员以及他们对卡斯台尔无限的筵席馈赠"一样，都渗透着矛盾倾向的斗争。在这里，丰盛的筵席同巡回演出者微不足道的暴饮暴食连在一起，巡回演出者都把肚子奉为神。卡斯台尔把这些猴子（即巡回演出者）置于自己的夜壶里，让他们瞧一瞧和认认真真地考虑一下，处在他的粪便里的神究竟是什么样子的。但是，在这些微不足道的暴食的否定形象的背景上（可这种否定并没有触及给巡回演出者送上来的酒菜）竖起一个强大的卡斯台尔形象，一个人类技术和文化的发明者和创造者。

在研究拉伯雷的著作里可以碰到这样的看法，即在颂扬卡斯台尔的荣誉里有着历史唯物主义的萌芽。其实，这种看法也对也不对。因为在拉伯雷创作的这个历史发展阶段不可能去谈严格意义上唯物主义的萌芽。无论如何也不能看到哪怕是粗俗的"胃的唯物主义"。卡斯台尔发明了耕作法、种子收藏法，发明了护身的武器、搬运的方法，学会了建设城堡，也掌握了破坏城堡的技艺，与此同时，他创立了科学（数学、天文学、医学等）。这个卡斯台尔不是个别动物的生物肚子，而是有组织的人类集体物质需要的体现。这个肚子研究世界为的是战胜它、征服它。因此在对卡斯台尔的颂扬声中洋溢着胜利筵席的曲调，而且在最后，这种颂扬转变为卡斯台尔对征服未来和发明创造技术的憧憬。但是，这些胜利的筵席曲调中掺和了一些否定的旋律，因为卡斯台尔自私、贪婪和不公道：他不仅发明了建筑城市的艺术，而且也想出了破坏城市的方法，即战争。这就构成了卡斯台尔形象复杂的特征，赋予这一形象深刻的内在矛盾，而解决这一矛盾，拉伯雷是无能无力的。他也没有想去解决这个矛盾。拉伯雷把这个矛盾的复杂性留给了生活,他相信,无所不能的时代必定会找到出路的。

我们要强调的是,拉伯雷胜利的筵席形象始终带有历史色彩,这在变烧死骑士篝火为宴席炉灶的情节中表现得特别明显。筵席像是在近代发生的。甚至连狂欢筵席也像是在乌托邦的未来,是在复归了萨土耳诺斯时代发生的。在整个快乐、喜庆的过程中,人们都是用筵席形象语言说话。这一点,正像我们说过的那样,直到今天,在我们的酒宴中依然存在。

筵席形象还有一个很重要的方面,至今我们还没有涉及。这就是食物同死亡、同地狱的特殊关系。"死亡"这个词在其含义中也表示"被吞食的"、"被吃掉的"。拉伯雷作品中的地狱形象同饮食形象不可分割地交织在一起。但是地狱在拉伯雷那里同样具有解剖人体下部的含义,他同样用狂欢化的形式描写了地狱。地狱——这是拉伯雷小说重要的枢纽之一,如同整个文艺复兴时期文学一样(这是但丁开创的)。

在做总结的时候,我们要再一次强调,民间节日传统(包括拉伯雷的作品在内)中的筵席形象同个人生活中的饮食,同早期资本主义文学中的暴食和酗酒有着严格的区别。后面的这几种形象是个别的自私自利的人具有的满足和饱食的体现,个人享受的体现,而不是全民性的喜庆的体现。它们脱离劳动和斗争,它们同人民广场没有联系,它们孤零零地住在房子里和房间里(《家庭生活的丰富》)。这不是所有的人都参加的"普天同庆",而是一种同门前的饥肠辘辘的乞丐一起的家庭聚餐。如果这些食物形象是夸张的比喻的话,那么这就是贪婪的表现,而不是社会正义的感情体现。这是一种缺乏任何象征、夸张和多层意义的呆板生活。这同他是否否认狭隘的讽刺形式,即与纯粹的否定或者纯粹的肯定(如满足)描写无关。

与此相反,民间节庆饮食形象与这种呆板的生活和个别人的满足没有任何共同之处。这些形象很积极也很得意,因为他们完成了劳动过程以及社会的人同世界的斗争。他们是全民性的,因为取之不尽、日益增长的丰富的物质生活源泉是他们存在的基础。他们的含义是多层次的,而且同生活、死亡、复兴、更新的概念有机地融合在一起。他们同自由、清新的真理(这种真理与恐惧、虔敬格格不入)的概念保持着有机的联系,因为他们同智慧的语言密不可分。最后,他们充满了通向美好未来的快乐。在他们行进的路上,一切都在变化,一切都在更新。

民间筵席形象这一深刻的特征,直到现在还没有被人们所理解。人们往往从个人生活的角度去理解它们,把它们看作"庸俗唯物主义"。因此无论是这些形象非凡的魅力,还是它们在过去的文学、艺术和世界观中起过多么大的作用,都不被人们理解、知晓。同样,阶级思想意识体系中的民间筵席形象的矛盾生活,也没有被人们研究。它们变得像习以为常的日常生活,而且开始退化,当然,退化的程度是不一样的,这取决于阶级社会发展的不同阶段。因此,筵席形象在符拉芒人居住的地方,尽管这里已经是资本主义生活方式了,依然还保留着良好的民间喜庆的本质。虽然,这比起符拉芒人油画中的这些形象的力量和魅力在程度上有所减弱。即使在这个领域内对过去民间文化进行比较深入的研究,也有可能按照新的方法提出并解决一系列的本质问题。(李兆林　译)

❡ 问题探讨 ❡

1. 《巨人传》中的筵席形象具有怎样的作用?它是否同《十日谈》中的性爱故事一样,是文艺复兴文化意识的体现?是否构成对神学禁欲主义的挑战?

2. 巴赫金的"狂欢"理论包括哪些内容?民间诙谐文化有哪些表现形式?它与正统或官方文化有着怎样的冲突?

3. 文艺复兴时期的欧洲文坛是否存在一种《十日谈》现象?它具有什么特点?

4. 概括一下《巨人传》中"德廉美修道院"的乌托邦特征。文艺复兴时期的文学中,还有哪些乌托邦形象和描写?(参阅张隆溪《乌托邦》一文,见《永远的乌托邦》,曹莉主编,清华大学出版社,2002年版)

选　文

哈姆莱特与堂吉诃德[①]

[俄] 屠格涅夫

导言——

　　此文选自《莎士比亚评论汇编》（上），是俄国作家屠格涅夫（Иван Сергеевич Тургенев，1818—1883）1860年所做的一次讲演。屠格涅夫不仅比较了文艺复兴时期文学中的两个伟大的艺术形象，而且讨论了哈姆莱特和堂吉诃德各自性格中的一些重要方面，是莎士比亚评论中的名篇。

　　此文为我们理解西方文学中的两大艺术形象提供了一个独特视角。

　　……我们常常把"堂吉诃德"这几个字简单地理解为小丑，"堂吉诃德性格"这几个字在我们这儿是与荒唐、愚蠢这几个字意义相等的。可是，我们应当承认在堂吉诃德的性格中有着崇高的自我牺牲的因素，只不过是从滑稽的方面来理解罢了。

　　我说过，我感到《堂吉诃德》与《哈姆莱特》的同时出现是值得注意的。我觉得，这两者典型体现着人类天性中的两个根本对立的特性，就是人类天性赖以旋转的轴的两极。我觉得，所有的人都或多或少地属于这两个典型中的一个，我们几乎每一个人要么接近堂吉诃德，要么接近哈姆莱特。诚然，现在哈姆莱特比堂吉诃德要多得多，但堂吉诃德也还没有绝迹。

　　现在让我来加以说明。

　　所有的人——自觉地或不自觉地——都是按照自己的原则，自己的理想而生活，即按照他们认为的真善美而生活。许多人接受的理想已经是十分现成的，具有历史地形成的一定的形式的；他们根据这个理想而生活，有时由于情欲或偶然原因抛弃了这个理想，但他们对它也并不加以议论，并不加以怀

[①]　选自《莎士比亚评论汇编》（上），杨周翰编选，中国社会科学出版社，1979年版。

疑。相反地，另一些人却以自己的思想来分析理想。无论怎样，如果我们说，对于所有的人说来，这个理想，这个他们生存的基础和目的，或者处于他们自身之外，或者处于他们自身之内。换言之，就是对于我们每一个人说来，或者是我自己，或者是其他他所认为是崇高的事物处于第一位，这是不会太错的。可能有人会反对我说，现实不会有这样极端的分野，在同一个人身上两种观点可能相互交替，甚而可能有某种程度的融合。但是我也并没有想断定人的天性不可能有改变和不可能有矛盾，我只是想指出人在对待自己的理想时有两种不同的态度，因此，我现在根据我的理解，尽力指出这两种不同的态度怎样体现在我所选择的两个典型里。

我们从堂吉诃德开始。

堂吉诃德本身表现了什么呢？如果我们不是匆匆地向他一瞥，停留在表面和琐细的事物上，那我们就不会把堂吉诃德仅仅看作一个悲伤的骑士，一个仅仅为了嘲笑古老的骑士小说而被创造出来的人物。大家知道，这个人物的意义在他的不朽的创造者的笔下是扩大了的，下集里的堂吉诃德，是公爵和公爵夫人的可爱的朋友，是他那做了省长的侍从的英明的导师，他已经不是上集里，特别是小说开始时我们所看到的那个堂吉诃德，不是那个饱受打击的怪诞而又可笑的怪物了；所以我也试图深入到事情的本质里去。我再重复一遍，堂吉诃德本身表现了什么呢？首先是表现了信仰，对某种永恒的不可动摇的事物的信仰，对真理的信仰，简言之，对超出个别人物之外的真理的信仰，这真理不能轻易获得，它要求虔诚的皈依和牺牲，但经由永恒的皈依和牺牲的力量是能够获得的。堂吉诃德全身心浸透着对理想的忠诚，为了理想他准备承受种种艰难困苦，准备牺牲自己的生命。他之所以珍视自己的生命，就是因为生命能作为他在世界上实现理想、确立真理与正义的手段。有人说，这个理想是他的心神错乱的想象从骑士小说的幻想世界里吸取来的。我同意这点，堂吉诃德的喜剧的一面也就在这里，然而理想本身仍然保持着完美无瑕的纯洁。为自己而生活，关心自己——堂吉诃德会感到这是可耻的。他完全把自己置之度外（如果可以这样说的话），他活着是为了别人，为了自己的弟兄，为了除恶，为了反抗敌视人类的势力——巫师、巨人——即反抗压迫者。在他身上没有自私自利的痕迹，他不关心自己，他整个儿都充满了自我牺牲精神——请珍重这个词吧！他有信仰，强烈地信仰着而毫无反悔。因此他是大无畏的、能忍耐的，满足于自己贫乏的食物和简单的衣服——这些他是不在意的。他有一颗温顺的心,他的精神伟大而勇敢;他那感人的笃信没有束缚住他的自由;虚荣心与他格格不入,他不怀疑自己和自己的使命,甚至自己的体力;他的意志是不可动摇的。永远追求同一个目的使得他的思想有些单调,使得他的才智有些片面;他知道得很少,而且他也不需要知道很多:他知道他的事业是什么,他为什么生活在世上,这就是主要的知识了。堂吉诃德可能会使人觉得他完全是一个疯子,因为在他眼前毫无疑义的实体性消失了,像蜡一般由于他的热情的火焰而消溶了(他确实把木偶看作活的摩尔人,把山羊看作骑士);他也可能令人觉得他是一个眼光短浅的人,因为他既不善于轻易地同情,又不善于轻易地喜悦。但是他像一棵万古长青的大树,把它的根深深地扎在土壤里,既不能改变自己的信念,又不能转移自己的目标。他的坚强的道德观念(请注意,这位疯狂的游侠骑士是世界上最道德的人)使他的种种见解和言论以及他整个人具有特殊的力量和威严,尽管他无休止地陷于滑稽可笑的、屈辱的境况之中……堂吉诃德是一位热情者,一位效忠思想的人,因而他闪耀着思想的光辉。

哈姆莱特又是什么呢?

首先是自我分析和利己主义,因而就缺乏信仰。他整个是为自己而生存,他是一个利己主义者,但是相信自己在一个利己主义者都是不能做到的;因为他只能相信他之外或他之上的事物。但是这个哈姆莱特不相信的我却是他所宝贵的。这是他无休无息地绕来绕去的出发点,因为他在整个世界上找不到他的灵魂可以依附的东西;他是一个怀疑主义者,永远为自己忙忙碌碌;他经常关心的不是自己的责任,而是自己的境遇,哈姆莱特既然怀疑一切,自然,对自己也是毫不容情的;他的才智太发达了,所以他不能满足于在自己身上所发现的东西,那就是他意识到自己的弱点。但是任何自觉都是力量,由此产生了他那与堂吉诃德的热情相对立的冷嘲。哈姆莱特怀着欣赏的心情过分地责骂自己,经常观察自己,永远注视着自己的内心深处,他透彻地了解他的一切缺点,蔑视它们,也蔑视自己,同时,可以说他就是靠这种蔑视哺育着而生活。他不相信自己——却又非常爱好荣誉;他不了解他要求什么,为什么而生活——却又热爱生活……"呵,上帝,上帝呵!如果你,天地的主宰,不禁止自杀的罪恶!……我觉得生活是多么卑鄙、空虚,多么平凡、微不足道!"(他在第一幕第二场里悲叹道)但他并没有牺牲这平凡而空虚的生命。在他父亲的鬼魂出现之前,在接受那彻底击碎了他那早已沮丧的意志的重大使命之前,他就幻想着自杀了——然而他并没有自杀。正是这种结束生命的幻想表现了对生命的热爱,凡是 18 岁的青年都是很熟悉这种情感的:

那是热血在沸腾,那是力量的过剩。①

但是我们不要过于严格地对待哈姆莱特了,因为他很痛苦,而他的苦痛比起堂吉诃德的来是更深切、更刺心。堂吉诃德遭受了粗野的牧童、被他释放了的罪犯的毒打,可是哈姆莱特却自己使自己受伤,自己折磨自己;他手里也握了一柄利剑,一把刀刃锋利的自我分析的利剑。

我们也应当认识到,堂吉诃德确实是可笑的。他的样子恐怕是诗人所描绘的最滑稽的样子了。甚至在俄国农夫的嘴里,他的名字都成了一个可笑的绰号。这点我们可以亲耳听到,确信无疑。一想到堂吉诃德,脑海中就出现了一个消瘦的、颧骨高耸、有着一个鹰钩鼻子的人物,穿着一副漫画式的盔甲,骑着一匹瘦骨嶙峋的病马,那匹可怜的、永远是饥饿疲惫的、不能不令人对它有着一种半可笑半感人的同情的罗吉南特。堂吉诃德是可笑的……但在笑声里却有着一种和解与宽恕的力量——如果说,"你所嘲笑的,就是你为之效劳的"这句话不是无缘无故的话,那么还可以补充说:你所嘲笑的人,就是你已经宽恕的人,甚至是你准备去爱的人了。相反地,哈姆莱特的外表是迷人的。他的忧郁,他的苍白但并不消瘦的面庞(他的母亲指出他是丰腴的),黑天鹅绒的衣服,帽子上的羽毛,优雅的风度,他那毋庸置疑的诗的语言,对别人一贯地有着十足的优越感,同时又辛辣地自我嘲笑、贬低,他身上的一切都使人喜爱,一切都使人迷恋;任何人都会以享有哈姆莱特的美名引以为荣,没有人愿意担当堂吉诃德这一绰号。普希金给友人写信道:"哈姆莱特式的巴拉登斯基"②,没有一个人想要嘲笑哈姆莱特,而这恰恰就是对他的谴责:要爱他,几乎是不可能的,只有类似霍拉旭那样的人才会爱哈姆莱特。这样的人我们下面再谈。任何人都会同情哈姆莱特,这种同情是可以理解的,因为几乎每人都能在他身上找到自己的特点;但要爱他,我再说一遍,是

---

① 莱蒙托夫的诗《不要相信自己》中的诗句。——译注
② 巴拉登斯基(1800—1844),俄国诗人,曾与普希金有过交往,受过普希金的影响,他的诗工于技巧,充满哀伤、绝望的情绪。——译注

不可能的,因为他自己不爱任何人。

我们继续来加以比较吧。哈姆莱特是一个王子,他的父亲被篡夺王位的亲兄弟谋杀了,他从坟墓里,从"地狱"里出来托付哈姆莱特替自己复仇,而哈姆莱特犹疑不定,装疯卖傻,以责骂自己而自慰,最后,才偶然地杀死了他的继父,多么深刻的心理特征呵! 许多人,甚至聪明而短视的人也为这点而斥责莎士比亚。而堂吉诃德呢,一个贫穷的、几乎一贫如洗的人,没有任何财产和关系,一个年老孤独的人却担负了要在全世界(为完全与他陌生的人)除暴安良的重任。至于他第一次要从压迫者手中解救无辜者的企图,由于反而使无辜者遭受加倍的毒打而破灭……但这又有什么关系呢? 堂吉诃德想到要对付恶魔,就向有用的风车进攻,这又有什么关系呢……这些形象的滑稽的外貌不应当使我们的视线离开了它们隐秘的含义。如果谁在牺牲自己时,首先要估计和权衡自己这一行为的一切后果、一切可能的益处,那么这人未必能牺牲自己。哈姆莱特就绝不会发生类似的情况,难道他那深刻细致的怀疑论者的头脑会陷入那样愚蠢的谬误之中吗? 不能,他不会去和风车搏斗,他不会相信巨人……而且如果他们确实存在的话,他也不会袭击他们的。哈姆莱特不会像堂吉诃德那样给每人指着理发匠的锡盆而断言它是曼卜林的真正的魔法头盔。而且我们可以设想,即使真理本身具体地呈现在哈姆莱特眼前,他也是不敢担保这就是它,是真理……谁能知道,或许,真理也像巨人一样是没有的吧? 我们嘲笑堂吉诃德……但是,可尊敬的先生们,我们扪心自问,问问过去的以及现在的信念,我们之中谁能够,谁敢于断言,他在任何情况下、现在和过去永远能区分理发匠的锡盆和魔法金盔呢? ……因此我觉得事情主要在于信念本身的真诚和力量……而结局是握在命运的手里的。只有命运能给我们表明,我们是和幽灵战斗,还是和真正的敌人战斗,我们头上戴着什么武器……而我们的事情就是武装起来并且进行战斗。

人群,即所谓人民大众对哈姆莱特与堂吉诃德的态度也是意味深长的。

哈姆莱特面前,波洛涅斯是群众的代表,在堂吉诃德面前那就是桑丘·班札了。

波洛涅斯是一个干练实际、善于思考,然而同时又是一个眼光短浅、喜欢饶舌的老头。他是一个卓越的行政长官,是一位模范父亲,请大家回忆一下他对儿子雷欧提斯出国的那番教导吧,这番教导足以与桑丘在巴拉塔里岛上做省长时那篇著名的训令相媲美。对于波洛涅斯,哈姆莱特与其说是一个疯子,不如说是一个幼儿。如果他不是一个王子,由于他根本毫无用处,由于他不能够有效地、干练地运用他的思想,波洛涅斯是会轻蔑他的。哈姆莱特与波洛涅斯之间那著名的看云的一场戏,对于我们有着明显的意义。它证实了我的看法,这一场是哈姆莱特想愚弄这老人……我不妨给大家提一下:

波:殿下,娘娘要同殿下谈话,请立刻就去。
哈:看见那朵云吗?像一只燕子。
波:完全是一只燕子。
哈:看,它像一头骆驼。
波:真像骆驼的背哩。
哈:还是像鲸鱼呢?
波:完全是一条鲸鱼。
哈:好吧。我就去见母亲。

在这一幕里,波洛涅斯是一个讨王子欢心的宫臣,同时又是一个不愿与有病的、任性的孩子抬杠的成年人,这不是很明显吗?波洛涅斯丝毫也不相信哈姆莱特,他是对的!由于他那特有的狭窄的过分的自信,他把哈姆莱特的古怪念头妄加解释为是因为对奥菲利亚的爱情,自然,这点他是错了,但他对哈姆莱特性格的评价是没有错的。哈姆莱特之流的的确确对群众毫无用处,他们什么也不能给予群众,不能把群众引导到任何地方去,因为他们自己哪里也不去。不知道脚下是否有立足之地,他又能怎样引导呢?何况哈姆莱特之流还是蔑视群众的。一个不尊重自己的人,他还能尊重谁,尊重什么呢?群众值得关心吗?群众是多么愚蠢肮脏!而哈姆莱特是一个贵族,不仅仅根据他的出身来说是如此。

桑丘在我们面前却呈现出完全不同的现象。相反地,他嘲笑堂吉诃德,他清楚地知道,堂吉诃德是一个疯子,但是他为了跟随这个疯子,三次离开了故乡、家园、妻子和女儿,到处跟随着他,遭受各种各样不愉快的事,誓死不渝地忠于他、信任他,以他为骄傲,跪在老主人临终的病榻前哀声痛哭。这种忠诚不是希冀获得利益,获得个人的好处;桑丘十分理智,他非常清楚地知道,一个游侠骑士的侍从除了挨打以外,别的几乎不能有所期待。他忠诚的原因应该更深刻地去探索,如果可以这样说的话,这忠诚的根源恐怕就在于群众的优秀品质,在于群众能够处在幸福而诚实的迷惑状态之中(唉,群众也是熟悉另一种迷惑状态的!),在于群众具有无私的热情和对个人直接利益的蔑视,对于一个贫穷的人来说,这种蔑视几乎就等于蔑视最急需的面包。这是伟大的、具有世界历史意义的品质!人民群众的结局经常是这样的:他们完全信赖地跟随着那些他们自己加以嘲弄,甚而加以诅咒和追击的人们,然而这些人却既不怕他们的追击与诅咒,甚而也不畏惧他们的嘲笑,勇往直前,全神贯注于只有他们才看到的目标,探寻着,跌倒了又爬起来,终于找着了……也只有那被心灵牵引着的人才有权利找着。"Les grandes pensées viennet du coeur"①——福维那格这样说过。而哈姆莱特之流什么也没有找到,什么也没有发现,除了自己的痕迹而外,没有留下任何痕迹,没有留下任何事业。他们不爱也不相信,这能找到什么呢?就是在化学里(不用说有机界了),为了产生第三种物质,也需要两种物质的化合;而哈姆莱特之流总是只关心自己,他们是孤独的,因而也是毫无成就的。

哈姆莱特②

[英] 布雷德利

导言——

此文选自英国二十世纪初的著名莎评家布雷德利(A.C.Bradley,1851—1935)的名著《莎士比亚悲剧》第四讲。在《莎士比亚悲剧》中,布拉德利从精神心理的角度深刻阐发了莎士比亚悲剧的实质和其人物性格。在第四讲中他集中分析了《哈姆莱特》的人物形象。此文从精神心理的角度解释了哈姆莱特为什么在为父复仇过程中拖沓延宕:因为他灵魂高尚,所关心的是如何拯救母亲等一伙人的罪恶灵魂的事,而不是杀人报仇的事,因而对复仇之事一拖再拖。布拉德利的说法是西方"哈评"领域里最有说服力、最权威的一种说法。

---

① "伟大的思想出自心灵"(法语),福维那格是18世纪时的一位法国作家。——译注
② 选自布雷德利(Bradley, A. C.)《莎士比亚悲剧》,张国强等译,上海译文出版社,1992年版。

一

在第一幕结束处我们最后看到哈姆莱特时,他刚刚从他父亲的亡灵那里接到了重任。以下这一事实生动地反映了他当时的思想状态:在接到重任不到一小时,他又回到了那种厌世轻生的状态中,而这就是他后来无所作为的直接原因。我们在第二幕开场再度看到他时,已经过了相当一段时间了,显然有两个月之久。派往丹麦王那里去的使节刚要回来。我们看到雷厄提斯在离开艾尔西诺后,在巴黎已待了一段时间,带去的钱也用完了。奥菲利娅服从了父亲的命令,回绝了哈姆莱特的来访和信函。哈姆莱特做了些什么呢?他装得"性情古怪",使人们都认为他精神不正常。他母亲因此为他忧心忡忡,国王也因而十分不安,很想发现哈姆雷特"转变"的原因,而以前他对哈姆雷特毫无戒心,希望他在宫廷里待下去。于是,罗森格兰兹和吉尔登斯吞被传唤进宫陪伴哈姆莱特,使他振作起来,同时也好探出他心中的秘密;他们此时刚要到来。哈姆莱特除了这样引起他的敌人的忧虑之外,别的什么也没有做。如我们所见,我们不得不想象,他在这一长段日子里,大部分时间沉溺在"鹿豕般的遗忘"或无益的沉思中,就这样日益深陷于沮丧的泥淖。

现在他采取了新的行动。他在没有预先通知的情况下突然出现在奥菲利娅的卧室里。他的出现和行为使奥菲利娅和她的父亲都认为他的失常是失恋所引起的。这一行动的目的在多大程度上是想造成一种错觉,使人们觉得这就是他精神不正常的根源,在多大程度上又出于其它原因,这是很难分清楚的。但是看来他确实是有这种意图的。然而,他只是部分地达到了这一目的。因为波洛涅斯虽然对此深信不疑,国王并不相信,于是决定由他们两人偷看奥菲利娅和哈姆莱特会面的情景。与此同时,罗森格兰兹和吉尔登斯吞到了,在国王的吩咐下开始了他们探出哈姆莱特心中秘密的尝试,可是被他轻易地挫败了。这时戏子们来到了宫中,哈姆莱特早先对演戏的爱好在一时间使他重新振作起来,几乎变得兴奋愉快了。可这瞬息间就消失了。扮演赫卡柏的演员在朗诵她丈夫被杀而悲痛欲绝时的激情台词时,重新点燃了哈姆莱特心中沉睡的责任心和耻辱感。他必须采取行动。他以思想状态健全时所特有的敏捷,安排了在国王和王后面前上演《贡扎古之死》的计划,其中插入了自己特地写下的一段台词。然后,他匆匆地把宾客们打发走,好独自安静一下。这时,他发出一长串的自责之词,诘问自己究竟为何要一再拖延,激发起自己对敌人的深仇大恨,又因对自己的只说不做感到厌恶而制止了自己，然而他试图说服自己他是对鬼魂的真伪心存疑窦，并使自己确信只要国王在演戏时表现出一丝的罪疚，他就"知道该怎么办"。就这样他使自己的良心得到了暂时的宽慰。

这一段著名的独白表明了什么是再清楚不过的了。独白结束处的疑问并不是先前思想的自然结论，而是与其根本不相符的。哈姆莱特的自责、他对敌人的诅咒，以及他对自己的无所作为迷惑不解，所有这些都说明他对鬼魂的身份和真实性深信不疑。显然，这种以前没有丝毫迹象而突如其来的疑问是不真实的，它只是一种下意识的杜撰，为自己的延宕——及以后的继续延宕——所找到的遁词。

一夜过去了，随着第二天到来的是矛盾激化的转折点。首先发生的是那场会面：国王要从中找出他侄子失常的真实原因究竟是不是失恋。他们派人去叫哈姆莱特来了，又让可怜的奥菲利娅读着手中的祈祷书走来走去；波洛涅斯和国王则躲在帷幕后面。哈姆莱特上场了，他全神贯注地思考着什么，在一时间甚至觉得近旁无人。他在想些什么？是几小时后就要上演并将决定一切的《贡扎古之死》吗？错了。他在思考着自杀的可取性，结果发现他之所以不能自杀——和那无限的吸引力相抗衡的——不是由于神圣的职责没有完成，而是结束苦难的行动是否高尚这一和他的职责完全不相干的疑问，以及死亡是否能够结束这种苦难的疑问。这就是说，哈姆莱特在这里实际上正处于他两个月前第一段独白时同样的思想状态之中，而那时他根本没有听说过父亲被害这回事。他思考的问题和眼前的事没有任何关联，它反映了他惯常的厌世感，而他一阵阵激情或能量的爆发与之正相对照。就在即将决定鬼魂的话是否真实的当天，他却依然沉溺在这种思虑之中，还有什么比这一事实更能说明问题呢？我们又怎能希望一旦鬼魂的话被证实，哈姆莱特就会采取报仇的实质性行动呢？①

接下来是他和奥菲利娅的会面。会面的结果表明，他的延宕直接威胁着他本身的安全。国王得出的结论是，不论哈姆莱特发疯的真实原因是什么，

---

① "生存还是毁灭"的独白以及和奥菲利娅的会面现在在剧中的位置，看来是莎士比亚经过考虑后才定下来的，因为在第一个四开本中，它们是在伶人们到来之前发生的，而不是在其后，并由此安排了演戏那一场。这一例子突出表明了"灵感"决不仅限于诗人的第一个念头这一真理。——原注

它绝不是爱情。他甚至不完全相信哈姆莱特是疯了。他听到了那气势汹汹的威胁:"我说,以后再也不要结什么婚了;已经结过婚的,除了一个人以外,都可以让他们活下去;没有结婚的不准再结。"他因此大吃一惊。他决不能拖延了。他当即决定把哈姆莱特送往英国。但是因为波洛涅斯在场,我们还不知道他的这一决定用意何在。

　　黄昏来临了。即将上演的戏使哈姆莱特精神振奋。他感到得心应手。他觉得自己在采取某种行动了,一种尽管只属于智力方面的行动。从他对演员所作的如何演好插进去的那段话的指示中,同时从他们就要进入宫中时他与霍拉旭的谈话中,我们看到了哈姆莱特的真实面貌,看到他父亲去世前他是个什么性格的人。但他当时对自己的这段话不应演得大声叫喊和霍拉旭应当注意国王听了以后有什么反应几乎同样感到关切,这是很有典型意义的。甚至在演员正要讲这一段话的紧要时刻,这一特征又出现了。哈姆莱特看到他开始像舞台上通常出现的杀人犯那样蹙眉瞪眼,于是忍不住对他喊道:"别扮鬼脸了,开始吧!"

　　哈姆莱特的计谋比他要想象的成功得多。他原来估计国王会为之"变色",但结果远不止此。那"十二或十六行"的台词只念了六行,国王就惊悸不安地站了起来,冲出了大厅;朝臣们也都惊愕地相随而去。哈姆莱特在成功的欣喜之中——这种欣喜一开始几乎是神经质的——毫不掩饰他对派来的罗森格兰兹和吉尔登斯吞的蔑视。他单独一个人时宣称,现在他可以

　　　　痛饮热腾腾的鲜血,
　　　　干那白昼所不敢正视的
　　　　残忍的行为。

他母亲派人去叫他,于是他就向她的卧室走去。他的情绪是那样激动,充满着复仇的意念,使他感到自己在恶语相加的同时还有手刃母亲的危险。

　　怀着这样的心情,他在去母亲的房间的路上发现了国王正一个人跪在那里,满怀着悔恨,想要祈祷。他的敌人此时束手可擒。

　　　　他现在正在祈祷,我可以动手了;
　　　　我决定现在就干;让他上天堂去,

我就这样报了仇了。① 不，那还要考虑一下。

　　他考虑了一下。结果是，他在说"我决定现在就干"时拔出的剑又插回了鞘中。如果他此时杀死这个坏蛋，他的灵魂就会升入天堂，而他不仅要杀死他的肉体，同时也要杀死他的灵魂。

　　现在的大多数人都会同意，这又是一个拖延的下意识的借口。我们也无须在此再来描述他此时的思想状态；如上一讲中所述，这正是他不下手的真实原因。他所说的"我可以动手了"这句话，表明他并没有"动手"的实际愿望。从接下来的短短的句子中，从这几句话的长时间的间隔中，读者可以清楚地看到，不论他面临的任务是否困难重重，哈姆莱特下一个决心要花多大的努力，到头来却又回到了那种无所作为的病态的忧郁中。哪一位读者要是还有怀疑，可以看看这一事实：鬼魂再次出现时，哈姆莱特并没有想要以自己在等待着更合适的复仇机会来为他的延宕进行申辩。但是在有一点上，我认为大多数的评论家们都误解了。哈姆莱特表现出来的极度仇恨不是他放过国王的原因，这一点他心里是明白的；但这不等于说这种仇恨是虚假的。剧中的所有证据都可以表明这种仇恨是真实的，而且我看不出有任何理由怀疑哈姆莱特会对把谋害父亲的凶手送上天堂感到十分遗憾，也不会怀疑他要是能把他送入地狱该是多么高兴。哈姆莱特之所以拒不接受他自己所解释的放过克劳迪斯的动机，并不是因为他心怀着可怖的念头。在别处，就像他在这儿一段话的开头几句中，我们可以看到，他的不愿意行动是另有原因的。

　　放过国王这一插曲的描写具有极高的戏剧见识。一方面，我们觉得这是一个难得的好机会。哈姆莱特再也无法对自己说他还不能确定叔父到底是否有罪。而且外部的条件也十分有利，因为国王在看戏时的唐突的行为，会最终证实哈姆莱特所必须讲的关于鬼魂的事。也许，在像艾尔西诺那样腐败的朝廷中，他在这种情况下还不能直接指控国王的谋杀罪而不遭危险，但他完全可以安然无恙地先把他杀死，然后再做出解释，尤其是当人民都爱戴他而蔑视克劳迪斯，因而会站在他这一边时。另一方面，莎士比亚设法给这个绝妙的机会加上一个令人厌恶的名声，我们简直无法使自己希望剧中的主人公会利用它。如我们所见，他的一个次要的思想障碍可能是他不得不去杀死

---

① 我总觉得后来的一个四开本中在"报了仇了"后面加上一个问号是正确的。——原注

一个手无寸铁的人。而这里这一障碍达到了极点。

　　这一事件同时又是悲剧的转折点。到目前为止,哈姆莱特的延宕虽然危及到他的自由和生命,但还没有造成严重的后果。可是他此时的下不了决心是以后一切灾难的根源。由于他放过了国王,波洛涅斯、奥菲利娅、罗森格兰兹和吉尔登斯吞、雷厄提斯、王后以及他本人,都成了牺牲品。这一段在全剧中的重要性,以接下去一场中鬼魂的再度出现和再次发出命令戏剧性地表现了出来。

　　波洛涅斯第一个遭殃。波洛涅斯的死使他清醒了。在会面的其余部分中,尽管依然有那种病态情绪的痕迹,他却表现出他本性中独特的美好和高尚的品格。他的主要愿望绝不是要他母亲保证对他的复仇计划保持沉默,而是为了拯救她的灵魂。复仇那种粗野的任务对他来说是可厌的,而这一更高档的工作对他却是得心应手的。在这里,那种"无所谓"的宿命思想消失不见了。没有一个向父亲忏悔的人能比他更执著地去挽救一个堕落的同伴,更严厉无情地谴责罪孽,或更急切地欢迎表示悔过的第一个迹象。当王后表示屈服:

　　　　啊,哈姆莱特!你把我的心劈为两半了!

他回答说:

　　　　啊!把那坏的一半丢掉,
　　　　保留那另外的一半,让您的灵魂清净一些。

　　从哈姆莱特身上突然迸发出来的信任与钟爱的阳光里,有着某种异常美好的东西。事实是,哈姆莱特纵然恨他的叔父并认识到自己有复仇的责任,他的整个心灵从没有完全沉浸在这种仇恨或这一任务之中;而现在,他的整个心灵沉浸在对母亲的堕落的惧怕和试图挽救她的愿望之中。这第一种感情激发了他的第一段独白;这种感情和第二种结合在一起,使他在这里滔滔不绝地大发议论。莎士比亚的作品中没有一处像这里这样激情澎湃。

　　我已经提到了鬼魂在这一场中再次出现的意义,可是莎士比亚为什么偏偏要选择让它在哈姆莱特正大声诅咒叔父这一时刻出现呢?看来理由不止一条。首先,哈姆莱特已经达到了激起母亲心中的羞耻和悔恨的目的,现在则又回到以往以言语来宣泄心中积愤的习惯,用无益的激情耗尽应当积蓄在他的决心中的力量。其次,他这样做只是使他母亲受到不必要的痛苦,尽管她一再可怜地乞求他的宽恕;而鬼魂向他下达指令时明确地告诫他不要折磨王后。在这里,去世的丈夫再次表示了他对脆弱不贞的妻子的同样的温柔和关切。他返回来的目的是为了重复他的命令:

不要忘记,我现在是来
磨砺你的快要蹉跎下去的决心;

然而说完这句话,他立即吩咐儿子去帮助母亲:"安慰安慰她的正在交战中的灵魂。"

在这一场的结尾处,哈姆莱特好像打听到了国王要他带着他的那两位"校友"一起到英国去的计划。他相信这一计划背后隐藏着某种针对他的恶毒阴谋,但他同样相信自己完全能挫败它。因此,如我们所见,他兴致勃勃地迎接着这一场智力的较量。他看来没有想到过要拒绝前往。也许(这里我们只能猜测了)他觉得他无法拒绝,除非同时公开指控他的父亲被国王谋杀了(他好像从来没有打算这么做);因为波洛涅斯的被杀给他的敌人提供了遣送他出国的最好的理由。

剧情继续开展下去时,波洛涅斯的死已经导致了奥菲利娅的精神失常,雷厄提斯也因此秘密地从法国回到国内。这个年轻人归来时充满了杀机,因为国王不敢公开地审判哈姆莱特(这样做很有可能牵涉到他自己在演第一场戏时的行动,并迫使哈姆莱特公开地指控他的罪行),①他已经设法掩盖波洛涅斯死去的原因,草草了事地把他下葬了。因此,雷厄提斯的怒火首先是对着国王而发的。他轻而易举地唤起了人民,这一点同国王不敢公开审讯哈姆莱特一样,使我们看到主人公所面临的障碍完全是他自己想象的。哈姆莱特

---

① 我觉得这一担忧显然是国王没有先审判哈姆莱特然后把他关押起来或者处死的计划的原因。在他还来不及讲出他不知怎么发觉的谋杀之前,把他打发到英国去,让他在那里丧生,毕竟要安全得多。王后的反对,以及人民对哈姆莱特的拥戴,可能也是其中的一些原因。(应当注意到,早在第三幕第一场中,我们就听到国王要是不把哈姆莱特打发到英国去,就要"监禁"他的打算。)——原注

和雷厄提斯的鲜明对照更加加深了这一印象。雷厄提斯可以全然不顾什么忠心、良心、礼貌以及永劫的惩罚而一心想要复仇,并且非要办到不可。国王现在虽然陷入困境,但已经定下心来。他知道不久就可以得到哈姆莱特在英国被处死的消息,因此告诉雷厄提斯,他父亲死于哈姆莱特之手,并表示愿意让雷厄提斯的朋友们来评判他在这件事上是否负有任何责任。后来,当他惊愕地听到哈姆莱特已经回到丹麦的消息时,他立即行动起来,巧妙地利用了雷厄提斯,定下了杀死他们的共同敌人的方案。如果说这位年轻人的决心还可能发生动摇的话,这种危险因奥菲利娅的死而荡然无存了。国王现在只担心一件事——不能让这两个年轻人在比剑之前相会。因为谁知道哈姆莱特将会怎样为自己辩护,他的话语又将有多大的迷惑力?①

　　哈姆莱特之所以能回到丹麦来,部分是由于他自己的行动,部分是由于偶然的事件。在航程中,他偷偷地得到了国王的诏书,并用自己书写和盖印的国书替换了它,命令英国国王处死罗森格兰兹和吉尔登斯呑,而不是哈姆莱特。后来,他们乘坐的船遭到了海盗的袭击,但海盗们显然发现他们原来打算抢劫的这艘船上的防卫太强了,因此弃它而去。可是,哈姆莱特在交战中奋力向前;他跳上了海盗船,被他们带走了。接着,他用许诺劝说海盗们让他在丹麦上岸。

　　他回来时的心情怎样?我想,我们无疑可以发觉某种变化,虽然这变化不怎么大。首先,我们注意到,他开始感觉到自己身上的力量,这可能是由于他将计就计地挫败了克劳迪斯的阴谋,把那两个朝臣送上了天,并由于自己在海战中有勇猛表现。但我怀疑这种力量感是否比《贡扎古之死》上演成功后的几场中更强烈。其次,我们再也看不到他直接表现出那种在第一段独白和"生存还是死亡"这段话中明确流露出来的不如一死了之的厌世感。这也许只是出于偶然。我们应当记住,在第五幕中没有出现过任何独白,但是在早先几幕里,这种感情不仅仅表现在独白中。我的感觉是,莎士比亚的意图是要表现出在第五幕中哈姆莱特不再像以前那样被忧郁的黑云所笼罩了;他要我们意识到这一变化来得太迟了,因此是可悲的。第三,还有一种不容置疑的特征——哈姆莱特感到自己命运在天。诚然,这一感觉在波洛涅斯死时

---

① 我这是根据第四幕第三场第一百二十九行和第一百三十行,以及这一场结尾处的话而说的。——原注

已经表现出来了,也许在哈姆莱特告别国王时也表现了出来,但现在这种感觉好像一直占据着他的思想。"我们的结果早已有一种冥冥中的力量把它布置好了。"哈姆莱特向霍拉旭讲述使自己不能入眠的内心斗争,以及他鲁莽行事、找出朝臣们带着的那封公文的时候这么说。"他又是怎么给那封替换的国书盖上印的呢?"霍拉旭问道。

啊,就在这件事上,也可以看出一切都是上天预先注定。

哈姆莱特这样回答;他衣袋里恰好藏着他父亲的私印。而且,尽管他对比剑一事有一种不祥的预感,他拒绝改变主意:"我们不要害怕什么预兆;一只雀子的死生,都是命运预先注定的……随时准备着就是了。"

这些段落串在一起,当然要比在剧本中零星读到时对我们产生更强烈的冲击,但它们终究还是有力地影响了我们对哈姆莱特的性格的看法,也更有力地影响了我们对所发生的一系列事件的看法。然而,要说它们表明他身上发生了任何实质性的变化,或者说表明他真正开始下定决心去完成应尽的责任,我同一些评论家们一样,对此无法认同。与此相反,它们好像表示出那种宗教上的听天由命。不论在某一方面看来是多么的完善,它终究只能被称为宿命论而不能叫做坚信上天的力量,因为它并不包含任何去实现被认为是上天的意志的决心。第五幕中的哈姆莱特没有这一决心,而是流露出一种忧伤的或冷漠的自暴自弃心理,好像他内心对迫使自己采取行动已感到绝望,因此转而找寻什么其它的力量去完成他的责任。这才是他回到丹麦后身上发生的主要变化。在他离开丹麦前,这一变化也已经开始露出端倪——就这样,他根本没有下定决心去行动,甚至也没有想要去采取什么行动。

最后一场开始了。奥斯里克上场了,邀请他去和雷厄提斯比剑。这次比武——奥斯里克明确地告诉他——是由他的死敌国王安排的,而他的对手则是一个几小时前还掐着他的喉咙高叫着"让魔鬼把你的灵魂抓了去!"的人。可是他对此毫不考虑。同意比剑是一种礼貌的表示;对他自己来说则是一种解脱——行动,而且不是那种令人厌恶的行动。他的毫不介意,以及他拒绝考虑自己突然感觉到的那种预感(他讲到这一预感时不仅说"随时准备着就是了",并且还说"这都是无所谓的"),显示出他的某种高贵的品质。高贵是高贵,可是当神圣的责任尚未完成的时候,他就该这样轻易地去死吗? 他用那令人可爱的信赖(可惜在此信错了人,酿成了大祸)捡起递过来的第一把钝剑,还是那样毫不介意,漫不经心地问:"这些钝剑都是同样长短的吗?"接着就开始比剑了。命运就这样降临到他的敌人、他的母亲,以及他自己的身上。

但是他并没有遭到惨败。他的任务最后完成了,而且莎士比亚看来决心要让他的主人公在生命的最后关头表现出他无上的力量以及他无上高尚和可爱的本质。关于第一点,他的力量,我已经讲到过;但第二点却给我们一种奇妙、美好的启示。他的肉体已经在死亡的痛苦中挣扎,他的精神高高地翱翔其上。他宽恕了雷厄提斯,他记起了他不幸的母亲并向她告别,不知她已经先他而去了。我们在此听不到哀叹或自责。他坚持着,而且刚好有时间去思索,他想到的不是过去或者结果原来可能会是怎样,而是想到了将来;他用比以前精神痛苦时更加哀怨感人的话语阻止他的朋友自杀;并以他的能力所及关心着他自己本应管理的国家的兴盛。他在生命的航程中尽管触礁沉没了,但已经抵达了他所想去的安宁的海港。他那厌倦尘世的肉体还能期待什么呢?

然而我们却期待着;我们也等到了。哈姆莱特最后说完"此外仅余沉默而已"这句神秘的话时,霍拉旭接着说,

> 一颗高贵的心现在碎裂了。晚安,亲爱的王子,
> 愿成群的天使们用歌唱抚慰你安息。

莎士比亚为什么要一反惯例,在这里捕捉死后的情景呢?他是否想起哈姆莱特是他唯一一个没有让我们看到他在今世中走运的悲剧主人公?他是否感到,我们对一般的人可以设想他们在经历了生命的重重磨难后完全能够安然睡去,但对这样一个人——他有"天神般的智慧";他对真善美的执着追求只是透过忧郁的浓雾而闪烁微光,却使我们在俯首默哀时喃喃自语道"这是他们中最高尚的人"——我们就不能仅仅满足于此了?

♀ 问题探讨 ♀

1. 莎士比亚早期主要创作历史剧和喜剧,大约从1601年始很明显转向悲剧创作,是什么因素导致这一创作转向呢?是人文主义理想的幻灭吗?

2. 哈姆莱特是一个人文主义者吗？他是自私和冷漠的吗？为什么说"没有王子的忧郁，就没有王子本身"？"生存还是毁灭"的命题是如何被提出来的？

3. 哈姆莱特为什么在复仇行动中一再"延宕"？莎评家怎样解释哈姆莱特的"延宕"？《哈姆莱特》是一部什么性质的悲剧？是"性格悲剧"、"思想悲剧"还是"社会悲剧"？

4. 长期以来人们对莎士比亚的历史真实性抱有疑义，你了解"莎士比亚著作权之争"的由来和新近的发展吗？

5. 在西方近四百年的莎评史上，18世纪的伏尔泰、19世纪的托尔斯泰都曾对莎士比亚进行过颇为严厉的批评，他们的否定性评论是出于对莎剧的不理解呢，还是出于不同的文学观念？（参阅伏尔泰《哲学通信》"第十八封信"和《塞米拉米斯》序、托尔斯泰《论莎士比亚及其戏剧》，见《莎士比亚评论汇编》上册）

6. 什么是"福斯塔夫式背景"？什么是"莎士比亚化"？

7. 比较《堂吉诃德》与中世纪骑士传奇。（参阅茅盾《吉诃德先生》，见《世界文学名著杂谈》）概括"戏拟"手法的主要特征。《堂吉诃德》的讽刺只是指向骑士小说吗？

8. 简评堂吉诃德的"临终醒悟"。

延伸阅读

1. [瑞士] 雅各布·布克哈特：《世界的发现和人的发现》，雅各布·布克哈特《意大利文艺复兴时期的文化》第四篇，何新译，商务印书馆，1979年版。

2. [英] 阿伦·布洛克：《文艺复兴时期》，阿伦·布洛克《西方人文主义传统》第一章，董乐山译，三联书店，1997年版。

3. [德] 埃里希·奥尔巴赫：《薄伽丘的〈十日谈〉》，埃里希·奥尔巴赫《摹仿论》第九章"修士亚伯度"，周新建译，百花文艺出版社，2002年版。

4. [法] 朗松：《蒙田〈随笔集〉中的道德生活》，昂利·拜尔编《方法、批评及文学史——朗松文论选》，徐继曾译，中国社会科学出版社，1992年版。

5. [德] 海涅：《精印本〈堂吉诃德〉引言》，《海涅选集》，张玉书编选，人民文学出版社，1984年版。

6. [英] 德·昆西：《论〈麦克白〉剧中的敲门声》，《莎士比亚评论汇编》上册，杨周翰编选，中国社会科学出版社，1979年版。

7. ［美］厄内斯特·琼斯：《哈姆雷特与俄狄浦斯》，《文学批评理论——从柏拉图到现在》，刘象愚等译，北京大学出版社，2003年版。

8. ［英］布拉德雷：《莎士比亚悲剧的实质》，《莎士比亚评论汇编》下册，杨周翰编选，中国社会科学出版社，1981年版。

9. 赵澧：《莎学400年》，赵澧《莎士比亚传论》，中国人民大学出版社，1991年版。

10. 廖炳惠：《新历史主义与莎士比亚研究》，《新历史主义与文学批评》，张京媛主编，北京大学出版社，1993年版。

第四章 古典主义文学

导 论

以文艺复兴运动为发端的西方的现代化进程既是一个世俗化进程,亦是一个理性化进程。罗素认为中古到近代的思想变迁有两个标志,即教会权威的衰落和科学威信的上升。而所谓"科学的威信"指理智上的威信,"它在本质上求理性裁断"。①

17世纪因唯理主义哲学盛行而被称为"理性的世纪"。法国哲学家笛卡尔,这位"近代哲学的始祖",给蹒跚走出中世纪经院泥淖的西方哲学带来一股清新气息。他高度评价人类理性思维的作用,将"我思故我在"作为新哲学的"第一原理":我思考的时候我存在,而且只有当我思考时我才存在;主张用理性来证实存在,用理性来判断真理。笛卡尔的唯理哲学意在用理性来代替盲目信仰,反对宗教权威。在法国君主专制的政治基础及唯理主义的哲学基础上产生了西方近代第一个文学思潮"古典主义"(Classicism)②,并在戏剧领域创作出一批足资楷模的经典作品。

古典主义在文学上体现为对古希腊古罗马文学典籍的高度认同。文艺复兴时期对古典的尊崇已渐成风尚,十七世纪的古典主义某种意义上是其延续,唯对理性的强调以及政治上获得的王权的支持使其对古典的摹仿、学习表现为更苛严的要求,在古典主义理论家(布瓦洛等人)的阐释之下,古希腊

---

① [英]罗素,《西方哲学史》下卷,马元德译,商务印书馆,1986年版,第4页。
② 又称"新古典主义"(Neoclassicism),以区别罗马文学的拟古主义。

罗马的典籍不仅代表了文学不可逾越的最高水平,同时也提示了放之四海而皆准的普遍性标准,以及严整的、不可动摇的文学秩序。古典主义影响到了文学的所有文类,但是毫无疑问,戏剧是古典主义原则贯彻最有力的一个场域;古典主义波及整个欧洲,然而显然是在得到王权支持的法国,获得了最充分的演绎。

古典主义文学不仅崇拜古人和尊重传统,而且也是高度崇尚理性的文学。古典主义批评家布瓦洛坚持诗人"要爱理性","一切文章永远只凭理性获得光芒"。他在解释"三一律"时说:"我们尊重理性法则,愿意情节照艺术的要求发展,在一天、一地完成一个事件,一直把饱满的戏维持到底。"①在古典主义创作中,理性被当作一种价值,一种法则。法国古典主义剧作家们或写理智对情感的胜利(高乃依),或写丧失理性、情欲横流的人物并加以谴责(拉辛),或对一切不合理性的封建思想、风俗礼教进行嘲笑(莫里哀)。

其实,无论是笛卡尔,还是布瓦洛,他们所说的"理性"很大程度上指的是人与生俱来的"良知",是"人情之常"。这种"理性"是先天的,具有普遍、永恒的特性,也就是"真",也就是自然人性。"自然人性"这一思想在18世纪英国作家菲尔丁、法国作家卢梭的创作中都有反映,尽管在后者看来,自然与文明已呈现某种对立。健全的理性和普遍的人性是古典主义文学喜好的主题。诗人自居人类代言人角色。古典主义文学将文艺视为理智的产物,因而注重规范和法则,力求思想明确、描写逼真、构思精密、语言精确,追求形式完美和典雅趣味。古典主义雄踞法国文坛两百余年,并广泛地影响欧洲其他国家,是欧洲第一个国际性文学思潮。

莫里哀是法国古典主义喜剧大师。他认为"喜剧是以引人入胜的训诫方式,揭露人类缺点的机智的长诗"。与以拉辛为代表的古典主义悲剧相比,莫里哀的创作除遵循古典主义艺术法则,坚持健全的理性和自然人性外,与作者所在时代的日常生活有更多的联系,对社会现实有更直接的介入,为此也受到更多的责难。

除了对现实的针砭之外,莫里哀塑造的喜剧性格也一直存在争议。与剧作家同时代的批评家拉布吕耶尔就对莫里哀最出名的剧作《答尔丢夫》中的伪君子形象有所质疑,而奥尔巴赫在其名著《论摹仿》中做出了回应,然而他

---

① 伍蠡甫主编,《西方文论选》上卷,上海译文出版社,1979年版,第297页。

对莫里哀剧作的鞭辟如里的解读,所涉及者,实远出于为剧作家一辩之外。从中可一窥奥氏历史文化研究方法的门径——"就事论事",也可看到他对莫里哀喜剧性质的精准把握:"(莫里哀)的作品与政治毫无干系,对社会或经济没有丝毫批评,没有对生活的政治、社会及经济基础做过任何探讨。莫里哀对社会习俗的批评是纯道德的,就是说,这种批评把现存的社会制度当作应有的制度,已预先设定了它的合理性、持续性和普遍性,将这个社会制度内部发生的古怪现象当作可笑的东西抨击。"

17世纪中叶,英国率先进行资产阶级革命,同时清教思想兴起。作为17世纪欧洲最伟大的诗人,弥尔顿在《失乐园》中将革命精神和清教思想糅合在一起,赋予这部巨著以鲜明的时代特色,成为欧洲文人史诗的"绝唱"。《失乐园》意蕴丰富,主题具有宏大和开放的特征,政治与宗教、知识与理性、民族兴亡与人类命运等,可做多角度解读。在弥尔顿笔下,因违反上帝禁令(原罪),亚当夏娃失去了乐园,但他们的"堕落"却为人类的自我成长开辟了广阔的前景。这又是一个人文主义的文学主题。弥尔顿的《失乐园》虽取材《圣经》,但借鉴古代史诗,向荷马和维吉尔学习,是两希传统融合的又一佳例。

美国学者希利斯·米勒认为:在西方传统中,涉及宗教主题的文艺作品,凡是得以流传并成为经典的,一般都有离经叛道的倾向。[①] 弥尔顿的《失乐园》正是一例,而叛逆的撒旦形象很大程度上体现了这种"离经叛道的倾向"。本章所选《论撒旦》一文有助于认识作者及读者内心深处的这种"离经叛道的倾向"。殷宝书选编的《弥尔顿评论集》(上海译文出版社)代表了西方弥尔顿研究的主要成果。延伸阅读中杨周翰的论文从《失乐园》中的中国加帆车说起,论及17世纪英国作家与知识的涉猎,可见随着"世界的发现",西方追求异域知识的热潮。杨周翰认为,弥尔顿通过知识的涉猎形成了他的人文主义宇宙观人生观。这一看法很有见地。

---

① [美]希利斯·米勒,《解读叙事》,申丹译,北京大学出版社,2002年版。

选 文

论撒旦①

[英] 刘易斯

导言——

此文选自英国剑桥大学教授、弥尔顿研究专家刘易斯（C. S. Lewis, 1898—1963）的专著《〈失乐园〉序言》（1942）第十三章。

刘易斯首先说明批评的两种不同的角度，即艺术的和道德的。从艺术层面上，我们可以认为弥尔顿对撒旦的描绘是宏伟的诗歌成就，激动人心，令人赞赏；而在道德层面上，撒旦形象应是一个喜剧性的被否定的形象。

撒旦的喜剧性格在于他的困境：他自以为受到伤害、傲慢地反抗创造者及自欺欺人。这就如同锯掉自己所坐着的枝干一样，撒旦陷入荒谬的厄运之中，从天堂坠入地狱。刘易斯认为在史诗中撒旦从英雄到将领，从将领到政客，从政客到密探，从密探到无赖，最后到蛇的这一发展过程，清楚地表明了他的堕落过程。刘易斯通过对撒旦形象的细致分析，否定了浪漫派批评家同情甚至赋予撒旦"英雄"色彩的观点，认为这违反了弥尔顿创作撒旦形象的本意。

刘易斯最后指出，人们同情并赞赏撒旦有着人类心理的深层因素。

> 可怜的人
>   他们推动了理性
>   ——但丁

在研究弥尔顿笔下的撒旦性格之前，可能有必要事先澄清一种模棱两可的说法。我们看到，简·奥斯汀的贝茨小姐②既可说成一个有趣的人物，又可

---

① 选自《弥尔顿评论集》，殷宝书选编，上海译文出版社，1992年版。
② 贝茨小姐，英国女作家简·奥斯汀小说《爱玛》中的人物。——译注

说成一个讨厌的人物。如果我们主张第一种说法,那就是说作者对她的描绘使我们读起来趣味盎然;如果我们主张第二种说法,那就是说作者描绘了一个《爱玛》中其他人物都觉得讨厌的人物,而我们在现实生活里发现与她类似的人物也是令人生厌的。批评界早已发现,艺术上模仿不愉快的对象,可能是一种愉快的模仿。同样,如果说弥尔顿的撒旦是个雄伟的人物形象,这种说法可能具有两重意义。一方面,它可能指弥尔顿对撒旦的描绘是宏伟的诗歌成就,动人心目,令人赞赏;另一方面,它也可能指弥尔顿所描绘的真实人物(若有的话),或与撒旦一样的真实人物(若有的话),或与弥尔顿的撒旦相似的真实人物,都是,或者应该是诗人和读者各自或共同的、自觉或不自觉地钦慕和同情的对象。据我所知,第一种观点直到现代从未被否定过,而第二种观点在布莱克和雪莱时代以前则从未被肯定过——当德莱顿说撒旦是弥尔顿的"英雄"时,他想表达颇为不同的含义。按照我的看法,第二种论点是完全错误的。然而,我这样说,已经越出了纯文学批评的范畴。因此,我在下面的阐述,并不是想直接改变那些赞赏撒旦的人们的观点,而只是想把他们赞赏的是些什么,说得更清楚一点。那么,显然,弥尔顿不会跟他们抱同样的赞赏态度,我想,那是不辩自明的。

  主要的困难在于,任何真正揭示撒旦性格和撒旦困境的尝试,都可能引起这个问题:"你是否把《失乐园》看作喜剧诗?"对此,我回答说:否;但只有发现它可能是一首喜剧诗的人,才会充分理解它。弥尔顿选择用史诗形式来处理撒旦的困境,因而将撒旦的愚蠢荒谬从属于他所遭受的以及使人遭受的痛苦。另一位作家梅瑞狄斯把这种困境作为喜剧来处理,因而使悲剧因素居于从属地位。但是,《利己主义者》仍然是《失乐园》的姐妹篇,正如梅瑞狄斯不能排除威罗俾爵士①这个人物中引人哀怜的成分,弥尔顿也不能排除撒旦这个人物中愚蠢荒谬的成分,甚至并不想那么做。这就说明《失乐园》中为什么会出现那种神的笑声,引起某些读者的反感。这种笑声的确使人产生反感,因为弥尔顿轻率地把他的神描绘成具有人的特征,所以他们的笑声理所当然地引起我们的反感——正如我们对待一场普通的意志冲突,感到冲突中的胜利者不应该嘲笑失败者。但是,撒旦和威罗俾爵士一样,要求他在整个宇宙中装腔作势,夸夸其谈,而始终都不会唤起喜剧的精灵,那是错误的。要使他

---

① 威罗俾爵士,英国作家梅瑞狄斯小说《利己主义者》中的主人公。——译注

避免这种喜剧色彩,整个真实的性格就必须改变,而这是不可改变的。正是在撒旦或威罗俾爵士与某些真实的东西相遇这一点上,必然会引起笑声,犹如水与火相遇必然会产生蒸汽一样。弥尔顿对于这种必然性的认识,更不会比任何人差。我们从他的散文作品中知道,他相信一切可憎的事物终究也都是可笑的;而且只凭基督教教义就使每个基督徒相信"魔鬼(终究)是一头蠢驴"。

威廉斯先生①指出,撒旦困境之所在是通过撒旦本身来说明的。据撒旦自己说,他因"感到受委屈"(第1卷第98行)而痛苦。这是为人们所熟知的一种心境,我们大家可以在家畜、儿童、电影明星、政治家或二流诗人身上来研究这种心境;或许这更加明显。许多批评家对文学中的这种心境抱有奇特的偏爱,但我不知是否有人在现实生活里也对之加以赞赏。当它无害地出现在妒忌的狗或被宠坏的孩子身上时,它往往使人发笑。当它用千百万人的力量武装起来、出现在政治舞台上时,只是因为它危害较大才免于人们发笑。撒旦思想中产生这种"感到委屈"的心境的原因——我再次遵照威廉斯先生的观点——也是一清二楚的。"他以为自己受到损害"(第5卷第662行)。他以为自己受到损害,是因为弥赛亚②被宣布为天使们的首领。这就是雪莱所说的"难以估量"的"冤情"。一个创造了他的神,在素质上胜过他、在自然等级中远远高于他的神,比他更受权威的喜爱,而这个权威那样做,其权力是不容置辩的,并且他所采取的方式,正如阿布迪尔③所说,是对天使们表示敬重,而不是蔑视(第5卷第323—843行)。实际上,没有人亏待过撒旦;他并未挨饿,无须做劳累的工作,没有被罢官,也没人不理他、憎恨他——他只是自以为受到损害。在充满光与爱的世界中,在充满歌唱、饮宴和舞蹈的世界中,他除了自己的威望之外对任何事物都不感兴趣。必须看到,他个人的威望,除了他否认弥赛亚具有较高威望的那些原因之外,没有,也不能有其他原因。素质上的优越,或上帝的任命,或两者兼而有之——除此之外,还有什么可以作为他自己崇高地位的依据呢?因此,他的反叛从一开头就陷入了重重矛盾之

---

① 威廉斯(1886—1946),英国小说家、诗人、剧作家和文学评论家,曾写过弥尔顿诗选的序言,该诗选为《世界古典丛书》之一。——译注
② 弥赛亚,即基督。——译注
③ 阿布迪尔,《失乐园》中天使之一。——译注

中,他甚至在举起自由、平等旗帜的同时,又在插句中不得不承认"等级和品第并不与自由相冲突"(第6卷第789行)。他既想要等级制度,又不想要等级制度。在全诗中,他忙于锯掉自己所坐着的枝干,这不仅是在我们已经说过的那种带有政治色彩的意义上,而且是在一种更加深刻的意义上来说的,因为被创造者反叛创造者就是反叛他自己力量的根源——甚至也包括他所借以反叛的力量源泉。因此,这种斗争被极其精当地形容为"天堂自天堂坠落"(第6卷第868行),因为只有从撒旦也是"天堂"这个意义上来说,他才能存在——虽然他是病态的、乖戾的、变态的,但仍然是天堂的居民。这就好像花的香气企图毁灭花朵一样。结果,这一种反叛意味着感情的痛苦和意志的堕落,也就意味着智能的消失。

威廉斯先生以令人难忘的词句提醒我们,"地狱是不精确的",并引起人们注意这个事实,即《失乐园》中撒旦在自己述及的每一个问题上都撒了谎。然而,我不知道我们是否能够把他有意说的谎言,与他几乎甘愿自欺区别开来。当他反叛一开始告诉比埃尔则巴布①,弥赛亚将巡视"所有等级的天使……并颁行法令"(第5卷第688—690行)时,我想他也许还是知道自己在说谎;同样,当他告诉他的追随者们,他们是为了他们的新"首领"而奉命进行"这番匆忙的午夜行军"(第5卷第774行)时,他也知道自己在说谎。但在第1卷中,当他声称"此次刀兵"使上帝对"他的帝权"产生疑虑时,我就不敢肯定。当然,这全是胡说。撒旦和上帝从未交过手,只是撒旦和米迦勒之间打过仗;但他现在或许相信自己的宣传。在第10卷中,当他向同伙吹嘘说混沌曾企图反对他的"抗拒最高命运"之行(第480行)时,他可能真正自信这是确实的,因为他在早先的生涯中,与其说已经变成说谎者,不如说已经变成谎言本身,变成自我矛盾的化身。

这种荒谬的厄运——按照蒲柏的意思,即愚钝的厄运——是在两个场景中表现出来的。第一个场景是第5卷中撒旦和阿布迪尔的辩论。在这里,撒旦企图坚持那种作为他整个困境的根源的异端邪说:他是自存物,不是派生物,不是被造物。当然,自存物的特性是它能够领悟自己存在的道理;这也就是因自体。被造物的特性则是它仅仅发现自己的存在,它并不知道自己怎样存在,以及为什么存在。但同时,如果一个被造物愚蠢到竟然想去证明它不

---

① 埃尔则巴布,一名堕落天使,其地位仅次于撒旦。——译注

是被创造出来的,那么它就会极其自然地说"我可不曾看见那创造工程的进行",而这种说法也是徒劳无益的,因为这样等于承认对自己的起源一无所知,也就证明那起源是处于它的自身之外。撒旦于是立即陷入了这种困境(第850行及以下)——的确,他不能不陷入困境——他提出的自存的证据,实则却是一种反证。但是,他的荒谬更有甚于此者。他在为自己制造的荒谬理论中苦思冥想,随后提出一种巧妙的想法,认为他实际上是"命运"创造的,最后他又以胜利的姿态提出一种理论,说他像青菜一样是从土壤中长出来的。因此,在二十行诗中,这个骄矜自大、拒不承认为上帝所创造的撒旦,欣喜若狂,相信自己就像托普希①或芜菁一样是"长出来"的。第二个场景是第2卷中撒旦坐在王位上发表演讲。他在这里的盲目无知使人联想到拿破仑败亡后的言论:"不知道威灵顿②现在要做什么?——他决不甘愿再当一个普通老百姓的。"正如拿破仑不可能设想,一个相当稳定的共和国里普通诚实的人有什么样的企求,更不要说他有什么样的美德,撒旦在这篇演讲中也表明,除了地狱的心境之外,他完全不可能设想任何其他心境。他的论点认为理所当然的是:在人人妒羡的美好世界上,臣民必然妒忌君主。唯一的例外则是地狱,因为那里根本没有美好事物,君主不可能比他人享有更多的美好事物,从而也就不会引起妒忌。因此,他断定地狱的君主制度具有天堂的君主制度所缺乏的那种稳定性。温顺的天使可能喜欢服从上帝的这种思想,即使作为一种假设也不会在他脑海中闪现。但是,甚至在这无比的愚昧之中也发生了矛盾,因为撒旦把这个荒唐可笑的论点作为希望获得最后胜利的理由。显然,他没有注意到,通往胜利的道路每前进一步必然减少一些希望获胜的可能。稳定性如果建立在极端痛苦之上,将会随着痛苦的逐步缓解而削弱,他却认为这种稳定性有助于彻底消除痛苦(第9卷第11—43行)。

我们看到,撒旦身上有两种东西可怕地共存着:一是微妙的、不断的智力活动,一是对任何事物都不能理解。他遭到这种厄运是咎由自取;为了避而不见一种东西,他宁愿什么都看不见。因而在全诗中,从某种意义上来说,他的一切痛苦都是自己招致的,而上帝的裁判则可用这句话来表示:"你的意愿

---

① 托普希,美国女作家斯陀小说《汤姆大伯的小屋》中的小女奴。托普希认为自己无父无母,是"长出来"的。——译注
② 威灵顿(1769—1852),曾在滑铁卢击败拿破仑的英国著名将领。——译注

一定会得到满足。"撒旦说："恶呵，你来做我的善吧。"（这包含着"荒谬呵，你来做我的理智吧"。）于是他的祈求便得到满足。他起来反叛是根据自己的意愿；但是，"反叛"在剧痛中从他的头颅里冲撞而出，成为一个可与他自己分开的体形，使他为之倾倒（第2卷第749—766行），并给他生下预料不到的、不受欢迎的子孙，这却是出乎他自己的意愿之外。在第9卷中，他自愿地变成了蛇；而在第10卷中，不管他是否愿意，他始终都是一条蛇。这种逐渐堕落的过程，他自己知道得清清楚楚，诗中也是精心加以表明的。开头，他为"自由"而战斗，不管他怎样误解"自由"的概念；但是，他几乎立即堕落到为"尊荣、权位、荣誉和声名"而战斗（第6卷第422行）。失败后，他又堕落到要去实现他那伟大的计划，即构成本诗主题的计划——毁灭从未伤害过他的两个生物，他不再抱有严肃的获胜的希望，只想去激怒他不能直接进攻的敌人。（鲍蒙特和弗莱彻剧作中的胆小鬼不敢决斗，便决定回家殴打奴仆出气。）这使他成为一个密探，潜入宇宙之中，很快就不被称为政治密探，而只是一个下贱的窥视者，斜着眼，扭着身躯在欲火中偷看一对情侣的隐秘。在这里，诗中头一次没有把他描绘为堕落的大天使，或地狱里可怕的帝王，而是把他描绘为地地道道的"魔鬼"（第4卷第502行）——民间传说中淫荡的怪物，半似鬼怪半似小丑的东西。从英雄到将领，从将领到政客，从政客到密探，从密探到一个无赖，从卧室或浴室的窗口向室内窥视，又到蟾蜍，最后到蛇——这就是撒旦的发展过程。这种过程若被误解，人们就会相信弥尔顿开头对撒旦这个形象的描绘过于辉煌，超过了他的本意，后来又试图纠正错误，未免过迟了。但是，能把一种"受委屈的感觉"实际上影响性格发展的情况描绘得这么准确，是不可能出于错误和偶然的。我们不必怀疑，诗人的意图是要公平地对待邪恶，是要它感到没有把钱白花了——要表现它最初是在顶峰，夸夸其谈，慷慨激昂，"模仿着上帝的威风"，然后当它与现实接触时，又描绘它的自我陶醉，实际上事与愿违，到处碰壁。幸运的是，我们恰巧知道第4卷中那段可怕的独白（第32—113行）是在第1、2卷以前就构思，并部分写成的。弥尔顿原是从这一构思出发，他之所以把撒旦华而不实的外貌放在诗的开头，是因为他想凭借那个时代读者头脑中的两种倾向，使他们不会像我们后来人那样发生误解。当时，人们仍然相信确有撒旦其人，而且相信他是说谎者。诗人不曾预见他的作品有一天会遇到过分天真的批评家，他们认为虚伪的魔首在公开演讲中对其部属所说的话都是真实的。

当然,撒旦无疑仍旧是弥尔顿刻画得最好的人物。其原因是不难发现的。在弥尔顿试图描绘的主要人物当中,撒旦是最易刻画的人物。如果让一百个诗人来讲述这同一个故事,那么在九十首诗里,撒旦也将是最好的人物形象。除了少数作家之外,在所有作家的笔下,"好"人物都是最不成功的,凡曾写过很平常的小说的人都应该懂得为什么。要使一个人物比自己坏,只需要在想象中放纵他的坏情感就行,这些坏情感在现实生活里总想冲出牢笼;我们每个人的内心深处,时刻都存在着撒旦、伊阿古①、贝基·夏普②,一旦牢笼打开,他们就会立即跑出来,在我们的作品中耍耍闹闹,而这在我们的实际生活里是完全受抑制的。但是,如果你想刻画一个比自己好的人物,你所能做的一切就是回想你偶然有过的好思想,并在想象中把这些思想延长,把它们连贯地体现在行动之中。然而,有些真正的崇高品德是我们根本不具有的,这时我们就只能表面上描绘美德的外形。我们确实不知道,做一个远较我们自己更好的人是怎样的感觉。他的整个内心世界是我们前所未见的,我们若去揣测,就会犯错误。小说家们正是在他们"好"的人物身上,不自觉地暴露了自己,使人吃惊不迭。天堂了解地狱,而地狱并不了解天堂;我们所有的人,在不同程度上,都有撒旦的,至少也有拿破仑的昏聩。设想我们自己是一个恶人,我们仅仅需要不做某些坏事情,不做我们已不愿做的某些事情;设想我们自己是一个好人,我们则必须做我们做不了的事情,而且必须变成我们本来不是的那种人。因此,一切关于弥尔顿"同情"撒旦的说法,关于他在撒旦身上表现出自己的骄矜、恶意、愚蠢、痛苦和欲望的说法,在某种意义上,但不是在弥尔顿特有的意义上说来是正确的。弥尔顿内心的撒旦使他能够出色地刻画这个人物,正如我们内心的撒旦使我们能够接受这样人物。撒旦不是作为弥尔顿,而是作为人,踏上了地狱中灼热的土地,对天堂进行没有胜利希望的战争,躲到一边去,侧目而视。堕落的人与堕落的天使是极其相似的。的确,撒旦的困境不致成为喜剧的原因在此。它和我们太相近了。弥尔顿无疑地期望着所有的读者都能看出来,无论是撒旦的困境,或是弥赛亚、阿布迪尔、亚当和夏娃顺从上帝的快乐,终究是读者自己的困境与快乐。因此,可以正确地说,弥尔顿在撒旦这个形象中倾注了自己的情感,但却没有正当

---

① 伊阿古,莎士比亚戏剧《奥赛罗》中的人物。——译注
② 贝基·夏普,英国作家萨克雷小说《名利场》中的人物。——译注

理由断言,他喜爱自己的这一部分,或者期望我们喜爱他的这一部分。我们不能因为他和我们其他人一样都可能犯罪,就说他和撒旦一样都犯了罪。

然而,《失乐园》中"好"人物的形象并非那么不成功,以至于认真对待这首诗歌的人分不清现实生活里究竟是亚当,还是撒旦能成为我们更好的同伴。研究一下他们的言谈吧。亚当说到上帝、禁果树、睡眠、人兽之间的不同、次日的计划、星辰和天使。他探讨梦和云、太阳、月亮、行星、风和禽鸟。他讲述自身的创造,称颂夏娃的美貌和庄严。现在再来听听撒旦的谈话:在第1卷第83行,他开始对比埃尔则巴布讲话;到94行,他陈述自己的见解,告诉比埃尔则巴布他的"初衷不变",以及"受委屈的感觉";在241行,他又开始讲述他对地狱的印象;到252行,他陈述自己的态度,并使我们相信(他在说假话)他"还是原来的我";在622行,他开始对他的追随者们侃侃而谈;到635行,他强调自己卓越的业绩。第2卷开始时,他坐在王位上发表演讲,不到8行,他便就自己的领导权问题向部属讲话。他遇到"罪恶"——并说明自己的情况。他瞧见太阳,想到了自己的情况。他窥视人间的情侣,并陈述自己的情况。在第9卷中,他飞游整个地球,想到自己的情况。这些无须一一赘述。亚当虽然只住在一个小行星上的一座小林园里,却有权享受"所有天堂的圣乐和人间的安适"。撒旦既到过最高的天庭,又到过地狱的深渊,他查看了天堂和地狱之间的一切,而在整个广阔的空间,只发现一个引起自己兴趣的东西。可以说,亚当的境遇使他更容易想到天南地北,不像撒旦那么集中。但这正是问题的要害。撒旦对自己狂热的关注,对自己假想的权位与委屈,都出于撒旦所处困境的必然。当然,他没有选择。他甘愿没有选择。他希望"他不变初衷",他不出自己的范围,并为了自己而斗争;他的愿望得到了满足。他带在身上的地狱,从某种意义上说,是一种极其讨厌的地狱。和贝茨小姐一样,撒旦使我们读起来也感到趣味盎然,但弥尔顿却表明去做撒旦这样的人物又是多么无聊。

赞赏撒旦,不仅是赞同一个苦难的世界,而且是赞同充满谎言和宣传、充满痴心妄想、充满不断自我宣扬的世界。但是,选择赞赏的态度是可能的。我们每个人的内心深处,几乎没有一天不在朝着这样的世界缓缓移动。这就是使《失乐园》成为极其严肃的诗歌的因素。上述的事情是可能的,人们对于揭示它感到难过。如果人们不喜爱《失乐园》,那就是对它这个世界深恶痛绝。济慈说得很对(尽管他自己并不完全理解),弥尔顿内心深处"有死亡"。

我们已经紧紧靠近撒旦之岛绕行了,大家都想避开这首诗歌的正面冲击。因此,我再说一遍,这种事情是可能的,而且,由于某种目的,还会受到珍视。威罗俾爵士或许是不幸的,但他还是想永远当威罗俾。撒旦也想永远当撒旦。这就是他选择"臣服在天堂,远不如在地狱称王"的真正含义。有些人直到最后都会认为这句话说得很好;而有些人则会认为,它之所以没有成为喧腾的闹剧,只因为它意味着极端痛苦。在文学批评的水平上,这个问题无法进一步争论。各人情趣是不同的。(胡家峦 译)

伪君子①

[德]埃里希·奥尔巴赫

导言——

埃里希·奥尔巴赫(1892—1957),德国当代著名学者,先后任教于马尔堡大学、伊斯坦布尔大学、耶鲁大学等。所著《摹仿论——西方文学中所描绘的现实》影响深远,问世以来一直受到学术界的推崇,其注重"表现严肃性、冲突性或悲剧性的尺寸和方式问题"的分析方法极富启发性。这里的选文即采自该书第十五章前半部分。奥尔巴赫的解读并非人物形象分析,他从答尔丢夫这一形象受到的质疑入手,将"伪君子"的可信性问题置于莫里哀对喜剧效果的追求的背景下来探讨,其精彩之处不仅在于还原语境以求"同情的理解",也不仅在于牵出的关于奥尔恭的精妙分析,更在于贯通文本与历史文化的考察,书中一以贯之的对于"文体分用"、"文体混用"问题的考索亦借以展开。

让·德·拉布吕耶尔②的《品格论》一书的"论时尚"一章里的伪君子形象

---

① 选自埃里希·奥尔巴赫《摹仿论——西方文学中所描绘的现实》,吴麟绶、周建新、高艳亭译,百花文艺出版社,2002年版。
② 让·德·拉布吕耶尔(Jean de La Bruyère,1645—1696),法国作家,代表作《品格论》是法国文学史上一部划时代的散文名著。——译注

含有对莫里哀的《答尔丢夫》①的批评性影射。拉布吕耶尔在他的作品一开始便写道,伪君子并不说什么我的粗毛衬衫与苦鞭②。相反,他有可能被人认出自己的本来面目,被人看作伪君子,而他想使人误以为他是一个虔诚的人。确实,他的所作所为是为让人相信他是一个身着粗毛衬衫、手执苦鞭的苦行者。后来他在评论答尔丢夫在奥尔恭家的举止时说道:

> 如果他对一个富人感到满意,能使他接受自己,成了他的食客,并能从他那里得到巨大的帮助,他定不会去奉承这位富人的妻子,至少不会主动接近她和向她表示爱情;如果他对她不如像对自己一样信任的话,他就会避开她。他更不会用甜言蜜语去引诱她,去博得她的欢心;他说甜言蜜语不是出于习惯,而是有所打算,要看它们是否有用。如果有可能使自己变得十分滑稽可笑的话,他是绝不会使用的……他并不奢望享用富人的全部遗产,也不企图富人把全部财产馈赠给自己,特别是这么做会使富人的儿子——合法继承人——失去财产的话。一个虔诚的人既不贪财也不粗暴,既很公正也不谋求私利;奥尼弗尔不是一个虔诚的人,但他想被人看作是一个虔诚的人,他希望用装得逼真的可怜相来暗中保护自己的利益。因此他不会去扮演直系角色,钻进女儿要成家、儿子要立业的家庭里;在这样的家庭里,有一些非常坚固的不可侵犯的权利,要是妨碍这些权利的实现,必然会引起哄动(他对此很害怕),必然会被觉察,而他是诡秘行事,生怕被人揭穿露出真相。他怨恨旁系,因为别人可以无所顾忌地攻击他。他是外甥侄女和堂兄弟表姐妹畏惧的人物,是那些发财致富的叔叔舅舅们公开的朋友和奉承者,他装成是所有无儿无女、不久人世的老富翁的合法继承人……

显然,拉布吕耶尔在这里设想的是一个地地道道的、似乎是伪君子的理想类型。他应是彻头彻尾的伪君子,没有任何人类的弱点和瑕疵,始终怀着

---

① 《答尔丢夫》(一译《伪君子》),五幕诗体喜剧。——译注
② 基督教中苦行者的穿着与修行方式。苦行者贴身穿着鬃毛紧身衣,经常拿鞭子抽打自己,表示苦修。——译注

用理智控制的戒备心理一步步地实施符合其伪君子身份的用冷静的头脑制定的计划。而莫里哀可能根本就没有打算把形容词"虚伪"的典型化身搬上舞台;他需要给舞台制造强烈的喜剧效果,他巧妙地使答尔丢夫扮演的伪君子角色与其自然本性形成对照,从而找到了这种喜剧效果。这个魁梧健壮的小伙子(又肥又胖,红光满面,嘴唇鲜红)胃口极好(晚餐吃了两只山鹑加剁碎的半只羊后腿),他的其他感官需求也并不比味觉更差,他可一点也不知道什么叫虔诚,连装都装不出来;这头披着狮皮的驴子到处露马脚;他的角色演得糟透了,尽做些无意义的夸张;一旦感官受到刺激,他便失去自制;他的阴谋幼稚而简单,除了奥尔恭或奥尔恭的母亲,戏中其他角色或是观众谁也不会中他的圈套。答尔丢夫表现的并不是一个聪明的、有自制力的伪君子,而是一个有着强烈的粗野欲望的笨拙的家伙。他倒是很想把伪君子那一套行之有效的行为举止学到手,尽管这与他一点也不相配,既不符合他的外表,也不符合他的内心,而正是这一点具有强烈的喜剧效果。17世纪的文学评论家拉布吕耶尔等人认为,只有具备理性判断力的人才可能成为伪君子。这些人不妨问一问自己,何以只有奥尔恭和柏奈尔夫人才会上答尔丢夫的当。不过经验倒是表明,即使最幼稚的欺骗和最愚蠢的引诱也有可能获得成功,那就是当它们迎合了被引诱者和被欺骗者的习惯和本性,满足这些人见不得人的愿望的时候。奥尔恭最本能的、最秘密的愿望就是成为家中威风凛凛的暴君。他之所以沉湎其中不能自拔,完全是由于他对答尔丢夫言听计从的缘故。如果不把答尔丢夫伪君子的身份合法化,他是绝对没有胆量实现自己愿望的,因为奥尔恭是个多愁善感的人,瞻前顾后又脾气暴躁,这下他可以心安理得地对答尔丢夫惟命是从了:激怒大家是我最大的快乐!(第3幕第7场,还有第4幕第3场的那句话:我在这份契约中写入了足够使你们发笑的东西);为了满足自己本能的需求,即虐待和折磨最亲近的人,奥尔恭爱答尔丢夫,甘心受他的迷惑,因为答尔丢夫给了他施暴的可能;这样一来,他本来就不大高明的判断力就更弱了。柏奈尔夫人也处在同样的心理状态之中。同样巧妙的还有,为了消除奥尔恭的心理障碍,使他能够自由发挥他的虐待狂本性,莫里哀在这里运用的恰恰是伪善。

　　这出戏及他的许多其他剧作都表明,与同世纪大多数道德学家相比,莫里哀在对真实的把握中,很少注重类型化,较多注重个性化。莫里哀刻画的不是"吝啬鬼"式的人物,而是一个特定的人。这个人爱轻声咳嗽,是个老偏执狂者,他写的不是"人类的敌人",而是上层社会一个不可征服的年轻正直的狂人,这个人满脑子都是自己的观点,要对世界进行审判,认为这个世界不适合自己;莫里哀塑造的不是一个"没病找病"式的人物,而是一个富有的、身强力壮的、身体健康的、爱发脾气的家庭暴君,他老是忘了自己的病人角色。但尽管如此,每个人都能感觉到,莫里哀也还是完全属于他生活的那个道德——类型化的世纪;因为他寻找个性化的真实仅仅是为了取笑,取笑对他来说意味着避开中间人物和大多数普通人。对他来说,一个应该认真对待的人物也会是一种"类型"。他寻求的是舞台效果,他的才能更为活跃,发挥得更为自由。拉布吕耶尔笔下的纯道德类人物完全是由人物性格及轶闻趣事组成的。他那用细线勾勒人物的技巧不能用于舞台艺术,因为后者需要的是浓墨重彩的效果,它更需要具体而生动的人物整体形象,而不是抽象化、类型化的人物,不过,两者的道德立场倒是大体相同的。

另一个对莫里哀进行过同样富有启发性批评的是布瓦洛①的《诗艺》中一些著名的诗行(见该书第 3 章 391 至 405 行):

> 去研究宫廷,去了解城市;
> 宫廷和城市总能提供丰富的题材。
> 莫里哀的作品誉满天下,
> 或许正因为他深谙此道,
> 如果他不亲近民众,在他博学的描写中,
> 他就不会常让剧中人物扮怪相,
> 他就不会去塑造丑角,
> 这样做并不会使太伦斯②和塔巴兰③蒙羞。
> 在这个裹着司卡班④的滑稽布袋中,

---

① 布瓦洛(Nicolas Boileau, 1636—1711),法国诗人,文学理论家。代表作《诗艺》被认为是古典主义文学理论的经典,对 17 世纪以及后来的法国文学有很大影响。——译注
② 太伦斯(约公元前 190—公元前 159),古罗马喜剧作家,对莫里哀的喜剧创作和 18 世纪欧洲喜剧作家有一定影响。——译注
③ 塔巴兰(1594—1633),法国街头卖艺者,著名的笑剧演员。——译注
④ 司卡班,意大利喜剧中的一个仆人形象,莫里哀受其启发写成了《司卡班的诡计》。——译注

> 我已认不出《愤世嫉俗》的作者了。
> 这位喜剧大师厌恶叹息和哭泣,
> 不允许剧本诗句中流露出悲痛;
> 但是用下流话去取悦下等人
> 并非他所要扮演的角色。
> 必须让剧中的角色庄重高雅地开玩笑……

从其本身方式来看,这篇批评写得完全有道理。总的来说,由于布瓦洛对莫里哀十分敬重,他的批评甚至显得温和、适度。因为可笑的举止、言谈及舞台特技不仅仅只出现在真正的滑稽戏中(它包括布瓦洛引用的闹剧《司卡班的诡计》),而且也出现在社会喜剧之中。例如在《答尔丢夫》(第2幕第2场)的奥尔恭、桃丽娜和玛丽亚娜三人场景中,奥尔恭做出一个姿势,表示如果桃丽娜再打断他说话,他就给她一记耳光,这纯粹是一个闹剧效果,此种效果更强的是奥尔恭和答尔丢夫双双下跪的场面(第3幕第6场)。被布瓦洛称作社会喜剧样板的《愤世嫉俗》①实际上全剧都是莫里哀用上等人的腔调写的一出喜剧,它也有一个小小的滑稽场景,即阿尔塞斯特的佣人杜勃依斯的出场(第4幕第4场)。莫里哀从来没有放弃过运用自如的笑剧技巧为他带来舞台效果。也许他最了不起的灵感就是,将这种原本纯属机械的、小丑式的情景喜剧置入他的冲突的意义和冲突的生活。自从高乃依的第一批喜剧发表以来,不用滑稽可笑的人物去引正人君子发笑便成为法国喜剧舞台的追求,可莫里哀从未把这种意图作为自己的纯艺术风格。谁若看过他的喜剧的精彩演出,谁若有足够的想象力能在阅读他的剧本时想象出每场情景,那他就知道,荒诞—滑稽的效果在他的剧作中可谓俯拾皆是,在上等喜剧中有,甚至在《愤世嫉俗》中也有。具有艺术家活力和舞台想像力的演员到处都能找到这种表现喜剧场面和即兴表演的机会。莫里哀本人也是一位杰出的喜剧大师。他在剧中利用一切机会把荒诞推至极致。当然,喜剧效果不仅限于布瓦洛在这里所指的大众人物;各个社会等级的人都是莫里哀插科打诨的对象。在关于《太太学堂》的争论中,莫里哀特别引以自豪的是他引入了滑稽可笑的侯爵这个人物,甚至让侯爵去充当以前可笑的小丑佣人所担当的角色:

---

① 《愤世嫉俗》是莫里哀的五幕诗体杰作。——译注

> 如今的侯爵成了喜剧中的滑稽人物。就像过去的喜剧中总有个小丑式的仆人逗观众发笑一样,现在的戏剧中总有个可笑的侯爵逗大家开心。(《凡尔赛即兴》第1场)

这段话虽然是在当时争论情况下说的,有挑衅也有夸张,但这种夸张也充分说明了莫里哀的意图,即把每个人的滑稽可笑变成古怪和荒诞,喜剧人物不能仅仅限于下等人。布瓦洛则在他的评论中按古典楷模将文体严格地分为三等:他指的首先是悲剧的上等崇高文体;其次是社会喜剧的中等文体,这种社会喜剧写的是正人君子,观众也是这些人,演员只能"庄重高雅地开玩笑";最后是民间笑剧的低等文体,无论是内容还是语言它都充斥着"丑角",布瓦洛因为下等人喜欢这种"下等语言"而对此文体嗤之以鼻;他以我们所看到的温和方式谴责莫里哀把中等及低等文体混在一起的做法。

布瓦洛评论中令我们最感兴趣的还是对民众的见解。显然,他这里的所指的不是民众的其他类型,而是荒诞可笑的下等人。至少在他看来,这些人不应成为艺术摹仿的对象。宫廷和城市在17世纪指的是我们今天称之为文化阶层或"观众"的人;宫廷指的是王室贵族和国王周围的人,而城市则指巴黎的大资产阶级。这些人中很多都属于官僚贵族(穿袍贵族①),或企图通过买官晋升为官僚贵族的人;这就是布瓦洛及17世纪大多数头面人物所归属的那个阶层。宫廷和城市是路易十四之前和他统治期间法国对统治阶层最流行的称呼,尤其是对阅读文学作品的人的最流行的称呼;除此之外,宫廷和城市也经常相对于民众出现,如在关于正确运用语言的文学评论中,宫廷和城市的对立面就是民众。布瓦洛说过,应该学习宫廷和城市的语言,以便正确地掌握文雅喜剧的中等文体,脱离丑角,脱离下等人的怪相;看来除了丑角和可笑滑稽,布瓦洛认为民众及其生活不可能有其他形象。这清楚地表明了他和莫里哀不同之处或界限,正如上文中莫里哀与拉布吕耶尔之间也是界限分明一样。莫里哀虽然运用了丑角的作用,甚至在他写得最出色的喜剧中都有丑角,他甚至把有教养的人都刻画成荒诞可笑的漫画式人物。不过,即使是

---

① 穿袍贵族指中世纪法国官僚贵族,相对于军人贵族——又称佩剑贵族——而言。——译注

他,也把平民只当作"滑稽可笑的人物"。

可以把莫里哀的艺术看作是写实主义的最高级。在路易十四统治时期,这种写实主义在发达的法国古典文学中还受到欢迎;莫里哀划定了当时可能存在的界限。他并没有完全附和大多数人对于心理学分类的倾向。不过他始终认为,有特色、别具一格也就是可笑、古怪;他不回避可笑荒诞。不过,即使他的剧作像莎士比亚的作品那样带有蔑视贵族的思想,也像布瓦洛一样没有真实地表现出平民阶层的生活。莫里哀作品中的所有宫女、仆人、农夫和农妇,甚至他笔下的商人、公证人、医生和药剂师都只不过是配角,只有大资产阶级或贵族家庭中的佣人,尤其是女佣,才偶尔能代表具体的健康的人类理智;但这种理智只对主人家的问题产生影响,而从未对自己的生活起过什么作用。他的作品与政治毫无干系,对社会或经济没有丝毫批评,没有对生活的政治、社会及经济基础做过任何探讨。莫里哀对社会习俗的批评是纯道德的,就是说,这种批评把现存的社会制度当作是应有的制度,已预先设定了它的合理性、持续性和普遍性,将这个社会制度内部发生的古怪现象当作可笑的东西抨击。在这方面,莫里哀甚至落后于文采有限但却在道德方面严肃得多的拉布吕耶尔,后者虽然同样没有对社会生活制度提出批评,但他的写作时期是路易十四这位伟大国王的光芒已不那么明亮的17世纪末期,他已经意识到了文学艺术的局限性,而且他作品的一些地方也明确表示出了这种意识。拉布吕耶尔在《开启心灵》的末尾写道,**生来就是基督徒和法国人写讽刺文是不自然的。他抓不住伟大的题材**……在这里,我还想摘录他写的关于农民的最著名、最生动的一段,此段出自《思想著作》一章中(见《大作家》版第128段):

> 我们看到原野上遍布着一些怕生的动物,有雄有雌,黑乎乎的呈土色,他们被太阳炙烤着,紧贴大地顽强地在土里翻寻着。他们声音清晰,直立起来时现出人的面孔,而事实上他们就是人。晚上他们就钻进破房子里,靠黑面包、水和植物根茎过活。他们使别人不用费力去播种、耕耘、收获就可以生活,因此他们应该享有靠自己播种得来的面包。

虽然这一著名的段落并未由于其所作的道德上的尖锐批评而否定它所

存在的那个世纪,但在文学作品中倒也可谓独树一帜。这种思想在莫里哀那里没有,在布瓦洛那里同样也没有,这两个人都不敢表达这种思想;因为它超出了布瓦洛称之为惬意和细腻的界限;当然并非因为这是大题材(de grands sujets),因为根据当时的观点来看,这的确不是什么大的题材,而是由于十分具体而严肃的处理赋予日常生活和现实的题材更重要的意义。从美学角度来看,这种题材本来不应有这种意义。即使对于讽刺作家和一般的道德家来说,本来也没有禁止他们写大题材;拉布吕耶尔自己就写过有关君主与国家、人和自由思想者的篇章;因此从上面摘录的那段文字(生来就是基督徒、法国人)中,人们看不到他对写作界限有什么根本意识,只是看到他对自己的朋友和资助人布瓦洛所做的谨慎的批评。这是一个完全值得考虑的、容易进行辩解的诠释,不过我却认为这种诠释不够全面。我们熟知拉布吕耶尔的写作方式和他的性格,他虽然决不是一位革命者,但他的作品却更有深刻的批判性,更倾向于对社会问题进行深入的探索。因此我觉得,他也考虑到了自己以及一般的政治和美学状况,这种状况虽然允许他处理大题材,但碰上一道不可逾越的高墙时只能罢手(有时他刚着手,随即就放下不干了)。他只能从高级的、道德的一般意义着手处理这些题材;不能放手处理社会具体的、现实的制度,这既有政治上的原因,也有美学上的原因,而这两种原因又紧密联系在一起。

莫里哀的作品很少影射当代的政治,在影射政治时,也十分谨慎小心,把它说成是闻所未闻的、只能小心翼翼地提及或最好是拐弯抹角提及的东西。在《答尔丢夫》中,奥尔恭显然是为宫廷效力的:

我们国内的几次变乱把他锻炼成有才有识,
  给国王效力的时候,他确实也表现得十分英勇……(第1幕2场)①

同样,戏中也谨慎地影射到,奥尔恭最亲近的是那个丢丑的人。当丑行败露,那人不得不落荒而逃时,奥尔恭还偷偷地替他保管文件。凡是涉及职业和经济事物时,剧本都处理得十分谨慎。我们上文中已经说过,莫里哀(及当时的整个文学)作品中,以可笑的配角身份出现的不仅有农民和下层民众

---

① [法]莫里哀,《伪君子》,赵少侯译,人民文学出版社,1980年版。——译注

这些其他类型人物,而且也有商人、公证员、医生和药剂师。这是因为当时社会理想的正派人都应该接受尽可能普遍的教育,举止应该规范。这种理想要求人们避免只专一门,哪怕是作家或是学者都不行,谁要想在社会上完全立足,谁就不能让人看出自己生活的经济来源及他所专门从事的职业(如果他有职业的话),否则别人会认为他迂腐、古怪、可笑。能够显露的才能只能是一种高雅的业余爱好,只能是一种有助于社交场合轻松愉快的消遣的才能。我们在这里想补充说明的是,这样一来,甚至有时候本来困难而重大的事件都可以用十分简单、优雅而从容的方式进行表达,人们都知道。这样做的结果是,法语的语言表达做到了无比清晰、普遍适用。但是这样一来,职业上的只专一门在社会上和美学上就行不通,只能属于文学模仿上荒诞可笑的题材范畴。当然,法国的笑剧传统对此也起了作用,但这还不足以说明,为什么在中等文体的高雅社会喜剧这一新种类中,职业人士可笑的观念还如此普遍而毫无例外。

....

正如我们所看到的,莫里哀并不害怕在他的社会喜剧中运用笑剧素材,但他尽力避免用写实的手法对剧中人所生活的政治和经济环境做具体的介绍或深入的批评;相反,他倒是更倾向于把荒诞可笑写进中等文体的作品之中,而不去反映严肃的、经济政治生活的现实。他作品中仅有的涉及严肃和冲突矛盾的地方,其现实主义也局限在心理和道德问题上。为了更清楚地认识这一点,不妨回忆一下霍诺雷·德·巴尔扎克在他的小说《欧也妮·葛朗台》一开始描写的葛朗台致富的过程,法国1789年至复辟时期的整个历史都贯穿在这一描写中,同时也反映了吝啬鬼阿巴贡经济状况的普遍性和无历史性。不要说莫里哀在一场喜剧的范围之内不可能有巴尔扎克那样的叙述篇幅,即使在舞台上也可以不表现阿巴贡,而展示一个当时的大商人或高利贷者如何经营。但这些都是到后古典主义时期,如丹古尔和勒萨日①的作品中才出现的,不过即使是在他们的作品中也没有反映当时严肃的经济问题。

我们上文所确认的写实主义的局限性涉及的全是喜剧和讽刺文学的中等文体。在高雅语言风格的范围之内,在悲剧中,这种局限性则要严格得多。

---

① 勒萨日(1668—1747),法国作家。代表作《吉尔·布拉斯·德·山悌良那传》被称为法国18世纪最优秀的现实主义小说。——译注

在那个时代的悲剧里,悲剧与日常生活及人类的造物生活之间的分离是空前的,即便在崇高文体被当作楷模的时代,即古希腊罗马时期,这种分离也没有达到这种程度。高乃依有时还会感到,他那个时代的审美观在这方面比古典传统所要求的走得还要远得多。在法国悲剧舞台上,既不允许出现日常事件,也不允许出现人的造物性,这里出现了一种古典文学中所没有的悲剧人物类型。为了具体了解这种类型的人物,我想总结一下其文体的特点,这些特点可以从拉辛的悲剧《贝蕾妮斯》及《爱丝苔尔》看出。不过在当时所有的悲剧中都有类似的情况,而在拉辛的作品里这种风格无非是得到了充分体现罢了。

…………

根据上面的描述,可以自然而然地得出这样的结论:法国古典文学的悲剧与下层的悲剧人物及悲剧事件毫不相干;就连王侯周围的人也只选出少数几个对剧情来说不可或缺的人物,他们不是大臣就是亲信,其余所有的人都只不过是"人"而已。很少提及平民,即便提及也是一带而过。关于日常生活,关于起居、饮食、天气、景色及季节等几乎没有任何介绍,如果有所涉及,也被融入崇高文体。从浪漫派作家对这种文体的激烈批评中可以得知,这种作品中不得有一句平常话,不得有一件日常用具的普通称呼,最尖锐、最幽默的批评要算是维克多·雨果写的那首诗《对一份控诉状的答辩》(收在《静观集》中)了。那些十分动人的诗句表达了作者对古典主义关于崇高理想的反叛精神。其中最具特色的一句诗始终令我难以忘怀:

我们听到一位国王问:几点钟了?

实际上,(雨果写的《爱尔那尼》中的)这样的诗句与拉辛的高雅风格是不一致的。

这些王侯和王侯夫人们就在这种自我封闭和隔绝的高尚中沉湎于自己的激情。只有那些最重要的、摆脱日常繁杂、剔除了日常生活气息和口味的思想才能进入他们的心灵,他们的心灵才能以这种方式全力以赴地投入到最伟大最剧烈的行动中去。拉辛以及高乃依作品中激情的巨大作用大部分都来源于上面所描述事件的孤立与隔绝的氛围;这种隔绝可与现代科学试验中所常见的最有利的绝缘生产条件相比,可以完全不受任何干扰、不中断地观看整个试验过程。在道德范畴之内,与等级制相关的文体分用倾向非常之大,其结果是,任何从具体情况下产生的实际想法和考虑都只能出自较低级阶层人物的头脑,而王公贵族的男女主人公是不必做任何实际考虑的。他们所热衷的崇高蔑视一切实际想法。在《贝蕾妮斯》中,给王后出主意的是王后的密友菲妮斯,她建议王后不要让安提奥克失去勇气,因为提图斯还没有明确地提出求婚(第1幕第5场);在同一出戏里,提醒国王安提奥克注意对己有利局面的也是他的密友阿尔萨斯,他指出贝蕾妮斯现在是进退两难;照阿尔萨斯看来,如果提图斯离开贝蕾妮斯,她必定会嫁给安提奥克(第3幕第2场);类似这种工于心计的审时度势的考虑和判断实在是太低级,不可能在王侯心中占有一席之地。崇高的激情才是王侯的所思所想,而且这种考虑也被证实是错误的。同样的文体感促使拉辛没有让对希波吕托斯①的诋毁从费德尔口中道出,而是让她的保姆奥诺说出,这与该戏所取材的欧里庇得斯②所写的希腊悲剧不一样。拉辛在序言中说:

> 我甚至十分注意使她变得不像在古希腊人和古罗马人悲剧中那么可憎,在以往的悲剧中她自行决定指控希波吕托斯。我认为恶意中伤总是有些卑鄙丑恶,不能让诽谤之言出自一位具有高尚正直情操的公主之口。这种无耻的行为,我觉得更适合一个保姆,因为保姆可能会有更加卑屈的癖性……

拉辛在这里是在虔诚的基督教会的攻击面前竭力为悲剧的道德价值观进行辩护。不过我觉得他使这种思想的含义过分"道德化"了;就是说,与他的王公贵族主人公的崇高格格不入的原本不是道德上的恶,而是低俗的、为实际着想的斤斤计较。

这些悲剧性人物的崇高的另一个主要特征是他们身体的完美无缺。他们身体所经历的一切都得用崇高文体来表述,一切低俗和"造物性"都与他们

---

① 希波吕托斯是拉辛的悲剧《费德尔》中的人物。此剧取材于希腊神话,借以揭露法国宫廷和贵族社会的腐化堕落的生活。希腊英雄忒修斯的妻子费德尔听说丈夫死于战场,便向养子希波吕托斯表白了爱情。但忒修斯突然生还,并发现妻子与养子的私情,就处死希波吕托斯。——译注

② 欧里庇得斯(约公元前480—约公元前406),古希腊三大悲剧家之一。——译注

无关。高乃依当时就感到,在这方面,当时的文体感大大超过所有的传统,甚至超过了古典文学传统。当高乃依的《台奥多尔》不受欢迎时,人们把它的失败部分地归咎为戏中的女主人公是个遭难的妓女。

> 身处这种不幸之中,他在考试中说道(作品《大作家》第 5 卷第 11 章),我就有足够的理由对剧中故事的纯正表示祝贺了。我看见能使圣·昂布鲁瓦兹①的第二本书大增光彩的一则故事,因过于淫秽而只好删除。如果像这位伟大的教会圣师一样,让这个处女出现在不干不净的地方,别人又会做何感想呢……

身体的造物性的虚弱征状也不符合法国古典文学关于崇高的观念;只有死亡这一崇高文体所能表现的事件才是不可或缺的;任何一个悲剧性主人公都不能年老、生病、虚弱、容貌丑陋。在这一舞台上既不能有李尔王也不能有俄狄浦斯,要不然他们就得顺应流行的文体感。在他的《俄狄浦斯王》的前言里,高乃依在谈到他的楷模索福克勒斯②时说:

> 我终于明白了,在遥远的世纪中令人惊叹的东西,在本世纪就可能令人毛骨悚然。对那位王子自残双眼的方式的动人描述和戳破眼睛后血流满面的场景(在原著中,这一场景占据了整整第五幕),可能会使我们的神经受不了……所以我试图做一些修改……
> (第 6 章 126 页)

从这两段引文的语调可以感觉到,高乃依在反对路易十四时代的文体感时也并非没有内心的矛盾。在他的影响广泛的第一部佳作《熙德》中,唐·狄哀格被打了个耳光,至少在那一刻他是个孤独无助的老人;而在布瓦洛和拉辛时代才写出的剧本《阿蒂拉》中,主人公因鼻出血而死,这个情节引起了轩然大波。在拉辛的悲剧里这是不能想象的。在拉辛那一代人看来,身体的自然性或造物性只能在喜剧舞台上出现,并且只允许出现在一定的界限之内,

---

① 圣·昂布鲁瓦兹(339—397),米兰主教。——译注
② 索福克勒斯(约公元前 496—公元前 406),古希腊三大悲剧家之一。——译注

这是理所当然的。在拉辛的悲剧中也出现过一位老主人公,即米特里达特①;不过他完全是一个崇高的形象,他的年龄使作者有了下列描述的机会:

> 这颗渴望战争、靠鲜血滋养的心,
> 不管压在我头上的岁月和命运的重负,
> 把对莫尼姆②的爱带到四方……(第2幕第3场)

最后,身体的完美感——对现代人的感受来说,将这种感觉与纵欲无度相对立总有点古怪——却使拉辛减轻了对希波吕特(《费德尔》中的人物)的指责。他在该剧的前言中写道:

> 在欧里庇得斯和塞内卡笔下,希波吕特被指控强暴了他的继母。但是在这里,他只是被指控有些企图而已。我想让岱赛③免除可能会使观众对他产生反感的混淆。

从这段话可以看出拉辛与古典文学的最大不同:在古典时代的文学作品里,爱情极少作为崇高文体的题材,只有当爱情与其他神和命运的主题没有什么牵连时,它才作为主要题材出现在中等文体的诗歌中。然而一旦涉及爱情,无论它出现在高雅的史诗作品还是出现在悲剧之中,肉体的爱便被毫无顾忌地行之于书;法国悲剧则完全相反。它继承了高尚的爱情观,这种爱情观在宫廷文化中形成,也受到中世纪神秘主义的影响,在模仿意大利诗人彼特拉克中进一步发展。早在高乃依的作品里,爱情就是一个悲剧性的崇高主题。在骑士小说的影响之下,爱情几乎排挤掉所有其他的崇高主题。而拉辛则赋予爱情无比巨大的威力,它使人们脱离了生活的常轨并遭受毁灭。但尽管如此,作品中几乎感受不到任何当时的审美观认为是低俗的和有伤大雅的东西,几乎没有表现肉欲和性。

---

① 拉辛的悲剧《米特里达特》中的主人公。——译注
② 莫尼姆(Monime),死于公元前72年,本者王国皇后,米特拉达悌六世的妻子。——译注
③ 岱赛(Thèsèe),希腊神话中的雅典国王。——译注

三一律①对我们所论述过的悲剧事件的封闭和孤立也起着很大的作用。它将事件与周围环境的关系限定在最小范围之内。事件永远停留在一个地点,在短短的二十四小时内发生,情节与后来错综复杂的发展完全脱离,在这种情形下只能对所发生事件的历史、社会、经济及环境的背景情况做出泛泛的略述。而拉辛却能够以极为有限的手段,完全从故事本身的情节出发营造出一种气氛,这是非常令人赞叹的;在这方面最成功的要算《费德尔》和《阿塔莉》了。在这两部剧中,地点和时间一个取材于古希腊神话,一个取材于旧约故事,接近于绝对和超历史性的时间和地点。极少有特定的、能够清楚显示时间及地点特色的瞬间。我们可以引用《勃里塔尼古斯》第2幕第2场的一段。在这一段里,尼禄描绘了尤尼斯的夜访;这是写得非常出色的一段,它和我们下面马上就要提到的另一段表明,拉辛绝非因江郎才尽才如此吝惜笔墨地描述这个瞬间情景,它被加入到重要的故事情节之中,使其人物心理活动的结构甚为严谨,极为典型地再现了概括性描写的时代文风。这一点在描写尤尼斯夜礼服的诗句中尤为明显:

　　她虽洗尽铅华却显得纯朴可爱,
　　还带着睡梦中的娇软媚态……②

我想引用的另一段出自《依菲热妮》第1场,是模仿欧里庇得斯风格对晨景的描绘。其中有这样一句写得很美的诗:

　　但是一切都睡去了,军队,风和海神。

由于它的写实主义的瞬间内容——国王唤醒正在沉睡的仆人——这一段显得别具一格。不过即使这一段也完全是在主要情节的心理活动中说明的,它的目的不是渲染气氛,它的语言表达并不包含任何一种写实的冲动。语言高雅,充满隐喻。总体来看可以说,时间和地点的统一可以从时间和地

---

① 三一律,欧洲古典主义戏剧的创作规则,规定剧本动作、地点、时间三者必须完整一致,即每剧限于单一的故事情节,事件发生在一个地点并于一天之内完成。——译注
② [法]拉辛,《拉辛戏剧选》,张廷爵译,上海译文出版社,1985年版。——译注

点方面突出情节；读者或听众可以获得这样的印象：故事发生在一个绝对的、神话式的和尘世间无法确定的地点。这不再是骑士小说那种以迂腐和绝对的方式表现的爱情和历险的没用地点；拉辛早已摆脱了这一套。悲剧人物置身于美化了的孤立场所，他们高居于日常生活之上，使用着高雅的语言，沉醉于自己的激情。

  法国古典悲剧表现了最大程度的文体分用，表现了悲剧与欧洲文学开创的真实日常生活的最大程度的分离。法国文学关于悲剧人物的观念及其语言表达是一个相当特殊的美学培育的结果，这种培育植根于十分复杂和多层次传统之上，远离那个时代普通人的生活。不过这是一种现代的认识，虽然这种认识并无新意。当时的美学理论并不具有这种认识。为了论证拉辛悲剧及类似作品，为了对它们进行褒扬和辩解，这种认识需要运用诸如自然、理性、健全的理智和逼真性等概念。在拉辛的作品中，他那个世纪以及下一个世纪好像都觉得已经实现了*自然、理性、健全的理智和逼真性*。此外他的作品中也有对于古典主义恰当的、完美的模仿，有时这种模仿甚至超过了所模仿的楷模。这种判断需要进一步说明，因为这种判断今天不那么容易被人理解。如此抬高美化这些人物，让他们以这种高雅的方式说话，这是否合理，是否自然？让冲突在如此短的时间内毫无阻碍地发展是否可能？所有最重要的事件都在同一个地点发生，这是否可能？任何一个毫无偏见的人，也就是说，任何一个人，如果他不是在这些经典著作的伴随下长大，因而把它们最令人称奇的独特之处都看作是自然而然的话，都会给上述问题以否定的回答。17 世纪的人认为拉辛的艺术不仅仅卓越感人，而且有理性、合乎健全的理智，自然且可信，这一点只能从当时看问题的角度去解释；当时的人对理性及自然的理解和我们不同。若要评价拉辛的艺术，那就应该把他的作品与他的前一辈作家进行比较。这样就会看到，拉辛的悲剧由少数的、简单的、彼此联系明确的事件组成，而他前辈的作品中却堆砌着过多巨大而离奇的事件。此外，拉辛剧中人物的精神状态及所处的冲突简洁明了，具有示范性、样板性和普遍性；而在拉辛上一代作家中，一部分由于受高乃依的影响，作品中的冲突、英雄气概过重，尖锐而不可信，一部分受矫揉造作之风的影响，多愁善感、拘泥于细节、过分夸张的殷勤恭维成了时髦。从布瓦洛的论著中，从莫里哀早期喜剧和拉辛剧本的"前言"，特别是《昂朵马格》、《勃里塔尼古斯》和《贝蕾妮斯》的"前言"中，可以看出对先前各种流派的斗争。从布瓦洛和拉辛作品中也可以看出,当时是以何种方式和何种程度将古希腊罗马诗人奉为楷模。使拉辛时代的精英们惊叹不已的是希腊戏剧中事件的简明以及语言的优美。早在几十年前,在高乃依的青年时代,当宫廷及城市社会的上层开始对戏剧发生兴趣时,人们就接受了三一律,其主要的原因是人们对于可信性的认识,而这个观点我们已经不大熟悉了:人们觉得,在一场演出的短短几个小时之内,在空间有限且离观众只有几步之遥的舞台上,被表现事件的时间和地点相距甚远是不大可能的。这个可能性不是指事件本身,而是指这些事件在舞台上的再现,指舞台幻想的可能性。尤其在 17 世纪前半叶,法国剧院的技术水平的实际情况是,故事发生地的大变动几乎不能产生令人信服的影响。一旦人们出于上述理由以及要努力效仿古典时代戏剧因而坚持同一地点和 24 小时传统时,事件的安排就必须服从这些前提条件,正是在这方面拉辛是位大师。拉辛戏中的情节自然舒展地在已定的框架之内展开。如果说拉辛把地点的孤立和排除一切低级、外部和其他事物的情节推向极致的话,那么毫无疑问,这是为了在三一律的已定条件之下取得自然的效果。

不过也许最重要的是,我们必须记住,在拉辛时代,人们对自然的理解与后来的时代并不相同。当时人们并未把关于自然的概念与文明对立,没有把它与原始文化、纯粹的民族性或自然景物联系在一起;人们把自然与人的天性等同起来,即受过良好教育、行为体面、能自如地适应任何规定而生活的人才是自然,犹如我们自己时而也会称赞一个很有教养的人有着自然的天性一样。自然几乎就等于有理性、懂规矩。在这方面,不管对还是不对,人们觉得自己与古典文化的繁荣时期的认识一致,古典时代具有举世无双的和谐-理性-自然的优越性;在路易十四时期,人们敢于把法国文化与古典文化相提并论,认为本国文化也堪称楷模,而且这种观点也得到了欧洲的认可。按照这种观点,自然是文化和培育的产物,这种观点后来又得以不断发展。后来人们把在任何时代、任何情况下都能打动人心、打动他们情感和激情的都称为自然。自然同时也就是永恒的人性。看来,文学的最高使命就是真正表达出这种永恒的人性;人们认为,比起低级混乱的历史骚动来,在生活孤寂的高层次之内可以更清楚、更单一地表达永恒的人性。而这样做的同时,就限定了永恒人性的范围,只有"伟大的"激情才可能永远成为永恒的题材,而爱情只能在最符合当时礼仪的形式中表现。

无论如何,路易十四时期的自然性是某种纯心理的东西,是心理上某种不变更的既成之物,这就是不变的人性的全部所在。如果将其以本国文明的形式表达出来,那么就一定要把它搞成一个具有典范意义的,能向世人展示永恒人性的独一无二的文化,能与之并驾齐驱的,或高于它之上的,只能是古典文化的繁荣时期。对王侯人物进行巴洛克式的美化也属于这个时代的文明。自16世纪以来,古典时代和中世纪宫廷文化的寓意手法便服务于深入发展的专制主义,文艺复兴式的超人在巴洛克时代逐渐成了君主的形象。无论是从其内容还是从其外在的形式来说,路易十四的宫廷都是专制主义发展的高峰;国王本人周围簇拥着一大群按爵位排列的前封建贵族。这些贵族的权力及本来的作用已被剥夺,他们只是待在国王左右,显示被以巴洛克方式美化了的专制王侯的完美形象;宫廷甚至也都还以"城市"的形式继续存在,因为巴黎的大资产阶级也把国王看作社会的中心,并且"宫廷"和"城市"的界限也不很明显。王室的王子和公主也都被美化了,其次被美化的还有国王的文武大员。在法国内外,国王和他的宫廷普遍成为较低层效仿的榜样。不断公开演出的有关国王生活的戏剧,在每句话、每个表情中都始终如一地维护着国王的高尚形象,国王及其左右之间规定严格,因习俗和教育已成自然的交往方式成了一种社交艺术,这些在当时众多的文件中都有所反映,也常常反映在论文中,尤其在泰纳①的关于拉辛的论文(《新编批判随笔与历史评论》第109—163页)中得到了极好的体现。其中最重要和最引人注意的是,要求参加社交活动的人要有内心和外表的尊严,而他们也表现出这种尊严,尽管这种尊严只有极为有限的自由:绝对的自制力,对每一形势及自己在其中的位置的正确判断,对每句话、每个表情都有细致的规定的得体的举止——这些优越之处在17世纪下半叶以前的法国宫廷几乎从未这样盛行,而现在它们却在晚期巴洛克的语言和生活方式中得到了体现,从而使巴洛克风格在这里又一次大放异彩。同时它们也显示出了前所未有的优雅和热情。这就是当时的社会,这就是充满新的优雅方式的晚期巴洛克,这首先就是拉辛悲剧中所表现的美化了的王侯形象。他剧中所有的主人公都散发着尊严的光芒。"我的荣誉"是这些人常用的一个词,用来表明他们身体及精神尊严的不可触及性。因为他们的尊严不仅仅是外表,而且也是他们本性的一个组成部分,这一点尤其在妇女身上——不妨想一想莫妮妹——表现得最令人叹服。对这

---

① 泰纳(1828—1893),法国哲学家、史学家、文学评论家。——译注

一切泰纳都以清晰的文笔做了很好的说明,尽管我觉得,他从这种角度对拉辛的评价有些片面。但不管怎么说,泰纳是运用社会学方法的第一人。这个方法对透视地、历史地理解这一伟大世纪的文学来说是不可或缺的。不了解社会状况就不能解释为什么这种美化及巴洛克式的华丽语言会成为时尚,并且能对一个在哲学、科学、政治、经济,乃至社会学等诸多方面、诸多领域都具有现代理性特征的时代产生影响,甚至在很多方面成为现代-理性方法的基础,不了解社会状况就不能解释当时的评论怎么会用理性和健全的人类理智的标准去评价这些巴洛克和语言夸张的形式,怎么能对其中的一些形式表示赞叹而对另一些形式提出指责,在指责的同时又对其品位及艺术鉴赏力给予肯定。这种评论并不在乎这种矛盾的存在,即总的说来,巴洛克形式适合进行纯理性的评价。这个形式世界是在特殊条件下生存的社会的一个特定部分的表达,这部分人所起的作用远比其享受的特权小得多。看来绝对的专制主义的历史意义并不在于塑造一个高尚的、被王公大臣包围着的君主,而在于聚集起一个民族的各种力量,在于摧毁各种离心倾向,在于从政治、管理和经济上进行统一的组织,宫廷只不过是这个过程的一个副产品。宫廷之所以能够存在,其原因不在于它所必须发挥的作用,而在于贵族都聚集在国王的周围。因为除了在国王这里,贵族在其他地方没有什么作用可起,只有围着国王转,贵族才获得了服务于宫廷的新作用。考虑法国古典文化的载体时不应只考虑宫廷,还应该考虑"城市",城市只是一小部分,这一小部分虽然也对当时的审美观念起着某些协调作用,但无论在政治还是在美学方面,城市都还不具备积极的有产阶级自我意识。城市和宫廷在两个非常重要的特点上是一致的:一个特点是受过教育——但这既不意味着像专家一样博学,也不意味着像平民那么无知,而是受过良好的教育,具备鉴赏文学艺术的知识;另一个特点是努力成为一个理想型的诚实人,不只专一门,也不从事什么职业,把有产阶级出身当作"担任过体面的职务"——我们在本章开头已经论述过这一点(见第349至351页)。

  法国古典文学是写给少数人看的。从这些人的特征,特别是从他们的社会理想形象,可以理解巴洛克和美化形式为何成为风气,也可以理解这种风气与理性的审美范畴的混杂,或者说对此抱有同感。从精英观众的审美力,从宫廷周围种种有教养的人的审美力,也可以解释悲剧与现实绝对分离的现象,而巴洛克式的美化悲剧性人物的形式只是这种分离的一个特别显著的特征。从 16 世纪人文主义角度来说,法国古典主义的文体分用绝不是单纯地模仿古典风格。古典楷模已被超越,与千年来的基督教的文体混用的民族传统彻底决裂,过分美化悲剧人物(我的荣誉)以及极力推崇激情是违反基督教的。当时对这种戏剧持批判态度的神学家,尤其是尼科尔[①]和博叙埃,也曾明确指出过这一点。我们不妨听一听博叙埃在 1694 年写的《关于喜剧准则之我见》中的几句话:

> 因而诗人的所有构思,诗人创作的最终目的,就是让我们像作品中的主人公一样迷恋上美丽的人物,让我们像对心上人一样为这些人物效劳。总之,要让我们为他们献出一切,或许荣誉不包括在内,因为爱荣誉比爱美更危险。(第 4 章第 1 段)

这段话说得完全在理,起码从神学家的立场来看是如此。拉辛的悲剧所表现的爱的激情令人感动,虽然是悲剧性的结局,但它却引导听众赞叹和效仿一个如此伟大而高尚的命运。《费德尔》在这方面表现得尤为突出。虽然如人们常说的,并且拉辛本人也有这样的感觉,这出戏的确写了一个上帝没有眷顾的女基督徒,但总的看来,它的效力毫无疑问是非基督教的;任何一颗年轻而富有情感的心都会赞叹她那巨大的、蔑视一切的、忘掉一切的激情,由此被征服。博叙埃关于"荣誉"的话同样十分贴切,但更为尖锐:这些话一语击中了被过分美化了的悲剧人物,用教会的话来说,这些人只不过是*徒有其表*。

不过,博叙埃和尼科尔也不会对大众的、文体混用的教会戏剧有什么好感。这种教会戏早在一百多年前就被巴黎议会禁止上演了;否则这两位神学家的伦理美学的文体感受力肯定会对这种戏剧表示抗议的。他们坚持文体分用的时代审美观。法国 17 世纪伟大重要的基督教文学(与 16 世纪的宗教危机以及 18 世纪的启蒙主义相比,它可算是正统的教会文学)自始至终都保持着高雅崇高的基调,这种基调在该世纪的整个过程中越来越高雅;它避免任何"低等"词汇,避免任何唾手可得的写实主义。法国基督教文学本身也参与了对王侯人物的美化,其几乎所有的作品都像是写给精英社会看的,写给

[①] 尼科尔(1625—1695),法国天主教神学家和哲学家。——译注

宫廷及城市看的。

我们知道，法国古典主义文体的威力在整个欧洲有多么巨大。直到很久以后，在条件完全改变以后，悲剧的严肃与日常的真实才又有可能重新会聚在一起。

问题探讨

1. 如何解读《失乐园》中的撒旦形象？人类失去"乐园"是必然的吗？
2. 作为西方文学史上"最后一部史诗"，《失乐园》是如何借鉴荷马及维吉尔的史诗传统的？
3. 韦勒克归结古典主义时曾道："就其最好和最坏的方面而论，批评家都把文学理解为广义的政治的一部分，都懂得诗人，有意也罢，无意也罢，都是人类灵魂的塑造者。"这段话当作何解？
4. 试辨析文学史上的"古典主义"概念与作为普通名词的"古典主义"。
5. 什么是"三一律"？它和古希腊戏剧的关系是什么？它的合理性及理论缺陷在哪儿？
6. 如何理解莫里哀对社会风习的针砭是"一种纯道德的批评"？
7. 莫里哀的悭吝人只是悭吝，伪善者只是伪善吗？如何评价莫里哀的喜剧性格？

延伸阅读

1. ［英］约翰逊：《评弥尔顿的诗》，《弥尔顿评论集》，殷宝书选编，上海译文出版社，1992年版。
2. ［美］艾布拉姆斯：《弥尔顿、撒旦和夏娃》，艾布拉姆斯《镜与灯》，郦稚牛等译，北京大学出版社，2004年版。
3. 杨周翰：《弥尔顿〈失乐园〉中的加帆车》，杨周翰《攻玉集》，北京大学出版社，1983年版。
4. ［法］丹纳：《十七世纪的法国文化与古典悲剧》，丹纳《艺术哲学》，傅雷译，人民文学出版社，1963年版。
5. ［法］朗松：《莫里哀与闹剧》，《方法、批评及文学史——朗松文论选》，徐继曾译,中国社会科学出版社,1992年版。

  6. R.韦勒克:《文学史上古典主义的概念》,《文学思潮和文学运动的概念》,刘象愚选编,中国社会科学出版社,1989年版。

第五章　启蒙主义文学

导　论

　　启蒙运动是现代理性运动取得的重大成果,它赋予18世纪以鲜明的时代特征:社会革命(包括政治和经济)和个性解放的时代,理性权威最终取代神权和君权的时代,《百科全书》成为新的"修身教科书"的时代——总之,一个更世俗、更功利的时代。启蒙运动的核心就是要以世俗的、科学的文化知识启迪教育民众,使人们摆脱各种愚昧和偏见,争取人的解放和发展,进而达到社会改革和人类进步的崇高目标。"进步"观念是一种新思想,既对立于基督教的"堕落"观,又有别于文化史上的各种复古思想。启蒙思想家不再满足古典主义者将理性抽象化、服从现存秩序和外部权威的做法,正如恩格斯所指出的,"他们不承认任何外界的权威,不管这种权威是什么样的。宗教、自然观、社会、国家制度,一切都受到了最无情的批判,一切都必须在理性的法庭面前为自己的存在作辩护或者放弃存在的权利"[①]。启蒙思想家将理性用作思想解放和社会改造的武器。牛顿力学使这个世界显得透明起来,它可以解释,可以计算,甚至可以预测。英国吹响了工业革命的号角,德国掀起了"狂飙突进运动",法国大革命将资产阶级共和国从理想变成了现实。

　　启蒙运动构成了18世纪欧洲文学的社会和文化背景。

　　18世纪欧洲文学的发展并不平衡,既有国际性流行思潮(如古典主义、感伤主义等),又表现出不同民族文学的独特性。英国、法国占据着欧洲文学的中

[①]《马克思恩格斯论文学艺术(第一卷)》,人民出版社,1995年版,第424页。

心地带,俄国文学慢慢起步,德国文学后来居上,登上西方"古典文学"的顶峰。

古典主义因其自身的"狭隘性"而趋向保守成为"伪古典主义"。文学在酝酿新变。18世纪长篇小说在英国的兴起是一个伟大的文学事件,它标志着西方两千余年的史诗传统的终结,一个以个人主义和日常生活为文学题材的小说时代的到来。笛福、理查逊、菲尔丁是现代小说的共同缔造者。启蒙时代的文学有道德教化的意图,但文学人物出现了非英雄化和世俗化趋向,不再像古代和中世纪那样,具有崇高的悲剧色彩,而是逐渐过渡到日常生活中的普通人。这个时代的文学不再欣赏崇高,而讲究优雅、机智、感伤和理性,虽然古典主义仍是一种文学时尚和美学趣味。18世纪英国小说中,建议选读笛福的《鲁滨逊漂流记》、理查逊的《帕美拉》、菲尔丁的《汤姆·琼斯》。美国学者伊恩·瓦特的《小说的兴起》是一部研究18世纪英国小说的学术名著,主要研究上述英国小说家的作品,本章节选了其中有关笛福的论述。

启蒙运动赋予18世纪法国文学一种启蒙激情和战斗精神,使之成为政治革命和社会改革的先锋。孟德斯鸠、伏尔泰、狄德罗这些才华横溢的启蒙思想家,创立了一种独特的小说形式——哲理小说,用作思想启蒙的锐利武器。伏尔泰是法国启蒙运动的领袖,他的《老实人》是哲理小说中的精品。作者以戏拟的方式,对盲目自大的"乐观主义"哲学进行嘲讽,倡导一种清醒明朗的"向善论"。卢梭既是启蒙文学的精英,又是后起浪漫主义文学的先声。他仍坚持理性主义时期"自然人性"的概念,但认为这种天然人性已受到文明的腐蚀,因此,他主张回归自然,回归纯朴。他以敏锐而又独特的情感取向,对18世纪的人类进步、理性至上持怀疑态度,认为理性已蜕化为社会偏见和陈规陋习。他的思想丰富而又杂芜,深刻而又片面,影响甚大而又争议颇多。本章所选朗松的论文以论战的方式为卢梭做了辩护。卢梭多才多艺,著述丰富,建议重点阅读他晚年的"绝唱"——《忏悔录》。"忏悔录"是一种独特的自传体作品,从圣奥古斯丁到列夫·托尔斯泰,再到19、20世纪众多的"忏悔"、"自白",构成了一种独特的文学传统,可以进行比较性的阅读。延伸阅读中美国学者保罗·德曼以"辩解"为题的文章对卢梭的《忏悔录》做了一种解构性的阅读。狄德罗的《拉摩的侄儿》被誉为一部"充满辩证思想的杰作",亦值得一读。

德国文学虽起步较晚,却以其精神探索和思想深邃著称于世,到18世纪末已经诞生了两位世界性大作家——席勒和歌德。席勒的《阴谋与爱情》是一部有着"狂飙突进运动"精神的剧作,反映了青年席勒的叛逆精神,是德国启蒙文学的重要作品。歌德一生跨两个世纪,著作等身,可以选读他青年时期的中篇小说《少年维特之烦恼》和贯穿他整个创作生涯的巨著——《浮士德》。卢卡契是匈牙利著名的马克思主义批评家,在对文学进行社会学批评方面硕果累累。本章选了他的《浮士德》研究中论浮士德与靡非斯特关系的部分文字。《浮士德》中译本有董问樵(复旦大学出版社)、钱春绮(上海译文出版社)、杨武能(安徽文艺出版社)的诗体译本和绿原的散文体译本(人民文学出版社)等。

选 文

推敲"自我":小说在 18 世纪的英国·绪言

黄 梅

导言——

黄梅是我国著名的英国文学研究者,本文是她关于 18 世纪英国文学研究专著的绪言。在伊恩·瓦特等人对 18 世纪英国小说的研究基础上,黄梅选取"自我"与小说的关系作为切入点,重新审视小说在 18 世纪英国社会发展中所扮演的角色。在黄梅看来,18 世纪的英国社会,是一个混沌初开,万物尚处开端,凡事都未定型的年代,小说还没有登堂入室,跟戏剧、诗歌在文学艺术的殿堂里平起平坐,小说家的自我意识仍很模糊,写小说于他们而言,常常是业余活动。但那又是一个快速发展的时代,不仅技术、经济如此,思想方面亦如是,资本主义时代最具辨识度的思想——个人主义,就是在这个时期奠定了自己主导性的地位。黄梅认为小说通过对虚构人物的塑造,参与了"自我"意识和"自我"形象建构的历史过程,小说中的主人公不仅是独特的个体,也代表了普遍的社会形象,因而要讨论所谓"现代主体"的形成,就不能不对当时的小说加以全面考察。

近二十年来,有不少中国学者把目光投向 18 世纪的英国。

18 世纪是中国清王朝的康乾盛世,也是英国中产阶级新立宪政体巩固、商业社会初步定形和工业革命发端的时代。此后,这两个体制不同的国家经历了截然相反的命运。中国迅速跌入半封建半殖民地的深渊,而英国则"开始经济腾飞……成为世界头号强国并率先闯入现代文明的大门,成为现代世界的开路先锋"①以及"第一个工业化社会"②。历史的对比发人深省。不仅如此,对于正在快速转向市场经济的中国来说,那时的英国在很多方面都是一个极有意义的参照。18 世纪英国人的经验和教训也就随着"走向未来"和"强国之路"等大型丛书走进我们的视野,当时英国的政治体制、经济运行方式和哲学思想探索对社会发展的促进,引起了中国人的注意和思索。

遗憾的是,有关的讨论在相当大程度上忽略了那个时代的英国人亲身经历的诸多思想危机和痛切感受到的困惑,以及他们对这些活生生的问题所作出的反应和思考。而这些问题,如国内近期不时出现的关于"现代化的陷阱"、关于"诚信为本"、"道德建设"以及所谓"简单主义生活"的讨论所提示的,乃是今天面对"现代"生存的中国人所无法避免的。因此,笔者力图在介绍并评议 18 世纪英国小说的同时,把小说在彼时彼地的"兴起"与"现代社会"的出现联系起来考察,特别注重探究那些作品的意识形态功用,也就是它们与由社会转型引发的思想和情感危机的内在关系。20 世纪末,由于诸多思想文化因素的共同作用,英美乃至整个西方对 18 世纪英国小说的学术兴趣也出现了引人注目的"爆炸"。③ 本书与西方诸多研究 18 世纪文学文化的新论著有所不同,因为上述潜在的中国背景和中国关怀乃是笔者试图重读 18 世纪英国小说的出发点和主旨。

在 18 世纪末长大成人的简·奥斯丁(1775—1817)敏锐地意识到了小说在社会生活中的重要作用。她在《诺桑觉寺》(1818)一书第五章中就小说发了一段不短的议论。叙述人"我"先是责备某些批评家甚至小说家信口贬低

---

① 王友平,《开创现代文明的帝国》,黑龙江人民出版社,1998 年版,第 1 页。
② 钱乘旦,《第一个工业化社会》,四川人民出版社,1983 年版。
③ J. Paul Hunter, "The Novel and Social/Cultural History", in John Richetti(ed.), *The Cambridge Companion to the Eighteenth Century Novel*, p. 11.

小说的做法,然后她把批评的矛头指向一种流毒更广的成见。她设想一位埋头读书的姑娘被人打断时会做何反应:

> "小姐,你在读什么呢?""哦,只不过是小说罢了,"那位年轻的女士答道,一边假装毫不介意地把手中的书放下,多少还有点不好意思,"不过是塞西丽亚、卡米拉或比琳达①。"或者,简言之,不过是这样一些作品,它们展示了最有力量的思想、关于人性的最透彻的知识以及对人的复杂性的最精妙的描绘。它们用最恰当的语言向世人传达最生动活泼、汪洋恣肆的机智和幽默。②

读小说读得忘乎所以却被人撞见,想象中的那位姑娘一时慌乱,窘态毕现。这表明,在一些绅士眼中(即以曾经是主导的观点看来),小说以及小说阅读还有点低人一等,不大上得了台面。然而,叙述者"我"随即毫不含糊地以一连好几个"最"字概括小说的性质和特征,又说明这种文学形式已经深入人心。

在18世纪,小说还没有成为"艺术",还没有从相对混沌的社会生活中被放逐,因而也没有那么强烈的自我意识。当时的小说写作者大都不是职业"小说家"。笛福(1660—1731)在很长时间里是工商业主;理查逊(1689—1761)是印刷商;斯威夫特(1667—1745)和斯特恩(1713—1768)长期担任神职;菲尔丁(1707—1754)和麦肯齐(1745—1831)是法官;斯摩莱特(1721—1771)曾经做过船医;约翰逊博士(1709—1784)则很接近现代报人和学者,如此等等。或许是出产"巨人"的文艺复兴时代的余泽,这些尚没有和主流社会实践疏离、躲进象牙塔的文化人几乎个个都是精力充沛的多面手。

在他们生活、写作的年代里,英国社会生活的方方面面正发生着意义深远的变化。身处变迁之中并面对种种疑惑和问题的公众自然对现实生活抱有很大的兴趣和深切的关怀。哈贝马斯在《公共领域的结构转型》(1962)一书中指出,在那个时期英国民众讨论,甚至参与政治、经济、思想和文化事务

---

① 分别为弗兰西斯·伯尼(1752—1840)和玛丽·埃奇沃思(1760—1849)小说中的女主人公的名字。
② Jane Austen, *Northanger Abbey*, p. 58.

的公共领域得到空前(在某种程度上也是绝后)的发展,文学就是公共领域的一个重要的组成部分。① 在这个文字构筑的"空间"里,作家写虚构故事的目的是复杂多样的。斯威夫特不会忘记政治斗争。笛福肯定想到了挣钱;指望借此养家活口的夏洛特·史密斯(1748—1806)更是不会忘记经济效益;斯特恩与华尔浦尔(1717—1797)显然存自娱并与同好者共娱之心。但是他们中没有一个会忽略正在身边进行的几乎和每个人都有切身关系的各种争论和探讨,也没有哪个会小看或否定文学教育公众的作用。于是,"与社会生活密切结合"②就成了这个时代的文学的特征。在这方面,小说与画家威廉·霍加思(1697—1764)那些风靡一时的雕版讽刺组画,如《娼妓之路》(1732)、《浪子之路》(1733)、《时髦婚姻》(1745)和《勤与懒》(1747)等,有异曲同工之妙。比如,《勤与懒》一组四幅画表现了两个学徒的人生——一个兢兢业业工作,娶了东家的女儿,继承作坊产业并最后当上了伦敦市长;而另一个懒惰贪杯,后来沦落为罪犯并最终被送上绞架。其惩恶扬善、匡正人心的用意跃然纸上。尽管艺术媒介不同,画家和小说家笔下的"叙事"都是对经验的表达、对世事的评述、对未来的构想、对信仰的探讨以及对读者的劝和诫。作者毫不掩饰自己的说教意图,因为教导公众是他们的职责。③ 对那时的英国文化人特别是新兴中产阶级的文化人来说,以虚构文学思考、应对当代社会问题和思想问题乃至介入政治时事是从文的正路。斯威夫特、菲尔丁、斯摩莱特写起讽刺文来劲头十足,理查逊和约翰逊承担道德说教的重任也毫不扭捏。

正因如此,对于年轻的奥斯丁们来说,"塞西丽亚、卡米拉或比琳达"才绝对不能轻描淡写地用"只不过"一言以蔽之。她们是曾与她朝夕相伴的生动形象,与她的成长和生命血肉交融。这些虚构人物及其人生轨迹,是她获得有关人生、社会、道德和哲学的知识的主要来源,也是她在文学"行当"里临摹学艺的范本。因此,她深切地领会到,小说是不亚于诗歌体裁的艺术,它需要"最恰当的语言",需要无与伦比的"机智和幽默",并且比其他文类更能给读者带来广泛而真挚的愉悦。更重要的是,小说传达"最有力量的思想"和"关

---

① 参见 J. Habermas, *The Structural Transformation of the Public Sphere*, Ch.2 & 3。
② A. R. Humphrys, "Social Setting", in Boris Ford (ed.), *From Dryden to Johnson*, p. 19.
③ 参见 Clive T. Probyn, *English Fiction of the Eighteenth Century*, p. 5。

于人性的最透彻的知识"。它是阐发观点、传播知识的有效工具,是批判、争论、对话的"场所",也是读者深化思想、扩展识见、培育性格的途径。

在 18 世纪里,古老的叙事文学发展成现代意义上的散文"小说"。这是伊安·瓦特在《小说的兴起》(1957)提出的一个基本观点。该书是我们在讨论英国 18 世纪小说时几乎无法回避的里程碑式的重要专著。尽管笔者并不把瓦特的(至今引起很多争论的)"兴起论"看作有关"起点"的权威见解,无意割断笛福和他以前的虚构文学的关系,也不否认笛福以前的某些作品大致可以被视为具有现代因子的"小说",但是却赞同瓦特的下述观点:笛福、理查逊和菲尔丁等人的作品确实最早并最典型地代表了现代小说的主要问题意识和艺术特征——即对现代"个人"的关注,以及有意识地采用"形式现实主义"的表现手法。当然,如另一位探讨"起源"的学者麦基恩所说,"写实"追求也表达了一种问题意识,即有关"真相"的问题意识。他认为"真相"问题和(与新型"个人"相关的)"德行"问题"深刻地相关相似,促生了丰富的成果,这是小说得以生成发展的基础。"①

瓦特把小说的兴起与个人主义思想的兴起——他论及的其他两个重要因素是中产阶级地位上升和广泛读者群的形成——联系在一起,认为小说表达了"特定个人在特定时间、地点的特有经验"。② 任何时代的文学都与"人"相关,然而有关"个人"的观念却并非亘古即有的老话题,而是在变化了的历史境遇中出现的新思想。17 世纪以前,西方通行的世界观认为,神设的"众生序列"(the Great Chain of Being)把所有人的存在按一定的等级秩序联系在一起,构成一个整体。社会秩序中的位置和角色是固定的,充任某一角色的具体的人——如一个士兵和另一个士兵,一个妻子和另一个妻子——则是可以互换的。重要的是作为整体组成部分的社会角色而非具体的个人。16、17 世纪之后,工商业和海外殖民事业的快速发展,城市扩张和传统农业破产等等一系列变化,使旧有的阶级、家族和行业关系等纷纷松动甚至解体。人们不再生来从属于某个相对固定的社会群体或担当稳定的社会角色,相反,他们似乎成了漂浮的孤独个体,有可能,或是不得不重新为自己定位,重新探求

---

① Michael McKeon, *The Origin of the English Novel*, p. 22.
② Ian Watt, *Myth of Modern Individualism*, p.ix; *The Rise of the Novel*, p. 31.

并塑造自己的角色和人生意义。① 这种典型的现代处境生出很多新的机会、新的诱惑、新的焦虑和新的观念。一方面人们在思考人生时开始强调经济价值并试图把宗教纳入其中;另一方面,"'个人'的观念变得越来越重要"②。17世纪末18世纪初的那些影响深远的思想家们,如托马斯·霍布斯(1588—1679)或约翰·洛克(1632—1704),都把受私欲驱动的"个人"作为出发点,以此为基础展开有关心理学、政治理论以及认识论的思考。与个人的"自我"相关的一些问题,如"人性",自我认识和"移情"(empathy)等,也随之成为文学领域中被作者、作品和读者所热切关注的焦点。③

新历史主义派学者格林布拉特在《文艺复兴时代的自我塑造》(1980)一书中用"self-fashioning"(即"自我塑造")一词指称现代个人建构自我身份的努力。也有别的学者用"self-production"(即"自我制造")表达相近的意思。④格林布拉特认为,在英国自16世纪文艺复兴时期以来,由于种种社会变化,人们对自我身份和塑造自我身份的意识大大加强。"自我塑造"既发生在实际生活中,也发生在文学和艺术创造中,两者之间并没有不可逾越的界线。⑤ 在本书中,我们将着重讨论小说中虚构人物的自我塑造,以及作者和他/她所代表的社会势力如何通过这种人物形象参与更广泛的文化对话从而影响受众的自我塑造。

一般说来,史诗和传奇故事中的主人公的"英雄"身份是自一出场就确立了的,"故事"的展开只是对他们的一系列业绩的陈述。而对现代小说中的主人公和其他许多人物来说,在叙事开始之际"怎样做人"尚是一个问题。号称是"私人历史"的小说所展示的,正是男女主人公力图实现某种自我想象或者说"自我塑造"的过程。小说由此而呈现的是一种具有普遍意义的"自我"形象。乍听来这似乎有些自相矛盾。然而,小说中那个具体的个别的"我"同时又是"everyman",是"寓多于一"。因此那个虚构的单数的"我"及其私史确实又与复数的"我们"相关,关涉到对自我观的思考,关涉到千千万万的"我"怎

---

① 参见 L. Stone, *The Family, Sex and Marriage*, p. 172; Pope, *An Essay on Man*。
② Alsadair MacIntyre, *A Short History of Ethics*, pp. 151–152.
③ Habermas, p. 50.
④ Nancy Armstrong, *Desire and Domestic Fiction*, p. 108.
⑤ Stephen Greenblatt, *Renaissance Self-fashioning*, pp. 1–9, 87–88, 161–162.

样(现状**实际**如何,理想状态**应该**怎样)生活的问题。① 惟其如此,小说所投射出的私人"自我"才会成为社会上引发热烈议论的公共话题。

当代哲学家麦金泰尔曾指出小说在西方思想(特别是伦理学)史中占据着重要地位。他说:"《鲁滨孙漂流记》是卢梭和亚当·斯密那一代人的圣经。那部小说的重心是个人经验,它所代表的价值观后来成为主导的文学形式。"② 可以毫不夸张地说,小说是现代个人首先亮相的文化舞台,也是有关"个人"(或"自我")的文化争议发生的重要论坛。一位学者谈到 18 世纪小说因文化研究热而在 20 世纪 90 年代大受重视时,说道:"以往被冠以'奥古斯都'之称的那段沉闷的'时期'而今成了'早期现代英格兰'的'文化',那个社会正忙于同时进行多方面的构建:民族国家和帝国;文学市场和商品文化;交通要道和现代主体。"③ 他提到的每一种"构建"都和当时的小说有千丝万缕的联系,也都与英国的命运以及行将一统天下的"现代社会"的形成休戚相关;而其中最后提到的"现代主体"则是小说的核心主题之一。18 世纪英国小说就"自我"问题展开的反复推敲和切磋,实质上就是构建所谓"现代主体"的过程。

18 世纪英国小说对于"自我"或个体经验的史无前例的关怀是贯穿本书的主导线索。其中具体的论证、分析当然也会涉及瓦特等人所强调的另一个问题——即那种力图使被讲述的故事"像"当代真人实事的"写实"的努力。因为,"形式现实主义"的艺术取向既与前面所提到的关注当代生活的读者的需求相关,也和小说作者力求探讨个体经验的意图水乳交融。

本书共分十一章。第一章介绍了王政复辟时代的两种对立的文学传统(分别以风格喜剧和班扬作品为代表),并在分析阿芙拉·贝恩(1640—1689)的小说的过程中讨论了新读者群的出现、职业女作家的产生以及小说中新型人物的登场。对于全书来说,这一章的作用恰如贝恩的写作之于 18 世纪英国小说的主体,是一个序篇和一个铺垫。第二章以《鲁滨孙漂流记》和《罗克萨

---

① 黑体字一般为本书作者所用。——译注
② MacIntyre, p. 150.
③ Michael Rosenblum, "Smolette's *HUMPHRY CLINKER*", in J. Richetti(ed.), p. 175.

娜》为例，剖析了笛福小说中的原始积累时期新型个人主义创业"英雄"的形象及其内含的思想困惑。第三章通过对《格列佛游记》的评述，揭示了斯威夫特对当时的英国社会以及笛福式主人公所代表的新型"自我"的全面的质疑、讽刺和批判。第四章讨论了理查逊的畅销小说《帕梅拉》以及它所引起的争论和模仿，认为该小说的意识形态重要性在于它所倡导的帕梅拉式新型淑女以及她们的情感主义①美德②乃是对笛福和斯威夫特提出的尖锐问题的一个试探性的应答和解决方案。第五章比较深入地介绍并剖析了理查逊的巨著《克拉丽莎》。在这部小说里，理查逊超越了"帕梅拉答案"，把对现代"自我"的考察推进到空前的深度。第六章试图从菲尔丁的《汤姆·琼斯传》和《阿米丽亚》两部作品之间的鲜明反差以及它们各自在风格、叙事方法及内容上的自相矛盾之处入手，梳理、分析他与理查逊的异与同。第七、八、九、十章分别讨论了约翰逊博士、斯特恩、斯摩莱特的几部代表作品以及贺拉斯·华尔浦尔首开哥特小说先河的《奥特朗托堡》，并从不同角度说明这些作品就其思想主旨而言，在很大程度上可以说是"笛福-斯威夫特问题"以及"帕梅拉答案"的变调或再思考。第十一章"伊芙琳娜和她的姐妹们"集中讨论了女性小说家的作品。

由于情感主义"时尚"所标举并协助确立的新绅士淑女理想不仅涉及有关个人行为的伦理原则和行为规范，也在调节阶级的和性别的政治经济关系中发挥了极大的作用，涉及阶级意识和性别意识的讨论相应也会比较频繁地在本书中出现。这不是因为笔者事先选定了阶级分析或性别研究的理论路径，而是因为在我们所论及的作品中，对人性、情感和追求等问题的探究和表达无不与人物的具体阶级身份及性别身份纠缠在一起。在这方面，近年来国内外一些新的或较新的理论流派及其在 18 世纪小说领域内的研究成果给了笔者很多启发，特别是一种与巴赫金和哈贝马斯理论相关的强调思想文化对

---

① 情感主义，即"sentimentalism"。这个词在国内多译为"感伤主义"，在确定译法时可能联想到的是《少年维特之烦恼》之类作品的风格。"sentimental"一词自 19 世纪以来常含贬义，译作"感伤"比较恰当；但是用来表达英国 18 世纪中、后叶重视情感（sentiment）的风尚似乎不够准确。笔者踌躇再三，决定试译为"情感主义"。在此语境下的"sentimental"译为"情感的"或"多情(/善感)的"；sensibility 则酌情译为"情感"、"善感(观念/秉性)"或"敏感(性)"。——译注

② 参见 John Brewer, *The Pleasure of the Imagination*, p. 114。

话的观点,以及女性主义批评的视角等,在本书基本思路和基本观点形成过程中起了比较大的作用。在浩如烟海的有关研究著作中,有一些,如有"新马克思主义"①学者之称的麦基恩的获奖专著《英国小说起源》和瑞凯提的一些比较注重社会、文化背景的论作,笔者读起来相对比较亲切也比较容易接受,因而也就受到了较多的影响。此外值得着重说明的是,尽管本书侧重讨论与社会历史背景联系密切的思想问题,但是笔者也十分重视文本细读和自己作为读者的个人审美体验,注重作品的艺术表达和艺术手段,在具体分析中力求抓住某些有说明力的细节,将作品的有意味的艺术处理和思想取向结合起来。

最后,需要提醒读者,本书不是系统的18世纪英国小说史,也不是对所涉及的小说家的全面介绍。希望了解该时间段里英国文学史或小说史全貌的读者不妨参阅北京大学出版社出版的《新欧洲文学史》和北京外国语大学外研社出版的五卷本《英国文学史》中的有关部分。本书只是以一个重要的思想问题——即有关"个人"和"自我"的思考——为主导线索,力求通过对当时一些有代表性的小说作品的深入分析,探讨当年英国人在"遭遇"现代生存时所经历的一场意义深远的思想和情感危机。

♀ 问题探讨 ♀

1. 小说是否是文学的一种"现代"形式?现代意义上的小说是否就是"现实主义"的?小说与先前的"散文虚构故事"有何区别?18世纪"小说的兴起"是否意味着西方文学形式的重大转型?"个人主义"与"小说的兴起"有什么关系?从什么意义上说,《鲁滨逊漂流记》是"第一部小说"?

2. 是什么在"召唤"鲁滨逊去航海冒险?在鲁滨逊看来,什么是生活中的"不幸"?作为一个"真正的资产者",鲁滨逊具有什么样的性格特征?

3. 马克思所谓美学上"鲁滨逊故事的错觉"指的是什么?鲁滨逊是个"自然人"吗?他的荒岛生活是"经济个人主义"的神话或"回归自然"的象征吗?

4. 《鲁滨逊漂流记》的"现实主义"叙事风格体现在哪些方面?

---

① Richard Kroll, in Kroll(ed.): *The English Novel*, Vol. 1, p. 27.

5. 论现代小说与现实主义的关系。(参阅《小说的兴起》第一章"现实主义和小说形式")

6. 比较《鲁滨逊漂流记》与《礼拜五或太平洋上的虚无飘渺境》。(米歇尔·图尔尼埃著,余中先译,安徽文艺出版社,1999年版)

7.《帕美拉》是爱情主题还是婚姻主题?帕美拉是一个"伪君子"吗?"美德有报"提出了何种女性观?(参阅《小说的兴起》第五章"爱情与小说——《帕美拉》")

8. 黑格尔将小说称为"近代市民阶级的史诗",菲尔丁称自己的创作为"散文滑稽史诗",如何理解?(分别参阅黑格尔《美学》第三卷下册第三章"诗"中有关史诗一节、《小说的兴起》第八章"菲尔丁和小说的史诗理论")

选 文

卢梭思想的一致性[①]

[法] 朗 松

导言——

此文选自美国学者昂利·拜尔编《方法、批评及文学史——朗松文论选》。朗松(Gustave Lanson,1857—1934)是法国当代著名文学批评家,曾任巴黎大学教授,巴黎高等师范学校校长,长期从事文学教学与研究,著有《法国文学史》等书。《卢梭思想的一致性》原发表于《卢梭年鉴》第8卷(1912)。

长久以来,人们对卢梭有许多尖锐的批评与指责,其中之一便是卢梭的思想支离破碎、前后矛盾。卢梭的思想有无一致性?如何理解卢梭思想的深刻之处和其片面性?在这篇充满论战意味的文章中,朗松对人们加之于卢梭的激烈指控进行了反驳。

---

① 选自昂利·拜尔编《方法、批评及文学史——朗松文论选》,徐继曾译,中国社会科学出版社,1992年版。

朗松首先提醒人们注意卢梭独特的个性，随后细心地考察了卢梭不同时期的著作，从那些矛盾之处辨识其思想的"一致性"，即"总的思想倾向"。朗松认为，卢梭的作品"各式各样，纷繁杂乱，汹涌澎湃有如惊涛骇浪，但到了一定时刻，各个方面就在总的精神上衔接起来，一致起来"。

人们还常常指责卢梭的文章与他的人品脱节，生活极不道德，近年出版的一部书中还称卢梭是一个"有趣的疯子"①。如何看待卢梭思想与他的生活的关系？可以结合卢梭的《忏悔录》谈谈使卢梭成为卢梭的"作品和人之间的这个对立"。

我在拙著《法国文学史》中曾引用《对话录——卢梭论让-雅克》中一段众所周知的话，在这段话里，卢梭为他的体系的一致性辩护，并说他的全部著作都不过是把他在范塞纳橡树下构思出来的方案加以发挥而已②。

他并没有说服批评界，人们对他批评得最尖锐的莫过于他所说的他各种思想间体系上的一致性和逻辑上的严密性了。法盖在他的《18世纪》以及一切可能利用的场合，儒尔·勒梅特尔先生在他最新的那部作品中，都在这个问题上对卢梭揶揄备至，但我还没有看到比埃斯比纳先生在《国际高教评论》（1895年）中发表的那两篇文章更坚决、更严厉、更猛烈的指控了。

照这些杰出的作者来说，卢梭整个儿都是支离破碎、前后矛盾的，《社会契约论》跟《论人类不平等的起源和基础》无法调和，跟《新爱洛绮丝》也不能相容。《政治经济学》这篇文章和《论语言的起源》都跟《论人类不平等的起源》背道而驰，《论戏剧书》这封信则受到两种戏剧作品左右夹攻，这两种戏剧作品都在拆它的台。③

---

① [英] 保罗·约翰逊，《知识分子》，杨正润等译，江苏人民出版社，1999年版。
② 1749年7月，狄德罗因发表含有唯物主义观点的《论盲人书简》而被投入巴黎范塞纳监狱。卢梭多次步行七八公里前往探监。有次途中休息，从所带的《法兰西信使》杂志上看到第戎学院公告次年征文题《科学与艺术的复兴是否有助于敦风化俗》，当即进行构思，后来写出了引起全法国瞩目的获奖论文《论科学与艺术》。——译注
③ 卢梭的《致达朗贝论戏剧书》（1758）是为反对达朗贝提出的在日内瓦修建剧场的建议而作。他认为悲剧给人以不良的刺激与冲动，喜剧则养成人们讥诮的恶习，两者都足以伤风败俗。卢梭不主张演剧，而主张举办民众参加的节日欢庆活动。——译注

卢梭一会儿被说成是狂热的个人主义者,一会儿又被说成是专横的社会主义者。他先说自然的人是善的,后来又说他是恶的。他一会儿主张学校公立,一会儿又主张学校私办。他一会儿说社会是人为的东西,一会儿又说社会是自然的产物;一会儿说社会败坏人心,一会儿又说社会有益于人;他有时把社会说成是一种机械装置,有时则把社会说成是一个有机体。他把财产说成是该受诅咒的东西,不一会儿又说它神圣不可侵犯。他把无神论者描绘成为有德行的人,却把无神论判处死刑。

他不断摧毁他自己的思想。他缺乏自信,他对想把他的思想付诸实践的人们予以责难,向他们泼冷水,而他自己则收回自己的思想:他先组织民主制度的平等主义的专制政治,马上又疯狂地追求绝对君主制度的独断的专制政治。

他身上别的什么都没有,只有狂热的辞藻,极端狂乱的激动。他的著作显示不出一个努力保持自身一致的思想家的方法,只显示一个"诗人和修辞学家的技巧"(埃斯比纳语)。《爱弥儿》是"长篇大论的骗局"(埃斯比纳语),康德这个没头脑的也上了当。总之,卢梭要不就是一个江湖医生,要不就是一个疯子,最多是个可怜巴巴的幻想家,是受前后不相连贯的暗示和图像愚弄的玩物。

这些来自目光锐利的作家和不同凡响的思想家的批评当然是能扰乱人心的。如果我不想一想,人们多容易在最严肃的哲学家的体系当中找出一些矛盾来的话,这些批评就更能扰乱人心了。人的言语,即使是最高超的思想家所用的言语,也有不足之处。这种不足之处就容易让我们施展小技,把一些提法跟另一些提法对立起来,使得我们的解释令它们的无法相容。

攻击如此偏激夸张,使我们不得不产生怀疑。稍加考察,便发现其中有严重的方法上的错误。他们把卢梭的每一部作品化为一个简单而绝对的公式。《论不平等》是反社会的个人主义,《社会契约论》是专横的社会主义。《新爱洛绮丝》是贵族家长制,而《社会契约论》则是平等主义的民主制。这点工夫一下,作品本身就不去管它了,就根据给作品列的公式来进行理论,通过纯逻辑的操作,从中提取矛盾之处。把公式当作作品的等价物看待,那么每部作品中除此以外就什么也没有了?

要不然就是把与卢梭的说法相应的抽象概念拿来加工,却不愿费神去用具体事实或特定行为来代替这些抽象概念——其实这些概念只是那些事实和行为的一般符号而已,这样一来,就把一项常识化为离奇古怪、荒诞不经的东西了。

人们要不就是抽出几个句子,离开了它们原来的位置,跟一切限定它们、阐明它们的文句隔绝开来,然后赋予它们过头的或者错误的意义。请看看勒梅特尔先生那部书的第 270 至 271 页,再看看卢梭的原著,然后请各位仔细想一想卢梭到底是不是收回了他在《社会契约论》中所表达的思想?埃斯比纳先生同样也是不顾上下文,硬以为自己从《论不平等的起源》开篇当中找到了什么矛盾,埃斯比纳说卢梭一开始就"撇开一切事实",声称卢梭并不是把他的那些观点当作"历史真理"提出来的,而卢梭整篇演讲却都表明卢梭确实是想告诉我们文明经历了哪些前后相随的阶段。假若我们注意到,卢梭出之于谨慎和尊重,是把《创世纪》上所说的故事称之为历史事实和历史真理的,这样一来,矛盾也就烟消云散了。卢梭是在摆脱《圣经》,而在信徒心目中,《圣经》就是真正的人类历史,是由上帝亲自证实了的,卢梭在他"假设性的推断"中则勾勒出了一个人类历史的进化轮廓;他搞的是含有猜测成分的人类学和社会学,他搞的(或者想搞的)是科学。

…………

过头的评论和狂热的成见有这样一个毛病,那就是它们迫使我们在做出答复的时候要采取与之对应然而方向相反的态度,迫使我们在那些人以法官的口吻讲话之后以辩护律师的身份来发言。我却要抵御这样的诱惑,对原告的某些话不予答复或者说某些于原告有利的话也不介意,我并不想勾勒出一个彻头彻尾合乎逻辑的卢梭,只想勾勒出卢梭的真实面目。

为此需要怎样的方法才能既正确又合理呢?这里有一些一般要求,我想用几句话把它概括一下,以便于记忆:仔细掂量文字的含义和意义,更多地考虑其精神而不是其字面,永远不忘其应用范围;有些尽管推导得很正确的推论,但请勿强加于作者,因为他也许可能做出过同样的推论而拒绝予以接受,尤其不要把我们推导出来的推论来替代作者本人的思想;应该区别作者所表达的各种概念的不同价值,不要把经过深思熟虑后写出的篇章跟应时而作或者一时冲动而随便写出的一封信当中的心血来潮或者呼号牢骚看成是价值相当、可以等量齐观或者互相替换的东西;不要漫不经心地把对文本的含义所作的任意假设引入我们的推理之中……

除了这些一般要求以外,还要考虑对我们的对象,也就是卢梭,应该用些什么特定的方法。对亚里士多德、笛卡尔、斯宾诺莎、康德、黑格尔,对勒努维埃先生或者柏格森先生,可以用辩证的和抽象的讨论法,对卢梭却不适用。

我们面前的研究对象并不是一个由头脑在抽象之中构筑出来的体系,这个头脑在运行过程之中,尽可能把一切不是纯粹观念,不是智力行为的东西都排除出去。我们面前的研究对象也不是由谁以明确的逻辑关联与协调一致,以严谨而清楚的意志,以决不让矛盾得以产生的专注精神,用一个零件又一个零件有条不紊地装配起来的体系。

我也跟埃斯比纳先生一样,并不相信卢梭是在范塞纳的橡树之下看到了他那整个的体系,把他那整个的体系构筑了起来,也不相信他的全部作品都是以实现这个时刻制定下来的计划为目的。即使在他给马尔泽尔布先生的信里,他也只说当时仅仅是得到了一点为他指引方向的灵感,仅仅是进行了既无一定方法也无一定计划的模糊而泛泛的沉思而已。

所谓卢梭的体系实际上是一个有生命的思想,它在生活条件之中发展起来,接受氛围中的一切变化和风暴的影响,受制于或者出于人的情感冲动,或者由于环境的激励或阻挠而产生的一切变异和纷扰。

我们应该时刻不忘卢梭是怎样一个人:他是一个情感和想象力丰富的人,是他的幻想和欲念的永恒的玩物,他自尊心强,好享乐,热情,浪漫,追求奇遇,抗拒任何纪律束缚,不会做出牺牲,不适于行动,易于做出努力去放弃什么东西而不易于做出努力去争取什么东西,善于通过幻想来享受由于他的惰性而无法真正占有的东西。他是一个天真纯朴,高傲而腼腆,疑神疑鬼,缺乏信任感的人,对他中年以后投身进去的那个上流社会的人也好,礼仪也好,光彩夺目的生活也好,都是既感到高兴又为之痛苦,在那里感到别扭,总是不得舒畅,面对出身于这上流社会的笨蛋们那种从容不迫的翩翩风度而感到自愧不如。

特别应该记住下面这两点:

(一)这个易于激动的人总是处于极端的状态:他总是用呼叫来表达思想,他的言语总是愤激的、绝对的、不妥协的,什么"全都完蛋了",什么"孤注一掷啦",什么"骗子手",什么"坏蛋"之类,都是他的常用词汇。其实"全都完蛋了"只是"你睁眼看一看"的意思,所谓"骗子手"就是上流社会当中富有的上等人。他从来都控制不住自己,他耽于想象,多愁善感,理性从来都不能排除情感而单独运行,难以把他的种种思想合理地结合起来,难以冷静地把它们加以调配。他的种种思想一阵阵地冒出头来。他自己也就一会儿冲到东边,一会儿冲到西边。如果他在某个方向上跑得太远,突然发现事物的另一面,他就会扑向相反的那个斜坡。把两个纯粹的音符赤裸裸地并列摆出来,这就是他求得两者的中间音符的惯用手法。

(二)他从不,或者几乎从不出于理智的好奇,或者出于追求理性的认识或者科学的认识的需要而进行思考。他的一切思想,或者几乎是一切思想以及一切思想的构筑物,追本溯源,都是为了表现情感上的苦恼,他那些最抽象的理论也都是他的情感的延伸,而这些情感则是他为之不快、受到伤害的现实的反映。要想确定他那些理论的确切意义和价值,必须由思想追溯到情感,再由情感追溯到那个社会事件或者家庭事件。

出于这两点观察,我就不再像人们通常所做的,也是我从前曾经做过的那样,去探索卢梭的体系是否包含从纯辩证观点看来是矛盾的东西,而是去探索人们所说的那个体系当中的观点从1752年前后发表以后,他的思想当中是否遵循了某些一定的方向,是否有某些说法一直保持下来,贯穿起来。

…………

卢梭的另外三部巨著尽管渊源和性质很不相同,却也是符合上面这种精神的。

第一是《新爱洛绮丝》,它出于一场以伦理道德教育形式表现出来的感官享受之梦。其中显然有两个部分,一是个人的伦理道德,一是社会的伦理道德。

在第一部分中,朱丽爱着圣普乐,也得到后者的爱。这是一对身心健全的青年男女之间无邪的、自然的爱。社会——体现在朱丽的父亲埃当日男爵身上——则反对这份爱情。人为的偏见、出身和门第的不平等,把这一对由自然结合起来的情人拆散了。朱丽嫁给了德·服尔玛先生,那么社会留给她的是怎样一条出路呢?正像发生在埃皮奈夫人,发生在乌德托夫人①,发生在

---

① 埃皮奈夫人是贵妇人、作家,经常在家接待迪克洛、伏尔泰、狄德罗、格里姆等人,也是卢梭的保护人,曾让他全家住在她在巴黎北郊蒙莫朗西森林中的退隐庐中多年。乌德托夫人是她的小姑子,是诗人圣朗贝的情妇,卢梭曾与之热恋。——译注

那么多别的女人身上的一样,那就是通奸,上流社会对这种事睁一只眼闭一只眼,免得闹出丑闻来。但通奸是可耻的共同享受,是一种背叛,是一种欺骗,这是社会对个人造成的败坏。

朱丽的良心依靠宗教而得以自救。她通过克制自己而恢复忠实、坦诚的生活。她从一个无邪的姑娘变成一个守德的妻子,虽然无幸福可言,但她重新取得了心地的宁静,如醉如狂的激情没有了,但她体会到了做忠实的妻子和善良的母亲的深挚温馨的感情,这就说明人是可以抵御那围绕着他,深入他内心的社会之恶的;这也说明人是可以在自己身上恢复自然的无邪与自然的幸福的等价之物的。

在第二部分中,卢梭为夫妻之间、家庭主妇与仆役之间、雇主与工人之间、大地主与农民之间的关系定出了规范。服尔玛和朱丽的善心使得他们从来也不利用他们已有的社会利益来获取能加强人间不平等的新的社会利益,与此相反,他们两人全都通过公正行善之心,将平等精神引入不平等的制度之中。因此,《新爱洛绮丝》就是一幅个人在内心生活和家庭生活中进行改革的图景。

第二是《爱弥儿》。这是一部"论述人类原始善心的书",讲的是在儿童身上保持本性并加强本性的方法,使得这个本性不至于在成人时被社会生活所扼杀。

从而就产生首先要让儿童免于社会影响这样一种想法。在法国现实社会中,没有哪种公众教育不是败坏人心的教育,因为是社会在办学校,社会把它的精神充斥于学校之中。

从而就产生这样一种想法,要进行没有书本、不学文学作品和历史的教育,因为文学和历史是社会中的人的不幸与腐败的两面镜子。

从而也表明,爱弥儿教育的进步重现了《论人类不平等》中所说的人类的进步。爱弥儿就是自然的孩子,是野人;他一步一步地走向财产所有制,走向社会生活,走向理智,走向伦理道德,走向宗教,走向文学。每走一步,卢梭都做出努力,让他的学生心中保持自然意识中的正直性,保持自然生活的幸福,他努力在爱弥儿心中把天真的本能化为经过思考的善心,努力把自由思想和平等思想在他心中深深扎根,使他永远既不受人压迫也不去压迫别人。

第三,《爱弥儿》和《新爱洛绮丝》改造的只是个人的意志,《社会契约论》

改造的或者解释的则是社会制度,使得平等和自由这两种丧失已久的原始之善得以在各项社会制度中重现。我说的是"改造"或"解释",因为卢梭撰写的事实上不是一部宪法草案,而更多地是一部公民教育计划,一部公民教科书。《社会契约论》所提的那些原则更多地不是推荐这样那样的社会制度,而是介绍理解各种社会制度的方法。只要引导他撰写《社会契约论》的那种精神有朝一日在首脑以及臣民们的意识中产生出来,《社会契约论》就可以不经革命而得到实现。只要有朝一日,当国王的——不管是暴君也好,苏丹也好——成了共和派,按共和精神来施展他的权威,那就无须宣布共和国的成立了。《社会契约论》当中有些议论揭露孟德斯鸠有个错误,说他认为有什么本质上就是自由的,那必然是自由的社会政治制度。

《爱弥儿》和《新爱洛绮丝》跟《社会契约论》的根本不同就在于,在前两部作品中,卢梭是从人的意识,从人的家庭关系来观察私人生活中的人的,而在后面这部作品中他观察的是作为公民的人,是同等状况下的各成员之间建立起来的种种关系。

毫无疑问,就文字形式来说,《社会契约论》跟那两篇应征论文、《论戏剧书》、《新爱洛绮丝》,甚至跟《爱弥儿》形成鲜明的对比。卢梭显然不愿在他的文章中充满激情,雄辩滔滔;他宁愿用平淡、精确、教条、科学、斩钉截铁的语言。

这是因为,从历史的观点看,《社会契约论》出于我在前面说过的那个在1750年以前就出现的思潮。我觉得《社会契约论》从头到尾都受到《论法的精神》的影响。卢梭之所以采取孟德斯鸠平淡而刚劲的文风,也是为了显示孟德斯鸠的影响。

但就思想内容的本质来说,《社会契约论》是跟卢梭其他作品完全一致的。

自然状态既然一去不复返,财产所有制是社会状态的基础,那么最好的社会就是在自然的不平等之外添上的人为的不平等最少的社会。因此,公民之间要平等,法律要至高无上,所有的人要服从公意;而压迫者力量的大小通常与财富的多寡成正比,因此要采取措施预防财富过分不平等,这样一来公民间的平等也就不再是一种空想了。《社会契约论》因此是对不平等这个问题做出了一个近似的、有实际意义的答案。

跟《致达朗贝论戏剧书》一样,《社会契约论》也显示了作者对小城邦的偏爱,在这样的小城邦里,财富的不平等比较不那么突出,习俗也比较一致,有一个共同的精神,公民都认识公共利益所在,也能直接进行管理。尽管这本书具有普遍意义,作者认为对一切制度、一切国家都能适用,但在日内瓦实施起来要更容易、更能立见功效。要说这些理论能在什么地方付诸实施的话,那当然不是在别处而是在日内瓦,当然是由童年的回忆和1754年返乡时的幻想所理想化了的日内瓦。在《社会契约论》和《论戏剧书》中,日内瓦都是比巴黎离自然状态更近些的。

《新爱洛绮丝》没有谈到政治社会的问题,那也许是因为沃州人从来也用不着当公民①。但沃州总还有政治机构,有财产所有制,这些东西支配着服尔玛家的生活。朱丽和她丈夫是按《社会契约论》的精神行事的,他们无须改造国家,就按照自然状态的理想来改造自己,使得政治机构失去压迫人和使人受屈辱的权力。正是这样,《社会契约论》使我们看到,无论是在君主制社会也好,是在特权阶级的等级制社会也好,人都可以立身处世。

最后,《社会契约论》还有一个原则,那就是个人应该服从公意。而我们知道,卢梭是把这个公意假设为善的,但他并没有任何办法确保人民的意志就是这个理想的公意,而不是多数人的自私主义的表现,或者是许多特定利益的组合体。

要使《社会契约论》不至于成为纯粹的空想,还需要些什么呢?那就是《爱弥儿》,也就是教育。公意的共和国只能是许许多多个人的善良意志的共和国,随着教育使得越来越多的爱弥儿进入社会生活,随着自然的人变为文明的人,《社会契约论》就会逐步得以实现。任何一部宪法,要想保存自由与平等这两项无法估价的善,公民的道德是不可或缺的,这也就是说,《爱弥儿》是《社会契约论》的补充。反过来说,在任何宪法当中,公民的善良意志和德行总都是有用的,这也就是说,《新爱洛绮丝》是《社会契约论》的等价物。

这并不是说所有细节上的矛盾就全都消失了,只能说是其中的大多数都在这一贯的大方向当中抵消了、抹掉了。

....

最后我还要就《忏悔录》说几句话。我们可以在这部作品里看到,作者不

---

① 沃州(Vaud)在瑞士西南部,以洛桑为首府。日内瓦的居民有公民与市民之分,前者有参政的权利和义务。——译注

露痕迹地想以他自己一生为例,说明我们当中每一个人都可以在一定程度上回归自然,在我们身上恢复自然的心灵,把自己重新置于自然生活的条件之下。卢梭先是在社会影响下误入歧途、思想变质、受到败坏,后来有了恢复冷静的机会,1752年德行的地位在他身上得到恢复,1756年又重新获得幸福,自此以后,就更多地像自然的人而不像文明人那样生活。当然,他不是没有阻力,不是没有遭到社会的报复——社会无法使他重新变成坏人,却经常想法使他不幸。他在童年和少年的欢乐岁月,在成年乃至老年的全部幸福的时刻全都是得之于听从自然本能的支配,全都是对自然需求的享受,正因为卢梭自己有过这样的机会,所以他向爱弥儿保证,他在童年时期时常能回归本性,回归自然,社会从来也不曾把他完全败坏,而他终于能够上升到德行和幸福的境界。

我对卢梭作品的看法是:他的作品各式各样,纷繁杂乱,汹涌澎湃犹如惊涛骇浪,但到了一定时刻,各个方面就在总的精神上衔接起来,一致起来了。

有些读者自然会认为我对有些人所指责的卢梭的某些矛盾,而且是最重要的矛盾,并没有予以解决,而是在解释过程中加以确认了。从纯粹逻辑的观点看来,这是可能的。但我有意要使读者感到,纯粹逻辑的观点在卢梭这个问题上并无价值,必须把所有的问题从纯粹逻辑的领域转移到心灵的领域,而在抽象地看来可以算得是矛盾的东西,到了内心生活世界中就根本无矛盾可言了。

说到底,一个豁达大度而富有情感的心灵先后被事物的两面所吸引,以同样强烈的感情表现这两个方面,决不为这一现实而牺牲另一现实,为这一真实而牺牲另一真实,这样一个心灵的两种不同态度不是比那些只知道一条原则,对现实生活连看都不看一眼就进行片面推导的论证家的狭隘观点更为可取吗?卢梭的这种连续爆发照亮了天际的两边。帕斯卡尔同时肯定两个对立物,黑格尔同样对待命题和反命题,卢梭是以他丰富的情感做了跟他们两人做的同样的事情。

不错,卢梭通常是不下综合这番工夫的,他也并不说是具有进行综合所必需的冷静。我想我在这里触及了卢梭真正的、深刻而无法消除的矛盾。

卢梭这个人是个极其灵敏的情感的气压计,那变化突如其来,大起大落,永无休止。他一会儿激昂奔放,一会儿垂头丧气,一会儿满腔热忱,一会儿痛心疾首,有时是富有田园色彩的梦幻者,有时却是愤世嫉俗的叛逆者,就这样他的激情有时使他的思想光芒四射,有时使他的思想刻毒伤人。自然,等到他恢复理智,纠正对现实的错误观察的直觉恢复的时候,他的激情之流也就平静下来。因此,在他的作品里,凡是有战斗性、谴责性、揭露性的,凡是激起读者愤怒,鼓动他们行动起来的地方,总是要比呼吁读者克制、缓和、宽容的地方无可比拟地激烈得多,煽动性强得多。

他对社会的宣战,对财产和富豪的诅咒,对阶级仇恨的煽动,对阶级斗争的号召,他那要求平等的呼号,他对纪律的彻底的蔑视,他那强烈到近乎孤僻的自尊心,这些东西使读者产生的是一种印象;他回复到现实主义的谨慎,考虑事情的各式各样的可能性,劝人慎重,劝人听天由命,以及他在实践这些东西时的才智使读者产生的又是一种印象。这两种印象难以相提并论。《论不平等的起源》是一首疾风骤雨般的反叛精神的交响乐,可其中也有说教人不可能回到自然状态,应该服从法律的一段镇静剂式的小曲。但许多读者却充耳不闻,这不能全怪他们。卢梭的真实思想要耐心阅读他的作品的冷静的评论家才能提炼得出来,一般读者的反应总是很快地在一瞬之间突然产生出来的。读者心中得不出作者的忠实形象,他得到强烈印象的只是那渲染了的部分和耀眼的闪光。

结果呢,作家此人是个耽于幻想而腼腆的可怜的人,临到要行动时总是战战兢兢,要采取各式各样的预防措施,而在考虑他那些最大胆的学说的实施方案时总要设法让保守派放心,满足那些见机行事的人的需要。他的作品则是脱离作者而有其独立的生命,按它们固有的特性而起作用。它们装满了革命的炸药,使得卢梭为自我满足而加进去的温和妥协的成分归于无效,只能激起读者愤怒和反抗之情,点燃他们的热忱,煽起他们的仇恨;他的作品是暴力之母、不妥协精神之源,推动千百万普通人去修养那不同凡响的美德,发狂地追求那个绝对——而这个绝对今天通过无政府状态,明日则通过社会专制主义而体现出来。

作品和人之间的这个对立——你要把它叫作矛盾也可以——这是不应该加以掩盖的,因为正是这些使卢梭成为卢梭。

问题探讨

1. "百科全书派"对推动法国启蒙运动起了怎样的作用？启蒙文学的思想和文化背景是什么？哲理小说的艺术性何在？伏尔泰是一个"悲观主义者"吗？小说《老实人》结尾提出"耕种自己的园地"，如何理解？

2. 卢梭是何种类型的启蒙思想家？他对"自然"和"激情"的崇尚意义何在？如何看待卢梭思想及创作中的矛盾？如何看待其"作品和人的对立"？卢梭对人类文明的看法是"深刻"还是"片面"的？卢梭的"自我"是一种"矫情"吗？如何面对卢梭的思想及文学遗产？

3. 在"文明与自然"的问题上，伏尔泰与卢梭的分歧在哪儿？伏尔泰的《天真汉》构成与卢梭观点的论战吗？卢梭对文明的批判与斯威夫特在《格列佛游记》中表达的观点是否一致？卢梭为什么要将《鲁滨逊漂流记》作为爱弥儿的"第一部必读书"？

4. 《忏悔录》是"自传"还是"小说"？卢梭"忏悔"了什么？是"忏悔"还是"辩解"？

5. 比较"穴居人"(《波斯人信札》)和"黄金国"(《老实人》)故事的乌托邦特征。

6. 何谓"教育小说"？以卢梭的《爱弥儿》或歌德的《威廉·迈斯特》为例说明其特征。

7. 比较18世纪欧洲三部书信体小说：《帕美拉》、《新爱洛绮丝》和《少年维特之烦恼》。

8. 在西方文学史上，还有哪些重要的自传性"忏悔录"？卢梭的"忏悔意识"与其人性本善的思想是否矛盾？（参阅蒋承勇《西方文学"两希"传统的文化阐释》第六章第六节"卢梭小说之两希传统"）

9. 卢梭为何被尊为"浪漫主义文学之父"？（参阅萨利·肖尔茨《卢梭》"导论"，李中泽、贾安伦译，中华书局，2002年版；另参阅勃兰兑斯《19世纪文学主流·流亡文学》第二章"卢梭"，张道真译，人民文学出版社，1980年版）

选 文

浮士德和靡非斯特[①]

[匈牙利] 卢卡契

导言——

卢卡契（George Lukács，1885—1971）是匈牙利杰出的马克思主义批评家，著述丰富，影响甚大。此文选自他的《歌德和他的时代》（1955）一书中有关"《浮士德》研究"（1940）的第三部分。原文中的"靡非斯特屈勒司"可简称"靡非斯特"（Mephisto）。

浮士德和靡非斯特是《浮士德》中的两个主要人物。如何理解两者的关系？如何把握"靡非斯特"的本质？这些向来是《浮士德》研究中的重要问题。

卢卡契认为，靡非斯特本身是一个活生生的艺术形象，而不仅仅是体现"恶"的原则，也不仅仅是浮士德内心世界的一个组成部分。卢卡契分析了浮士德与靡非斯特之间既斗争又合作的辩证关系。靡非斯特的所作所为不仅成为浮士德内在世界的一个推动因素，他所象征的"恶"也是历史发展中"作为客观进步的手段"。当然，卢卡契强调的是两者之间的对立，着重分析的是两者之间在不同阶段的斗争及浮士德"胜利"的性质和意义。

为人的内在核心而斗争是《浮士德》实际情节的对象，它的历史社会范围我们前面已经概述过了。这个斗争集中地表现在浮士德与靡非斯特两人的格斗之中。那么，什么是这场斗争的对象？它经历了哪些主要阶段？靡非斯特在《天上序幕》里清楚地说出了他的纲领："要他（指浮士德）高高兴兴地以土为粮。"这个纲领的基础，就是他对人和对人需要理性的看法：

[①] 选自卢卡契《歌德和他的时代》，《卢卡契文学论文选》（第一卷），范大灿编选，人民文学出版社，1986年版。

人称此为理性,而且只使用理性,
结果比任何禽兽更像禽兽。

这样一来,靡非斯特对生活的看法和他行动的意向就清楚地勾画出来了。但是,在具体实施这些的时候,却是气象万千,令人眼花缭乱,从未只归结为一个抽象的原则。这正表现了歌德艺术创作的深度。正是由于这个原因,靡非斯特就成了一个活生生的艺术形象,而不仅仅是体现"恶"的原则。任何人要想给靡非斯特这个形象"下定义",那都是浪费时光,而且会把人引上歧路。

确定靡非斯特的活动半径和他作用力的场,比给他"下定义"要重要得多。像在传说中一样,靡非斯特的目的就是获得浮士德的灵魂。但在具体贯彻这一目的的时候,歌德深沉的世界观却背离了传说的世界观。传说的世界观还完全是中世纪的,它的出发点是:在为争夺人的灵魂的斗争中,"善"与"恶"的原则各自独立,泾渭分明。就是莱辛的梦幻剧①也保留了这种相互斗争的力量非辩证地生硬分离的成分,只是他根据启蒙运动繁盛期的精神把这仅仅看作一场虚假的斗争罢了。

在歌德的作品里,两人之间的格斗完全变成了内在的斗争。只有当靡非斯特的本质成为浮士德的灵魂历史发展的一个因素的时候,他才有力量。而且歌德创作上的伟大成就恰恰在于,尽管如此,靡非斯特并没有仅仅成为浮士德内心世界的一个组成部分,相反,他有其鲜明独立形态的形象。因此,这样也就自觉地剔除了靡非斯特身上那些人类彼岸的魔鬼式的东西。(由于这个原因,也就清除了浮士德身上的那些神奇的外在的东西,而且在写作过程中,清除得越来越彻底。试比较一下《原稿》中的和后来写成的《奥埃尔巴赫斯酒店》一场。)不仅如此,歌德甚至让靡非斯特讥讽地抛弃和否定自己作为魔鬼的本质(如在《巫女之树》一场),或者让他严肃地说:浮士德最终是得救,还是罚入地狱,只是取决于浮士德自己,而与魔鬼或魔鬼的影响毫无关系。因此,在同浮士德对话以后,紧接着有一段靡非斯特的独白,独白的结尾这样说:

---

① 指莱辛写的《浮士德》片断。——译注

即使他不把自己交给魔鬼，
他也会走向毁灭！

　　浮士德仅仅承认此岸世界，否认任何一种彼岸世界，这就更有效地加强了这种抛弃彼岸人物的倾向。在开头的伟大对话中，浮士德对靡非斯特说：

我丝毫也不考虑什么来世；
你先得把这个世界砸碎，
才会产生另外一个世界。
从这个地球上迸射出我的欢欣，
这个太阳照明了我的烦闷；
如果我一旦离开了它们，
那管它会出什么事情，
什么来世的爱和憎，
什么来世也有君与臣，
这些话我都不愿再听。

　　在第二部结尾，浮士德说得更加斩钉截铁：

要想超脱人寰谁也办不到，
只有愚人才把眼睛仰望着上天，
以为有自己的同类高坐云端！
人只须站定，向着周围四看，
这世界对于有为者并不默然，
他何须向永恒中晃荡流连！

　　因此，从根本上来说，不论是浮士德还是靡非斯特都是无神论者。这样，人们又一次看到，歌德从传说的历史真实之中吸取了多少养料。浮士德的这些话摧毁了任何彼岸的存在，把情节彻底地集中到尘世，可又没有失去它历史的外观，这是因为，这样的思想虽然具有歌德式的特色，但又是与柏拉塞尔苏斯、布鲁诺①或培根的时代相符合的。

但是,这一切使传说在歌德的作品中成为一场在人的内心里进行的保卫和发展人的核心,反对可能出现的魔鬼的亦即撒旦的本质的斗争。

在歌德的《浮士德》里,撒旦自己并没出场。不过,他在后来删去的《瓦普几司之夜》的几个片断中出现过。歌德让撒旦说出的那几行艺术上非常杰出的诗句,表明了撒旦的本质就是赤裸裸地贪图金钱和赤裸裸的情欲。追逐这两件"最高的财物"是撒旦的"智慧"之所在,因而也就最充分地体现了我们引用过的靡非斯特说的人使用理性这句话的实质。靡非斯特仅仅是这一原则低一等的代表。但也正因他在阴间的等级中处于比撒旦更低的地位,因而他就比撒旦更富有思想,更有才智。为了得以同浮士德有共同的活动领域,为了——虽然常常只是外在地——能触及浮士德内心世界的问题,他就必须从精神上把魔鬼的原则提高升华。因此,他必须把撒旦的"智慧"减弱,使其成为人的语言。

只有用这样的方式,靡非斯特才会成为浮士德(即歌德)内在世界的一个推动因素。安培②说,他在靡非斯特身上发现了歌德的特征,歌德同意他的批评。靡非斯特的许多辩解就其本身而言也是正确的,甚至表达了歌德深沉的信念。例如歌德让靡非斯特在《化装游行》(1818)中出场,并通过靡非斯特说出了他内心深处的信念:

> 我要叫他明白,
> 生命是为生活而存在的,
> ……
> 人只要活着,就有生命力!

一种感情,一个思想,一项行动,究竟是人的,还是魔鬼的,这要看它在特定的具体发展阶段所起的确切的作用而定。有的时候,甚至从孤立的瞬间出发也做不出这种决断,而只有从此刻已经出现,但后来才看清它通向何方的

---

① 柏拉塞尔苏斯(1493—1541),瑞士医师、炼金家;布鲁诺(1548—1600),意大利哲学家、天文学家。——编注
② 安培(1800—1864),法国文学史家。——译注

道路出发,才能决断出究竟是人的还是魔鬼的。

但是,向前发展的方向是来自善与恶的斗争;恶也可以用以作为客观进步的手段。这种辩证法就是歌德坚定不移地相信人类未来的基础。靡非斯特谈到自己时所说的那句名言,"总是想为恶,但又总是为善的那种力量的一部分",最精确地表达了歌德的这种世界观。当然,这种世界观绝不是歌德独创的,许多启蒙主义者,特别是对资本主义发展的特殊之处有浓厚兴趣的启蒙主义者(如蒙德维尔①),已经明确地发表过这样的观点。但是,只是在《浮士德》和黑格尔"理性狡诈"的历史哲学中,这种观点才成为法国大革命以后人们从新的辩证观点出发相信进步的基础。

这样,就得同始终变幻不定的事件进行斗争,对浮士德来说危险始终存在:在恶之中可能蕴藏着善的萌芽,但同时在最崇高的感情之中也可能隐藏着撒旦的特性,或者可能由此产生撒旦的行为。这种在刀刃上的平衡就是《浮士德》的内在戏剧性。但是,像任何一种戏剧的、悲剧的智慧一样,这种极其危险的来回摆动并没有产生虚无主义。正如黑格尔在哲学上所做的那样,歌德从文学上把道德和社会的相对主义作为一个要素吸收到整个辩证法之中。

首先发现善与恶辩证法的这种新形式的,是以最敏锐的目光来观察资本主义发展的人,这不是偶然的。撒旦赤裸裸地贪图金钱,这有点空泛和一般化,它对所有的阶级社会都适用。只有在靡非斯特身上,金钱的资本主义的特殊意义才表现出来,它是人的"延长",是人支配人和支配环境的力量:

我假如出钱买了六匹马
它们的力量岂不就是我的?
我驾驭着它们威武堂堂,
真好像我有二十四只脚一样。

青年马克思认识到这段话对刻画资本主义性质的意义。他在他《1844年经济学哲学手稿》中对这段话做了如下分析:"由于货币而为我存在的东西,

---

① 蒙德维尔(1670—1733),英国哲学家。按照蒙德维尔的观点,社会进步和繁荣的基础不是美德,而是恶习,特别是自私自利的个人主义。——译注

我所能偿付的东西,亦即货币所购买的东西,就是我这个货币持有者本身。货币的力量有多大,我的力量就有多大。货币的特性就是我这种货币持有者的特性和本质力量。因此,我是什么和我能够是什么,这绝不是由我的个性来决定的。我是丑的,但是我能为自己买到最美丽的女人。所以,我并不丑,因为丑的作用,它的使人见而生厌的力量,被货币化为乌有了。我——就我作为一个个人的性质而言——是个跛子,可是货币给我弄到二十四只脚,所以,我并不是跛子。我是一个邪恶的、不诚实的、没有良心的、没有头脑的人,可是货币是受尊敬的,所以,它的持有者也受尊敬。货币是最高的善,所以,它的持有者也是善的。此外,货币还使我不必为成为一个不诚实者伤脑筋,所以我事先就被认定是诚实的。我是没有头脑的,可是货币是万物的头脑,它的持有者又怎么会没有头脑呢?而且,他还可以给自己买到头脑聪明的人,而有权支配头脑聪明的人的,岂不比他们更头脑聪明吗?既然我能够凭借货币得到人的心灵所渴望的一切东西,我岂不具有人的一切能力吗?总之,我的货币岂不是把我的一切无能变成它的反面吗?"

假如考虑一下靡非斯特特别是在第一部里的那种神奇的作用,人们就会发现,就其本质来说,确实存在着马克思所分析的货币奇妙地扩大了的人的活动半径的现象。在第二部,正如我们已经看到的,靡非斯特在有关古代文化的那几场是不怎么出头露面的。可是在第二部的其他各场,由于整个背景转变为"大世界",靡非斯特的作用也就具体体现为完全是社会的了。因此,如我们已经看到的,靡非斯特正是在行将崩溃的封建世界中发明了纸币,象征着货币统治了这种封建的社会关系。但由于没有改革生产关系,也没有发展生产力,因而货币的渗透只是加速了这种社会关系的僵化和腐朽。

最后,浮士德通过靡非斯特的这种神奇获得了他通过人的实践来征服自然的活动天地。可是,在这里,靡非斯特又成了浮士德实现其最崇高追求的无法解脱的同事。……当过着田园生活的裴莱蒙和鲍栖时的小块土地妨碍了浮士德扩大他的财富的时候,靡非斯特给予了浮士德类似的帮助。浮士德想让可怜的老人迁到别的地方,并说要赔偿他们的损失。但他们不同意,于是靡非斯特和他的帮手就以烧杀强行抢夺。没有靡非斯特的帮助,浮士德就无法实施他的伟大事业,而这些帮助处处都表现出所谓资本"原始积累"的特征。这些特征在18世纪英国伟大作家的文学和政论作品中已经做过精彩的表述,但只有在靡非斯特身上,这些特征才集中成为一种象征性的文学形象。

把资本主义的这种魔鬼——犬儒主义的要素以这样的方式表现在靡非斯特的身上，这并不意味着他是什么资本主义的"代表"，或者他只代表了资本主义"邪恶的方面"。这里之所以要大力强调靡非斯特这个形象在一定程度上具有资本主义的基础，那是因为在有关浮士德的文献中——除了我们引用过的马克思的评述以外——都自然而然地对靡非斯特性格中的这一具有决定意义的要素毫不理解。但是，歌德所刻画的浮士德与靡非斯特之间的精神道德的格斗，必然远远地超出了我们概述的那个基础，虽然这一格斗的绝大部分现象人们可以通过相当复杂的中介归纳到这个基础之上。他们之间这种格斗实际上扩展到了人类生活的一切重大问题。正是因为靡非斯特的因素和倾向对浮士德的灵魂起了作用，因而这一格斗表现出灵活的戏剧性的起伏；斗争的全部过程才是对上帝与魔鬼的赌赛做出了答复，才给浮士德的命运做出了解答，才产生了歌德式的人类未来前途的远景。

　　歌德把撒旦的"智慧"简化成金钱和情欲。靡非斯特的神奇力量和犬儒主义就是为撒旦的目标服务的，而这个目标就是把人变成野兽，就是建立一个"精神的动物王国"（黑格尔语）。

　　这样，同传说的区别就特别醒目了。对中世纪的宗教观念来说——在这方面路德正统派保存了许多中世纪的东西——人的情欲和自然生活是邪恶的；根据这种看法，自然本身也就成了魔鬼的势力范围，撒旦是此岸亦即"世界及其雄伟壮丽王国"的主人。只是由于人恪守基督教禁欲主义的彼岸戒条，他才能抑制魔鬼。相反，对启蒙运动，对从这个运动中生长起来的歌德来说，同自然的关系则完全是另外一样。这个自然既指作为人的认识和活动领域的外在自然，也指自然形成的人自己的本质。这两者对歌德来说，都是人类所有的发展及其伟大的有机的基础。因此，歌德不仅反对公开出现的中世纪世界观的残余，而且也否定他同代人思想中一切与此相类似的东西，尽管他们在其他方面是很进步的。……

　　人的行动，客观上总是一再产生不同于他在激情中原来所希望的东西。人类社会的运动和发展，是从个人的激情出发的，而它的结果又超出了个人，并使行动着的人依附于他自己行动的结果。这种观点贯穿着《浮士德》的整个结构，而且这也是歌德为什么必须从思想上和艺术塑造上要超越仅仅是个人道德的一个原因。靡非斯特说：

可是最后我们却依附于
我们造出来的畜生。

　　按照歌德的观点，人就是生活在这样一些被限定的罗网之中。人自己同时也是一部分自然，是一个"小宇宙"，在"大宇宙"中发生作用的那些自然力在这里也起作用。歌德把人的激情也看作一种像是自然力那样的东西，直接地看来它产生于未知的根源，由于一种（好像是偶然的）因素它就燃烧起来，而一经释放出来，就会向不可测度的目标汹涌冲去。

　　但是，歌德认为，激情只是具有自然性，而不是简单地等同于自然。激情甚至关系到全部文明生活，它同文明生活的最高对象亦有关系。没有激情，就不可能有文明的进步，但同时也就不可能有对文明的危害和破坏，就不可能把文明转变成混沌和野蛮。控制激情，使它净化，把它引导到人类的真正伟大目标，这就是歌德的伦理学！歌德并不是像康德派的小市民所认为的那样，是反道德的；更不是像激进的市侩们所断言的那样，是反社会的。歌德的道德是要寻找一条道路，在这条道路上每一种激情都能为了人类的利益而充分施展它的力量，并能得以发展。歌德所理解的控制激情，并不是像康德那样，从狭隘的禁欲主义出发去抑制激情。歌德像文艺复兴时代的人一样，同时也像傅利叶那样，他眼前浮现着那样一种人的，以及人与人关系的状态：在这种状态之中，人与人之间的相互影响以及激情在人的活动中所经受的考验，将使人真正意识到他们自己，也就是说，使他们的全部才能得以充分发挥，使充分发挥了作用的激情达到和谐与平衡，也就是说，人的内在和谐应是他同他周围的人协调一致的推动力。

　　歌德明白，他的这种努力在当时必然是矛盾重重，甚至具有悲剧的性质。但是，认识到悲剧性，对他来说，并不意味着放弃这种努力。有时，他设想一些乌托邦的人与人关系和社会状态的图像，在那里这样一些倾向看来是可以实现的（如两部《威廉·迈斯特》就以不同的形式回答了这个问题）；有时，他描写一条（相对来说）最大限度地和（相对来说）完整无损地实现这种发展可能的个人道路。《浮士德》就是这两种倾向的艺术综合体。

　　只有从这里出发去考察，才能理解浮士德-靡非斯特的格斗。《天上序幕》客观上提出了全人类的善与恶（上帝与魔鬼）的问题，浮士德的命运在这里只是作为一个例子而出现。关于这场赌赛，在研究《浮士德》的文献中，相比之下争论不大,可是关于这场赌赛在主观道德上是如何实现的,那争论就多了。评论家们一再提出这样的问题:靡非斯特是不是在同浮士德的赌赛中还是获胜了呢?浮士德最后的话("你真美呀,请停留一下!")是不是意味着条件得到了满足?

实际上,浮士德与靡非斯特相会,这是在赌赛的时候也是战场上的遭遇,是一种火力交汇。虽然他们都同意赌赛,但他们对同样的话的理解却完全相反。靡非斯特向浮士德提供生活快乐和充分的生活享受,这不仅同浮士德迄今为止所过的学者生活相比是积极的,而且抽象地看这也符合浮士德的追求。但只是抽象地看是这样,具体地来说,浮士德所设想的完全是另外一回事。就是说,他追求的并不是生活享受(这只是手段和道路),而是满足和发挥他个人的一切可能性,在世界中考验这些可能性、探索、认识和征服现实。浮士德由于对抽象的认识和直观的直接认识都感到失望,从而被推向绝望的境地,因而他的心情是强烈地反禁欲主义的。但是,就在他还没有弄清楚最内在的倾向的当儿,他也鄙视纯粹的享乐主义,鄙视以官能享受为目的的生活享受,鄙视靡非斯特意义上的生活。

歌德对生活和生活享受的理解,总是被人误解,虽然他就此一再一清二楚地表述过他的看法。我只援引一个例子,就是他在魏玛初年写给拉瓦特信中的一段话:

> 世界丰富多彩的活动创造了无数的杰作,我确实非常乐意地享受过其中的一小部分。像掷骰子一样,厌烦、希望、爱情、工作、困苦、冒险、无聊、仇恨、幼稚、愚蠢、喜悦、盼到了的和不期而来的事情、平庸的和深沉的东西,样样都有。

歌德的这种生活观点和生活享受的观点,也见于浮士德同靡非斯特赌赛时开头说的话:

> 我假如会心满意足地躺在安乐椅上,
> 那也就等于我的一生已经完结!
> 如果有朝一日你能谄媚地引骗我,
> 引骗我生出自我得意的念头,

如果你能用享受把我蒙骗，
那就是我最后的末日！
我们来打赌罢！

"请停留一下！"是这种向往在想象中的实现！而按照歌德对现实以及他自己的现实的理解，向往是实现不了的，而且在作品中事实上也没有实现。浮士德最后说的话，是一种幻想，是一幅未来的幻象。针对未来的幻象，而且仅仅是针对未来的幻象，而不是针对已经经历过的那个瞬间的现实存在，浮士德说：

对那一瞬间，我也许会说，
你真美呀，请停留一下！
预感到这样的洪福，
我将享受这最高的片刻。

正如前面紧接着的诗句一样，歌德在这里也是从语言运用上强调了实现是非现在时态的，是带有祈愿性质的。（他说："希望"，"也许会"，"预感到"。）这一点，他还通过靡非斯特的辩护做了具体说明，并予以强调。靡非斯特对浮士德的激动完全不能理解。他根本看不到这也是一种向往的实现，看不到这也是生活享受；他把浮士德老人的激动看作是一种老糊涂的表现。

连最后的空虚不吉的瞬间，
这可怜的人也想捉住。
他顽强地向我反抗，
时间占了上风，老人死在地上。
时钟已经停止——

这里，他们俩斗争的结局就完全清楚了，浮士德没有像靡非斯特打算的那样"以土为粮"；他在幻象中而不是在现实中看到的实现，同靡非斯特所指的那种生活享受毫无关系，而且从来也不曾有过关系。就什么是生活享受这个问题，浮士德与靡非斯特从来就是各执己见。

尽管如此，他们的格斗并不是虚假的斗争，因为靡非斯特的要素，就是在浮士德的那些最崇高的时刻也是存在的，靡非斯特的那些玩世不恭的挖苦常常击中了浮士德内心斗争的中心。靡非斯特在个别情况中对错与否，他在斗争中是胜是负，这并不总是十分肯定的。

当然，在不同的形势下，他们接近和疏远的程度不同，斗争的特殊重点也有不同的转移。而且浮士德受靡非斯特威胁的节奏也绝不是简单地直线下降的，这种节奏更不是就等于情节在高雅的或低劣的，在个人的或公众的氛围中所显示的那种节奏。在《巫女之厨》、《奥埃巴赫酒店》以及《瓦普几司之夜》（这一场按照它的思想内容是前两场幻想式的升级）中，靡非斯特是向导，而浮士德则是有时感兴趣有时感到无聊的观众。同样，在宫廷各场——表演海伦的那一场除外——浮士德也是走过场，他根本心不在焉，可是靡非斯特在这里却是积极的主角。在上述这些场次中，到处弥漫着只图官能痛快的低级本能（贪食、酗酒、女色），人们都为了狭隘的虚荣心而追逐功名（它们的历史表现形式就是变戏法，吹牛行骗），但这一切都没有决定性地触动浮士德本质的中心。另一方面，正如我们已经看到的，在古代文化复兴的时候，靡非斯特的作用却降到了合唱队的作用。为了理解歌德对生活享受和情欲的观点，必须强调的是，歌德把浮士德对海伦的爱情描写成公开表露出来而丝毫不加掩饰的古代朴素的情欲，这就引起了像费肖尔这样的道学家的愤慨。浮士德与靡非斯特的对立，绝不是禁欲与官能痛快之间的对立，而是在官能的生活享受范围之内人与兽之间的具体的现实的辩证法。

根据上面的分析，浮士德与靡非斯特的格斗，除去那些正是由于它们的反面作用而在艺术和道德方面具有重要意义的插曲不算，总共有三个高峰，这就是我们上面已经谈到的赌赛、甘泪卿悲剧和浮士德实践活动的阶段。

在甘泪卿悲剧中，"小世界"中的所有问题，即个人发展的所有问题，都达到了它们的顶点，社会和历史只是起着背景和环境的作用。特别是因为只有从这个悲剧出发才能理解整个作品的结尾，所以它的意义特别重大，因而我们对它必须专门加以研究。这里我们只能就与靡非斯特有关的方面做一些说明。

我们说过，浮士德是作为感到无聊的观众在奥埃巴赫酒店出场的。那里赤裸裸地表现出来的纯粹的官能需要，同浮士德对生活的向往没有多少相同之处。可是——而且这是一个非常深刻的"现象学"的特征——浮士德对甘泪卿的爱情关系,并不是一开始就是像随着情节发展而变成的那种高尚的、真正人的关系。相反,浮士德经历了个人爱情所有的重要阶段,即从粗俗下流的官能快活以及随之而来的各种玩世不恭的非人的表现,直到精神与官能相统一的真正的和悲剧性的爱的激情。(就在浮士德爱的激情的发展中,个人爱情也表现为人类爱情发展史的缩影,这就使甘泪卿悲剧有别于青年歌德其他的爱情描写。)而且因为——这在后面将详细谈及——对阶级社会的爱情来说(尤其是像在甘泪卿悲剧中那样,相爱双方的社会处境和教育程度极不相同的话),靡非斯特的那些要素几乎是无法排除的,因此,浮士德与靡非斯特之间的斗争正好是随着爱恋之情越来越强烈和越来越向高处发展而变得越来越激烈。正因如此,我们前面把《林窟》称为浮士德对甘泪卿爱情的转折点。为了避开这场爱情,浮士德逃向寂静之地。炽热的爱情和对自然的观察使他的精神和心灵振奋,并因而从内心里克服了地神悲剧。但同时他对甘泪卿真正的高尚的爱情更像一团烈火熊熊燃烧。他逃开甘泪卿是为了爱护她和拯救她,但同时他又迫不及待地渴望接近她。因此,当靡非斯特玩世不恭地揭露了任何一种兴奋都是自我欺骗,当他把浮士德的思念仅仅看作是赤裸裸的情欲的结果,这虽然并没有击中浮士德内在的中心,但至少击中了浮士德内心冲突的一个中心问题:

> 靡非斯特:凡夫俗子已全部消亡,
> 　　　　　现在该是高尚的直观——
> 　　　　　(做丑恶的表演)
> 　　　　　我不好说得具体——就此了结。
> 浮士德:呸,你放屁!
> 靡非斯特:我的话你不爱听,
> 　　　　　你有权文明地骂人放屁。
> 　　　　　对着贞节的耳朵本来是,
> 　　　　　不能说贞节的心不能缺少的东西。

靡非斯特的相对正确性是很清楚的。用散文写的惊心动魄的《晦暝之日》一场,与此也极为相似。靡非斯特说:"这样的人不只她一个";"是谁把她推向堕落,是你,还是我?"这些话真正揭示了浮士德道德冲突的中心,由于悔恨而心碎胆裂的浮士德对此无言以对，因为靡非斯特对他说的话是完全正确的。

歌德写的这一悲剧的广度和深度，就表现在，通过它，所有道德生活的问题都直接或间接地说出来了，靡非斯特几乎处处都可对浮士德的疑虑和激情进行挖苦讽刺，而且具有很大的合理性。我们只举一个例子。为了诱骗甘泪卿，靡非斯特要浮士德为玛尔特·施魏得莱的丈夫伪造一张死亡证明。最初浮士德拒绝了。有趣而又令人印象深刻的是，靡非斯特并没有论证，要实行预定计划实际上就必须这样做，而是提出了一个对浮士德来说非常核心的问题：

啊，圣人，你又恢复了你的常态！
你假造证据难道这是第一次？
你用了很大的力量给神，
世界和世界中的生机下定义，
给人以及他们头脑和心灵中想的东西下定义，
那难道不是厚颜大胆的欺诈？
你假如天良发现了时，
你应当承认，你对这些东西，
同对施魏得莱的死一样，都是一无所知。

所以说，从广义上讲，整个爱情悲剧都是在靡非斯特划定的范围之内进行的。虽然他无法侵入爱情最内在的核心，他自己也承认，他不能直接影响甘泪卿。但是从整体来看，他那魔鬼的作用和因素处处都可看到。第一部结尾他那句令人生畏的话，"到我这儿来！"（有人把这句话理解成浮士德完全被战胜），从艺术和道德的角度看，是这整个形势必然产生的结果。

第二部结尾的几场与此完全不同。外在的形式是独白，可是内在的方面也许更富有戏剧性和悲剧性。这几场主要是用独白的方式写的，这是因为靡非斯特并没有直接参加浮士德在内心里进行的同靡非斯特的决定性的斗争和悲剧式的厮杀。如我们已经看到的，浮士德已转向实践，转向制服自然；甚至他也已经度过了通过艺术享受世界的阶段，当然这种享受经过扬弃被当作不可丧失的因素而被接受了下来，但是，实践，亦即人类摆脱中世纪的妖魔鬼怪所造成的混沌的唯一现实可能的出路,所受的靡非斯特的威胁,比个人爱情所受的威胁还要厉害。请回想一下已经分析过的浮士德同资本主义的那种深沉的内在关系。

浮士德的"过错"——例如他对毁灭斐莱蒙和鲍栖时所负的罪责——在这里并不是像在甘泪卿悲剧中那样是个人的。大多数评论家是这样来理解浮士德的所谓"过错"的,但这只表明他们肤浅平庸。在斐莱蒙和鲍栖时死后,浮士德虽然也咒骂靡非斯特,但他随之而来的内心斗争,同在企图拯救甘泪卿时候的那种个人道德的悔恨并不是一回事。这种斗争更加深沉,它针对的是他那必然会产生毁灭斐莱蒙和鲍栖时的整个行动方式以及整个环境的总联系和社会与人的基础。因此,他的思虑不再是针对起导火线作用的个别事件。

在这里,浮士德面对的是拟人化的"忧虑"。"忧虑"按其精神实质是靡非斯特的使者。它出现的意义和内容,就是说明人类为从善而做的一切努力都是徒劳的,只不过这种倾向在靡非斯特身上表现为玩世不恭的冷嘲热讽,在"忧虑"那里则不是这样,而是表现为公开绝望的悲观主义。它体现了由于人的追求无法付诸实施,由于认识到这种追求的——用黑格尔的话来说——"邪恶的无穷性"和原则上不能实现而产生的绝望心情:

> 谁若被我占有,
> 世界对他就没用处。
> 永恒之夜罩临,
> 日不没也不升,
> …………
> 富有者也得挨饿,
> 不问是欢是苦,
> 尽都推到明晨,
> 前途纵有期待,
> 万事一无所成。

这种诱惑,亦即变成了公开绝望的靡非斯特的犬儒主义的"智慧",浮士德坚决予以拒绝,可是,他并不是没有感到,这些话的确也切中要害地说出了他最深沉的追求,虽然是通过魔鬼式的歪曲说出来的。

> 滚开!你这些喋喋不休的浑话,
> 实在太坏,就连最聪明者也会受蛊惑!

浮士德在说出他灵魂最深处的内容以前,他已意识到:

> 前进就会遇到困苦和幸福,
> 但对眼前总是不会满足!

因此,"忧虑"不具有支配浮士德的精神的或道德的力量。它只能从肉体上,而不能像对大多数其他人那样,从精神上使浮士德失明。

但是,这场胜利地通过了的斗争,又是同另外一场斗争紧紧地交织在一起的;而在这另外一场斗争中,浮士德只是纯主观地,只是按其趋向和追求来说占了上风。在斐莱蒙和鲍栖时插曲之后和"忧虑"出现之前,即在他已经听到门前有疑为幽灵的声音(其中有"忧虑"的声音)之后,浮士德想总结他的一生,提出新的纲领:

> 我还没有冲出重围走向自由。
> 但愿能把神奇魔力从我的生路清除,
> 把那咒文符箓完全忘怀;
> 自然呀,在你面前能是一个堂堂男子,
> 那才值得努力做一个人。
> 当我在幽暗中探索之前,
> 我曾以大胆傲慢的言词诅咒过我和人间。
> 如今空气中也充满妖气,
> 谁也不知道,怎么才可避免。

浮士德特别谈到同靡非斯特的结盟,而且决心要摆脱靡非斯特的魔力,这还是第一次。

从主观方面看,即就他内心的道德问题而言,浮士德在同"忧虑"斗争的一场中是胜利了,他抑制住了借助咒语驱赶"忧虑"的打算。但是,他对能否从魔力中解放出来却不抱多大幻想:"我知道,精灵谁也难以摆脱"。而且,当他逐散了"忧虑"的诱惑之后,全力以赴地献身于他想在死前一定要完成的伟大事业的时候,他又不假思索地继续接受了靡非斯特和他的那些鬼怪们所提供的帮助。

浮士德已经到了他可能达到的完善的极限,因而他想摆脱魔力,但又只能摆脱一点点。那么,他想要摆脱的这种魔力是什么呢?现代平庸肤浅的天才崇拜者认为,这种魔力正好就是浮士德"超人"的性质。按照海尔曼·蒂尔克的看法,浮士德抛弃了这种魔力就成了纯粹的市侩。这是叔本华的观点,而不是歌德的观点。对叔本华来说,天才就是"古怪加无节度";而对歌德来说,天才则是得到充分发展的正常人。实际上——而且按照歌德的观点也是这样——浮士德在他试图从魔力中解脱出来的那几场中,比以往任何时候站得都高。

在《浮士德》里,从未给魔力的含义下过定义,这在艺术上是正确的。如我们刚才所看到的,浮士德自己把它理解为他同靡非斯特结盟的结果,理解为一些力量的总和和原则,正是借助这些力量他才做出了他那些特殊形式的成就。因为我们正在讨论的是整个作品的顶峰和终点,也就是为控制自然力而进行的卓有成效的技术经济活动,因而在这里,我们已经指出过的靡非斯特身上的资本主义成分就具有决定性的重要性。我们再重复一次,靡非斯特并不仅仅代表资本主义成分。他同时也是中世纪的鬼怪,这与前者是不可分割地联系在一起的。歌德这样做,表现了他的天才。这种艺术概括的天才之处,正好在于靡非斯特势力范围的广阔和它的局限。他控制着一切社会力量,包括转化为社会力量的自然力和人的激情,走向"精神动物王国"的倾向,或者至少是可能性,就存在于这些社会力量之中。

所以,靡非斯特对甘泪卿是无能为力的。他这样说:"我没有力量支配她!"只有通过赠礼,通过唤起好奇和虚荣及追求装束,通过玛尔特居中拉线搭桥,通过勾引起一切潜在的低劣的本能,他才能偷偷摸摸地来到甘泪卿的附近。靡非斯特的力量就在于,一切现存的丑恶的可能,一切还隐蔽着的趋于恶的倾向,他都可以毫不费力地将其变成实在的现实;而他的魔力就在于他无限地掌握着用于这种目的的外在手段,用这些手段可以轻而易举地战胜一切只要不是来自灵魂最深处的反抗。

歌德一再强调，靡非斯特的魔力所表现出来的形态与人并无任何区别。帮助靡非斯特打败伪帝及其强盗军队以及消灭了斐莱蒙和鲍栖时的那些"象征性的流氓"——劳弗博尔德、赫贝巴德和哈尔德费斯特①，就他们的心理状态而言，只不过是变得无法无天的15、16世纪的雇佣军。他们同当时的"正直士兵"之间的区别，与其说在于他们的本质，倒不如说在于他们的言论。（"人们已经知道正直是怎么回事，它就是纳贡。"）只是出于外在力量的扩大，个人活动范围的扩大，因而使人觉得他们像是具有了魔力。从马克思对靡非斯特六匹马的解释，我们就充分地知道了从社会的角度看这种魔力是什么。

因此，到浮士德想要从魔力中解放出来的时候，他就是想要争得一种正常人的生活，在这种生活中，他用自己的力量，通过自己的活动就能实现已认识到的正确的东西。但是，歌德知道，并且浮士德也预感到，这是不可能的。如果没有靡非斯特的帮助，浮士德就必然得再回到开始时在书斋里的那种绝望的无能为力的状态。至于说，这种返回也许可能是到一个资本主义企业里去当一个受人管辖的工程师，不过对这个问题来说，这并不是要紧的事。

这一点，歌德不论是在开头还是在结尾都以小心谨慎的方式予以强调。浮士德在他第一个伟大独白中列举了他世界观当中的所有冲突之后，说道：

> 我既无财产又无金钱，
> 更不享有世界的荣誉和荣华。
> 这种狗一样的生活，谁还想苟延，
> 因此我只好靠魔力。

在"忧虑"那一场之前，出现的也不只"忧虑"一个，它只是四个女人中的一个。可是其余三个，即"穷困"、"罪过"和"苦难"，却迈不过浮士德的门槛："里面住着一个富人……"因此，浮士德只是因为在靡非斯特的基础上成为有钱有势的人，才只须同"忧虑"，即悲观主义的世界观进行斗争，而无须同"穷困"或者"苦难"斗争。这一点在后来删去的一个残片中说得更清楚。如前面

---

① 原文意为"暴徒"、"见财就抢的人"和"守财奴"。——译注

提到的,在这个残片中浮士德也要同靡非斯特最终分离。但靡非斯特觉得这一点也不值得悲伤:

> 因为任何人都以为靠自己就行,
> 甚至没有钱也会觉得他有钱。

....

浮士德在从事实践的时候生命中止了,在实践中实现了他世界观当中对理论与实践统一以及人类实际进步的渴求。可是正是这样的实践,没有靡非斯特的有力帮助客观上是不可能的!在资产阶级社会,生产力的发展只能用资本主义的方式。因此,浮士德想要内在地摆脱魔力的尝试是徒劳的,他对人类光明未来的梦想只能是一场梦。

但是这场梦的内容极为重要。浮士德像歌德一样,是反对任何一种革命的。到目前为止,浮士德只是自在地,只是在他自己个人的发展(当然也是为了人类的发展)之中来实现人类最高的目标。可是现在,当他至少在主观上要同靡非斯特的魔力决裂的时候,他在为实现人类最高目标的追求中第一次表达出自觉的愿望:要在自由的基础上同他的同胞一起为这一目标而斗争。因此,他最后的独白(它以赌赛的内容已得到"满足"为结尾),具有决定意义的重要性,是主观上对魔鬼原则最高的和最坚决的拒绝:

> 我为千百万人开拓疆土,
> 虽然不很安全,但可自由而勤劳地居住。
>
> ....
> 即使海潮啮岸,堤有崩溃的危险,
> 众人合力,立即会把缺口堵住。
> 是的!我完全献身于这种思想,
> 这无疑是智慧最后的结论:
> 要每日每时开拓生活争取自由,
> 才能享受生活取得自由。
> 这样,纵有危险环抱,
> 男女老少都会度过有为之年。

> 我愿意看到这样熙熙攘攘的人群,
> 在自由的土地上生活着自由的人民。

我们已经知道,现实同这个梦境是尖锐对立的。就是在浮士德说这些话的时候,死灵们根据靡非斯特的命令正为他挖掘坟墓。这种丝毫没有减弱或明显地要加以调和的对立,同我们一再指出的歌德在评价资本主义的进步时所持的思想上的两点论是正好符合的。歌德看不透资本主义的经济社会生活,但他以作家的直观形象描绘了资本主义在人类发展中的矛盾作用,为浮士德未来梦境作伴奏和作注释的那种令人毛骨悚然地毁灭一切的节奏,准确地表达了歌德认识到这种对立没有解决,也不能解决。

但是,歌德从不为资本主义以前的田园生活遭到毁灭而浪漫地表示悲痛(因此,浮士德对斐莱蒙和鲍栖时因为他的过错而遭覆灭并不后悔),强调这一点在这里是非常重要的。歌德对资本主义发展问题所抱的态度同黑格尔或李嘉图是一样的。那些在文学描写中处于尖锐对立的矛盾,如果从思想上把它们联系起来,那么,实际上就是:资本主义生产力的发展,客观上同靡非斯特的原则是不可分离的;但它客观上又是最重要的而且走上了正路的人类实践,它日后的发展将导致在原来的基础上产生把人类真正从靡非斯特里解救出来的力量(这一点是歌德,也是李嘉图和黑格尔在内,所预想不到的)。因此,由于浮士德不得不把实施他毕生事业的重任交给了靡非斯特,那也就等于把这样的可能交到魔鬼的手中,他可以神秘莫测地把这一事业逆转成它的反面,甚至——当然是对个人的事业而言,而不是对人类的事业而言——可以毁灭这一事业。

从歌德的观点,即资产阶级思想的最高观点来看,这些复杂的矛盾客观上是无法解决的。歌德作为大作家,他的伟大之处就在于,他在刻画这些不可解决的矛盾时丝毫不加掩饰。在这方面,歌德同李嘉图和黑格尔一样是正派的。

歌德所能做的,只是把现实的这种尖锐矛盾同未来的主观梦景相对照。但仅仅这一点就已经够了不起的了。特别是,因为矛盾的尖锐化也是由于内在的原因引起的,而且在同靡非斯特的斗争中,浮士德身上的人的核心完整无损,甚至正是在靡非斯特看来明显地处于不可战胜的形势下,浮士德的人的核心变得更清澈纯洁,这就指出了远景,提供了这样一种信念的现实基础,即相信尽管有靡非斯特,尽管有资本主义,人类并不是注定要沦为魔鬼,注定要"以土为粮"。

对歌德来说,这是唯一能作为未来远景的希望,因为它有"现象学"的根据,因而可以刻画得令人信服,在艺术上可以得到认可。因此,歌德一方面没有堕入主观主义的康德式的道德说教,一方面又完全正确地把主观因素看作是解救浮士德的关键:

只要是努力追求,
我们总能解救。

歌德在同艾克曼的一次谈话中,把结尾的这几行著名诗句称作是理解整个作品的一把钥匙。

在已知的地球上,歌德看不出有能够成功地战胜靡非斯特的客观的社会力量,所以他不能,因而也不愿去写它。(范大灿 译)

问题探讨

1. 浮士德和靡非斯特之间存着怎样一种关系?靡非斯特这一形象的本质和意义是什么?

2. 如何把握浮士德坚持不懈的人生追求?为什么浮士德在得出"智慧的最后结论"后倒地而死?为什么靡非斯特在赌赛中一再落败,而浮士德的灵魂最终升天?如何理解《浮士德》是一部"悲剧"?

3. 什么是"浮士德难题"?什么是"浮士德精神"[①]?荣格说:"不是歌德创造了《浮士德》,而是《浮士德》创造了歌德。"怎么理解?

4. 浮士德的学者生活必然是一个"知识悲剧"吗?为什么?如何理解伯曼所说的《浮士德》是"发展的悲剧"?

5. 卢卡契认为歌德的创作标志了西方古典艺术的终结,而桑塔亚那称歌

---

① 斯宾格勒在其《西方的没落》一书中将"浮士德精神"作为西方近代的文化特征,以区别于古代文化和基督教文化。——编注

德是位"浪漫主义诗人",你认为歌德的创作是"古典的"还是"浪漫的"?

6. 在18世纪市民剧运动中,狄德罗倡导"严肃喜剧",莱辛提出"市民悲剧",分别以《费加罗的婚礼》和《爱米丽雅》为例分析这两种戏剧新概念的意义。

7. 以席勒的《阴谋与爱情》和歌德的《少年维特之烦恼》为例,分析"狂飙突进运动"的主要精神。"狂飙突进运动"是启蒙运动的"发展"还是"反动"?

8. 恩格斯认为,在歌德的"心中经常进行着天才诗人和法兰克福市议员的谨慎的儿子、可敬的魏玛的枢密顾问之间的斗争;前者厌恶周围环境的鄙俗气,而后者却不得不对这种鄙俗气妥协、迁就。因此,歌德有时非常伟大,有时极为渺小;有时是叛逆的、爱嘲笑的、鄙视世界的天才,有时则是谨小慎微、事事知足、胸襟狭隘的庸人"①。如何理解歌德的"伟大"与"渺小"、"天才"与"庸人"的矛盾?

9. 论述歌德的"世界文学"思想。(参阅《歌德谈话录》"1827年"部分)

10. 谈谈西方文学中"浮士德"形象的历史演变。(参阅阿尼克斯特《歌德与〈浮士德〉》"本源")

延伸阅读

1. [英]伊恩·P. 瓦特:《现实主义和小说形式》,伊恩·P.瓦特《小说的兴起》第一章。

2. 杨绛:《菲尔丁的小说理论》,《春泥集》,上海文艺出版社,1979年版。

3. 李赋宁:《菲尔丁和英国小说》,李赋宁《英国文学论述文集》,外语教学与研究出版社,1997年版。

4. [法]瓦莱里:《伏尔泰》,瓦莱里《文艺杂谈》,段映红译,百花文艺出版社,2002年版。

5. [英]托马斯·卡莱尔:《作为文学家的英雄:卢梭》,托马斯·卡莱尔《论英雄与英雄崇拜》第六讲,张志民、段忠桥译,中国国际广播出版社,1988年版。

6. [英]保罗·约翰逊:《卢梭:"有趣的疯子"》,保罗·约翰逊《知识分子》第一章,杨正润等译,江苏人民出版社,1999年版。

---

① 恩格斯《诗歌和散文中的德国社会主义》,《马克思恩格斯论文学与艺术》(一),第494页。

7. ［美］保罗·德曼：《论〈忏悔录〉》，保罗·德曼《解构之图》，李自修等译，中国社会科学出版社，1998年版。

8. ［美］乔治·桑塔亚那：《歌德》，乔治·桑塔亚那《诗与哲学》第三章，华明译，广西师范大学出版社，2002年版。

9. 冯至：《〈浮士德〉里的魔》，冯至《论歌德》，上海文艺出版社，1986年版。

10. ［美］马歇尔·伯曼：《〈浮士德〉：发展的悲剧》，马歇尔·伯曼《一切坚固的东西都烟消云散了》第一章，徐大建、张辑译，商务印书馆，2003年版。

下 编

第六章 浪漫主义文学

导 论

"浪漫主义"一词可以有多种解释，它可以指一种人生态度，当然也可以指文学艺术上的一种创作倾向。从欧美文学史的角度下定义，则特指18世纪末至19世纪初欧洲各国先后出现的一股强劲的文学思潮。

当时欧洲文坛上出现了一批对旧有文学秩序大造其反的年轻人，他们分属不同的国家，并未有意协调彼此的步调，即使以"同仁"、"战友"的面目出现（比如德国的"耶拿派"、英国的"湖畔诗人"、法国聚集在雨果周围的一批人），他们的创作主张和实践也可以相去甚远。德国的浪漫主义不同于英国的浪漫主义，英国的浪漫主义又不同于法国的浪漫主义，而事实上当事人并未揭出"浪漫主义"的旗帜，也未必理解该词的意义——那只是后人对文学现象的描述与追认。

对这些年轻人一概赠以"浪漫主义"的冠冕，理由之一是，他们都是反叛者，如果说他们的主张千差万别的话，他们却有一个共同的对立面——古典主义文学。我们尽可将浪漫主义看作表示他们的作品如何与前人不同的一种尝试。

浪漫主义有何特征？我们从17、18世纪欧洲文坛上占据统治地位的古典主义逆推便可知晓，浪漫主义作家恰是从对古典主义的反动中获得了自家的立场。古典主义强调理性，这里的理性与启蒙主义的理性既有一致之处，又有相异之点，它的特定前提是对现存秩序——不论是社会政治秩序还是文学秩序——的认可。古典主义文学因此是一种讲规矩的文学，创作有一定之规，而一切的规则都已在古希腊罗马文学、在亚里士多德那里交待得清清楚楚，模仿古人，戴着镣铐跳舞是作家唯一的选择。

与古典主义文学相反，浪漫主义文学推崇情感。古典主义者视理性为人的本质，浪漫主义者则改写了"人是有理性的存在物"的公式。他们心目中的"人"不是作为社会成员存在，而是作为与社会对立的个体存在；与之相应，他们推崇的情感是承载着法国大革命后高涨的个人主义诉求的个体的情感。对情感的推崇其来有自，远的不说，卢梭的思想、德国的狂飙突进运动，皆可视为其先声。但是18世纪显然属于伏尔泰，理性王国具有无上的权威，卢梭的思想只是一股潜流，直到世纪末，卢梭的思想方才浮出地表，席卷整个欧洲。卢梭是浪漫主义文学的精神导师，他所建立起的一系列的二元对立，诸如"情感/理智"、"社会/个人"、"文明人/自然人"、"文明/自然"，以及"情感-个人-自然-自然人"、"理性-社会-文明-文明人"之间的对应关系，在浪漫主义作家中可谓深入人心，以"情感"反"理性"，成为浪漫主义文学的路标，而浪漫主义文学中形形色色的人物，都可看作卢梭"自然人"的种种变体。

与古典主义文学相反，浪漫主义文学拒绝一切现存秩序。如果说浪漫主义首先是对现实的一种态度，18世纪末19世纪初的浪漫主义作家便将否定的姿态演绎得十分彻底。对于他们，现实是平庸、琐碎、肮脏、不足道的，生活永远在"别处"。既然如此，现实就不值得"模仿"，驰骋想象、拥抱理想世界才是无上的选择。他们都是现实的逃逸者或批判者，尽管他们面对着不同的现实：对于施雷格尔们，那是小国寡民、平庸透顶的普鲁士市侩生活；对于"湖畔诗人"，那是丑陋的工业化社会；对于拜伦、雪莱，那是虚伪的上流社会，人间存在着种种的压迫。有的时候，他们的逃逸是空间上的，比如华兹华斯们遁迹于自然，在此山水花草已然不单是仅以悦目的自然景观，而成为理想的寄托、价值的证明，成为大写的"大自然"。逃逸也可以是时间上的：可以遁入过去，比如"海德堡派"诸人迷恋中世纪；也可以召唤未来，比如雪莱描绘空想社会主义的天堂。当然，也可以像德国"耶拿派"诸子，彻底地遁入内心，紧紧攀住心目中的"蓝花"。自然、宗教、中世纪、异域情调……浪漫派作家钟爱的奇异世界各不相同，却总是作为现实的对立面出现。对现实的拒绝不仅在审美的意义上进行，拜伦还将文学锻造成干预生活的武器，"立意在反抗，旨归在动作"，诗人与斗士的形象合二为一，浪漫主义文学从此与现实之间有了更直接的对抗关系。

浪漫主义文学的兴起有着复杂的社会文化背景，举其大者，法国大革命后欧洲社会各阶层的心理状态，"自由、平等、博爱"的理念激发的个人主义诉求，德国古典主义哲学及空想社会主义学说的影响等，均不可不察。从文学发展的内在理路来说，浪漫主义则是古典主义走火入魔逼出来的结果，所以浪漫派的反叛首先是对古典主义文学秩序的反叛。如法国浪漫派领袖人物雨果所言，浪漫主义是一种"文学上的自由主义"，古典主义有多强调规矩，浪漫主义就有多唾弃规矩。从写什么到怎么写，浪漫派一概与古典主义唱反调。古典主义强调"不逾矩"，浪漫派鼓吹的则是"从心所欲"，每个作家似乎都有了理由去扮演文学的立法者。于是古典主义上尊下卑的严整秩序被打乱，普遍主义的绝对标准受到挑战，不同文类之间的界限也被轻而易举地跨越。

作为一种主"情"的文学，浪漫主义文学有着强烈的抒情性，对绝大多数作家而言，抒情的冲动压倒了叙事、说教等其他冲动，自然而然地，最具抒情性的诗歌成为这一时期占主导地位的文类。这不仅因为绝大多数作者选择了诗歌，而且因为诗的精神已然渗透到小说、戏剧等其他文类中，雨果的"历史剧"诚然是诗人的戏剧，缪塞的小说《一个世纪儿的忏悔》同样有着强烈的抒情氛围。我们不妨说，浪漫主义时期正是一个诗的时代。

卢梭虽然被尊为"浪漫主义之父"，但浪漫主义作为一种理论自觉和文学运动，可能由歌德和席勒"开创先河"，18世纪下半叶德国"狂飙突进运动"就带有背离理性启蒙的情感冲动。当歌德和席勒走向"魏玛古典主义"时，施莱格尔兄弟、诺瓦利斯、蒂克、霍夫曼等青年天才已掀起了"德国浪漫派"文学新潮。与此同时，在法国大革命的风暴和拿破仑帝政之下，夏多布里昂、斯达尔夫人这些贵族文人以"流亡文学"吹响"反动"的文学号角。英国的"湖畔诗人"则高扬"自然"这面旗帜——勃兰兑斯认为，这个时期的英国诗人全都是"大自然的观察者、爱好者和崇拜者"。

19世纪40—50年代，霍桑、麦尔维尔、爱默生、惠特曼等构成了美国浪漫主义作家群体，爱伦·坡则被认为是个"伟大的幻想家"（布鲁姆语），虽说其诗歌创作和文学批评颇有争议，但其短篇创作影响深远，并成为后世如侦探小说、科幻小说这些文类的创始者。法国的波德莱尔作为象征派诗人，他的诗歌主张与浪漫派诗人颇有差异，然而作为资本主义时代的"抒情诗人"（本雅明语），他与浪漫派又实有相通之处，他之所以被视为"后期浪漫派"，不为无因。

研究19世纪欧洲浪漫主义文学运动的权威性著作当推勃兰兑斯的六卷本巨著《19世纪文学主流》。阐述西方浪漫主义文论的有美国艾布拉姆斯的名著《镜与灯》。

本章选了勃兰兑斯论拜伦、安诺德评华兹华斯、波德莱尔分别论《悲惨世界》、别林斯基论《叶甫盖尼·奥涅金》及托多罗夫评述"爱伦·坡的界限"、雷蒙评述"波德莱尔的诗歌传统"共六篇论文。

选 文

自然主义的登峰造极[①]

[丹麦]格奥尔格·勃兰兑斯

导言——

本文系勃兰兑斯《19世纪文学主流》中《英国的自然主义》部分对英国浪漫主义诗人拜伦诗歌创作的论述。格奥尔格·勃兰兑斯(Georg Brandes, 1842—1927),丹麦19世纪杰出的文学评论家和文学史家。他撰写的文学史著作《19世纪文学主流》已成为文学史著作中的典范之作。这部著作细致深入地考察了19世纪英、法、德三个国家中浪漫主义和现实主义文学流派的主要代表作家的创作,准确地把握住了每一位作家的创作个性和他们的情感世界,对19世纪欧洲主潮文学的发展历程做出了概括性的论述,并勾勒出了一条清晰的发展脉络。

勃兰兑斯撰写文学史最突出的长处在于:他能够在准确地展示作家所处的特定的社会和历史环境的前提下,贴近作家的内心世界,捕捉作家内心真实的情感,精准地把握每一个作家最具个性化的艺术特质,并将这一艺术特质与特定的历史文化背景联系起来加以考察,从而鲜活地展示出当时欧洲文

---

① 选自勃兰兑斯《19世纪文学主流》第4分册,徐式谷等译,人民文学出版社,1997年版。

学的真实面貌。

勒兰兑斯在这篇文章中高度评价了拜伦的浪漫主义诗歌创作,指出其诗歌创作的真正价值在于"写出了宇宙间的普遍人性",从而站在了当时文明的最前沿。勒兰兑斯揭示出拜伦最突出的个性气质——叛逆性,并细致而独到地分析了这种叛逆性气质在他的诗歌中的体现,即作品中高度的"自我意识",从而准确地、完整地勾勒出拜伦作为一名浪漫主义诗人最个性化的精神气质和创作风格。

二十二 自然主义的登峰造极

在1818至1823年期间,拜伦写了《唐璜》。原稿的第一部一送到英国,被允许看到这部手稿的朋友和批评家们的信件便立即如雪片般飞来:有的表示惊愕,有的恳求他删去这段或那段,有的指责这篇诗不道德。"不道德!"——这是拜伦在一生的每一个阶段都要听到而且在死后也无法逃避的指责;在"不道德"的借口下,他的回忆录被付诸一炬;在"不道德"的借口下,他死后被排斥于西敏寺的诗人纪念区之外而不得在那里竖像立碑。对此,拜伦在写给默里的一封信里做了回答:"假如他们告诉我这篇诗写得不好,我或许会默认;但他们却先说我的诗写得如何如何好,然后便和我谈论起道德——我还是第一次从一些好人而非别有用心的坏蛋嘴里听到这两个字。我坚持认为这是一篇最道德的诗;可是,如果人们发现不了诗中的道德,那是他们的过错而不能怪我……我决不允许你搞那种该死的删节。如果你愿意,你可以把这部诗**匿名**出版,这或许会更好一些,但是我决心要和他们所有人都较量一番,打出一条路来,就像一只满身是刺的豪猪一样。"

这部在卷首献词中大骂了骚塞的长诗,不仅不得不匿名出版,而且在扉页上也没有任何出版商的名字。当时,它要想进入英国人的客厅,正如拜伦所说,恐怕比骆驼穿过针眼还要困难。然而,它却是十九世纪堪与歌德的《浮士德》相媲美的唯一诗篇,因为在这部长诗——而不是在比较不重要的《曼弗雷德》——里,拜伦写出了宇宙间的普遍人性。它所奉行的挑战性的座右铭便是《第十二夜》里那几句有名的话:"你以为,由于你是个有德性的正派人,世上便不会再有大吃大喝的纵酒闹宴了吗?——是呀,圣安尼在上,生姜放进嘴里总还会是那热辣辣的味道吧!"这是一个只会带来对清规戒律的触犯和讽刺的幽默的座右铭。但纵使如此,拜伦对梅德文讲以下这几句话的时候表现出的自豪感依然是有理由的和具有预见性的,他的话是:"如果你一定要一部史诗,那么《唐璜》就是你所要的东西,这是一部正像《伊利亚特》之体现了荷马时代的精神一样体现了当代精神的史诗。"正是拜伦写出了夏多布里安幻想他在《殉教者》中已经写出了的东西,即现代的史诗。像夏多布里安曾经企图做过的那样,以一种基督教的浪漫主义为基础,或者像司各特以为能够做到的那样,以民族的历史和风俗习惯为基础,都是不可能写出现代史诗来的。拜伦之所以成功,正是因为他用来作为他的长诗之基础的不是任何别的东西,而是那个世纪最先进的文明。

　　唐璜不是一个浪漫主义的英雄,不论是心灵还是性格,他都不见得怎样超出于普通人之上;但他是命运的宠儿,是一个极美貌、很骄傲、大胆而又幸运的人,一生的际遇多半是听天由命而很少出于自己有目的有计划的安排。因此,对于一部想包罗万象地反映人生的长诗来说,他是最合适不过的主人公。让唐璜的生活局限于一个特殊的领域是绝对办不到的,因为从一开始起,就没有给这部作品涉及的范围和生活面规定任何界限。

　　就像那沐浴着灿烂的阳光而又颠簸于狂风恶浪之中的船只一样,长诗有起有落,忽升忽降,时常从一个极端跳到另一个极端。紧接着唐璜和朱利亚之间那些热烈的恋爱场面之后而来的,是充满了饥饿的恐怖和死亡的痛苦的沉船惨景;而在可怕的沉船之后,却又是青春的爱情那色彩缤纷的和令人心醉的一片和谐——人生中至高无上的、最自由和最甜蜜的幸福。唐璜和海蒂是一幅裸体人像的速写,犹如一对活的男女恋神那样美丽,他们的头顶是挂着一轮明月的希腊的夜空;他们的眼前是一片像葡萄酒般赤红的大海——汨汨作响的海浪那悦耳的声音便是他们絮絮情话的伴奏;他们的周围弥漫着希腊风光迷人的气氛;他们的脚下展示着东方富丽堂皇的全部色彩——深沉的紫红色和灿烂的金黄色,水晶般的透明和大理石般的晶莹白洁。但是,在所有这一切之后,迎来的又是毁灭和苦难:先是海蒂在府邸中大摆欢乐的盛筵,接着却是海蒂在心碎肠断的痛苦中香消玉殒,唐璜则落得个额头上留一道刀伤、脚上系一副磨断筋骨的铁镣被当作奴隶卖掉的下场。然而,唐璜被卖掉的去处是一所土耳其的后宫,于是长诗又别开生面,向我们展现了他被装扮成少女晋见苏丹宠后那古怪离奇的插曲,还有那恶作剧的与众宫女同屋夜宿的场景,以及洋溢于这些场景之中的那如火的热情、那芳香的气息、那欢快的和带点色情的玩笑。此后,长诗又直接从这里一下子转向围攻伊斯迈尔城的战场——描绘了使成千上万人血肉横飞的大屠杀,揭示了由一批野蛮的士兵进行的玉石俱焚的战争的一切残忍——而对于所有这一切的描写比以往任何国家的诗歌中类似的插曲都更加使人惊心动魄、更加栩栩如生。接着,唐璜来到俄国卡萨琳女皇的宫廷,置身于被一个天资聪颖的梅萨林纳①统治着的"一群有教养的熊"之中。最后,我们随着他回到英国,那个宣讲道德、崇拜门第和财富、看重婚姻和操守而又像强盗一样杀人越货的伪善的国度。

　　以上勾画的简单轮廓只能够使读者对这部长诗的内容之博大精深稍许有一点印象。它的内容不仅极其丰富多彩地展示了人类生活中各种奇异的矛盾,而且让每一种矛盾都发展到最极端的地步。在每一个场合,不论描写的是不可见的内心世界还是有形的外部环境,诗人都凭借他的想象力做了穷根究底的探索。歌德身上的古雅气质使他在一切可能情况下都倾向于温良敦厚,就连在《浮士德》这部作品里,当他非常认真地揭开人生的虚伪面纱的时候,他也都做得很慎重且留有余地。但是,持这种温和态度的后果却往往是不能充分发掘出生活的最大潜力。在歌德的作品中,很少允许生命与死亡的守护神有无限的空间去舒展开它们那硕大无朋的羽翼。但是拜伦却从来不打算让读者的心灵平静,从来想不到要宽饶读者的神经。不把一切要说的话全说出来,他自己就不能平静,他是那种以舍此取彼的方法来美化事物的理想主义的死敌。他的艺术就在于一边指着世界和人性的本来面目,一边对着读者大喊:见识一下这些东西吧!

　　我们可以举出他作品中的任何一个人物来做例子,就以朱利亚来说吧。她二十三岁,长得很娇媚,几乎是不知不觉地,她有点爱上唐璜了。她对自己那位五十岁的丈夫并没有不满意,但也几乎是不知不觉地,她有点希望他能够被一分为二,变成两个二十五岁的男子。经过一番想保持贞洁的痛苦的内心挣扎之后,她终于屈服了。不过,在一段时间内,这对情侣之间的关系并不包含任何卑劣的或者滑稽可笑的成分。然后,拜伦让我们看到她陷入了困境,这对情侣突然遇到丈夫来捉奸,于是,我们立即发现了她性格中新的一面:她说谎,她欺骗,她以惊人的老练态度扮演着她的角色。那么,她难道就

---

① 瓦莱里亚·梅萨林纳(? —公元前48),罗马皇帝克劳狄一世的第三位皇后,以淫乱著称,后被杀。——译注

不像她最初显现的那样善良可爱了吗?我们是不是弄错了?根本不是。在堪称长诗中最精彩的篇章之一、通篇洋溢着真挚的女性感情的那封写给唐璜的有名的告别信里,拜伦向我们展示了她的灵魂中更深的一层:精神上的痛苦不能使深挚的爱情消失;爱情并不排除欺骗;而欺骗在一定的时刻也并不排斥感情的那种美和极度的凄楚动人。至于那封信——那封信怎么样了?唐璜在船上读着它,一边读,一边不停地叹息和啜泣;接着,正当长诗以感人的笔触把男性的爱在表现方式上和女性的爱加以比较之际,唐璜被打断了——被晕船打断了。可怜的情书,可怜的朱利亚,可怜的唐璜,可怜的人类!——因为这难道不就是人生吗?再往下看,我们不得不又要感叹一声:那封可怜的信呀!在沉船以后,当救生艇上的水手早就吃完最后一份干粮、饿得发狂地互相打量着各人饿瘦了的身躯的时候,他们一致同意用抽签来决定先杀掉他们当中的一个人供别人充饥。大家找纸做签条,可是救生艇里一片纸头也没有,只有朱利亚那封缠绵悱恻的情书。于是信被人立即从唐璜手上抢走,裁成了一片片小方块,并写上号码。一块写着这种号码的小纸条使彼得里洛送了命。那么,在无边的苍穹中难道真的有这样一个星球,在那里,理想主义的爱情竟会和同类相食的本能同时并存,不,简直是在一小块纸片的方寸之地上相遇吗?拜伦回答说:有这样一个星球——它就是地球。

离开沉船的场景,我们一下子就被带到海蒂身边。和她相比,拜伦早期诗歌中一切希腊少女的形象都黯然失色,只能算是不成熟的试笔。在现代诗歌的整个领域,还从来不曾有一处地方对一个大自然的孩子的爱情有过如此美丽动人的描写。歌德所创造的最动人的少女形象葛莱心和甘泪卿虽然妩媚可爱,却是小布尔乔亚;我们感到,她们的创造者是一个法兰克福市民,他是站在中产阶级之一员的地位上来观察人性的,他心目中的文化也是在一个德国的小宫廷中展现出来的。但是,在拜伦所创造的美丽的女性形象当中,大多数人的身上都没有布尔乔亚的味道,也就是说,都没有那些改变了她们的自由地位和自然状态的中产阶级的习气。当我们读到唐璜和海蒂相恋的那些章节时,我们感到拜伦是卢梭的后裔,同时我们也感到,拜伦所处的独立的高等社会地位和他所遭遇的独特的命运结合起来,使得他对人类本性持有一种比卢梭还要开明得多的见解。

于是他们就这样手挽着手漫步前行,

脚下的贝壳和卵石闪烁着彩色的光影,
步履轻盈地,他们走过平坦、坚硬的沙地,
来到一处古老的岩洞,景色荒凉凄清,
经过风雨的多年剥蚀而形成,但却是鬼斧神工的奇境,
有宽敞的大厅,还有一间间居室覆盖着缀满晶石的屋顶,
他们在这里小憩,偎依着,用一只手臂互相搂紧,
呵,那紫红色的晚霞已经使他们陶醉于一片柔情。

他们举目看天,天空那流动着的彩云
像一片玫瑰红的海洋,灿烂而广阔无垠;
他们低头看海,下面的海水波光粼粼,
一轮明月正冉冉从那里升起,渐渐地更圆,更近;
他们谛听着浪花的泼溅和微风的低吟,
两双黑黑的眼睛对视着,闪现出的目光是如此
脉脉含情——这视线的交换使他们心心相印,
他们的嘴唇渐渐靠近了,紧紧地接了一个吻,很紧,很紧。

呵,一个长长的吻,一个体现出青春、爱情
和美的吻,它们的力量全部溶注于这一吻间的相爱
相亲,
像阳光被集中于一个焦点,使爱之火来自于天庭;
这样的吻只能属于年轻人,只有在那时,
灵魂、心和感官才能如此和谐地共鸣,
血液是奔腾的溶浆,脉搏是熊熊的烈火,
每一个吻都是地震,猛烈地震撼着心灵。
············
海蒂没有谈任何疑虑,不要求山盟海誓,
自己也不提及,因为她还从没有听过
做一个新娘要立下种种约许,
或者是一个钟情的少女会被人遗弃。

这股火热的青春之爱的汹涌激流,这种诗意洋溢的对于大自然之美的热烈倾慕,以及诗人对世俗道德的假作正经所持的无比轻蔑的态度,有哪一个读者不会为之深深地感动呢?如果读者在此以前所接触的全是法国反动时期文学的那套假道学的话,他们更会觉得耳目一新。那么,是不是真的有这样一个世界,一个二加二确实等于四的客观法则统治着的世界,一个既容许所有最低级和最令人厌恶的本能随时都可以浮上表面,而同时又显示了人生中真正的美——不论是一瞬间昙花一现,或是持续了一天、一月、一年,或是永世长存——的动物世界呢?拜伦的回答是:有的,确实有这样一个世界,而且就是我们大家生活着的这个世界。现在,我们就从以上这些场景转向奴隶市场,转向土耳其苏丹的后宫,转向战场,转向有计划的杀人、强奸、用刺刀戳死婴儿的另一类场景上去吧!

长诗就是由这样一些强烈的对比和矛盾构成的。但它并不是阿里奥斯托①所写的那种肉感的、出于游戏笔墨的讽刺叙事诗;它是一部怀有强烈的政治目的,充满了愤怒、蔑视、威胁和呼吁,并且不时地吹出革命战争的号角那一阵阵响亮的长音的慷慨悲歌之作。② 拜伦并不仅限于描写人间惨剧,他还给予这些人间惨剧以解释。在抄录了"屠夫"苏沃洛夫用韵文向女皇卡萨琳报告伊斯迈尔已被攻陷的捷书以后,他接着写道:

> 他写了这首冷冰冰的诗并给它谱了曲,
> 凄厉的尖叫和呻吟正好为它伴奏,
> 我想很少有人愿意去唱它,但谁也不会把它忘却——
> 因为,如果有可能,我定要教导石头
> 去反抗世上的暴君。决不让人说:
> 我们依旧在谄媚王座!而要让
> 后世的子孙去想一想,我们是怎样
> 暴露了世界在获得自由之前的**真实面目**。

---

① 阿里奥斯托(Ariosto,1474—1553),意大利抒情诗人,拜伦很喜欢读他的作品。——译注
② "我已经喋喋不休地谈得太多,
但是渐渐地,我将要像罗兰的号角
在隆萨斯维尔战役里那样地怒吼!"——原注

如果我们完全从这个角度来看问题,当我们拿《唐璜》和19世纪初期最伟大的诗篇《浮士德》加以比较的时候,我们就会感到,《唐璜》的那种强劲而讲求实际的历史精神,似乎要比激励着《浮士德》的那种哲学精神更有分量。而且,假如我们在想象中暂时把《唐璜》和它的俄国后裔——普希金的《叶夫盖尼·奥涅金》,以及它的丹麦后裔——帕卢丹—缪勒的《亚当·霍摩》,并列在一起的话,我们就会进一步感到,俄国长诗在文字上精雕细琢但在政治上却软弱无力,丹麦长诗写得巧妙机智但却为狭隘的道德观念所禁锢,对比之下,英国长诗中返朴还真的天性与事实比那清凉的海风更加沁人心脾。在《唐璜》里,我们看到的是天性与事实;在《浮士德》里,我们看到的则是天性和深刻的沉思。《唐璜》从广阔的背景上向我们毫发毕露地展示了被《浮士德》浓缩进一个人格化形象之中的人生,而且整个诗篇都是一种愤怒的产品,这种愤怒包含着对一切时代的权势人物的警告,他们在长诗里可以明白无误地看到那怪手指一字一字地在巴比伦王宫的墙上写出的"弥尼,弥尼,提克勒,乌法珥新!"①

直到拜伦写出了这部作品,他才完全表现出了他的自我。这时,他已饱经沧桑,对人情世故的洞察已经消除了他青年时代的一切轻信。现在,他已确切地懂得是哪些东西组成了一个普通人的秉性,是哪些东西制约着一个普通人的生活。由于他对这种生活竭尽冷嘲热讽之能事,他曾被说成是"厌恶人类"。他自己对这种指责做了中肯的答复(第十九章第21节):

为什么人们要说我是厌恶人类?**原因是他们厌恶我,而不是我厌恶他们。**

毫无疑问,他间或也表现出了看透人生的冷酷态度,但那只是在人性本身就颇为丑恶的场合。

他曾经说过(第五章第48、49节):

---

① 此处所用的《圣经》典故出自《但以理书》第五章第25、26节。古代巴比伦的末代国王伯尔沙撒举行宴会时,忽有怪手指在墙上写出上述怪字,意为"你的国家气数已尽,将为别族占领;你自己将被放在天平里称量,受到清算"。——译注

有人谈到要打动人心须投合其某种情欲,
有的诉诸于人们的感情,
有的诉诸于人们的理性;
....
其实,有时候要想激起人类最美好的天性
(它已经变得愈来愈温和可亲,
这是我们每天都亲眼见到的事情),
最有把握的办法莫过于响起那
能使一切人心软的万能的声音,
敲响那呼唤人们去吃饭的餐钟——那是对灵魂的报警。

难道他这番话是荒谬不经的么?

他又说过,爱情是空虚而自私的(第九章第73节),难道他这句话说错了吗?他在描写家庭幸福的时候还说过(第三章第60节):

一个美满的家庭确实非常好
(只要别让孩子们晚餐后跑进来吵闹);
看到母亲抚养孩子真不坏
(只要别累瘦了我的太太)。

难道他这样说是过于刻薄,过于放纵他那喜欢冷嘲热讽的脾气了吗?啊!只要世上最美的事物还存在着丑的一面,要禁止诗人把它揭示给我们看就是徒劳无益的,让道德家们爱怎样埋怨就去怎样埋怨吧!这些引文是长诗里最玩世不恭的一部分章节。还有一点要注意的是,对于文明进行的那种辛辣的、卢梭式的抨击(作为文明带来的"欢乐",诗人列举了"战争、瘟疫、暴君造成的灾难、国王的皮鞭"),往往伴随着对自然之爱的热烈表白(可特别参看第八章第61—68节)

拜伦大声宣称(第三章第104节):

某些比较客气的诡辩家喜欢指责
——在匿名文章里——我没有对神的信仰;

> ……………
> 而我的祭坛是山岳、海洋、大地、天空和星光,
> 是一个灵魂由它而生并以它为归宿的
> 伟大的"整体"所生成的宇宙万象。

但不幸的是,这种崇拜自然的宗教并不符合神学的典章。好像是在和《查尔德·哈罗德游记》一唱一和似的,诗里反复出现对于思想自由的讴歌(第十一章第90节):

> 我宁愿永远孤独,
> 也不愿用我的自由思想去换一个国王的宝座。

长诗里还有对神学所鼓吹的原罪论的猛烈抨击,对正统教义以及它那套疾病和灾难使我们受惠匪浅的高论的讽刺。关于原罪问题,我们读到了以下的诗行(第九章第19节):

> 可是,老天爷在上,正如凯西奥所说,
> "算了,别再扯这些了,我们该做的是祈祷!"
> 我们还得拯救灵魂,因为自从亚当和夏娃堕落,
> 全人类就跌进了坟墓,与鸟兽虫鱼为伍。
> 据说"就连一只麻雀的坠落也是在劫难逃的天数",
> 虽然它究竟犯了什么罪,我们并不清楚;
> 或许是因为它曾经在那棵被夏娃
> 苦苦找寻过的树上歇宿?

我们观察到,自从写出《该隐》以后,诗人的调子是如何变得更加自由和更加大胆了。拜伦认为,只有在缠绵于病榻的时候,人们才会信仰正统的教义;关于这一点,他是这样写的:

> 也许是因为空气混浊吧——反正我不知道是什么原因,
> 当我生病卧床的时候,我对

正统教义的信仰才变得比平日更加坚定。

第一次发病,立即使神的存在得到证明
(虽然我从没有怀疑过**这一点**以及魔鬼);
第二次,我相信了圣母那神秘的处女受孕;
第三次发病中,我认识了原罪的源远流长,难以赎尽;
三位一体的得到确证是在第四次出现病情,
而且是那样地不容置疑,以致使我
虔诚地祝愿那三位变成四位,
好让我的信仰更加高出于一般的水平。

现在,拜伦在自己的文学生涯中已经达到了他的作品难以出版的地步。默里害怕得躲开了。即使是由作者自己承担风险,连一个愿意出售《唐璜》开头几章的书商都找不到。拜伦在把自己的命运和拿破仑的命运加以比较的时候说(《唐璜》第十一章第56节):

但《唐璜》就是我的莫斯科大溃散,
《法里奥》是我的来比锡会战,
《该隐》似乎是我的圣让山①;
现在,雄狮已经倒下,那蠢才们的"美妙同盟"②
又可以从一蹶不振中重登霸坛。

我们已经指出过骚塞在他那首奴颜婢膝的诗《审判的幻景》的前言里,竟然敢于说出了一番什么话。他扮演了一个告密者的角色,要求政府禁止出售拜伦的著作——因为他在回答拜伦答辩的文章里公开承认,他的攻击就是针对拜伦的,并且得意洋洋地夸口说:"关于我已经写出的那篇作品,我在这里谈论是不适当的,不过,关于'恶魔派'及其首领《唐璜》的作者,却有必要在这里讲一两句。我向公众揭示了这一派人可憎恶的面目,我认为他们是我国的

---

① 圣让山,滑铁卢战场上的农舍名,拿破仑在滑铁卢之战中曾在此逗留。——译注
② 美妙同盟,是英普联军统帅在滑铁卢之战结束后会面的农舍名。——译注

宗教、制度和家庭道德的敌人。我已经给他们起了一个**对他们的创始人和首领来说是恰如其分的**名称。我已经从我的投石器里抛掷了一块把他们的巨人首领打得头破血流的石块。我已经把他的名字钉在耻辱架上示众，只要它还存在一天，就让它受一天人们的责骂和唾弃——看谁有本事把它解救下来吧！"

这个受人雇佣、领取津贴，并且如拜伦所说是靠说谎挣得一个桂冠诗人头衔的文人，就是这样讲的！拜伦在他那首**同样以《审判的幻景》为题**的精彩的讽刺诗里做了针锋相对的回答。在这篇诗里，正像在骚塞的幻景里一样，乔治三世来到天堂门前，请求被放进去。但是圣彼得绝对不愿意给他开门。锁和钥匙都生锈了，因为已经有很长一段时间极少使用它们：从1789年以来，每一个人都下了地狱。后来，天使们来了，坚持要把这个老头子放进去——因为所有的天使都是托利党人。但是魔鬼这时以控告者的面目出现，和圣米凯尔争这个亡灵。双方都提出了证人，骚塞和另外一些证人一道被找来。骚塞开始高声朗读自己的作品，他长时间地读个没完没了，以致所有的天使以及魔鬼都跑掉了，在一片混乱之中，老国王趁机溜进了天堂。最后，圣彼得举起他那一大把钥匙，一下子把这位诗人打倒在地：

> 于是，他就像法厄顿①那样，不过要平稳一些，
> 一直坠落到他的湖里，因为在那里他不会溺毙；
> ············
> 他先是一直沉沦到底——就像他写的那些东西，
> 但是又很快浮了上来——就像他自己，
> 因为一切腐败的东西都会像软木塞那样沉渣泛起。

这首短短的杰作在行数上和它所嘲弄的那首诗恰好相等②，困难在于如何把它发表出来。默里不愿意接受它，别的伦敦出版商也都没有一家愿意接受。

正当他处于这种困境之中的时候，拜伦在文学事业上又犯了一个不谨慎的错误，这件错事给他在英国读书界眼里造成的损害，要比其他任何错误造

---

① 法厄顿，希腊神话中的太阳神之子，因偷驾他父亲的霹雳车坠地身亡。——译注
② 对骚塞另外进行的若干攻击，见《唐璜》第一章第205节；第三章第80和93节；第九章第35节和第十章第13节。——原注

成的损害都要大。有一个叫李·亨特的人,这是一个有点才华但人品不怎样好的激进派作家,曾经因为诽谤摄政王被关进监狱,当时,年轻的拜伦为了表明自己的政治态度,在默里的陪同下到狱中探望过他。这时,他和雪莱处得很亲密,打算办一份激进派杂志,请雪莱和拜伦同他合作。雪莱出于谦虚没有答应,但是告诉他拜伦有可能给他以帮助。亨特一得到这个消息,便立即放弃了他在英国的一切职业和谋生机会,带着妻子儿女身无分文地来到意大利投靠拜伦,拜伦也慷慨地收容了他们。然而,过不多久便看得很清楚,这两个气质和才干差别悬殊的人不可能真正情投意合:拜伦不能容忍亨特那种过分随便的亲热,亨特对于拜伦的傲慢态度也颇感不快。而最不幸的是,拜伦由于和这样一个人品较次的人结交,他在本国同胞心目中的声誉一落千丈。

　　托玛斯·穆尔在拒绝为那份拟议中的杂志撰稿时,曾经徒劳地劝过拜伦。他写道:"我完全反对这项计划……你凭自己的一双手就可以和全世界抗争——这件事本身就说明了很多问题,因为你所面临的世界是一个千手巨人般的豪门士绅——但是,要做到这一点,**你必须单枪匹马**。请想一想圣彼得教堂周围那些低劣的建筑物吧,它们看上去几乎要喧宾夺主,凌驾于大教堂本身之上了。"可是拜伦已经答应过帮助亨特,无论别人怎样劝告也不肯收回自己的诺言。他很难想到,在他死后,亨特做的第一件事便是写了三卷书来诋毁他的名誉①。他把《审判的幻景》和《天与地》两首诗交给了亨特,后者是一首描写世界被洪水淹没的壮丽诗篇,我们丹麦人在帕卢丹-缪勒的《阿哈苏鲁斯》一诗里看到了它的影子。但是,那份本拟取名为《烧炭党人》、后来出于种种政治原因换了一个软弱无力的《自由主义者》刊名出版的杂志,问世以后

---

① 托马斯·穆尔贴切地把亨特比做一条被狮子收容下来、允许它在狮笼里栖身的狗,这条狗在狮子死后非但毫不感恩,反而一味地说狮子的坏话:
"虽然狮子吼叫起来很威武——对于这一点,小狗也承认,
但它说,这全是学来的——全是在模仿别人,
尽管狮子的吼声是最响亮的战斗号召,
它无限欣赏的倒是它自己那不堪入耳的汪汪乱叫。
…………
不,虽然它每天都吃着狮子的残羹剩饭
(这件事情谈起来确实有一点令人难堪),
现在它却可以抬起腿来践踏那百兽之王高贵的躯干,
一条渺小的狗能做的事它都做了,而且得意非凡。"——原注

却遭到各方非难,仅仅出了四期便被迫停刊。就这样,文坛几乎向拜伦完全关上了大门,现在,实际上还留给他的唯一的活动舞台,便只有为他的理想而采取具体行动,而投身于战场——不是比喻性的而是真正去打仗的战场了。

但是,在着手这项新的冒险事业之前,他把自己的革命情感都发泄在《唐璜》和《青铜时代》里了。雪莱认为,拜伦有那种雄心壮志,也有那种力量成为"他的堕落的祖国的救世主"。可是雪莱的想法错了。拜伦并不适合参加英国反对党为争取自由而进行的那种韧性的和进程缓慢的斗争。此外,唤起拜伦的同情而占据了他的心灵的也不单单是英国的政治苦境;他反抗一切压迫,憎恨一切虚伪,从而使他自己成了整个苦难世界的代言人。想到美国的黑奴,想到爱尔兰下层阶级的困苦境遇,想到意大利爱国者的殉难,他都会热血沸腾。

拜伦一贯赞成法国大革命。他钦佩从政初期的拿破仑;但是,当这位一世之雄在

> 为人类觉醒的权利破釜沉舟地决战之后,
> 竟和庸俗的国王、寄生虫们言欢握手,

最后,在枫丹白露又宁愿退位而不自杀,这时,他便以最猛烈的讽刺来攻击他一度崇拜过的理想领袖了。拜伦对待拿破仑的态度和海涅的态度有很多相似之处。两人都嘲笑他们本国对拿破仑发动的所谓"解放战争"。不过他们两人之间又有一个极大的不同点:英国诗人那宁死不屈的自尊心和对于自由的忠贞不二,使他不可能像德国诗人那样沉溺于几乎是女性的倾慕和热情之中。拿破仑的赫赫战功并没有给一个这样的人留下任何印象,这个人曾经写下了如此感人的诗行(《唐璜》第八章第 3 节):

> 能为人擦干一滴眼泪的诚实声誉,
> 要比那造成血流漂杵的武功更值得赞许。

并且他不敬佩任何武士——除去像李奥尼达斯[①]和华盛顿那一类为自由而战

[①] 李奥尼达斯(公元前 487—公元前 480 在位),斯巴达国王,在抵抗波斯军队的进犯中英勇战死。——译注

的人们。

拜伦早就在摄政王的头上挥舞着皮鞭,那位王室贵胄的肥胖身躯已经多次挨过他狠狠的鞭打:"虽然爱尔兰人辘辘饥肠,伟大的乔治却重达一百六十磅","查理一心为民众造福,亨利只顾自己的老婆",等等,便是对他的一些辛辣的抨击。现在,他攻击的锋芒指向了这个国家本身。他的鞭子落到了一切虚伪可厌的事物上,从所谓"处女女王"的古老神话——也就是他在《唐璜》(第九章第81节)里所说的"我们那位半贞洁的伊丽莎白",直到最近的要求人们说谎的舆论(《唐璜》第七章第22节);

> 还有法国人,都是又年轻,又风流英俊;
> 不过,像我这样一个热烈的爱国志士,
> 在这光荣的一天又怎能提起高卢人的姓名;
> 我宁愿说十句谎话,也不愿吐露一个字的真情
> ——因为在这里说真话就是叛国罪行。

拜伦甚至胆大到把滑铁卢战役的大部分功劳都归于普鲁士人,把威灵顿①称作(模仿贝郎瑞的做法)"坏灵顿"②,并说他得以荣升高位和备受赞扬,不过是因为他"给摇摇欲坠的正统王系修好了破拐杖"。他以一种比穆尔在讽刺性书信里所表现的热情更加强烈得多的悲愤告诉英国,由于她执行托利党人的政策,自己已如何遭到别国的憎恨。他写道(《唐璜》第十章第66节):

> 我没有多少理由去爱地球上的那一块土壤,
> **她本来或许能成为**最高贵的国家而业绩辉煌;
> 可是尽管她无恩于我,除去是生我的家乡,
> 我却为她日趋衰落的声誉和往昔的价值
> 而不胜惋惜,同时又怀着满腔的景仰。
> ············

---

① 威灵顿,滑铁卢战役中的英军统帅。——译注
② 拜伦的原诗利用"Wellington"(威灵顿)和"Villainton"的谐音,"villain"意为"坏蛋"。——译注

唉！但愿她能够充分地、真正地明白，
她伟大的名字现在已如何被人恨得牙痒；
全世界如何在渴望她遭到当头一棒，
让利剑深深刺进她袒露的胸膛；
所有的国家如何在把她当作最凶恶的敌人，
而且是比**最凶恶的敌人**还要凶恶的豺狼，
这个一度受崇拜的假朋友曾把自由许给全人类，
现在却要给世界套上枷锁，直至要禁锢思想——
她又有什么可骄傲的呢？难道做一个
奴隶头子就能以自由自居而得意洋洋？
做个狱卒又有何光彩——当一切国家都被囚在牢房？
也不过是寸步脱不开身地伴随着栅栏和门闩。
难道自由就是这么一点可怜的特权：
对着囚徒把钥匙叮叮当当地摇晃？
看守枷锁的和披枷戴锁的实际上完全一样：
他们都无法享受空气、大地和阳光。

  拜伦这时已经达到了一个所有的因袭观念都不再能把他束缚的高度。他以自己那支讽刺的笔追击着如他所说的"庸人政府"，甚至直到它的成员死后还不罢休。他不会让卡色瑞在坟墓里安宁，因为，正如拜伦为《唐璜》所写的序言之一所说的，以这位政治家为代表的压迫和虚伪的制度在他死后仍然在长期地延续下去。当时流行的口号"天佑吾王"在拜伦听来十分可厌；当时经常被使用的另一些语句，什么"大英帝国的海上霸权"、"光荣的英国宪法"、"高贵的皇帝们"、"虔诚的俄国人民"等，在拜伦听来也十分可憎。他在拿破仑倒台以后写道：在金币上又一次出现了印着过去那种"愚蠢的英镑标记"的头像。欧洲最不文明的国家①竟然变成了举世顶礼膜拜的偶像，这使拜伦感到恶心。那时，人们不论走到什么地方，都会听到那首感伤的、表现哥萨克向爱人告别的歌曲，歌曲的第一句"我美丽的明卡"直到今天还没有被人忘却。

---

① 指沙皇俄国。——译注

由此可见，正是拜伦在19世纪20年代中期前后开创了一个矛头直指政治浪漫主义和"神圣同盟"的激进主义运动。在拜伦看来，那个同盟无非是把欧洲的政治伪善加以系统化而已，他把它称之为

> 一个人间的三位一体！它仅仅在外形上
> 　像天国的三位一体，犹如猿猴把人类模仿。
> 一个虔诚的联合！一个共同的目的——
> 　三个傻瓜抱成一团，好同一个拿破仑对抗！

他嘲笑那个"在战争里，也在华尔兹舞会上唯我独尊的公子哥儿般的沙皇"。他嘲笑莱巴赫的"二十个傻瓜"，他们居然以为他们那套虚伪的议事记录能够决定人类的命运。他呼喊道：

> 韦尔弗斯①呵！你这位解放黑奴的名人，
> 　你的功绩不论怎样称颂都不算过分，
> 你已经打倒了一个吃人的巨灵神②，
> 　你，黑非洲道义上的华盛顿！
> 不过，我想还有另一件小事要请你过问，
> 　拣一个夏天的日子来把它完成：
> 把另外的半个世界也加以匡正；
> 　你解放了黑奴——现在请你把白人缚上绑绳！

> 捆上亚历山大③那头发秃光了的恶棍！
> 　把"神圣的三位"④送到塞内加尔去整上一整；
> 好让他们懂得"己所不欲者勿施于人"，
> 　并问问他们**自己**是否愿意充当会说话的畜生？

---

① 韦尔弗斯(1759—1833)，英国议员，力主废除贩卖黑奴。——译注
② 指罪恶的黑奴贸易。——译注
③ 指俄国沙皇。——译注
④ 指组织"神圣同盟"的英俄普三国君主。——译注

这是一种什么样的语言呵!这是在被压迫的欧洲打破那死一般的沉默的什么样的音调呵!这一曲政治战歌鸣响着无比尖锐的强音,因为拜伦勋爵说出的每一句话都不会不引起人们的注意。各国成群结队的政治避难者、被放逐者、被压迫者和谋叛者都在张大着眼睛注视这样一个人,这个人在世道沉沦、到处是一片浑浑噩噩和蝇营狗苟之际,好似鹤立鸡群,像阿波罗那样美丽,如阿奇里斯①那样勇敢,比欧洲所有的国王加在一起还要骄傲。他每到一处,由于他的英国贵族的身份,当局都对他无可奈何,这样,他就成了当时欧洲热爱自由的最优秀分子的代言人,郁积在他们胸中的沉默的革命激愤都通过他的嘴代为宣泄了出来。

拜伦本人曾经给诗下过一个定义:诗是激情的化身②;而他的诗就是充满灵感的激情。请听一听那震响在欧洲上空的一些惊雷吧:

> 你们将很难相信像现在发生的这一切会是真事,
> 因此我愿意用笔为你们记录下这一段历史:
> ············
> 当你们听到历史学家谈起今日的王座
> 以及高坐在王座上的那些君主,
> 但愿你们就像我们今天观看着猛犸象的遗骸,
> 惊诧于存在这类东西的会是一个什么样的旧世界。
>
> (《唐璜》第八章第 136、137 节)

> 不妨想一想,假设乔治四世那时被挖掘出来,
> 新东方的凡夫俗子们一定会感到奇怪:
> 这样庞大的动物从哪里弄到吃的真令人难解!
>
> (《唐璜》第九章第 39 节)

---

① 阿波罗是希腊神话中的太阳神;阿奇里斯是希腊神话中著名大力士。——译注
② "诗,无非就是激情。"《唐璜》第四章第 106 页。——原注

可是,没关系——自有"天佑吾王"①,并且保佑
各国的国王! 因为**天**若不来保佑,我怀疑
人来保佑他们的日子恐怕已不会久长——
我好像听到了一只小鸟儿在歌唱,
说是人民将一点一点地变得愈来愈强;
即使是一头最驯服的老马吧,
当挽具过深地勒进皮肉使它伤上加伤,
对它的虐待超出了使用驿马的规章,
它也会痛得向后退缩——更何况是芸芸众生,
他们终必会不再模仿约伯②而挺身反抗。
最初,他们发些牢骚,然后是骂骂咧咧,
然后像大卫那样用石子投击巨人,③
最后,他们将会像那些由于绝望而心肠变硬的人们
那样一下子抄起武器来投入斗争,
然后就是"反复持久的较量"——但我非常怀疑
一切将恢复原状;我会骂自己一声
"呸",如果我不曾觉察到唯有革命才能够
让世界得救,不使它在地狱的污秽中沉沦。

(《唐璜》第八章第 50、51 节)

我要和一切与"思想"为敌的人们作战,
至少是用文字(如果有机会也用行动),
——而在镇压"思想"的人们当中,过去和现在
都要数暴君以及谄媚他们的奴才最狠最凶。
我不知道谁最后将占上风;不过,纵使我能够

---

① 英国国歌的第一句。——译注
② 约伯,《圣经》中人物,逆来顺受的典型,经受种种折磨但始终对上帝恭顺膜拜。——译注
③ 据《圣经》故事载,大卫曾以卵石击巨人哥利亚。——译注

> 预见这场战斗的结局,也决不会妨碍我
> 对一切国家中、一切暴政的这种公开的、明确的、
> 不共戴天的痛恨坚定地贯彻始终。
>
> (《唐璜》第九章第 24 节)

二十三 拜伦之死

他预言过革命必将发生,他又伤心地目睹过烧炭党人起义计划的失败。现在,他所期待的革命终于开始了。

> 在安底斯山和阿索斯山的顶峰展开,
> 那同一面战旗高高飘扬于新旧两个世界。

在英国,他已经被驱逐出文坛;在意大利,他曾经从一个城市被驱逐到另一个城市。他一向有一种说法,即认为一个人应该为自己的同胞做一些比写诗更重要的事,而且多次以霍茨波①式的轻蔑态度谈论过艺术。现在,一切事情都凑集到一块,鼓动他投入实际行动。只是因为要替居齐奥利伯爵夫人考虑,他才有所克制。他曾经想参加克莱奥尔人的解放斗争,他仔细研究过南美洲的情况。他写的《威尼斯颂》是以这样一些话作为结尾的:

> 　　与其
> 沉浸在眼前的这一潭死水里变臭发霉,
> 倒不如投身于那已经绝灭的斯巴达人的先辈
> 依然自由屹立着的地方——他们那引为自豪的
> 忒摩皮尼山峡②的白骨堆;或者是翱翔于大海之上,
> 把我们的涓涓细流注入于浩瀚无垠的洋水,

---

① 霍茨波,莎士比亚剧作《亨利四世》中的一个贵族,他那一番重武轻文的议论见该剧第一部第三幕第一场。——译注
② 忒摩皮尼山峡,希腊军事要冲,古斯巴达国王李奥利达率三百勇士死守该地,与波斯人血战到底,全部壮烈牺牲。——译注

给我们祖先的英灵谱增添一个新魂的名字,
　　给你,亚美利加,增添一个自由人的同类!

事实证明,那个早年曾激发他慷慨悲歌的国家①始终对他具有最强烈的吸引力。这时,他毅然摆脱了居齐奥利伯爵夫人,她一心想陪伴拜伦去希腊,但是拜伦不敢把参加一场战役的危险和艰难困苦告诉她。英国的支持希腊解放委员会选举拜伦为代表,为他提供了充裕的经费。在他离开里窝那的当天,他收到了来自歌德的第一次也是最后一次的问候,这位老文豪为他写了一首著名的诗,以此表示对他的致意。

他留在克法利尼亚岛上有五个月之久,专心致志地研究希腊的真实状况。在岛上,他为彼此不和的希腊各派领导人所包围,每一派都竭力想把他拉到自己这一边。为分配金钱、军火和其他作战物资,拜伦需要在来往通信上花费大量时间,而他也乐此不倦。最后,他在希腊各派领导人当中做出了抉择,决定参加驻扎在梅索朗吉昂的莫乌罗柯达托亲王的队伍。当他留在克法利尼亚期间,人们曾经向他提出过一些建议,对于他的虚荣心来讲,这些建议必定是十分悦耳的。希腊人对于君主制政体有一种强烈的偏爱,所以那个有资格了解内情的特列劳尼深信,假如拜伦在萨洛纳代表大会开会期间还活着的话,希腊人本来是会把希腊王冠献给他的。

♀ 问题探讨 ♀

1. 拜伦的长诗《唐璜》如何体现了他的叛逆精神?

2. 评论界长期以来一直认为拜伦的长诗《唐璜》里的语言体现出"亦庄亦谐"、"庄谐相伴"的特征。这一特征如何体现在长诗的语言风格里?

3. 《唐璜》里的"哀希腊"一节如何体现了拜伦的自由思想?

---

① 指拜伦曾在《查尔德·哈罗德游记》第二章中写下号召希腊人民起来推翻异族奴役的诗行。——译注

选 文

评华兹华斯①

[英] 安诺德

导言——

安诺德(Matthew Arnold,1822—1888),英国维多利亚时代著名的诗人、文艺批评家。本文系安诺德为其所编华兹华斯诗选写的序言,后收入《安诺德评论集》(1888)。

作为一部诗歌选集的序言,具体作品的品评赏鉴、取舍理由的揭橥当然是题中应有之义,但更值得注意的是作者的文学史评价,他以整个英国诗歌史(乃至欧洲诗歌史)为背景给华兹华斯定位,将其置于所有浪漫派诗人之上。以当时拜伦、雪莱等人如日中天的地位,该文可以视为安诺德使华兹华斯"经典化"的一次尝试。

更值得注意的是安诺德给诗人排座次时依据的标准。在安诺德看来,"能够崇高而深刻地把观念应用到生活上,是诗的伟大的最基本的因素";"一个伟大的诗人,是要在诗的美与诗的真的规律所严格规定的条件下,把他亲自取得的'关于人,关于自然,和关于人生的'观念,应用到他的不拘什么样的题材上"。而对他而言,"观念"总是意味着道德观念。为避免对"道德"二字的狭隘理解,安诺德强调道德即生活:"怎样生活,这一个问题的本身,就是一个道德观念。"严肃地面对生活,"亲自"从中悟出深刻的观念,并在诗歌中表而出之,构成了他认识伟大诗歌的一条线索,而这几方面,他在华兹华斯的优秀诗作中领略到了。

他最长的诗,《漫游》和《序言》,绝不是他的最好的作品。他的最好的作品是短篇的;而在短篇中确有许多篇诗可以说是头等的。但在他七大本作品

---

① 选自《外国文学评论选》上册,易漱泉等选编,湖南人民出版社,1982年版。

里,最好的和许多最坏的诗节混在一起,而坏的要比好的差得多,以至于使我们奇怪,这两种诗竟是一个人的作品。莎士比亚也常有些情调很不对头的诗行、段落,简直配不上这一位伟大诗人。但如果我们在极乐世界里碰到他,就这样跟他说了,我们可以想象他会会心地一笑,然后回答我们说,他是完全晓得的,不过那有什么关系呢?但是华兹华斯的情形却不同了。在他写出完全低劣的、没有一点儿灵性的、平淡无奇的作品时,他却不晓得这些作品的缺点,而且以同样诚恳严肃的态度,把它当作最好的作品,送给我们读。要晓得,一个剧本或一首叙事长诗,它会独占了读者的心思,使他不想到本文以外的事;但在一本短诗集里,这前一首诗所造成的印象,就需要后一首诗衔接下去,能支持前面的一首。而在阅读华兹华斯时,前一首很好的诗所造成的印象,却常被下一首品质低下的诗给弄得模糊了,给破坏了。

华兹华斯写作六十年;而我们要说他的真正头等好诗,都写在1798到1808年的十年之内,却也不算夸大。其余的在这黄金时代以前或以后所写的东西,都是低劣之作;它们混在头等的作品中间,成为头等作品的绊脚石,阻碍着我们接近好作品,并常在我们读过他的好作品后所被引起的热情上,给泼下冷水。要使华兹华斯被远近读者承认为大诗人,要使他成为古典作家,为大家承认的古典作家,华兹华斯身上背着沉重的包袱,就需要给解除。做这种解除包袱的工作是必要的,除非我们还只把他当作很少数人的诗人——而这样对待他的时候,确是过于低估他的价值了。

还有一点。华兹华斯的诗,不是按照一般适用的分类方法排列的,而是按照心理活动的类型排列的。他有幻想诗、想象诗、感伤诗、感想诗等。他的排列法,虽然很新奇,却非常不自然,实行的结果,是不能令人满意的。有些诗分在不同类型里的诗,在题材和处理方法上,是联系着的;而这种联系,比华兹华斯把它们和另外诗篇分到一起时所想象的那种心理的联系,是更为重要,更为密切的。

古希腊人对这类事情的办法是万无一失的。我敢说我们要把希腊诗类划分法加以改进,是不容易的,我认为他们把诗分为记事的、戏剧的、抒情的等类别,是自然而适当的,是我们要遵循的。有时一首诗似乎很难说定是属于两类之中的哪一类;不能说定这一首诗或那一首诗是叙事体,还是抒情体,是抒情体,还是挽歌体。但无论在哪一首好诗里,总可以找出一种主调,一种占有优势的情调,从这便能决定这首诗是属于这些类别里的这一类,而不是属于那一类；这也就证明了这种分法的优越性，和遵守它的好处。华兹华斯的诗要不从这种杜撰的排列中解脱出来，要没有更自然的分类，是不会产生应有的效果的。

我听到许多人说，华兹华斯最好的诗，要从那么多碍眼的低劣的作品中清理出来，固然会显出它们的美妙无双；可惜就怕为数太少，可能至多也不过六七首了。然而我却有不同的估计：华兹华斯之所以使我惊异，使我认为是一位卓越诗人，正是因为在去掉他的低劣的作品之后，他还能剩下很多有力的作品。他留给我们可作为依托的、能传达他的精神、维系我们思想的东西，真是太多了！

这一点是十分重要的。如果每一诗人只拿出一首诗，或三四首诗作比较，我不敢说华兹华斯会绝对高于格雷、彭斯、柯勒律治、济慈、孟佐尼或海涅。我认为他的特别优越的地方，在于他有那么多有力的作品。当然他的好作品，真正有价值的作品，也不是价值相同的。有几种诗，它们本身就是低级的。歌谣体是低级的，说教体也就更低些。后面说的这种诗的价值，有时还是部分地因为它有自传的兴趣，并不是完全因有纯诗的兴趣；但是那要看写诗的人，是否有华兹华斯那种力量与地位，那种绝不是只由他的说教诗肯定下来的力量与地位。总之，我说华兹华斯之所以卓越，是在于他留下来那么多有力的重要的作品，尽管我们尽量地减缩，尽量地淘汰它们。

展示华兹华斯的这些最好的作品，清除作品周围的各种障碍，让它们自己替自己表白去——这是每一个爱好华兹华斯的人所企求的。这些事情要没有做好，我们这位敬爱的，我们都认为是伟大诗人的华兹华斯，在这个世界上是没有机会的。可是一旦这些事情做好了，他就用不着我们操心；就凭借着他自己的价值和力量，所向无敌了。我们是可以无忧虑地让他自己开辟自己的道路的，因为我们相信有非常的价值与力量的诗，会引起人类共鸣的感觉，会得到他们的承认的。然而在开始，在华兹华斯还不为世人所了解与承认时，如果我们指出他的非凡的力量与价值藏在哪里，不在哪里，我想这样做大概是对华兹华斯有帮助的。

好久以前在讲到荷马时，我说能够崇高而深刻地把观念应用到生活上，是诗的伟大的最基本的因素。我说一个伟大诗人，是要在诗的美与诗的真的规律所严格规定的条件下，把他亲自取得的"关于人，关于自然，和关于人生的"[①]

[①] 华兹华斯《隐居者》，第754页。——译注

观念,应用到他的不拘什么样的题材上,他之所以成为卓越诗人的显著特征,就在于这种应用。上面引证的那一行诗,是华兹华斯自己写的。他的诗之所以卓越,就在于他在最好的诗里,能把"关于人,关于自然,和关于人生的"观念,有力地应用到他的题材上。

感觉特别锐利的伏尔泰曾经十分正确地说过:"任何国家在诗里,都没有像英国那样有力地、深刻地处理道德观念。"他接着说:"我觉得英国诗人的伟大的功绩就在这里。"伏尔泰的"在诗里处理道德观念"这句话的意思,并不是指道德诗与说教诗;要是这种意思,这句话就没有什么重要性了。他的意思,也就是我上面说的"崇高而深刻地把观念应用到生活上"的意思;而且他也意味着这一种观念的应用是要受到诗的美与诗的真的规律给我们所规定的条件的限制的。如果有人说,把这些观念叫做道德观念,会引起强烈的有害的局限性,我的回答是,绝不会的,因为道德观念实在就是人类生活的主要部分。怎样生活,这一个问题的本身,就是一个道德观念;而且这一个问题,是对任何人都最有趣味的,任何人都经常是在这一个问题上忙着的。当然对于道德这一名词,我们要给它以宽泛的解释。无论什么事,凡与"怎样生活"这一问题有关的,便是道德的。

> 对生活不爱也不恨;有什么生活,
> 就要安于它;寿夭只好听天了。①

弥尔顿在这两行诗里所说的,哪个人都能立即看出来,是一种道德观念。然而济慈用这样一行诗:

> 你将永远爱她,她永远美丽

来安慰希腊古瓶上向前探着身子的情人——这一个还不曾吻到情人却被雕刻家用巧妙的手给不朽地雕出来的形象,他这样说的一句话,也是一种道德观念。当莎士比亚说:

---

① 弥尔顿《失乐园》(二),第553—554行。——译注

> 我们只是
> 梦幻的材料，而我们这小小生命，
> 将由长眠结束。①

这样的话也是一种道德观念。

伏尔泰认为英国诗的特点是对这种含意宽泛的道德观念的有力而深刻的处理——这种认识是正确的。他是诚恳地想要赞扬我们，并不是要贬抑，或暗示什么局限性；而认为这种事实——就像伏尔泰所指出的这种事实——必然会造成诗的局限性的那些人，是错误的。如果伟大的诗人的特点是有力而深刻地把观念应用到生活上——我想这一点是不会有人否认的——那么在观念这一名词的前面加上道德这一形容词，我们是几乎没有改变它的原意的，因为人类生活的本身，在绝对优越的程度上，是道德的。

所以最重要的，我们要抓住这一点：归根结底，诗是生活的批判；诗人的伟大，在于把观念有力而美丽地应用到生活上——应用到怎样生活的这样一个问题上。道德时常被人看得狭隘而错误，被人们联系到一时得势的思想与信仰体系上，落在腐儒和职业贩子手里，变成我们许多人所讨厌的东西。我们有时甚至爱读公然违反道德的诗，爱读那些可用莪默伽耶②的话——"让我们把浪费在寺院里的时间，补偿在酒馆里吧"——作题词的诗。或者我们爱读与道德无关的诗，喜欢不管内容是什么只要形式巧妙而精致就好的诗。在这两种情形中，我们是在欺骗自己，要想不受骗，我们最好信赖"生活"这一个含义无穷的名词，直到我们能想进它的深长的意义里去。违反道德观念的诗，就是违反生活的诗；对于道德漠不关心的诗，就是对生活漠不关心的诗。

厄庇克托斯③在把这类事情，像感官的活动，文学的形式与技巧，或辩争的才华等和如何生活的问题，或如他所说的，和我们"最好的，最主要的事情"做比较的时候，给我们一个很巧妙的比喻。他说，有人对前面提出的这类东西，表示畏惧，或厌恶，或给予最低的估价。这种人是错误的，他们是不知感

---

① 莎士比亚《暴风雨》，第四幕第一场，第156—158页。——译注
② 莪默伽耶，11世纪末波斯诗人，著有诗集《鲁拜集》。1859年，费兹杰尔德（Fitzgerald）将之译成英文，颇为英国读者所爱好。——译注
③ 厄庇克托斯，公元1世纪时希腊斯多葛派诗人。——译注

恩的人,或者是懦夫。但这类东西也可能太被重视,单纯地被看做是目的了(那当然不是的)。这些东西和生活的关系"好像一个人回家,路上遇到一个很舒适的客店,爱上了它,就想永远住在这里一样。先生,你忘掉了你的目的了;你的旅程不是到这里为止,而是从这里经过。可是这客店多么可爱呀!不过还有多少可爱的客店啊!还有多少田野和牧场啊!但这些不过是经过的地方罢了。你是有目的的,你要回家,要去服务你的家人、朋友和同胞,要求得你的内心的自由、宁静、快乐、知足。可是你爱上了风格,你爱上了辞令,于是你忘掉你的家,要同它们住一起,永远地住下去,理由呢?是它们可爱,谁否认它们可爱呢?但是你要把这些当作经过的地方,当作客店看呀!我这样说:你也许认为我在攻击风格,攻击辞令,不是的;我攻击的是停留在它们那里,不再想到它们以外还有目的"①。

当我们遇到像戈节②那样的诗人时,就是碰见了一位在店安家,不想再往前赶路的诗人。我们之中的哪一个人,也许在哪一天,会心血来潮,爱上了他,跟他很亲热。但毕竟我们改变不了关于他的一个真理——就是我们和他是住在他的客店里,然而当我们遇到像华兹华斯这样的诗人在歌唱:

> 真理,壮丽,华美,爱情和希望,
> 为信仰所克服了的忧虑与恐怖,
> 在苦难呻吟中得到的幸福与慰藉,
> 坚强的道德以及过人的智力,
> 和普通老百姓人人享有欢愉。(《隐居者》,第 767—771 行)

我们就碰见了一个全心放在"最好的,最主要的事物上"的想要回家的诗人。我们可以简洁地说,他是处理生活的,因为他处理生活真正包括的内容。这就是伏尔泰称赞英国诗人的意思——处理真正的生活,而处理生活也就是伟大诗人的标志。所以要说英国诗人以处理生活著称,也就等于说英国是在诗里特别有力地表现了天才——这句话当然是正确的。

华兹华斯处理了生活,而他的伟大就在于他能非常有力地处理它。我们

---

① 见《厄庇克托斯讲义集》,第一集,第二卷,第 23 章,第 248 页。——译注
② 戈节(1811—1872),法国诗人,批评家,浪漫运动领袖。——译注

在前面提过许多有名的诗人;我认为他应该排在这些人之上。他应当排在诗人如伏尔泰、屈莱顿、蒲伯、拉辛、席勒之上,因为这些著名人物,即使有多大才力与优点,却不曾,或几乎没有,到达崇高的真实的诗人——"那歌声不玷辱诗神阿波罗的诗"①——所特有的境界。彭斯、济慈、海涅,不用说我们所列举的别人了,是有这种境界的——谁能怀疑这一点呢?而同时他们又幽默滑稽,词藻富丽,情思激昂;这都是华兹华斯办不到的。那么华兹华斯的长处在哪里呢?他的长处是在这里,他所处的生活要比他们多;总的说来,他把生活比他们处理得更为有力。

华兹华斯派不会怀疑这一点的。而且热烈的华兹华斯派如斯蒂芬先生②进一步说的,华兹华斯的诗之所以宝贵,是因为他的哲学是健全的。他说,他的"伦理体系是清楚的,可以解释的,正如勃特勒主教的一样";他说,他的诗是贯穿着"自成科学体系"的观念的。但是,我们要替华兹华斯取得他应得诗人的地位,就必须谨防这些华兹华斯派。华兹华斯派总是在不当赞扬的地方赞扬他,他们过于重视他们所谓华兹华斯哲学了。他的诗是真实的东西,而他的哲学——至少是那些可以放在"思想的科学体系"的形式和外衣内的东西,尤其那些最容易放在这种形式和外衣内的东西——却是幻觉。有一天我们也许懂得这种意见,扩大一点说,诗是真实的,而哲学是幻想的。但只就华兹华斯的情形说,我们要不取消他的正式的哲学,我们对他是不公平的。

《漫游》是充满哲学的,所以这首诗是华兹华斯派的——不会是一般诗的爱好者的——最满意的作品。在《漫游》里,华兹华斯说"责任存在着",接着又说:

……这些典章与形式,
万古长存,给我们生活以支持;
这一切原都来自抽象的智慧——
那一个没时空限制的王国。

于是华兹华斯派高兴了,以为这里是哲学与诗的微妙的结合。但是无所

---

① 维吉尔《伊尼特》Ⅳ,第662行。——译注
② 斯蒂芬(1830—1904),英国传记家及文学批评家。——译注

谓的诗的爱好者觉得这几行诗并没有领他到什么文字以外的境界；他只觉得这几行诗不过是一套崇高而抽象的字句，完全不合于诗的性质。

或者就让我们直接地看一下华兹华斯的中心哲学吧，那"伦理体系，是清楚的，可以解释的，正如勃特勒主教一样"的哲学——

> 只有一种适当的支柱，
> 能支撑我们忍受人生的苦痛，
> 也只有一种；那就是坚定的信念：
> 认为一生的命运，无论如何
> 悲苦与不定，却全由一个造化者，
> 以无限仁慈与力量，在暗中主宰着；
> 他的全面规划的永恒目的，
> 是要使人生凶险，都化为吉祥。(《漫游》，Ⅳ，第10—17行)

这也是我们在教堂里听到的教义，是宗教的哲学的教义；而忠心的华兹华斯派最爱的是有这种教义的段落，于是把它们捧出来让大家看他们诗人的优美。但无论华兹华斯的道理是怎样真实，像这里的段落却没有诗的真实，没有我们向诗人所要求的而为华兹华斯所擅长的那种真实。

就是一般人认为是华兹华斯哲学体系的基本的那首著名的"颂歌"的"暗示"①，暗示的是这种观念：人在童年时代显示的那种崇高的直觉与感情，可以证明他是离开天堂不久的，待年岁日增，这种直觉与感情，便逐渐消逝了——这种观念，要当作诗人的幻想的活动来看，是有不可否认的优美的，但它没有最高的诗的真实性；它没有真实的基础，华兹华斯小时候，无疑地是感到他对自然和自然之美有一种特别强烈的直觉的。但要说这种直觉在每个人的童年时代都特别强烈，而且说它后来也都消逝了，就未免大有问题。许多人，也许是大多数的受教育的人，在十来岁时，几乎还没有爱好自然的感觉，而到三十岁时这感觉才加强了，发作了。图库狄得斯谈到希腊民族早期的成就时说："这样荒远的年代，不可能说得很明确；但从我们可能研究的材料来看，我应当说那时的成就大概是不大的。"关于童年的这种直觉，也就是

---

① 华兹华斯《永生的暗示颂》。——译注

所谓华兹华斯的哲学体系的基础,我们也正可以这样说。

最后,华兹华斯的"思想的科学体系"至少给我们提供像下边这样为虔诚的华兹华斯派所欣然接受的诗——

> 但愿那一个光辉的时代来临,
> 在我们帝国领域内,确把知识
> 看作崇高的财富,防身的卫兵;
> 纵然使四海宾服,帝国本身
> 却要担负起感化教育的责任,
> 对那些天生便该听命的人民;
> 它要用法律严格地限制自己,
> 给那些国土以内的子女儿孙
> 以粗通文字的能力,使他们一个个
> 了解宗教的真理和人生的道德。(《漫游》,IX,第293—302行)

华兹华斯说伏尔泰不活泼,他一定是把这些反伏尔泰式的诗行当作一种批判而写的了!我们可以听到在社会科学大会里有人引证这诗;我们可以想到这个集会的全景。一个小城镇的一间阴暗的大屋子;灰尘飞扬,阳光慵困,长凳上满坐着秃头顶的男人,戴眼镜的女人;一个讲演人从一张两面写满了字的讲稿上抬起头来,朗读华兹华斯这几行诗,而许多闲游到这里来的爱好自然的人们,却在灵魂上感到一种言语难以形容的悲哀、惋惜与痛苦。

"但我们不要理睬,"像华兹华斯说的那样,"这些大胆的坏人"①,这些在社会科学大会里出没的人。我们也要小心提防那些展示与赞赏华兹华斯诗里的"思想的科学体系"的人。把他的诗这样展示时,是不会对头的。他的诗之所以伟大,原因很简单,很容易说明。华兹华斯的诗之所以伟大,是因为他非常强烈地感到自然给我们的愉快和简单的基本的感情与责任给我们的愉快;是因为他非常有力地把这种愉快一次一次地展示给我们,使我们能分享这种愉快。

他这样吸取的快乐的根源是人生快乐里的最真实的最可靠的根源。是

---

① 华兹华斯《赠弗莱鸣夫人》。——译注

每个人都可以接触到的根源。所以华兹华斯给我们带来的,正像他自己的有力的诗行说的那样,是关于

　　普通老百姓人人享有的欢愉。

这就是一个诗人占便宜的地方。华兹华斯讲的是大家所寻求的东西,他讲到了最真实最好的根源,而且是人人都可以去吸取的根源。

　　然而我们也可以想象华兹华斯即使站在这样美丽的永恒根源上写诗,也不能首首都是至宝。华兹华斯派就容易说这样没分寸的话。例如他们讲到《水手的母亲》时所表现的那种毕恭毕敬的态度,就和他们讲《露西·格雷》时一样。他们这种粗枝大叶的态度,是对他们的老师有害的。《露西·格雷》是首成功的美丽的诗,而《水手的母亲》是很不成功的。能正好给人他想要给人的东西,能把给人的东西解说得好,表现得好——这不是华兹华斯常有的本领。哪个诗人也没有把握;这是缪斯的,灵感的,神的,"不是我们自己的"力量。然而就华兹华斯而论,我们可以说,灵感的偶然性是特别重要的。一旦灵感来了,大概哪个诗人也没有他那样生龙活虎般的力量;等灵感不在时,也没有哪个诗人像他那样"软弱得像破碎的浪花一般"。我记得他说"歌德的诗没有到足够得不得已的程度"。这评语是不平凡的,也很真实;歌德的任何一行诗,正如歌德自己说的那样,除了作者自己知道为什么放在那里以外,别人是不晓得的。华兹华斯说对了,歌德的诗不是不得已的,像自然的不得已的情形一样。这好像自然不只给他诗的内容,而且还替他把诗写好。他是没有风格的。他很熟悉弥尔顿,所以时不时会捕捉到他的老师的一些表现方法。他有很好的弥尔顿式的诗行,但他不像弥尔顿,自己没有确定的诗的风格。他每逢要写出风格时,就陷入笨重而浮夸的文字里。我们在《漫游》里看见的风格,便是他自己创造的艺术表现,虽然杰夫雷①看不到华兹华斯的真实伟大处,却在批评《漫游》的风格时,并没有说错:"这简直不行。"然而华兹华斯虽然掌握不了这样不易捉摸的稳定的诗的风格,却掌握了另一种跟风格同样重要的东西。

　　一切对这类事敏感的人,感到一个有风格天才的人怎样用微妙的波澜与

---

① 杰夫雷(1773—1850),苏格兰批评家。——译注

光彩来装饰自己的诗。像莎士比亚的这一行：

After life's fitful fever, he sleeps well. ①
（历尽了生活的骚扰后，他现已安息了。）

像在弥尔顿的这两行：

...though fall'n on evil days,
On evil days though fall'n, and evil tongues. ②
（……我虽然遭到了坏时运，
坏时运我虽然遭到了，和恶人的口舌。）

我们是可以感到风格的力量的。弥尔顿在写作《失乐园》时的想象并不很高，然而这首诗还不失为好诗，不失为伟大的诗篇，因为弥尔顿的诗的风格的力量是无与伦比的。华兹华斯不常有，也不常运用这种风格，但是他有诗的灵性，他熟读了大诗人的诗，所以他不能不像我已提到的那样，偶尔地抓住这些风格。不只在他的弥尔顿式的诗行里我们发现了它，像下面这样句子里也发现了它——这里的风格却完全是他自己的，不是弥尔顿式的了：

...the fierce confederate storm
of sorrow barricaded evermore
Within the walls of cities;（《隐居者》，第 831 行）
（……联合进攻的
风暴一般的悲痛，永远隐藏在
都市的城垣里面;）

虽然就在这里，他这不可否认风格的力量，主要地还是散文式的雄辩，而不是诗的风格所形成的微妙的色调与情趣。《劳达米亚》之所以有力，主要也是由

---

① 莎士比亚《麦克佩斯》。——译注
② 弥尔顿《失乐园》。——译注

于风格,由于风格色调的作用。然而如果我们要想找到他的有个性的表现形式,最好是选《莫克尔》这类诗里的这样的诗行:

And never lifted up as single stone.
(于是便不再落起一块石头。)

严格地说,这一行并没有什么奇妙的东西,没有什么诗的风格的润色或加工;然而这却是最高的表现,最有表现力的表现。

华兹华斯从彭斯那里学了不少东西:一种完全朴素的,全凭忠实的表现力以发挥效果的风格。彭斯已经做给他看了——

The poor inhabitant below
Was quick to learn and wise to know,
And keenly felt the friendly glow
And softer flame;
But thoughtless follies laid him low
And stain'd his name.①
(是一名可怜的人睡在这,
他善于求知,敏于求学;
强烈地感到朋友的亲切,
和爱情的温柔;
但糊涂行为招来了灾祸,
和身后的诅咒。)

每个人都会觉到这几行诗和华兹华斯的诗很接近的;如果华兹华斯用这种崇高而朴素的风格写出了伟大的诗,我们要记住——其实华兹华斯自己也一定会愿意承认的——彭斯是在他以前已经这样用过了。

然而华兹华斯应用这种风格时,还有些独特的而且是无敌的地方。我说过,自然仿佛从他手里接过笔去,用它自己的赤裸的、纯净的、洞察的力量,替

---

① 彭斯,《诗人的墓志》。——译注

他写诗。这里有两个原因：一方面是由于华兹华斯对他的题材有深刻而深沉的感觉，一方面是由于他的题材本身有十分真诚与自然的特质。他对于这种题材只能用，因而也就实际用了一种十分简单、直接以及几乎严峻的自然手法来处理。他的表现，例如在《决心与独立》这首诗里，可以称为赤裸的表现；但这种赤裸，恰似赤裸的山巅那样，是在赤裸中藏着雄伟的。

在华兹华斯的诗里，我们要遇到题材的真实与技巧的真实平衡时，他就是无敌的。他的最好的诗，能把这种平衡表现得恰到好处。我对于《劳达米亚》，对于那首伟大的《颂歌》是相当喜爱的。但如果让我说出真话来，我觉得《劳达米亚》有些造作，《颂歌》还不能完全脱离讲演的腔调。如果我要选一些足以显示华兹华斯的独特的风格的最完美的诗，我要选《马克尔》、《泉》《高原刈者》这类诗。而具有这些诗的特殊的优美的诗，华兹华斯写出了很多。此外当然也有许多别的诗，虽然不像它们这样稀奇珍贵，却也是很高级的。

总之，就像我在开始时说的那样，华兹华斯之所以卓越，不只因为他的最好的作品是优美的，还因为他给我们留下来的好作品是很多的。我不能拿他与古人相比。在许多方面，古人是优于今人很多的，然而有些我们的东西，是他们不能给我们的。丢开那些古人，让我们来看看基督教世界里的诗人和诗吧。但丁、莎士比亚、莫里哀、弥尔顿、歌德，这些人在诗的天空里都是比华兹华斯更大、更灿烂的明星。但我不知道在现代诗人里，除上述诗人外，还能在哪里找到比华兹华斯更优越的诗人。

这一部诗集编辑目的，是要选出足以代表诗人力量的诗，以献给英文读者和世界人士。当然我不能说华兹华斯有趣味的诗，全部包罗在内了。除《马克莱特》——这个故事原来就和《漫游》其他部分不是一起写的，而且是属于英国的另外一个地方的事——以外，我不敢随便删除哪首诗的任何一部分，也没有改变华兹华斯原来的形式。但在这种保留的条件下，我想这本书，对大多数诗歌爱好者说，是包括了一切对华兹华斯有利的诗，没有任何一首对他不利的诗。

我对华兹华斯派太不客气了，然而我们要使读者群和全世界承认华兹华斯，便不能以小集团的精神推荐他，而必须以不偏不倚的诗歌爱好者的精神推荐他。不过我自己也是个华兹华斯派。我可以愉快而有益地阅读他的《彼得白尔》，及《宗教十四行诗》的全卷，那首赠给维尔肯孙铁铲的诗，以至于《感情颂歌》——我想除去《沃达克尔与朱丽》以外,我喜欢华兹华斯的一切诗篇。我自小就受到教育要尊敬这一个值得被崇敬的人,我看见过他,听过他讲话,在他的附近居住过,和他的家乡很熟悉,像我这样的人,不会毫不受他的影响的。任何一个华兹华斯派不能像我这样亲切地爱戴这一位纯净而智慧的老师,不能像我这样不在乎他的缺点的。但华兹华斯是一个超过一个忠诚小集团的纯洁而智慧的老师的,所以我们在他确已恢复他的真正地位以前,是不能甘心的。他是英国诗的主要的光彩之一;而英国的最大光彩,也就是诗。让我们把妨碍他不得光荣地被承认的一切障碍给移开,让我们努力奋斗,要尽可能广阔地,尽可能真实地实现他对于自己的诗所讲的话:"它们要和人生与社会的良好倾向合作,要尽它们的力量有效地使人们变得更加聪明,更善良,更快乐。"(殷葆瑮　译)

♀ 问题探讨 ♀

1. 浪漫主义作为一种文学思潮或运动,其产生和发展的社会及文化背景是什么?浪漫主义理论包括哪些思想内涵?浪漫主义的文学特质是什么?它与古典主义有哪些重大分歧?浪漫主义有"积极"和"消极"、"激进"和"保守"、"革命"和"反动"之分吗?

2. "湖畔诗人"和"恶魔派"诗人创作的区别何在?他们对"自由"有何不同的认识?对自然的表现有何不同?(参阅徐葆耕《西方文学之旅》(上册)第五章中"自然神:英国浪漫派的三种类型")

3. 拜伦的"革命精神"表现在哪些方面?他的创作个性是什么?为什么说他是一个"蔑视一切"的讽刺诗人?

4. 丹麦文学史家勃兰兑斯的名著《19世纪文学主流》主要论述欧洲19世纪上半叶浪漫主义文学运动。全书六册,分别论述哪"六个不同的文学集团"?其中,"流亡文学"之"流亡"、"法国的反动"之"反动"、"英国的自然主义"之"自然主义"怎么理解?

5. 美国学者艾布拉姆斯在其名著《镜与灯》中分别以"镜"与"灯"为隐喻指称哪两种西方文论及批评传统?浪漫主义"表现说"位于四要素坐标的哪一端?(参阅艾布拉姆斯《镜与灯》第一章"导言",北京大学出版社,2004

年版)

6. 华兹华斯既认为"一切好诗都是强烈情感的自然流露",又认为"凡有价值的诗,不论题材如何不同,都是由于作者具有非常的感受性,而且又深思了很久",你认为这两种看法是否矛盾?华兹华斯的诗作更偏重何者?(参阅丁宏伟《理念与悲曲——华兹华斯后革命之变》绪论",北京大学出版社,2002年版)

7. "摩罗诗派"即"恶魔派"或"撒旦派",这一骂名出自谁之口?指称哪些诗人?他们为什么被斥为"恶魔派"?(参阅勃兰兑斯《19世纪文学主流·英国的自然主义》第九章)

8. 什么是"拜伦式英雄"?《该隐》的主人公与"拜伦式英雄"有何不同?(参阅袁可嘉"拜伦与拜伦式英雄",见《现代派论·英美诗论》,中国社会科学出版社,1985年版)

9. 歌德在《浮士德》第二部的哪一幕唱出悼念拜伦的"挽歌"?为什么?

10. 鲁迅在其介绍欧洲浪漫主义文学的《摩罗诗力说》(1907)中,将哪些诗人归入"摩罗诗派"?(参阅赵瑞蕻《鲁迅〈摩罗诗力说〉注释、今译、解说》中"解说"部分,天津人民出版社,1982年版)

选 文

评《悲惨世界》①

[法] 波德莱尔

导言——

波德莱尔(Baudelaire,1821—1867),法国著名的诗人和批评家。波德莱尔对年长他20岁的雨果非常尊敬,1861年,他在题为"对几位同代人的思考"

---

① 选自《1846年的沙龙:波德莱尔美学论文选》,郭宏安译,广西师范大学出版社,2002年版。

的系列文章中,积极肯定雨果在诗歌创作方面的成就,并注意到诗人怀有道德热情,对穷人和弱者发出"爱的声音"。1862年,处于流亡生活中的雨果出版小说巨著《悲惨世界》,波德莱尔随即发表了这篇评论。

波德莱尔敏感地抓住了雨果创作的一个重大特征,即同情弱者的人道主义情怀。他高度评价雨果创作小说《悲惨世界》的道德目的,认为这是一部面向苦难、对穷人怀有手足之情的"慈善的书",也是一部面向读者、提出社会问题的"发问的书"。波德莱尔指出,雨果的文学追求真实、崇高和美,但雨果从不回避人世的苦难和社会的黑暗,因而,《悲惨世界》就是对社会一声"震耳的呼唤",是一份为"悲惨的人们的辩护词"。

波德莱尔认同书中作为仁慈的化身的主教和受其感化的冉阿让,而对可憎的沙威表示厌恶。这一情感倾向与雨果的创作意图基本吻合,即并不认为作为法律化身的沙威是"正派人",似乎也不接受作者对沙威最终悔过结局的安排。

一

几个月之前,关于法国最有活力、最知名的伟大诗人,我写过下述一些话①,不久之后,较之《静观集》和《历代传说》,这番话就有了一个更为明显的针对性:

"如果篇幅允许的话,这里无疑可以分析一下笼罩和贯穿着他的诗的明显属于作者本人性情的道德氛围。在我看来,这种道德氛围具有一种明显的特征,即对很强大的东西和很弱小的东西的同等的爱,这两个极端对诗人所产生的吸引力来自一个唯一的根源,即力量本身,他所拥有的原初的活力。力量使他欢悦,使他陶醉,他走向它如同走向一位亲人,这是手足的吸引力。因此,他不可抗拒地被引向无限的各种象征——海洋、天空;被引向力量的各种古老的代表——《荷马史诗》或《圣经》中的巨人、勇士、骑士;被引向巨大而可怕的动物。他一边玩耍一边抚摸着那使一双软弱的手害怕的东西,他在无限之中活动而不感到眩晕。同时,由于一种出自同一根源的不同的倾向,诗

---

① 即题为"对几位同代人的思考"系列文章之一的《维克多·雨果》,发表于1861年6月。中译版见《1846年的沙龙:波德莱尔美学论文选》。——编注

人又总是表现出他是一切软弱的、孤独的、悲伤的、一切具有孤儿性质的东西的温柔朋友,这是父子的吸引力。强者在一切强大的东西中找到了兄弟,而在一切需要保护或安慰的东西中看见了他的孩子。正是从给予强者的力量本身或信心之中产生出公正和仁慈的精神。因此,在维克多·雨果的诗中不断地对堕落的女人、对被我们社会的齿轮碾碎的穷人、对成为我们的贪婪和专制的牺牲品的动物发出爱的声音。很少有人注意到善良带给力量的魅力和愉快,而这在我们的诗人的作品中屡见不鲜。一个巨人的脸上出现了一丝微笑和一滴眼泪,这是一种近乎神圣的独创。就是在他的那些写感官之爱的小诗中,在那些写充满快感和旋律的忧郁的诗节中,人们也听见了仁慈深沉的声音,仿佛是一个乐队的不间断的伴奏。在情人的外表下,人们感觉到那是一个父亲,一个保护人。这不是那种喜欢训诫的道德,那种因其学究的神气、教训的口吻能够败坏最美的诗的道德,而是一种受神灵启示的道德,它无形地潜入诗的材料中,就像不可称量的大气潜入世界的一切机关之中。道德并不作为目的进入这种艺术,它介入其中,并与之混合,如同融进生活本身之中。诗人因其丰富而饱满的天性而成为不自愿的道德家。"

这里只有一句话要更动,因为道德是作为目的直接进入《悲惨世界》的;这也是诗人的自白,作为序言的形式出现在书的开头:

"只要因法律和习俗所造成的社会压迫还存在,在文明鼎盛时期人为地把人间变成地狱,并且使人类与生俱来的幸运遭受不可避免的灾祸;只要本世纪的三个问题——贫穷使男子潦倒,饥饿使妇女堕落,黑暗使儿童羸弱——还得不到解决……那么,和本书同一性质的作品都不会是无用的。"

"只要……"唉!等于是说永远!但是,这里不是分析此类问题的地方。我们只想公正地评价诗人据以引起公众注意的绝妙的天才,以及他像一个懒惰的小学生一样倔强——他把脑袋顽固地伸向社会苦难的巨大深渊。

二

诗人在他热情洋溢的青年时代更多地乐于歌唱生活的壮丽,因为生活所包含的辉煌和丰富特别吸引青年人的目光。相反,到了中年他则怀着不安和好奇的心情转向了问题和神秘。贫穷在财富这个太阳上所形成的黑子中,或者说财富在苦难的巨大黑夜中形成的亮点上有某种绝对怪异的东西。一位诗人,一位哲学家,一位文学家,除非丑恶到了极点,否则是不能不对此感到激动、惊讶,甚至焦虑的。肯定,这样的文学家是不存在的,也不能够存在。所以,区别这一位和那一位的唯一的分歧,在于弄清楚艺术品是否应该只以艺术为目的,艺术是否应该只表现对自身的崇拜,或者,是否能让它必须追求一种高尚或不那么高尚、低级或高级的目的。

我说,诗人们只有在正值盛年的时候才能感到他们的头脑爱上了某些不祥的、难以理解的问题,这些问题是吸引他们的怪异的深渊。然而,要把维克多·雨果置于那种等待如此之久才向世界良心最感兴趣的这些问题投去讯问的目光的创造者之列,那就大错特错了。可以说,从一开始,从他的辉煌的文学生涯开始的时候起,我们就在他身上发现了那种对弱者、被遗弃者和不幸者的关心。在他的作品中,正义的概念很早就通过对昭雪的兴趣透露出来。《啊,永远不要辱骂一个堕落的女人!》、《在市政厅的舞会上》、《玛丽蓉·德洛尔莫》、《吕伊·布拉斯》、《国王取乐》这些诗足以证明这种为时已久的倾向,甚至我们几乎可以这样说,这些诗足以证明占据他心灵的思想。

三

有必要具体地分析《悲惨世界》,更确切地说,有必要分析《悲惨世界》的第一部吗?这部作品现在是人手一册,大家都知道它的含义和结构。我觉得更重要的是看看作者为阐明他为之服务的真理所使用的方法。

这本书是一本关于慈善的书,也就是说,是为了引起、激起慈善精神而写的一本书;这是一本发问的书,提出了复杂的社会问题,其性质是可怕的、令人伤心的,它对读者的良心问道:"怎么样?您有何感想?您得出什么结论?"

至于书的文学形式,与其说是小说,还不如说是诗,我们在《玛丽·都铎尔》的序言中已经发现了先兆,这向我们提供了新的证据,说明这位杰出的作者道德和文学观念的牢固:

> 真实面临的暗礁是渺小,崇高面临的暗礁是虚假……诗人的可钦佩的全能!他制造了比我们还要高大的东西,它们跟我们一样有生命。例如,哈姆莱特,像我们每个人一样真实,但更高大。哈姆莱特是巨人,然而是真实的。因为哈姆莱特不是您,不是我,而是我们大家。哈姆莱特,他不是某一个人,而是人。

> 不断地从真实中分离出崇高,从崇高中分离出真实,据这出戏

的作者看,这就是戏剧诗人的目的。这两个词,崇高和真实,包含了一切。真实包含着道德,崇高包含着美。

很明显,作者想要在《悲惨世界》中创造有血有肉的抽象概念,创造理想的形象,每一个都代表着为展开他的论点所必需的一种基本典型,从而被提到一种史诗的高度。这是一部以诗的方式构筑起来的小说,其中每一个人物都因他用以代表一种普遍性的夸张方式而成为一个例外。维克多·雨果用以构思和写作这部小说的方式,他为得到一种考林辛式①的新金属而将通常用于各种不同作品的丰富成分冶于一炉的方式,再一次证实了在他年轻时引导他变旧颂歌和旧悲剧为我们所认识的诗和正剧的那种命运。

所以,卞福汝主教是夸大了的仁慈,是对于自我牺牲的永久信念,是对于被当作最完善的教育方式的仁慈的绝对信任。在这一典型的描绘中,有些色调和笔触的细腻是令人惊叹的。可以看出,作者是乐于把这个天使般的模特儿写得尽善尽美的。卞福汝主教把一切都给了别人,自己则一无所取,他唯一的乐趣就是一贯地、不断地、甘心情愿地为穷人、为弱者,甚至为罪人牺牲自己。他谦卑地服从教条,并不费神去理解它,只是一心一意地按着福音书的话去做。"宁做拥护法国教会自主的人,不做教皇绝对权力主义者",他是个上流社会中人,像苏格拉底一样具有讥讽和诙谐的力量。我听说过去某朝有位圣罗克,对穷人肯倾囊相助,有一天他受窘于新的要求,立刻把他的所有家具、名画和银器送往拍卖行。这一点正符合卞福汝主教的性格。不过,圣罗克神甫的故事还没有完,这一行动,在上帝的人看来,是很普通的,可根据人世间的道德,却是过于高尚了,于是人们议论纷纷,这件事直传到国王那里。最后,这位惹麻烦的神甫被传到总主教府,受到委婉的斥责,因为此类英雄行为可以被看作是对无力达到那种高度的所有神甫的一种间接的谴责。

冉阿让是个天真无邪的粗人,是个无知的无产者,他犯了一个毫无疑问我们大家都会原谅的错误(偷了一块面包),但是,这个错误受到法律的惩罚,把他投入恶的学校,即苦役监牢。在那里,他的思想形成了,并通过对于苦役的沉重思考而变得成熟起来。最后,他出来了,变得狡猾、可怕和危险。他对主教的款待报之以新的偷窃,但是后者用善意的谎言救了他,坚信宽恕和仁

---

① 这个词源出"科林斯",古希腊一城市名。这里的意思近乎"希腊式的"。——译注

慈是能够驱散一切黑暗的唯一光明。果然,这颗灵魂受到感化,当然还没有那么快,习惯的野兽还在他心中,他又堕落了一次。冉阿让(现在是马德兰先生了)成为了一个正派、富裕、强有力的人。他当了一个穷镇的镇长,使它富裕起来,差不多文明化了。他披上了一件令人钦佩和尊敬的外衣,他用慈善事业来遮盖并保护自己。但是,不祥的一天到来了,他获知一个假冉阿让,一个愚蠢卑鄙活像他的人将代他受到判决。怎么办?他若自首,那么他将自己亲手毁掉他艰苦而又光荣地建造的新生活的构架。他能肯定,他的良心,这内心的法律,会强迫他这样做吗?"人生来就带给这世界的光明"足以照亮这复杂的黑夜吗?马德兰先生胜利了,但是经过了怎样可怕的斗争啊!他走出了焦虑之海,因为热爱真理和正义而重新成为冉阿让。人与其自身的斗争以及他的犹豫、迟疑、矛盾、虚假的安慰和绝望的欺骗在一部分(《头盖骨下的风暴》)中被细腻、缓慢、有分析地描述出来,这一部分包含着一些不仅可以使法国文学甚至可以使思想着的人类的文学永远感到骄傲的篇章。写出这样的篇章,对理性的人是一大光荣!必须进行大量的、长久的、很长久的搜寻,才能在另一本书中找到可以与之媲美的篇章。这些篇章以如此悲壮的方式展示了一个普遍的人心中所进行的有史以来最骇人的决疑。

在这个痛苦和惨剧的画廊里,有一个可怕的、讨厌的形象,那就是警察,苦役犯看守,严厉的、无情的、不会作解释的法院,未经解释的法律,从不理解何谓从轻处理的野蛮的智力(这还能叫做智力吗?),一句话,即徒有其表;而这就是可憎的沙威。我听见几个还算明白事理的人谈到沙威时说:"说到底,这还是个正派人,他有他的崇高之处。"这里正用得上德·迈斯特①的一句话:"我不知道正派人为何物!"至于我,我认为,虽然有被打成罪犯的危险("那些发抖的人感到了自己有罪。"罗伯斯庇尔那疯子说),沙威在我眼里是个不可救药的怪物,他渴望法律就如同一头猛兽渴望带血的肉。总之,我认为他是一个绝对的敌人。

此外,我想在这里提出一个小小的批评。无论一首诗的理想形象具有何等不凡和果决的轮廓和动作,我们都应该设想它们与生活中的真实形象一样,具有一个开端。我知道人可以在所有的职业中表现出超出热情的东西。他在所有的职务中都变成了猎犬和斗犬。这肯定是一种美,来源于激情。因

---

① 德·迈斯特(1753—1821),法国政治家、哲学家、作家。——译注

此,一个人可以怀着热情当一名警察,然而,他是在热情的驱使下进入警察局的吗?相反,这不是那种人们只能迫于某种情势的压力、为了一些与狂热无缘的理由而从事的职业吗?

我想,没有必要讲述和解释维克多·雨果加给芳汀这个人物的所有那些温柔的、悲惨的美,她是一个堕落的女工,现代的妇女,身处没有成果的劳动和合法的卖淫两种命运之间。我们早就知道他是多么善于表现处于深渊之中的激情的呼喊以及被夺去幼仔的母狮愤怒的呻吟和哭泣!这里,通过一种完全自然的联系,我们又一次看到这位强有力的画家、这位巨人般的创造者是多么准确、多么轻巧地给孩子的双颊涂上颜色、画好了眼睛、描绘了活泼而天真的动作,真好像是以与劳伦斯和委拉斯开兹较量为乐的米开朗基罗。

四

因此《悲惨世界》是一本关于慈善的书,是要一个过于钟爱自己、过于不关心永恒的博爱精神的社会恢复秩序的一声震耳的呼唤,是一篇出自当代最雄辩的人口中的给悲惨的人们(那些经受苦难并因此而蒙受耻辱的人们)的辩护词。尽管书中存在着有意的弄虚作假,而且从严格的哲学观点看,问题的解决方式也有着无意识的偏颇,我们仍然和作者的想法完全一致:"**和本书同一性质的作品都不会是无用的。**"

维克多·雨果是为人的,然而他并不反对上帝。他信仰上帝,但他并不反对人。

他拒绝造反的无神论的狂热,但他并不赞成摩洛①们和特塔泰斯②们的血腥的饕餮。

他相信人性是善的,但是,即便面对着人类不断的灾难,他也不谴责上帝的残暴和狡黠。

有些人在正统理论、在纯粹的天主教教义中找到了对生活的各种令人不安的神秘的解释,这一解释即使不完整,至少是更能令人接受的。即便对这些人来说,维克多·雨果的这本新作也是应该受到欢迎的(像主教一样,他讲述了他们战无不胜的仁慈),这是一本值得称赞的书,一本值得感谢的书。诗

---

① 摩洛是《圣经》中提到的恶神。——译注
② 特塔泰斯是古代高卢人崇拜的神。——译注

人和哲学家不是应该时不时地揪住自私的幸福之神的头发,一边把它的鼻子按进血和粪中,一边对它说"看看你的作品吧,喝了你的作品"吗?

唉!经过了这么多许诺了如此之久的进步,原罪依然留下了足够的痕迹,让人们看到了它数不清的现实!

论《叶甫盖尼·奥涅金》①

[俄] 别林斯基

导言——

别林斯基(Виссарион Григорьевич Белинский,1811—1848),俄国著名批评家,他所进行的严肃、敏锐、才气横溢的文学批评对19世纪俄国文学的发展产生了重大影响。别林斯基重视并高度评价普希金的创作,在他后期的《论普希金》(1838—1841)这部专著中,对普希金的文学活动做了全面而深刻的阐发。此书是普希金研究中的重要文献。该书第八、九两章专论《叶甫盖尼·奥涅金》,本文节选第八章论这部作品的历史意义及奥涅金形象的有关内容。

别林斯基纵观俄罗斯社会和文学的发展,认为"俄国文学是从普希金开始的",《叶甫盖尼·奥涅金》是一首"历史长诗";他继果戈理之后,再度肯定普希金是一位杰出的"民族的诗人",认为他的创作表现出俄罗斯民族的人民的特性;他还强调普希金创作的"现实主义"特征。别林斯基认为奥涅金是那个时代的产物,在他身上体现出后来俄国批评家概括的"多余人"性格。

《奥涅金》是普希金最心爱的作品,是他想象力的最可爱的孩子,并且也只有在极少数的一些作品中,诗人的个性才能够像普希金的个性在《奥涅金》中一样,如此充分、光辉而鲜明地反映出来。他的全部的生命、心灵和爱全在这里;他的情感、概念和理想全在这里。

---

① 选自《外国文学名家论名家》,智量编选,华东师范大学出版社,1985年版。

我们在《奥涅金》中首先看到的，是俄国社会在其发展过程中最重要的一段时间里的诗体的画面。从这一点来看，《叶甫盖尼·奥涅金》是一部真正名副其实的历史的长诗，虽然它的主人公当中并没有一个历史人物。它在俄罗斯是这类作品中第一个获得成功经验的，这也是一次光辉的经验，因此这部长诗的历史优越性也就很高。在这部作品中，普希金不仅是一位诗人，而且是社会中刚刚觉醒的自我意识的一位代表者。史无前例的功勋啊！在普希金之前，俄国诗歌只不过是欧洲缪斯的一个聪敏好学的小学生而已——因此那时俄国诗歌的一切作品都更像是习作临摹，而不像是独特的灵感所产生的自由作品。

这种又是民族的，又是艺术的作品之中，首屈一指的，便是普希金的《叶甫盖尼·奥涅金》。年轻诗人决心要来表现俄国最现代的阶层的道德面貌，这就证明，他是一位民族的诗人，并且他自己也已经深刻意识到了这一点。他了解，史诗的时代已经过去，为要描写当代的社会，在这种社会中活着的散文已如此之深地侵入了生活的诗歌本身，所需要的是长篇小说，而不是史诗。他把这种生活抓住了，而不是仅从其中抽取了诗意的瞬间；他抓住了它的全部的冷漠，全部的平淡和庸俗。如果这部小说是打算用散文来写的话，这种大胆的精神也许还不那么令人敬佩；然而，在那个时候，即使在散文中，也还没有一部像样的用俄文写出的小说，而他竟写出了这样一部诗体的长篇小说来——这种已经获得成功的大胆精神便毫无疑问地证明了诗人的天才。不错，俄文中已经有了一部在当时看来是漂亮的作品，一部类似诗体的中篇，我们指的是德米特里耶夫的《摩登妻子》；然而它与《奥涅金》之间却毫无共同之处，这是仅仅从以下这一点上便可以证明的，《摩登妻子》很容易被人当作是一部法国作品的改写或意译，正像它被轻易地认作是道地的俄国作品一样。如果说普希金作品当中可能也有某一篇与德米特里耶夫的漂亮而机智的小故事有些共同之处的话，那么，就是我们在上一篇文章中指出过的《卢林公爵》；但即使在那里，相似之处也仍然不在于两部作品的诗的特征上。《奥涅金》这种长篇小说形式是拜伦创造的，至少是，这种讲故事的格调、现实描写中的散文与诗的混融、诗人谈起自己的那些插笔，并且尤其是，这种诗人在其作品中作为一个角色的过于显然的存在——这些都是出之于拜伦的。当然，把别人的一种新形式拿来用于自己的内容上,这和自己创造一种新形式完全是两回事情;然而,拿普希金的《奥涅金》和拜伦的《唐·璜》、《查尔德·哈罗尔德》及《别坡》比较一下,除开形式和格调之外,是找不出任何其他共同点的。拜伦的这些长诗不仅从内容上,而且从精神上排斥着它们与普希金的《奥涅金》有重要相似之处的任何可能性。拜伦为了欧洲在描写欧洲,这个主观精神是如此强壮而深刻,这一个性是如此巨大、骄傲和不屈不挠,与其说他是要描写当代人,毋宁说他是要对其过去和当今的历史进行裁判。我们再说一遍,这儿找不出任何一点相似的影子来。普希金为了俄国在描写俄国——我们看出他那独特而富有天资的才能的一个特征,是他忠于自己的天性,一种与拜伦全然对立的天性;是他忠于自己艺术的本能,他绝不是因为醉心于创造出某种拜伦似的东西来,才写这部俄国小说的。他如果这样做了——众人真会把他抬得比天上的星星还高,这是昙花一现的光荣,但这种虚伪的 tour de force(迅速转变)所得到的奖赏可能是巨大的。然而,我们再说一遍,普希金作为一个诗人太伟大了,以至于他不可能去建立这种让平庸的才能感到如此诱人的滑稽功勋。他所关心的,不是模仿拜伦,而是成为他自己,并且忠于那在他以前尚无人问津的、原封未动的现实,那在他笔下泉涌而出、不可自己的现实。因此他的《奥涅金》是一部最高度独特的、俄罗斯的、民族的作品。

《奥涅金》的内容人人都很熟悉,无须详细述说了。然而为要论及其中的基本思想,我们也用这样几句话来谈谈它:一个在偏僻的乡村中教育长大的年轻好幻想的姑娘,爱上了一个彼得堡的年轻人,用当今的话来说,他是一头狮子,是过厌了社交生活到自己的庄园里来享受烦闷的。她决定给他写一封洋溢着天真热情的信;他口头答复说,他不能够爱她,他不认为自己生来是为了享受"家庭生活的幸福"的。后来,出于一种毫无意义的理由,奥涅金挑起了我们这位迷恋于他的女主角的未婚妹夫与他决斗,并且他把未婚夫杀死了。连斯基的死长久地分开了塔吉雅娜和奥涅金。青春的梦想幻灭了,这位可怜的姑娘屈从于老母亲的眼泪和恳求,嫁给了一位将军,因为对她说来,既然不能不嫁一个人,那么,不管嫁谁都是一样的。奥涅金在彼得堡又遇见了塔吉雅娜,几乎认不出她来了,她的变化是那么大,一个朴素的乡下小姑娘和一位尊贵的彼得堡夫人之间的相似之点在她身上是那样的少。奥涅金心中燃起了对于塔吉雅娜的热情,他写信给她,而这一次是她用口头来回答他了,她说,虽然她是爱他的,可是,由于一种道德上的自尊心,她却不能够属于他了。这就是《奥涅金》的全部内容。很多人一直认为,这部书中没有任何的内容,因为这部小说并没有任何结局。的确,这儿既没有死亡(不论是由于痨病或是由于剑伤),也没有结婚——在所有的尤其是俄国的长篇、中篇小说和戏剧中,这一类的结局是享有特权的。尤其是,这里有多少不合情理的东西啊!当塔吉雅娜还是一个少女的时候,奥涅金对她那热情的表白只报以冷淡;可是当她已经变成为一个妇人,他却又疯狂地爱上了她,即使他自己也不相信她还有爱他的可能。不自然,完全不自然!这人的品格是多么不端正;他冷冷地对这个爱他的姑娘宣讲道德,而不是立即抓住她、爱上她,然后再按规矩向她最亲爱的双亲大人要求父母的永远牢靠的祝福,用合法的婚姻纽带与她缔结良缘,从而变成一个天下最幸福的人。再说奥涅金杀死连斯基这个有着金色希望和五彩梦幻的青年,也是一件毫无道理的事情,并且,哪怕让他哭一次也好呀,或者至少是,说几句令人感动的话,提到什么血淋淋的幽灵等。许多"最可尊敬的读者"过去和现在一直是这样评论着《奥涅金》的!至少是,我们曾经听到过许多这样的意见,这些意见在当时曾一度激怒过我们。而今却只让我们觉得有趣而已。某位伟大的批评家甚至在报刊上说,《奥涅金》中没有什么完整的东西,说这只是一部诗体的东拉西扯的胡说八道,此外什么也没有了。伟大的批评家做出这种结论的根据是,首先,长诗的结尾既无婚礼,也无葬仪,其次,诗人自己这样证明过:

> 许许多多日子已飞逝不返,
> 从那时起,当年轻的塔吉雅娜
> 还有奥涅金和她一道,最先
> 在模糊的梦境中向我显现——
> 一部自由小说的远景图画,
> 那时,透过魔术的水晶,
> 我还不能够看得分明。

伟大的批评家没有想到,由于诗人的创造本能,他即使没有事先想好作品的提纲,也能够写出完整的和彻底的作品来的,也会在小说本身绝妙地结束和收场的地方停止下来的——他停止在奥涅金听完塔吉雅娜的解释后恍然若失的那个场面上。关于这一点,我们将在适当的地方来谈,我们还将同样地谈到,在整个小说的发展过程中,奥涅金对待塔吉雅娜的态度是最自然不过的,奥涅金绝不是一个恶棍,不是一个放荡淫乱的人,虽然同时也完全不是一个道德的英雄。他没有按照时髦的样式去描写罪恶行径的怪物和道德的英雄,而只写了普普通通的人,这正是普希金的一个伟大的功勋。

许多读者根本否认奥涅金也有灵魂和心灵,他们认为他是一个冷漠而又枯燥乏味的人,一个天生的自私鬼。不能把一个人了解得比这更错误和更歪曲的了!不仅如此,好些人还一直诚心诚意地相信,诗人自己就是想把奥涅金描写成为一个冷酷的自私鬼的,这就是所谓的:有眼无珠,视而不见。上流社会的生活并没有扼杀奥涅金的情感,而只是使他不再热衷于无谓的激情和琐碎的消遣而已。请看诗人描写他和奥涅金怎样相识的几节诗吧:

> 像他一样避开浮华的人生,
> 摆脱了社交界规约的重担,
> 我那时和他建立了友情。
> 我爱他身上的种种特点,
> 爱他对幻想不自主的忠诚,
> 爱他那无法仿效的古怪性情,
> 和他那愉快而又冷静的智慧。
> 我那时愤激,而他则紧皱双眉,
> 两人都尝过情场变幻的味道,
> 两人都受过生活的折磨,
> 两人都已燃尽了心头的火;
> 在我们两人生命的清早,
> 盲目的福杜娜和世上的人,
> 已经心怀恶意在等待我们。
> 谁生活过、思想过,谁就不可能
> 不在灵魂深处傲视人寰;
> 谁有知觉,那永逝的岁月幽灵,
> 就会不停地拨动他的心弦;
> 他早已不再为任何事入迷,

> 那往事的蛇蝎一般的回忆
> 与悔恨,不停地噬咬着他。
> 而这一切往往能使谈话
> 变得非常地美妙动人。
> 最初奥涅金的那根舌头
> 让我感到惶惑;而天长日久,
> 我对他出口不逊的争论,
> 和他玩笑中所含的一半辛酸,
> 他恶毒阴郁的警句,都逐渐习惯。
>
> 夏天往往有这种情景:
> 涅瓦河上夜晚的晴空
> 那样的光辉、那样的透明,
> 在河水那面愉快的镜中
> 也不映出狄安娜女神的面庞,
> 回忆起昔日的艳遇桩桩,
> 回忆起当年的一段恋爱,
> 我们又感到淡漠,忧伤满怀,
> 夏夜以它善良的呼吸,
> 令我们无声无息地悠然忘情!
> 仿佛一个囚徒,在迷茫的梦境,
> 被送出牢狱,送进一座森林里,
> 幻想就这样带领着我们
> 回到了青春生命的早晨。

　　从这些诗行里我们显然看出,至少,奥涅金是既不冷漠,也不枯燥,更非无情的,他的心中活跃着诗意,并且一般说来,他还并不是个普通的、平凡的人。对幻想的不由自主的忠诚,多情善感,欣赏自然美景,与回忆早年的浪漫生涯和爱情时的悠然神往,所有这些都说明着一种情感与诗意,而不是冷漠枯燥。问题仅在于,奥涅金不喜欢沉溺于幻想,他更多地去感受,而更少地去说话,他不把心思对每个人都讲出来。激愤的思想也是一种高贵性情的特征,因为有激愤思想的人往往不仅不满意别人,也是不满意他自己的。平凡的人总是自我满足的,而如果他们官运亨通,则是满足于一切,生活不会去欺骗傻瓜,相反地,它会给他们一切,他们向它要求的恩惠也少得可怜——饮食温饱,再有几件供宽慰他庸俗而渺小的自尊心的玩物就足够了。对生活、对人、对自己的失望心情(如果它是真实而朴素的,不说空话,不炫耀漂亮的哀愁)是只有那些希望"很多",而不满足于"任何"的人才会有的。读者们还记得奥涅金书房的那一段描写吧(见第7章),整个奥涅金都在这段描写中,尤其突出的是谈到那例外地不曾失宠的两三本小说时:

> 这些作品反映出了时代,
> 将当代人如实地刻画出来,
> 他们那卑鄙、龌龊的灵魂,
> 他们的自私自利的冷酷,
> 他们对幻想无休止地追逐,
> 他们虽然有愤世嫉俗的精神,
> 到头来却只是空忙一场,
> 这一切都写得跃然纸上。

人们说,这是奥涅金的肖像画。也许如此吧,但这倒是有利于证明奥涅金道德上的优越,因为他能在一幅肖像中认出自己来,跟这幅肖像如两滴水一样相似的人是很多的。然而能够从其中认出自己来的却为数很少,大多数人都是只用头偷偷地指一指彼得(译者按:俄谚。意为悄悄地指别人,以为这是说他,而从来不想这也可能说的是自己)。奥涅金不是在自尊自爱地欣赏这幅肖像,而是在因它酷似本时代的许多子民而暗中痛苦。使得奥涅金和这幅肖像相似的,不是天性、感情,不是个人的谬误,而是时代。

和连斯基——这位年轻的幻想家,我们的公众都非常喜欢他——的来往最为响亮地反驳了认为奥涅金是麻木不仁的那种虚假见解。奥涅金看不起众人,

> 不过任何事情都有个例外,
> 有些人他还是另眼相看,

他虽冷眼待人,却也尊重情感。
他在听连斯基讲话,面带微笑:
诗人的谈吐那么热情奔放,
他的思绪是那么模糊动摇,
还有永远闪烁着灵感的目光——
一切都让奥涅金感到新鲜,
他尽量设法在自己的嘴边
压住冷言冷语,不吐出来,
他想,我何必愚蠢地妨碍
他享受这一时之间的欢乐;
没有我他也有清醒的一天;
让他且相信世界的美满,
且这样在世上生活生活;
应该原谅年轻时代的狂热,
和年轻的冲动、年轻的胡扯。

一切都会使他们两人吵架,
一切都引起他们的思索,
过去种族之间的约法,
科学的成果,善与恶,
以及世代相传的偏见,
以及坟墓中宿命的疑难,
接着便是人生和命运——
一切都遭到他们的议论。

不言而喻,作为一个人的奥涅金,说他有着骄傲的冷漠和枯燥,说他有着目空一切的麻木心情,这都是因为许多读者粗率地不能理解诗人如此真实地创造出来的性格。然而我们并不就此打住,我们还要把全部问题都搞搞清楚。

他是一个怪人,危险而又阴郁,
创造他的,是地狱、还是天堂?

他是天使,还是傲慢的魔鬼?
到底是什么?是照他人依样仿造?
是一本异邦奇谈的说明书,
还是一个幻影,不值一顾?
是莫斯科人穿了哈罗德的外套?
是一部堆满时髦话语的辞典?
还是一篇滑稽文,戏语连篇?

....

他还是老样子,或者已经温驯?
或者仍然冒充怪人,一如往常?
请问,他回到这里是什么原因?
目前他又给我们个什么印象?
他以什么姿态出现?梅尔摩特,
或是一个世界主义者,爱国者,
或是哈罗德,伪君子,教友派,
或者还有其他面目可以戴戴,
或者只不过是一位好好先生,
如同你和我,如同整个的社会?

而至少,至少,我要奉劝诸位:
必须把陈腐的时髦抛弃干净。
他把社会已戏弄得够瞧……
——你们可知道他?——也知道也不知道。

为什么一提起他的名字
你们就如此的缺乏好感?
是因为我们爱多管闲事,
忙于对一切妄加针砭?
是因为热情心灵的疏忽,
见到爱好虚荣的渺小人物
便要去侮辱或取笑他一阵?

是因为智慧爱舒畅,使排挤他人?
是因为我们把说到当作做到,
而且太乐意像这样待人接物?
是因为蠢材们轻浮而且恶毒?
是因为要人的胡扯也很重要?
而只有平庸这一种东西
对我们恰好适合而不稀奇?

谁在年轻时就很年轻,
谁能不迟不早地成熟,
谁逐渐对生活的冷酷不幸
学会忍受,谁就算幸福;
谁不沉溺于荒唐的迷梦,
谁不躲避社交界的俗众,
谁二十岁时是个浪子或光棍,
而在三十岁上合算地结了婚,
谁能把公私一切的欠款
到五十岁都能摆脱掉,
谁能按部就班地得到
名誉、官职、地位和金钱,
整个社会便都会承认,
某某某真是个出色的人。

然而想起来确是令人悲苦,
我们白白地辜负了青春,
我们时刻都在做青春的叛徒,
而青春她也欺骗了我们,
我们的许多最美好的愿望,
和我们的许多新鲜的梦想,
在倏忽之间,便烟消云散,
像秋天腐烂的叶子一般。

> 真难容忍呵,你面前只有
> 长长一串餐饭,吃了又吃,
> 对生活,如同对待一种仪式,
> 尾随着循规蹈矩的人流
> 向前走,而你和他们之间
> 既无激情,也无共同意见。

这些诗句是探索奥涅金性格奥秘的钥匙。奥涅金不是梅尔摩特,不是恰尔德·哈罗德,不是恶魔,不是一篇滑稽文,不是摩登的怪物,不是天才,也不是伟人,而只是一个"好好先生,如同你和我,如同整个的社会"。诗人公正地把那种处处都能发现,到处都在寻找天才和不平凡人物的风气,称之为"陈腐的时髦"。再说一遍,奥涅金——他是一个普通的好好先生,同时也是一个出类拔萃者。他不配被称为天才,不配侧身于伟大人物之列,然而生活中的闲散和庸俗又使他窒息,他甚至不知道他需要的是什么,他想要些什么;然而他却知道而且很清楚地知道他既不需要,也不想要那自尊自爱的平庸之辈因之而如此满足、如此幸福的东西。

小说是以塔吉雅娜的一番自白结束的,读者在奥涅金一生中最恶劣的一分钟和他告别了……这是怎么回事情?故事在哪里?它的含义是什么?——我们认为正是有这样一种小说,它们的意义恰在于它是有头无尾的,因为现实生活中恰是常有一些没有结局的事件,没有目的的存在,不确定的、没人了解的,甚至自己也不了解自己的人物。一句话,就是法国人称之为"毫无用处的人",并且这种人往往是赋有巨大的道德优势,巨大的精神力量的;他们许诺很多,但实行很少,或者什么也不实行,这不决定于他们自己,这儿有一种"命运",它包含在那像空气一样地围绕着他们的环境里,人们是既无力,也无能为力去摆脱它。另一位诗人也给我们拿出了另一个名叫毕乔林的奥涅金来;普希金的奥涅金是从某种自我牺牲的心情沉溺于呵欠之中,莱蒙托夫的毕乔林则是拼命地和生活搏斗,想从它手中夺回自己的命运,路径不同,结果则一,两部小说都是有头无尾的,正和这两位诗人的生活和事业一样……

奥涅金后来怎样?他那为了新的、更符合人类尊严的忧患而产生的一股激情复活了没有？或者是，这股激情已经扼杀了他心灵中所有的力量，他的毫无慰藉的愁苦已经转变为一种僵死、冷酷的淡漠？——不知道，并且又何必去知道它呢？既然我们已经知道这个有着丰富的天性的人有力量却无处施展，知道生活是毫无意义，知道小说是有头无尾的。只要知道了这一点，也就不再想知道得更多了……（智量　译）

♀ 问题探讨 ♀

1. 如何确切地把握斯丹达尔对"拉辛与莎士比亚"所做的区别？他们分别是"古典主义"和"浪漫主义"的代表吗？（参阅司汤达《拉辛与莎士比亚》，王道乾译，上海译文出版社，1979 年版）

2. 雨果如何在《悲惨世界》中提出和描述 19 世纪的"三大问题"？冉阿让这一形象表达了作者的什么思想？冉阿让从窃贼到善人的改造过程及沙威的最终悔悟可信吗？善与爱能感化恶与恨吗？

选　文

爱伦·坡的界限①

[法] 托多罗夫

导言——

托多罗夫（Todorov, 1939—　），法国当代著名批评家。爱伦·坡因其个性和创作的怪异长期遭受冷遇，直到 19 世纪中下叶，由波德莱尔和陀思妥耶夫斯基先后"发现"并给予很高的评价。托多罗夫这篇评论发表于 20 世纪 70

---

① 选自托多罗夫《巴赫金、对话理论及其他》，蒋子华、张萍译，百花文艺出版社，2001 年版。

年代，既是对爱伦坡小说创作的深入剖析，也是与上述两位爱伦·坡的崇拜者的"对话"。

波德莱尔和陀思妥耶夫斯基都很看重爱伦·坡创作的诗情诗意，而托多罗夫主要探究爱伦·坡的故事叙述特征。他认为"怪异"是爱伦·坡小说的概括性特征。他着力透过爱伦·坡文体的多样性寻找其"共有的生成原则"，认为"坡是极端、过分和最高级事物的制造者；他把任何事物都推至极限，可能时就超出极限"。死亡主题、用词及描写的极端性、超常人物均与这一原则有关。在托多罗夫看来，严密的结构、"叙事的消失"、元文学故事，这些爱伦·坡小说的特征也是选择极限原则的结果。托多罗夫称爱伦·坡是一个"极限作家"：对小说界限的揭示和破坏。

若是初次阅读由波德莱尔翻译的爱伦·坡的三部故事集——《怪异故事集》、《新怪异故事集》和《滑稽和严肃故事集》，人们一定会强烈感受到作品惊人的多样性。除了像《黑猫》、《梅特森格辛》这类非常著名的怪诞故事，人们还能读到一些似乎源于一种反向进行的故事，坡本人称它们为"推理"故事，如《金甲虫》、《被窃的信》。在同一部集子里，既有预示"恐怖"体裁的故事，如《跳蛙》、《红色死亡的面具》，又有"怪诞"（grotesque，乃当时的用语）体裁的故事，如《瘟疫国王》、《钟塔里的魔鬼》、《狮性》。坡擅长写纯粹的冒险故事（《井与钟》、《深入挪威西海岸大漩涡》），同时也深谙一种描写性和静态的体裁，如《仙女岛》、《阿纳汉姆领地》。但这不是全部，还必须加上哲学对话（《言语的力量》、《莫诺思与乌纳的讨论》）和寓意故事（《椭圆形肖像》、《威廉·威尔逊》）。有的人在其作品中看到了侦探小说（《莫格街的双重凶杀案》）或科幻小说（《一个叫汉斯·普法尔的人的空前冒险》）的起源……这一切足以使爱好分类的人左右为难！

除了这第一种就广度而言的多样性，还有体现在同一部作品里的另一种多样性。坡受到（并继续受到）批评家们的关注，批评家们认为他的著作是对某种理想的最完美的说明。但这种理想每次都不一样。波德莱尔在为《新怪异故事集》写的序言中，说坡是颓废精神的典范，是为艺术而艺术论者的楷模；波德莱尔在坡作品中所见，实是他本人的兴趣所在。而在瓦莱里眼里，坡完美地体现一种倾向：驾驭创作过程，并将此过程归纳为一套法则，而不是把创造力全然托付给盲目的灵感。玛丽·博纳帕特①对坡做了最著名的(和最有争议的)心理分析批评研究:坡的作品是对近期发现的所有重要的心理情结的有力解说。巴什拉尔②把坡解读为物质想象的大师。让·里卡杜③则视其为换位造词游戏的行家……这一份清单远未结束!这里说的是同一位作家吗?同样的作品怎么会变成如此大相径庭的评论倾向的例证,而且是备受优待的例证呢?

可见,对任何著述人来说——在此尤为明显,坡的作品向评论家提出了挑战,那么具有如此多样性的作品是否共有一个生成原则呢?坡的故事是否构成这幅由亨利·詹姆斯阐明其寓意的"地毯里的画像"呢?我们就来看看这个问题,即使为此需要放弃一些既定的断语。

此生成原则已由坡的最早的崇拜者命名(如果一位诗人的价值取决于其崇拜者的价值,那么坡就在最伟大的诗人之列);这些崇拜者是波德莱尔和陀思妥耶夫斯基。但他们似乎未曾估量此原则的全部意义,只是从某个具体作品中感知它,而不是视其为一种基本的运动。波德莱尔说是例外,但他随即补充说——在精神领域里;他断言:"还没有人比他更具魔力地讲述人类生活和大自然里的种种例外",但随后他只满足于罗列一些主题内容。如出一辙,陀思妥耶夫斯基说:"他几乎总是选择最罕见的事实,并将其主人公置于最不寻常的客观或心理环境之中。"

然而,这些故事与其说拥有一个主题共同点,倒不如说它们无一不隶属于一个抽象的原则,该原则能产生人们所说的"视点",也能产生"手法"、"风格"或"故事"。坡是极端、过分和最高级事物的制造者;他把任何事物都推至极限——可能时就超出极限。他所感兴趣的是最大或最小:某种性质所达到的最高程度,或者(这往往是一回事)是使该性质有可能转向其反面的程度。同一个原则决定了其作品的万象森罗。波德莱尔为作品起的标题"怪异故事集"或许最能概括此特征。

我们就从作品主题这个最明显的部分说起。前面已经提及一些怪诞故事;所谓怪诞,不过是对同一些事件所作的自然解释和超自然解释之间的持

---

① 玛丽·博纳帕特(1882—1962),法国女心理分析家。——译注
② 加斯东·巴什拉尔(1884—1962),法国哲学家。——译注
③ 让·里卡杜(1932—),法国作家,对新小说颇有研究,著有批评著作数种。——译注

续犹豫。它不过是有关自然-超自然这一界限的游戏。对此,坡在其怪诞小说的开头说得相当明确,并确定了这样的两者择一:要么是疯狂(或梦),亦即自然解释;要么是超自然的介入。比如在《黑猫》中:"的确,当我自己的感觉拒绝读者作证时,倘若我仍然怀此期待(读者的信任),那我一定是疯了。我没有疯——而且我肯定不是在做梦……或许以后会有一个聪明人把我写的幽灵变成老生常谈——这个聪明人比我更冷静,更有逻辑性和更不易激动,从我怀着恐惧讲述的种种变故中,他所发现的仅仅是一连串普普通通、非常自然的因果关系。"或者,在《祖露的心》里:"我非常神经质,令人害怕地神经质——我一向如此;你凭什么说我疯了?"

这类对界限的探问并非总是那样庄重。在《四兽合一》这篇鹿豹王故事中,人们在人兽之间犹豫不决的方式就非常令人愉快;在《沥青博士和羽毛教授的方法》中,对疯狂-理性这一界限的犹豫也是如此。但是,在主题层次上,死亡界限比其他界限更吸引坡,这不难理解,因为死亡是一个真正的界限。爱伦·坡作品的每一页几乎都与死亡相伴。

挥之不去的死亡与形形色色的视点相联系,阐明了非生命(non vie)的各个方面。不难想象,凶杀扮演了首要角色;它以各种形式出现:锐器(《黑猫》)、窒息(《祖露的心》)、毒药(《邪魔》)、终身监禁(《仿蒙蒂亚酒酒桶》)、火焚(《跳蛙》)或水淹(《玛丽·罗盖特的秘密》)……自然"死亡"的命定性,不管是集体的(《红色死亡的面具》、《影子》),还是个人的(《M.奥古斯特·贝德厄的回忆》),也是一个循环主题;属于同一主题的还有死亡在即的威胁(《井与时钟》、《深入挪威西海岸大漩涡》)。坡的寓意常常针对死亡(《仙女岛》、《椭圆形肖像》),其哲学对话的主题则是来世,如《莫诺思与乌纳的讨论》或《艾洛斯与查马奥的谈话》。来世生活尤能阐明生死界限,故在此领域涉足频繁:木乃伊幸免一死(《与木乃伊的一次简短讨论》)、催眠术求生(《M.瓦尔德马案的真相》)、在爱情中复活(《莫莱拉》、《利盖亚》、《埃莱奥拉》)。

尤其令爱伦·坡着迷的是死亡的另一面,亦即安葬活人。安葬的起因是杀人欲(《仿蒙蒂亚酒酒桶》),或者是藏匿尸体(《祖露的心》)。最让人吃惊的是下葬起因于谬误:把活人错当死人而葬之。伯赖纳斯和马德琳·厄舍的情况就是如此。坡对造成这种混淆的各种蜡屈病症状做了描述:"这种致命的和严重的发作使我堂妹的身心发生了可怕的剧变,由此引起的众多系列疾病中,必须提及一种癫痫,这种癫痫让人痛苦不已,也最顽固,最后常常演变成蜡屈症，后者与死没有什么区别，但在某些场合会突然从死亡中复苏"（《伯赖纳斯》）。蜡屈症把界限游戏提升到一种超常力量：不但生中有死（如同任何死亡），而且死中有生。下葬是死亡之路；但过早下葬则是否定之否定。

　　但必须明白，这种死亡魅力并不直接来自什么说不清楚的病态冲动；它产生于坡对界限所做的系统性探索这一总趋势（人们可称之为"最高级化倾向"）。此生成原则具有更大的普遍性，证明是人们能够观察到它达及一些远非那么可怕的事实，比如坡的风格中一些几乎属于语法范畴的特征，亦即最高级词语的大量使用。读者在每一页中都可找到这类用语；让我们信手摘引若干实例："不可能还有什么策划得更加周密的阴谋活动。""难道狂怒的风儿没有把他的无耻透顶的行径传播到世上最遥远的角落？""自修室是整幢房子——甚至世上——最宽敞的房间。""当地没有再比我那凄凉破旧的祖宅更荣华、更古老的城堡了。""毫无疑问，还从未有什么人像罗德里克那样，在如此短的时间里发生了如此彻底的变化！""啊，这是些最冷酷的人，最凶恶的人！……"坡笔下的这类比较乃至描写始终具有极端的性质："这一声尖叫，一半是恐惧，一半是欢呼，似乎只能来自地狱"；"突然间，一个可怕的念头使我的血液一阵阵涌向胸口"；"一声震耳欲聋的吼叫，犹如滚雷轰鸣！"；等等。

　　最高级用语、夸张、对照，是这种有点肤浅的修辞法的手段。也许，对于一个习惯于更隐蔽的描写的当今读者来说，这是坡作品中最具时代印记的地方。坡在他的文字里耗掉了那么多过度的感情，以致无从留给读者什么了；"恐怖"一词让人无动于衷（不予命名而只做暗示的联想手法可能引起害怕）。他惊叹："啊，凄凉可怕制造恐怖和凶杀、垂死和死亡的机器！"或者，"啊，这天大的悖论，多么残酷无情，竟容不下任何解决办法！"叙事人如此激情奔放，其合伙人亦即读者真不知道如何处置自己的感受。但是，如果人们从坡的作品中只看到这种"乏味"——如同只看到其中关于死亡幻觉的直接表达，那就错了。坡的最高级用语，犹如他对死亡的着迷，都源自于同一个生成原则。

　　关于这一原则所产生的结果，人们尚未尽数列举。因为坡对所有的界限——包括赋予其作品以文学、小说地位的界限——都十分敏感。我们知道他写过众多的评论文章（有一些已由波德莱尔译成法文）；但是，除了这些论著，还有多少其地位无法确定的作品让编注家们犹豫不决，难以将它们归类！《催眠术的启示》有时被列为评论，有时则被归入"故事"；《马埃齐尔棋手》也是如此。像《沉寂》、《影子》、《言语的力量》、《莫诺思与乌纳的讨论》、《艾络斯与查马奥的谈话》仅保留了若干与小说地位相关的微弱痕迹（但还是保留了下来）。最令人难忘的例子要数《邪魔》；波德莱尔将它置于《新怪异故事集》之首：读了前三分之二，我们以为这是一篇"理论研究"，是在阐述坡的见解；而后突然转入叙事，从而深刻地改变了前述内容，并促使我们修正最初的反应，因为迫在眉睫的死亡给先前的冷静思考增加了一种新的意义。如此，小说与非小说之间的界限得到揭示——也遭到破坏。

这仍然是坡作品的一些可直接察知的表面特征，但界限原则却通过基本的审美选择对坡做出了更为本质的限定。任何作家都要面对这一基本的审美选择，坡则再次选择了一种极端的解决办法。一部传统的虚构作品必须同时是模仿亦即与世界和记忆的关系、游戏亦即规则，以及作品本身诸要素的安排。作品的要素——场面、背景、人物——总是产生于某种双重限定：作品其他共存的要素的限定和"逼真性"、"现实主义"亦即我们对世界的认识所强加的限定。这两种因素之间达成的平衡极不稳定，随着作者由"形式主义"转向"自然主义"而变化不定。然而，诸因素的失衡程度能达及坡作品者实属罕见。在坡的作品中，绝无模仿，一切都是构成和游戏。

如果要在坡的故事里寻找 19 世纪上半叶美国生活的图景，那只能是枉费心机。故事的情节一般都被确定在古老的庄园、阴森可怖的城堡、遥远陌生的国度。故事背景则完全是特定的，是情节展开所需。厄舍家的住宅附近有一池塘，以便住宅倒塌，而不是由于该地方因拥有池塘而遐迩闻名。人们看到，他的故事中不仅有大量的最高级用语，而且有众多的超常人物，他们是坡故事里的居民，而不是当时美国的居民。这一规则也有一些例外，但这些例外只能进一步证明规则的严密：也许《威廉·威尔逊》中对学校的描写建立在坡本人在英国的经历之上；也许起死回生的女人，利盖亚和埃莱奥拉，使人联想到他的年轻早逝的妻子。但是，实际体验与这些情节，与这些超自然的、行为极端的人物相去甚远！波德莱尔本人也屈服于现实主义和富有表现力的幻想，相信坡是位大旅行家；实际上，出门远游的是坡的弟弟，而讲述旅行见闻的则是爱伦·坡，因为他所探索的是各种精神可能性、艺术创作的奥秘和空白页的秘密。

对此，坡自己也在一些文艺批评论著中作了评述。波德莱尔翻译了其中一部，叫《创作哲学》（副题：《一首诗的产生》），但他对坡的真诚有所怀疑。的确，坡讲述了他的著名诗作《乌鸦》的产生经过：没有一句诗，没有一个词语产生于偶然(这同样意味着产生于同"实在"的关系);而是产生于跟其他词语、其他诗句的关系。坡说:"我描写了风雨交加的夜晚,其目的首先是说明乌鸦要寻找庇护,其次是制造与房间里具体的宁静形成对比这一效果。同样,让乌鸦落在帕拉斯女神半身雕像上,那是为了造成大理石与羽毛的对照;人们不难猜度雕像的构思仅仅是受了乌鸦的启发;选择帕拉斯女神雕像,首先是因为雕像与情夫的博学有密切的关系,其次是因为帕拉斯一词本身的音质。"在别的场合,坡还公开表达了他对模仿原则的厌恶:"各门艺术进步迅速——可以说愈少模仿者,进步愈快";或者,"对自然界事物的模仿,不论多么正确,都不能成为任何人获取艺术家这一神圣称号的理由"。

故此,坡不是"生活的画家",而是形式的建造者、创立人;所以才有上面提到的对各种各样体裁的探索(即使不是发明这些体裁)。如何安排故事诸要素,这对坡来说,远比使它们符合我们对世界的认识来得重要。在此坡再度触及到了一个界限:取消模仿,异乎寻常地强调结构。

此基本选择产生不少结果,而这些结果成了坡作品最显著的特征。现在让我们对其中几个结果做一番考察。

首先,坡的故事(如同他的其他作品)始终具有非常严密的结构。坡在阐述短篇小说创作理论时(在一篇关于霍桑故事的分析文章中),已肯定了严密结构的必要性。"一个精明的作家是构建故事。他若懂行,就不会根据事件去思考,而是先深思熟虑设想某种独特的效果,而后要求自己制造这一效果,并构思那些有利于获得最佳预想效果的事件,也就是策划一些事件。倘若第一句句子无助于产生此效果,那他一开始就已失败。在整个作品中,落在纸上的每一个词语都必须间接或直接地有利于实现该预定目标。"

在前面摘自《一首诗的产生》的引文中,人们可以识别两种内在约束:一种属于因果关系,属于逻辑严密性;另一种属于对称、对照和层递,也赋予作品一种严密性,人们可称之为空间严密性。因果关系严密性产生一些按照坡所钟爱的演绎法意图构思的故事,如《金甲虫》、《被窃的信》或《莫格街双重凶杀案》。但是,此严密性也带来一些不那么直接的结果;人们会想,坡发现了"邪恶魔鬼",这一发现是否不在此列。此特殊的精神状态在于"因为不该为"而为;但是,坡无意停留在这样一种消极发现上,而是宁愿构建一种决定这类行为的人类精神能力。这样,表面上最荒诞的举动就不会得不到解释,它也属于一般的决定论(坡同时还发现了某些无意识动机所起的作用)。从更一般的意义上讲,可以认为坡受到怪诞体裁的吸引,其原因恰恰在于他的理性主义(并非出于无心)。如果人们坚持自然解释,那就必须接受生活安排中的偶然、巧合;如果人们希望一切都得到规定,那也必须接受某些超自然的原因。陀思妥耶夫斯基则以他的方式表达了同样的看法:"如果他是怪诞的,那也只是表面上的怪诞而已。"坡是怪诞的,因为他是超理性的,而不是非理性的,而且怪诞故事和推理故事之间并无矛盾。

因果严密性夹带着一种空间的、形式的严密性。层递是许多故事的法则:首先,坡对他要讲述的离奇事件做一个总的预告,借以吸引读者;接着便不厌其详地介绍情节的全部背景;而后加快节奏,直至引出——常常如此——最后一个句子,而此句的意义至关重要,它既阐明了被巧妙保守的秘密,又宣布了一般说来十分可怕的事实。例如《黑猫》的结束语是:"我已将怪物砌进了坟墓!"《袒露的心》的末句是:"这是他那颗丑陋的心在跳动!"同样,在《厄舍古宅的倒塌》中,一切都导向这句话:"我们将它活活装进了坟墓!"

此形式决定论在不同层次上得到运用。最具说服力者是音响层次,众多故事读起来如同文字游戏,特别是几则滑稽故事,如《狮性》、《瘟疫国王》、《与木乃伊的一次简短讨论》(最后一篇的主人公名叫 Allamistakeo,也就是说"全是错")。其他故事往往也是如此,虽然形式决定论表现得不那么明显;让·里卡杜证明了语言对应在《金甲虫》、《M.奥古斯特·贝德厄的回忆》等短篇小说中所起的作用。最后,孕含结构,即在一则故事中讲述另一则与其毫无二致的故事,在坡的作品中颇为常见,而在《厄舍古宅的倒塌》中尤为明显:背景故事既仿效一幅画,又模仿它要告诉我们的一部书的内容。

作品的每一结构层次服从一种严格的逻辑关系;此外,这些层次彼此配合,严丝合缝。在此我们仅举一例:收入《新怪异故事集》的怪诞和"严肃"故事,始终由第一人称叙述,特别是由主人公叙述,那么叙事人与叙事之间就不存在距离(叙述环境所起的作用极为重要),这种情形见诸于《邪魔》、《黑猫》、《威廉·威尔逊》、《袒露的心灵》、《伯赖纳斯》等故事。相反,像《瘟疫国王》、《钟塔里的魔鬼》、《狮性》、《四兽合一》、《与木乃伊的一次简短讨论》这些滑稽故事,或像《跳蛙》、《红色死亡的面具》这类恐怖故事,则用第三人称讲述,或由旁观者而不是角色来叙述。于是,事件被距离化,语气也被风格化。任何重叠都不可能出现。

坡做出的极限选择(反对模仿,主张构成)所产生的第二个结果是叙事的消失,至少也是叙事之简单和基本形式的消失。这一断言可能令人感到意外,因为坡被认为是一位出色的叙事人,但是,如果仔细阅读坡的作品,我们就会相信他的作品中几乎从无相继事件的简单接续。甚至在讲述最具连贯性的事件的故事里,比如《在酒瓶中找到的手稿》或《亚瑟·戈登·皮姆》,叙述始于一系列惊险事件,后转入神秘,并迫使我们回顾叙述本身,更仔细地重读它所讲述的谜。推理故事也是如此,所以从这一意义上讲,这些推理故事与现今的侦探小说形式相去甚远。在坡的推理故事中,情节逻辑被代之以求知逻辑,我们看到的绝不是因果连贯,而只是事后的因果演绎。

少了传统的叙事,也就少了作为短篇小说构成手段的一般心理分析。人们常常发现,事实决定论代替了心理动机,所以坡作品中的人物是某种超越他们的因果关系之受害者,总是缺乏深度。坡无力构思一种真正的相异性;独白是他偏爱的手法,甚至他的对话(……讨论、……谈话),仍然是改头换面的独白。心理分析只有作为一个问题,作为一个有待识破的秘密时才令他感兴趣;是作为对象,而不是作为构成方法。故事《被窃的信》便是明证:在这个故事中,邓宾这个缺乏任何小说意义上的"心理分析"的傀儡人物,却清醒地提出了人类精神生活的准则。

叙事在本质上是模仿的,它所展示的事件接续恰似读者所翻书页的接续;所以坡要设法摆脱此境。首先,最显见的办法是用描写代替叙事;在描写过程中,则用被描写的事实的静止来阻挡词语的运动。结果产生一些离奇的描写性故事,如《仙女岛》、《阿纳汉姆领地》,或如《兰道小屋》;在这些故事中,坡事后又引入了一种接续,但这种接续属于观察程序,而不是属于被观察的事实。更重要的是,这同一种倾向将一些"叙事性"故事改变成诸静止时刻的断续并列。《红色死亡的面具》如若不是舞会、令人不安的面具和死亡景象这三个画面的静态排列,那又是什么?又如《威廉·威尔逊》:整整一生被简化成若干描写入微的时刻。还有《伯赖纳斯》,这是一则用未完成过去时①写的(所以具有重复的而不是独有的情节)长篇叙事,继而是死者的形象,而后此形象被一行省略号,被叙事人的房间描写所分隔。在停顿过程中,即在书页的空白处,则是最重要部分:墓地被盗、伯赖纳斯苏醒,以及伯赖纳斯的牙齿

---

① 未完成过去时为一种法语时态,表示过去在进行的状态或未完成的重复动作,作者所指应为法语译文的时态,英语原文中使用一般过去时和过去完成时。——编注

探入埃格斯的书桌上那个乌木盒的非常之举。呈现在我们面前的只是静止,后者让人去推测情节的漩涡。

坡描写全体的一些部分,而在这些部分中,他所描写的仍是细节,所以他实施的,用修辞学术语说,是双重提喻。陀思妥耶夫斯基也曾注意到此特征:"他的想象能力具有一种任何人都没有的特点,即细节的力量。"尤其是人体被归结为它的一个部分。比如伯赖纳斯的牙齿:"它们在那儿,在这儿,它们无处不在——就在我眼前,看得见,摸得着,长长的,窄窄的,白得耀眼;嘴唇毫无血色,扭着,歪着,像以往一样松松垮垮的可憎可怕。"又如《祖露的心》中老头的眼睛:"他的一只眼睛活像秃鹫的眼睛——一只淡蓝色的眼睛,还长有角膜翳……我看得清清楚楚——整个眼睛蓝里透灰,覆盖着一层可怕的薄膜,令我透体冰凉。"(老头的形象仅由一只眼睛和一颗跳动的心组成。)我们又怎能忘记黑猫那只瞎眼呢?

细节被如此堆砌,便不再是产生现实感受的途径(比如福楼拜或托尔斯泰作品中的细节描写),而变成了寓意。寓意可以将就叙事的消失——坡作品的特征,因为寓意是深度而不是广度的展开,与静止,也与描写有某些相似之处。坡的全部作品倾向于寓意(这也解释了——顺便提一下——心理分析批评为何迷恋坡的作品)。有些故事明言是寓意(有一则故事的副题是:"包含一个寓意的故事"),如《沉寂》、《椭圆形肖像》、《与木乃伊的一次简短讨论》或《威廉·威尔逊》;其他则较难把握,它们向着寓意解释敞开,但未必非此不可(如《莉盖亚》,甚至《被窃的信》)。

坡的基本选择带来的第三个(非最后一个)结果是:他的故事倾向于把文学当作对象,这是一些元文学故事。坡对叙事逻辑如此关注,以至于他把叙事本身作为他的一个主题。我们已经看到,他的一些故事构筑于"孕含形象"之上;更为重要的是为数众多的短篇小说采用了不乏嘲弄色彩的模仿格调;这些作品既指向它们的表面对象,也针对某个先前的文本或体裁:这又是些滑稽故事,波德莱尔仅翻译了其中几则。此类故事必须以熟悉某种文学传统为前提,所以公众对它们的认识显然受到影响。

因此,从各种意义上讲,坡是一个界限作家,这是他的主要成就;但是,冒昧说一句,这也是他的局限。他是新形式的创造者,未知空间的探索者,所以他的作品必然带有一种边缘性。好在任何时代都还有一些偏爱边缘而冷落中心的读者。

波德莱尔的诗歌传统①

[瑞士]马塞尔·雷蒙

导言——

瑞士学者马塞尔·雷蒙(Marcel Raymond,1897—1984)是"日内瓦学派"文学批评家群体的核心人物。本文系雷蒙的著作《从波德莱尔到超现实主义·导言》(1933),第一、二节,标题另加。导言有五节,系统地介绍了源自波德莱尔的现代诗歌传统。

马塞尔·雷蒙通过剖析"后期浪漫派"诗人波德莱尔既渴望崇高又沉醉深渊的复杂灵魂,指出情感极度矛盾、渴望逃逸的波德莱尔既是醒世诗人又是以艺术解救心灵的唯美诗人,由此诞生了一种新美学传统。

马塞尔·雷蒙思索并提炼了波德莱尔传统中的启示性问题。雷蒙认为,应该重视波德莱尔将诗歌去尽铅华,从情感、真实与教导束缚中解脱出来的做法。雷蒙还密切注视波德莱尔将大自然看作象征的森林、想象力之兴奋剂的态度。在雷蒙看来,在自然界寻求对应物以及应和现象的此类努力有助于加强法国诗歌中的神秘主义和超感觉倾向。

马塞尔·雷蒙认为,波德莱尔的作品同时具备了批判性思维与超自然的神秘主义倾向,不愧为典范之作,它们构筑了影响巨大的波德莱尔诗歌传统。

在波德莱尔身上,他那放射出夺目光彩的才华首先来自"人的灵魂"的非常的复杂性,以及他提出的某些最激烈的浪漫主义要求时的大胆泼辣。他介于上升、一直上升到静观"九级天使和权德"的高度的愿望和品尝罪孽的琼浆的需要之间,愿望和需要时此时彼,有时也一起出现。受各种极端——爱情呼唤嫉恨,嫉恨充实爱情——吸引和排斥,受这种残酷的情感矛盾折磨的人沉没于对某种精神恍惚的恐惧,以凝固在自身之中告终。"绝对的直率,独特的手法。"毫无疑问。然而,波德莱尔身上的这种"直率",在变成艺术手法之

---

① 选自《波佩的面纱——日内瓦学派文论选》,周国强译,社会科学文献出版社,1995年版。

前,首先符合某种急切的需要,一直走到他生命所能的终端的需要,以异常的心境之极度意志力进行培植的需要。"哀歌作者全都是无赖",他如此肯定,拒不看到在他们身上除了忙于自我欺骗还有别的东西。再没有谁比他更既唯灵又唯物了,在某种意义上,再没有人比他更是肉体和"难以理解的感觉"的奴隶了。此外,同传统的道德和心理决裂后,他把物质和精神的紧密联系作为明显的事实而接受,在他的诗作里,他善于利用对这种联系的最初推论。一种"充斥懒散"的香味能连贯起他各种各样的能力和"改变他的灵魂"。这种对最高级和最卑下的东西之间长期意想不到的关系所产生的深刻感觉,对无意识的要求和崇高的向往所产生的深刻感觉,一句话,这种对精神生活的统一性的意识,便是波德莱尔诗作的重要启示之一。

只是,诗人恨"这具肉体和这颗心"——这正是我们说到的情感矛盾的标记——却又满怀深情地依附着"这具肉体和这颗心"。他极有洞察力地强调道:"憎恶生活,迷恋生活。"因此他注定永远生活在不满足之中,被迫过分地劳累已心力交瘁的自身;不断地寻找可以不感觉到"可怕的时间负担"的新方法。从此,人世生活的"正常"环境不管给他怎样的乐趣无不迅速变成痛苦,唯有忘却一个有限得可悲的世界才能暂时使他凌驾于这片充满烦恼的灰色土地之上。他的经历铭记在《旅行》一诗的开头几行,以及这首诗末端表示的愿望:"深入未知找寻新奇!"

然而,这里提及的悲剧并不只牵涉到一个病人,一种奇特的人格,波德莱尔出于到达"世外不管什么地方"的强烈欲望,把反叛和逃逸的浪漫主义主题推进到悲剧的顶峰,以至于我们不得不到这基本的协调中去寻找他那有关现代感觉的作品所起的决定性作用的秘密,在情感与他赋予了外形及时代的阴暗而渴望的灵魂的憧憬之间,人们耗费时间来领会那个秘密。人们提到他时称之为"后期浪漫派"。让我们且保留这"后期"二字,但这个"后期"同时带有深奥的意义,它连接在人的精髓上。因此,《恶之花》只能被视作是对"为艺术而艺术"的诗学一个审慎的说明,它也不能被坚定的意图冷淡地解释为别的什么东西,而只能说是做了拉马丁、缪塞、维尼、雨果已完成的事情。它的思想和哲学(就广义而言)内容是不能被忽略的。如果说在波德莱尔的作品里有部分是游戏之作,那么这种游戏也不是纯净的。

然而,醒世诗人只有在作为他灵魂的一半的唯美诗人的帮助下才能——暂时地——摆脱他的苦恼。波德莱尔在评述德拉克洛瓦时说:"他热切地受情感的控制并且冷静地下决心寻找表达这种情感的方法……"这其实也是在说他自己。这便是为什么有那么多的声明,不管它们是不是受埃德加·爱伦·坡的启发,全都把创造者独具慧眼的意愿放在诗歌起源的首位。就这样,今天存在着一种由《恶之花》建立起来(继而又得马拉梅的延续和颂扬)的美学传统,一些诗人依附于这种传统,对他们来说,波德莱尔所经历的人性波折很可能仍是一件朴素的"珍品"。

关于这种源自波德莱尔的艺术传统,我们还得提一下它令我们的同时代人深思的问题。

首先是必须纯化诗的思想,抛弃糟粕,抛掉累赘,它们在过去的大部分作品里败坏诗的光泽或拖累诗的步伐,把它们抛开,只保留相当于心灵流溢物的东西,或相当于一股高压电流,能伴随着最大成功的机会,来行使可以要求诗歌做到的暗示力。我们知道那段名言,波德莱尔继坡之后区别诗和情感,情感"是心灵的陶醉";区别诗和真实,真实"是理智的食粮"。他挺身而起反对"教导的邪说",教育意义的"邪说",这种"邪说"的后果是把诗拴在凡间,拴在散文上,固定着我们智力上的注意力,阻止"灵魂的升华",阻止"人类对最崇高的美的向往",这种美是诗的目标和准则。基本概念和喜怒哀乐无疑都能作为不可或缺的原始成分进入作品,但它们只有在经受真正的质变,接受改变它们性质的精神"冲动"渗透后才能变成诗歌流体的良好导体。

这种理论赋予艺术以完成神秘的净化的功能,我们知道,最近布勒蒙神甫对此做过富有说服力的陈述,为了有利于陈述他列举了大量的证据,其中大多数源自于盎格鲁-撒克逊。实际上,美学家波德莱尔是坡的信徒,也是柯勒律治和英国早期浪漫主义作家的信徒。然而还需要区分理论和实践,坡,像他的许多同胞,是柏拉图学派的高尚纯洁的诗人,《恶之花》(最初它的书名应是《地狱的边境》)的诗作者所创造的却是一种更富人情味的美,他并不能永远摆脱情感的羁绊,有时还沉入一种地狱味儿胜过天堂气息的氛围,无疑,构成他本性基础的道德情节曾阻止他完全实现"纯"诗人的愿望。况且,不管我们同不同意布勒蒙神甫的唯灵论解释,波德莱尔的诗显得比前期浪漫主义诗人的作品感情淡漠得多,却明显地要"通灵"得多。它们对"灵"或"深层的我"说的话更多于对"心"说话,旨在动摇我们感觉以外、灵魂中比较幽暗的区域。

另一方面,波德莱尔对外界的大自然采取一种极其值得注意的态度。他在大自然身上看到的不是通过其本身和为了其本身而存在的现实,而是一个巨大无边的同类物的容器,也是一种想象力的兴奋剂。"整个能见的宇宙,"他写道,"只是一个图像和象征的仓库,想象力给予那些图像和象征以相应的地位和价值,它是食粮,是想象力应该消化和改变的。"由此可见,创作应被视为一系列需要加以辨认的象征——就像,按照拉瓦特尔的说法,我们从一个人脸上的五官形状察知他的性格——或者就像一帧神秘的寓意画;波德莱尔形容为"一片象征的森林"——必须发现它隐藏的涵义。对事物(其实只是事物这个词所指的一部分)的唯一"实在的"真正涵义的了解使某些有天赋的人——在这种情况下即指命中注定的诗人——能进入包围着能见世界的精神彼世,在那里随意运动。"因为所有能见的事物,"诺瓦利斯说,"均建立在不可见的基础上,能被理解的建立在不能被理解的基础上,能被触知的建立在不能被触知的基础上。"在这些感觉中重要的是,在某些情况下,它们给了我们与神秘进行交流的能力。在此,波德莱尔参照经斯维登堡①更新的神秘学传统,霍夫曼、拉瓦特尔、奈瓦尔、巴尔扎克、傅立叶也曾依附于这种传统,他们引导他进入这种神秘主义哲学,这种奇特的诸说混合论的制作,他仿佛相信这种诸说混合论,却又并不为此而牺牲诗人的自由。

看看诗人的自由将如何随心所欲。波德莱尔告诉我们,这就是给形象和象征以"一个相应的地位和价值"——对人的灵魂是相应的,对他决心完成的作品也是相应的——的想象力的作用。诗人借助感知或记忆为他提供的这些乱七八糟的材料建立一种秩序,这种秩序对某个时刻和一定的状况而言,对"目前的境遇"(如果真有一天能实现这样的理想)而言将是他的灵魂之必然的表现。这种表现——尽管其组成部分似乎与自然界的事物有联系——本质上并不因此而不那么神奇。因为灵魂,就它的来龙去脉而言,只有在大自然沉浸于其中的精神彼世才能找到它真正的故土。诗的使命便是开启一扇朝向这另一个世界,其实就是我们的世界的窗户,允许自我逸出它的极限,并不断扩大直至无限。精神的回归一元便以这种扩展运动起始和完成。

为了了解波德莱尔如何着手在类似事物的世界里为自己开辟一条通道,

---

① 斯维登堡(1688—1772),瑞典学者和神学家。——译注

如何着手组合和理顺自然为他提供的材料,我们不妨再读一读十四行诗《应和》①:

　　自然是座神庙,从那里的活柱子
　　有时模模糊糊地会发出些话音,
　　人从庙里走过,穿越象征的森林,
　　森林用亲密的目光将他注视。

　　如同悠悠回声遥遥地便已混合
　　在一个幽暗而深邃的统一体中,
　　浩淼广袤如同黑夜又如同光明
　　芳香、色彩和声音互相起伏应和。

　　有的芳香清新如若童稚的肌肤,
　　柔和如同双簧管、茵茵如绿草场
　　——还有些则沉腐、浓郁,爱喧宾夺主,

　　清新的芳香无极无限舒展飞扬
　　一如龙涎香、麝香、安息香、乳香,
　　它们歌唱着精神和感官的执狂。

因此,诗人的使命,就从本身所具有的预言意义来说,是觉察具有隐喻、象征、比喻或寓意的文学外貌的类似事物、应和现象……

问题探讨

1. 爱伦·坡对短篇小说有哪些理论阐述?他的短篇小说如何分类?他是哪些小说类型的草创者?如何解释其小说的"怪异"和"恐怖"?

---

① 有人译作"通感",指各种感觉之间"有某种类似性的和某种秘密的结合"。——编注

2. 作为美国南方作家,爱伦·坡的创作与霍桑、麦尔维尔等超验主义作家的创作有何不同?

3. 何谓"后期浪漫派"?为什么说波德莱尔是个醒世诗人和唯美诗人?何谓"恶之花"?《恶之花》表现了"为艺术而艺术"的美学倾向吗?波德莱尔开启了什么样的诗歌传统?如何理解他的"象征的森林"、"应和"这样的诗学理论?

4.《恶之花》全诗由几个部分构成,它们之间如何构成一种"有头有尾"的内在联系?波德莱尔说他要"发掘恶中之美",何为"美"?这种"美"与"恶"是什么关系?巴黎有着怎样的"风光"?

5. 比较波德莱尔的"恶中之美"与雨果的"美丑对照"。

6. 波德莱尔与爱伦·坡在个性和创作上有何"相似"之处?

延伸阅读

1.〔美〕欧文·白璧德:《浪漫主义的忧郁》,欧文·白璧德《卢梭与浪漫主义》,孙宜学译,河北教育出版社,2003年版。

2.〔美〕勒内·韦勒克:《文学史上浪漫主义的概念》,勒内·韦勒克《批评的诸种概念》,丁泓等译,四川文艺出版社,1988年版。

3.〔英〕玛里琳·巴特勒:《英国的浪漫主义问题》,玛里琳·巴特勒《浪漫派、叛逆者及反动派》,黄梅、陆建德译,辽宁教育出版社,1998年版。

4. 赵瑞蕻:《读华兹华斯名作花鸟诗各一首》,赵瑞蕻《诗歌与浪漫主义》,南京大学出版社,1993年版。

5. 王佐良:《拜伦的杰作〈唐·璜〉》,王佐良《英国文学论文集》,外国文学出版社,1980年版。

6. 袁可嘉:《读雪莱的〈西风颂〉》,袁可嘉《现代派论·英美诗论》,中国社会科学出版社,1985年版。

7.〔俄〕陀思妥耶夫斯基:《论奥涅金现象》,《普希金评论集》,冯春编选,上海译文出版社,1993年版。

8.〔英〕赫伯特·格里尔森:《司各特:历史与小说》,《司各特研究》,文美惠编选,外语教学与研究出版社,1982年版。

9.〔法〕波德莱尔:《再论埃德加·爱伦·坡》,波德莱尔《1846年的沙龙》,郭宏安译,广西师范大学出版社,2002年版。

10. [美] 亨利·詹姆斯:《霍桑及其〈红字〉》,《外国文学名家论名家》,智量编选,华东师范大学出版社,1985年版。

11. [德] 本雅明:《论波德莱尔的几个主题》,本雅明《发达资本主义时代的抒情诗人》,张旭东、魏文生译,三联书店,1989年版。

12. [英] 查尔斯·查德威克:《波德莱尔的〈应和〉》,查尔斯·查德威克《象征主义》,周发祥译,昆仑出版社,1989年版。

第七章 现实主义文学

导 论

丹麦文学批评家勃兰兑斯将18世纪末19世纪中期欧洲文学的演进概括为"对古典主义的反动,以及这个反动的被压倒"。所谓"反动",指的是浪漫主义对古典主义的反叛,所谓"被压倒",指的是浪漫主义被继起的现实主义所取代——尽管他并未使用我们所熟知的"主义"。

现实主义文学是对浪漫主义文学的反拨。浪漫主义文学的特征是"务虚",现实主义文学则倾向于"务实"。正像无法准确给出浪漫主义的起讫时间一样,很难具体给出现实主义文学出现的时间,国内的教科书大多将其定在19世纪30年代以后。当时资本主义政治经济秩序在西欧开始形成,经济活动成为人们生活中的主旋律,渗透到社会每一角落,物质利益受到越来越多的关注。在坚硬漠然、再无"温情脉脉的面纱"可言的资本主义秩序下,浪漫主义的梦幻益显其虚无飘渺,不合时宜。整个社会心理及风气随之一变,趋于"务实",文学亦为时风所染,其表征即是亢奋的浪漫主义开始降温,现实主义成为文学的主潮。

现实主义与浪漫主义之间并不构成类于浪漫主义与古典主义之间那种全面对抗的关系。相反,浪漫主义文学的某些要素和创作手法,比如对现实的质疑,对人物情感世界、心理活动浓墨重彩的刻画,等等,皆被现实主义文学承袭下来,前者更成为作家意识背景的一部分。事实上,许多被视为现实主义文学大师的人物最初都是反古典主义的浪漫派阵营中的活跃分子,司汤达便是显例。

就对现实的怀疑抗拒而言,现实主义作家与浪漫派作家实在并无二致。不同处在于,前者不再坚执峻急的反叛姿态,不再走逃避、超越的路线,正视现实、力图理解和把握现实是他们的选择。浪漫派作家大多靠激情和想象写作,他们则通过观察现实来写作。相应地,他们关注的重心从自我转向了社会。观察并不意味着放弃倾向性,相反,现实主义作家在其写作中显现出鲜明的立场,在大多数时候,这立场就是人道主义。以人道主义的标准去丈量,现实在他们的心目中显得令人不快,而"现实主义"在此往往就意味着对社会阴暗面的暴露,高尔基因此将19世纪现实主义命名为"批判现实主义"。

现实主义作为一种创作倾向在古希腊以来的欧洲文学中一直存在,19世纪现实主义的独特性在于它的近代科学背景。19世纪细胞学说、能量转化学说及进化论的建立不仅具有重大的科学史意义,而且造成了对科学的普遍崇仰。科学的态度和方法,亦即客观、冷静的态度,分析、研究的方法,超出自然科学的范畴,被认为是普遍有效的。许多人文学者与作家因而将其用于人类社会的解释。他们相信,人类生活是可以解释的,正像自然界可以清晰地加以解释一样。文学中的"科学主义"走向极致,便有左拉等作家径直以最新的科学研究的最新成果作为创作的根底。大多数作家并不如此走极端,但是类于科学研究式的冷静、客观的态度还是渗透到他们的写作中。他们力图像科学家观察自然现象那样观察人类活动,巴尔扎克甚至将自己对法国社会的描摹看作是分门别类的"研究"。

现实主义文学特别强调虚构世界与现实之间可指认的关系,要求作家真实地反映生活的本来面目。浪漫派作家悬"美"为鹄,现实主义作家则对"真实"孜孜以求。受孔德实证主义哲学的影响,19世纪的现实主义文学在模仿生活时更追求一种准确性、逼真性,"镜子"因此成为关于文学功能的最常用的比喻。这面"镜子"可以称为时代之镜——此前还没有哪一个时代的作家集体地对当代生活表现出如此巨大的兴趣,而对于当代生活的摹写几乎总是以大量的细节来完成,繁复的细节描写因此成为19世纪现实主义的一个重要表征。

因于作家们的写实意图,小说这种看似最客观、最适于"模仿"、最能容纳大量细节描写的体裁成为最有吸引力的品种。众多一流作家涌入这一领域,导致了小说创作的空前繁荣。经司汤达、巴尔扎克、福楼拜、狄更斯、托尔斯泰、陀斯妥耶夫斯基等大师之手,小说的表现力得以大大提升,不仅可以细致描写人与人之间的关系、人与环境之间的冲突,而且可以表现最隐秘的内心活动。尽管以往的小说中不乏《堂吉诃德》、《汤姆·琼斯》那样的杰作,小说作为一种文类尚未得到普遍的尊重,而在19世纪现实主义作家的手中,小说已成为真正的艺术,足以与文学家族中资格更老的成员诗歌、戏剧相颃颉。

须说明的是,现实主义在文学中的大行其道,并不意味着他种文学销声匿迹。乔治·桑直至50年代以后仍坚持浪漫主义立场,而被恩格斯举为英国现实主义代表性作家之一的夏洛蒂·勃朗特其实与现实颇有距离。此外,被归入现实主义的作家并非个个体现出上面归纳出的诸般特征,真正伟大的作家其实是不会为某种"主义"拘范的,选文中讨论的作家大多可以证明这一点。

英法两国是19世纪欧美现实主义文学的"重镇",本章五篇选文主要涉及小说繁荣时代的几位代表性作家。

选 文

论司汤达[①]

[法] 左 拉

导言——

本文作者是法国19世纪末著名小说家埃米尔·左拉(Émile Zola, 1840—1902)。作为自然主义文学流派的杰出代表,左拉以其敏锐、细致的洞察力而享誉世界文坛。在这篇文章里,左拉对他的文学前辈和同胞——法国19世纪初早期现实主义代表作家司汤达进行了深刻的分析,在论述司汤达的代表作《红与黑》的写作背景、人物形象和心理描写等诸方面的特色之基础上,左拉揭示了《红与黑》这部作品最深刻的艺术价值所在。

左拉对小说人物的分析细致而到位,尤其是对小说主人公于连这个人物的心理分析非常透彻。他揭示了这个人物心理的发展历程,并在展示这一心

---

① 选自《外国文学名家论名家》,智量编选,华东师范大学出版社,1985年版。

理发展历程的同时,细致分析了他的性格特质。于连的多疑、猜忌、自恋,以及对德·瑞那夫人复杂的感情中所流露出来的隐秘的恋母情结,均被左拉犀利的眼光捕捉到了。左拉通过对于连这个人物形象的独到的剖析,成功地揭示出《红与黑》这部作品的深刻内涵,帮助读者通过小说的文本,领悟到作家司汤达对人性之复杂性的独到、细腻的观察,对当时法国社会状况的深刻表现。左拉这篇文章对司汤达作为具有超前意识的小说家的历史地位的确立,意义颇大。

为了便利我的分析,我将首先阐明司汤达的才华,然后再考察他的书,我将把我的判断立足在许多例子之上。这是倒转来做的工作。可是我认为这是表达清楚的唯一方式。

司汤达首先是一个心理学家。泰纳先生说他唯一关心的是心灵的生活,这就很好地说明了他的创作领域。在司汤达看来,人单单由头脑组成,其他器官都算不上。当然要把情感激情和性格等放在头脑里,放在思想和活动的物质里。他不承认身体的其他部分对这"高贵"的器官会有影响,或至少在司汤达眼中,这影响不够强大,不值得注意。此外,他极少提到周围环境,我是说,他的人物所浸浴的气氛,外部世界几乎不存在。概括地说,这就是他的整个公式:研究心灵的机械结构,为了满足想了解这种机械结构的好奇心,只做有关人的纯粹哲学和道德的研究,把人从自然中取出,放在一边,只对他的智慧和情感方面做简单的观察。

一个心理学家,同时兼有观念学者和逻辑学者的成分。这就是司汤达在这里的出色成就。应该看到他从一个观念出发为的是随后指出互相产生、互相混杂和互相解决的一大批观念的开展。一点也没有什么比这连续分析更加灵敏、更加深入和更加不可预料的了。他喜欢这样做,每一分钟,他都要展现他的人物的脑髓,使得别人感到它的细微皱褶。任何人对心灵的机械都没有他那样熟悉。一个观念出现了,像转轮一样引起其他机件的旋转,接着,另一个观念在右边诞生了,另一个从左边来,有些在向前,另有些在退后,因此有了推动和逆转。逻辑学者,怀着表面上似乎最互相矛盾的极端严肃的心情,在种种偏差中间,引导他的人物们行动。人们总觉得:他经常在那里冷静地注意他的机器运转。他所创造的每一种性格是他这个心理学家在人身上进行的一种冒险试验。他创造一个心灵,带着某些情感和某些激情,把它投入到连续的事实中,只记下这心灵在指定情况中的行动过程。由我看来,司汤达并不是一个从观察出发,依靠逻辑去达到真理的观察家,他是一个逻辑学者,从逻辑出发,把逻辑放在观察之上,而往往也达到了真理。

人们往往在巴尔扎克旁边,另外提出司汤达的名字,显然看出他们两个人中间的鸿沟。泰纳先生把他们两人做比较,进行研究,也完全是空泛的。他把心理学、心灵的生活给与司汤达,对于巴尔扎克,他补充说,巴尔扎克在他的《人间喜剧》里意识到了什么?一切事物。你们或者会这样说,是的,但他却以学者身份,以精神世界的生理学家身份,以及他自己称呼自己的"社会科学博士"身份进行着。泰纳先生记下巴尔扎克文学品质的特性,毫无理由地认为这是他的写作形式的必然缺点。真实的一点是巴尔扎克以学者身份,从他的题材研究出发,他的整个工作建立在人这个创造物的观察基础上,他就这样像动物学家似的被领到一切器官和环境的无限大的叙述中去。应该看到他在解剖室里,手握着解剖刀,确认人的身上不单有一个头脑,感到人与土地是分不开的,从此也就解决了对于真实的爱好,不截去人的任何一部分,而让整个人体显露出来。还要看到他在广大世界的影响下,他所尽了的真实职能。这时候,司汤达却留在他的哲学家的书房里,搬弄种种观念,只从人的头脑进行研究,只考虑脑筋的每一悸动。他不是为了分析现实:从人与事的某一侧面来写一部小说,而是应用他对爱情的理论,应用孔狄亚克关于观念形成的学说。这就是司汤达与巴尔扎克中间的巨大差别,这差别是主要的,非但来自两个相反的品质,而且更多来自两种不同的哲学。

总之,司汤达是联系我们现代小说和十八世纪小说的真正环节。他比巴尔扎克大十六岁,他属于另一个时代。就是靠他,我们能越过浪漫主义,让我们再同法国古老的才能连接上。但是我们要特别记住的,是他藐视人体的各种器官,他对人的生理因素以及周围环境的作用,保持缄默。总之一句话,他从来不对整个自然加以注意,不知道这些外在因素对他所描写的人物发生作用。现代科学自然还没有进入他的头脑。他停留在一种抽象的意愿里,他要人这个生物不包括在自然里,而是靠在一边站着,然后宣告只有心灵是高贵的,只有心灵在文学上享有公民权。这就是为什么泰纳先生以逻辑学者身分,宣告他是优越的。在泰纳看来,他在别的人之上,因为他有留在头脑里的机器和纯粹的精神境界。这又可以反过来说,他越轻蔑自然,就越阉割人体,越让自己幽闭在哲学的抽象里,因而越显得自己更高贵。

应该坚持谈下去,因为有兴趣的一点就在这里。请拿司汤达所创造的随便哪一个人物来看:这是完全装配好的智慧和情感的机器。再拿巴尔扎克创造的人物来观察,这是一个有骨有肉、穿着衣服和呼吸着空气的人。最完全的创造在哪里?生命在哪里?在巴尔扎克这方面。真的,我对司汤达那么灵敏和那么独特的精神非常钦佩。但是他好像一个天才的机械师,借助最微妙的机械在我面前转动,使我觉得好玩,至于巴尔扎克,他则以他激发出的生命之力,抓住我的整个心灵。

我不了解在人身上有什么高与低。有人对我说心灵在高处,肉体在低处。为什么这样?我无法想象没有肉体的心灵;我把它们放在一起。例如于连·索黑尔是一个纯粹在思辨中产生的创造物,他是否比于洛男爵这个活生生的创造物更优越呢?一个专在推理上下功夫,另一个则与真人一样生活着。我宁喜欢后面这一位。如果你们除掉肉体,如果你们不着重生理学,你们就不再在真实中,因为即使不论及哲学问题,一切器官都对头脑有着深刻的反响,它们或多或少以一定的作用,调整或干扰思想。那是肯定的,就周围的环境来说,也是一样,它们存在着,它们具有明显而重大的影响。取消它们,不让它们进入人这部机器的机能中,就没有半点优越性可言。

这就是对自然主义形式的敌人们所应该做出的回答,他们总指责现在的小说家们对于人这个对象,只停留在兽性上,只大大增加兽性方面的描写。我们的主人公不再是纯粹的精神,不再是十八世纪的抽象人物;他是我们现代科学、生理学主题,是一个由各种器官组合成的生物,每时每刻都沉浸在被渗透的环境中。从此,我们应该好好着重整个机器和外部世界。描写只是分析的必要补充,一切感官都对心灵施展影响。在他的每一活动中,心灵都将被视觉、嗅觉、听觉、味觉和触觉加速或放慢。一个孤立的心灵,单独在空虚里活动的概念,会变成错误的。这是属于心理的机械论,而不再是整个生命。

为了使人们更好地了解我的意思,我将举出一个例子。在《红与黑》里有一段很著名的叙述:于连在一株树的暗黑枝叶下面和德·瑞那夫人并排坐着,当他同她谈话时,以为自己必须拿起她的手。这是一场强有力的哑剧。司汤达在这里绝妙地分析了他的两个人物的心灵状态。周围环境却一次也没有被描述。我们不论在什么地方,处在什么情况中,只要在黑暗里,场面都会是雷同的。我完全了解于连在他所处的紧张意愿里,不受外界环境影响。他一点也看不出、一点也听不出、一点也感觉不到,他只要拿起德·瑞那夫人的手,就把它握在自己手里不放,但是德·瑞那夫人却相反,她受到一切外部环境的影响。这个段落若交给一个认为有环境存在的作家来写,在这个女人抵御不住而颤栗的情况里,他将把她放在夜晚和它的气氛中,它的声音和她的懒洋洋的情欢中。这个作家描绘了活生生的真实,他的描绘将会更加完美。

我再重复一句,这不在于多写漂亮的词句,而在于记下决定或改变人这部机器运转的每一个情况。那么,好!请注意一下:我将在司汤达的作品里,随手可以提出来,这就是他只写心理的有力证据。人们重复说,为什么呢?他不是修辞家,这对他来说,再好也没有了。但是仍然留在抽象里,我看不出这怎么能把他放在那些描写现实的作家之上。没有一点理由,使得一个心理学家站在高于生理学家的行列里。

那么,司汤达的天才特点究竟是什么?在我看来,是在于他经常用他这心理学家的工具所获得的真实强度上,虽然这工具可能是不那么完整和那么有成见的。我曾说过,我从他身上看不出他是一个观察者。他并不观察,他并不以老实人身分描绘自然。他的许多小说是头脑里的产物,是用哲学方法过分纯化人性的作品。他曾很好地观察世界,而且观察得很多,不过,他并不在真实的惯常生活中追忆它,阐述它,他要它从属于他的理论,只透过他自己的社会概念来描绘它。然而这位心理学家藐视现实,整个依靠在他的逻辑上,只由智慧的纯粹推理,达到了在他之前从来没有人敢在小说里尝试取得的大胆和壮丽的真理。这就是激起我兴奋的所在。我坦率地说,我不因为他分析的巧妙,不因为他要别人听到时钟在他的人物们脑壳底下连续摆动的"嘀嗒嘀嗒"的声音而感动。他叙述的动作,在我看来,有时似乎是可争论的;其实,这里并不含有饱满的和诚挚的生活气息。哲学家们能够出神地沉入恍惚的状态,热爱实际存在的、每天在他眼前通过的每一事物,觉得自己被拖入多少有点奇特的理论中去,老是感到某种不舒服。可是,突然,场面打开了,生活说话了。在这个观点上,我宁愿喜欢《红与黑》,反而不怎么欣赏《巴马修道院》。我不认为有什么书比于连与德·拉·木尔小姐相爱的第一夜,写得更可惊叹。那里有局促、不舒服和愚蠢而又残酷的过失。事实似乎打响了真理之钟,显示了稀罕的力量。无疑的,这不是观察所得,而由演绎产生。请想一下爱情上的议论和许多小说的陈词滥调吧,请把视线转向司汤达的那么明晰和那么残酷的分析吧。那就是他的真正力量。他之所以成为我们的大师之一,他之所以站在自然主义进化的前沿,这并不仅仅因为他是一个心理学家,而是由于作为心理学家的他,有着足够强大的力量来超越他的理论,使他能不借助生理学家和我们现代的自然科学而达到现实的境地。

所以为了下结论,司汤达就小说而言,是18世纪形而上学概念和我们这世纪科学概念中间的一个过渡。正像他以前两个世纪的作家们一样,他脱不出心灵领域,他只看到人是思想和激情的高贵机械。但是他还没有看到生理学上一切器官在环境中间和自然情况影响下的运转作用,我们应该再补充说,他们的形而上学不再是拉辛的,也不再是伏尔泰的形而上学。孔狄亚克曾通过形而上学,出现了实证主义,人们觉得自己已在科学世纪的门槛上。再也没有任何教条可以压倒创造的人物。像他们自己所说过的,调查的门已打开,小说家为了夺取真理,拿着镜子,在一条漫长的路上散步;不过,这面镜子只反映人的脑筋、人体的高贵部分,而没有反映我们整个肉体和周围环境。这是现实被逻辑家和外交家的品质缩减了,而没有受到科学与艺术的陶冶。此外,又可说一个精神摆脱了一切成见,却往往陷入体系的束缚,一个自由而透彻的智慧,被他的优越搞成讽刺的了,他不仅常常高兴嘲弄别人,有时也开自己的玩笑。

现在我来谈谈《红与黑》。我不打算在这里做系统的分析。我正手拿一支铅笔,重读这本小说。看,以下就是我阅读后的感想。

这里我首先必须说明拿破仑的命运在司汤达作品里所发挥的巨大作用。如果人们不想到构思这部小说的时代,不特别注意到皇帝的神奇野心得到满足这一事实所留给司汤达这一代人的思想状态,《红与黑》将仍然是不可理解的。这个怀疑者,这个冷静的嘲讽者,这个没有成见的道德家,这个躲避任何兴奋的作家,却因拿破仑这唯一名字而颤动,而低头。在这个观点上,必须看出于连·索黑尔是整个时代野心勃勃的梦想和惋惜的化身。

我将谈得更远一些。依照我的意思,司汤达曾把自己本身的很大一部分反映在于连身上。我愿意想象在普通士兵会变成法国元帅的时代,他曾梦想军职的光荣。随后,帝国崩溃了,包括他在内的全部青年,这些狂热的欲望,这一切相信会在弹药盒里找到王冠的野心,一下就跌到了另一个时代:教士们和幸臣们统治的时代,这个复辟的时代;教堂更衣室和上流社会的沙龙代替了战场,虚伪将是新贵们最强有力的武器。这就是书的开头部分于连性格的关键;甚至《红与黑》这个令人迷惑的书名都仿佛指出教会的统治继承了军人的统治。

我坚持说下去,因为我从来没有看到过有人研究拿破仑在我们文学上所产生的真实影响。帝国时代是文学创作很平庸的年代,但是人们不能否认拿破仑的命运像铁锤一样敲碎了当时的许多脑袋。这个影响到后来才显现出来,人们能看到一些人的思想动摇。在维克多·雨果身上,裂痕从整批的抒情浪潮中泄露出来,在巴尔扎克身上,有了人物的畸形发展,他显然愿意像拿破仑曾梦想征服旧世界一样,在小说里创造一个世界。一切野心的膨胀都企图转到规模巨大的方向,在文学上和别处一样,人们也梦想着普遍的王权。但是最使我惊奇的,是看见司汤达也感染到这种病症:他不再讥讽,他仿佛看到拿破仑像一个神明,带走了法国的真挚和高贵。

所以于连暗地里把拿破仑奉为他的上帝,如果他愿意抬高自己,抬到他所处的条件之上,他只好被迫隐藏他的崇拜。这个如此复杂、开头又那样奇特的整个性格,将被建立在这个论据上。一个本性高尚、敏感和娇弱的人,在他的野心不再能公开被满足时,投向虚伪和最复杂的阴谋诡计里。事实上,除去了野心,于连在他原来的环境里是幸福的。或许给于连一个与他合适的战场,他将壮丽地获得胜利,而不落到外交家似的连续欺诈中,所以他确实是这历史时刻的孩子。一个有着优越智慧的青年,被自己梦想发大财的品质所驱迫,要想成为拿破仑的元帅之一,已经太迟了,只好决定通过教堂更衣室,以虚伪的奴仆身份,去实现他的目的。从此,他的性格明朗化了,人们了解他的服从和他的反抗,他的温柔和他的残酷,他的诈骗和他的真挚。他总处在两个极端上,他同时显露天真和机智,他的无知还多于他的聪明。司汤达愿意指出人随着环境变化的对立面或矛盾。的确,分析是最值得注意的;从来没有人以同样的细心去挖掘一个头脑,我只不过惋惜人物的连续紧张,他不再在生活,他经常而且到处是作家眼前的一个对象。在这方面,他的小动作提供了比他所存在的决定性行为还多得多的材料。

小说的开端很值得研究。人们还没有被兴趣抓住,还能看到司汤达文学上的方法。这个方法几乎是随心所欲的,没有半点理由,让作品从叙述维立叶尔这样一个大城市和德·瑞那先生那样一个人开场。我知道一本书总有个开头,但是我要说的是作家没有给对称、循序渐进和某些安排着的观念以应有的地位。他随着"另起一行"的偶然兴致写作。哪一个先出场都好,甚至不顾平淡的叙述还没有进入热烈的气势,就已经夹杂着一些模糊不清的东西了。人们以为出现了矛盾,为了保证线索的不断,就只好回过头来再看。

我们尤其要研究作品里人物出场的方式。他们好像从侧面溜进来,当司汤达需要他们时,他就点出他们的名字,他们就来了,而且往往在某一个次要事件的末了出现。例如他每隔一段时间再提到的维立叶尔小城,只留着模糊的轮廓,人们觉得它是虚构的,而且看不清它的面貌。总之,这里缺少次序,没有逻辑。我的判断已脱口而出了,是的,从这个观念的逻辑家来说,这仅仅是一个风格和文章构思的草率和混杂。但我以为那里还有一种前后不一致的特征,这使我非常吃惊。我将对它做较长的讨论。

德·瑞那夫人是司汤达创造的许多很好的形象之一。她一开始似乎只是一个相当微不足道的资产阶级女人,不久,小说家给她以优越的妇女形象,而且时时刻刻都这样。没有什么比于连与这位漂亮女人的最初相见更悦目了。他们的爱情,以及女人的自弃和年轻人那样冷静的天真估计,有着稍稍润色过的真实音调,足以构成卢梭《忏悔录》的一章。不过我承认:当他们两个都显示优越时,当德·瑞那夫人随时随刻都谈到于连的天才时,我不免感到不舒服。"他的天才,"司汤达说,"一直使她惊骇,她相信自己每天都更清晰地瞥见这年轻神父是位未来的大人物。"请考虑一下。于连还没有二十岁,他绝对没有做过任何事情,也从来没有做过什么可以证明司汤达强加给他的"天才"。在司汤达看来,于连是一个天才,无疑的,因为司汤达是人物的唯一主人,他把自己认为是天才的机能放到这个头脑里。那就是拿破仑震破脑壳的这种内伤。此外,对司汤达像对巴尔扎克一样,天才是人物的普遍状态。

我引用于连谈到德·瑞那夫人的这句话:"这是一个赋有天才的女人,可惜她被极端的苦痛折磨了,因为她认识了我。"然而最坏的是于连在别处对这个女人却发出愚蠢的判断。例如他在较后的场合,做了这样的考虑:"上帝才知道她有过多少情人,她之所以决定喜欢我,大概由于相见容易吧。"这句话伤害了我的情绪,因为如果是这样,于连必须是个真正不大有见识的人,他不能由他们所生活的小城市和他们每天的接触,认清德·瑞那夫人的为人。如此,往往只在若干行之外,又有了奇特的跳跃;这是连续的急转弯,使看的人迷失方向,给作品以作者所愿意给的特性。无疑的,人是充满矛盾的。这个人物的连续摇摆,这一分钟又一分钟的不同并在最小的细节里记下的头脑生活,在我看来,是有害于生活较广阔和较温良的过程的。每一页上,都有机器碰撞的轧轧声响,机件不肯服从运转的机械系统的生硬和阻碍情况。只举一个例子,于连握着德·瑞那夫人的手陶醉了,而司汤达却补充说:"但是感动是一种欢娱而不是激情。回到他的房间里,他只想到了一种幸福,就是再拿起他所最心爱的书。二十岁时,世界和这世界所产生的事实等等观念,在他的心里胜过一切。"人们将不相信作家对欢娱与激情所做的这哲学上的区别,竟那么阻碍我的思维,你们立刻看见他拿一个例子作为这个区别的陪衬:他要于连喜欢阅读《圣爱伦笔记》胜过他对刚才与德·瑞那夫人紧紧握手的此刻还灼热着的回忆。我不否认事实,这情况是可能的。但是这引起我的烦扰,因为我觉得他把这个放在那里,不是由于一连串观察的结果,只是要拿它作为支持他区别爱情里欢娱与激情的理论的证据。作者到处都以论证者和逻辑学者身份显露出来;他记下安放在他的人物身上的心灵状态。司汤达要他的一切人物都在那里开动脑筋,似乎都要患头痛症。当我读他的小说时,我也替他们受苦,我往往很想向他喊着说:"请饶饶吧,请让他们稍稍安静些吧,请让他们有些时候随着本能推动,在健康的自然环境中间,简单地过着禽兽般的惬意生活吧。请你也和他们一样,笨拙地过着像老实人似的生活吧。"

作品除了特别显出司汤达所愿意的这种特性之外,还着重分析于连的虚伪。人们可以说《红与黑》是完全虚伪者的手册。司汤达最操心的是撒谎的艺术,好像别人生来就是警察,而他自己呢,似乎生来就是外交家,他洞悉神秘而复杂、精细而广博的双重性,这些造成职业传统光荣的巧妙因素。我们曾改变了司汤达这种对外交家的看法,我们知道外交家也是一个普通的人,也同其他人一样蠢笨。司汤达硬要把优越性放在一个强有力的精神观念中,让自己从欺骗别人中得到享受,从欺骗里感到愉快。请注意,像我所说过的,于连实际上是世界上最崇高的精神产物,他是慷慨的、无私的和温柔的,他之所以毁灭了,是由于想象的过分,他的诗人成分太重了。从此,司汤达强行让他撒谎,作为他达到幸福的必要工具。司汤达把他塑造成虚伪的夸口者,当司汤达使他表现出某一个好的双重性时,人们觉得他是幸福的。例如司汤达带着父亲般的满意喊着说:"不应该太坏地推测于连,他正确地创造出许多狡猾和谨慎的虚伪话语。对他这样年纪的人来说,这不坏。"另一方面,当于连有了诚实人的反抗时,作者为他发言,提出下面这句话:"我坦率地说,于连此刻所表现的弱点,让我觉得他可怜。"当司汤达写出"于连发誓永远只说对他自己也似乎虚伪的话语"时,司汤达要我们提防书中自头至尾显得意志多于做人道理的人物。

除此之外,书中还充满了壮丽的篇章。人们到处都发现我曾说过的这个逻辑家的天才的奋发,描写场面的真实将永远不会被忘记,正如于连与德·瑞那夫人相爱第一夜里显露出来的,爱情的虚伪和高贵、苦难和欢乐,从来没有被分析得这么透彻,丈夫的形象尤其描绘得出色。我不曾看到一个人内心所爆发的风暴,能这样灵活地被形容出来。没有虚假的声势,只有真实准确的音调。德·瑞那先生收到揭发他的女人通奸的匿名信,他面对自己所作的可怕的斗争,实在被叙述得好极了。我之所以要在小说开头多谈一些,因为它的确是作品的最好部分,它允许我清楚地建立起观察的方式和了解司汤达的写作方法。现在对其他部分,我只能以更快的速度谈论下去。

于连在神学院的生活也是一个可赞叹的插曲;这里主人公的虚伪再也引不起人的不舒服,因为他自己也处在和伪君子们斗争的一种环境里。另外,这可怜的于连,其虚伪的技巧,在这些不用努力就天生虚伪的大伙伴们面前,只让人觉得是个小孩子罢了。如果不受野心的刺激,他一下就会放弃虚伪。司汤达在一个弥漫着不信任气氛和隐藏着密探的神学院里,像他后来在巴马亲王宫廷里似的,大概觉得相当舒服,因而他留下动人的图画,即使不是出于直接的观察,至少也是来自强有力的卓越演绎。于连的出现,他同彼拉神父的初次相见,神学院的内部生活,都是书中最好的描绘。

我要谈到于连与德·拉·木尔小姐的爱情了,它占去作品的一大半。由我看来这是较差的一部分,因为我们早已进入惊险和怪诞了。

创造一个于连这样奇特的机械头脑,对司汤达说来,还是不够的:他要创造一个雄性的雌物,他虚构德·拉·木尔小姐,另一个至少也同样令人惊奇的机械头脑。这是第二个于连。像一个可以视为最冷酷、最残忍的浪漫姑娘,又像一个具有优越精神的产物。她轻蔑她的周围,由于一种智慧的复杂和紧张,她投入冒险的行为。司汤达说:"她只把亨利三世和巴松比埃尔时代人们能在法国遇见的这英雄情感,叫做爱情。"她从这点出发,长久考虑而轻率决定,爱上了于连。是她自己先向他表白的,当于连从窗口进入她的房间时,她所表示的唯一观念是要完成一种义务,她委身给他,虽然她心里充满了不舒服和厌恶。从此,他们的爱情成为最讨厌的胆大妄为。本来不爱她的于连,通过回忆,转而崇拜她,疯狂地渴望她爱他。但是她害怕会给自己找到一个支配自己的主人,即以轻蔑压抑他,直到在一次争吵之后,想象她的情人会杀害她,她再被激情袭击,才重新和他相好。此后,他们的不和继续存在。于连为了再征服她,便依照一种长久的策略,设法迫使她产生嫉妒。最后,德·拉·木尔小姐怀孕了,向她的父亲坦白了一切,对父亲宣告她要嫁给于连。我不知道哪儿还有比这更艰难、更不简单和更不诚挚的爱情。两个情人过于精细的持续忧虑,是完全无可忍受的。司汤达以最有力的分析者身份,喜欢使他们的脑筋复杂到无限程度,好像一些打弹子的能手要给自己布置种种障碍的打法,能阻止他们做到一弹碰两弹。那里,只存在着脑筋的不可思议性。

再说,作者也完全懂得这个,他自己也提出要加以注意,他带着矫揉造作的讽刺语气,同时嘲笑他所创造的人物和读者。他会突然停止叙述,为了写出:"这一页将以一种方式损害不幸的作者,冷静的心灵将控告他猥亵。他并不侮辱在巴黎沙龙里光彩闪烁的年轻妇女们,并不假定她们中的一个会做降低玛特尔人格的疯狂动作。这人物完全是想象的,甚至在社会习惯之外虚构起来的;这些社会习惯在一切世纪中间,曾给19世纪文明保持着那么温雅的级别。"看,这里多么尖刻动人和多么漂亮;可是它不能阻止玛特尔只是作者的一种试验而远远不是一个活生生的创造物。

司汤达的方法,在利用他所创造的人物之口说出的冗长独白里,尤其可以看得出来。于连、玛特尔,还有其他人物,常常带着孩子拿一只手表放到耳边时的惊奇和快乐,做良心的检查,听着自己在思考。他们没完没了地舒展他们的思想线索,停止在每一个线结上,向茫无边际的领域推理。他们和作者一样都是杰出的心理学家。这很可以理解,因为他们全体作为司汤达的儿子多于作为自然的儿子。例如以下就是司汤达利用玛特尔之口论及她周围人们时所说出的感想之一:"如果他们胆敢涉及一个认真的题目,交谈五分钟之后,他们就喘不过气来似的达到了我早就对他们重述过的某一论点,仿佛他们有了一个大的发展。"这是玛特尔呢,还是司汤达在说话?显然是后者,人物在那里只是作者的一种乔装打扮。

我将于连进入巴黎人中间并取得一定的地位放在一边。那里有着许多优越的形象,但是我认为这整个世界都有点装模作样,司汤达极少给我们真实的生命,他的上流社会妇女们,他的大爵爷们,他的新贵们,他的阴谋家们,他的自我夸耀的青年们,都那样干瘪,同时又有尚未完成的意味。他让他们留在记忆里,始终留在草稿的状态里。周围环境,从来没有再得到饱满的刻画,每个被创造的头脑几乎只是剪下来的白色或黑色的简单侧面。这些似乎只是作者没有好好整理过的笔记。

这些场面所闪烁着的真实,仿佛都是从逻辑里涌现出来的。我曾引证于连与玛特尔的第一次约会,为了听到深远而准确的音调,必须摊开这四页书。这里一点也不像罗密欧与朱丽叶的二重奏,第一个印象就是不愉快的推动,接着,又被种种极小事情的真实性所抓住。请读以下这几行:"玛特尔勉强努力用'你'这亲密字眼称呼他,她显然较多注意这谈话的奇特方式而忽略谈话的内容。这'你'的称呼,内中不含有什么柔性,并不使于连觉得欢悦,他惊异自己怎么没有幸福的感觉。最后,为了感到这幸福,他借助于他的理智。"看,这就是好样的司汤达,心理学家的他,对于合适的问题,能借心灵活动的简单分析达到了真实。在另一场面,当德·拉·木尔侯爵晓得了一切并派人去找于连来时,我很奇怪他接待后者的姿态。把这个场面给与一个着重修辞的小说家来描写,你们将有一个白发苍苍的父亲,将有一番训话和高贵的失望。请听司汤达吧:"于连看见生气的侯爵,这爵爷有了坏的声调,使用冲到他口里的粗鲁咒骂对待于连,这或许是他平生第一次。我们的主角很惊异而且不能忍耐,但是感恩的心思,没有丝毫动摇。"更远些:"一看见这动作(于连跪下去)侯爵实在迷惑,不知所措了,他再开始用凶狠的、只配出租马车夫能说的粗鲁话语咒骂他。这些再发作的咒骂也许起一种分散愤怒的作用吧。"这就是人的呼声,在小说里是真实而新颖的音调。这是除去了服饰和修辞,在文学和社会种种约束以外看见了人的本来面目。司汤达第一个胆敢提出这个真实。

人们已看到结束《红与黑》的漂亮段落。德·瑞那夫人,被她的忏悔催促,给德·拉·木尔侯爵写了一封信,破坏玛特尔和于连的婚姻。后者的疯狂发作了,回到维立叶尔,拿手枪向跪在教堂里的德·瑞那夫人放了一枪,人们禁闭他,判决他,送他上了断头台。最后五十页分析于连在牢狱里,面对即将来临的死亡,脑中盘旋着种种思想。司汤达在那里大发他一向所喜好的推理和议论。再也没有把这和维克多·雨果的《一个死囚的最后一天》相比更有意思的了。这是很动人的、很特别的,但我不敢加上。很真实的,因为一个像于连那样奇特的头脑,在现实生活里,完全缺乏相比点。有这种智慧结构的死囚,确实是稀少的。阅读这个作品,必须像阅读一个由心理学家放在特殊情况里得到解决的辉煌的问题一样。尤其在这个结局里,人们觉得故事来自虚构的是那么多,来自直接观察的又那么少。泰纳先生说,故事差不多是真实的,这是贝尚松一个神学院里名叫梅尔特的学生,作者只注意记下这年轻野心家的情感,描绘他所处的社会习俗,而世上还有成千成百比这小说还要浪漫的事实。如果一个法庭案件供给司汤达写这部书的最初观念,他再给它加工并创造一切人的性格,那是确实的。作品的内容,无疑并不怎样罗曼蒂克,虽然一个小神父变成两个贵妇人的情人,为了这一个的爱情,杀了另一个,最后被这两个女人一直哀悼到疯狂和死亡,已经构成了一个漂亮的悲剧。但是使我们进入罗曼蒂克情景,或确切地说,进入独特情景的,是司汤达怀着热情不断向我们阐明的指挥人物行为的钟摆动作。

❑ 问题探讨 ❑

1. 结合《红与黑》作品文本,分析小说主人公于连对德·瑞那夫人的复杂情感中的恋母情结和自恋情结。

2. 如何理解《红与黑》结尾处于连在法庭上的那段慷慨陈词?

3. 把《红与黑》主人公于连界定为一个"资产阶级个人主义野心家",你同意这个结论吗?为什么?

4. 文学史家勃兰兑斯说,司汤达是法国文学中第一个把历史的本质理解为心理学的作家。结合《红与黑》的文本,谈谈你的认识。

选 文

《傲慢与偏见》叙述的透视方法①

[美] E.M.哈里代

导言——

本文译自美国加州大学1960年出版的《19世纪研究》杂志。E.M.哈里代(E.M.Halliday)是现代美国文学史家与批评家。

虽然奥斯丁的评论者大多认为她的文学天地过于狭小,但少有轻视她的艺术匠心的,她"最善于运用特定的手段来达到她的目的"。哈里代所说"叙述的透视方法"涉及小说的叙述视角和叙述中心。哈里代认为,在《傲慢与偏见》中,奥斯丁借助叙述视角的移动转换构成情节的统一,达到小说的反讽目的,并使伊丽莎白成为叙述的中心。奥斯丁在小说的头几章巧妙地利用叙述视角制造悬念,随着情节的展开才渐渐将叙述中心聚焦到伊丽莎白身上,这是为让读者获得充足的理由,并怀着美好的渴望,期待着达西和伊丽莎白消除各自的傲慢与偏见,投入彼此的怀抱。

奥斯丁高超的叙述艺术有助于读者享受阅读的快感。

细想一下《傲慢与偏见》开头的那个句子:"凡是有钱的单身汉,总想娶位太太,这已经成了一条举世公认的真理。"叙述者似乎站在故事之外,尚未观察他的人物,只是注视着中景,思考着一般的人生问题。然而,这个印象没有维持多久。班纳特先生和"他的太太"一开始对话,事情顿时就清楚了,原来故事的叙述者在讲小说开头那句概括性的话时,始终把这两位人物估计在内。我们发现,对于这一见解,班纳特太太会高兴得一边连连小声喊叫一边拍手欢迎——班纳特先生则以嘲弄的方式将这一见解送上愚蠢想法的云端里去。从表面看来,叙述者提出这个主张时是认真负责的;然而,我们从一开

---

① 选自《奥斯丁研究》,朱虹编选,中国文联出版公司,1985年版。

始就明白,她观察的结果可能与她笔下人物的见解和观点保持一种反讽的关系。这句话把我们引进弥漫着小说每一页的那种严峻而委婉的反讽的笔调中去,使我们得以在理智和感情之间感觉到一种奇妙的平衡。

简·奥斯丁为了反讽的目的,机敏地掌握了一种全面透视的叙述方法,这一方法还因她最巧妙地操纵观察角度以实现小说的统一而得到加强。就连一个心不在焉的读者在读了这本书的一小部分后也会明白它讲的是伊丽莎白·班纳特的故事。他是怎么知道的呢?书名没有做出暗示,伊丽莎白也不是讲故事的人。开卷几页指明了班纳特家女儿们的婚事是小说的主要情节——但是,那家有五个女儿呢。确实,其中三个看来没有当主角的希望,曼丽是个书呆子;丽迪雅轻佻浮躁;凯蒂傻而无知。然而,吉英和伊丽莎白都妩媚动人、多才多艺,从头几章看来,似乎吉英和彬格莱的良缘将把小说的中心情节带向高潮,而伊丽莎白像是只起某种陪衬作用。那么,当我们读到四分之一处,即柯林斯先生向伊丽莎白求婚的那个著名场面时,对于伊丽莎白才是《傲慢与偏见》的女主人公而吉英只是居于第二位的角色这个事实,为什么就能一目了然呢?

在一定程度上,讲故事的人对伊丽莎白绝对大量的关注——这种关注在起首十八章里,迅速地增长着——露出了端倪。当然,这本身就是观察角度的作用。叙述者决意越来越多地注视着伊丽莎白,持续的时间也越来越长。叙述者有注视任何一个处所的特权,然而,事情的有趣在于,她故意限制了这项特权,当小说的情节结构需要她把注意力相反地投向吉英的时候,她严格地应用了这项特权。在第七章里,吉英到尼日斐花园去拜访珈罗琳·彬格莱。她在途中着了凉,因而不得不在彬格莱家耽搁几天。于是,班纳特太太最乐观的希望实现了。然而,请注意,这一切是通过书信转述的;因为我们没有陪吉英一起到尼日斐去。叙述者的透视目光始终集中在班纳特家里,特别是在伊丽莎白身上;直到伊丽莎白决心把姊妹情谊置于文雅礼节之上,步行三英里,越过泥泞的田野,我们才初次踏进了彬格莱的家。不仅如此,我们简直看不见吉英,只有当伊丽莎白上楼去照料她时,我们才有这样的机会,但那也仅仅是淡淡的一瞥,因为吉英显然病得很重,连说话的力气都没有了。直至此刻,事情就开始清楚了,叙述者对吉英的关心,仅仅略胜于阴险的彬格莱小姐对她的关心罢了,彬格莱小姐只是看在哥哥的份上才勉强敷衍吉英的。吉英和彬格莱的关系在小说情节中固然重要,但它作为构成伊丽莎白对达西怀有偏见的必要手段的意义，远比它本身重要得多。

事实上，叙述者对吉英的怠慢几乎已经达到粗暴的程度。几天以后，当可怜的吉英走出病房时（第十一章），她简直遭到了忽视。当然，谁都彬彬有礼地和她打招呼，然而，尽管彬格莱先生"在她身旁坐下，一心跟她说话，简直不理睬别人"，但是，作者对刚刚萌发起爱情的这对恋人之间的悄悄话却一句都没有转述。但是另一方面，作者却逐字逐句地复述了伊丽莎白、彬格莱、他的妹妹和达西之间进行的那场生动活泼的谈话，用对话写完了这一章。若不是吉英在这个场景中起着她的作用，那么她简直就和那位虽然在场却没精打采、听不到声音、舒伸四肢在沙发上熟睡的赫斯特先生一样。

到了这时，我们开始意识到叙述者不断增长的对伊丽莎白的注意以及对吉英的忽视并不仅是一个凝视方向的问题。在作者诱导下，我们更多地注意起伊丽莎白来，而不去注意她的姐姐，而且我们同时还开始越来越多地从伊丽莎白的角度出发来观察小说情节以及其他人物。以第十章为例（在下一章里，吉英显然变得不引人注目了），从这个场景开始时起，作者着意鼓励我们去和伊丽莎白等同起来：

> 伊丽莎白在做针线，一面留神听着达西跟彬格莱小姐的谈话。只听得彬格莱小姐恭维话说个不停，不是说他的字写得好，就是说他的字迹一行行很齐整，要不就是赞美他的信写得长，可是对方却完全是冷冰冰，爱理不理。这两个人你问我答，形成了一段奇妙的对白。照这样看来，伊丽莎白的确没有把他们俩看错。

作者没有告诉我们说伊丽莎白微笑了，也没有描绘出她觉得有趣的任何外部情状，叙述的透视目光深入伊丽莎白的意识，这里的观察角度不仅在生理上，而且在心理上都已成为她的角度了。

简·奥斯丁凭借如此巧妙的技术手法，逐渐将伊丽莎白推向《傲慢与偏见》一书情节的中心，情节中最为本质的一部分发生在她精微隐曲的内心深处，我们对此并不感到意外。当我们读到小说的紧要关头，即达西第一次向伊丽莎白求婚时（第三十四章，恰好在小说的中央，这说明小说结构的精美），我们知道，随后的一切情节发展都取决于伊丽莎白对达西真正人品的发现。接着，很快就在第三十六章里为此奠定了基础，整个这一章透彻地分析了达西那封解释信在伊丽莎白内心所引起的反应。伊丽莎白的发现主要是一个心理过程而不是外部行动,为了强调这一事实,书中描写她意识到在她的发现中也包含着她对自我的发现。"即使我真的爱上了人家,"她叫道(这里用了个条件句来逗引一下读者),"也不会盲目到这样该死的地步……因此造成了我的偏见和无知,遇到与他们有关的事情,我就不能明辨是非。我到现在才算有了自知之明。"

因此,叙述的透视方法的运用是构成情节统一的必不可少的手段,这是伊丽莎白的故事,与其说是有关她外部行动的故事,不如说是表现她内心理智和感情的故事。然而,这就产生了一个有趣的问题。假如伊丽莎白将成为视野的中心,那么为什么在小说开头的几章里只把她放在与其他主要人物同等的地位呢?为什么迟迟不把她突出来呢?

这里似乎有很充分的理由,必须运用观察角度来制造悬念。《傲慢与偏见》一书中最激烈的外部行动,也许要数伊丽莎白在去尼日斐花园途中跳过一个水洼了。显然,这部小说中的悬念不依仗激烈的行动,甚至也不依仗由此而来的威胁——尽管班纳特太太神经衰弱,担心班纳特先生会和韦翰拼个你死我活。小说的悬念主要依仗我们对伊丽莎白的期待,期待她终会发现两件事:达西是爱她的,她也爱达西。必须引导读者比伊丽莎白本人更早地猜到这两件事,否则就会失去悬念。假如小说一开始就从伊丽莎白的观察角度来叙述,读者就不会知道达西已坠入情网,因为强烈的偏见使伊丽莎白盲目,做梦也不会想到他的深情。因此,故事的叙述者在情节的早期阶段让我们有几次机会直接窥透达西的心思:在第六章里,他开始发现她的眼睛是迷人的,到了第十章,他不得不暗自承认"以前任何女人也不曾使他这样着迷过"。达西终于不由自主地坠入情网,这个事实一旦确定下来,叙述者就能从容地调整小说的观察角度,从那位怀有偏见的女主人公出发来看问题。从此以后,我们几乎总是看到伊丽莎白处在视野的中心。

至于说伊丽莎白爱上达西,那只是到了全书接近尾声时才完成的,然而,我们一定会感到,在伊丽莎白本人意识到这点之前,这个过程早就已经开始了。要做到这一点就要使我们有机会撇开伊丽莎白的偏见去观察达西;要使我们几乎从一开始就认为他这个人至少是值得她爱的。毫无疑问,尽管达西的行为势利,我们却早就用这种眼光来看他了,这在一定程度上是因为我们知道他爱上了伊丽莎白。既然我们自己都非常喜爱她,那么达西不顾她的偏见而爱她应是他的一大优点。说明他是个有辨别能力的人。但是,我们看到,如果过早地让伊丽莎白成为视野的中心,那么我们就不可能知道达西爱上了她。在我们确信可敬的女主人公会爱上达西之前,我们就要对他怀有敬意,要做到这一点,关键也在于在一段时间内,小说的观察角度不要从伊丽莎白出发。

伊丽莎白对达西持有特殊的偏见又是怎么一回事呢？如果这里要维持一个有趣的悬念的话,那么我们决不能一心一意地怀有和她同样的偏见,我们一定要远比她早就认识到她的偏见是毫无根据的,因而可以指望她回心转意。伊丽莎白郑重其事拿来反对达西的理由有三条：她以为他剥夺了吉英与彬格莱缔结良缘的机会；他之所以这样做是因为他蔑视她家庭的社会地位；他无理地毁坏了韦翰的前程。在她指控达西犯了这些过错并当面严词拒绝他的求婚以后,他给她写了一封用心良苦的长信,说明自己受到这些指控是毫无道理的。应该注意的是,他为自己辩护的大部分理由早已客观地在书中确立了——也就是说,假如小说的叙述,起初就从伊丽莎白的观察角度出发,那就难以做到或根本做不到这一点。我们必须有不为伊丽莎白所左右、独立考察这些理由的自由,因而,她和达西可能相爱这件事,早在她本人清楚地意识到之前,就已使我们感到高兴了。

达西首先说,吉英从未表露出对彬格莱的爱情,因此匆匆打发他去伦敦不能看作是伤害吉英的感情——如果我们回顾一下,就会发现作者早在小说开头的几章里,就精心地把这一事实确立起来了。吉英的性格过于拘谨娴静,甚至在她因浪漫的热情而心旌动摇时,外表仍显得落落大方、优雅斯文。在第六章里,甚至伊丽莎白也向夏洛蒂·卢卡斯承认过这一点,但她没有想到(读者倒可能会想到的),彬格莱会窥不透吉英有教养的外表下掩盖着的真实感情。

达西解释他为何要阻止彬格莱和吉英的婚姻时说,他不能容忍他的朋友和一个有着像班纳特太太、丽迪雅、吉蒂以及曼丽这样一些缺乏教养到罕见程度的成员们的家庭联姻,而我们作为读者,从小说开头的客观叙述中,对她们在这方面的充分表演早就欣赏过了。达西对此加以非难,虽然有害于他和伊丽莎白相爱的设想,但真正危害这桩婚事的还是伊丽莎白对他的错误成见,即认为他嫌她家的社会地位太低,攀不上他。

最后,达西解释了他是怎样对待韦翰的,这里主要靠追溯他家的历史,这促使伊丽莎白注意到了韦翰对她的行为有某些不正当之处——在第十六章里，这种不正当之处本来已经充分展示在读者眼前了，只是当时伊丽莎白看不清罢了。事实上，这一章是运用叙事的透视方法的精心杰作，观察角度似乎是从伊丽莎白出发的，虽然大量写了韦翰在她内心引起的反应，然而读者仍能做出某种独立的判断，因为这一章的大部分是他们对话的详尽记录——韦翰说的话本身就表明他为人不正当。

因此，叙述的透视方法对构成《傲慢与偏见》艺术上的统一起着突出的作用，但这只能凭借造成戏剧性悬念的某些非常巧妙的修改变换方能成功。通过客观与主观之间微妙的平衡，我们有了充足的理由，可以怀着美好的渴望，期待着达西和伊丽莎白将会投入彼此的怀抱。总的说来，小说是从伊丽莎白的观察角度出发来写的，但是她对这样一个结局只是到了接近尾声时才开始察觉。

研究中还发现与简·奥斯丁运用叙述的透视方法有关的其他两个要点。其一是关系到她的所谓"动觉"——作者注入小说的一种活动的感觉，以及对这种感觉加以控制的方法；与此紧密相连的另一点是她的选择性。

《傲慢与偏见》中的很多篇章都按照生活本身的节奏而进行：以相当详尽、充分的对话来表现动作，给人以高度戏剧性的感觉。但是，请注意看，当需要把动作加快，推向情节中必不可少的一个场景时，作者会猛然一转，采用提纲挈领的写法。当伊丽莎白正在浪搏恩等待着嘉丁纳夫妇来带她到湖区去旅游时，却接到他们的一封信，说行期必须延迟两个星期，而且行程也比原计划缩短了，她觉得很失望。然而，我们精明的作者并不想无缘无故让我们等得不耐烦，仅用两个进展敏捷的句子就把一整个月的事都交待了："舅父母还得过四个星期才能来。可是四个星期毕竟过去了，嘉丁纳夫妇终于带着他们的四个孩子来到浪搏恩。"对于地理环境的交待，同样运用这种轻快活泼的笔调："本书不打算详细描写德比郡的风光。"作者进一步又告诉我们："至于他们的旅程所必须经过的一些名胜地区，例如牛津、布楞恩、沃里克、凯尼尔沃思、伯明翰等，大家都知道得够多了，也不打算写。"再隔两页，我们的脚就踩在彭伯里庄园豪华的地毯上了，为伊丽莎白与达西再次邂逅做好了准备。

说到选择性，《傲慢与偏见》的作者用以观察生活活动的滤色镜比任何摄影师的都要高明得多，它断然将中庸作家的惯用手段大量删除。伊丽莎白的头发是什么颜色的？在尼日斐花园举行的舞会上她穿的是什么服装？在书中说起的宴会上,这些人物究竟吃些什么?班纳特先生和太太的长相如何?对这些以及上百个类似的问题,作者有权不予回答,我们必须接受他(或她)想要告诉我们的东西。简·奥斯丁对于达西和伊丽莎白(在伊丽莎白终于接受达西求婚的幸福时刻)的观察研究出色地概括了她想要告诉我们些什么:"他们只顾往前走,连方向也不辨别一下。他们有多少心思要想,多少情感要去体会,多少话要谈,实在无心去注意别的事情。"思想和感情以及它们在语言词藻上的表现——这就是简·奥斯丁的世界,她驾驭叙述的透视方法的高超艺术,出色地给我们做了阐明。(薛鸿时 译)

《简·爱》与《呼啸山庄》[①]

[英] 弗吉尼亚·伍尔夫

导言——

　　对夏洛蒂与艾米莉的比较评判在勃朗特姐妹研究中历来占很大比重。选文为20世纪上半叶厚艾米莉薄夏洛蒂风尚中的重要评论。作者弗吉尼亚·伍尔夫(Virginia Woolf,1882—1941)为英国小说家、文学评论家,原文出自其评论文集《普通读者》(1916)。伍尔夫通过比较《简·爱》与《呼啸山庄》,深入两位作者的精神层面,进行了细致的解读。

　　选文通过比较夏洛蒂与艾米莉截然不同的写作风格,挖掘出两颗迥异而强劲的创造灵魂。与戴维·塞西儿认为夏洛蒂是披露自我的第一个主观小说家的见解略同,伍尔夫认为夏洛蒂是自我中心、自我局限的主观小说家,并将夏洛蒂的创作主旨归纳为"断然声明我爱,我恨,我痛苦"的固定模式。伍尔夫认为《呼啸山庄》是比《简·爱》更优秀的作品,声称艾米莉感于人间苦难,超越了狭隘的个体意识,其作品意旨深远、出类拔萃。伍尔夫欣赏两部作品所蕴涵的诗意,认为勃朗特姐妹具备诗人气质,而艾米莉则是比夏洛蒂更伟大的诗人。

---

① 选自伍尔夫《论小说与小说家》,瞿世镜译,上海译文出版社,2000年版。

夏洛蒂·勃朗特诞生至今已有一百年之久,现在她已成为那么多传奇、爱戴和文学的中心,然而,在这一百年中,她只不过活了三十九年。要是她能活到普通人的寿命,那么关于她的那些传奇将会大不相同,此事想来真是不可思议。她或许会像她同时代的某些名人那样,成为人们在伦敦或别处经常遇见的人物,成为无数画面和轶事的主题,成为许多小说(也可能是回忆录)的作者,当她离去之时,我们沉浸在对于她中年时期显赫声誉的回忆之中。她或许会生活富裕,一帆风顺。然而,事实并非如此。当我们想起她时,我们不能不想起在我们现代世界中时运不济的某一个人;我们不得不回顾19世纪50年代,想起荒野的约克郡沼泽地带一所遥远的教区牧师住宅。在那教区牧师的住宅里,在那荒野的沼泽地带,她不幸而又孤独,永远处于贫困和精神奋发的状态之中。

这些情况既然影响了她的性格,很可能在她的作品中也留下了痕迹。我们设想,一位小说家必定会使用许多很不经久耐用的材料,来建立他的小说结构,这些材料起初给它以现实感,最后却使它被没用的废料所拖累。当我们又一次翻开《简·爱》,我们无法压抑那种怀疑:我们将会发现,她想象中的世界和那荒野的教区牧师住宅一样,是古老的、维多利亚中期的、不合时尚的,那种地方只有好奇者才会涉足,只有虔诚者才会保存。我们怀着这样的心情翻开了《简·爱》,仅仅读了两页,所有的疑虑就从我们的头脑里一扫而光。

> 猩红色帘幕的褶皱阻挡了我右边的视野,左边是明亮的玻璃窗,它虽然保护着我,却不能把我和十一月的那个阴暗的日子隔离开来。当我一页页地翻阅我的书本,我不时停下来去思索那个冬日下午的情景。在远方是一片白茫茫的云雾;在近处是湿漉漉的草地和风吹雨淋的灌木,下不完的雨水在一阵长长的狂风哀号声前面疯狂地掠过。

再没有什么比那荒野的沼泽本身更不经久,再没有什么比那阵"长长的狂风哀号声"更赶时髦,也再没有什么比这种兴奋状态更加短命。它促使我们匆匆忙忙,浮光掠影地读完整部作品,不给我们时间去思考捉摸,也不让我们的目光离开书页。我们是如此的专心致志,如果有人在房间里走动,他的行动似乎不是发生在房间里面,而是在遥远的约克郡。作者攥住我们的手,强迫我们沿着她的道路前进,迫使我们去看她所看到的东西,她可从来也没有离开过我们,或者让我们把她给忘了。最后我们终于沉浸在夏洛蒂·勃朗特的天才、激情和义愤之中。不同寻常的脸庞、轮廓扎实的人物、性情乖僻的容貌在我们面前一闪而过。然而,那是通过她的眼睛,我们才看到了他们,她一旦离去,我们就休想再找到他们。想起了罗切斯特,我们就不得不想起简·爱;想起了荒野沼泽,简·爱又浮现在我们眼前;想起那个会客室,甚至那些"似乎印上了色彩鲜艳的花环的白色地毯",那个"灰白色的巴黎式样的壁炉台",它上面镶嵌着的波希米亚玻璃花饰发出"红宝石颜色"的光彩,还有那房间里"雪与火交相辉映的混合色彩"——要是没有简·爱的话,这一切又算得了什么?

作为一个人物而言,简·爱的缺陷并不难找。她总是当家庭女教师,又总是要坠入情网,在一个毕竟大多数人既非教师又非情人的世界里,这可是一种严重的局限性。和简·爱这个人物的这些局限性相比较,简·奥斯丁或托尔斯泰某部作品中的人物,就会呈现出许许多多不同的方面。他们活着,而且通过他们对于真实地把他们反映出来的许多不同人物的影响,将他们本身又复杂化了。不论他们的创造者是否守护着他们,他们到处走动,而他们所生活的世界,对我们说来,既然他们已经创造了它,这就似乎是一个我们自己可以去拜访的独立的世界。托马斯·哈代在其个性的能力和视野的狭窄方面,和夏洛蒂·勃朗特更为相近。然而,他们在其他方面的差异是巨大的。当我们阅读《无名的裘德》时,我们并不匆匆忙忙把它看完,我们沉思默想,我们离开了正文,随着枝蔓的思想线索漂流开去,在人物的周围建立起一种诘问和建议的气氛,对于这一点,他们自己往往是意识不到的。既然他们是简单淳朴的农民,我们就不得不让他们去面对着命运和那具有最大内涵的疑问。结果在一部哈代的小说中,最最重要的人物,似乎往往就是那些没名没姓的人。这种独特的能力,这种思索推理的好奇心,夏洛蒂·勃朗特是丝毫也不沾边的。她并不企图解决人生的问题,她甚至还意识不到这种问题的存在,她所有的一切力量,由于受到压抑而变得更加强烈,全部倾注到这个断然的声明之中:"我爱","我恨","我痛苦"。

那些自我中心、自我限制的作家们,自有一种力量去摒弃那种更加广泛、宽容的观念。他们的印象,在狭隘的墙壁之间被紧紧地束缚住了,并且被打上了深深的印记。从他们头脑中产生的东西,无不打上他们的印记。他们向其他作家所学甚微,而被他们所采纳的成分,他们又不能消化吸收。看来哈代和夏洛蒂·勃朗特似乎都在一种拘谨而有教养的报刊文字的基础之上建立了他们的风格。他们散文的主要成分是笨拙而难以驾驭的。然而,通过艰苦的劳动和最顽强的整体性,他们把每一种思想加以推敲斟酌,直到它征服了文字,使之与它本身化为一体。他们为自己铸造出一种完全合乎他们思想模式的散文,而且它有一种独特的美感、力量和敏捷。夏洛蒂·勃朗特至少没有从广泛的阅读中得到什么好处。她从来也没有学会职业作家的行文流畅,或者获得任意堆砌和支配文字的能力。她写道:"我永远也不能从容自如地与强有力的、考虑周全的、温文尔雅的头脑交往,不论对手是男是女。"这似乎很可能出自在外省杂志上投稿的头面作家的手笔,但她集中了火力,加快了速度,接下去用她自己权威性的声音说道:"直到我已越过了传统的保留态度的外围工事,跨过了自信心的门槛,在他们内心的炉火旁边赢得一席之地。"就在那儿,她坐了下来,正是那内心之火的红色的、闪烁的光芒,照亮了她的书页。换言之,我们阅读夏洛蒂·勃朗特的作品,并非由于她对人物细致入微的观察——她的人物是生气勃勃、简单粗糙的;并非由于她书中的喜剧色彩——她的书是严厉、粗犷的;亦非由于她对人生的哲学见解——她的见解不过是一位乡村牧师女儿的见解;我们阅读她的作品,是为了它的诗意。或许所有那些具有与她同样不可抗拒的个性的作家都是如此,结果他们就像我们在真实的日常生活中所说的那样,只要把门打开,使别人感觉到他们的存在,他们就赢得了人们的好感。在他们的心中,有某种桀骜不驯的、凶猛可怕的力量,永远在和那已被人们所接受的事物的秩序作斗争。这使他们渴望马上有所创造,而不是耐心地袖手旁观。正是这种渴望创作的热情,抗拒了一部分黑暗的阴影和其他次要的障碍,避开了普通人的日常行为而迂回曲折地前进,并且使它自己与他们更加难以表达的种种激情结成了同盟。这使他们成为诗人,或者,要是他们情愿用散文来写作的话,使他们不能容忍它的限制、约束。正是为了这个原因,艾米莉和夏洛蒂姊妹俩总是求助于大自然。她们俩都感觉到,需要有某种更强有力的象征,它比语言或行动更能表达人类天性中巨大的、潜伏的种种激情。夏洛蒂最优秀的小说《维莱特》,正是以对于一场暴风雨的描写来结尾的。"夜幕低垂,天空昏暗——一艘破船从西方驶来,云彩变幻成种种奇异的形态。"她就是这样借助于大自然,描述了一种非此不足以表达的心境。然而,对于大自然,她们姊妹俩都不如桃乐赛·

华兹华斯①观察得那么精确,也不如丁尼生②描绘得那么细腻。她们抓住了大地上和她们自己的感情或她们赋予书中人物的感情最为接近的那些方面,因此,她们笔下的风雨、沼泽和夏季可爱的天空,并非用来点缀一页枯燥文字或表现作者观察能力的装饰品——它们使那种情绪继续发展,显示了作品的意义。

一部作品的意义,往往不在于发生了什么事情或说了什么话,而是在于本身各不相同的事物与作者之间的某种联系,因此,这意义就必然难以掌握。对于像勃朗特姊妹那样的作家,情况尤其是如此。这是带有诗人气质的作家,她要表达的意义和她所使用的文字不可分离,而那意义本身,与其说是一种独特的观察,还不如说是一种情绪。《呼啸山庄》是一部比《简·爱》更难理解的作品,因为艾米莉是一位比夏洛蒂更伟大的诗人。当夏洛蒂写作之时,她以雄辩、华丽而热情的语言来倾诉:"我爱","我恨","我痛苦"。她的经验虽然更为强烈,却和我们本身的经验处于同一个水平上。然而,在《呼啸山庄》中,却没有这个"我"。没有家庭女教师,也没有雇用教师的主人。有爱,然而却不是男女之爱。艾米莉是被某种更为广泛的思想观念所激动。那促使她去创作的动力,并非她自己所受到的痛苦或伤害。她朝外面望去,看到一个四分五裂、混乱不堪的世界,于是她觉得她的内心有一股力量,要在一部作品中把那分裂的世界重新合为一体。在整部作品中,从头至尾都可以感觉到那巨大的抱负——这是一场战斗,虽然受到一点挫折,但依然信心百倍,她要通过她的人物来倾诉的不仅仅是"我爱"或"我恨",而是"我们,整个人类"和"你们,永恒的力量……"这句话并未说完。她言犹未尽,这也不足为奇;令人惊奇的却是她完全能够使我们感觉到她心中想说而未说的话。它在凯瑟琳·恩肖那句半吞半吐的话中涌现出来:"如果其他一切都毁了而他留了下来,我将继续生活下去;如果其他一切都留下而却把他给毁了,整个宇宙将会变成一个极其陌生的地方,我就似乎不再是它的一部分了。"她在死者面前所说的话中,这种思想观念又一次迸发出来:"我看到一种无论人间还是地狱都不能破坏的安息,我感觉到对那永无止境的、毫无阴影的来世生活的一种保证——他们已进入了永恒的来世——在那儿,生命无限地绵延;爱情无限地

---

① 桃乐赛·华兹华斯(1771—1855),英国作家,著名的桂冠诗人威廉·华兹华斯之妹。——译注
② 丁尼生(1809—1892),英国著名诗人。——译注

和谐；欢乐无限地充溢。"正是对于这种潜伏于人类本性的幻象之下而又把这些幻象升华到崇高境界的某种力量的暗示，使这部作品在其他小说中间显得出类拔萃、形象高大。然而，对于艾米莉·勃朗特来说，仅仅写几首抒情诗，发出一阵呼声，表达一种信念，是远远不够的。在她的诗歌中，她已彻底做到了这一切，而她的诗歌或许会比她的小说留传得更久。但她是诗人兼小说家，她必须使她自己承担一种更为艰巨而徒劳无功的任务。她必须面对其他各种生存方式的事实，和关于客观事物的机械论作斗争，以可以识别的形态来建立农庄和房舍，并且报道在她本身之外独立生存的男男女女的言论。于是我们达到了这些情绪的顶峰，并非借助夸张或狂放的言词，而是通过听到一位坐在树枝上摇晃的小姑娘独自吟唱古老的歌谣，看到荒野的羊群在啮草，听见柔和的风轻轻地吹过草地。那个农庄中的生活，以及它的一切荒唐无稽的传说，就赫然呈现在我们眼前了。她给了我们充分的机会，使我们可以把《呼啸山庄》与一个真实的山庄、把希思克厉夫与一个真实的人物互相比较。她允许我们提出疑问：在这些与我们自己通常所见的人们迥然相异的男男女女之中，如何会有真实性、洞察力或那些更为优美的情操？然而，甚至就在我们提出问题之时，我们在希思克厉夫身上，看到了一位天才的姐妹所可能看到的那个兄弟。我们说，不可能会有他那样的人物，然而，尽管如此，在文学作品中，却没有一位少年的形象比他更为生动逼真。凯瑟琳母女俩也是如此。我们说，没有任何女人会有她们那种感受，或者会以她们那种方式来行动。尽管如此，她们还是英国小说中最可爱的妇女形象。艾米莉似乎能够把我们赖以识别人们的一切外部标志都撕得粉碎，然后再把一股如此强烈的生命气息灌注到这些不可辨认的透明的幻影中去，使它们超越现实。那么，她的力量是一切力量中最为罕见的一种。她可以使人生摆脱它所依赖的事实，寥寥数笔，她即可点明一张脸庞的内在精神，因此它并不需要借助于躯体。只要她说起荒野沼泽，我们便听到狂风呼啸、雷声隆隆。

◊ 问题探讨 ◊

1. 奥斯丁说她喜欢"描绘一个村镇上的三四户人家"，在一块"两英寸象牙"上"用一支细细的画笔轻描慢绘"，而最早对奥斯丁小说进行评论的同时代作家司各特也认为她擅长描写"凡人小事",由此看来,奥斯丁是个题材狭窄、文风纤弱的作家吗?奥斯丁的小说缺乏"深度"吗?你欣赏奥斯丁吗?为什么?如何领会奥斯丁小说的叙述技巧和反讽笔调?

2. 简·爱为什么要离开桑菲尔德庄园?最后她又为什么回到罗切斯特身边?这个"不美、穷、矮小"的女子具有怎样的个性?为什么说她是文学中一个新型的女性形象?她的爱情是又一个灰姑娘式的故事吗?《简·爱》中有哪些"不大可能的情节"?

3. 希思克厉夫与凯瑟琳的爱是一种"非人间的感情"吗?希思克厉夫是一个"恶"的形象吗?小说的"荒原色彩"具有怎样的艺术功能?艾米莉·勃朗特是一位神秘主义作家吗?

4. 勃朗特姐妹在创作上各有什么特色?你认同伍尔夫的观点(即艾米莉比夏洛蒂更伟大)吗?怎样理解勃朗特姐妹创作中的"激情"?勃朗特姐妹评论的重心转移说明了什么?

5. 简论哥特小说对勃朗特姐妹创作的影响。(参阅罗伯特·海尔曼《夏洛蒂·勃朗特的新哥特体小说》一文,见《勃朗特姐妹研究》)

6. 19世纪的英国文坛女性作家崛起,成就斐然,堪与男子一争高下,除了奥斯丁和勃朗特姐妹,你还知道哪些女作家?

选 文

《匹克威克外传》①

[英] 杰斯特顿

导言——

英国小说家杰斯特顿(G. K. Chesterton,1874—1936)是19世纪末20世纪初最著名的狄更斯评论家之一,原文选自他的专著《查尔斯·狄更斯》

---

① 选自《狄更斯评论集》,罗经国编选,上海译文出版社,1981年版。

(1906)。

狄更斯的作品笔调幽默,充满人间烟火的温暖气息,狄更斯已成为英国文学传统的重要组成部分。不过,当时的文学评论家们在关注狄更斯人道主义思想、讽刺才华的同时,对作品的艺术性颇多微词。他们认为,狄更斯的艺术过于夸张,感情矫揉造作,小说结构松散,只塑造了一些扁形人物。

杰斯特顿则独辟蹊径,通过条分缕析地解读《匹克威克外传》,提出不能用小说的通常标准来把握狄更斯的作品,狄更斯并不像普通现代小说家那样追求经验变幻与人物成熟,狄更斯所凭借的是平民的传统,他创造神灵似的人物,夸大人生中的欢畅精神。

在杰斯特顿看来,狄更斯塑造的人物不是人,而似"神",因此必须用另一种标准来解读,即从狄更斯根深蒂固的平民传统出发,以神话与民间文学的标准加以衡量,而狄更斯的成名作《匹克威克外传》,就充满了这类永恒的青春气息——类似诸神漫游英国的气息。杰斯特顿称狄更斯为英国"最后一个神话作家,也许还是最伟大的神话作家"。

通过写《匹克威克外传》,狄更斯从比较低的水平一下跃到很高的水平。他以后再也没有降到《博兹札记》的水平。他以后是否又达到《匹克威克外传》的水平,也很令人怀疑。《匹克威克外传》确实不是一部好小说,但也不是一部不好的小说,因为它根本就不是小说。就某种意义来讲,它确实在小说之上,因为没有一部有情节安排和妥善结尾的小说迸发过那种永恒的青春气息——一种类似诸神漫游英国的气息。这并非一部小说,因为凡是小说都有结尾,而严格来讲,《匹克威克外传》并没有结尾——匹克威克简直就像天使。事实上,我们看到白纸黑字完结的地方并不就是照艺术意义来讲的结尾。我小时候就以为,我那本《匹克威克外传》后面准有一些被撕掉了,我现在还是觉得好像缺页似的。这部书本来可以在另外随便什么地方结束——可以在匹克威克先生被纳普金斯先生释放之后,也可以在匹克威克先生被人从水里捞出之后,总可以在一百个别的什么地方结束。这样,我们还是会认为这并不是故事的真正结尾。我们会认为匹克威克先生还是走着同样的大道,经历着同样的冒险。事实上是,这部书刚好在匹克威克先生在德里治附近租了一所房子之后就结束了。但是我们知道他不会就此停步不前。我们知道他会走出去，重新踏上冒险的道路；我们还知道，如果我们在英国不管什么地方踏上这条道路，我们就有可能在小路上冷不防碰到他。

但是关于《匹克威克外传》与严格的小说形式之间的关系，这里还需要再讲几句话，这本来是在探索狄更斯的任何一部小说或全部小说之前就应该讲的。狄更斯的作品根本不能用小说的标准来衡量。衡量狄更斯的作品从来就是看人物，有时是看各类人物，更多的时候是看故事片段，但从来不用小说的标准。人们不能讨论《尼古拉斯·尼克尔贝》算不算一部好小说，或者《我们共同的朋友》算不算一部不好的小说。严格说，并不存在《尼古拉斯·尼克尔贝》这类小说，也不存在《我们共同的朋友》这类小说。它们不过是从那种叫做狄更斯的流动不息的混合物质中分割出来的段落。这种物质中任何一个特定段落必然同时包括一部分特别出色和一部分糟糕的东西。你尽可以按照你的意见说"克伦姆兰斯这一部分写得好极了"，或者"写波芬夫妇是个错误"。这种情况正像一个人望着河水在身边流过，时而看到漂过水面的花朵，时而看到浮现的片片渣滓。但是你却不能按艺术的标准把狄更斯的产品分成一部一部的书。即使在他最差的著作中也能见到他最好的文笔。《双城记》是一部好小说，《小杜丽》不是一部好小说。但是《小杜丽》中"繁文缛礼局"那段描写却可以同《双城记》中"台尔生银行"那段描写媲美。《老古玩店》比不上《大卫·科波菲尔》，但是斯威夫勒却可以和密考伯相提并论。一般来说，没有任何理由可以认为这些卓越的人物应该在这一部小说而不是在另一部小说中出现。没有任何理由可以认为山姆·维勒在漫游中不应该信步走进《尼古拉斯·尼克尔贝》一书中去。也没有任何理由可以认为巴格斯托克少校不会从《董贝父子》中出来，一下子走进《马丁·朱什尔维特》。对于这个概括的看法要来点修正。《匹克威克外传》别具一格，甚至还具有一种不强求统一的统一性。《大卫·科波菲尔》也别具一格，尽管稍逊一筹，因为写他自己的只有这一本书；《双城记》之所以别具一格则是由于它是狄更斯稍稍改头换面的结果。但是整个看来，应该牢牢掌握住这一点，狄更斯的作品单元——基本组成元素——并不是故事，而是那些影响故事的人物，或者说，更常见的是那些不影响故事的人物。

这是明摆着的事实，但是除非明说出来，亲身感受到这一点，否则狄更斯就可能受到极大的误解和极大的贬低。因为不仅他的整套手法都是为了让某些人物得以达到自我表现的目的，而且在他身上也存在着某种更为深刻和更加非现代的东西。同样真实的是：整个制动机制都是为了表现完全静态的人物而存在的。狄更斯故事里事物的变化只是为了让我们瞥见那些不发生变化的大人物。如果十年后我们见到匹克威克其人，他准还是同样的年龄。我们知道他不会陷入使纽可姆上校①临终前得到快慰和安心的那奇异而美妙的第二次孩童时期。纽可姆在全书中都处在时间气氛的笼罩之下，匹克威克在全书中却不是这样。这一点很可能会被大多数现代人理解为赞扬萨克雷和贬低狄更斯。但这只说明理解狄更斯的现代人多么少。这也说明理解人类信念和寓言的人多么少。这个问题只有用一种说法才能大体上说明白，那就是：严格地说，狄更斯并没有创作一种文学；他创作的是一种神话。

近年来，我们西欧这个角落对于这种我们称之为小说的东西着了迷，换句话说，对于为供我们观赏而写下我们自己的生活或类似我们自己的生活着了迷。但是尽管我们称之为小说，它同旧文学的不同主要在于虚构性的减少。小说不仅模仿生活，而且模仿生活的局限；它不仅再现生活，而且再现死亡。但是超出我们的天地之外，在任何别的国家和任何别的时代，从一开头就有着一种虚构性更强的小说。我指的是现在称为民间传说的人民文学。我们的现代小说照人的本来面目去写人，这主要是社会中一小部分受过教育的人创作的产品。但是另外这种文学写的却是比人还伟大的巨人——神人和英雄；这就远远不是受教育的阶级所能完成的重大任务。创作奇迹是一种民间流行的行业，就像耕田和砌砖一样。那些架篱笆的人，那些挖沟渠的人，也就是创造神的人。人们不能选出自己的国王，却能选出自己的神。所以我们就面对着一种对那种叫做小说的东西和那种叫做民间传说的东西之间的基本对比：一种表现出我们日常生活局限内超乎寻常的灵活技巧，另一种则表现出超越那些局限的十分正常的愿望；小说是不平常的人所见的平常的事物，神话故事则是平常人所见的不平常的事物。

随着我们的世界在历史中前进到现在这段时期，这个世界已经变得分工更细，更不带全民性，民间传说也就逐渐变成了小说。但是古时的仙火慢慢才变成了一股写实主义的光亮。在我们的人物穿上世人服装已经若干世代之后，他们身上还是可以看出神的气质。连我们的词汇也充满了这类残余。遇到一部现代小说写一个性格软弱的办事员由于不能确定同哪个女人结婚

---

① 纽可姆上校，萨克雷小说《纽可姆一家》中的人物。——译注

或者信仰哪一种新宗教而感到惶惑不安,我们还是把这个没勇气的家伙叫作"主角"(英雄)——这原是对阿基琉斯高贵品质的称呼。一般人对于"圆满结局"的偏爱并不只是一种肤浅的乐观主义,这是斩魔人获胜这个旧观念的残余,也是天之骄子的最后神化。

但是这种褪了色的超自然主义还有另外一种更加难以捉摸的痕迹——这种痕迹读者感到很真切,但是批评家却把握不住。这是故事插曲中某种无止无尽的气氛,即便在最短的故事插曲中也是这样——这就是在我们读完之后觉得故事还在继续下去的那种感觉。我们现代人对短篇小说的爱好并非由于形式上的偶然性,这是对于时光的转瞬即逝和事物的脆弱易毁真正感受的表现。这表示存在只是一种印象,也许还只是一种幻象。今天的短篇小说带有梦的意味,它带有谎言所独有的那种不可追回的美。我们瞥见了伦敦灰蒙蒙的街道、印度的红土平原,像是鸦片烟引起的幻觉,我们看见了一些人——一些引人注目的、长着一张张热情又吸引人的面孔的人。但是等到故事一完,人物也就无影无踪了。我们在故事插曲后面,察觉不到任何终极和经久的东西。一句话,我们现代人用短篇小说写人生,因为现代人总是认为人生本身就是一篇不平常的短篇小说,也许还是一篇不真实的短篇小说。但是在那种古老的文学中,甚至在喜剧文学中(的确,特别是在喜剧文学中),事实却正好相反。人们感到人物是固定不变的东西,我们对人物只能有转瞬即逝的瞥见,换句话说,人们感到这些人物是神。托比叔叔总是说个没完,正像小鬼们总在跳舞一样。我们感到只要我们一敲福斯塔夫的房门,福斯塔夫一定在家。我们这种感觉就像异教徒所感受的一样。异教徒觉得在若干不信神的世代过去之后,如果一声呼喊打破了沉寂,那么阿波罗还是会在神殿里谛听这种声音。这些作家写的可能是些短篇小说,但是我们总感到这些只是一个长篇小说的片段。专为我们的使童们创作的廉价恐怖小说和普通印刷品所具有的特殊意义、甚至特殊神圣之处就在这里。尽管受着低级文化的指责,愚蠢的行政长官的怒骂和愚蠢的教师的讥笑,这里以黯淡和绝望的形式出现的是仍然流行的古老的通俗文学。这里就有不容置疑的大量书册:那许许多多关于神枪手狄克的故事,颇似许许多多关于罗宾汉的故事。这里就有那位了不起的很少显出变化的少年,就是那位在一千卷书里经过一千年也不会改变的少年。这里,在一些陋巷和阴暗的铺子里,在警察的盯梢和侮辱下,人类还是在暗中进行贩卖英雄这号生意。而在另外的国度,在任何其他时代,在更加晴朗的天空下,同样的讲故事则以更大胆的形式永不改变地继续下去,整个人世间也就成了生产神人的工厂了。

与其说狄更斯是一位小说家,不如说他是一位神话作家;他是最后一个神话作家,也许还是最伟大的神话作家。他并不是总能把他笔下的人物写成人,但他至少能把他笔下的人物写成神。他们是笨趣①或圣诞老人一类的人物。他们过着不变的生活,永远过着自己的盛夏季节。狄更斯的目的并不在于显示时间和环境对人物所产生的影响,甚至也不在于显示人物对时间和环境所产生的影响。顺便说一下,值得注意的是:只要他想写人物的变化,他准会弄得一团糟,例如写董贝的忏悔或波芬的明显堕落。他的目的是把人物悬在快乐的真空当中,悬在一个脱离时间的世界当中,也就是悬在一个基本上脱离开环境的世界当中,虽然这个说法跟《匹克威克外传》里的神圣闹剧连在一起不免显得有些古怪。然而匹克威克所遇到的全部事件,尽管往往荒诞无稽,都只是为了显示灵魂中更大的荒诞,或者尽可以说,有时只是为了让读者感到那种荒诞才构思出来的。作者会在圣诞节用大炮把匹克威克先生射到华德尔家去;作者会把屋顶掀掉,让他掉下来参加鲍伯·索耶的晚会。但是只要把匹克威克先生弄到华德尔家,嘴里喝着混合甜饮料,身边围坐着许许多多衣着华丽的人物,那时他就坐在椅子上寸步难行了。只要他来到了鲍伯·索耶的晚会,怎么去的他就会忘得干干净净,他就会把巴德尔太太和他的故事丢在脑后。因为故事只是召唤神的魔法,而神(杰克·霍布金斯先生)也就带着神的力量出现了。重要人物一旦面面相对,他们借以攀登上来的梯子就被人忘掉而倒下,故事的结构一下子土崩瓦解,故事的情节无人过问了,其他人物则在危机时刻纷纷离去,故事中整个街道交通的拥塞都是由于两三个饶舌的人拦住去路。这些人一副安然自得、超脱不群的神气简直就像他们早已进到天国一样。因为他们并不是为了故事而存在,倒是故事为了他们而存在,这一点他们是懂得的。

人们一定希望,从某种意义上讲,每个活着的人都曾遇到过这样的事:某个夜晚,同十分倾心的朋友们围坐桌旁,当时这许许多多的人物都在倾诉自己心里的话,好像热带盛开的花朵。每个人就像在一出即兴演出的、令人高兴的剧中扮演一种角色一样。每个人比在尘世中任何时候都显出更多的本

---

① 笨趣(Punch),英国民间木偶剧中的滑稽角色。——译注

来面目。每个人都成了一幅自己的美好的漫画。经历过这样夜晚的人,就会懂得《匹克威克外传》中的夸大,而没经历过这样夜晚的人则不会喜欢《匹克威克外传》,(我认为)也不会喜欢天堂。因为就像我说过的那样,在这个问题上,狄更斯接近通俗的宗教,这种宗教是最后的可靠的宗教。他设想出一种永无止尽的快乐,他设想出像喜欢恶作剧的妖精和半人半羊的牧神一样永远存在的人物,这类人物想世世代代活下去的愿望是无止境的。作为作家来说,狄更斯的出现不是为了让他的人物模仿生活和模仿生活的狭小圈子,他的出现是为了让他的人物享受生活和享受丰富的生活。因为基督教徒想让生活永不停息就说基督教徒是生活的仇敌,这固然荒谬,因为旧的喜剧作家希望他们那些不变的人物永远存在而说这些作家呆板,那就更其荒谬了。通俗的宗教给人无穷的快乐,而旧的喜剧故事则给人无穷的笑谈,这两者在我们这个时代都销声匿迹了。我们已经软弱到不再需要那种永不衰竭的活力的程度。我们相信人们享受好事情会过了头。这种不敬的信念一下子把人们向往的天堂都化成泡影。古代敢于蔑视上帝的大人物并不惧怕永世的折磨,我们却已经变得害怕永世的快乐。我并不想在那些喜欢生活和长篇小说的人同那些喜欢死亡和短篇小说的人之间的对立中赞成哪一方面。我只想指出,有些人认为狄更斯的永不改变的人物以及反复出现的口头语不过是僵硬不化和停滞不前,他们完全不理解他的作品的立意和性质。狄更斯的传统是另一个传统,他的目标也是另一个目标,完全不同于现代小说家的传统和目标,后者所追求的是经验的和人物的成熟。狄更斯站在那里创造神,像所有时代的平民一样,他站在那里,像我说过的那样,夸大生活中的生活面。他内心所赞扬的,是两位朋友之间通宵对饮畅谈时的那种精神。然而对他来说,他们就是两位永生的朋友,从取之不尽的酒瓶中不断倾酒对饮,彻夜不停地交谈着。

  这就是关于《匹克威克外传》第一件要掌握的确凿的事实——其切合《匹克威克外传》的程度超过了任何其他故事。它首先是一篇超自然的故事。匹克威克先生是一位神仙。老维勒也是一位神仙。这并不是说他们适合于荡游丝秋千,这只是说,如果他们从游丝秋千上掉下来,头先着地也不会死去。但是严格地讲,塞缪尔·匹克威克先生并不是那位神仙,他是那位神仙王子。换句话说,他是个抽象的、处处感到惊异的漫游者,是个喜剧中的尤利西斯——一个半人半仙的人物,其人性部分足以漫游四方,足以感到惊异,但是仍然带有神人所特有的欢乐的宿命信念,也就是说在最黑暗的时刻,神意会暗示他注定要永远快乐地生活下去。他启程走向天涯海角,但是他心里知道他会在哪里找到栖身的旅舍。

这就把我们带到《匹克威克外传》的独创性中最好的和最大胆的部分上来。我认为人们还不曾察觉到这一点,或许狄更斯也没有察觉到这一点。他确实不是事前安排要这样写,这是慢慢生长出来的,也许来自他灵魂中下意识的部分,像一团慢慢燃烧的火温暖着整篇故事。当然它也改变了整个故事,把它改变得面目全非。围绕后面这一点展开了关于狄更斯的无数小论战当中的一场。他的一部分好斗的虚荣心使他拒不接受批评,哪怕是最温和中肯的。另外,他借他那用之不竭的创作才能找到一种辩解,这种辩解一般来说都是事后的回想。在回答批评的时候,他不是含笑地承认俾克史涅夫的光辉形象的不合情理,而是用一种机灵的、非常不公正的讥笑去反驳,说俾克史涅夫一家人居然不承认俾克史涅夫的画像并没有让他感到惊奇。当人们反驳说老保罗·董贝的自尊心像木棒那样突然一下折断的时候,狄更斯就想证明那位绅士心中一直在进行着一场动人心魄的心理斗争,由于读者愚蠢才没有觉察出来。我想这是胡说。有些人向他指出了那件明显而不特别使人震惊的事实——我们对于匹克威克的感情在书中第二部同第一部就大不相同,我们在故事开头发现自己陪着一个即使不是个老骗子也是个滑稽可笑的老头子出发,而在故事结尾则发现自己在向一位体面的英国商人告别,这商人正是和蔼可亲、心智健全的典范。狄更斯回答这些人用的是同样的语调。同在别的场合一样,他还是用同样巧妙的自我辩解来回答。他说当然常常发生这样的事,我们刚认识一个人,往往只看到他的古怪的习性,熟了之后才发现他真正的优点。这当然完全正确,但是我认为任何一位真心喜爱《匹克威克外传》的人会觉得这不算一个回答。因为《匹克威克外传》的缺点(如果这算缺点的话)在于一种不在主角身上而在整个气氛中发生的变化。重要的不是匹克威克变成了另外一种人,重要的是《匹克威克外传》变成了另外一类书。不管两部分的艺术性如何,在严格的艺术中,这种结合必然叫做非艺术的结合。一个人写一篇故事,让一个像鲍伯·亚克斯①那样怯懦的人变成一个像赫克托耳一样勇敢的人,这在艺术上是站得住脚的。但是写一篇故事,开头

---

① 鲍伯·亚克斯,18世纪英国戏剧家谢立丹的戏剧《情敌》中的人物。——译注

的文体像《情敌》，而结尾的文体却像《伊利亚特》，这在艺术上却说不过去。换句话说，我们并不介意主人公在书中发生变化，我们不愿意看到的是作者在书中发生变化。在本书中作者确实发生了变化。他在这本书的中间，有了一个大发现，他发现了他的命运，或者更重要的是，发现了他的责任。这个发现使他由《博兹札记》的作者成了《大卫·科波菲尔》的作者。这个发现构成了我已经说过的那件事实——《匹克威克外传》的突出的、引人入胜的独创特色。

我已经说过，《匹克威克外传》是一部讲冒险的空想小说，而塞缪尔·匹克威克就是一个富于空想的冒险家。这些都非常明显。但是狄更斯的奇特的和震动人心的发现却在于这一点：在选定一个中产阶级的胖老头作为取笑的好靶子之后，他就发现这个中产阶级的胖老头是塑造空想冒险家最好的材料。《匹克威克外传》之所以特别具有独创性就在于它是一位老人的冒险故事。这是一部童话故事，但胜利者并不是三兄弟中年纪最轻的一个，而是他们叔伯中年纪最大的一个。其结果是高超、新颖和真实都兼而有之。没有比冒险故事更需要单纯的了。没有人比一位上了岁数的诚实买卖人心地更单纯的了。对于空想小说来说，他比一大伙年轻的行吟诗人都更合适；因为趾高气扬的年轻人心里早就料到自己的冒险，正像买卖人早就料到自己的收入一样。因此，在他急切追求冒险和收入的时候，却扑了个空。但是一个四五十岁的人已经习惯于无法避免的贫困，所以他的第一次休假就是重新回到青年时期。一位善良的人年纪越大，心地也就越单纯，这道理萨克雷讲得多么透彻和全面。塞缪尔·匹克威克在青年时期多半是个俗不可耐的花花公子。像金格尔那样的骗子玩弄的那种先取得信任后窃取钱财的骗局，他一概都懂或自以为一概都懂。像巴德尔太太那样狡猾的女人所耍的爱情密谋，他也全都明白或自以为全都明白。但是年岁的增长和现实生活使他忘掉了这种无用的坏知识。他的运气实在太好了。在他丢掉青年时期的愚蠢想法时，他把青年时期的智慧也一起丢掉了。狄更斯采用了一种既粗犷而又令人信服的手法，抓住了在人生后期出现的这种独特的纯真。匹克威克那张圆圆的、月亮似的面孔，戴着那副圆圆的、月亮似的眼镜，在故事中到处出现，活像某种圆圆的简单纯真的象征。这些都刻画在婴儿脸上可以看到的那种认真的惊奇表情上，这种惊奇是人类可以得到的唯一真正的快乐。匹克威克那张圆脸就像一面可尊敬的圆圆的镜子，里面反映出尘世生活的所有幻象；因为严格来讲,惊讶是唯一的反映。所有这些都逐渐给狄更斯造成深刻的印象。如果我们想起原来的计划——写尼罗德俱乐部,想起那位原本打算把全部力量放在耍弄他所创造的人物上面的作者,我们就会感到奇怪。他已经选定(或者某个另外的人已经选定)那个大腹便便的老糊涂虫,让他掉进活板门,从涂油的滑梯上滑下去,在被褥叠得像苹果馅饼似的床上挣扎。从马车里掉进饮马池溅得个一身湿。但是狄更斯,也只有狄更斯,在他写下去的时候,却发现这个胖老头多么适合去解太太们的围,敢于藐视大人物,还会跳舞和跳跃,拿生活做试验,能当解救困境的神力,甚至可以当侠客。狄更斯发现了这一点。狄更斯去匹克威克俱乐部原是为了笑骂一番,而后来他却一直在祈祷。

当那位中产阶级的胖老头儒尔丹①先生高兴地发现他一生一直在讲散文的时候,莫里哀和他的侯爵们都觉得很开心。我时常想,不知道莫里哀是否看出在这件事上儒尔丹远远高出他们每人之上。他没有陈腐的定见,所以能感受新鲜的事物,也能感受由来已久的事物。他能感到散文这种常见的东西跟韵文一样是一门艺术。散文的确是跟韵文同样高超的艺术,散文是语言的奇迹。他能尝到水的微妙的滋味,像咂酒那样用舌头呷着水。他那单纯的虚荣心和贪婪,他对生活的天真的热爱,他对学问的全然无知的向往,这些都比低声微笑的骑士那副无精打采和浮华派头更充满浪漫气息。他有意识讲的是散文,他下意识想的却是诗。如果我们意识到晚饭就是晚饭,或者生活就是生活,就像这个真正的浪漫主义者意识到散文确是散文一样,那该有多好。在这里儒尔丹是个典型。在另外一个地方匹克威克先生也是个典型。他们都代表这种真正的和被人忽略的东西——中产阶级的浪漫风气。我们这个卑不足道的时代已经以讥笑中产阶级为风气。伦敦艺术家们自称他们认为资产阶级沉闷无聊;那口气就好像艺术家们专管挑剔沉闷无聊的东西似的。颓废派艺术家轻蔑地谈到资产阶级的惯例和它要完成的任务,他们从来不曾想到惯例和它要完成的任务正是保持草绿花红——这种生命力他们已经永远失掉了——的唯一途径。斯蒂文生在他那篇精彩无比的《提灯笼的人》中描写一个男学生把黑大衣的纽扣扣紧,罩住遮光灯,为这件事而欣喜若狂。如果你想要男学生这种狂喜的心情,你就得要这个男学生;但是你一定还得要这个学校。少有的机会和限定的时间正是这一享受的存在条件。像匹克

---

① 儒尔丹,莫里哀喜剧《贵人迷》中的人物。——译注

威克先生这样的人一生都在学校,他一走出学校就会把孩子们吓一跳。正像观察敏锐的心理学家维勒先生所指出的那样,他的心比他的身体降生得晚。人们会记得,匹克威克先生遇到文克尔和爱伦小姐有越礼行为的时候,也曾为表演提着一盏遮光灯而感到很大的乐趣,这盏灯由于遮光不够,成了一件大家都讨厌的东西。他的灵魂也跟斯蒂文生那些在哈丁顿的灰色沙滩上玩耍的、在海滨暗处谈话的孩子们在一起。他也属于《提灯笼的人》一伙。我还记得,斯蒂文生说过他们在那个镇上可以买到"廉价的匹克威克(那种很好的雪茄)"。让我们盼着他们吸到这些雪茄,盼着匹克威克的胖胖的鬼影在缭绕的烟气中袅袅上升。

  匹克威克抱着一切冒险故事赖以存在的那种神圣的轻信态度投身到生活中去。初出茅庐的人不管在什么事情上最后都是胜利者,从生活中获取最多的人就是这种人。由于匹克威克被金格尔引入歧途,他将被带到白牡鹿旅社,看一下唯一剩下的、在院子里擦皮靴子的维勒。因为他受道孙和福格的骗,他就想当侠客进到狱中,把那两个最对不起他的男人和女人拯救出来。一个聪明到可以受愚弄的人,他的灵魂是决不会热衷于伟大功业和激动人心的事的。他陷进为他安排的圈套里还感到快乐,他会在罗网里打滚、入睡。一个人如果不是只凭勇气,而是具有更富挑战性的温和品性,那么所有的大门都会一下子向他敞开。全部的道理可以确切地用一句难得的妙语表达出来——他永远要"上当"。到处上当也就是洞察一切。上当是环境对他的殷勤接待。生活举着火把、吹着喇叭像迎接客人似地接待这个初出茅庐的人,而怀疑论者却让生活给撵出门外。(张金言 译)

◉ 问题探讨 ◉

  1. 狄更斯童年的经历对他的创作产生了什么影响?他的小说中有没有一种"孤儿意识"?他有哪几部以孤儿为题材的小说?

  2. 狄更斯是不是一个现实主义作家?如何看待他小说中的夸张、怪诞的描写和失真的人物形象?

  3. 比较狄更斯的《双城记》与雨果的《九三年》。

选 文

论巴尔扎克①

[法]马塞尔·普鲁斯特

导言——

马塞尔·普鲁斯特(Marcel Proust,1871—1922)为法国小说家,本文选自其专著《驳圣伯夫》第十一章"圣伯夫与巴尔扎克"。标题另加。普鲁斯特否认圣伯夫的理论出发点,即作家的生平是作品形成的内在依据,从而为后来兴起的美国新批评开辟了道路。他提出了一系列关于感觉、印象、回忆以及情感、欲望的观点和分析方法。

普鲁斯特于文章起始部分辨析了巴尔扎克为人写作中的庸俗一面,而于本文节选的后半部分表达了对巴尔扎克写作才华的高度肯定。

从读者接受的角度出发,普鲁斯特首先指出读者对艺术家巴尔扎克的热爱。普鲁斯特从多个角度赏析巴尔扎克深厚有力的艺术表现手法:他激赏人物再现法所造成的暗埋伏笔、环环相因的艺术效果。普鲁斯特指出,巴尔扎克的人物源于对现实生活的提炼概括,具有普遍性与真实性,行文中不乏刻画个性、描摹心理的神来之笔;巴尔扎克对人物生平性格的介绍有助于建构深度。普鲁斯特赞美巴尔扎克众多作品所形成的恢弘气象,以及巴尔扎克反复处理类似主题的完美绘画效果,认为巴尔扎克包罗万象的写作方法使人物、情节更显精微真实。

普鲁斯特对巴尔扎克小说艺术的高度肯定,对小说人物的欣赏赞叹,同时也正是对圣伯夫文学批评方法的反拨,对"玩文学"文艺批评态度的否定。

巴尔扎克,他的庸俗性,人们都知道,开始时人们往往会感到不快;继后,

---

① 选自普鲁斯特《驳圣伯夫》,王道乾译,百花洲文艺出版社,1992年版。此书可能写于1908年,生前没有发表,作者去世后由他人根据手稿整理成书,1954年出版。

他们渐渐就喜欢他、爱他了,于是对这种天真,他本人就是这么天真,人们也就含笑接受下来。人们固然是热爱他的,不过也带有一点嘲笑,这嘲笑是混在亲切爱意之中的;人们了解他的怪僻,知道他的种种毛病,这一切人们也是喜欢的,因为这正是他性格上最突出的特征。

巴尔扎克在某些方面始终保持着一种缺乏组织的风格,人们可能认为他没有设法使他笔下人物的语言客观化,或者客观化了却未能时时注意特殊的个性。情况恰恰相反。他一向是把他对历史、艺术等的看法不加掩饰地和盘托出,把极深的用意加以掩藏,并将他的人物语言描述中的真实性直接表达出来,因为说得非常精致细腻甚至不会引起人们的注意,对此他又不去予以指明。美丽的罗甘夫人有着巴黎女人那样的才智,对于图尔这个城市来说,她还是省长夫人,当巴尔扎克要她说话的时候,如她关于罗格龙家中内情说的一些笑话,只有她说得出,的确是属于"她"的,而不是巴尔扎克的!

教士开的玩笑,伏特冷唱的"特兰—拉—拉—特兰—特兰!",葛朗利厄公爵与主教代理官帕米埃谈话中表现出来的那种低能,如:

> 主教代理官说,蒙特里沃伯爵死了,这个胖人狂吃牡蛎令人难以置信。——他吃了多少?葛朗利厄公爵问。——一天十打。——不难受吗?——一点也不难受。——啊!了不起了不起!爱吃这玩意儿没有让他得上胆结石?——没有,他很健康,他死于意外事故。——意外事故!天性叫他贪吃牡蛎,牡蛎对他说不定是不可缺少的。

又如吕西安·德·吕邦泼雷,即使是讲悄悄话,也带有那种俗不可耐的快活情绪,青年时期缺乏教养留下的那种怪味,但伏特冷喜欢这种东西:"吕西安想,他是会玩布伊奥特①的。";"入迷了。";"天生的阿拉伯人!";"吕西安对自己说:'我要让他什么都捞不到。'";"这是个狡猾的家伙,比起我来,他更不像是教士。"实际上,喜欢吕西安·德·吕邦泼雷的不仅是伏特冷一人,还有奥斯卡·王尔德。可叹的是,生活在后来才让奥斯卡·王尔德懂得,他受到的痛苦远比书籍带给他的痛苦更为尖锐,更加沉重。早期,王尔德说过(他那时

---

① 布伊奥特,一种牌戏。——译注

说"自从有了湖畔诗人一派,泰晤士河上才有雾"):"我生活中最大的痛苦是什么?《烟花女荣辱记》中吕西安·德·吕邦泼雷的死。"其实奥斯卡·王尔德处在他一生最辉煌时期,对吕西安·德·吕邦泼雷有这种偏爱和同情其中自有某种独特的戏剧性在内。他的确对吕西安动了感情,读者如果从伏特冷的眼光,即巴尔扎克的眼光去看,也是一样。有这样的眼光,他可说是一位特选的读者,比起大多数读者来,他的确是完全具备这种眼光的上选的读者。人们一定会想到,若干年后他本人也成了吕西安·德·吕邦泼雷。吕西安·德·吕邦泼雷在巴黎锒铛入狱的结局,他在上层社会辉煌生涯的彻底崩溃,已经有事实证明他一直同一个死刑犯保持密切的关系,吕西安·德·吕邦泼雷的结局无非是王尔德即将到来的结局的预演罢了——只是王尔德当时并未觉察,这倒是实情。

  在巴尔扎克的"四联剧"第一部最后一幕(巴尔扎克的小说一部自成一体的不多,他的小说都是一组一组循环组成的,一部小说只是其中的一个组成部分①),每一句话、每一个举动都包括伏笔,有种种隐情在内,这一切巴尔扎克并没有告诉读者,但写得很有深度,而且引人入胜。这种伏笔写法引起一种十分独特的心理效应,一种难以言传的微妙的心理作用,只有巴尔扎克能够做到,此外没有人可能取得这样的效果。所有这一切,由伏特冷在路上叫住他不认识的吕西安那种举止方式可以看出,他注意的仅限于吕西安的身形体貌,直到一种无意的举动,即身不由己地挽起吕西安的手臂,这一切并没有透露出生活中关于他对人的支配、两人结盟的学说不相一致的确切含义,等等。还有伏特冷那种伪装成胖教士的模样,在吕西安看来,上述的含义就被美化了,伏特冷的看法或许也是这样,自有一种不可明言的思想隐含其中。写到把有字迹的文件一口吞下肚去,对有这种狂热的人物所写的一段题外话,即写伏特冷这一类人最喜欢的那种学说,隐秘必须尽量不向外泄露,他们的性格特征不是写得很好吗?写得最好的是这两个旅行者从拉斯蒂涅城堡的废墟前经过那一段,它也是写得最美的,这是无可争议的。对此我说是"同

---

① 巴尔扎克的手法是:情节酝酿阶段缓缓推进、展开,主题一步一步扣紧,然后闪电般收拢结束(《金眼姑娘》、《萨拉金》、《朗热公爵夫人》等),同样还有时间的穿插(《朗热公爵夫人》、《萨拉金》),很像是不同时期的熔岩混结在地层之中。——原注

性恋的奥林匹欧的忧伤①";他深愿再看到那一切,泉水旁的池塘。人们知道,在《高老头》中伏特冷在伏盖公寓控制拉斯蒂涅的计划虽未见效,但现在却试图施之于吕西安·德·吕邦泼雷。他虽然没有取得成功,但拉斯蒂涅毕竟已经卷入他的生活。伏特冷叫人杀了泰伊番的儿子,让他娶了维克多丽娜,后来,拉斯蒂涅与吕西安·德·吕邦泼雷相仇,伏特冷装出一副假面孔,要拉斯蒂涅想一想伏盖公寓的某些事,并强迫他对吕西安进行保护,甚至在吕西安死后,拉斯蒂涅还经常派人到某个陋巷去会见伏特冷。

若不是巴尔扎克笔下许多人物在他多部小说中一再出现,这种深受赞赏的创造,这样的效果,是无法取得的。这就像是从作品深处射出一道强光,照在一个人的全部生活之上,以其凄切混浊的光芒,一直照射到多尔多涅乡村别墅和这两位旅人旅程中途驻留之地。圣伯夫绝对不会理解多部作品保留人物这样的做法,他说:"这样的意图最终将他引向错误的观念,而且完全违背欣赏兴趣,我的意思是说,让人物如同熟知的不说话的配角在几部小说中反复出现不符合欣赏要求。只有出新才不致挫伤好奇心,不会破坏出乎意料所具有的魅力,而出人意料是小说吸引人之所在。因为人们看到的不是时时都是那些相同的老面孔。"巴尔扎克的天才所包含的思想,圣伯夫也不会理解。可能有人提出,巴尔扎克的思想亦非一蹴而就。巴尔扎克的成套小说其中有一部分是后来才放进去的。这又何妨。《耶稣受难日奇迹》是瓦格纳构思《帕西法尔》之前创作的乐曲,后来才纳入《帕西法尔》。但是,这些附加部分,这种锦上添花之美,在他的作品的各个分开的部分天才突然发现了这种新的关系,各个分开的部分因此结合起来,共生共济,再也分不开了,这不正是天才无比奇妙的直觉吗?巴尔扎克的妹妹曾经讲到他获得上述思想时是多么高兴,我也同样感受到了他开始写他的作品前怀着的巨大的欣喜之情。一道强光出现,照射在他的作品上,作品的各个不同部分本来一直是暗淡无光的,现在一下变得生机勃勃,五彩缤纷,而光源仍然是出自他的思想。

圣伯夫的批评在其他方面,其荒谬也所差无几。圣伯夫指摘巴尔扎克"文体上放纵",不幸圣伯夫缺少的恰恰是这种"文体上放纵",圣伯夫还责备巴尔扎克缺乏趣味修养,这在他本人来说也是极其明显的,他常常引出一个

---

① 《奥林匹欧的忧伤》是雨果的著名长诗。后一句为原诗第13行。——译注

句子作为例证,句子原属于一些写得很好的片段,在巴尔扎克那里,这类片段所在之处多有思想熔铸于其中,文体风格与之交融一致,句子依傍其间密不可分,如说这些老姑娘"居住在城里,她们的生活情况犹如一株植物千千万万的毛细管渴求叶片上的露水,她们急于要探听每一个人家的消息、秘密,大力吸收,再把打探到的大量传闻、隐私传给特鲁贝尔神父,就像绿叶吸收新鲜空气传输给植物的茎一样"①。几页之后,圣伯夫又发现有可指摘的句子:"这就是图尔全城沸沸扬扬女人密谈的毛细管向外抛出的一些语句的内容。"巴尔扎克居然对女人的弱点,即青春年华消逝(《三十岁的女人》)大加奉承,作品因此受到欢迎,圣伯夫认为他取得成功的原因竟是这样:"我的一位十分严厉的朋友说:亨利四世一个城市一个城市地征服他的王国,巴尔扎克先生却是以种种弱点征服他的不正常的读者。今天是三十岁的女人,明天是五十岁的女人(还有六十岁的女人),后天则是萎黄病患者,在克拉埃家族,则是畸形女人",等等。巴尔扎克在法国各地受到欢迎,风靡一时,圣伯夫说:"这是因为他利用巧妙手法选择不同地点展开他的故事情节。"在索缪尔,将有人在一条街上向游客指出欧也妮·葛朗台的住房;在杜埃,也许有人已经指明哪里是克拉埃的住宅。作为一个淳朴的图尔人,格勒纳迪耶尔的所有者,一定会得意洋洋,笑容满面。作家把他的人物安排到各个城市活动,取悦这些城市,赢得好感。谈到缪塞说他喜欢糖果和玫瑰等,圣伯夫说:"居然喜欢那么多的东西……"他的意思是一目了然的。但是他对巴尔扎克规模宏伟的构思、描绘图景的丰盛繁富也十分不满,说那是杂乱无章的堆积:"拿掉他的故事《三十岁的女人》、《弃妇》、《新兵》、《格勒纳迪耶尔》、《单身汉》,拿掉他的小说《路易·朗贝尔》、《欧也妮·葛朗台》,他的杰作,还剩下大量作品,一大批故事,各类小说,什么滑稽小说、经济小说、哲理小说、磁性感应小说、神智学小说!"但这一切,正是巴尔扎克作品的伟大之所在。圣伯夫说:"巴尔扎克是全力投向19世纪的,一如全力投向他的主题,他说社会是一个女人,需要她的画师,而巴尔扎克就是她的画师,他在描绘她的时候完全不顾传统,为描绘这个野心勃勃、搔首弄姿的社会,他对自己所运用的方法、技巧进行了全面革新,因为这个社会是空前的、无可比拟的。"但巴尔扎克并不满足于做出这样的描绘,至少不满足于描绘出单纯意义上的忠实肖像。他的作品培育着美好的观

---

① 见《图尔的本堂神父》第9章。——译注

念,关于完美绘画的观念,如果你愿意的话(因为他一直思考着存在于另一种艺术形式中的艺术),就像这样,在他的作品中孕育着绘画效果,即绘画的观念。正像他在绘画效果中发现某种完美的观念,同样他也能从一部作品的观念看到某种完美的效果。他反复观赏一幅绘画,画上呈现某种引人注目的独创性,赞叹不已。现在,我们不妨设想这样一位文学家,他具备某种特定的观念,凭借各种知识,处理同一题材,不下二十余次,竭力想创作出某种深刻、精细、有力、具有决定性、独创性、激动人心的作品,就像莫奈画五百幅大教堂、四百幅睡莲一样。一个狂热的绘画爱好者,有时也会一时兴起,向往自己也有画出一幅令人倾倒的绘画的意念。一个观念毕竟是一个观念,是一个具有支配力量的观念,而不是像圣伯夫所说,是未经事先设想画出的图画。按照他的这种观点,相比之下,福楼拜甚至连预先酝酿的观念也没有了。请注意《萨朗波》《包法利夫人》的色调。一个主题开始出现,他不满意,于是重新开始,继续工作。所有伟大作家在某些点上是彼此相通的、相似的,就像是全人类只有唯一一个天才人物生活在不同的时期,尽管有时不免也有不相一致之处。但福楼拜与巴尔扎克是相似的,因为他说过,"必须给费莉西泰①一个光辉的结局"。

巴尔扎克小说写生活中千百种事物,在我们看来,偶然性未免过多,但他表现生活的真实性却赋予这种种事物以一种文学价值。偶然性的规律正好在他的作品中得到自由的展开。巴尔扎克笔下种种事件、人物,我们不去谈它。不是吗?别人没有谈的,我们两人从来不去多谈。但是,譬如说,一个生活不幸的女人读巴尔扎克,对一个并不认识的国家却产生了真诚的爱意;或者,譬如一个有不光彩的过去的人,如一个在政治上名誉扫地的人,来到另一个国家,这里没有人了解他的过去,他结交了许多朋友,周围关系相处甚好,于是他想到,要是这些人追问他是何许人,他们一定会弃他而去,他必须设法避开这样的风暴袭击。他要离开这个风景区,在这种地方不须多久,那种令人不快的了解真相的事就会落到他的头上,他孤独一人带着忐忑不安的愁闷心情上路了,不过他也有他的欣慰之事,因为他正在阅读《卡迪央王妃的秘密》,他知道这不过是参与某种文学描写的情境,由此获得某种美的享受。当车子沿着大路在一片秋色中行进,把他带到信任他的朋友那里去,这时心绪

---

① 费莉西泰,福楼拜短篇小说《一颗单纯的心》中的女主人公。——译注

不安之间就混有某种感人之处,如果世上没有诗,爱情的烦忧也就没有魅力了。按理说,人们责备他的种种罪愆,如果都是天性中所必有,那么他的忠实的朋友德·阿泰弦、拉斯蒂涅、德·玛赛声名扫地他一定也是不堪忍受了。各种情境中偶然的、个人性质的真实性可能把一些人专有的姓名加在众多的情境之上,例如拉斯蒂涅娶了他的情妇但裴纳·德·纽沁根的女儿为妻,吕西安·德·吕邦泼雷在被捕前娶了葛朗利厄小姐,伏特冷继承了吕西安·德·吕邦泼雷的遗产,这份财产原是他想方设法为吕西安弄到手的,就像德·朗蒂的财产建筑在红衣主教对一个阉人的爱情上一样,这个小老头人人都来拜见,他积累的一份财产是惊人的。他就是用这种精微深细的真实性让人们在后来仍然能够称道;这是多么真实! 这种真实性是他从上流社会生活表层采集而来,无不具备概括面相当大的普遍性品位。(在《夏娃的女儿》中,旺德奈斯夫人和蒂埃夫人两姐妹,她们的婚姻如此不同,她们彼此仍然相互敬爱。大革命以后,妹夫蒂埃不是贵族出身,却成了贵族,而费利克斯·德·旺德奈斯则不然——两位阿姨,德·旺德奈斯伯爵夫人和侯爵夫人,因为姓氏相同竟有许多令人不快的遭际。)还有更为深刻的真实性,如帕基塔·瓦尔代斯,她爱上了一个像女人一样的男人,和他一起生活;就像伏特冷供养的那个女人一样,她每天可以见到她的儿子萨勒诺弗;又如这个萨勒诺弗娶了德·莱斯托拉德夫人的女儿。以上种种,在戏剧的表层情节之下,却是肉欲与情感的神秘法则在运转。

　　对他的作品做这样解释,有一件事令人感到不安,这就是以上所说的恰恰是巴尔扎克在他通信中从不涉及的,他在书信中虽然谈到他的其他几部作品,认为其是卓越的,但谈到《金眼姑娘》口气极其鄙视,对《幻灭》的结局——我曾经谈到那个令人赞叹的场面——巴尔扎克竟不置一词。夏娃这一人物,在我们看来,没有什么可取之处,据说巴尔扎克认为这是又一独特的发现。这很可能恰巧是我们今天的文学与他写出的作品之间有所相似的缘故。

　　圣伯夫对待巴尔扎克永远都是这么做的。他不谈巴尔扎克写的三十岁的女人,却大谈与巴尔扎克不相干的三十岁的女人。他对巴尔塔扎尔·克拉埃(《绝对之追求》)写上几句之后,大谈现实生活中的某一个克拉埃,此人也留有一部关于他自己的"绝对之追求"的作品,圣伯夫大段大段地引用这个小册子上的文字,这当然谈不上什么文学价值。他凭他那种文学弄着玩玩的虚伪恶劣的观念,居高临下错误地判断巴尔扎克对《贝姨》中斯坦卜克的严肃态度,巴尔扎克认为仅仅是艺术爱好者是不会有所成就、有所创造的,艺术爱好者并不理解艺术家须为艺术献身这样的道理。巴尔扎克说:"荷马……与缪斯姘居共处。"圣伯夫看到这个说法大为恼怒。这句话也许不尽妥切。但事实上,对于过去的杰作的阐释只能根据创作作品的人的观点,保持一定距离,以学术上的尊重态度加以审视,而不应是其他。自上一个世纪以来,文学创作外部条件可能已有变化,文学家职业可能也发生变化,成为更为专一、更为专心致志的事务,这是可能的。但是创作活动内在精神的规律不会改变。说一位作家像上等人物那样爱好艺术弄弄文学以欢度余年,也可能不时展现才华,这完全是一种虚伪的天真的想法,这就好比说一位圣徒通过高超的道德生活以便上到天堂能过快乐的世俗生活一样。只有像巴尔扎克那样理解古代伟大人物,才能接近古代伟大人物;像圣伯夫那样理解古人,离古代伟大人物就远了。那种玩玩文学艺术的观念是什么也创造不出来的。贺拉斯无疑与巴尔扎克更相近,而与达吕先生或莫莱先生相去甚远。

居斯塔夫·福楼拜[①]

[美] 勒內·韦勒克

导言——

  本文选自美国文学批评家勒内·韦勒克(Réne Wellek,1903—1995)的著作《近代文学批评史 1750—1950》(1955)第四卷第一章。

  福楼拜研究历来多为文体批评,而韦勒克的这篇文章则主要关注福楼拜的美学思想。韦勒克认为,福楼拜的美学思想阐明了小说与一切艺术长期存在的根本问题。

  韦勒克指出,福楼拜在理论和实践上体现了新兴的现实主义:"福楼拜真诚地追求艺术上的客观性,即一要无我,二要冷漠、超然、中立;无我即反对有用意的小说,冷漠即反对重感情的自传小说。"韦勒克将这些观点构筑成解读

---

① 选自韦勒克《近代文学批评史 1750—1950》第四卷,杨自伍译,上海译文出版社,1997年版。

福楼拜的内在平台。从这一角度,韦勒克注意到福楼拜创作观点与创作实践的诸多矛盾。具有批评家倾向的福楼拜十分反感现实主义与自然主义潮流。韦勒克还注意到,福楼拜具有与其创作观点相悖的柏拉图主义乃至形式主义倾向。对此,韦勒克的解释是:"福楼拜的核心概念游移于当时的两大趋向:科学作风及客观论与唯美主义及艺术至上论。"然而,"无论理论还是实践方面,福楼拜都未将现实主义和唯美主义综合起来"。

居斯塔夫·福楼拜在理论和实践方面提供了上述要素。① 由于福楼拜的态度,《包法利夫人》令时辈莫明其妙,为之震惊。守旧的批评家阿尔芒·德·蓬马丁所不满的是,"作者完全使其作品达到了无我境界,因此终卷之后读者无从知道他的依违所在"。巴尔扎克、狄更斯、萨克雷及其他作家从未使人在道德上是非莫辨。即便作为短期刊物《现实主义》(1856)的编辑、赞同尚弗勒里观点的迪朗蒂也冷落了《包法利夫人》。他觉得作品冷酷而无生气,更像数学论证而非长篇小说。圣伯夫知道福楼拜的父亲是外科医生,于是意在言外地说福楼拜,"援笔有如手术刀。解剖学家和生理学家不计其数,可谓触目皆是"。在那个年代,福楼拜的理论观点不可能尽人皆知。唯有《致乔治·桑书信集》(1884)和《福楼拜通信集》(4卷,1887)的先后刊行才比较详细地托出了他的理论学说。莫泊桑为前者撰写了长篇序言加以介绍,后者包括创作《包法利夫人》期间(1851—1856)写给路易丝·科莱②的信件。尽管不成条理,心情时好时坏,内容因人而异,这些信件依然产生了深刻的影响,它们不仅评述福楼拜的创作过程,品题侪辈作家,而且表述了一种美学思想,它在若干要点上鲜明扼要地阐说了小说写作和一切艺术长期存在的根本问题。

《通信集》是反映这位作家"献身精神"以及他与语言和棘手的内容进行拼搏的权威依据。福楼拜屡次嗟怨自己进展缓慢,劳瘁终日,成了作品的奴隶:五天才写了一页,一周写文五六页,六周完成二十五页。七周之内仅写了十三页,通宵达旦地搜寻一个形容词。"天哪!真是在拼命!多么苦的差事!

---

① 即韦勒克论及巴尔扎克的"现实主义"时说到的"作者不露面目,态度超然,感情冷漠"。——编注
② 科莱(1810—1870),法国作家。——译注

多么令人寒心!"他工作时始终处于一种亢奋状态,怀着"对于自己作品的疯狂而执著的热爱,就像苦行僧偏爱那扎疼肚子的粗毛衬衣一样"。爱损人的批评家也许猜想福楼拜总要夸大其词,因为他实则是在给一位多愁善感而又要求严格的丰产女作家写信。但他毕竟还是一贯地奉劝她不要凭借灵感,而应尽量少写,用笔精细。对于"艺事的巨疼"之说未可尽信。"他的指手画脚、他那愁眉苦脸、十足稚气的一面"乃是性情使然。他喜欢离群索居、不事张扬,怯于抛头露面,瞧不起感情发泄,因此他对拉马丁、缪塞、贝朗瑞没有好感。这表明了他对自身存在的强烈的浪漫气息的自我批评。

福楼拜真诚地追求艺术上的客观性,即一要无我,二要冷漠、超然、中立。这些字眼含义不尽相同。客观性是德国人所熟悉的,法国人则觉得是个学究气的新词。1887年莫泊桑竟称之为"可恶字眼"。"无我"起先是行文上的一种说法,指的是作者不可在小说里露面,不可对笔下人物说长道短,不可从中引出寓意或唱高调。福楼拜袭用了先前雨果《克伦威尔·序言》中的一个比喻,要求作家犹如"宇宙之中的上帝,无所不在却又永不显形。艺术既为第二自然,这种自然之创造者便应根据类似程序来着手。应该意识到,事无巨细,无形之中永远要保持中立"。福楼拜之后又以不同的提法重申道:"艺术家不应在其作品中显形,恰如自然中的上帝一样。人不存在,作品就是一切。"所以福楼拜认为"小说家根本无权对于任何事情发表意见。上帝透露过他的天意吗?"这种神圣的客观性,即斯宾诺莎学说中所谓艺术家——创造者的神性论,很容易变为中立、超然、冷嘲旁观、顽固不化、冷漠。于此可见,福楼拜的核心概念游移于当时的两大趋向,科学作风及客观论与唯美主义及艺术至上论。无我即反对具有用意的小说;冷漠即反对重感情的自传小说。

福楼拜鄙视说教艺术,讨厌涉及当代政治和社会的重大问题,不够慎重地提出了凡是真正的艺术本身便合乎道德这一臆说,凡此种种,人们津津乐道。不过这种艺术至上的超然说的某些方面肯定是会令人误解的。"今天我甚至相信有头脑的人(没有三副头脑还成什么艺术家?)既不该有信仰也不该有祖国甚至社会信念。"这段出名的文字似乎是从戈蒂耶《莫班小姐》的序言里照搬来的。但是福楼拜自有其政治观点,时而甚至十分偏激,诸如对巴黎公社的谴责,他所持的社会态度非常明确,比方他憎恨有产阶级,但这并未减轻他对无产阶级大众的蔑视;同时他也有自己的宗教或者毋宁说不信宗教的观点。这些观点非但表现于他的个人生活,而且贯穿于他的小说,谁会曲解

《情感教育》或《布法与白居谢》中的政见呢？"假如读者没有从中汲取应有的道德教益，他便是低能儿，要不就是作品背离了正确的观点。"我们应当赞同他的看法。因此那些"有立场的"反对福楼拜的作家的盛怒似乎毫无道理，尽管他们正确地指责了他的社会态度。萨特声称："我以为福楼拜和龚古尔①应对伴随巴黎公社而来的镇压负责，因为他们未写过只言片语加以制止。"萨特如此天真，似乎令人惊奇了。亨利·詹姆斯所作的相反的斥责则更能说明福楼拜蔑视和憎恨乌合之众的原因："他始终在大门口、在大院外徘徊……他至少应该在灵魂深处倾听一番。"

福楼拜首先关心的问题是产生幻觉，即不必唤起直接感情的虚构世界给人的幻觉。在他看来，这是"某种完全不同于低级等次的成分。那些不值四分钱的情节剧使我为之落泪，而歌德从未使我泪水汪汪，我有的只是敬佩"。"幻觉产生于作者的无我境界。"福楼拜使读者确信《包法利夫人》"是一个完全编造的故事"。他多次告诉人们自己"写下了缠绵的篇章而没有爱情，写下了炽热的篇章而没有些微热血"。他谈到变色龙似的诗人天性时俨如济慈："你可以描写酒、爱情、女人或荣誉，只要你不变成酒鬼、恋人、丈夫或军人。人到中年，对于创作便无好感了，它不是给人过多的乐趣便是过多的痛苦。依我之见，艺术家是怪物，是缺乏天性的生物。"这种论调也是狄德罗昔日关于演员的反论。

有时福楼拜滔滔不绝地大谈他对《包法利夫人》的女主角、书中的世界以及主题本身的反感和深深的厌恶。"包法利夫人就是我"这句话时常为人引用，却显然不是真话，推究其源，直至1909年才有此说。但他倒是谈起"我的五脏六腑都想呕吐出来"，而且他在书信里并不隐瞒看法，包法利夫人是"故作风雅无病呻吟的女人"。在题材选择方面，他通常予以辩护，称之为"绝招"、"习作"、"批评或解剖之作"、"本然的意志力的活动"、"苦心孤诣编派而成的东西"。他还站在一般的理论基础上分辩说：一切主题不分高下。"约弗托②和君士坦丁堡价值相侔"，因为"艺术家应该升华一切"。自然主义盛行之时，福楼拜又将这句名言反其意而用来抵制于斯曼的早期小说《华达尔姊妹》。"恒河并不比毕埃弗河更具诗意。只是毕埃弗河如今的诗意不及恒河

---

① 即同时代的法国作家埃德蒙·龚古尔。——译注
② 约弗托，法国塞纳滨海省首府。——译注

了。我们要防止再度撷拾那些特定的主题和古典悲剧中的造作词汇。因此笔者认为运用粗俗词语可使文笔画龙点睛,而在以往笔下生花全靠精选的字句。"亨利·米勒之流果然应验了这句预言。

但是"包法利夫人就是我"之说不是无中生有的。超然不偏往往又与认同意识相辅相成,倘若认同对象不是女主角,那么至少是一情一景或是七情六欲。福楼拜竟说"对涉及我本人的一切均无兴趣","荷马、拉伯雷、米开朗基罗、莎士比亚和歌德在我看来毫无恻隐之心"。但他也有罗曼蒂克的情调。写到包法利夫人初次和罗道耳弗在树林里"堕落"的情景时,他几乎如醉似狂地说道:"今天写的是男人和女人,情夫和情人,秋日午后我在树林里骑马,枯叶阵阵飘来,我就是马儿,落叶,风声,笔下人物的谈话,甚至是使他们微微闭上沉醉于爱乡的双眼的红日。"致泰纳的著名信件用生理学术语叙述了这种认同意识,该信也是对一份科学调查表的答复。"描写爱玛·包法利中毒时,我嘴里有股砒霜味,中毒程度十分厉害,我连着两次反胃——真真实实的两次反胃,因为吃的饭全呕出来了。"要想自圆其说,那是徒劳的。福楼拜的天性和理论上无非有这两个方面——超然与介入,现实主义与浪漫主义。

福楼拜一旦把握住内容与形式、主体与客体的统一性,问题便迎刃而解了。他从早年就看清了"美的思想若无美的形式则无法存在,反之亦然。思想只能通过其形式而存在"。他宣称"意境与艺境的区别"乃是"戏论"。"形式是外衣。不对。形式是思想的血肉,恰如思想为其灵魂、为其生命。"或者说形式和内容是"互为依存的两个实体"。但是福楼拜经常忘记了这一卓见。在为人熟悉的下述文字里他已走向形式主义的极端:"我以为美的、我乐于创作的作品无所谓内容,这种作品不假外在依傍而能通过其艺境的内在力量自给自足,好比地球存在于空气之中,这种作品几乎没有主题,或者说主题至少要尽量隐而不现。最美的作品即是那些材料十分单薄的作品。"不过这种论点孤掌难鸣,它所展望的是渺茫的理想,根据这种理想,"主题不分优劣"便成了至理名言。福楼拜本人的作品实则材料充塞,乃至钩稽宗卷,堆叠压载,真是负载沉重。

由此可见,福楼拜对于现实主义的反应极其含糊。在美学上他追求理想美,口吻每每如同柏拉图主义者。参观帕特农神庙是福楼拜没齿难忘的一次经历。"尽管众说纷纭,艺术终非幻觉。"多年之后他怀着万分的喜悦回忆起雅典卫城的一堵墙垣剥落的残壁。"嗬,我感到纳闷的是,"他告诉乔治·桑说,"完全撇开内容的话,一部作品是否产生不出同样的效果。作品的各个部分契合无间,由绝妙的成分所构成,表面精工百炼,呈现为一个浑然整体,在这样一部作品之中一种固有的效能,即有几分神力,有某种定理一般永恒的东西是否不存在呢?"他同时直言不讳地说:"我的言论如同柏拉图主义者。"尽管福楼拜不顾一切地力求把自己的见闻认识清楚,再现出来,同时加以分析解剖,他对于现实和现实主义的反感却变得根深蒂固。"人们以为我留恋现实,"他声辩道,"其实我深恶痛绝。我着手这部小说《包法利夫人》是出于憎恨现实主义。"甚至时隔二十年他还写信给乔治·桑说:"我厌恶一般所谓的现实主义,虽说我已变成了现实派的一员主将。"自然主义在他看来是个同样空洞的术语:"为何无人问津以其'现实主义'出名的正派人尚弗勒里呢?原来那种愚拙是一路货色,或者毋宁说是一模一样的愚拙。"福楼拜屡次表示要与弟子门徒脱离干系。"依我的看法,现实至多只能是一块跳板。我的朋友们则确信它构成了全部艺术。此类写实作风令人气愤。几乎每个星期一读到我们的好汉左拉的文章我就冒火。现实派之后,我们又碰到自然派和印象派。好一个突飞猛进!这班弄潮儿一心想叫大家相信他们发现了地中海!"

虽然左拉的力量常使福楼拜为之钦佩,而且他还把《娜娜》称作"泥足巨人,但毕竟是巨人",福楼拜仍觉得左拉的理论错误抑或说思路不宽,他将那些理论强加于自己的作品是作茧自缚。

至少以志向而论,福楼拜本人其实是一位理论家和批评家。气头上反对批评家和批评的种种言论固然俯拾即是,但他对于批评的需要乃至批评的历史却抱着较之时辈俗见远为深刻的见地。他还一度设想编著一部"法国诗情史"。"写批评应该像写自然史一样,不带任何道德观念。问题不在于就哪种形式发表高论,而是要阐明它得以存在的凭借,它与其他形式的联系,它保持不朽的奥秘。"他甚至提挈了法国批评的两大阶段:以拉哈伯为首的章法批评,和以圣伯夫和泰纳为代表的历史批评。他还发问道:"但是何时批评家才能成为艺术家呢?只当艺术家,一位真正的艺术家?何以知道哪里有热情关心作品本身的批评家呢?可以把作品得以产生的环境和形成作品的原委分析得头头是道。但是无意识的诗兴作何交代?它从何而来?诗的谋篇、风格怎样?作者的诗眼高下?"他对泰纳的批评一针见血。他的《英国文学史》的出发点不对。"除了得以活动的环境和作者祖辈的生理条件之外,艺术上还有其他一些东西。运用这类体系可以说明一个系列、一群人物,但绝阐明不了一种个别属性,即把某人造就成这个人的特质。这种方法必然导致轻视才能。杰作便仅为一份历史文献而别无意义。"因此福楼拜提出用现在不妨称之为文体批评的方法来取代修辞批评和历史批评。"美学批评一直落后于历史性的和科学性的批评,因为它不具备基础。他们都缺乏的知识即风格剖析",或者用他的另一种说法来说:"他们也许剖析单句,可是风格生理学他们却一窍不通。"福楼拜很早就总结出一个显豁的公式:"每件艺术作品均有其得以产生和存在下去的特殊诗艺。"

客观而论,福楼拜深刻地意识到法国散文体的具体问题。他希望使之具有"韵文的首尾照应。一个优秀的散文句子应当犹如一行优秀的韵文,好比韵律般不得更动,仿佛韵文一样声调悦耳"。推敲字眼,即用字恰当,是第一步,但福楼拜同时注重笔调的纯清、段落中的节奏、叠韵文辞的铿锵。普鲁斯特诸人推服福楼拜运用丰富的法语时态的文风。《包法利夫人》里表现农事景象的场面所取得的复杂的对偶效果几乎达到了福楼拜的最高理想——综合,"迥异事物的谐和"。这使他回想起"贾法①,那儿我曾同时闻到柠檬树和死尸的味道;深深挖掘的墓地使人看见半已腐烂的骷髅,我们的头顶却是青枝绿叶,黄澄澄的水果摇曳不已。难道您不觉得这样的诗境十分完美而且体现出巨大的综合之功吗?"福楼拜预示了艾略特的"统一的感受力"之说:谈情说爱,研读斯宾诺莎,还有打字机的响声或是烧菜的味儿。但是这种综合看来无非是一种并列。最终存在着一个无法解决的冲突,一面是福楼拜的科学或者说自诩为科学的观察,是那种奥林匹亚人式的超然,另一面则是对于美、对于刻意求纯的效果和结构的热情追求。这种冲突反映在一片灰色的《情感教育》与鲜血淋漓、珠光宝气的《萨朗波》之间的对照之中。无论理论还是实践方面,福楼拜都未能将现实主义和唯美主义综合起来。

问题探讨

1. 19世纪欧美现实主义文学具有哪些创作特征?什么是现实主义文学的"现实"?如何表现这种"现实"?能否做到"客观再现"?怎样理解恩格斯

---

① 贾法,以色列西部港口。——译注

所说的"现实主义的最伟大胜利之一"?

2. 现实主义是对浪漫主义的"克服"吗?为什么在许多作家的创作中,"现实主义"和"浪漫色彩"常常兼而有之?现实主义排斥诗歌吗?

3. 什么是"典型环境中的典型人物"?在现实主义文学中,性格与环境之间呈现出怎样的关系?司汤达为什么要将"1830 年纪事"作为小说《红与黑》的副标题?巴尔扎克为什么要对人物生活的物质环境做细致的描写?

4. 为什么说《人间喜剧》是 19 世纪法国的一部"编年史"和"风俗史"?《人间喜剧》具有哪些重要的文学主题和人物类型?巴尔扎克为什么关注人的"情欲"?在巴尔扎克的创作中,艺术想象是否影响其对社会关系的洞察?巴尔扎克如何平衡他作为一个记录历史的"书记"与作为小说家之间的关系?为什么巴尔扎克特别重视对人的经济生活的描写?

延伸阅读

1. [美] 勒内·韦勒克:《文学研究中现实主义的概念》,勒内·韦勒克《批评的诸种概念》,丁泓等译,四川文艺出版社,1988 年版。

2. [英] 弗吉尼亚·伍尔夫:《论简·奥斯丁》,伍尔夫《论小说与小说家》,瞿世镜译,上海译文出版社,2000 年版。

3. [英] 戴维·塞西尔:《夏洛蒂·勃朗特》,《勃朗特姐妹研究》,杨静远编选,中国社会科学出版社,1983 年版。

4. [法] 左拉:《论司汤达》,《外国文学名家论名家》,智量编选,华东师范大学出版社,1985 年版。

5. [德] 埃里希·奥尔巴赫:《德·拉默尔府邸》,埃里希·奥尔巴赫《摹仿论》第十八章,吴麟绶等译,百花文艺出版社,2002 年版。

6. [法] 泰纳:《巴尔扎克论》,《外国文学评论选》上册,易漱泉等选编,湖南人民出版社,1982 年版。

7. [美] 亨利·詹姆斯:《乔治·艾略特》,亨利·詹姆斯《小说的艺术》,朱雯等译,上海译文出版社,2001 年版。

8. [苏] 鲍·艾亨巴乌姆:《果戈理的〈外套〉是如何写成的》,《果戈理评论集》,袁晚禾、陈殿兴编选,复旦大学出版社,1993 年版。

9. [法] 莫洛亚:《屠格涅夫的艺术》,《外国文学评论选》下册,易漱泉等选编,湖南人民出版社,1982 年版。

10. [俄]杜勃罗留波夫：《什么是奥勃洛莫夫性格?》，《杜勃罗留波夫文学论文选》，辛未艾译，上海译文出版社，1984年版。

选　文

陀思妥耶夫斯基与托尔斯泰[①]

[苏联] 弗里德连杰尔

导言——

　　本文选自苏联著名马克思主义文艺理论家弗里德连杰尔（Георгий Михайлович Фридпендер，1915——　）的著作《陀思妥耶夫斯基与世界文学》（1979）一书中的"陀思妥耶夫斯基与托尔斯泰"专章。

　　长期以来，人们形成了一个根深蒂固的观念，认为陀思妥耶夫斯基与托尔斯泰是两个完全对立的作家。弗里德连杰尔明确提出并论证了这两位作家在有着各自不同的创作特质的同时，在更深层次上又有着深刻的内在一致性。文章的这一核心观点颇有学术价值。

　　文章作者在分析两位作家的各自代表作的基础上，分别阐明了他们在感受自身所处时代的深刻的社会历史及道德心理矛盾方面的内在一致性、对个性道德精神的探索方面的内在一致性、对偶合家庭的表现及对西方文明的批判方面的内在一致性、对俄罗斯人的民族性探讨方面的内在一致性，以及对仁爱精神的宣扬方面的内在一致性。

　　节选部分以托尔斯泰的《战争与和平》和陀思妥耶夫斯基的《死屋手记》为例，探讨了两位作家在批判"拿破仑主义"思想方面的相似性。又在分析了托尔斯泰的《安娜·卡列尼娜》与陀思妥耶夫斯基的《白痴》的基础上，指出两位作家尽管在心理描写的具体方式上各不相同，但在作品的内在结构、主人

---

① 选自弗里德连杰尔《陀思妥耶夫斯基与世界文学》，施元译，上海译文出版社，1997年版。

公内心精神探索的本质方面又有着潜在而深刻的相似性。

这篇文章对两位作家的作品进行了深入的把握与精到的分析,观点的阐述也极具说服力,有助于人们进一步理解托尔斯泰与陀思妥耶夫斯基两位俄国文学巨擘的艺术世界。

关于托尔斯泰和陀思妥耶夫斯基在60年代创作思想的相互关系的复杂历史这一特别重大问题,在安娜·西格斯写于第二次世界大战时期的论文中已有精辟的论述,这些论文是在苏联人民同希特勒法西斯主义的英勇斗争激励下写成的。这就是两位伟大的俄国作家批判资产阶级的"拿破仑主义"思想的问题。

在同一些年代里,托尔斯泰正进行《1805年》的创作(这部作品不久就发展为历史长篇史诗《战争与和平》),陀思妥耶夫斯基则正在写《罪与罚》。虽然他们互不相干地各自写自己的作品,但对于我们——20世纪的人来说,那些没有引起19世纪批评界注意的共同特征,却在表面上看来如此不同的托尔斯泰和陀思妥耶夫斯基的构思中渐渐显露出来。

与一大批杰出的西欧浪漫主义诗人不同(在他们的心目中,拿破仑的形象外面仍然有一轮英雄主义的或者崇高悲剧性的光环,他们愿意把拿破仑那被诗意般美化过的面貌同他们的庸庸碌碌、平淡无奇的同时代人形象相对照),托尔斯泰和陀思妥耶夫斯基继普希金之后,在拿破仑一世身上看到的不是使他凌驾于资产阶级时代水准之上的东西,而是使拿破仑成为资产阶级时代的先驱和独特的"预言家"的东西。司汤达和缪塞的长篇小说中那些钦佩拿破仑的主人公认为,自己的历史悲剧是"没有赶上"同拿破仑一起登临历史舞台,他们的青年时代又是在其后的一段黑暗的反动政治时期度过的,而在反动政治的掩盖下一个反攻倒算的、充满资产阶级的卑鄙庸俗性的未来王国已经快要成熟了。托尔斯泰和陀思妥耶夫斯基则不仅指出(在这一点上,他们的艺术分析使他们得出了同一个由马克思科学地加以论证过的结论)"老"拿破仑身上已经积存着他那粗俗不堪的侄子"小"拿破仑的很多特征,而且还指出,"拿破仑主义"思想本身就是极不人道的,就其本质而言乃是资产阶级的和反民主的。这是美学方面的,同时也是社会心理学方面的一个巨大发现,对世界文学来说,它的意义是怎么估计都不会过高的。

托尔斯泰早期的短篇小说和《死屋手记》的自传性,一直不断地在托尔斯泰和陀思妥耶夫斯基身上增长着的对俄罗斯人民的强烈兴趣,他们对"拿破仑主义"思想的无情否定,使他们《战争与和平》时期的托尔斯泰文学审美探索与陀思妥耶夫斯基在他为维克多·雨果的《巴黎圣母院》所作的序言以及从《无神论》和《一个大罪人的传记》(未写成作品)到《卡拉马佐夫兄弟》为止的一系列晚期作品的构思中反映出来的艺术探索相近似的,两位作家对创立史诗小说的那种追求,陀思妥耶夫斯基在写《少年》时对托尔斯泰作品的论战性回顾——在创作思想上存在着一种尚未被彻底揭示的紧密的相互关系,这些证据是形形色色的、繁复的。但是,正如本书作者所认为的那样,托尔斯泰的《安娜·卡列尼娜》恐怕是陀思妥耶夫斯基和托尔斯泰的艺术探索异常近似的一个最重要的证据。

　　不久前,格·阿·比亚雷做了一个有趣的尝试去证明《安娜·卡列尼娜》同陀思妥耶夫斯基的《白痴》相近似。他指出,尽管这两部长篇小说存在着显著的差异(表面的和内在的差异),但是一系列为托尔斯泰和陀思妥耶夫斯基所共有的"永恒"题材在这两部小说中得到了精心的加工,甚至在两部作品的结构中也看得出"近似的特征"。"处于这两部作品中心的都是环境的牺牲品——高傲而又不幸的妇女形象;她既受人折磨,也残酷地折磨着他人,是他人不幸的有意和无意的肇事者……两部小说的另一个中心是思想型的主人公,他是谋求共同的安宁与幸福、彻底改变(虽然是不流血地,然而确是全面而又深刻地改变)世界的思想的体现者……两个主人公都把自己的希望与理想同俄国特有的生活方式联系在一起,这些生活方式是同西方的生活方式截然不同的。无论梅思金,还是列文,就思想气质和天性来说,都是与众不同的贵族民主主义者,这一点同样也是有代表性的……其中一人对社会道德问题最感兴趣,而另一个则对社会经济问题较为注意,但他们的观点和社会自决力的相近则是毫无疑义的。"①

　　不过,尽管比亚雷的观察很精确,但在我们看来,更有代表性和更为重要的不是他所提到的两部小说中的个别形象和个别问题的"近似特征",而是《安娜·卡列尼娜》的构思中的最基本的内核。

---

① 格·阿·比亚雷《19 世纪末的俄国现实主义》,列宁格勒大学出版社,1973 年版,第 55—56 页。——原注

按照陀思妥耶夫斯基的说法,长篇史诗《战争与和平》是"历史"类的长篇小说。原来的"历史学家"兼小说家在写《安娜·卡列尼娜》时也像《白痴》的作者那样开始直接去分析活生生的"日常"现实生活了。在60年代,托尔斯泰从一个十二月党人自西伯利亚回归的场面想到1825年,以后又想到1812年,甚至想到了1805年。托尔斯泰把农奴改革时代、拿破仑三世和克里米亚战争时代在自己身上引起的思想和印象概括在一部描述另一个时代——即农奴改革时代之前的那个业已告终的、可以加以观察的时代的小说中。我们在《安娜·卡列尼娜》的创作过程中看到一种相反的动态,即托尔斯泰从描写"一个不贞的妻子"那独具特色的历史壮士歌式的情节转向活生生的大众所注意的迫切问题。他在尾声中把主人公的个人悲剧同现实生活中尚未完成的一些事件联系在一起,例如志愿参军运动和斯拉夫民族的解放斗争。这一切不仅是长篇小说家托尔斯泰个人发展史中的某一进展的结果,而且也是70年代俄国生活和俄国文学整个气氛对他影响的结果。

　　但是,使《安娜·卡列尼娜》不仅有别于《战争与和平》,而且也有别于托尔斯泰50至60年代的其他作品的一个最主要的因素是,它的女主人公是一个独特的"罪犯"。就像拉斯柯尔尼科夫、索尼姬·马尔美拉多娃或她的父亲那样,是生活把安娜引到了一条非常不幸的界线跟前——托尔斯泰的女主人公在"跨越"这条界线的同时,不仅违反了自己所处环境的常规以及她生活在其中的那个社会的已经形成的传统生活规范,而且也违反了那条以不可磨灭的记号铭刻在她心灵上的最高道德规范。因此在作者看来,安娜的故事不仅是她经受外在的痛苦考验的故事,而且也是女主人公良心发现的历史,她应该饮尽自己斟的这杯迷误与痛苦的苦酒,为的是在临死之前,在良心之"烛"闪现出来的瞬间即逝的明亮烛光下读完自己这部人生教科书中的悲哀的篇章,并从中得出最终的结论。

　　像陀思妥耶夫斯基的主人公一样,踏上那条非常不幸的道路后,安娜便一直沿着这条路走到底。她不是一个软弱的人,而是一个坚强的人,一个认识到上流社会的虚伪并且又不能安于这种社会的人。尽管安娜经常产生疑惑,但她像拉斯柯尔尼科夫那样长期地压抑着这些疑虑,不仅对别人,而且也对自己隐瞒着这些疑惑,并且继续相信自己是正确的,继续让自己对此确信不疑。安娜一生的悲惨结局并不是托尔斯泰女主人公个人的过失或是她的弱点所造成的结果,而是客观存在着的那些无法解决的复杂问题所造成的结果,她的"造反"是与这些问题休戚相关的。

但是,托尔斯泰的女主人公像陀思妥耶夫斯基的主人公那样,不仅是"罪犯",而且也是"不幸的人"。人们以及安娜本人的良心都谴责她——然而要对她下最后的评断,对她做出只有一种含义的简单判决,小说家毕竟还下不了决心。卷首题词"伸冤在我,我必报应"多半是说,如果女主人公在人们面前是有罪的,那么她也不归法庭所管辖。她的罪过是违反了最高道德准则,所以按照作者的观点,审判她的法官是上帝,而不是人。

托尔斯泰是把《四个发展时期》当作一个人在精神思想上渐趋成熟的发展过程来构思的,作者想在这部作品中彻底研究个性发展的基本阶段——从童年和少年直至成年。在《家庭幸福》中,主人公们相互关系的长期而曲折的发展为慢慢地把这些关系的发展推上转折点做了准备。但是超过这一转折点后,事态也并不具有灾难性质:接踵而来的是主人公们相互关系的新时期,这一时期充满了不断产生的新纠葛和新冲突,但是并不会毁掉他们的爱情,也不会毁掉他们的自身。《战争与和平》中也是这样,尽管作者描写的历史事件规模宏大并具有灾难性,但情节仍像史诗般庄重和从容地发展着。在这儿,无论是在个别主人公的生活中,还是在整个民族的生活中,生与死、飞黄腾达与沉沦堕落似乎都会融化在宇宙的"呼吸"中,融化在一年四季的轮转和一代一代人的交替中,融化在历史这一汪洋大海的周期性循环的潮汐中。而《安娜·卡列尼娜》则不然。这部小说的第一句话就已经在说,习以为常的"秩序"已被破坏,"一切都被扰乱了"——尽管暂时还只限于一个家庭的生活。后来,这种"一切都被扰乱了"的情况渐渐变成小说的生活总气氛及其全部事件的悲剧性主旋律,这种主旋律最有力地表现于安娜和列文的生活经历中,但也并不只是在叙述他俩的遭遇时才有所表现。我们面对的并不是一部普通的小说,而是一部"戏剧小说",一部"悲剧小说",它因这一强烈的戏剧性结构而类似于陀思妥耶夫斯基小说的常用形式。

就像在《罪与罚》中那样,在《安娜·卡列尼娜》中也没有冗长的楔子。女主人公以前的经历、安娜性格的形成、她与卡列宁的婚姻、儿子的诞生都被表现为过去的事。故事情节起始于灾难即将来临的时刻。奥布朗斯基家中出事了,安娜来到莫斯科,在途中同渥伦斯基的母亲偶然相识,此后又同他本人相识,舞会上的情景——这就是简短的开篇,此后,主人公们生活中的转折时刻立即来到。对渥伦斯基的爱情做出回报并与他有了关系后,安娜跟陀思妥耶夫斯基的主人公一样被卷到了一系列事件之中,这些事件(不管她的意愿如何)不可抗拒地把她紧紧地吸引住了。关于后来所发生的一切,她可以借用拉斯柯尔尼科夫的话来解释——是"魔鬼"把她拖走了。安娜"跨越"界线之后,小说情节开始有了分析性质:闯祸的后果逐步地显露了出来,因为其中的一个后果必然会引出另一个后果。一大堆事件不可避免地落在女主人公的身上,并且把她卷走。处在左右为难的十字路口时,她没有选择的自由,这一选择是永无反悔地做出的,做出选择后,安娜凭自身的经验也应该明白自己迈出这第一步将会带来的非常不幸的全部后果,所以她应该喝干这杯苦酒。

由于安娜所面临的危险是不可幸免的,小说的情节从开端至结尾进展得越来越快。起先,安娜仍旧住在丈夫家里,有一段时间,表面上看来她生活中似乎没有发生过任何变化。但是后来,灾难就一个接一个降临了。初看起来这些灾难彼此并没有联系。如果孤立地考察其中的每一个灾难,那么完全可以把它看作是各种情况多少有点偶然地凑合在一起的结果。渥伦斯基与安娜的关系可能不会导致她怀孕,克拉斯诺村赛马大会的结果也可以是另一种光景(那么安娜也不会如此公然和显眼地暴露自己的爱情而当众违反上流社会的虚礼),等等。不过,正如女主人公渐渐证实的那样,落在她身上的一切打击都是同一根链条上的不同环节。她与渥伦斯基数次做出新的决定,力求改变一下生活,企图逃脱悲惨的结局,但是所有这些尝试都没有得到任何好的结果,反而加速了这一结局的到来。

事件的灾难性使小说更为引人入胜。读者一直处于紧张状态,总是感到情节没有结束——一个悲惨的结子解开了,但这并不会令读者感到轻松一点,因为几乎立即又打上了另一个结子,主人公四周的黑幕越来越浓,他们的"同盟者"的数量在减少,而他们的有形和无形的敌人却在以几何级数增长。女主人公的孤独加剧,而且她本人对这一孤独的感觉也与此一起加剧。动摇不定、焦灼不安和对周围人们的不信任感使安娜对渥伦斯基的炽烈爱情变得特别容易波动,使原来在各方面都是如此单纯和自然的女主人公的举止染上了虚假和不自然的印痕。安娜试图建造一幢大厦,以便躲进去逃避那场必不可免的灾祸,但是它太脆弱了——上流社会继续控制着她和渥伦斯基,并向他们提出种种要求,况且主人公自身与这一社会也是血肉相连的。因此,灾难不可避免。

一位读者在 1876 年 11 月写信给陀思妥耶夫斯基说:"在我们俄国只有两

位心理小说家——托尔斯泰和您。托尔斯泰的画笔描绘的是精致优雅的事物……您则是在触摸与您截然不同的人的伤口……因而只有您一人能描写出那些对其他人来说简直是不可理解的典型。您了解这些典型人物的情感，您为他们担心，您在精神上同他们一起受尽了折磨，迫使自己按他们的方式去感受，并用这种方式去再现活生生的然而却是畸形的人。"

这席话大致正确地介绍了陀思妥耶夫斯基和托尔斯泰的心理分析之间的基本差别。在中长篇小说中，托尔斯泰感兴趣的照例是（从其理想和对社会的要求的观点而言的）"正常"人的心理。他的主人公们——尼科连卡·伊尔捷尼耶夫、聂赫留道夫、奥列宁、彼埃尔·别祖霍夫、列文——都感到自己同社会不合拍，但是这种不合拍是因为社会满足不了他们的合理的正常要求，这些要求则是与每个精神多少有点正常的、尚未被社会所毒害的人的要求相吻合的。陀思妥耶夫斯基笔下的情况就不同了。他注意的中心通常是这样的人：他们不仅与社会不合拍，而且自己身上也带着社会的弊病，并且还以特别鲜明和突出的形式（按照作家本人的说法，是用与"独特的"和"荒诞"的东西相近似的形式）反映出社会的弊病，因为他们身负着由社会引起的谬误思想和幻想的重担。资产阶级个人主义和无政府主义的毒素已经渗进他们的意识，毒化了他们的血液，因此他们本人就是自己最可怕的敌人。社会的弊病和社会的支离破碎状态使他们产生了病态的、支离破碎的意识，在这种意识中周围的人和事都具有"凶险的"、"荒诞的"色调。

尽管作为心理学家的托尔斯泰与陀思妥耶夫斯基不同，他通常注意的中心是正常健全的心理，而不是受到震动的、破碎的"病态"心理，并且也较难得醉心于分析由他那时的社会生活所引起的具有病理学性质的（或者是近乎于病理学的）病态感受，但《安娜·卡列尼娜》中的情况就较为复杂了。安娜和渥伦斯基的爱情起初完全是一种"正常"、健康和自然的激情，但是正像在丘特切夫晚期的诗歌中，像在《赌徒》或《白痴》中那样，它逐渐带上了病态的"不幸"的性质，变成一种道德心理上的"决斗"，在这一决斗中，两位情人有意无意地互相攻击，互相折磨。安娜不时对渥伦斯基怀有一种独特的"又爱又恨"的感情，甚至在她悲惨地死去的那一时刻她也没有完全摆脱掉要对他报复的想法。但是不仅安娜的炽烈爱情和她的妒意具有特殊的、几乎是病态的紧张性，尼古拉·列文同人们的疏远也具有这种强烈的病态性质。正如格·阿·比亚雷准确指出的那样，在这种疏远后面隐藏着陀思妥耶夫斯基笔下的伊波利特也有所感受的那些因人类的命运而产生的隐痛和烦恼。结果,在小说的最后一章,尽管康斯坦丁·列文还有其他心理上的原因,但他有时比斯维德利加伊洛夫或斯塔甫罗金更濒临自我毁灭的地步。这一切证明,后期的托尔斯泰已毫无疑义地"迎头赶上"了陀思妥耶夫斯基。

与托尔斯泰的其他小说比较,《安娜·卡列尼娜》的戏剧性结构使小说中出现的巴赫金用来说明陀思妥耶夫斯基小说的"复调性"(巴赫金完全否认托尔斯泰有复调性)成分增加了。小说中不是只有一两个人的声音,而是有很多人的声音,不是只存在一种"真理",而是有几种"真理"。相互争论的不仅有安娜和卡列宁、安娜和渥伦斯基、康斯坦丁·列文和尼古拉·列文,或是康斯坦丁·列文和科兹内舍夫,甚至还有那些外在气质相去甚远的人物,如安娜和列文、安娜和杜莉·奥布朗斯卡娅、列文和福卡内奇之间也发生争吵。小说的所有人物之间都进行着隐蔽的对话(这一对话并不是一直都暴露出来的,也不是一直都具有唇枪舌剑的性质),这往往是不同举止的、对生活抱不同态度的人们的争论,它不会成为不同意见的公开争论,而是表现为一种相互吸引或者相互排斥,表现为主人公们在单一意义的相同情况下的不同类型的实际行为的矛盾和冲突。况且,尽管作者公开带着自己的"声音"和"独白式"(巴赫金术语)的观点出现于小说中,但主人公之间的争论并没有解决,也没有做出最后的结论,就是说,他们的对话仍在继续,并将永远继续下去。因为正如作者和读者所感到的,在生活中不存在,并且永远也不会有一种大家都要遵守的解决小说所触及的那些问题的办法———一种没有一点儿毛病、对所有的人都同样适用和都能接受的答案。如在陀思妥耶夫斯基的长篇小说中那样,在《安娜·卡列尼娜》中,在提出一些暂时问题的同时也提出了一些"永恒的"、不能被一劳永逸地解决的问题,这些问题在任何社会(其中包括共产主义社会)中都将永远由不同性格和个性的人们(如安娜和杜莉、列文和他的兄弟们)以不同的方式去加以解决。所以,与巴赫金的意见相反,在《安娜·卡列尼娜》中,"独白性"和"复调性"是并存的,它们既不互相否定,也不互相排斥。

在《罪与罚》中,拉斯柯尔尼科夫站在自己的"十字路口"上仔细审视着其他主人公,在心里确定自己与他们之间的"共同点",并在其中寻找自身之谜的谜底。

我们也可在《安娜·卡列尼娜》中找到某种相似的东西,自然,两者之间有着本质上的差别,即在《安娜·卡列尼娜》中往往不是安娜为了用他人的命运来度量自己的命运去审视其他的人(尽管也遇到这种情况),而是出现了另一种情况:列文、吉蒂、杜莉仔细观察着安娜(就像列文仔细观察斯蒂瓦、科兹内舍夫、斯维亚日斯基、福卡内奇那样),这有助于列文或者杜莉了解自身,有助于他们用另一种方法去解决类似的问题(或者证明原先已经做出的解释在自己看来是正确的)。

所以我们看到,这里谈的可能不仅仅是格·阿·比亚雷所写的关于《安娜·卡列尼娜》和《白痴》在道德思想问题上的内在近似性、某些形象和情节的类似以及这些形象和情节所起的相同作用,而且还谈到托尔斯泰在这部小说中已从《战争与和平》的史诗性向陀思妥耶夫斯基长篇小说的明确的基本诗学原则迈进了一步,向陀思妥耶夫斯基所创立的、具有强烈戏剧性的、有着陀思妥耶夫斯基艺术所特具的内在紧张性和复调性的思想问题悲剧小说体裁迈进了一步。艺术家托尔斯泰依然是他自己,并没有向陀思妥耶夫斯基做任何谦让。他在《安娜·卡列尼娜》中充分重视时代的要求,重视俄国小说史新阶段的倾向,同时也在一定程度上注意到了陀思妥耶夫斯基的经验及其在艺术上的开拓。所以,《安娜·卡列尼娜》能引起陀思妥耶夫斯基那么多的关注也并非偶然。

托尔斯泰是《战争与和平》的创作者,也是《安娜·卡列尼娜》、《克莱采奏鸣曲》的创作者,最后,也是《忏悔录》的作者——这些都是鲜明地表现出戏剧性甚至悲剧性基调的作品。然而正如我们从陀思妥耶夫斯基的书信和为《巴黎圣母院》写的序言中了解到的,当时陀思妥耶夫斯基虽已年近晚年,却越来越迷恋于宽广宏伟的史诗性构思,并且促使他去创作它们的一个动因就是对《战争与和平》的思考,或总的说来,是对托尔斯泰全部创作的思考。

所以,在国外由美国学者约·施泰纳在他的《托尔斯泰还是陀思妥耶夫斯基?》一书中所推广的"史诗作家"托尔斯泰和"悲剧作家"陀思妥耶夫斯基的对立说法,实际上是同把两位俄国"巨人"的创作互相对立起来的一切企图,犯有同等程度的错误。因为在"史诗作家"托尔斯泰的发展过程中,他创作中的戏剧性因素也在增强,这就使托尔斯泰不得不在一定程度上像注意其他当代人那样注意陀思妥耶夫斯基的经验。《安娜·卡列尼娜》是这条道路上的一个最重要的标志。

还应该指出一个重要的特征,它使托尔斯泰和陀思妥耶夫斯基在他们的现实主义探索中互相接近。

无论在西方还是在俄国，19世纪上半叶的现实主义作家一般说来都还没有深化到像在更晚一些和更困难的那个时代的条件下进行创作的继任者那样去分析内在和外在的东西的复杂而矛盾的相互关系、社会生活和个人生活的实质和表象的相互关系。人及其周围现实的形象在他们的作品中有着概括的性质：人物是用"特写镜头"来描写的，摄取的是人物的一些较为重要的生活转折时刻，而处于转折时刻之间的其余生活时刻，不是未被注意到，起码也是没有得到积极的和仔细的艺术分析。自然，也可以找到一些超出这条一般规则的个别例外——有时是极重要的例外，但是它们改变不了总的情况。

我们在19世纪下半叶和20世纪初的作家，首先在托尔斯泰和陀思妥耶夫斯基身上看到的则是另一种情况。用卢卡契的定义来说，我们可以在他们那儿发现"对人的时时刻刻都在变化的外在生活和内心生活所作的一种在感情上捉摸得出的精确描绘，一种从前一直未获成功的、对变化无常的精神和肉体的精确描绘……这是旧现实主义从未用此种形式向自己提出过的艺术任务"。所以，托尔斯泰的有关"感情细节"对他那时的文学有着头等重要意义以及对它们的兴趣"正在取代对事件本身的兴趣"的那些著名见解，他对"不能忍受的描写风格"的抗议，他对"在情节开始后就被随意弃置的……性格特征"的偏爱，小说家想在讲述一个人的故事之前用"他对我有何影响"、"这件或那件事在人物身上如何反映"去代替对人的干巴巴的描写的意图，这些都是极有征兆性的。

使19世纪初的作家感兴趣的首先是思维过程的"结果"——即由它引导人物去得出的结论，或是由它激起的行为。然而，正如车尔尼雪夫斯基率先指出的，引起艺术家托尔斯泰注意的与其说是心理过程的结果，它的最终结果，还不如说是处于复杂的不断流动中的这一过程本身。正如托尔斯泰意识到并且力图向读者表明的那样，他那时善于思索和有感情的人的心理过程的最终结果通常都要比思想过程本身来得更单一、更狭窄、更贫乏。所以，要想展示主人公的内心生活（不是那种毫无生气的机械的东西，而是主人公身上那种生机勃勃的和富有人性的东西），就要把主人公的思绪所经过的各种各样的纠葛的整个错综复杂过程表现出来，要打通一条越过各种不同障碍的道路，要渐渐地去感受主人公外在的和内心的生活以及他的过去和现在的各种不同情况。陀思妥耶夫斯基所特有的对人物心里活动的注意，他作品里的人物内心独白向那种对艺术家来说是不可代替的手段——对人做心理考验和研究的手段的转化,也是由近似的原因引起的。

帕·瓦·安年科夫还写到,普希金不描写为主人公采取某种决定做准备的"思想链条","不醉心于灵魂的隐秘活动,它如大自然在地下的隐秘活动那样,是不可捉摸的"。随之而来的以莱蒙托夫、陀思妥耶夫斯基和托尔斯泰为代表的俄国现实主义散文作品,在对普希金提出的现实主义艺术原则做符合于自己时代需要的进一步加工时,应该找到一些新的方法去体现具有更为复杂而深刻的"心灵辩证法"的善于思考的同时代人形象。车尔尼雪夫斯基在一篇论托尔斯泰的"童年和少年"和"战争短篇小说"的文章中指出了这一成就对充实与完善现实主义语言艺术原则所具有的全部意义。

无论是托尔斯泰,还是陀思妥耶夫斯基,都没有局限于描写内心活动过程的总轮廓,而是力求(尽管方式不同)极其充分地展示主人公的思想和感情的流动,因为后者富有出人意料的复杂转折、丰富得令人叫绝的纠葛和联想,往往是在同一个封闭圈的界限内流动的,并且在找不到出路的情况下最终又把思想引回它的出发点。这是又一个相当重要的特点,它使他们在美学和"人类心理学"方面的探索渐渐接近。

问题探讨

1. 托尔斯泰是一个"蹩脚的思想家"吗?托尔斯泰只有作为艺术家时才是伟大的吗?19世纪80年代初,托尔斯泰为什么会发生思想"激变"?托尔斯泰晚年为什么出走?托尔斯泰能作为"生活的导师"吗?如何评价"不以暴力抗恶"的观念?

2. 陀思妥耶夫斯基的人生苦难对他的思想和创作产生了什么影响?怎样理解陀思妥耶夫斯基对苦难的同情?我们能够"热爱苦难"吗?陀思妥耶夫斯基如何看待"罪与罚"?拉斯柯尔尼科夫为"思想"而杀人吗?怎样把握《卡拉马佐夫兄弟》中"宗教大法官"的思想?陀思妥耶夫斯基为什么被称为"残酷的天才"?

3. 在文学上,托尔斯泰与陀思妥耶夫斯基的区别何在?心理分析有何不同？史诗作家与悲剧作家有何不同？独白性与复调性有何不同？

4. 安娜是一个"不贞的妻子",一个"独特的罪犯"吗？安娜为何卧轨自杀？高尔斯华绥说"安娜的悲剧在于她自己的欲望的不满足",怎么理解？小说题词"伸冤在我,我必报应"表达了作者什么观点？

选　文

左拉与自然主义①

[法] 莫泊桑

导言——

本文的作者是法国小说家莫泊桑(Guy de Maupassant,1850—1893)。他以弟子的身份介绍了左拉的生平与创作,分析了左拉的气质与创作特点,阐释了自然主义理论。原文分三节,本文选自第二节。标题另加。

在责难自然主义粗野机械的一片嘘声中,本文可视为左拉与自然主义的一则辩护状。选文中,莫泊桑将左拉定义为文学上的革新者。莫泊桑介绍了左拉的文学观点,界定了自然主义这一概念,也涉及了左拉的浪漫主义倾向。

莫泊桑认为,革新并不意味发现前所未见的事物,而是对现存因循风气的冲击。作为文学革新者的左拉,用赤裸平易的真实语言对抗弥漫文坛的矫饰作风,而左拉的支撑点在于作品的真实厚重以及众多读者的实际支持。

莫泊桑阐发了左拉定义自然主义的美学名句:"一部艺术作品是透过气质而看到的一部分天性。"莫泊桑指出,"左拉认为作家的特殊气质会赋予他所描写的事物一种特殊的色彩,根据其精神本质具有一种自己的风格",因为"绝对的真实,干巴巴的真实并不存在,没有人企图成为一面完美无缺的镜子"。莫泊桑称这一界定为文学上最明确、最完全的定义。

---

① 选自《文学中的自然主义》,朱雯等编选,上海文艺出版社,1992年版。

在文学上,左拉是个革新者,即存在过的东西的凶恶敌人。

凡是有活跃智力和热烈求新欲的人,凡是具有活跃的精神品质的人,势必由于厌倦了他过于熟识的事物,而成为革新者。

我们受到浪漫主义的抚育,在这个流派杰作的耳濡目染之下,因抒情的冲动感到震撼,首先经历的是热情澎湃的阶段,即初试身手的时期。不管一种形式多么美好,尤其对于专门搞文学,从早到晚写作,以此为生的人来说,这种形式总是必然变得单调。于是,寻求变化的古怪需要在我们内心油然而生,即使是我们赞赏备至的伟大奇迹,也会令我们厌弃,因为我们过于熟悉其生产方式,像俗话所说,我们成了内行。我们最终要寻觅别的东西,或者不妨说,我们回到别的东西上面去。这种"别的东西"我们掌握了,修改了,完善了,变为自己的东西,有时,我们诚心诚意地以为创造了这种东西。

文学就是这样从这一革新到那一革新,从这一阶段到那一阶段,从不自觉接受别人的这一影响到接受另一影响;因为说到底,当今没有什么东西会是崭新的。维克多·雨果和左拉什么也没有发现。

然而,这种文学革命不会无声无息地进行,因为读者习惯于既存事实,只在消闲时关心文学,不去了解艺术的奥妙,对于不能立刻引起兴趣的东西十分冷漠,不喜欢自己已经确定的欣赏规则受到干扰,凡是迫使他在日常事务以外转换脑力活动的东西,他都感到恐惧。

对他的抵制,得到主张文学固定不变的流派的支持,这支大军由本能地按照辗出的轨迹向前、缺乏进取心的人物组成。这些人永远不会想象超越既存事物,有人向他们提起新的意图时,他们会一本正经地说:"不会有比老样子更好的东西。"这个回答也没有错,但是,我们一方面承认不会有更好的东西,同时也可以认为,能按不同方式去干。不错,源泉是一样的,不过可以改变流向;艺术的流通渠道会是各种各样的,因地形起伏而千变万化。

因此,左拉是个革新者。一个在欣赏他想捣毁的偶像中长大的革新者,就像一个离开祭坛的教士,就像总的来说支持宗教的勒南先生,许多人都以为勒南是宗教不可调和的敌人。

因此,在激烈攻击浪漫派的同时,这位自称自然主义者的小说家也运用了夸张的方法,不过方式不同罢了。

他的理论是这样的:我们除了生活,没有别的模特儿,因为我们不能超越自己的感官去设想什么,所以,歪曲生活就要产生坏作品,就是说产生充满谬误的作品。贺拉斯是这样给想象下定义的：

> 倘若画家给人头连上马颈，
> 给各种动物拼成的四肢涂上各色羽毛，
> 上面是体态苗条的女性，
> 下体是又丑又黑的鱼尾……(《诗艺》)

即是说，我们想象的一切努力只能做到把一个美女的头安放到一匹马的身上，并将这种动物覆盖上羽毛，最后使它变成丑陋难看的鱼，或者产生出一个怪物。

结论如下：凡是不够真实的都是歪曲，也就是变成一个怪物。由此可以断定，想象文学只产生怪物，或者差不多是这样。

确实，当人们的眼睛和头脑习惯了怪物，这时怪物便不再是怪物，因为怪物只有在它们引起我们惊讶时才是怪物。

因此，在左拉看来，唯有真实才能产生文学作品。不应去想象，应该观察和细致入微地描绘目睹到的事物。

还要补充一点，作家的特殊气质会赋予他描写的事物一种特殊的色彩，根据他的精神本质，有一种自己的风格。他这样界定自然主义："通过气质看到的自然"；这个定义是文学就一般而言所能下的最明确最完全的定义。这种气质是制造商标，艺术家的才能多少会让他转达给我们的视野或多或少的清新感。

因为绝对真实、干巴巴的真实并不存在，所以，没有人企图成为一面完美无缺的镜子。我们都有一种精神倾向，引导我们去观察，有时以这种方式，有时以那种方式；对这个人来说好像是真理的东西，对另一个人来说则好像是谬误。企图写出真实，绝对的真实，只不过是一种不可实现的企图，作家最多能够致力于准确地再现见到的事物，像见到的本来面目那样，致力于写出感受到的真实印象，依据的是观察和感受的能力，以及自然赋予我们的固有的接受印象的能力。所有文学方面的争论主要是关于气质的争论，人们往往把精神的不同倾向上升为流派问题、学说问题。

左拉虽然激烈地为描写被观察到的真实而斗争，却深居简出，不熟悉上流社会。那么他干什么呢？他依仗两三处摘录，来自这里、那里的一些材料，便重新组成人物、性格，构成他的小说。最后，他尽可能接近地沿着他看来应符合逻辑的路线走去，并尽可能挨着真实向前，发挥自己的想象。

作为浪漫派之子（而且从他所有的方法来看，他也是浪漫派），他身上有一种趋于诗歌的倾向，有一种扩大、夸张、用人与物体作象征的需要。他清晰地感到自己思想的这种倾向，他不断地为此斗争，一直向这种倾向让步。他的教诲和他的作品永远不相调和。

再说，理论并不重要，因为唯有作品永存。这位小说家创作出令人赞叹的小说，不管他的意图如何，这些小说还是具有史诗的气势。这是不想写成诗的诗篇，排除他的先行者采用的老套套，没有任何诗歌的陈词滥调，没有偏见的诗篇，诗篇里的事物不论怎样，同现实里的一模一样，得到扩展而永远不被歪曲，不管是令人厌恶还是吸引人，丑还是美，都反映在作家身上这面使形象变大，但永远忠实可靠的镜子里。

《巴黎之腹》不就是食品的诗篇吗？

《小酒店》不是葡萄酒、烧酒和醉酒的诗篇吗？

《娜娜》不是恶习的诗篇吗？

倘若这不是高级的诗歌，不是妓女生活绝妙的夸大，那么又是什么？

"她站在自己邸宅堆积如山的财富中间，一大群男人匍匐在她脚下。就像古代恶鬼可怕的领地满是尸骨那样，她把脚踩在头盖骨上，不愉快的祸事包围着她：旺德弗尔炽烈的火，在中国海迷航的富尔卡蒙的忧虑，斯泰纳遇到灾难，被迫安分守己地生活，拉法洛亚兹心满意足的愚蠢，穆发一家悲惨的崩溃，昨天出狱的菲力普守护着乔治苍白的尸体。她的由毁坏和死亡组成的作品创造出来了；从郊区垃圾堆里飞起的苍蝇，带来社会腐烂的酵母，只消落在他们身上，便毒害了这些男人。这很好，这是公道的；她为自己的世界，为乞儿和被抛弃的人复了仇。而她的性别在光荣中上升，照亮了这些躺卧着的受害者，她犹如旭日，照耀着大屠杀的现场。她保持着壮美的野兽不知自身的所作所为那种无意识状态，始终是个善良的妓女。"

使得一切革新家的仇敌群起攻击埃米尔·左拉的，是他的风格的粗犷大胆。他撕毁、戳破文学上"幽雅得体"的成规，这正如一个肌肉发达的小丑要穿过一个纸圈那样。他敢于运用确切的词、粗俗的词,在这方面回到16世纪强有力的文学传统上去;他对彬彬有礼的迂回婉转说法不屑一顾,似乎把布瓦洛的名句据为已有:"我将猫称为猫……"

他似乎甚至发展到向这种喜爱赤裸裸的真实提出挑战,热衷于描述,他知道这样要激怒读者,要把粗俗的字眼塞给读者,教会读者吸收这些字眼,不再表示厌恶。

他的阔大、充满意象的风格,不像福楼拜的风格那样简洁和准确,不像泰奥菲尔·戈蒂耶的风格那样精雕细刻和文雅精致,也不像龚古尔的风格那样行文巧妙地中断,富有创造性,复杂多变,具有微妙的魅力。他的风格像席卷一切、滔滔滚滚的大河,异常丰沛,势如破竹。

他天生是个作家,资质聪颖过人,他不像别人那样,致力于极度完善他的工具,这工具他使用起来得心应手,挥洒自如,但他从不提炼出在某些大师的作品那里可以找到的精美绝伦的句子。他绝不是一个语言大师,有时他似乎甚至不知道某些词句的组合,某些结构的和谐,某些音节不可思议的配合,在狂热追求纤词丽句、为语言而活着、毫不理解语言之外有何物的人的心灵深处,会产生连绵不绝的颤动,几乎不可见的美妙感觉和艺术创作的激动。

上述为语言而活着的那种人确实罕见,非常罕见,当他们谈到自己对句子的热爱时,没有人能理解。人们把他们看作疯子,微微一笑,耸耸肩膀,说道:"语言应该明晰简单,如此而已。"

跟没有耳朵的人谈论音乐,那是白费力气。

埃米尔·左拉对读者说话,对广大读者说话,对所有读者说话,而不是只对那些文人雅士说话。他决不需要这种精巧微妙;他写得明白晓畅,风格优美厚实。这就够了。

落在这位作家头上的有多少讥诮啊!这些讥诮粗俗,千篇一律。确实,永远将一位作家比作一个掏粪工,将他的朋友比作他的助手,将他的作品比作粪池,那就很容易进行文学批评了。这类戏谑的话影响不了深感他的力量所在的人。

这种仇恨来自哪里?它有很多根源。首先是在平静欣赏时受到扰乱的人感到的那种愤怒,其次是某些同行的嫉妒,还有他在笔战中伤害过的另一些人的敌意，最后是虚伪面目被揭露后的恼羞成怒。

因为他直截了当地发表过他对隐藏在德行的外表下的人、他们伪装的神态和恶习的想法，可是，虚伪的理论深深扎根于我们身上，我们什么都能容忍，除了这一方面。成为你所愿意成为的人，做你所愿意做的事，不过，要安排好，让我们能把你看作有教养的人。说实在的，我们非常了解你，但你只要装作与本来面目不同就行了。我们会向你致意，我们会向你伸出手去。

然而。埃米尔·左拉坚决要求，并毫不犹豫地获得道出一切的自由，叙述每个人所作所为的自由。他丝毫不受人世间这部喜剧的欺骗，也不参与进去。他大声疾呼："为什么要这样说谎？你们欺骗不了任何人。在这些日常碰到的假面具下，每个脸孔都是熟悉的。你们交臂而过时，互相狡黠一笑，意思在说：我统统知道；你们在咬耳朵、传递丑闻、黄色故事和生活隐私；倘若胆大的人放大喉咙说话，无所谓地、平静地叙述上层人士的公开秘密，那么，喧嚣之声、假装的愤慨、淫荡女人的羞涩、罗贝尔·马凯尔①式的敏感就会随之而起——'我敢冒犯你，我会成为这个胆大的人。'"左拉就是这样的人。或许在文坛没有人比埃米尔·左拉挑起过更多的仇恨。他的光荣不止于此，他还有凶恶的、不可调和的敌人，他们一有机会，就像疯子一样扑向他，无所不用其极，而他却粗中有细，巧妙地迎战。他的反击是遐迩闻名的。

有时，他挨了痛打，有点眼青鼻肿，他以什么聊以自慰呢？任何作家都不如他那样，作品流传到世界各地，赫赫有名。在最小的外国城镇里，在所有书店和阅览室都找得到他的作品。他最疯狂的对手也不再否认他的才能；以前他多么缺乏的金钱，如今大量流入他家里。

埃米尔·左拉福分不浅，在生前就拥有很少人能获得的东西：名声和财富。得到幸福的艺术家屈指可数，而在死后才出名，作品以高稿酬付给后代继承者的艺术家则无法计数。（郑克鲁　译）

◊ 问题探讨 ◊

1. 是否可以将自然主义理解为现实主义的一个支流？两者之间有什么

---

① 罗贝尔·马凯尔是一个大盗形象，以银行家或新闻记者的面目出现。——译注

区别?"实验小说"可能吗?自然主义"专从人间看出兽性"来吗?

2. 如何解释左拉身上存在的自然主义与浪漫主义、创作与理论、"实验方法"与"文学气质"之间的矛盾?

选 文

挪威戏剧家亨利克·易卜生①

[挪威] 比昂·亨默

导言——

1995年,在北京举行了由中国、挪威两国学者参加的易卜生学术研讨会。挪威易卜生专家比昂·亨默(Bjorn Hemmer)撰写的这篇论文是唯一一篇总体把握易卜生戏剧创作的论文。

文章指出,易卜生的现实主义现代话剧是欧洲悲剧传统的继承。他所描绘的是他那个时代的中产阶级人物。围绕这一观点,文章作者联系易卜生的生活与创作经历,分别论述了易卜生创造戏剧人物的视角、表现人物的方法、处理情感的方式等问题。

文章作者联系易卜生的生活经历,指出了易卜生戏剧的独特个性——失意生活的经历和虽生犹死的痛苦,其主角都有一个奋斗目标,而这种奋斗又都导致冷酷而孤寂的生活。在精辟分析了易卜生剧作的主角的共同精神特质的基础上,论文作者认为:易卜生所关注的是具有悲剧因素的人。

论及易卜生晚期的创作,论文总结出了一种独特的戏剧形式——现实主义、象征主义和心理上的深层挖掘相互辉映。

论文颇有见地地指出,在易卜生的戏剧中总有一股奋力挣扎的暗流。这是易卜生触及剧中人物精神世界,展示人性冲突的方式。论文作者联系《玩

---

① 选自《易卜生研究论文集》,孟胜德、阿斯特里德·萨瑟主编,中国文学出版社,1995年版。

偶之家》《培尔·金特》《群鬼》等易卜生各个时期的代表作,总结出了易卜生戏剧艺术的本质性东西:心理分析、思想性和社会意义三大因素。

综上所述,这篇论文对易卜生戏剧创作的整体性观照,代表了当代西方对易卜生戏剧艺术的总体认识。

亨利克·易卜生(1828—1906)的最后一部剧作《当我们死而复苏时》于1899年出版时,他把该剧称为"一部戏剧的收场白"。这部作品也是易卜生创作生涯的一个收场白,因为病魔缠身使他无法再继续创作。在长达半个世纪的岁月里,他把自己的生命和全部精力献身于戏剧艺术,终于赢得了崇高的国际声誉,成为现代最伟大、最有影响的一位戏剧大师。他在提高挪威的国际声誉方面做的贡献比其他任何人都大。

易卜生也是一位伟大的诗人,于1871年出版了一部诗集。但戏剧始终是他全身心投入的主要领域。在漫长的艰苦岁月里,他曾遭到激烈的反对,但他最终战胜了保守主义以及批评家和观众的偏见。他为欧洲资产阶级戏剧注入了道德力量、深刻的心理分析和社会意义,从而使戏剧艺术产生新的活力。这是莎士比亚时代以后所少见的成就。在这方面易卜生的贡献是无与伦比的,易卜生努力使欧洲戏剧更具活力,拥有更高的艺术水平,使之可与古希腊悲剧媲美。

我们应从这个角度去看待他在戏剧史上的贡献。他的现实主义现代话剧是欧洲悲剧传统的继承。他在这些作品中所描绘的是他那个时代的中产阶级人物。由于突变,这些人的日常生活陷入深刻的危机之中。他们盲目地追求一种生活方式,最终却导致了麻烦,而发生这种危机完全是咎由自取。回顾他们的生活,他们必然要去面对他们自己。然而,易卜生也创作了另一类型的戏剧。事实上,他在过去25年中一直在探索这类题材,于1877年终于写出了他的第一部现代话剧:《社会支柱》。

生活与创作

易卜生的传记谈不上灿烂辉煌。作为一位艺术家,他的生活道路堪称崎岖坎坷。他经过漫长而艰苦的斗争才取得了胜利和荣誉,这是一条从贫寒中奋斗最后赢得国际声誉的艰难历程。他在国外,先是在意大利,后来在德国生活了 27 年。1864 年他 36 岁时离开家乡,直到 63 岁才回到祖国,定居克里斯蒂阿尼亚(现在的奥斯陆)一直到他 1906 年去世,终年 78 岁。

易卜生的最后一部剧作《当我们死而复苏时》描写的是一位艺术家的生活。这在许多方面反映了作者本人的生活。剧中人,一位世界闻名的雕塑家,鲁贝克教授,在国外生活多年后回到挪威,尽管事业成功,也有名誉地位,但并不感到幸福。他的代表作是一座自画像式的雕塑,题为"不堪回首"。在该剧中,鲁贝克不得不承认他是通过损害别人的生活从中取乐。为了艺术他牺牲了一切——他抛弃了青春的爱情和早先的理想主义。在他牺牲了所有必不可少的这一切之后实际上又背叛了他的艺术。这时伊丽娜,他往日的情人和他青年时期为他服务的模特儿,在他生命的关键时刻前来告诉他一个真理:只有当我们死而复苏时,我们才明白什么是无法弥补的损失并会发现我们其实从未真正生活过。

正是悲惨生活的感受使易卜生的戏剧有其独特的个性,那种失意生活的经历和虽生犹死的痛苦。与此相反则是空想主义的自由、真理和幸福的爱情生活。在易卜生的世界里,主角都有一个奋斗目标,但这种奋斗又都导致会过上冷酷而孤寂的生活。当然,也可以选择其他道路,他们可选择人情温暖,拥有亲情的生活。问题是易卜生作品中的主角,无论做出哪种选择,表面上似乎都是好的,但本人却不了解自己所做的决定会有什么后果。

在《当我们死而复苏时》这部戏剧中,艺术的冷酷和生活中的温情构成鲜明的对照。从这个角度去看,艺术成为艺术家的牢笼,艺术家不能也不愿意逃出这一牢笼。正如剧中人鲁贝克对伊丽娜说的:

> 我是一个艺术家,伊丽娜。我并不因为自己意志薄弱而羞愧。你知道,我是一个天生的艺术家。不管我做什么,我始终不会变成另一种人。

对伊丽娜来说,这样的借口是不能接受的,因为关键是他背叛了她。她是从另一角度看待事物的。她称他为"诗人",他能创造出自己想象中的世界,却无视自己和热爱他的人们的人性。艾拉·伦西姆,在《博克曼》(1896)剧中对那个忘恩负义为了自己的事业而牺牲女友的人也发出同样的抱怨。在易卜生的视野里,他所关注的正是具有悲剧因素的人,这似乎是一个无法克服的矛盾。但是这事实并不能使主人公有理由为自己所做的决定推卸责任。

虽然《当我们死而复苏时》批判了那位艺术家以自我为中心的思想,但把该剧看成作者的自我反省,则是言过其实了。鲁贝克不是作者的自画像。然而一些研究易卜生的学者则把该剧主角看作作者在艺术观点上的代言人。鲁贝克曾说,公众只看到舞台人物外部的现实主义"真相",不了解隐藏在这些人物背后的欺骗性动机,在青年时期,鲁贝克曾受到理想主义的鼓舞,追求过更高境界的生活。但生活经历使他幻想破灭转而揭露人性的阴暗面。他深信自己所描绘的都是现实的生活。他认为人是受动物兽性驱使的。这是鲁贝克版本的左拉"人性"观,同时他用下面这段话解释了他的艺术变化:

> 在我想象中,凡是我亲眼所见的周围现实都必须在作品中表现出来,包括……那些从地球裂缝中成群涌现出来的,轮廓模糊的类似动物嘴脸的芸芸众生,也就是我在现实生活中所看到的男男女女。

不难理解,一些研究易卜生的学者也经不起诱惑,往往把生活和艺术等量齐观,把这部作品看作者的一种无情的自责。但应再次强调,《当我们死而复苏时》绝不是一部作者的自传。鲁贝克同易卜生的关系应从各种冲突中作更深层次的探索。一直到他生命的最后时刻,易卜生始终认为这类冲突是人性中普遍存在的本质问题。

易卜生也是一位心理学家

在易卜生晚年的作品中,我们发现众多的人物都经历着相似的冲突。约翰·盖勃吕尔·博克曼为了获取权力和荣誉牺牲了爱情;建筑师索尔尼斯为了要成为本行业的一名"艺术家"而毁了自己的家庭生活;海达·高布乐为了实现自由和独立的梦想执意去改变别人的命运。这些人为了达到自己的目的不自觉地破坏了别人的生活。易卜生最后十年所创作的都是这类人物,他以心理分析的手法揭露了这些人物思想中的消极因素(他称这种人物为"恶魔"和"侏儒")。易卜生后期作品中的人物塑造非常复杂——从1884年《野鸭》开始,这成为他晚期作品中的一个共同特点。在他最后十五年的写作中,易卜生把辩证法发挥得淋漓尽致,使之成为一种独特的戏剧形式——其中现实主义、象征主义和心理上的深层挖掘相互辉映。正是这个时期的作品使他获得"戏剧领域中的弗洛伊德"这一称号，至于是否名实相符又当别论。总之，弗洛伊德和其他许多心理学家都利用易卜生对人性的描绘作为他们性格分析的依据，甚至用以阐述他们的理论。其中犹以弗洛伊德对《罗斯莫庄》（1886）剧中人丽贝克·惠斯特的心理分析最为出名。1916年弗洛伊德把他和其他剧中人物作为"在成功压力下崩溃"的典型。弗洛伊德把丽贝克看作俄狄浦斯王子恋母情结悲剧中的牺牲品和一个有着乱伦丑闻的人。这种分析中所揭露的或许更多的是同弗洛伊德自己有关，而不是易卜生。但弗洛伊德及其心理分析学说对评价易卜生这位挪威戏剧家方面有着重大的影响。

人们把易卜生看作心理学家时，会很容易忽略他的艺术中同样重要的其他方面。他对人物生活的刻画是从现实社会和理性认识中提炼出来的。或许这就是他的艺术的精华，也是他那探讨人生百态的戏剧的真谛。易卜生的所有作品中都有这些因素，甚至在他1880年左右还未成为国际戏剧大师之前的作品里也是如此。

"奋力挣扎的戏剧"

易卜生作为一位作家有着诗人般的思考，认为人们需要过一种不同方式的生活。因此，在他的作品中总有一股奋力挣扎的暗流。这些作品中所描绘的人物总是生活在期望中，追求生活中"需要有点新的东西"，但最终都是幻想破灭。贝内迪多·克罗斯把这类作品称为"奋力挣扎的戏剧"。

正是这种他们能够获得什么和想要获得什么之间的差距形成这些人生活中的悲剧，在许多情况下也是喜剧的根源。易卜生认为这种意愿和现实的前景之间的矛盾是他的艺术的基础。1875年在回顾他25年的写作生涯时，他宣称他的大多数作品都是关于"能力和期望之间以及意愿和可能之间的矛盾"。在这种矛盾和冲突中，他看到"人世间发生的悲剧和喜剧"。十年以后，他创作了罗斯莫神父和他的教师乌尔里克·布伦德尔等一系列耀眼的悲喜剧人物。这两个人，各方面非常相像，最终都濒临生活的深渊，他们所看到的只是空虚和无聊。

易卜生的12部戏剧，从《社会支柱》（1877）到《当我们死而复苏时》（1899），一再把我们引到相同的历史背景中去。他剧中的人物都是有殷实经济基础、出身名门、过着体面生活的资产阶级。然而，他们的生活圈不断受到威胁,这也威胁着他们自己。人们生活的世界变化无常,旧的价值观念和先前的想法都已格格不入。这种变化打扰了人们的生活,危及既有的社会秩序。我们看到的这种过程既有一种心理上的,也有观念上和社会方面的因素。但是驱动这整个过程的就是人们要求变革的决心。

在这个意义上,易卜生是一位强烈的理性主义作家。这并不意味着他作为一位戏剧家的主要考虑是把剧院用于说教,或是发起一种抽象的意识形态争论。(他同时代以及历来的一些批评家都曾经这样指责过他,不过,易卜生也有相当明显的说教的倾向。)然而,易卜生对人性描写的基础是他的人物的关于人生如何才有意义的看法,即他们的价值观念以及对生活的理解。虽然他们用以描写自己立场的观念可能不明确;他们的自我理解可能是凭直觉的,不充分的。《海上夫人》(1888)中艾丽达·旺格尔对她自己被大海所吸引的描绘是一个很好的例子。但是长期以来,在艾丽达的意识里,就有一种向往自由生活和渴望过不同于旺格尔博士那种资产阶级生活的追求,她要过更具有道德和社会价值的生活。她内心的这种渴望产生了心理上和社会价值上的冲击波。

"人性冲突"

早在1875年的一篇戏剧评论里,易卜生本人对自己的戏剧描写手法做了最为恰当的概括:"呈现在我们面前的不是思想冲突,也不是现实生活中的环境。我们看到的是人性的冲突,而在这冲突的深处,思想在斗争——被击败了,或取得了胜利。"

这无疑触及易卜生要求戏剧艺术所具有一些本质性东西:戏剧艺术应当尽可能现实地将三个因素统一起来,即心理分析、思想性和社会意义。这三个因素的有机结合是易卜生戏剧的核心。或许,他只在《群鬼》、《野鸭》和《海达·高布乐》等少数几部剧本中完全成功地做到这一点。有趣的是,与公众的看法相反,他认为自己的伟大作品是《皇帝与加利利人》(1873)。这说明他多么强调内心世界的思想意识,而不是表面的东西,是人们对待生活的不同观点之间的冲突。易卜生认为他运用"现实主义"的手法充分勾画出被遗弃的朱利安的内心冲突。事实上,朱利安身上具有剧作家本人的思想标记,即他所谓的"积极的生活哲学"。作为一位戏剧作家,易卜生最初是由于认真采取别种手法而成功的,即他在谈到《海达·高布乐》(1890)一剧中所说的:"我的主要目的一向是描写人,人们在一定社会环境和思想观念支配下的情绪,他们的命运。"

在创作了《皇帝与加利利人》以后的许多年中,易卜生都是沿着这一方向发展的。伟大的历史性思想剧《社会支柱》发表五年后,易卜生开始获得欧洲戏剧大师的声誉。

易卜生的国际影响

1879年,易卜生把娜拉·海尔茂推向世界,并指出,女人也必须拥有自由发展的权利,使自己成为独立自主的人。《玩偶之家》一剧使这位50岁开外的剧作家最终被北欧以外的世界所承认。《社会支柱》使德国为他敞开大门,但真正使他成为欧洲戏剧界先驱者的是他的《玩偶之家》和《群鬼》(1881)。

《玩偶之家》中的一种思想,他在以后的许多剧本中都一再使用,即他的"批判现实主义"。在这方面我们看到个人敢于反抗大多数和社会权威。娜拉这样说道:"我一定要弄清楚谁是正确的,是社会还是我。"

正如前面提到过的,当个人的思想从传统的思想方法中解放出来时,就会发生严重的冲突。在1880年前后一段短时期内,易卜生似乎对个人依靠自身的努力获得这种解放比较乐观。虽然娜拉在许多方面前途未卜,但她似乎真的有机会获得她所追求的自由和独立。人们可以批评易卜生要一个生活无着落的离婚女子去面对现实社会问题时所采取的多少有些轻率的处理方式。但是,作为一位作家,他所关心的是道德问题而不是现实生活中的经济问题。

非凡的成就

尽管娜拉的前途没有保障,但在许多国家,娜拉都成为妇女寻求解放和平等的一个象征。在这点上,娜拉是易卜生塑造的人物中最具"国际性影响"的。这是一种非凡的成功。中产阶级观众热烈鼓掌,为一个离开自己的孩子和丈夫的女人欢呼,为彻底冲破资产阶级社会最重要的机制——家庭这个牢笼而喝彩。

这就为易卜生的国际声誉奠定了基础。他把资产阶级家庭中的深刻矛盾和敏感问题搬上了舞台。表面上,资产阶级家庭给人以成功的印象——反映出一种健康而稳定的社会景象。但是易卜生通过打开资产阶级家庭的内心秘密,暴露出社会上所隐藏着的矛盾。他揭露出隐藏在美丽面纱后面的种种丑恶和虚伪:道德上的双重性,思想禁锢,背叛,欺骗和种种不安全的社会现实。中产阶级生活中的这些方面似乎不应公之于众,正如《群鬼》里牧师曼德斯希望阿尔文夫人把她所知道的任何会威胁到玫瑰庄园气氛的东西都当作秘密保守。同样在《罗斯莫庄》中,社会头面人物向罗斯莫施加压力不让这位牧师说出他已经不再信仰基督教的事实。

但是易卜生没有保持沉默,他的剧本使现实生活中的这些方面作了充分暴露。他打破了资产阶级的平静生活,指出他们的社会地位和权力的取得完全不是遵循他们所鼓吹的要有秩序和安定的思想原则。资产阶级已经背叛了他们自己提出的"自由、平等、博爱"的口号,尤其在1848年革命以后,他们已变成现存秩序的维护者。当然在他们阶级内部也有一个自由主义的反对派,易卜生在他第一部现代话剧中就公开加入了这一行列。他把这种追求自由和进步的运动看成是真正"欧洲人"的观点。早在1870年,他就写信给丹麦的评论家布兰德斯,指出当务之急是重新高举自由、平等、博爱这些法国革命的理想。他声称这些字眼应随着时代的变迁而赋予新的含义。1875年他再次写信给布兰德斯:"为什么你和我们这些具有欧洲观点的人在国内如此孤立?"

后来,随着年龄的老迈,他就不大容易接受某些极端的自由主义,即过分强调个人自主和自我实现,以及完全背离历史准则和价值观等思想。在《罗斯莫庄》里,他指出那种完全建立在个人道德原则上的激进主义的危险性。显然这同易卜生关心基督教道德传统中的欧洲文化基础有关。他指出道德准则必须建立在这一基础上,即便人们不再信仰基督教。这当然也是丽贝克·惠斯特得出的结论。

同时,该剧像《群鬼》一样,又同基督教资产阶级传统中那种压抑人性,令人沮丧的消极面发生痛苦的冲突。在这两部作品中,尽管有许多令人失望之处,但都热情地捍卫幸福生活,这同资产阶级社会强调责任、法律和秩序的思想形成鲜明的对照。

到了19世纪70年代,易卜生有了"欧洲人"的观点。尽管他居住在国外,他仍然选择挪威作为他现代话剧的背景。通常我们会发现不知不觉中被作者带到挪威海滨的一个小镇上。这是易卜生童年时代在斯基恩和青年时代在格利姆斯达时非常熟悉的环境。青年时期的生活背景,肯定让易卜生能用锐利的眼光去看待由于不同观点而产生的各种社会势力及其冲突。在小城市里,例如典型的挪威海滨小镇上,这类社会和思想冲突比大城市里暴露得更充分。易卜生最早的痛苦经历就来自这样的小社会。他曾经见过道德准则、传统和习俗在控制人性方面的消极作用,带给他们不安并妨碍人们去追求自然而幸福的生活方式。这就是《群鬼》中阿尔文夫人所经历的那种环境和氛围。阿尔文夫人说,这种氛围甚至使人"害怕光明"。

正是他青年时代的这种社会环境使他的作品具有扎实的根基,终于扬名世界。作为一名没有经济保障并生活在一个令人窒息的挪威环境里的作家和戏剧家,他决心要创造出一种新的挪威戏剧。他是以这种民族观念开始从事创作的。与此同时,从他第一次出国后,他就转而接受欧洲的戏剧传统。

易卜生的学习生涯

在戏剧历史上,早在19世纪50年代,易卜生继承了两个风格完全不同作家的传统,一个是法国剧作家奥涅金·斯克里布(1791—1861),另一个是德国的弗里德里希·黑贝尔(1813—1863)。青年时期的易卜生有11年是完全从事舞台工作,这就要求他充分了解最新的欧洲现代舞台艺术。他参加新剧的彩排,而且还要为剧院写剧本。

斯克里布教他如何把戏剧的情节安排得场次分明,结构合理。黑贝尔则以生动的事例告诉他应把戏剧植根于生活的辩证关系并创造出一种现代观念的戏剧。黑贝尔的开创性工作是把当时的意识形态冲突移植到舞台上,从而创造了一种"指出问题的戏剧"。他也知道希腊悲剧中那种倒叙的手法可以运用到现代戏剧中来。

换言之,易卜生长期以来都同舞台艺术有密不可分的关系。他在卑尔根的六年舞台生活(1851—1857)和此后从1857年后在克里斯蒂阿尼亚的四五年舞台生活都是相当艰辛的。但他对戏剧艺术和这门艺术可能发挥的作用都已拥有锐利的眼光。

1852年在去哥本哈根和德累斯顿学习考察期间,他接触到德国新出版的戏剧作品。这就是赫尔曼·赫特纳的《现代话剧》(1852)。这种新题材的戏剧作品对易卜生成为一位戏剧家的发展产生过巨大的影响。在赫特纳身上我们也看到斯克里布和黑贝尔的深刻影响,及对莎士比亚的强烈兴趣。易卜生也从其他作家身上吸取知识,最出名的是作家席拉和两位丹麦作家亚当·欧伦施莱尼(1779—1850)和约翰·海贝尔(1791—1860)。

易卜生的学徒生涯长达15年,包括剧院的工作。这种工作非常艰难,使他感到"每天都有一次失败",总是有种强大的压力要他创作出点新的作品来。于是他终日忙忙碌碌从各方面去探索。他取得了一点成就,但大多数都失败了。很少人相信他具有足够的天分成为一个戏剧作家。

尽管前途未卜,在这些年里,他始终是一位意志坚强的青年作家。他的奋斗目标显然是要名扬全国。他和他的朋友兼同事比昂松(1832—1910)一道于1859年成立了一个为振兴挪威艺术和文化的"挪威剧团"。他们有一个共同的发展计划。易卜生特别重视戏剧这门新兴的艺术在挪威寻找自我的过程中应起的作用。在这一建国事业中,他从这个国家的中世纪历史中去收集材料以使他的戏剧艺术达到尽善尽美。这一点在他创作于1863年的《觊觎王位的人》中十分明显,这一剧作标志着易卜生学徒时期的结束。该剧情节发生在11世纪的挪威,当时这个国家四分五裂。但是易卜生所描绘的则是19世纪60年代的挪威。在剧中他借国王哈康四世之口表达了他对国家统一的想法:

挪威曾是一个王国,现在它将成为一个国家……从此将是一个整体,所有人都应知道他们是属于一个整体。

《觊觎王位的人》是易卜生艺术上的一个突破,但直到几年后他才被承认为全国知名的一位重要作家。这一荣誉是他于1866年发表《布朗德》后才获得的。《觊觎王位的人》标志着他同挪威戏剧界亲密关系的结束。这也是他的告别演出。不久他开始长期侨居国外。在此后的岁月里,他离开了舞台,转而以广大读者为对象。

伟大的时政戏剧

《布朗德》(1866)和《培尔·金特》(1867)这两部为读者而写的伟大戏剧作品都是立足于易卜生与祖国之间颇成问题的关系的基础之上的。挪威政坛于1864年发生的变化使他对自己的国家的未来丧失了信心。他甚至怀疑他的同胞们组成的这个国家在历史上是否有存在的必要都缺乏信心。

他早先曾想解决的是国家存在的问题,现在则着眼于个人道德问题。只停留在早先伟大的历史时期并把焦点放在这个国家的存续上已经不够了。易卜生抛开了历史,去面对他认为当代社会的重大问题——一个国家只能通过个人的坚强意志才能使它在文化上站立起来。《布朗德》这个戏剧主要传达了这样一个信息,即真正的人道主义,只有通过意志坚决的斗争才能获得。这也是获取真正自由的唯一道路——作为个人和整个社会都是如此。

在《布朗德》和《培尔·金特》这两部风格迥异的作品中,重点都是人物性格问题。易卜生把一个扭曲了人性的机会主义者和一个终生献身于崇高事业的人物两者间的冲突发挥得淋漓尽致。在《培尔·金特》的一幕戏中,作者通过艺术渲染描写了这种冲突的情景。那位年迈的培尔在返回挪威故土的一路上不断安慰自己。他一边回顾自己浪费掉的生命一边剥一头洋葱。他用剥下的每一层代表自己曾经扮演过的一个角色。但是他发现里面正中心却没有一个核。他不得不面对自己已变成"什么也不是的"这一事实,他失去了"自我"。

> 无法形容的潦倒和可怜,一个人回到这灰朦朦的世界里变成什么也不是了。美丽的大地,请不要恼怒,我曾走过你那片草地却没有留下痕迹。美丽的太阳,你徒劳地把灿烂的阳光撒在一间空荡荡的房子里。房里没有人会欢呼你的温暖。人们告诉我,这房子的主人从来都不在家。

培尔是一个虚弱、身躯佝偻的人,与布朗德形成鲜明对照。但这正是易卜生对人物个性"分裂"的生动描绘。某些戏剧历史学家把这看作现代个人思想的先驱。英国戏剧研究专家罗纳德·盖斯克尔是这样说的:"培尔·金特开创了具有现代思想的戏剧。"他又说:"的确,如果戏剧中的超现实主义和印象主义有任何根源的话,这根源无疑是培尔·金特"。

因此,易卜生早期的这部戏剧——尽管非常具有"挪威"特色和浪漫色彩——在戏剧史上占有关键性地位,虽然这部剧本不是为了舞台演出而写的。事实上,还是《培尔·金特》这个剧本使易卜生赢得了荣誉并成为一位举足轻重的现代作家。因此,不仅仅是他的现代戏剧使他成为戏剧历史上的一位伟大人物。著名的瑞典戏剧专家马丁·拉曼在谈到易卜生的话剧时,同时也强调他那些杰出的作品:"易卜生的戏剧是现代话剧的罗马:条条道路通往它,也发源于它。"

虽然易卜生在19世纪70年代离开了他的出生地挪威,成为一名"欧洲人",但在挪威他仍旧被深深地铭记着。他于1864年离开那个国家,而当他首次返回时已是一位年迈的知名人物。返回祖国对他来说不是件容易的事。多年移居国外,为了获得社会承认而作的长期斗争,在他身上留下了不可磨灭的印记。到了晚年,他说他并不对自己那种美妙的生活感到幸福。相反,他感到孤苦伶仃,无家可归——即使在他自己的祖国也无法摆脱这种感受。但是,正是这种挪威特性和拥有欧洲自由文化的外国生活熏陶之间的紧张关系形成了易卜生的个性特点,并使他成为一位具有独特风格的作家。他在他称之为"伟大的、自由的文化环境"中的独立地位,使他具有广阔的视野和自由发挥的大地。与此同时,作为一个挪威人,他渴望一种更自由幸福的生活。这是一个身处阴暗世界里的作家在渴望阳光。他从来没有否认自己鲜明的挪威人特性。在他生命将终时,他曾对一位德国朋友说道:

> 谁想要了解我,必须了解挪威。那雄伟而严峻的北方自然环境,那种与世隔绝的孤独生活——农场之间相隔几英里之遥——迫使他们只能局限于自己的小天地里。这就是为什么他们变得内向和严肃,忧虑而怀疑,并且往往丧失信仰的原因。但人们又都是哲学家!在那里一旦漫长、黑暗的冬天降临,房屋就会终日被浓雾笼罩。啊,他们是多么渴望太阳!

◎ 问题探讨 ◎

1. 易卜生为什么被称为"现代戏剧之父"?易卜生晚期的剧作与他创作中期的社会问题剧有何不同?

2. 什么是"易卜生主义"?什么是"人的精神反叛"?如何理解"全有或全无"(《布朗德》)、"真理的精神和自由的精神才是社会的支柱"(《社会支柱》)、"世界上最有力量的人是最孤立的人"(《人民公敌》)的思想?

3. 娜拉出走是"不道德的行为"吗?娜拉不走会怎样?娜拉走后怎样?如何理解"不是堕落,就是回来"?易卜生倡导的是"妇女解放"还是"个人反叛"的思想?

4. 比较契诃夫和易卜生的戏剧。

延伸阅读

1.［匈］卢卡契：《托尔斯泰和现实主义的发展》，《欧美作家论列夫·托尔斯泰》，陈燊编选，中国社会科学出版社，1983年版。

2.［奥］弗洛伊德：《陀思妥耶夫斯基和弑父》，《20世纪小说理论经典》上卷，吕同六主编，华夏出版社，1995年版。

3.［德］本雅明：《评陀思妥耶夫斯基的〈白痴〉》，本雅明《经验与贫乏》，王炳均、杨劲译，百花文艺出版社，1999年版。

4.［俄］巴赫金：《陀思妥耶夫斯基的复调小说和评论著述对它的阐述》，巴赫金《陀思妥耶夫斯基诗学问题》，白春仁、顾亚铃译，三联书店，1988年版。

5.［德］埃里希·奥尔巴赫：《翟米妮·拉赛特》，埃里希·奥尔巴赫《摹仿论》，吴麟绶等译，百花文艺出版社，2002年版。

6.［法］居斯塔夫·郎松：《斯特凡·马拉美》，《方法、批评及文学史——朗松文论选》，昂利·拜尔编，徐继曾译，中国社会科学出版社，1992年版。

7.［英］阿诺德·凯特尔：哈代：《德伯家的苔丝》，《哈代创作论集》，陈焘宇编选，陈焘宇译，中国社会科学出版社，1992年版。

8.［法］托多罗夫：《亨利·詹姆斯笔下的幽灵》，托多罗夫《巴赫金、对话理论及其他》，蒋子华、张萍译，百花文艺出版社，2001年版。

9.［挪］丹尼尔·哈康逊、伊丽莎白·埃德：《易卜生在挪威和中国》，《易卜生全集》卷一，潘家洵等译，人民文学出版社，1986年版。

10. 胡适：《易卜生主义》，《胡适思想小品》，林伟民编，上海社会科学出版社，1997年版。

第八章 现代主义文学

导 论

  20世纪的欧美文学呈现出丰富多彩的复杂性和多元化特征。在这个时期里,现实主义文学继续繁荣发展,但与此同时,各种"主义"和"流派"纷纷涌上文坛:表现主义、超现实主义、未来主义、达达主义、意识流、存在主义、荒诞派、新小说派、黑色幽默等,像走马灯似的轮番上场,使人眼花缭乱。要了解20世纪文学,不能回避这些"主义"和"流派",但是,想要最大限度地接近20世纪的文学,却必须从作家和作品着手,不能走任何概括性的捷径。一方面,任何"主义"和"流派"往往都倾向于偏执一辞,它们的理论主张难免具有局限性和盲目性;另一方面,杰出的作家大都具有极大的丰富性,无法被任何相对狭隘的"主义"和"流派"所限定。因此,概括性地考察这些"主义"和"流派"本身,并不是我们的主要任务。在本书的最后两章里,我们集中介绍这个时期的重要作家和作品。

  20世纪上半叶的西方文学以崭新的姿态描绘了现代人内在心理上的复杂性和多元性,更加深入地表现了人的自我形态以及人与社会的关系。它的主要特征体现为:在艺术观念上与西方文化传统发生了猛烈的对抗;在艺术形式上也相应地展开了激烈的变革和实验。弗吉尼亚·伍尔夫在评论"现代小说"时指出,传统的小说虽然在细节的真实性上越来越无懈可击,但是,它们离我们对文学的要求却很远,因为它们没有能够抓住我们所要求的"真实"或"精神"。伍尔夫认为托尔斯泰、陀思妥耶夫斯基和亨利·詹姆斯的心理小说代表了另一种对文学真实的追求,即不再仅仅满足于细节的真实,而是竭力追求心灵的真实,而且,她明确指出,后一种真实才是现代人所需要的。英国作家康拉德、福斯特和劳伦斯基本上顺应了这样一种新的艺术观念,他们的作品不同程度地展现出了现代西方人内心深处的矛盾和复杂性,但是他们在艺术形式上仍然保持了传统的写作手法,没有明显的变革。

艺术形式上的大胆实验出现在马塞尔·普鲁斯特、詹姆斯·乔伊斯、威廉·福克纳、弗吉尼亚·伍尔夫等现代作家的笔下。他们正是在追求心灵真实的艺术观念的启发下,创作出了令人耳目一新的意识流小说。换言之,意识流小说的出现不仅标志着文学观念的巨大变化和小说表现领域的巨大扩展,而且意味着小说艺术形式的剧烈变革。普鲁斯特、乔伊斯、福克纳和伍尔夫等作家为了深入到人的意识深处(甚至潜意识领域)去发掘关于人的另一种真实,打破了传统文学叙述中的许多陈规,在叙述时序、叙述视角和叙述语言等方面进行了大胆的实验,其中,最突出的变革是叙述时间的复杂性及其哲学意味和艺术功用。本章关于普鲁斯特和福克纳各选入一篇研究文章,集中讨论了他们对"时间"问题的艺术处理。

乔伊斯的创作在意识流小说的形式实验中具有举足轻重的地位,这不仅因为他成功地创作出了《一个青年艺术家的画像》和《尤利西斯》等优秀作品,也因为他的最后一部作品《芬尼根的觉醒》显露出了艺术形式实验的极端化倾向及其危害性。这里选取的文章没有意识到乔伊斯在形式革新中的这种两面性(事实上,目前国内没有介绍有关这方面观点的文章),但是我们在学习中应该特别注意,因为这不仅关系到如何评价乔伊斯的问题,而且也影响到我们对 20 世纪后半期的一些艺术观念和形式的清醒认识。

意识流之外,二十世纪下半期法国的存在主义文学和"新小说"等也深刻地影响到了欧美文学叙事层面的革新和创作理念的变化。其中,作为"新小说"主将的罗伯·格里耶,不仅引领了先锋小说的潮流,还与"新浪潮"电影,"如是派"等互相勾连,影响到了当代读者的阅读习惯和欣赏美学。而加谬在小说、戏剧和散文均有建树,其思想源于存在主义,受"荒诞"艺术的影响,然而又远不止于此。

卡夫卡虽然出现在 20 世纪上半叶,但是他的文学创作不仅在形式上与同时代的文学思潮没有任何明显的关联,而且在思想观念上也显示出醒目的独特性。卡夫卡无疑也是一位描绘人的心灵世界的文学艺术家，但是他与意识流小说家们在很多方面有所不同：他不是通过对人的意识活动的直接描写来展现人的心理现实的，而是采用寓言手法来折射人的心灵世界；他也没有刻意地去再现人的内心，而是力图写出人关于世界的真实感受。卡夫卡最突出的艺术特色是他的寓言，它与西方文学传统上的寓言形式虽有必然的联系，但又有极大的差别。根据黑格尔在《美学》中的定义，寓言就是人们通过对"一般自然界事物之间，特别是动物之间的一种自然的关系或事件的认识"，"用易为人所理解的方式抽绎出一种道德格言、告诫、教训或箴规"的一种文学样式，例如《伊索寓言》和《列那狐传奇》等。作为一种文学体裁，寓言一直受到人们的批评和指责。柏拉图在《理想国》中就首先表露出对寓言的反感。英国诗人布莱克认为寓言故事或寓言是一种截然不同的、劣等的诗。黑格尔也认为，寓言使人们"习以为常地首先想到道德教训，（它）所叙的事件本身只是一个外衣，只是为着阐明教训而完全虚构出来的"。不过，赞美寓言的批评家也大有人在。施莱格尔曾经宣称：一切美都是寓言。伽达默尔在《真理与方法》中也主张恢复寓言本身应有的价值，虽然他对于寓言这个概念仍然是抱有许多偏见的。真正洞见了寓言这种文学形式的艺术功能和重要意义的还是德国文学批评家和思想家本雅明。本雅明在《德国悲剧的起源》中指出："寓言并不是一个有趣的（playful）说明技巧，而是一种表现形式（a form of expression），恰如言语和书写。"本雅明在分析德国悲剧的寓言特征时，指出了寓言作为一种表现形式的特殊形态：在寓言中，"每一种思想不管多么抽象都被压缩成一个形象，而这个形象不管多么具体都被显示为一种语言形式"。本雅明所理解的寓言与卡夫卡笔下的寓言形式非常接近。本章选入的本雅明这篇关于卡夫卡的研究文章，开头是一个寓言，结尾是一首充满寓意的民歌，文章本身就与卡夫卡的风格非常接近，对于我们理解卡夫卡式的寓言颇有帮助。

选 文

弗兰茨·卡夫卡①

[德] 瓦尔特·本雅明

导言——

瓦尔特·本雅明(Walter Benjamin,1892—1940)是德国著名思想家和文学评论家,出生于柏林。1933年因犹太人身份流亡巴黎,1940年在逃离欧洲的途中自杀。著有《德国悲剧的起源》和《机械复制时期的艺术作品》等。原文写于1934年,最初发表于《犹太周刊》,后收入《本雅明选集》第二卷。

同为犹太人,本雅明对卡夫卡的理解似乎具有一种切肤的同情。本雅明曾经多次撰文论述卡夫卡,这里选取的文章从一个小故事和一首民歌出发,切入卡夫卡作品的基本情境。卡夫卡是荒谬的,但是他的荒谬更多地体现出失败的痛楚而不是滑稽。卡夫卡的作品是一个个寓言,它们大都寓指了我们无法回避的生存困境,就如《诉讼》中所指出的,神秘的"审判"发生在我们的身上,它"决不允许人说明自己无罪,也绝无获得开释的可能"。本雅明认为,我们不应该轻易地从任何先入为主的观念出发来界定卡夫卡,我们所能够做的仅仅是去感受他对生活的感受。卡夫卡的世界无论被限定在任何特殊时代、国家和思想领域之内,都会遭到无情的歪曲和误解。卡夫卡的成功主要表现在,他以超乎寻常的洞察力展现了人的内在经验,它们往往是一些"被遗忘的东西",一些不仅仅属于个人的东西。

波将金②

有这么一个故事:波将金一度患了严重的、多多少少是有规则地反复出现的精神抑郁症,在犯病期间不准许任何人接近他,严禁任何人进入他的卧

---

① 选自《论卡夫卡》,叶庭芳编,中国社会科学出版社,1988年版。
② 波将金(1739—1791),俄国侯爵、政治家和军事统帅,卡塔琳娜二世的宠臣。——译注

室。在宫廷里,没有人敢提起他的病,因为人们都知道,即使是暗示一句也会引起卡塔琳娜①女皇的不悦。有一次,总理大臣的这种抑郁症发病的时间特别长,结果造成了严重的失误。文件柜里堆满了文件,女皇要求速办,但没有波将金的签字却又无法处理。高级幕僚们个个束手无策,一筹莫展。这时,一个名叫苏瓦尔金的小办事员偶然来到总理府的前厅,聚首在那里的枢密院官员们照例在抱怨不休。"出了什么事情,诸位阁下?我可以为诸位效劳吗?"苏瓦尔金迫不及待地问道。人们向他说明了情况,并遗憾地表示用不上他。苏瓦尔金却回答说:"先生们,假如就这点事儿,那就请交给我来办好了,我恳求你们。"枢密官们觉得这倒未尝不可,于是就同意这样办了。苏瓦尔金将公文包夹在腋下,穿过大厅和走廊,走上了通向波将金卧室的路。他非但没有敲门,甚至连脚步都没有停,就去拧门把手,门恰好未锁。在这间半明半暗的卧室里,波将金身穿一件旧睡衣,正坐在床上啃手指甲。苏瓦尔金走近写字台,把羽翎笔蘸上了墨水,一句话未说就把笔递到波将金手中,将最需急办的文件放到他的膝盖上。波将金像在睡梦中一样,漫不经心地瞥了这个闯进来的人一眼,就签了字,接着签署了第二份文件,乃至所有文件。待他签好最后一个文件后,苏瓦尔金夹起文件包,像来时一样毫无表示,转身离开了这间屋子。他高兴地挥动着文件,来到前厅。枢密官们一起向他蜂拥而来,从他手中接过文件。大家都屏住呼吸,深深地向文件鞠了个躬。大家都沉默了,发呆了。这时,苏瓦尔金走上前来,迫不及待地问各位大人为何如此惊异不止。这时,他也看到了签字。每份文件上签的都是:苏瓦尔金,苏瓦尔金,苏瓦尔金……

这个故事像一个先驱,比卡夫卡的作品早问世二百年。笼罩着这个故事的谜就是卡夫卡。总理大臣的办公厅、文件柜和那些散发着霉气的、杂乱不堪的、阴暗的房间,就是卡夫卡的世界。那个把一切看得轻而易举、最后落得两手空空的急性子人苏瓦尔金,就是卡夫卡作品中的K。而那位置身于一间偏僻的、不准他人入内的房间里、处于似睡非睡的朦胧状态的波将金,就是这样一些当权者的祖先:在卡夫卡的笔下,他们是作为阁楼上的法官、城堡里的书记官出现的,尽管他们身居要职,但是却是些已经没落或者更确切地说正在没落的人,不过,在那些最下层的人和最腐朽的人——看门人和老态龙钟的官员眼里,他们还是威风凛凛的。他们靠什么浑浑噩噩地混日子?也

---

① 卡塔琳娜二世(1729—1796),俄国沙皇彼得三世之妻,1762年登基为皇。——译注

许,他们是那些用双肩支撑着地球的阿特拉斯①巨神的后代? 也许,他们正因为如此才把头"向胸前垂得这样低,使人们几乎看不到他们的眼睛",如肖像上的城堡守护者或者独自一人时的克拉姆? 不过,他们所支撑的不是地球,而最平凡琐碎的东西就已有足够的分量了:"他的疲惫不堪是格斗士在格斗后所感到的精疲力竭,他的工作是粉刷官员办公室的一角。"乔治·卢卡契曾说过,今天,为了能制作出一张像样的桌子,就必须具备米开朗基罗的建筑学天赋。如果说卢卡契思考的是时代,那么,卡夫卡思考的则是年代。他在粉刷时需要触动的是一个时期,而这还是以极不明显的手势表现出来的。卡夫卡的人物更多的是常常由于莫明其妙的原因就鼓起掌来。顺便还必须指出,这些手"实际上是汽锤"。

通过持续不断的和缓慢的运动——下降的或上升的,我们认识了这些当权者。他们从陷得最深的腐败中,即从他们父辈那里崛起的时候,最令人生畏。儿子为迟钝的、年老体弱的父亲刚刚虔诚地祈祷过,现在安慰他说:"你安心休息吧,我给你盖好了。""不要!"父亲喊道,以这样回答来顶撞他,并用力将被子一推,以致被子全给掀掉了,老头子直立在床上,仅用一只手轻轻地摸着天花板。"你想把我盖起来,这我知道,小崽子,可是我还是没有被你盖住。我还有最后一把力气,对付你还绰绰有余的,也许还用不了!……值得庆幸的是,父亲不用人教就能看穿他的儿子。"……他站在那里悠荡着腿,怡然自得。他为自己有了这样的见识而得意非凡……

"现在,你该知道天外有天了吧,到目前为止,你只知道你自己! 你本来是一个无辜的孩子,但是,你更是一个魔鬼一样的人!"这位父亲由于抛开被子的负担也就甩掉了一种世俗的负担。为了使父与子这一古老的关系活跃起来并产生重大后果,他不得不使整个时期都动起来。确实,后果何其重大! 他判处自己的儿子以死罪——溺毙。这位父亲是一个惩罚者。他像法院官吏一样,承担着罪责。许多迹象表明,在卡夫卡看来,官吏的世界和父亲的世界是一模一样的。不过,这种相似性并不会给父亲们带来荣耀。迟钝、腐朽和肮脏充斥着这个世界。父亲的制服上到处都有污点,他的内衣也是不洁净的。肮脏就是官吏们的生活要素。"他们感到不可理解的是,为什么还要有

---

① 阿特拉斯,希腊神话中提坦巨人之一,以其头和手(一说用双肩)在世界极西处顶住天。——译注

党派之间的交往。"" '为了把门前的台阶弄脏',一位官吏曾这样——看样子是在气头上——回答了这个问题,不过,这对他们说来一直是很清楚的"。如果把官吏们都看作是大寄生虫,那么,从这个角度来看,不干不净确实可以说是官吏们的属性。这当然不适用于那些经济关系,而只适用于那些有关理智和人道的力量——这一伙人正是靠这些力量活着。同样,卡夫卡笔下这个特殊家庭中的父亲也是靠其儿子维持着自己的生命,像一个巨大的寄生虫附着在儿子身上。他不仅消耗着儿子的力量,而且吞噬了他的生存权利。作为执法者的父亲,同时又是原告,他责备儿子犯的罪行似乎是某种原罪。因为,卡夫卡所描绘的这种罪行,如果主要不是针对儿子,会是针对谁呢:"原罪,即人所犯的古老的不法行为,就表现为人无休止地发出的非难:人们对待他不公正,对他犯下了原罪。"如果不是由儿子责备老子犯了这种原罪,即犯了留下一个后代的罪过,那又该责备谁呢?这样一来,似乎儿子成了有罪的人了。不过,人们不应该从卡夫卡的这句话中得出结论说,这一指控是有罪的,因为它是错误的。卡夫卡在任何地方都没有说过这种指控是不对的。这里正在审理的是一件永恒的诉讼案,没有什么比揭发出父亲运用了这些官吏,即法庭当局的同情,更糟糕的了。在这些人身上,无止境的腐败并不是最坏的东西,因为这些人的内核就具备这样的特性:由于他们受贿,这就为人道提供了唯一的一线希望。尽管法庭有法令,但是人们读不到它们……K 曾猜测说:"人们不仅会受到无罪判处,而且是受到无知判决,这就是这种法制的特点之一。"在史前时期,法令和解释性的法规都不是成文法。人们可能不知不觉地就触犯了它们,犯下了罪。不过,毫无所知的人犯罪,纵然是十分不幸的,但是从法律的角度来看,犯罪的出现不是偶然的,而是命中注定的——命运在这里是以其模棱两可的形态出现的。赫尔曼·科恩①在一篇论述古代命运观的短文中称命运是一种"不可逃避的认识","看来促成和引起这种犯罪和堕落的正是其制度本身"。对 K 提起诉讼的法制,也是如此。这就使我们追溯到十二铜表法②以前的史前时期,那时取得的最初成就之一就是有了成文法。

---

① 赫尔曼·科恩(1842—1918),德国哲学家,新康德主义马尔堡派的主要代表人物,著有《哲学的体系》、《康德的经验论》。——译注
② 十二铜表法,亦称十二表法,是公元前 5 世纪中叶罗马共和国颁布的法律,是已知的罗马法中最早的成文法。——译注

这时,尽管在法令全书里有了成文法,但仍然是保密的,因此史前时期更是有恃无恐,可以更加肆无忌惮地进行统治。

官场的情形和家庭的状况,在卡夫卡的笔下是以各种各样的方式相互交织在一起的。在城堡山麓的一个村庄里,人们都晓得一句流行语,它像一盏明灯照耀着人们的路。"这里流行着一句话,也许你晓得它:'官方的决定就像年轻的姑娘一样胆怯。'""这是一个很好的观察,K 说……一个很好的观察,这种决定可能还有其他特点同姑娘是一致的。"其最突出的一点是,它们像 K 在《城堡》和《诉讼》中所遇到的那些怯懦的、像眷恋床一样沉溺于家庭的淫荡的姑娘们一样,依附于各方。她们在 K 的生命旅途中亦步亦趋地伴随着他;下一步并不困难,如同征服一个酒吧间女招待一样轻而易举。"他们相互拥抱在一起,她那娇小的身躯在 K 的手臂里激动得滚烫,他们陷入了陶醉之中。K 纵然一再试图摆脱出来,然而却是徒劳的。他向前滚动了几下,就砰的一声滚到了克拉姆的门前,他们就躺在积着残酒的坑坑洼洼里和扔在地板上的垃圾上。在那里,又消磨了几小时……K 一直有这样一种感觉:他仿佛迷失了方向,湮没在一个从未有人涉足过的陌生之地——在这里,就连空气也缺乏家乡空气的成分,人们因处处感到陌生而窒息致死,这种引诱富于极大的魅力,使你只能继续向前走,进一步陷入迷茫。"关于这种陌生地,我们还会再谈到的。不过,值得注意的是,这些娼妓一般的女人从来都不是打扮得漂漂亮亮地出现在人们面前,相反,在卡夫卡的世界里,美丽只出现在隐蔽的地方:比如在被告身上,"不过,这是一种在某种意义上可以说是奇异的自然科学现象……使她们变得漂亮的,不可能是罪过……使她们变得现在这样漂亮的,也不可能是恰如其分的惩罚……而只能是那种以某种方式强加给她们的、对她们提起的诉讼"。

从《诉讼》可以看出,这种诉讼对被告说来,常常是毫无希望的。即使当存在被宣判无罪的希望时,也是毫无希望的。也许,正是这种绝望使得人们感到卡夫卡的这些独一无二的人物是美的。至少这一点同马克斯·勃罗德所提供的一个谈话片断是非常一致的,他写道:"我回忆起同卡夫卡的一次谈话。话题是从当今的欧洲和人类的腐败开始的。他说:'我们都充满了虚无主义思想,充满了自杀的念头——而这些念头是在上帝的脑子里出现的。'这使我首先想到了灵知对世界的认识——上帝就是凶恶的造世主,世界就是它所制造的人类腐败的典型。他说:'噢,不,我们的世界仅仅是上帝的一种坏情绪的产物,不好的一天而已。''这么说,除了世界这个表现形式之外,还是有希望的?'他笑了:'噢,有充分的希望,无穷无尽的希望;只不过不是我们的。'"这些话架起了一座桥梁,它可以通向卡夫卡的那些摆脱了家庭的圈子,也许还有希望的、极其特殊的、独一无二的形象。这不是指那些动物,更不是指那些像"猫羊"之类的杂种,或者臆造出来的东西,相反,所有这些仍然处于家庭羁绊之中。格里高尔·萨姆沙恰恰是在父母的家里醒来后变成了大甲虫,是不无原因的;那个不伦不类的奇怪动物,是父亲财产中的一件遗产,也是不无原因的;这怪物成了父亲的一桩心病,也是不无原因的。但是,那些"助手们"实际上却不属于这个范畴。

这些"助手们"属于那个贯穿于卡夫卡整个作品中的人群。属于这个家族的,有在《观察》中被揭发出来的骗子手,作为卡尔·罗斯曼的邻居深更半夜出现在阳台上的大学生,以及那些居住在南方那个城市里的、永不知疲倦的愚人。笼罩着这些形象的朦胧之光令人想起照射在罗伯特·瓦尔泽①(长篇小说《助手》的作者,卡夫卡非常喜欢他)那些小剧作中的人物身上的摇晃不定的光亮。卡夫卡笔下的助手也属于这一类型;他们既不属于任何其他形象范畴,也不对其他形象范畴感到陌生:他们是活动在它们之间的信使。正如卡夫卡所说,他们同巴纳巴斯相似,而巴纳巴斯是一个信使,他们尚未彻底脱离大自然的襁褓,因此"在地上的一个角落里,在两件破旧的女裙上安居下来。他们以占用尽可能少的空间……为荣……从这个意义上说,他们在咿呀学语和咯咯笑声的伴随下进行着各种尝试,挥舞着手臂和腿脚,蜷缩到一起。因此,在朦胧之中,人们只看到在角落里有一个大棉团"。对他们及其同类,即未成年的和愚笨的人说来,尚存在着一线希望。

从这些信使的行为中所看到的温和可爱的和无拘无束的东西,就是令人感到压抑地展示的整个创造物世界的法律。没有一个创造物有自己固定的位置、明确的和不可变换的轮廓;没有一个创造物不是处于盛衰沉浮之中;没有一个创造物不可以同自己的敌手或邻居易位;没有一个创造物不是精疲力竭的,然而仍然处于一个漫长过程的开端。在这里,根本谈不上秩序与等级。接近于此的神话世界比起神话许诺予以拯救的卡夫卡世界来,是年轻得无法

---

① 罗伯特·瓦尔泽(1878—1950),瑞士德语作家,精神病患者,作品在第二次世界大战后被发现,被认为是卡夫卡的先驱,作品中充满怪诞与幻想。——译注

比拟的。如果说可以肯定某一点的话,那就是卡夫卡没有被神话所诱惑,而是另一个奥德修斯:卡夫卡让他那射向远方的目光根本不去看那些赛壬,"而对他那坚定果断的神态,她们都逃之夭夭,当他临近她们时,他却看不到她们任何踪迹了"。在卡夫卡从古代找到的祖先中,包括我们将要谈到的犹太和中国的祖先,是不应该忘记这个希腊祖先的。奥德修斯恰恰处在区别神话与童话的分水岭上。理智与计谋使神话具有某种鬼怪的特点,神话中的暴力不再是不可战胜的。童话是关于战胜这些暴力的传说。卡夫卡热爱传说,他的童话是为辩证论者写的。他把一些小的计谋融入其中,然后从中看到这样的证明:"即使是一些微不足道的,甚至是幼稚的手段,也是可解燃眉之急的。"他的短篇小说《赛壬的沉默》就是以这句话开篇的。赛壬在他的笔下是沉默不语的,她们有"一件比歌唱更可怕的武器……,即沉默"。她们用它来对付奥德修斯。卡夫卡进一步讲述道,但是他"是非常足智多谋的,是只非常狡猾的狐狸,就连命运女神也无法窥探到他内心的秘密"。也许,卡夫卡确实发现——尽管这是用人的智慧无法理解的——那些赛壬在沉默,从而在诸神面前把这个"传说的"假动作作为一个盾牌加以运用。

在卡夫卡笔下,赛壬是沉默不语的,这也许是因为在他看来音乐和歌唱是一种逃遁的表现,至少是一种可以逃脱的保证。一种我们可以从助手们大显神通的平庸世界中得到的希望的保证;这个世界既渺小,又不完善,极为平凡,然而,同时又是可以令人感到宽慰的、愚昧的。卡夫卡像一个离家外出历险的小伙子。他闯进了波将金的官府,最后在地下室的洞里碰到了那个歌唱着的老鼠约瑟芬。关于她的特点,卡夫卡是这样描述的:"她具有某些可怜的、短暂童年的气质,某种已丧失的、永不复返的幸运,不过也有今天的生命活力,具有令人不解,然而却始终存在、不可窒息的、小小的生活乐趣。"

驼背小人儿

很久以前,人们了解到,克努特·哈姆松经常在他住处附近那座小城的地方报纸的读者信箱栏里发表自己的见解。就在数年前,在这座小城里,陪审法庭审判了一个杀死自己新生婴儿的侍女。她被判处监禁。不久之后,这家地方报纸发表了哈姆松的意见。他宣称自己将离开这座城市,因为它没有对那个杀害自己婴儿的母亲判以最严厉的刑罚——即使不是绞刑,也得判无期徒刑。光阴荏苒,又过了数年。《大地福音报》照旧出版发行,又报道了关于一个侍女犯了同样罪行的消息,她受到了同样的惩罚,如读者清楚地看到的那样,当然不应该受到最严厉的惩罚。

卡夫卡在《中国长城建造时》一文中留给我们对此的反应,促使我们有必要回忆一下这个事件,因为还没等到这部遗著出版,就有人针对这些反应写出了卡夫卡评论,热衷于对这些反应做出解释,是为了在他的主要著作上少花点力气。对卡夫卡的著作做出根本错误的评价的有两条途径:顺乎自然的评价是其一,超越自然的评价是其二;这两种方式——不论是心理学分析方式,还是神学分析方式,都没有抓住本质的东西。第一种方式以赫尔穆特·凯泽为代表,采取第二种方式的,现在有为数众多的作者,如汉斯·阿希姆·舍普斯①、伯恩哈德·朗格、格勒图森②。维利·哈斯③也应归属于这一派。他当然从一些我们将要论及的较大的方面提出了一些关于卡夫卡的颇有启示的看法。然而,这也未能阻止他根据一种神学的模式来解释卡夫卡的全部著作。他对卡夫卡做了这样的评论:"他在其伟大的长篇小说《城堡》中表现的是上层的权势,即仁慈的范畴;而在另一部同样是伟大的长篇小说《诉讼》中表现的倒是下层的权势,即法庭和惩罚的范畴;在第三部长篇小说《美国》中,则尝试着以极严格的文体表现这两者之间的范畴,即尘世间的命运及其向人提出的极高的要求。"我们可以把这一评论的第一个三分之一看作是自勃罗德以来的所有卡夫卡评论的共同财富的一部分。比如,伯恩哈德·朗格就是根据这种观点写道:"只要可以把《城堡》视为仁慈的所在地,那么,从神学的角度来看,这种徒劳的努力和尝试只能意味着上帝的仁慈是无法由人随心所欲地得到和强行取得的。烦躁与心急只会妨碍和打搅神圣的平静。"做这样的解释是很容易的;然而,根据这种解释越是向前去探索,就越看得清楚,这种说法是站不住脚的。最清楚不过的是维利·哈斯,他曾说过:"卡夫卡既是克尔凯郭尔又是帕斯卡尔的……产物,甚至可以称他为克尔凯郭尔和帕斯卡尔的唯一合法继承人。这三个人探讨的是一个共同的、极其困难的宗教上的基本问题:人在上帝面前永远是无理的……卡夫卡的上层世界,他的

---

① 舍普斯,德国哲学家,生于1909年,著有《犹太宗教哲学史》。——译注
② 格勒图森(1880—1946),德国哲学家,著有《法国革命的哲学思想》等。——译注
③ 哈斯(1891—1973),德国文艺评论家,电影剧作家,二次大战期间流亡布拉格,是卡夫卡在文学界的朋友之一,战后担任《世界报》文艺评论员。——译注

那个所谓《城堡》以及那些不可捉摸的、庸庸碌碌的、难以对付的和十分贪婪的官吏们,他的那个奇怪的天堂——这一切正在同人进行着一场十分可怕的游戏……可是,人甚至在这个上帝面前也是根本无理的。"这种神学甚至远远落后于安塞姆·冯·坎特伯雷①的论证学说,属于粗犷的空论范畴,而且甚至同卡夫卡原话的意思根本不相符。而《城堡》恰恰写道:"单个的官吏能够宽恕人吗?这个,也许只有整个当局才能做到,然而,看来当局也不能宽恕,只能进行判决。"这样走的路,很快就会自行堵塞,变成死路的,德尼·德·隆日蒙认为:"所有这一切并不是心中没有上帝的人的悲惨境遇,而是这样一种人的悲惨境遇:他们尽管依附于一个上帝,然而,由于他们不明了基督教义,所以并不了解这个上帝。"

  从卡夫卡遗留下来的笔记中得出一些推论性结论,哪怕只阐明一个在他的长、短篇小说中所出现的母题都很容易,但是,只有这些母题才能提供理解卡夫卡在创作中所探讨的这些史前时期暴力的某些启示;这些暴力当然同样完全可以被看作是当今世界的暴力。而且有谁能说出,对卡夫卡说来,它们是以什么名义出现的?只有一点是肯定的:他未能弄清楚它们。他并不了解这些暴力。只是在史前时期以罪行这种形式置于他面前的镜子中,他看到的未来是以一种法庭(它支配着这些势力)形态出现的。应该怎样认识这个法庭——这是否就是上帝的最后审判:它不会把法官变成被告吧?这种审判不就是一种惩罚吗?——对此,卡夫卡并未给予回答。难道他是在期望这种审判能有所作为吗?还是他更希望将其推迟?在他遗留给我们的故事中,叙述体重新赢得了在山鲁佐德嘴里所具有的作用:使即将发生的事推迟到来。在《诉讼》中,拖延成了被告的希望:愿诉讼不要演变成判决。拖延甚至对族长也是有益处的,尽管他不得不因此交出自己的传统地位。"我可以想象有另外一个阿伯拉罕,他当然不可能当上族长,甚至连旧衣商都干不了,不过他会像一个餐馆跑堂那样乐于殷勤地满足祭献者的要求。但是,他无法敬献任何供奉,因为他丢不开家,他是不可缺少的人物,家中的一切都需要他去照管,天天都有事要他决定,房子尚未造好,而在房子未建成的情况下,没有这个后盾,他是不可能离家外出的,连《圣经》也看出了这一点,它说:'他要管家。'"

---

① 安塞姆·冯·坎特伯雷(1033—1109),英国大主教,前期经院学派的重要神学家,提出了关于知识、教会和国家等方面的学说。——译注

这个阿伯拉罕"像餐馆跑堂一样殷勤"。对卡夫卡来说，始终只能从人们的姿态中去捕捉某种东西，这个他所不理解的姿态，恰恰构成了比喻中的灰暗不明之处。卡夫卡的作品正是从这种姿态中产生的。他对自己的作品采取了何等谨慎的态度，这是众所周知的。他在遗嘱中托付后人将它们付之一炬。这个遗嘱是任何研究卡夫卡的人都无法回避的，它还告诉我们，作者对自己的作品是不满意的，他认为自己的努力是失败的，他把自己归并到那些注定要失败的人之列。而失败的却是他的了不起的尝试：把文学作品变成学说，并使作为比喻的文学作品重新赢得那种他认为是唯一适合于它的经久性和朴实性的特点。没有任何一位作家像他那样认真地履行了"你不要为自己画像"这一信条。

"羞耻似乎要比他存在得更为长久"——这是《诉讼》的结束语。这种同他的"洁身自好的感情"相一致的羞耻感，是卡夫卡的一个极强烈的姿态。不过，它有两面性：作为人的一种内在反应的羞耻，同时也是一种社会现象。它不仅可以是在他人面前感到的羞耻，而且也可以是为他人而感到的羞耻。这样，卡夫卡的这种羞耻感同控制它的生命和思想相比，同他个人的关系并不更为密切。关于生命与思想，他曾说过："他并不是为了他个人而活着，他并不是为了他个人在思考着。他似乎是在为维持一个家族而生活和思考……为了这个不熟悉的家族……也不能将他解雇掉。"这个不为人们所熟悉的家族是怎样由人和兽构成的，我们不知道。不过，有一点是明确的，即促使卡夫卡通过写作去触动时代的正是这个家族。遵循这个家族的嘱托，他像西绪福斯搬动石头那样滚动着历史事件的钢板。这样，历史事件中为人们所看不到的一面见了天日。这一面，看上去令人感到不舒服，不过卡夫卡忍受得了，敢于目睹。"相信进步，并不意味着相信进步已实现。这样的信念不能称其为信念。"对卡夫卡说来，他所生活的时代并不比原始时期更进步。他的长篇小说表现的是一个沼泽世界，他笔下的人物还处于巴赫奥芬①称为乱伦的阶段。这个阶段被遗忘了，并不表明它没有延续到现阶段。相反，它正是通过遗忘延伸到现代。一个比一般人的经验更为深邃的经验发现了它。"我有这样的经验，"卡夫卡在最早期的一篇文章中这样写道，"我说，这是陆地上的一种晕

---

① 巴赫奥芬（1815—1887），瑞士法律学家和文化史家，其《母权》一书奠定了比较法学的基础。——译注

船病,并不是开玩笑。"难怪他的第一篇《观察》就是从写秋千开始的。卡夫卡对经验的摇摆特性进行了不懈的探讨。每一个经验都会做出让步,都会与对立的经验混同起来。"那是夏季的一个烈日,"《敲院门》开头这样写道,"我同妹妹在回家途中路过一个院子的大门。我说不清楚她是出于恶作剧还是由于漫不经心敲了一下门,还是仅仅举起了拳头想敲而未敲。"在第三处提到的动作的这种单纯可能性,就会使人们对前边发生的、起初是毫无恶意的动作产生另外一种看法。这是一种滋生经验的泥沼地,而卡夫卡笔下的女性形象正是从这样一些经验中产生的。她们都是一些沼泽地滋生物,如莱尼,她使劲地把"右手的中指和无名指"拉开,"使得它们之间的皮一直扯裂到两只短短的手指头的最上端的关节"。"那是美好的时光,"态度暧昧的弗丽达在回首往事时这样说道,"你从没有问起过我的过去。"而恰恰是过去可以把人重新引向那黑暗的深夜,在夜里进行交媾,其"放任不羁的频繁程度",用巴赫奥芬的话来说,"那是为天下任何光明纯洁的势力都感到憎恶的,也是完全有理由用阿尔诺毕亚斯①说的'低级的享乐'来称呼它的"。

只有从这点出发,才能理解卡夫卡作为小说家所使用的技巧。当小说中的其他人物要对 K 讲点事情时,即便是极重要或最令人感到意外的事,他们也总是顺便说出来,而且用这样一种方式:仿佛他实际上早已知道了这些事似的,仿佛没有什么新奇的东西,无非是以不惹人注目的方式提醒这个主人公再想起他已忘却的东西而已。从这个意义上讲,维利·哈斯对《诉讼》的进程理解得是很正确的,他说:"《诉讼》所写的对象,即这部令人难以置信的著作的真正主人公是忘却……这本书的主要特征就是把自己也忘记了……在这里,它自己也成了无声的形象,即这个被告形象,一个具有强烈思想感情的形象。""这个奥秘的中心……产生自犹太教",大概是不容置疑的。"在这里,虔诚精神作为记忆力起着非常神秘的作用。耶和华有着非常可靠的记忆力,'一直保持到第三代和第四代',甚至到'第一百代',这不是耶和华的某一特征,而是他的最突出的特征。最神圣的宗教仪式……就是要从记忆的书本中把罪恶抹掉。"

被遗忘的东西,从来不仅仅是指个人的东西,有了这一认识,我们就可以

---

① 阿尔诺毕亚斯(约 3 世纪下半叶—4 世纪前三分之一),拉丁语作家,修辞学教授。——译注

向着卡夫卡著作的门槛再迈近一步了。任何被遗忘的东西都是同史前时期被遗忘的东西混淆在一起的,通过无数非持久性的、变化无常的结合,不断制造出新的产物来。遗忘是一个大容器,卡夫卡作品中那种无尽头的中间世界就是从这里显露出来的。"在他看来,丰富多彩的世界恰恰是唯一真实的东西,所有精神的东西,要想在这里也能得到一席之地和存在的权利,必须是实实在在的,分门别类的。精神的东西,只要还能起一定的作用,就会变成精灵。而精灵又会变成只顾个人的个体,自我命名,并特别感激崇拜者的名字……众多的精灵无所顾忌地使得丰满的世界变得更为丰腴……蜂拥的精灵在这里无忧无虑地繁衍着,……新的精灵不断变成老的,所有的精灵的名称又各不相同。"当然,这里讲的不是卡夫卡,而是中国。弗兰茨·罗森茨威格①在《解救之星》一书中就是这样描述中国的祭祖活动的。不过,对卡夫卡说来,他的祖先世界像那个他认为是由重要事实构成的世界一样无法预测,只有一点是肯定的,就是他的祖先世界像原始人的图腾一样蜕化成为动物。不过,动物不仅在卡夫卡的笔下是被忘却的东西的收容器。在蒂克寓意深长的《金发的艾克贝尔持》中,一只小狗的被人遗忘的名字——斯特罗米,就成了侦破一件诡秘的犯罪案的暗号。这样,人们也就可以理解,为什么卡夫卡总是不懈地设法从动物身上窥探出被遗忘的东西。写动物当然不是目的,但是没有它们是不行的。请看《饥饿艺术家》,这个艺术家"严格说来无异于通往牲口圈途中的一个障碍"。难道人们没有见过动物在"筑巢穴"或"大鼹鼠"在挖洞时做无谓的思考吗?不过,从另一方面来看,这种思维又表现为某种极为心不在焉的东西。动物总是迟疑地从一种忧虑转向另一种忧虑,试探着各种危险,表现出反复无常的绝望情绪。在卡夫卡的作品中还出现过蝴蝶;那罪行累累,却又不肯认罪的"猎人格拉胡斯变成了一只蝴蝶"。"请不要笑"——猎人格拉胡斯说。有一点是可以肯定的:在卡夫卡塑造的所有形象中,动物是最爱动脑子思考问题的,如果说贪赃枉法是司法界的特征,那么,它们思考的特征就是恐惧。恐惧能导致成事不足、败事有余,然而却不失为唯一的希望,由于最容易被遗忘的异体是我们的身体——自己的身体,所以人们也就可以理解,为什么卡夫卡把来自内脏器官的咳嗽称之为"动物"。咳

---

① 弗兰茨·罗森茨威洛(1886—1929),德国宗教哲学家和教育家,主张恢复犹太教传统,主要著作有《解救之星》。——译注

嗾是大的兽群中最前列的岗哨。

史前时期在卡夫卡身上通过罪过制造出来的最奇特的杂种就是"奥德拉代克"。"它乍看上去像是一个平整的、星状的卷线轴,实际上是用线缠成的,不过用的全是些各式各样的和五颜六色的断了头、重新接起来的、相互编织在一起的旧线头。它不单单是一个线轴,而且从星星的中心还有一根横棒突出口来,在右上角还有一根小棒,同这个小横棒相连接。在一侧有了这最后一根小捧,在另一侧靠着星星射出的光芒,整个东西就可以双脚直立了。"奥德拉代克"经常变换地方,时而来到阁楼上,时而逗留在楼梯间、走廊里、通道上"。也就是说,它喜欢去的地方正是法庭追逐人们犯罪的地方。这些地方的地板是隐藏失效的、被遗忘的地方。也许,要人们来到法庭前受审的这种强制行为,会引起类似的感觉来,如同强制人们走近一个置于地板上的、封锁多年的箱子一样。人们非常希望这件事能尽可能向后推迟,直至 K 认为他的辩护词写得恰当有力,"让那位变得童稚的先生到退休之后再去干这件事"。

奥德拉代克是处于被遗忘状态的事物所具有的形式,这些事物都是变了形的。变了形的还有"家长的忧虑",无人知道它是什么。还有那个大甲虫,我们只知道它所表现的是格里高尔·萨姆沙,还有那个大动物,半羊半猫,也许只有"屠夫的刀才能找到解决办法"。不过,卡夫卡的这些人物形象都是通过一系列形态同最原始的变形形象——驼背人——紧密相连的。在卡夫卡的短篇小说的人物形象中,没有哪一个人物比那个把头深深地垂到胸前的人出现得更频繁了。这就是法官们的倦意、旅馆接待处的喧嚣声、画廊参观者戴得低低的帽子。然而,在短篇小说《在流放地》中,当权者却使用了一种旧式机械,在犯人的背上刻花体字,笔画越来越多,花样繁多,直到犯人的背清晰可见,犯人可以辨认出这些字体,从中看到自己犯下的,却不知道的罪名,这就是承受着罪行的脊背,而卡夫卡的背上是一直承受着它的。他在早期的一篇日记中这样写道:"为了使身子尽可能沉一些——我认为这对入睡是有好处的,我将双臂交叉抱起来,把双手置于双肩上,像一个被捆绑起来的士兵躺在那里。"在这里,负重与(睡觉人的)忘却是同时并进的。在《驼背小人》中,有一首民歌表达了同样的意境。这个小人儿过的是一种被歪曲了的生活,当救世主来到时,他就得消失,因为教士说过,救世主不愿用暴力改变世界,只想对它稍加整顿。

我走进自己的小房间，
想上我的小床睡一觉，
一个驼背小人儿站床前，
见了我开始笑。

这就是奥德拉代克的笑声，"听起来像是落叶的沙沙声"。

我跪在小凳儿上，
想做一会儿祈祷，
一个小人儿站眼前，
见了我开始把话讲：
可爱的小宝宝，我请求你，
也为这个驼背小人儿来祈祷。

这首民歌是这样结尾的。卡夫卡在深处触到了基础，这个基础既不是"神话的预知"，也不是"存在的神学"提供给他的，它既是德意志民族性的基础，又是犹太民族性的基础。即便卡夫卡没有祈祷过——这是我们所不知道的，他至少也是一个明察秋毫的人，马勒勃朗士①称之为"灵魂的自然祈祷"。正如那些信奉神灵的人把自己的一切都倾注到祈祷里一样，卡夫卡使自己的人物都同自己的灵魂息息相通。（王庆余、胡君亶　译）

问题探讨

1. 为什么说卡夫卡是西方现代派文学的奠基者？卡夫卡是一个表现主义作家，还是超现实主义作家？或是存在主义作家？或是荒诞文学作家？或是黑色幽默作家？

2. 卡夫卡的小说是现代社会的"寓言"吗？如何看待卡夫卡小说的寓言性？如何解读卡夫卡小说中人物的孤独和焦虑的生存困境？

---

① 马勒勃朗士(1638—1715)，法国神学家。——译注

3. 什么是"卡夫卡式"风格？卡夫卡如何调和其作品"整体的悖谬"与"细节的真实"？

4. 论"变形"与"异化"的关系。

5. 卡夫卡有一种"异乡人"情结吗？卡夫卡创作灵感的源泉是什么？如何解读卡夫卡小说中的父亲形象？

6. "城堡"象征了什么？为什么可望不可即？

选　文

普鲁斯特论①

[爱尔兰] 塞缪尔·贝克特

导言——

塞缪尔·贝克特(Samuel Beckett，1906—1989)是用法语和英语写作的爱尔兰剧作家和小说家。代表作品有两幕剧《等待戈多》等。这篇论述普鲁斯特的文章发表于1931年，它不仅是普鲁斯特研究领域里的重要文章，同时也有助于我们理解贝克特本人的文学创作。

原文主要从"时间"、"习惯"和"记忆"(分为"自主记忆"和"非自主记忆"两种)三个角度论述了普鲁斯特独特的小说叙事艺术。贝克特认为，在"时间"、"习惯"和"记忆"这三者之中，"时间"是普鲁斯特小说的中心线索；而"习惯和记忆便是时间肿瘤的症状，它们主宰着最为简单的普鲁斯特的故事情节"。贝克特关于"非自主记忆"的分析以及它对普鲁斯特的浪漫主义倾向的强调，对于我们理解普鲁斯特具有特别重大的启发作用。贝克特认为，普鲁斯特用极其感性化的笔触拒绝了当时法国文坛上流行的现实主义和自然主义，并且也与波德莱尔的象征主义大有区别。这是因为现实主义、自然主义过分拘泥于生活，即使是象征主义，也似乎与"平庸的生活"藕断丝连，而普鲁斯特则坚信："在平庸的生活与神奇的文学之间横亘着一道巨大的鸿沟。"

---

① 选自《普鲁斯特论》，沈睿、黄伟等译，社会科学文献出版社，1999年版。

普鲁斯特有着糟糕的记忆力——正像他有个不怎么发挥效力的习惯。一个记忆力很好的人什么也记不住,因为他什么也忘不了。他的记忆力千篇一律,是常规的产物,同时也是他毫无瑕疵的习惯的条件和功能;他的记忆是一件备以查询而非用来发掘的工具。对这种人的记忆的赞美诗是:"我记得跟昨天一样那么清楚……"这赞美诗亦是墓志铭,它对这种记忆的价值做了精确的表述,记忆力好的人与他无法记住明天一样,也不能记住昨天。他能冥想着与最潮湿的8月银行节①一起挂在更远一点的那根晾衣绳上的昨天,因为他的记忆就是一根晾衣绳,他对过去事物的印象就是那些被赎回来的脏衣服,是他怀旧时需用的忠实得意的仆从。回忆明显地被感知所限。好奇心是无条件反射,是用最初级的表现形式对危险刺激的反应,且很少免于,却常常带有功利打算——即使表现为一种高高在上,表面上最无所谓的形式。好奇心是长在我们习惯上的根根倒竖的毛发。我们的注意力在多多少少的程度上很少不被好奇心这种动物性元素所染。好奇心是猫的卫士,而不是猫的死亡,不管这猫是穿着裙子还是趴在地上②。我们的兴趣越浓,好奇心记录下来的印象就越长久。好奇心的战利品随时供应,因为好奇心的侵略行为是自我防御的形式,这就是恒定不变的功能。在极端的情况下,记忆与习惯是如此紧密相连,能让记忆这个词血肉丰满起来。当记忆在紧急状态中发挥不了作用时,习惯强制发生。这就是尽管我们没有注意如何发音,但我们的发音器官仍能与我们所想的一致发出这个音的原因。我重申重复记忆,就其最高意义来说,不能适用于那些从我们的焦虑抽出的要点。严格地来说,我们只能记住我们极度不经心时注意的事物,并将它们贮藏在我们生命终极和不可到达的地牢里,习惯没有打开这座地牢的钥匙,也无须打开,因为那里面没有保存任何可恶而又有用的战争工具。但在这禁止我们的探测器进入的深渊中却贮藏着我们自身的精华,我们许多自我本身中最好的东西,它们的凝结物被头脑简单的人称之为世界。之所以说这些贮藏物是最好的,是因为它们是在我们粗俗不堪的鼻子下悄悄地、痛苦地、耐心地积累起来的,是被窒息的神性的优秀本质,这被窒息的神性低吟着"失败"淹没于要拥抱一切的欲望的

---

① 8月银行节,英国的公休日,通常在这一天人们都放假,所有的商店打烊,但并无特殊意义。——译注

② 在英语谚语中,有"好奇得像只猫"这种说法。——译注

健康的叫喊之中，它们是能揭穿我们的人造宝石和闪闪发光的锡饰品的珍珠。让我们——当我们在睡梦中或在不能豁免疯狂状态中，逃离到偏离心智的宽敞的偏房中。在这个深深的源头，普鲁斯特升起了他的世界。他的作品不是出于偶然，但作品所拯救之物却是意外所得。那意外的条件将在这预想的顶峰得以展示。一个次一等的高潮总比没有强。但如果不指出潜入者的名字就什么目的也达不到。普鲁斯特称这个潜入者为"非自主记忆"。这记忆不是记忆，而是引自某个人的《旧约》的一段话，他称之为"自主记忆"。这是千篇一律的理性记忆，依靠它，我们可以再产生那些令我们的检验功能也满意的过去有意识地和理智地形成的印象。自主记忆对增添我们平淡经历光彩的那种不经意的神秘因素毫无兴趣。它呈现的往事是单色调的，它们选择的形象与想象所选择的形象同样武断，同样远离真实。自主记忆产生作用的方式被普鲁斯特喻为翻动一本相册的片片插页。它所提供的材料毫无往事的内蕴，只是一个洗去了我们的焦虑和当时行为缘由的模糊而单调的投影——也就是说，什么都没有。普鲁斯特说，一个梦的记忆和现实的记忆没有多大差异。当睡觉的人醒来时，其习惯的使者使他确信他的"个性"没有随着疲劳的消失而消失。（对那些有兴趣于此类沉思的人来说）也许可以把灵魂的复活认为是同一源头的分岔的最后一曲。它坚持那种最必要的、有益的和单调的抄袭——对自身的抄袭。这位十足的民主主义者辨别不出帕斯卡尔《随想录》与肥皂广告的不同。事实上，如果说习惯是呆滞女神，那么自主记忆就是沙德韦尔①，且具有爱尔兰血统。非自主记忆是爆炸性的，一种即时、全面而兴味无穷的爆炸。非自主记忆所恢复的，不仅仅是过去的事物，而是既使人迷恋又使人痛苦的拉撒路②；也不仅仅是拉撒路和过去的事物，而是更多，因为不仅仅就是上述二者。说它们"更多"是因为非自主记忆把有用的事物、适逢其时的事情、偶然的事物抽象出来，是因为在非自主记忆的火焰中，它烧尽了习惯和一切习惯的产物，在非自主记忆的光芒中显示了经验的假冒的真实从来不能，也从不愿意显示的东西——真实。然而，非自主记忆是位难以控制的魔术师，对他是难以强求的。它自己选择时间和场合来表现

---

① 沙德韦尔（Shadwell，1642—1692），英国剧作家、桂冠诗人，这里也许是指这个人。——译注
② 拉撒路（Lazarus），《圣经》中的一个人物，耶稣使他从死亡中复活。——译注

它的奇迹。我不知道这种奇迹对普鲁斯特表现过多少次。我想总有十二或十三次吧。但第一次——浸了茶水的玛德莱纳小甜饼的著名情节——将证明普鲁斯特的整部著作是一座非自主记忆的纪念碑,而且是一部非自主记忆如何发挥作用的史诗。普鲁斯特的整个世界来自于一只茶杯,不仅仅来自贡布雷和作者的童年时代。因为贡布雷把我们引到两条路上并带到斯万面前。斯万可能与普鲁斯特经验和展示其经验的必然的高潮的每一个因素有关。斯万在巴尔贝克之后,而巴尔贝克是阿尔贝蒂娜和圣卢活动的区域。斯万直接涉及了奥黛特和希尔贝特,及维尔迪兰和其家族以及凡德伊的音乐和贝戈特神奇的散文;还间接地(通过在巴尔贝克和圣卢)与盖尔芒特家、奥莱妮和公爵、王妃和德·夏吕安等发生牵连,斯万是整座建筑的基石,是叙述者童年时代的中心人物,那非自主记忆的童年时代,被茶水浸过的玛德莱纳小甜饼那久已忘却的味道所刺激和唤醒。于是,童年及其根本的意义便从不可思议的平淡无奇的茶杯的残水中幻化出来,轮廓鲜明,色彩艳丽。

这个雅努斯式①的、具有两面形象的多变的怪物或神明,具有三重内涵:时间——由于可导致死亡而成为复活的一个条件;习惯——一方面就其反对危险的变迁而言是一种处罚,另一方面由于可以减轻生活的残酷又是一种祝福;记忆——则是间医院的实验室,里面既贮有致命的毒药也有有疗效的良方,既有兴奋剂也有镇静药,从心灵这个三重复合怪物,产生了由这怪物的专制与警戒所能容忍的逃避,及逃避的报酬和奇迹。当非自主回忆被习惯的忽视或习惯的痛苦所刺激,这生命之中偶然而又短暂的得救才可能意外地出现,而在任何其他条件下都不能,也不必出现。普鲁斯特就是采用了这神秘的体验作为他作品主旋律的。这旋律反复出现,犹如凡德伊·塞普蒂奥②的令人激动的乐句,与其说是主旋律,不如说是神经痛,这旋律持续不断,单调不变,消失于表层之下后又更强烈、更令人神经紧张地再现,再现后的旋律镶嵌着奇异而又必需的装饰音,成为更为自信和更为基本的对现实的表达,而且,通过一系列的精确与提纯,这主旋律攀登到那个峰顶:从峰顶望去,它俯

---

① 雅努斯(Janus),希腊神话中的两面神,亦是门神。——译注
② 凡德伊·塞普蒂奥,《追忆似水年华》中的一个人物,是位钢琴老教师,乡村教堂管风琴演奏师,经常作曲。——译注

瞰着并清晰地看清了它上升过程中哪怕最不起眼的细枝末节,并在此宣告了主旋律的胜利结束。这旋律第一次在玛德莱纳小甜饼的情节中响起,而后,至少在五种重要的场合重现。最后,在《追忆似水年华》第二卷的开篇,在对盖尔芒特府的最后而多重的观察描写中,达到高潮并得到完整的表达。这样看来,普鲁斯特的解答方式的萌芽已生长在问题本身的陈述中。这"神圣的方式"的源泉和分开点,这共有的元素,来自于物质世界,来自感知的某些偶然而直接的行为。这过程简直可称为一种理智化的万物有灵论。下面就是这些有灵物之表:

1. 经茶水浸过的玛德莱纳小甜饼。(《在斯万家那边》)
2. 从贝斯比埃大夫的双轮轻便马车上看到的马丹维尔钟楼的尖顶。(同上)
3. 弥漫在香榭丽舍大街上公共厕所的霉味。(《在少女们的身旁》)
4. 在巴尔贝克附近,从德·维尔巴里西斯夫人的马车上看见的三棵树。(同上)
5. 巴尔贝克附近的山楂树。(同上)
6. 他第二次在巴尔贝克的海滨大旅社弯腰解靴扣。(《索多姆和戈摩尔》)
7. 在盖尔芒特府内庭院中凹凸不平的鹅卵石。(《重现的时光》)
8. 汤匙碰撞盘子的声音。(同上)
9. 用餐巾擦嘴。(同上)
10. 水管中的流水声。(同上)
11. 乔治·桑的小说《弃儿弗朗索瓦》。(同上)

以上的这个表并不完全。有一些暂时和夭折了的感觉我未将其列入。这些未列入的经验中没有一件真正地构成反复出现的主旋律,但都是向主旋律接近的先兆。在这些朦胧的、未完成的激发情境中,有三件具有特殊意义。在《盖尔芒特家那边》第2卷第80至82页,叙述者在家中等待着德·斯代马里亚小姐(如果那时她来了,她很可能会成为叙述者的阿尔贝蒂娜)。当他看见窗幔上方微明的光线,并与刚刚到达的罗贝尔·德·圣卢并肩走下楼梯;当他看到街上浓雾弥漫,他便时时不断地回忆起在巴尔贝克,董西俟尔和贡布雷的时光。这三件有激发意义的情境虽不完整,却极具强度,因为在这一刻他意识到了他自己往昔的那些时期是由不同的事物和本质组成的。贡布雷浅黑而粗糙的砂石,与里维贝尔的密实闪光、微微透明、有着玫瑰色条纹的大理石成为鲜明对照。但那一刻,他不是独自一人,他被圣卢所打扰,结果,那本可以成为他生命的转折点的东西,那多年后在盖尔芒特亲王夫人图书馆和庭院中向他显现其形的东西,此刻,只是那些稍纵即逝的先兆之一。

后五种情境——鹅卵石、汤匙与盘子、餐巾、水管中的水声及《弃儿弗朗索瓦》——可以被认为既是一则通告,也是打开叙述者生活和写作之谜的钥匙。第六个有首要意义的经验(这个经验没有那总被引证来说明普鲁斯特的揭示方式的玛德莱纳小甜饼那么为人所知)有着特殊的重要性,它不仅表现了主旋律的基本面貌,而且阐示了普鲁斯特所认为的习惯与回忆的怪僻的行使方式。阿尔贝蒂娜和普鲁斯特的"方法论"已经等得这么久了,还可再等一会儿吧,而读者被盛情邀来似乎只是为了不读那段概括分析的篇章——《心脏的间歇》,这一篇章可能是普鲁斯特所写的最伟大的章节。

这件事(指第六个有首要意义的经验——译者)发生于叙述者第二次去巴尔贝克的头天傍晚。这次他和母亲在一起,他的外祖母已于一年前逝世。但死者吞并了活人,确如法兰西王国吞并了奥尔兰大公的领地。他的母亲变成了他的外祖母,不管是否是通过惋惜的暗示,还是通过对死者的五体投地般的崇拜,以及通过失去外祖母这一令人崩溃的影响。这损失破开了蝶蛹,加速了在返祖状态中胚胎的变形,没有这悲痛的刺激,胚胎的成熟将是缓慢而难以察觉的。她携带着她母亲的手包,戴着她母亲的皮手筒,那本塞维尼夫人的《书简集》也从不离身。这位曾拿她母亲写信时从不忘引用塞维尼夫人或博舍珍特夫人而开玩笑的她,轮到她自己给儿子写信时引用《书简集》或《回忆录》中的语句了。当巴尔贝克这个地名本身仍具有神秘性和美感时,叙述者第二次访问此地的动机——由斯万及其幻想所激发——这种幻想还没有使他不得安宁,在这之前真实用记忆的幻想代替了想象的幻影,并解释清楚了那未知的一切的价值,正如威尼斯将在一定时候被解释清楚一样,以及当地的小马车穿过神秘的大陆的冒险旅程也将被布里肖的词源学及有平息作用的由熟悉而生的轻蔑所解释清楚一样。镶嵌着"浪花飞沫"般的彩色玻璃和由采自诺曼崖的花岗岩筑成的波斯大教堂已被普特伯斯夫人的吉奥尔吕奥内斯克的女仆所取代。

当上次被当作习惯的死亡的例子所剖析的情形一样,叙述者到达时感到疲惫不堪,身体不适,不过现在这条恶龙(指习惯——译者)已变得温顺,而这个洞穴也成了房间。习惯已被重新组织过——犹如进行过一次手术,普鲁斯特把它描绘成一次"比把眼皮翻上来这个过程更长久艰难的手术,这个手术在于强使我们自己的熟悉的灵魂打扰周围环境的可怖的灵魂"。他弯下腰——小心谨慎地,因为考虑到自己的心脏——去解他的靴扣。突然,一个熟悉的神灵出现且充满了他的身心。他再次使自己回到过去的位置,通过那个生命——她的温柔体贴在几年前一个相似的时辰,一个同样忧伤而疲惫的时辰,给他带来片刻的宁静。也就是通过仿佛那时还在那里的外祖母,他又回到了过去。自那儿以后,外祖母一直活着直到那致命的一天——在香榭丽舍大街她中风而死。从此之后,除了一个名字外她什么也没留下。所以,她的死对叙述者来说,就像死了个陌生的人似的没有什么影响。此刻,在她葬礼的一年之后,由于非自主记忆的神秘作用,他才意识到她死了。在任何特定的时刻,我们的整个灵魂,尽管它像一张款额巨大的收支报表一样,实际上只具有虚假的价值。它的结论从来都不是真正有现实意义的。叙述者不仅仅从解靴扣的动作中找回了他丧失了外祖母的这个事实,他还重新恢复了他已经失却了的实在性,即他那丧失了的自己。如果时间的形体可被描述成两条无限延伸的平行线,他的生命,从往昔那遥远的一刻——当外祖母俯下身来抚慰他的忧伤时,就被转换到另一条线上前行,且持续不断地向前。他无法使那些发生于很短时光中的各种事件清晰可见,正是这些事件标明出那长久的中断时期,他也无法在中断期中描述那幅表现着外祖母及他对她的爱的锦缎。但这对往昔生活重新恢复已被无情的年代错位毒害了。外祖母已经死去。自香榭丽舍大街后,即自她死后,这是他第一次恢复了她,她生动、完整,一如往昔多次,在贡布雷,在巴黎,在巴尔贝克,这也是自她死后,他第一次意识到她死了。他意识到是谁死了。在他承认外祖母的死之前,在他承认外祖母再也不能向他表示柔情之前,他必须复活这个活着的、温柔的外祖母。这种现在与无法挽回的消失之间的对立令人难以忍受。不仅仅是对他们共同命运的回忆——经历——被某种确定性在回溯中所抹平,而且,在命运之前谈论任何确定性都愚不可及,所能确定的只是外祖母不过是一个偶然的熟人,与她相度的这寥寥几年也是一个意外,所能确定的只是在他们相遇之前,他对她毫无意义,那么,在她离去后,他对她还是毫无意义。他不能理解"这种生存与毁灭的令人悲哀的综合"。他写道:"我不知道这种痛苦和此时不可把握的印象究竟能否诞生真实。但就我已知的事来说,如果我曾经成功地从这个世界提取出某种真实,那一定是从这样的一种印象而非其他,这是一种特殊而又自然产生的印象,它既不是由我的理智构成,也不会因我的优柔胆小而减弱,它已在我的心上刻下重重神秘的皱纹,犹如用闪电所刻,用非人类的和超自然的死亡的利刃所刻,或是死亡所显出来的利刃所刻。"然而,已经存在的意志、生存的意志、不愿遭受痛苦的意志——习惯,已经在从短暂的瘫痪中恢复过来,已为它罪恶而又不可或缺的大厦打下基础,这时,他外祖母的形象开始淡薄,开始失去那神奇非凡的鲜明轮廓,任何周密的重复记忆的努力也不能使那鲜明形象显露或复原。这形象有时可被重新获得:当他看见那堵把他与外祖母分开的隔墙时,这堵墙就像一件工具,表达着他那难以诉说的悲伤,而且,数日之后,在某次列车的一节车厢内,当窗帘在拉上时,外祖母的形象被如此生动和痛苦地唤起,使他不得不放弃对维尔迪兰夫人的拜访,中途下车。但在这新生的光彩——这复活了的,并被强化了的昔日光彩——最终消失之前,充满惋惜与懊悔的受难地必定已遭践踏。没完没了地回忆对死者所做的种种残酷之事是对自己的鞭笞,因为死去的人们只有继续存在于活着的人们心中时,才是死了。对所遭痛苦的怜悯较之对受痛苦者清醒的评价,是对痛苦的更为严酷、更为准确的表达。因为受痛苦者至少免除了一种绝望——作为旁观者的绝望。叙述者回忆起他第一次待在巴尔贝克期间发生的一件事,就因为这件事,外祖母在他的心中变成了一个浅薄虚荣的老太婆。她坚持让圣卢为她拍照,她希望她所钟爱的外孙这样就可以至少保留一张她近日的可怜的记录了,一连串的昏厥([syncopes]这个词从海滨大旅社的经理口中说出,成为"symcopes",此刻对叙述者来说,这位经理揭示了外祖母病症的第一次发作,并且,他的可笑的用词错误,无意中成为另一个唤醒痛苦的工具)。中风使她清楚地看到死亡在逼近。她极为讲究身体的姿势及帽子戴在头上的倾斜度,希望拍下来的是位外祖母而不是某种疾病。所有这些小心翼翼的考虑都被叙述者理解为轻浮与卖弄风情,与米兰达不同,作为她感到痛苦,而他又从未见过她痛苦。他好像是弗朗索瓦丝,看到吉奥托的好心肠的厨房帮手生孩子的痛苦状时无动于衷,看到有人硬把应让它活着的东西宰杀成为吃的东西也漠不关心,但她在听到中国发生地震时却抑制不住泪水,因为她的痛苦只把焦点投向远处。

阿尔贝蒂娜的悲剧在叙述者第一次逗留于巴尔贝克期间酝酿,在巴黎他们的关系中萌芽,在叙述者第二次逗留于巴尔贝克期间发展,在巴黎她被囚禁期达到顶峰。第一次出现在他面前时,她淹没于巴尔贝克的"一小帮"姑娘的光辉之中,推着一辆自行车,是那不可言喻、无法接近的行列中的一分子,这行列在海边展示着而又遮掩着它的优美的形体。而这一切对充满着妒意的倾慕的叙述者来说犹如一条雕饰华美的建筑飞檐或在壁画中的一队行列，永恒地、与世隔绝地无法进入。她不具有个体存在意义，她只不过是宾夕法尼亚娇嫩的玫瑰篱笆中的一朵花，这玫瑰篱笆中断了它们波浪起伏的线条。对那一小帮姑娘最初的整体的神秘感使得他在多年之后——当阿尔贝蒂娜已从中被分离出来，成为她的女囚，当这群灿烂的星群已被合成为对一颗单独的星星的迷恋时，他不仅否认他爱她这一客观现实（如同希尔贝特的情形一样），而且还通过使另一形象与她同等的方式否认主观现实。一天，她在海边上向他瞟了一眼（这种对阿尔贝蒂娜的识别是回顾性的），他写道："我知道，如果我不能占有她目光中的东西，我就更不能占有这个骑自行车的少女。"他的想象力编织着这个脆弱而又近乎抽象的蛹的茧壳，这一狂欢的骑自行车的美女列队。这由画家埃尔斯蒂尔介绍给她，通过一系列的基础建设般的事情与她接近、熟识，他的幻想与欲望的每一个碎片都在被数不胜数的不那么宝贵的观念所替代。这样一来，她与邦苔扑斯夫人的关系，她最初的和蔼可亲，她下巴上的具有雄辩力的美人痣的效力，她用副词"极棒"来代替"相当不错"的词义的方式，她鬓角上临时发炎而形成的视觉引力中心——她的气质的特点围绕这一中心组织开来，所有这一切加在一起足以构成与第一个阿尔贝蒂娜相去甚远的另一个阿尔贝蒂娜。这朵海滨之花，她的第三个侧面，以她鼻音清晰的发音，以她对俚语的熟稔运用，以她鬓角炎症的消失和她的美人痣从下巴到上唇的奇迹般的转移，而使她与第二个阿尔贝蒂娜相去甚远。这样就建立了阿尔贝蒂娜的绘画式的多重体，这又将及时地发展成立体的和道德的多重体，不再仅仅是外表上的转换，也不再是观察者走向她的角度的结果，而是一种内在的生动变化的表现，是一个具有深刻意义的多重体，一种主体未能控制的客体的和具有内在矛盾的混乱。虽然，面对她千变万化的表情，面对这张能从全然的不动声色、平静而淡漠变成充满欢乐几乎透明的液体状态；能从蛋白石般有欺骗性的冷光变成仙客来般染红的燃烧的脸孔，他已经做出结论说，姓氏是野蛮社会原始状态的一个例证，如同"荷马"或"大海"一样一向不甚确切。他第一次含糊地向她亲近的表示，被冷冷地拒绝了。他认为阿尔贝蒂娜是个贞洁的女孩，并认为他最初的假设——她可能是某个自行车赛手或拳击手的情妇，不仅在具体的场合是不正确的，而且，对她性格特性的全部感觉基础也是错的。他得出结论，阿尔贝蒂娜是贞洁的，而他在巴尔贝克的第一次逗留便以此种印象结束。

上述印象当在巴黎的一次对阿尔贝蒂娜的拜访时得到了纠正。由于运用一种新的词汇,一些精心选择修饰的词,如"卓越的"、"依我心灵所见"、"日本小木偶"、"时光流逝"等,描述反映出一个新的、不那么纯真的阿尔贝蒂娜,就像她过去曾吝啬一样,现在她又过于慷慨了。尽管叙述者设想着阿尔贝蒂娜一直是个花样翻新的人物,他依然不能在阿尔贝蒂娜的三个主要侧面中建立一个共同标准:海边上的那个热情奔放的不真实的阿尔贝蒂娜;而他呆在巴尔贝克最后一晚时出现在他面前的那个真实而贞洁的阿尔贝蒂娜;和现在这第三个阿尔贝蒂娜:用第二个的真实性完成第一个的可能性。"知识丰富的我陷于一种即兴的不可知论中。如果最初的假定先被驳倒继而又得到证实,那什么样的定论能成立呢?"而他与阿尔贝蒂娜相处所得的快乐,由于他要把他的精神伸向由她所象征的非物质的实在——巴尔贝克及大海——而增强了,好像对一个客体的物质上的占有,如住在一座城里,能等同于精神上的占有似的。这复合的欲望的客体——一个女人和大海,由于前者的习惯而简单化成后者的元素。一个次一等的复合物可由嫉妒、人的思维的混合物及对大海景致的回顾重构组成,但这只是一针强心剂而不再是视觉的刺激享受。但即使是这个新的阿尔贝蒂娜也是多重的,就如同最现代的摄影技术可以成功地将一个单独的教堂框入其他教堂的拱廊内,可将一个完整的地平线框入一座桥的拱桥之中或两片相邻的树叶之中,把一个实在的物体的幻觉分解成它的多面的、合成的各个部分,所以,他的嘴唇迎向阿尔贝蒂娜的脸颊这个短暂的旅程便创造了十个阿尔贝蒂娜,并将一个平平常常之人转化成了一位多头女神。与她生活在一起的灾难将是什么样的,在他第一次拜访盖尔芒特王妃后,一定已更为清晰地显示了。那时,他一个人坐在他的房间中等候阿尔贝蒂娜(由于神秘的斯代马里亚小姐的遮挡,他整个晚上暂时没有想到她),因为阿尔贝蒂娜答应来,但还未到;她的未到达把一种简单的生理刺激升发到心理痛苦的地步。就这样,他倾听着她的脚步或电话的庄严的呼唤,他不是用耳朵和大脑在听,而是用心灵在听,因为在他的焦虑中,他又为这萨尔茨堡的血统增加了另一种晶体,一种需要的晶体。这种需要的晶体在贡布雷时折磨过他,只有他母亲嘴唇的抚慰才能缓解。但当她打来电话解释,当他得知她已经上路,这时他又奇怪,他怎么会把这个与许多人相似,甚至更为逊色的普普通通的阿尔贝蒂娜看成是任何奇迹也无法替代的安慰与拯救的源泉。"一个人只爱他所未曾拥有的东西,一个人只爱他所追求而不得的东西。"

第二次访问巴尔贝克,以他对失去和哀悼外祖母的追忆为开端,完成了把表层创造物转化成深层创造物的过程;这深层创造物深不可测,把一个侧影变成了固体形象。从戈达尔大夫看见阿尔贝蒂娜和她的朋友安德烈(那帮人之一)在安加维尔的游乐场跳舞那刻起,戈达尔大夫便自信地认定,这是一例性变态,她们的关系具有"相互施虐"的特征。从这一刻起,就产生了谎言与对谎言的揭穿,产生了追求与逃避,以及叙述者对阿尔贝蒂娜的爱;其强度与她撒谎的成功度成正比。因为阿尔贝蒂娜不仅仅如那些相信自己被别人所爱的说谎者一样是个说谎者,她还是个天生的说谎者。一系列的事件增加了叙述者对阿尔贝蒂娜的怀疑,也就是说,激化了他对她的爱。她的失约,她编的她与她姨妈的一个神秘的朋友在安弗利维尔有约的谎话,她凝视着镜中布洛克小姐与她表妹的影像:她们俩正在搞同性恋,而后又矢口否认见过她俩。那时,叙述者的嫉妒与无能为力的感觉正处于顶峰,而后他突然放松了,他由于阿尔贝蒂娜身上那种永存的温顺而平静了下来。他对这个不再有任何抵抗的创造物变得无所谓了,他决定与她断绝关系,并把这个决定告诉了他母亲。一天晚上,从拉斯普利埃的晚会上归来,他与阿尔贝蒂娜乘火车返回的路上,他在心中反复盘算着分手的方式。他偶然提到了他对凡德伊的音乐感兴趣。阿尔贝蒂娜,她的音乐的品位与她的对绘画与建筑的欣赏品位一样,正在培养之中呢,但为了创造点令人满意的好印象,宣称她很熟悉凡德伊的音乐,因为她与凡德伊小姐和她的朋友女演员莱娅关系亲密。醋意大发的叙述者想象着在蒙舒凡的情景,他成了观看两个同性恋女子以亵渎的性虐待狂的动作来增添她们快感的惊恐不堪的旁观者,这些女人不顾凡德伊先生刚刚死去。① 对蒙舒凡情景的想象好像俄瑞斯忒斯报其父阿伽门农被杀之仇一样,他想起了他的外祖母和他对她的冷酷无情,阿尔贝蒂娜,一刻之前还远离并与他的心分开,此刻,不仅仅又成了他的情之所系,而且,又成了他的一部分,就在他的心中,而她要下火车的动作简直要撕裂他的全身,他强求她再陪伴他回到巴尔贝克。海滩与海浪已不复存在,夏季已亡。大海是件面纱但无法掩住那在蒙舒凡的恐怖,那无法忍受的性虐待的淫荡场面,那亵渎的活生

---

① 这一大段均是叙述者想象中发生的事。——译注

生的形象。他在阿尔贝蒂娜身上看到另一个拉谢尔和奥黛特，他看那由利害关系支配的爱的毫无效果和徒劳。他看到他的生活是一个毫无快乐可言的黎明的延续，被记忆和孤独的折磨所污损。第二天早晨，他把阿尔贝蒂娜带回巴黎，并将她锁在他的家中。

他与阿尔贝蒂娜共同享有的生活是一座火山，他的心灵被一系列的喷发所折磨：狂怒、嫉妒、好奇、痛苦、骄傲、荣誉和爱情。这最后一项的形式已预先为记忆与想象的武断形象所建立，成为一个人为的虚构，为了使他痛苦，他硬是要这女人与这虚构吻合。阿尔贝蒂娜本人则毫无意义。她不是一个动机，只是一个概念，与真实相去甚远，就如同埃尔斯蒂尔所画的奥黛特的肖像，那肖像的形象不是个被爱者而是已被扭曲的爱情。这样，他的焦虑便无法从阿尔贝蒂娜身上消除，而要以痛苦与激情的全过程——这过程与她本人相连，又借助习惯与之密切相关——来消除。他与阿尔贝蒂娜的生活，不含有任何积极有益之处，只不过是某种满足，一种独占的象征。而且，这不是一种永远的满足，因为阿尔贝蒂娜具有一种神秘性，这种神秘性当他们在巴尔贝克海滨相遇时他就从她的眼睛中觉察到了，它当时使他神魂颠倒，而现在，则显示了他的占有地位的脆弱，使他巴望着消除它。在他与阿尔贝蒂娜相处的最后阶段，这种消除已露出端倪，就在他的嫉妒与她的欺骗之中。"爱情须被谎言所激发，并只存在于这样一种需求中，即用造成我们痛苦的东西来抚慰我们的痛苦——在这样的世界里，我们怎能还有勇气去生活，我们怎么还会行动起来以求不死？"的确，文学就其整体而言，从没有对孤独的荒漠及人们称之为爱情的互相责难的感情荒漠进行过研究，这种爱情具有如此可怕的寡廉鲜耻的特征。由于此，那使康布尔梅夫人泪水涟涟的《阿道尔夫》①（正如奥丽阿娜·德·盖尔芒特对斯万所说的那样：她的名字消失得正是时候），只不过是一种恶劣性情的涌流——一种口水般的超级分泌液的假冒史诗。阿尔贝蒂娜的每一句话、每个动作都无法逃离嫉妒与猜疑的漩涡，都被嫉妒与猜疑解释或误解，都被嫉妒与猜疑使用或滥用。每一件所记得的事件都被他的不信任的酸液所腐蚀："我的想象力为这个欲望的代数中的未知数提供着种种方程式"。但阿尔贝蒂娜是个变量，任何对她的价值的表达都不能与之等值，除非在其前面加上某种类似物理学中表示速度的符号。一个静止的阿

---

① 《阿道尔夫》，法国作家贡斯当（1764—1830）的小说。——译注

尔贝蒂娜很快就会被征服,很快就会与除她之外的其他所有可能的被征服者相提并论,她的非限定性并不意味着对其价值的否定,没准还更为可取。他坚持认为爱情只能与一种不满足共存,无论这种不满足状态源于嫉妒或是嫉妒之前的东西——欲望。它代表了我们对整体的占有欲。它的萌动与延续暗示着某种自觉:我们缺少点什么。"一个人只爱那些他没完全拥有的东西。"直到决裂发生——进入战争状态(的确,即使决裂已发生很久,甚至当客体已经死亡,由于回顾性的嫉妒,一种楼梯般旋转的嫉妒),阿尔贝蒂娜偶然地提到她可能去访问维尔迪兰家。字母变位学:"我明天要去看望维尔迪兰夫妇,我不知道。我并不特别想去。"此话却被理解为:"十分肯定,我明天要去看维尔迪兰夫妇,这可能具有最重要的意义。"他想起了莫雷尔曾答应为了维尔迪兰夫人而去陪伴凡德伊·塞普蒂奥,并由此得出结论说凡德伊小姐和她的朋友将是这些客人中的成员,而凭着她那可恶的狡猾,阿尔贝蒂娜早已安排好了同她们的幽会。这样一来,那些少有的能让他解脱的时刻——这些使他下定决心与阿尔贝蒂娜断绝关系的时刻,结束了他的双重奴隶身份:这种奴隶状态阻碍了他的威尼斯之行,阻碍了他的工作,把他与朋友们相隔绝,充其量只是给了他一种苦涩的满足,即他知道没有任何竞争对手能享受那些就连他也无法享受的东西。所有这些相对轻松的罕有时刻都被一种间歇的、新的嫉妒动机切割得更短暂,都被他那永远处于炼狱状态中的心灵的变形作用——那把以往的某些细微之事变成一服加剧他的爱、恨或嫉妒(三种可互换的称谓)的毒剂的变形作用,一服腐蚀其心的毒剂的变形作用——切割得更短暂。例如,在他最终决定分手之际,她发誓说她姨妈并没有朋友住在安弗利维尔。她的欺骗是无限的,他的痛苦的感觉功能也是无限的。在这个托勒密亚之中,他懂得这个女人没有任何真实性,懂得"我们对一个人的最专一的爱,永远是我们对其他别的东西的爱"。懂得就本质而言,她毫无意义。然而在她的虚无之中,存在着一种有活力的、神秘的、看不见的潜流,这潜流迫使他屈身膜拜于那朦胧莫测、难以满足的女神,并将自己作为牺牲献祭于她的脚前。而这位女神,也要求人们的牺牲与膜拜,其施恩加惠的唯一条件就是腐蚀的可能性——全体人类对她怀有与生俱来的信仰与崇拜,这就是时间女神。任何在时间这个维度中延伸的客体都不能容忍被占有(这里指的是被完全的占有),而只能取得主客体的完全的契合。最普通、最无意义的人类生命的不可测知性也不仅仅是主体的嫉妒的假象(尽管这种不可测知性在某种妒意的伦琴射线之下显得更为突出,更为清晰,这种妒意如此激烈地膨胀,如同在叙述者身上发生的那样,它无疑是其支配情结和儿童心理的一种表现形式,这两种倾向在普鲁斯特身上都发展得极其强烈)。所有这些活跃的,所有这些在时间与空间中包裹住的一切,都被赋予了一种可被描述为抽象的、观念上的及绝对的不可测知性。这样,我们就能理解普鲁斯特的立场了:"我们把我们欲望的对象想象成包含于一个身体内的、能被置于我们面前的一个生命存在。天啊!那生命存在实际上是时间与空间的各个点的延伸,实际上是已经占据或将占据的时间与空间。如果我们没有与这样的一个地点或这样的一个时间接触,我们就没占有那生命存在。而我们又不可能接触所有的这些延伸点。"还有:"散布于空间与时间里的一个生命存在,不再是某个女人,而是一系列我们无法理解的事件,一系列我们无能解决的难题,是一片汪洋大海,如薛西斯王①,我们挥舞着刑杖,妄图惩罚这吞没了我们财宝的东西。"他将爱情定义为"心可领悟的时间与空间"。他劝阿尔贝蒂娜去看在特罗卡德罗的募捐演出,别参加维尔迪兰家的招待会。她依从了。凡德伊的威胁已被岔开了。他觉得阿尔贝蒂娜像个纠缠不清的东西。他懒洋洋地翻看《费加罗报》,一条演出预告使他猛然惊起:莱娅将登台表演,就是他把阿尔贝蒂娜送去的那场表演盛会;盛会!一阵疯狂之中他派弗朗索瓦丝把她带回来。她回来了,没能与莱娅说上一句话。他的平静刚一恢复就被打破了,因为阿尔贝蒂娜间接地提了一下布特-舒蒙,他怀疑是安德烈。他意识到,只要阿尔贝蒂娜不离开,他就没有安宁与休息可言。他要忘掉她,就像他忘掉希尔贝特·斯万和盖尔芒特公爵夫人一样(而希尔贝特之于阿尔贝蒂娜,就像凡德伊·塞普蒂奥的奏鸣曲一样——一次实验而已)。而且,他的痛苦即将结束这种想法,比痛苦本身更为不可忍受。"我的爱情的猛狮在遗忘的巨蟒前瑟瑟颤抖。"一天清晨,处于平静的时刻,他下定了决心。阿尔贝蒂娜必须离开他。他不再爱她了。他要去威尼斯并把她忘掉。他按铃叫来弗朗索瓦丝,要她去买一份导游手册和火车时刻表。他将去往威尼斯,伴着春光融融的大海进入他梦幻的哥特时代。弗朗索瓦丝进来了:"阿尔贝蒂娜小组九点钟的时候就走了,她留了这封信给先生。"像菲德拉②一样,他认出了那洞察一切的众神。

---

① 薛西斯王(公元前519—公元前465),波斯国王,在反对希腊的海战中被打败。——译注
② 菲德拉,希腊神话中忒修斯之妻。——译注

> 那些在我体内侧旁的众神
> 已在我的血液中燃起致命之火
> 众神用削弱衰微的死亡之心
> 来为他自己赢得残酷的荣光

不久之后,阿尔贝蒂娜死于土兰。她的死,让她从时间中解脱,既没有平息他的嫉妒,也没有加速其执着之情的灭亡——带动此情的齿轮曾是日与时。他们及他们的爱具有两栖性,同时插入过去与现在之中。这里存在着一种心理气候和感觉日历,与之相应的测量仪器不是太阳而是内心。要忘掉阿尔贝蒂娜,他就必须——像个偏瘫患者似的——忘掉季节,他们的季节,并且像小孩一样去重新识记那些事情。"为了获得安慰,我须忘掉的不是一个,而是无数个阿尔贝蒂娜,不仅仅是一个我,而是许许多多个我。"因为对任何一个既定的阿尔贝蒂娜,都伴有一个相关的叙述者。尽管时代变化,今是昨非,也不能把被时间结合在一起的东西分割开来。他必须回到现实中,回到位于那痛苦在不断减少的位置中。这样,他的震惊——阿尔贝蒂娜,与他在一起时是如此活泼,居然会死去(她活着的事实受到她已死亡这一概念袭击)——转变为另一种痛苦较小的震惊,即一个死去的人还在继续不断地对他发生影响(她已死去的事实受到她还活着这概念的袭击)。这两个方向不同的磨难的位置重新获得了朝向一个十字架的最初推动力、增长力及加强力。这中间的每一次停顿都使他痛苦地感受到一种幻觉:那已落在他身后的东西,"这就是记忆的残忍之处"。以这种残酷的力量逐渐降低为序,他描述了三个其中的发展阶段。第一阶段,他在布洛涅森林里独自散步,当时街上出现的每个女性形象都是一个阿尔贝蒂娜,在巴尔贝克的明亮而绚丽的自行车队的星群,现已暗淡无光,破碎不堪,并用一种反向的对移方式,进入其星云之中;第二阶段,与安德烈的一次谈话,她揭示出那充斥于她朋友生活中的欺骗与不幸;最后阶段是在威尼斯,当时希尔贝特发来一封电报,告知她与罗贝尔·德·圣卢订婚,由于将希尔贝特的难看而做作的字体认错,竟误认为电报的签发人是阿尔贝蒂娜。但这从死者中升起的阿尔贝蒂娜不会搅扰她真正的墓穴,那唯一的不受侵犯的墓穴是在那心中的蓬乱不堪的墓地中。叙述者在其纯粹的理解过程——直觉中所见的阿尔贝蒂娜,是第一个也是最后一个海边酒神的女祭司,这位在卢瓦尔省沐浴时恢复了自由和生命的女囚,在年轻的洗衣女中,她拥有了自己。① 这种以最终的证实来确认最初的观点是普鲁斯特塑造人物的典型手法。如此说来,当最后一位盖尔芒特公爵夫人出席她表亲的招待会时,她已与热内维埃芙·德·布拉邦特的上流社会淫荡的后裔重合一致。这热纳维埃芙·德·布拉邦特的后裔第一次出现并引起叙述者的敬慕还是在贡布雷的圣伊莱尔教堂内,在坏家伙希尔贝即盖尔芒特老爷做完弥撒后发生的。她的眼睛中荡漾着长春藤花般美妙的笑容,带着不安,带着穿过他的窗口反射出的阳光的色彩或热纳维埃芙本人身上穿着的紧身裙的色彩,沉浸在墨洛温王朝时代,和她姓名的永不凋谢的传奇般的光辉之中。而希尔贝特则是通过连续地转变其形象而显现出来:从香舍里榭大街上的那位希尔贝特·斯万,到斯万死后变成德·福什维尔小组,到德·圣卢夫人,最后,罗贝尔死后,成为盖尔芒特公爵夫人。叙述者最初在当松维尔见她时,穿过那花篱扶疏的山楂花篱,她拿着花铲,是个没教养的女孩的样子,站在茉莉和古铜色的攀墙花中。而叙述者将自己对阿尔贝蒂娜的爱情认为是对他的最初的洞察力的证实,以及毫无理由地通过再否定而去肯定她给他留下的视觉形象:如一只贪婪而又难以捉摸的海鸥,怀有敌意地、远远地飞翔于大海之上。"在最完全的盲目之中,判断力存在于柔情与偏爱的形式里。因此,在谈到爱情中的某次选择是不当的本身就是错误的,因为选择这个行动就已经暗示其不当之处了。"如前所述,智慧在于消除使人遭受痛苦的官能,而不是徒劳地企图去减少加剧那种痛苦的官能的刺激。"不是由于希望,而是欲望……一个人渴望被理解是因为他渴望被爱,一个人渴望被爱是因为他在爱。如果我们对他人对我们是否理解无所谓,是因为他们的爱让人厌烦。"

但是,如果爱情对普鲁斯特来说,是人的悲伤之功能,友谊是怯懦之功能,由于二者的"心灵的昏迷",爱情与友谊均不可能实现,但至少,这种实现不了还可能有悲剧所具备的崇高性。而那明知不可能交流还企图去交流则仅仅是种猿猴般的粗俗不堪罢了,或是一出糟糕透顶的滑稽剧,犹如与家具谈话一样疯癫。根据普鲁斯特的看法,友谊是对每个人早就注定了的不可解脱的孤独的否定。友谊意味着对表面价值几乎是怜悯式的接受。友谊是一种社会的权宜之计,如同室内装潢或摆放垃圾的桶,不具有任何精神意义。

---

① 书中暗示阿尔贝蒂娜与这些洗衣女发生同性恋关系。——译注

对一位不关心表面现象的艺术家来说，摒弃友谊不仅合理而且必需。因为精神的发展只在深层的意义上才有可能。艺术所选择的方向不是扩张而是收缩。艺术视孤独为神圣，这里不存在交流，因为不存在交流的载体。即使在某些罕见的场合，词语和姿式恰巧有效地表达了人的个性，而这些表达在穿过位于词语和姿式之前的个性的屏障中已丧失了它们的意义。无论我们的言论与行为是代表我们自己还是代表他人，都是如此。代表自己时，我们的言行被一种并非我们的智力所歪曲，流失了其意义，代表他人时，我们的言行是一种欺骗。"一个人一生都要说谎，"普鲁斯特写道，"明显的是对那些爱他的人，而首先是对那个陌生者——他的轻蔑会引起他极大的痛苦，即他自己。"当然，几个（或几十万个）不折不扣的傻瓜对一个天才的藐视一定能治疗我们的荒谬的自尊顽固和医治我们所遭受的、被我们称为侮辱的诽谤的能力。

　　普鲁斯特将友谊置于疲惫和厌倦之间。他不同意尼采认为友谊应以智性同感为基础的观念，因为他看不出友谊具有丝毫的智性意义。"我们同意那些人，他们的思想（非柏拉图式）与我们自己的思想有同等的困惑。"对他来说，友谊的表示相当于一次献祭——把自己真实而又不可交流的本质献给某个精神上受到威胁的人，他迫切需要一番关怀来重新建立起信心。它呈现出精神上的一种错误的运动方式：从其中到之外，从艺术家所提供的精神上的对非物质事物的吸收、从他从生活中所提炼的事物，到与物质和具体事物直接接触的需摒弃的和不易消化的外壳，到那些我们称为物质与具体的事物。这样，他去巴尔贝克，去威尼斯，遇见希尔贝特，德·盖尔芒特亲王夫人，及阿尔贝蒂娜，不是被她们本身吸引，而是被她们的独断而又理想化的等值物驱使。唯一富有成效的探索是开掘性的，深入性的，是精神上的收缩，一种下沉。艺术家以否定的态度，积极主动地从环绕四周的毫无价值的外在现象中收缩回来而淹没于那旋涡的核心。他无法发扬友谊，因为友谊是自我恐惧、自我否定的离心力。圣卢在别人看来肯定比实际上的他自己更慷慨大度——一种最古老的法国贵族风范的产物。他对叙述者的体贴中表现出的美妙与优雅闲适——比如，他在巴黎的一家饭店为使他的朋友不受打扰而做的精美的体操动作所获得的赞赏，不是因为他显示出一种特殊的迷人的个性，而是由于人们赞赏的他极为高贵的出身和良好的教养所造成的那些附属品。"人，"普鲁斯特写道，"不是一座在它外表之上可增加点什么的建筑，人是一棵树，它的干与叶是其内部活力的外在表现，我们是孤独的，我们不能去了解也不能被了解……人是这样一种创造物:他无法从自身中走出,他只能通过自身了解他人,而如果有谁对此持相反的见解,他就是在撒谎。"

这里,其他情形也是一样,普鲁斯特彻底摆脱了一切道德上的考虑。在普鲁斯特以及他的世界里,不存在着对与错(除非在谈到战争的某些段落中,在那一时刻,他终止了艺术家的身份,与那些下层的众庶百姓同声叫喊)。悲剧与人的正义无关。悲剧是某种赎罪的证词,但不是那种可悲的赎罪——是一种由一帮无赖为一帮白痴准备的,与实地景况相违背的杜撰性言语。这个悲剧形象体现了对于原罪的赎罪,对于人及其他的厄运之伴的最初及永恒之罪的赎罪,对其与生俱来之罪的赎罪。

  人的最大之过
  是其被生出

驱车前往盖尔芒特亲王府的路上,他感到一切均已丧失,他的生活就是一系列的丧失,由于什么都不再留存而丧失了真实性,一切都不复存在:他对希尔贝特的爱情,对德·盖尔芒特亲王夫人的爱情,对外祖母的爱。而现在,他对阿尔贝蒂娜的爱也不再存在。贡布雷、巴尔贝克及威尼斯亦化为乌有,只剩下自己记忆中那些被扭曲了的形象。整个的一生,是一个不断的错乱与调整的延续。这里,神秘与美都不再神圣,这里,除了他的不尽的厌烦的金刚石般的硬块外,一切都被岁月奔流的溶液销蚀殆尽。人的一生在过去的时光中是如此绵长不断,而在未来又是如此毫无意义,任何个体及永久的需求都如此彻底地被剥夺,以至他的死亡,此刻或明天或一年之后或十年之后,也仅是个终点而不是个结论。他想到贝戈特说的话"精神生活的欢乐"是多么空洞。就艺术而言,长期以来他如此相信这是在这个腐败的世界中的一块理想而纯洁的元素,现在看来,无论是因为他不可救药地才气不足,还是艺术自身先天的虚假性,艺术既不真实也缺乏独创,就像那些出自狂乱想象的建筑物——那总是走调的残缺的手摇风琴;而艺术的材料——无论是贝雅特丽丝还是浮士德,无论是巨大、深蓝的寰宇,还是四面环海的城市,所有这些在这魔术般世界中的绝顶美妙之物,其真实本质如同拉谢尔和戈达尔①一样既鄙

---

① 均是小说中的人物。拉谢尔是个妓女,戈达尔是医生。——译注

俗不堪又毫无价值,如同雪莱的月亮一样,苍白,消沉,冷酷,反复无常,没有乐趣。所以,几年毫无成果的独处之后,他又毫无热情地把自己拉回社交界——他早已对之失去兴趣。现在,站在这个徒劳无益的世界的边缘上,伴以索然无味的片刻清醒之后的令人厌恶的极度沮丧与疲惫(之所以是"伴以",是因为某种受挫的记忆所要表达的意图已简化为最直接和功利的呈现形式),他将获得一种与他精神上的极度兴奋、紧张一向无缘的神谕,至于这个神谕,他的理解力过去未能从树木、花朵、姿态和艺术的震颤之谜中领悟过,此外,仅就这一神谕用语(这一用语是一种假设,也是一种宣告)可被理解的意义而言,他注定还要遭受一场宗教式的痛苦经历。其结果是他最终将理解贝戈特的预言,埃尔斯蒂尔的成就,来自他个人的天堂的凡德伊的乐句,他个人生活的令人悲哀的必经之路,以及对于艺术家来说那非艺术的一切的无限徒劳。

这场戏分为两个部分:叙述者在盖尔芒特亲王书房面对笛卡尔的热乎乎的精神食粮的神秘体验与深刻思索,以及在聚会本身进行过程中在其心中逐渐成形的这部艺术作品的实际体验的影响。从对时间的战胜,他转到时间的战胜,从死亡的否定性到它的肯定性,这样,在其整个作品结束时,普鲁斯特对生活的每一个条件与环境的双重意义都表示尊敬。最理想的同义反复法是预先假定了一种等式关系以及对这种等式的证实,这个等式只要求一种近似的一致,并且,通过肯定统一性来否定统一性。

穿过庭院时他被鹅卵石绊得跌跌撞撞。他周围的一切都消失了:马车夫、马厩、马车、宾客们,此时此地的全部真实性,他对生命和艺术真实性的焦虑与怀疑,全部消失了。阵阵狂喜的浪潮袭来,使他有眩晕之感,完全沉浸在那样一种已经很少滋润其孤寂生活的幸福之中。单调的色彩被一种令人难以承受的光明一扫而光。突然间,威尼斯从那一连串被遗忘的日子中浮现出来。威尼斯,它灿烂的光辉,他一直无能表达,因为这一直被那处于工作状态的专横鄙俗的记忆拒之门外,然而此刻,圣马可教堂洗礼所的那稍纵即逝的保持平衡的感觉重现于眼前,这出自于偶然重现的图景从亚得里亚海滩上升起——一个光彩照人,饱含激情的闯入者——降落在德·盖尔芒特亲王的庭院中。但此情此景已经退去,他又恢复了他的社会功能。他被领进书房,因为那位前维尔迪兰夫人,现在的命运女神和那和谐的周期性偏头痛的牺牲品,这众宾之中的女王,正极热切地嚼着莱诺·戈门诺尔①以滋润她的黏膜,并经受着最为残酷的斯塔文斯神经痛的折磨。当他独自等待乐曲结束时,院中的奇景以四种不同形态再次浮现。这四种形态都已被讨论过了:一个仆人用汤匙敲着盘子,用浆得很硬的餐巾擦嘴,水管子里的水发出刺耳的鸣响,他将《弃儿弗朗索瓦》从书架上取下。就像在圣马可教堂所感到的脚下铺路石板一高一低时的感觉闯入庭院并表明它光彩而短暂的主导地位一样,眼前的书房也正在接二连三地遭到众多情景的侵袭:一片森林,抽打着巴尔贝克海滩的滔天巨浪,到处是水的海滨大旅舍的宽大餐厅,像个水族馆,伴着落日与傍晚的大海,最后,是贡布雷和它的两条路,还有对那种乏味而过分雅致的话语的恭敬的转述,这些话语由他母亲的嗓音说出来,变得那样柔和与甜美,就像是一支催眠曲,整个一夜都在向一个失眠的孩子剥开包裹它那声音的锡箔纸。

即便最成功的唤醒实验也只能投射出以往感觉的回声,因为,它作为一种智力活动已受制于人们理解上的偏见,这种理解力可从任何特定的感觉中抽象出来,它不合逻辑,也不说明问题,不过是一个不协调的无意义的闯入者,无论是词语或姿态,声音或香味都无法与概念的复杂难懂的谜题相吻合。然而任何新体验的精髓都包含在这种神秘成分之中——对这种成分警觉清醒的意志将它视为不合时宜之物而加以排斥。这是一种轴线,感觉在其周围绕轴旋转,也是一种内聚力的中心。这样看来,任何自主活动都不能完整地建立一种印象,这种印象可以说已屈从于意志,变得支离破碎。但是如果——凑巧了,假定在有利的情境中(主体思维的习惯出现了松弛而记忆的范围又出现了收缩——一段极度沮丧之后,自觉意识的紧张程度普遍降低),如果运用某种神奇的类比,以往感觉的核心印象就会重新出现,成为一种直接的激发因素——这种东西可被主体本能地与其复制的模型视为一体(这个复制品的整体的纯净已重新获得因为它已被遗忘),那时,全部以往的感觉,既不是它的回声也不是复制品,而是感觉自身,这个感觉一扫所有的空间与时间上的限制,突然降临,以其不折不扣的绝顶美妙将主体吞没。这样,汤匙敲击盘子的声音被叙述者下意识地与机修工的锤子敲击停在一片树林前面的火车车轮的声音合为一体——对这声音,他的意志原来是将其视作与意志

---

① 莱诺·戈门诺尔,一种药品。——译注

的直接行为无关之物而予以排斥的。而下意识的非功利的感知活动却把这种客体——这片树林——转化成它的非物质的可为精神所消化的对等物。同时,这种纯粹的认知行为的记录不仅与锤子敲击车轮的声音联系在一起,而且成为环绕着它的中心。此刻的情绪,如往常一样,无关紧要。普鲁斯特式的展示的出发点不是水晶的烧结凝聚过程,而是它的内核——已结成晶体的东西。事实上,他说,那些最细微的经验包着逻辑上并无联系的各种成分的外壳,我们的理智自然排斥它们;这些毫不起眼的经验被禁锢在一只花瓶中,带着某种芬芳和某种色泽,被置于某种温度中。这些花瓶停放在我们岁月的高度之上,我们的理性回忆无法接近它,在某种意义上它们免受任何影响,遗忘保证了它们的整体内容的纯度,每只花瓶都保持着其时间上的间隔,固定在特定的日期上。结果是一旦这禁锢的小宇宙遭到所描述的那种方式的攻击,我们便被一种全新的气息,全新的芳香所淹没(之所以新,恰恰由于曾经体验过),我们呼吸着天堂的纯净的空气,它来自那绝非狂人之梦的唯一的天堂——那已失去的天堂。

这种与以往体验的迅速重合,这种以往行为的重现或目前的反应,等于在理想与现实、想象与直接领悟、象征与实体之间的一种参与。这种参与使现实的本质存在——它与沉思的世界或活生生的生活都格格不入——获得解放。现在与过去的共同之处,比单纯的现在或过去都更具本质意义。现实,无论是更接近想象的,还是更贴近经验的,只是一个表象,一个孤立的存在。想象,主要应用于不存在的事物上,在虚空中发挥,不能容忍真实世界的种种限制。在主客体之间也不可能存在直接的和纯粹的经验性接触,因为主体感知的自觉意识会自动将二者分开,而客体也会丧失其纯粹性而仅仅成为纯理性的假托之物或动机。但是,由于这种过去与现在的重叠,这种体验既是想象的也是经验性的,既是一种唤醒,也是一次直接感知,既是真实的又不是实在的,既是理想的又不是抽象的,是理想的真实,是本质的真实,是超越时间的真实。但如果说这种神秘的体验传达出超时间的本质,那是由于此刻这传达者本身就是超时间的存在。结果,就目前已被检验过的而言,普鲁斯特的解式①是对时间与死亡的否定,因否定时间从而否定死亡。死亡死了是因为时间死了(在这点上,想一想《追忆似水年华》这个题目,我认为这个题目

---

① 解式,数学术语,用来比喻普鲁斯特的写作方式。——译注

本身有点不恰当,这个题目对普鲁斯特的解式的描述几乎是不确切的,犹如那本杰作《罪与罚》的题目——在该小说中既没暗示犯罪也没论及惩罚。时间并未被重新获得,时间已被抹去了。时间被找回之时,死亡与之共临——当他离开书房来到宾客们中间,他栖息在岌岌可危的衰老之中,在时间的雄心勃勃的高跷之上,用一种使人惊诧的平静的奇迹,不受死亡的侵蚀。如果说这个标题是个好标题,那么书房中的这一幕就是一处败笔)。于是,在走出了时间、习惯、激情及理智的黑暗后,现在的他高居于其短暂的永恒之中,他理解了艺术的必要性。因为只有在艺术的光明之中,那使人困惑的狂喜——他曾在面对一片云朵、一个三角形、一个锥形体、一朵花、一块卵石的不可思议的外表时所曾体验到的狂喜,才能被解释清楚。当那禁锢在事物中的神秘、本质和印象诱发了从旁经过的、裹在其混沌外壳里的主体的思绪,至少,它们还提供了某种永不衰败之美,犹如但丁将其诗歌献于"模糊不清的、扭曲的创造才华"。他理解了波德莱尔为真实所下的定义:"主题与客体的恰当结合。"而且他比以往任何时候都清楚地看到所谓的现实主义艺术的荒谬绝顶——"对轮廓与表面的粗劣陈述",及那种注释文学①的低劣与粗俗。

他离开了书房,面对时间在每个生灵身上所制造的奇观。而一刻之前那还是闪闪发亮的两个遥远的时间的铙钹,被强行置于其间的岁月中——只有一臂之遥,分隔而无法击响,它还服从了一种不可抗拒的相互吸引的冲动,犹如雨云,在闪电和震耳的轰鸣中相撞,此刻,它们之间的一指之距书写在垂死者的面容和衰弱上,雕刻在岁月的重负下,像但丁的高傲——"如铅一般笨拙、迟缓、沉重与苍白"。

> 在行动中他要有更多的忍耐
> 他哭着,仿佛在说我再也不行了

我们将向德·夏吕斯先生告别,这位帕拉梅德·德·夏吕斯男爵、布拉邦持公爵、蒙塔吉斯的领主、奥尔良亲王、凯伦西亲王、比亚瓦乔和顿斯亲王,这位难以形容地傲慢的夏吕斯,现在成为一个卑微而令人发笑的李尔王,以其竖起的银发为王冠,这位俄狄浦斯,衰老而无能,俯身阅读祈祷书或抓痒痒,

---

① 据《追忆似水年华》,注释文学指"表现大众或英雄生活之类"的作品。——译注

在惊讶万分的德·圣德费尔特夫人面前弯腰鞠躬,这位被他人嘲笑的人物,其极度骄傲的劲头仍如卡卡公爵夫人或皮皮公主一样,拉斐尔画中的这位天使长在其最后的日子里,仍旧鬼鬼祟祟地追逐所有人妖的儿子①,在絮比安的护理陪伴下,这无耻庙堂的君王,他那挽歌似的阴沉忧郁的絮叨就像掘墓人铁锹上掉下的泥块。"汉尼拔·德·布雷奥——死了! 安东尼·德·穆西——死了! 夏尔·斯万——死了! 阿道伯持·德·蒙塔默兰斯——死了! 德·塔利兰德男爵——死了! 索塞尼·德·道迪奥维尔——死了!"叙述者完成了一系列的鉴别,出于自主和努力的鉴别——与书房中那非自主的、即兴的鉴别相平衡。从一个可怜的、颤动不已的玩具娃娃般的人身上,从一个乞丐般的小贩似的人身上,从一个垂死的如小丑一般的人身上,他认出了他过去的对头,阿让库尔先生;对过去这位先生的死板生硬、傲慢无礼和一本正经,他还记忆犹新呢。同样,从一个矮胖的贵妇——最初他把她当成了德·福什维尔夫人,他认出了这是希尔贝特本人,所有这些人一一飘浮过去了:奥丽阿娜和盖尔芒特家族,拉谢尔和布洛克,勒格朗丹和奥黛特,以及许许多多其他人,带着土星的重负向着将要升起的光明,向着天王星这安息之日的星奔去。(沈睿、黄伟 译)

◎ 问题探讨 ◎

1. 什么是"意识流"? 它是否就是文学中所说的"内心独白"? 20世纪西方意识流小说有哪些重要的艺术特征? 它与传统的心理描写小说有何不同?

2. "意识流"是一种小说技巧还是一种小说类型?《追忆逝水年华》是一部"意识流小说"吗?

3. 在普鲁斯特的小说中,"时间"与"记忆"是一种什么关系? 什么是"非自主记忆"? 通过什么来"寻找失去的时光"?

4.《追忆逝水年华》中的叙述者"我"就是小说主人公"马塞尔",就是小说作者"普鲁斯特"吗?

5. 简论"玛德莱纳小点心"在小说中的作用。谈谈"无意识联想"。

---

① 指他追逐玩弄男孩。——译注

选 文

詹姆斯·乔伊斯①

[英] 马尔科姆·布雷德伯里

导言——

马尔科姆·布雷德伯里(Malcolm Bradbury, 1932—)是英国当代著名小说家和评论家。本文选自他1988年写作的《现代世界十大作家》。

布雷德伯里在文章中首先充分肯定了乔伊斯在20世纪文坛上的地位,认为他是现代派文学中首屈一指的人物(这样的评价似乎过高),然后详细介绍了《尤利西斯》的创作背景并分析了这部作品的艺术性。

布雷德伯里认为,《尤利西斯》首先是一部自传性的作品,这可以从"布卢姆日"的日期与乔伊斯本人生平的关系中得到部分的验证;其次,它是一位"现代流放者最伟大的成就之一",流放是小说的主要标志之一。主人公布卢姆是一个四处漂泊的犹太人,他所对应的古代英雄"奥德修斯也是希腊人中间一名大流亡者"。《尤利西斯》还是一部现代神话和一部描写现代城市的小说。布雷德伯里指出,《尤利西斯》的艺术独创性主要体现在对神话传说的创作性戏仿、采用超现实的艺术手法来表现最真切的现实生活、强烈的喜剧色彩、开放的包容性结尾等方面。他主张从自然主义、象征主义和戏仿三个层面来理解《尤利西斯》。

詹姆斯·乔伊斯并不是一开始就被视为现代派文学的巨匠的,尽管现在人们已经很难记得有段时候他的声名并不显赫。他就同普鲁斯特一样,是小说中现代思想的重要代表之一,如果要在现代派运动中只推出一名民间英雄的话,那就非乔伊斯莫属了。作为一个作家,他认为在许多方面,文学的任务已经完成,伟大的现代文本已经出现(归根结底,他用十七年时间写成的最后

---

① 选自《外国文艺》,1999年第2期。

一部出色的小说《芬尼根守灵夜》正是一部"世界历史")。不过,他比其他用英语写作的现代派作家都有更多的明显的继承者——尽管这最后一部伟大的小说中使用的与其说是英语,还不如说是一种语义双关的全球性新语言。自从他在1941年去世后,大多数主要的现代,或者说后现代作品都多少来源于他。如果说《芬尼根守灵夜》在某种程度上并不只是芬尼根而且也是现代主义的守灵夜,它似乎标志着那伟大的时代已经告一段落,其实在守灵夜之后现代主义还生机盎然。克利斯托夫·巴特勒所做的研究用了一个恰如其分的名字《在守灵夜之后》,它分析了自从该书问世之后在写作上形成的实验性传统,指出乔伊斯的影响得到了无比广泛的传播,他的思想对文学的风格和形式的现代理念具有举足轻重的作用。

很少有人能够或者愿意否认乔伊斯直接的与间接的影响,他同时代的作家将他视作中心。《尤利西斯》于1922年出版时显然鲜为人知,当时该书由巴黎的一家美国书店出版,印刷者是第戎的一家印刷厂,排版中错误很多,这些错误长期未能纠正,也就永远留存下来,当时只印了区区一千册,以作者签名本的形式销售,结果在英国和美国却以有伤风化为名被禁止发行。然而,这本书到处放射出夺目的光辉,在很大程度上促进了在20年代余下的岁月中风行一时的实验主义的发展。弗吉尼亚·伍尔夫认为他的作品"品味不高",但是,如果没有他这部伟大的小说的压力和前提,《达洛维夫人》就不会是现在这个样子,同样的情况也适用于约翰·多斯·帕索斯的作品《曼哈顿中转站》和《美国》三部曲,以及20年代后期威廉·福克纳的伟大的实验性作品如《喧哗与骚动》。到20年代后期和30年代,他成为了欧洲文学界的泰斗,成名的作家和文坛新秀为了见他而云集巴黎。

第二次世界大战之后小说发展的方向发生了引人注目的变化,因为现代派的任务事实上已经在乔伊斯手里完成了,但这时仍然可以感受到他的影响。同样来自爱尔兰的塞缪尔·贝克特是他在巴黎时的朋友,有一段时期曾经是他的作品的译者(乔伊斯对他1938年发表的《墨菲》一书表示欣赏,曾恰到好处地写了一首五行打油诗向他致意),他直接师承这位大师,发展了战后小说创作的荒诞派和极简抽象派的形式。1947年发表《在火山下》的马尔科姆·劳里在文坛上至今尚未获得他应有的地位,他认为自己"心甘情愿地乔伊斯化了"。很少推崇别人的安东尼·伯吉斯对他推崇备至,认为《尤利西斯》是本世纪英语文学最伟大的作品,持这一观点的并非仅他一人。如今几乎所有取得某种成功的小说无不受到他的影响,他对语言和现代神话的写作手法进行了重构,对小说虚拟的时间和意识进行了改造。许多现代的评论因为他的缘故才得以产生,这些评论大量借用了他有关现代写作的任务和当今世界的危机的观点。当有人问乔伊斯《尤利西斯》究竟是怎么回事时,他解释说:"我在书中加进了这么多的哑谜,它会让教授们忙上几个世纪,争论其中究竟有何含义,只有这个办法可以保证作家永世不朽。"迄今为止,事实证明他说得一点也不错。

究竟是什么使乔伊斯的作品具有如此强烈的现代风格?斯蒂芬·斯彭德注意到贯穿在20世纪文学创作中存在着两条泾渭分明的路线,他所著的《现代派的斗争》一书对此做了出色的分析。一条路线是"当代作家",另一条是"现代派"。当代作家包括 H.G.威尔斯、安诺德·本涅特、C.P.斯诺和其他许多人。总的说来,这些作家接受了现代世界的进程,对促成现代社会的变革的种种力量深表同情,他们的作品采取了现实主义、理性和肯定的态度,而"现代派"则是本书所介绍的那些作家,例如 T.S.艾略特与庞德,普鲁斯特和弗吉尼亚·伍尔夫,他们一般对自己所处的时代抱有不同的看法——他们不相信这个时代历史发展的方向,怀疑它的进步,觉得与它的过去发生了疏离,强烈地意识到现代生活和文化的无序状态。因此他们倾向于退缩到艺术的据点之中,通过建造他们自己的更为激进的一系列秩序使艺术更为现代,这就是表示现代生活和意识的片面的互不关联的秩序。斯彭德认为现代文学中有好些作品实际上是这两条路线之间的互相交融的结果——例如托马斯·哈代、E.M.福斯特和托马斯·曼的作品就是如此。

不过,要是我们对把 D.H.劳伦斯归入到哪种类型的作家之中有些举棋不定的话,对詹姆斯·乔伊斯就不会有这样的问题。毫无疑问,他属于现代派,而且是其中的核心人物。之所以如此主要是因为他的《尤利西斯》和1939年问世的《芬尼根守灵夜》这两部著作明白无误地显示出斯彭德定为现代派特征的"破解"的成分。它们暗示着一种趋于崩溃的传统,一个失去的联系,一个破碎的神话。同时,它们又在追求一种艺术上类似宗教一样的信念,即使生活本身无法提供这一种对艺术表现和史诗式综合的欲望,在创作形式中也许可以获得。《尤利西斯》尤其是"破解"小说的一个伟大的现代范例,这部小说把我们的注意力从它的现实题材引开,转移到它的语言和形式上去。它以史诗的方式接近我们(它的题目和构造都使人想起荷马),但又起着反史诗的作用。因为聪明的尤利西斯这会儿已经成为利奥波德·布卢姆,那是一个不登大雅之堂的犹太广告推销商,神话中十年的漫游已经缩成了1904年6月16日这一天中的十八个小时(这一天如今被称作"布卢姆日"),他的英雄业绩如今已成为用嘲讽的模仿自然口吻叙述的下层社会的普通故事。在《奥德修纪》中,旅行是英雄的举动,国家的建立或保卫,具有历史的意义,勇敢、贞洁和荣誉这些品质得到景仰。在《尤利西斯》中,所有这些伟大的东西都被破坏、被讽仿。历史不是原因,而是一场恶梦,爱尔兰、利奥波德·布卢姆和斯蒂芬·迪达勒斯都试图以各自不同的方式从这场恶梦中醒来。没有任何传统意义上的英雄主义行为,但是其中却孕育着一种全新的英雄主义,那就是普通的小老百姓试图在现代这个带有嘲讽意味的普通世界上生活。

在那个世界里,古老的神话可能会消失。但在《尤利西斯》中我们见到的是一个正在创造中的新神话。它向我们提问,如何合理地解释这个时代纷乱无序的琐碎的日常生活?《尤利西斯》是一本札记簿,或者是一本描写平庸事物的书,在这本书当中,琐碎的小事获得了一种模式,一种神话般的作用。利奥波德·布卢姆的一些最平常、最隐蔽的行为——在厕所或者浴室当中,在酒吧或者妓院里,他的手淫以及下流地想女人都成为故事的不可缺少的部分。他妻子摩莉的月经和小便,她做的脏梦以及性幻想也是如此。布卢姆的下层市民的生活,他显然毫无目的地在城里的游荡,他被他的潘奈洛佩——摩莉戴上的绿帽子(他那粗俗的妻子对向她求爱的男人可说是来者不拒),他在妓院里和他的帖雷马科——斯蒂芬·迪达勒斯的会面,以及他回到家庭的圣坛——那张丁零当啷乱响的肮脏的床上,所有这一切对史诗的形式既是讽仿又是重构。同时作者也巧妙地采用了更为现代的自然主义的态度,其基本观点就是我们应该精确地记录生活的细节,因为这些细节代表了经验上有形的真相。乔伊斯在描写都柏林的一切时可说是做得最精确不过的了,直到今天,乔伊斯的忠实读者漫步在都柏林街头时仍可以找到他在书中所描述的该城市的种种景物。但是,正如书中斯蒂芬·迪达勒斯这一人物不断提醒我们的那样,这一任务要繁重得多。它要求我们从实质性的事物中发现其变体,要超越城市的有形存在去探索新的语言和形式,因此,乔伊斯的自然主义手法并不仅仅是对都柏林下层社会生活的真实描绘(尽管这一点是很重要的),它们是生活的基础的本质形式,艺术和技术可以使之变形,将它们转化成更完整更全面的东西。

变形和变体实际上是神气十足、体态壮实的勃克·穆利根和他的朋友斯蒂芬·迪达勒斯的事,在小说开始的时候他们一大早就以穆利根的交叉放着的镜子和剃须刀模仿宗教的仪式。这倒是十分恰当的,因为斯蒂芬·迪达勒斯是个不成功的教士,他信奉了一种新的宗教,那就是艺术的宗教,它本身要求各种仪式和启示。斯蒂芬是乔伊斯的"马赛尔"。他二十二岁,是个经验主义者,又是个唯美主义者,他原先去巴黎,但母亲临终时被召回到颇具乡气的都柏林。他同穆利根一起住在桑迪科沃的马铁洛圆塔里,自己在一所私立学校教书。他这个探寻自己的爱尔兰历史的儿子,在鼻涕青的海边,使人阴囊紧缩的海边漫步。因为爱尔兰的确像是乡下一样,这个国家的历史受到了压制,它的艺术就像是"仆人的一面有裂纹的镜子"。你怎么来改变它,或者写它呢?"把它希腊化,"勃克·穆利根建议说,斯蒂芬,或者说他所代表的本书作者确实很愿意这样做。

一开始斯蒂芬的目的就既清楚又复杂,作为艺术家,他在探寻隐藏在物质世界后面的抽象意义,探寻"可见事物的必然特性":"我在这里解读一切事物的签名。"然而,由于受到大英帝国和意大利教会的双重压榨,爱尔兰历史变得既刻板僵化又孤陋寡闻,因此他几乎无法进行这方面的探索。他说,历史是"我正努力从中醒过来的一场恶梦"。尽管如此,他还是在私立学校里教历史。小说中的"奈斯陀"迪希校长向他提到了某些出色的历史事实(也许并不靠得住),勃克·穆利根也是如此。似乎爱尔兰可能源自希腊,它从来没有接纳过犹太人。我们渐渐地走进他那普洛调式千变万化的内心独白之中,他沉浸在自己的感受和思想之中,由于眼睛不好,他眼前事物的形象产生了变化。语言也同样变化无常,说话和喋喋不休的交谈,哲学和理论,闲谈和通俗歌曲等具有特色的语言抑扬顿挫地搅和在一起在他心灵里滔滔不绝地流淌出来,成为乱成一团的独白。随时获得的印象和他内心的感受也混杂在一起。由于没有遵照母亲的临终嘱托,回到原来的信仰之中,他觉得内疚。也许爱尔兰就是他的母亲,这个国家会给他一个神话,解除他的痛苦。也许他自己就是一个没有父亲的儿子,一个没有书本的艺术家。"试图一显身手的那位可怜的阿里乌老兄,而今安在?他反对'共在变体赞美攻击犹太论',毕生为之战斗。"在前三章这些纠缠在一起的感受和乱成一团的词句中可以看到《尤利西斯》全书深层的思想,这就是一部全新的神话的内容。但是,他又想:"无论在什么地方有谁会读这些写下来的文字?"

与此同时,在埃克尔斯街七号另外有人在用早餐,又开始了另一种文体的写作,另一种内心独白,另一种探求。归根到底,在《奥德修纪》中就有两种追求,一是帖雷马科去寻找父亲;另一个是尤利西斯寻找家和妻子。显然这第二种追求更与肉体有关。"利奥波德·布卢姆先生吃起牲口和家禽的下水来,真是津津有味。他喜欢浓郁的杂碎汤、有嚼头的胗、填料后用文火焙的心、裹着面包渣儿煎的肝片和炸雌鳕鱼卵。他尤其爱吃在烤架上烤的羊腰子。那淡淡的骚味微妙地刺激着他的味觉。"犹太人——在爱尔兰还是有犹太人——利奥波德·布卢姆先生离开了还躺在床上的妻子出门,穿过复杂的市街去买腰子,接着回家把邮件递给妻子,沏好了茶,把早餐端给还在床上的妻子,然后去上厕所。同斯蒂芬一样,他的思想在心灵里自由地流淌,这些想法经过了浓缩并且就在说出口之前被抓住了。他的想法却粗鄙得多,他很少想到艺术和神话,而大多是感情,粗俗的罗曼史,食物和肉罐头。他从便秘("但愿块头不要太大,不然,痔疮又会犯了")想到流行歌曲和报纸的广告,从家庭问题——一个女儿的信,一个夭折的儿子——想到一些抽象的问题,例如为灵魂转生(metempsychosis)下定义:"意思就是灵魂的转生。"后来,在他去赴帕狄·迪格纳穆的葬礼的马车里,他瞥见到斯蒂芬·迪达勒斯,两种观察、思考与生活的方式,两种认识爱尔兰的方式刹那间交织在一起,就在此时,我们感到了小说的基调出现了。用最简单的话来说《尤利西斯》写的是两个人的故事,这两个人于1904年6月16日在都柏林相遇了。

对《尤利西斯》来说,有两个重要的日子。一个是布卢姆日,那长长的一日一夜中,詹姆斯·乔伊斯确实成功地构建了他的现代神话。另一个是1922年2月22日,乔伊斯的四十岁生日,他精心安排在这天出版此书。但本书在出版之前就已享有盛名,书一出版立即就被当代作家和严肃的读者誉为战后伟大的小说。T.S.艾略特在一篇著名的评论中认为本书具有突出的现代性,同时又具有突出的复杂手法,他说这种手法"对当代历史这一无聊混乱的状态做了全景式的描绘,并赋予它含义,它是一种控制,或者组织的方式"。因此,这部书与艾略特本人的《荒原》具有同样重要的意义。它被公认为是最成功地表现了战后巴黎的实验性和国际性精神的小说,人们将它作为新"语言革命"的基本典型。它是一部伟大的国际性小说,是一部描写现代城市的小说,它是现代流放者最伟大的成就之一,它是一部运用了新手法的作品,尤其是我们称之为"内心独白"或"意识流"的手法,即表现了作者心灵上稍纵即逝的印象,但又深入到潜意识,到无意识的状态之中,小说末尾摩莉·布卢姆的长长的梦幻可说是人类心灵的内在本性的伟大表现。

但是,这部书又同时是一部以二十年前作为其背景的历史小说,它写的并不是充满了战后的危机的世界,而是处于欧洲边缘的一个城市,这个城市迫使它的许多作家流亡他国。从故事描述的日子到小说出版这一段时间之内,世界已经发生了变化,在欧洲爆发了一场大战,这场战争也影响到了作者,他原先那种浪迹国外的艺术家生活变成一种形式更为混乱的流亡。爱尔兰也发生了变化,成立了爱尔兰自由邦。斯蒂芬·迪达勒斯所积极予以回应的美学革命的精神——在很大程度上是凯尔特曙光和凯尔特复兴的精神——似乎已经成为过去,小说本身表现了它自身长长的距离感,这既是时间上的距离,也是地理上的距离,全书结尾是摩莉·布卢姆在性生活和感情上表示接受的那著名的几个词:"于是我说好吧我愿意好吧。"但这并不是最后几个词,因为紧接着还有几个同样重要表示时间的词"的里雅斯特—苏黎世—巴黎,1914—1921"。

第一次世界大战之前和之后对现代作品来说分属两个不同的时代,《尤利西斯》就同现代派的许多著作一样,在这两个时代之间建立了一座复杂的桥梁。因此我们完全可以研究一下乔伊斯为什么把小说的年代放到1904年(他于1914年大战爆发之前不久在的里雅斯特着手写作此书,全书大部分都是在战时于瑞士写成的)。这其中的理由极为重要,因为1904年对乔伊斯是十分关键的年份,在这一年他做出了选择,进行了创造,实际上开始了自我流放的生活,就像小说中的斯蒂芬·迪达勒斯一样(在他身上有作者很大的自传成分),乔伊斯那年也是二十二岁。他出身于都柏林的一个中产阶级家庭,这个家庭就同这个城市一样处于一种衰败的状态,因为他所敬佩的父亲已经把祖传的产业挥霍殆尽,他的母亲是个虔诚的天主教徒,她坚持让他从小受耶稣会的教育,他几乎准备从事教职当神父。后来他进入都柏林大学学院,他对文学的爱好越来越强烈,决定当作家。他开始写作,在大学时就发表了有关易卜生新戏剧的评论。接着他写出了他著名的"不合作宣言":"我要告诉你我愿意干的以及我不愿意干的事情。我不愿意去为我不再相信的事物服务,无论它是否自称为是我的家、我的祖国或者我的教会;我要尽力自由地、完整地以某种生活或者艺术的方式来表达自己的思想,我只容许自己使用几种武器来捍卫自己,这就是沉默、流亡和机巧。"

这些话见于《尤利西斯》之前《一个青年艺术家的画像》之中,该书于1916年出版,但写作时间却要早得多,在这部作品中他讲述了他早年生活的故事,他在耶稣会学校中所受的教育,他的美学理想和他要当个艺术家的志向。乔伊斯一心想以教士对宗教的热情为艺术而献身,在很大程度上正是由于这种献身精神,他才为这个带有很大自传成分的主人公选择了"斯蒂芬·迪达勒斯"的名字。在神话传说中迪达勒斯建造了弥诺斯的迷宫,后来又靠着自己用蜡做的翅膀逃了出来。在小说中斯蒂芬令人想起了这个像老鹰一样在大海上空高高飞翔的人,这个"聪明绝顶的巧匠"的形象,他成为"一个艺术家的象征,这位艺术家在他的工作间里将大地上黏稠的东西重新锻造,做成了一个翱翔于天空的不朽的触摸不到的新生命"。他自己的任务就同迪达勒斯一样,是要航行到那些未知的艺术之中,小说的结尾,斯蒂芬自己也飞到欧洲和艺术那里,他高声叫道:"啊,欢迎,生活!我要第一百万次去面对经验的现实,在我灵魂的作坊里锻造我的民族的未经创造出来的良心。"他接着又说:"老父亲,老巧匠,现在请给我一切帮助吧。"

乔伊斯在本书中描写的艺术上的造反发生在1902年,这一年他出发去巴黎学医并进行写作。接着,在1903年,就像《尤利西斯》开头时斯蒂芬的情况一样,他因母亲生病而被召回都柏林,这一年他母亲因癌症而去世。这次回国又把艺术的职责这整个问题重新提到了他的面前,并且鼓励他从事更大规模的文学创造。的确,1904年中乔伊斯在创作上取得了很大的成绩。他创作了诗歌集《室内乐》,该诗集于1907年出版。他又开始写作一系列互相关联的短篇故事,其内容都与都柏林这一麻痹的城市有关,后来这些故事结集为《都柏林人》于1914年出版。这其中有个故事名字就打算叫《尤利西斯》,他写的是个名叫亨特的都柏林犹太人,这是第一件直接与他后来那部巨作的基本构思有关的事,他也开始创作他带自传成分的斯蒂芬·迪达勒斯故事的初稿,这篇文字现名为《斯蒂芬英雄》,在他死后出版。《一个青年艺术家的画像》是根据这一版本修改提炼而成,因而更为成熟。正是在1914年他完成了这一有关献身艺术的小说之后,他再着手写其"续篇",这个续篇后来就成为《尤利西斯》。

因此,1904年是乔伊斯闯入到未知艺术之中进行探险的年份,这时候,他已经不再是一个青年艺术家,他创造性发现的整个事业从此真正开始了。不过将《尤利西斯》一书的情节安排在1904年6月16日这一天还有另外一个原因。正是在这一天乔伊斯首次同诺拉·巴那克尔诺拉·巴那克尔幽会,这个来自高尔维的女侍后来成为他事实婚姻的妻子,与他终生为伴,他们在1931年才正式结婚,她无论在哪方面都可以说就是摩莉·布卢姆的原型,不过她认为乔伊斯并不怎么理解女人。乔伊斯的父亲说:"诺拉·巴那克尔,这个女人是会跟他到底的。"的确是这样。那年10月,他俩去欧洲,过起艺术家的流亡生活来,这种生活一直持续到他死都没有改变。他们正式在的里雅斯特安顿下来,乔伊斯在伯利兹学校教英语。他于1904年在爱尔兰着手写作的东西大部分都在这里完成,也是在这里他开始写作《尤利西斯》。正是在1904年,开始了一个艺术家终生的策划、构建、航行、成熟的使命和事业。

正如这一切所显示的,《尤利西斯》具有现代派主要著作的一些特点。它在很大程度上讲的是小说本身的创作行为,它最初诞生于都柏林,从乔伊斯笔下常常可以看出,这个城市是文学上一个伟大的清谈俱乐部,都柏林充满着19世纪90年代极为活跃的爱尔兰文艺复兴的精神,这种精神存在于萧伯纳和王尔德的记忆,以及W.B.叶芝、詹姆斯·斯蒂文斯、乔治·威廉·拉塞尔以及奥利弗·戈加蒂的思想之中,戈加蒂便是勃克·穆利根的原型,乔伊斯确实和他同住在马铁洛圆塔之中。刚从巴黎回国的乔伊斯也许会认为它既乡气又麻痹。但都柏林和巴黎之间却有着牢固的关系,都柏林吸收艺术上所有的新闻,不住地寻找艺术上的启示,追求现代的精神。在第一次世界大战期间,弗兰克·伯吉恩在苏黎世与乔伊斯过往甚密,在《詹姆斯·乔伊斯和〈尤利西斯〉的创作》一书中他出色地记录了这段友谊。他在书中写道,乔伊斯把都柏林人描写成最无可救药的、言行不一的无用的骗子,但乔伊斯也相信——他的"独眼巨人"那一节中借市民之口说出来——爱尔兰人在一种本不属于他们的语言上留下了自己天才的印记,和其他文明的民族一争短长:"那么这就叫做英语文学。"

乔伊斯在他特有的半流放的状态中,获得了像在喜欢夸夸其谈地议论文学的都柏林流行的闲谈那样流畅的艺术观念。在这时候,他最讲究理论,最敏感,他也关心艺术上最新的精神,对19世纪90年代发展起来的两大国际文学运动,即自然主义和象征主义作出热烈的响应。我们已经看到,自然主义尤其是指易卜生。从乔伊斯早年所写的易卜生戏剧的评论中可以看出,他极其钦佩这位戏剧家,他一直认为,都柏林这个凯尔特人的城市其实更具有斯堪的纳维亚的特点。自然主义也意味着左拉那种规模宏大的、决定论的社会话语,在他着手写作《都柏林人》中的故事时,他把自己称为爱尔兰的左拉。"我的目的是要写出我的国家的道德历史的一个章节,我选择都柏林作为其背景,是因为我觉得这个城市是麻痹的中心,"在一封有关该书的信中他写道,"在这本书的大部分中我使用了一种处心积虑的卑琐文体,我相信大胆的作者应该敢于改变自己的预感,更应该敢于将自己的所见所闻以扭曲的方式表现出来。《都柏林人》的故事无不具有自然主义的感情,即我们生活的世界受到条件的制约,对此艺术必须一丝不苟地忠实地加以描绘。"这种精神不仅表现在乔伊斯直言不讳的性描写中(正是这一点使本书在1906年遭到出版商的拒绝),而且也表现在他对都柏林的生活细节的精确到极点的描写。"昂季街和维克洛是不是在王家交易所选区?"他从的里雅斯特写信回家问,"市政选举会不会在十月份举行?"这种细节上的一丝不苟和"处心积虑的卑琐"正是《尤利西斯》的基本特征。正如乔伊斯所说,他的写作精确到如此地步,即使都柏林被毁掉之后,也可以以这部小说为蓝图重新建设起来。

但是另一个使他兴奋不已的运动是象征主义,这一起源于法国的文学运动在英国得到了叶芝和阿瑟·西蒙斯的大力支持。乔伊斯受到了"世纪末"(fin de siècle)思潮极大的启发,这使他不是把艺术看作是世界的简单记录,而是创造和不断改变的意识的积极活动,即艺术家的故事。他对象征主义的看法清楚地在斯蒂芬提出的好些观点中表现出来,在《斯蒂芬英雄》和《一个青年艺术家的画像》中他多次提到艺术的内在光辉和超然的美。尤其是那个著名的"顿悟"观点——乔伊斯把这种从宗教中得到的超然的启示运用到艺术上。"所谓顿悟他指的是一种猝然的心领神会,这既可以表现在语言和姿势的粗俗上,也可以表现在心中某一个难忘的词语上,他相信文化人应该极其小心地记录这些顿悟的现象,因为这是最微妙的转瞬即逝的时刻,"他在《斯蒂芬英雄》中写道。在《一个青年艺术家的画像》中,这种看法有了一些改变,斯蒂芬试图变成"一个具有永恒的想象力的神父,将经验上的日常面包转化成进化的生命的光彩夺目的身体"。他的任务是从生活中创造艺术,这意味着艺术家必须站在造物主的对立面,以无形的美学生活来充实一切。"美学的秘密就像物质创造的秘密一样完成了,艺术家就同造物主一样,处于他作品的内层或幕后,外缘或上方,无法看见,升华到飘渺之中,漠不关心地顾自修着指甲。"在《尤利西斯》这本书中,这些观点调和在一起,这部伟大的作品既是一丝不苟的社会记录,又是美学的表达,因此自然主义和象征主义的联系和混合对即将产生的这一伟大的小说是必不可少的,此外,这两种思潮又把我们带回到 1904 年前后。《尤利西斯》的一些重要的艺术观点在他赴欧洲大陆自我流放之前就已经形成了。

不过《尤利西斯》是一部出自自我流放的作品。我们已经看到,流放对创造现代艺术的"飘零"精神极为重要。自然这对乔伊斯也极其重要,他唯一的一部多少有点模仿易卜生的戏剧就被命名为《流放者》。流放也是这部小说的又一个主要标记。尤利西斯,即奥德修斯是希腊人中间一名大流亡者,他四处漂泊,但在特洛亚战争之后走上回家之路。布卢姆便是四处漂泊的犹太人,他原是匈牙利裔,但娶了摩莉·特威迪为妻,在都柏林定居下来,把姓从维拉格改为布卢姆。斯蒂芬本人就是戴着拉丁区帽子的流亡文人。对这部小说本身来说,它在创作中也经历了一个漂泊不定、不断搬家的过程——从爱尔兰到的里雅斯特,从的里雅斯特到苏黎世,从苏黎世到巴黎,《尤利西斯》这一小说本身长期以来也处于一种流放的状态,作为故事背景的都柏林觉得它大逆不道,由于它自然主义的细节和性描写的直率,它在英国和美国长期遭禁。正是这种流亡的命运使得书中的都柏林成为一个不受时间干扰的永远像小说中描写的那样的现代城市。流亡使乔伊斯深切地体会到他远离固有的文学传统,不受它语言的规则和使用方式的约束,并且促使他的语言惊人地流畅,文字极富表现力,遣词造句高度精确,这些后来都成为乔伊斯主义的标志。因此,流亡也给予《尤利西斯》也许是它最为现代的特性——那就是语言上的移位,它无所不在的讽仿精神,它对一切现存的文学风格均能运用自如,却又不受到任何一家的拘束。

画家弗兰克·伯吉恩于第一次世界大战期间在苏黎世成为乔伊斯的密友,他说,在《尤利西斯》中,也可以见到苏黎世这个国际性的城市的影子,就同都柏林一样,如果按照乔伊斯强调的说法,都柏林可以算作是大英帝国的第二大城市,那么苏黎世就是心理分析的第二大城市。任何一个汤姆·斯托伯特(当代英国剧作家)的剧迷都知道,第一次世界大战期间,在这个城市里居住过的有荣格和乔伊斯,列宁和特里斯坦·查拉——荒诞派艺术达达主义的创始人。毫无疑问,在那儿创作这部书也在作品的形式和主题之间拉开了一段距离,至今我们在阅读它时仍可以感受到这一点。因此,《尤利西斯》这部伟大的现代小说既有确定的地点,又没有地方的特性,既忠实于个人的文学渊源,又在艺术上强行与之分道扬镳。它是一部具有巨大的文化特异性的小说,它也动摇了真诚的自然主义的整个观念。它就像是一部介绍各种不同手法的写作大全,成倍地增加了叙事的模式,取得了声音和语义域的多重性。它的每一章的叙述方式都各不相同,与之平行并被搅乱的不仅是荷马原来的史诗,而且还有艺术的许多语言和形式,这些都可以在一大套叙事中见到。

因此,《尤利西斯》的写作一共进行了二十年之久,它的构造就像特洛亚的布局一样。自然我们可以认为存在着三个版本。一个是自然主义的《尤利西斯》,它是个繁复的故事,描写了大英帝国第二大城市中的生活,包括它的街道、酒吧、旅社、马车停车场、商店、报纸编辑部、产科医院和妓院的生活。这部书显然是一部有关社会和历史的精确记录,它的叙述具有异乎寻常的事实感和对细节的偏爱。另一个是象征主义的《尤利西斯》,这可以用塞缪尔·贝克特描写《芬尼根守灵夜》话来描述:"在这里形式就是内容,内容就是形式……他的作品不是有关某些事情的,它就是这些事情本身。"第三个是讽仿形式的《尤利西斯》,许多评论家把这部小说视作现代派讽仿的顶尖之作,其中每一种手法都似乎被颠倒使用,每一种文学理念都成为一个令人不解之谜,每一个完整的句子都带有自我嘲讽的色彩。正是《尤利西斯》的这种多元性使它成为那个时代的伟大的文学著作。书中充满了自然主义的现实,但同时它又是对现实主义的反叛。采用象征主义和超然的启示的手法,但同时又对象征采取玩弄的态度,对启示进行讽仿。正因为这些特点,这部描写边缘的都柏林的十八个小时的长篇小说,使1922年的文学界既无比兴奋,同时又极其烦乱。

这部内容如此丰富,构思如此巧妙的小说会被现代作家奉为圭臬,这是毫不足怪的,它是创作的大全,是对文学语言潜力的伟大探索,又是现代文体的极度的变异。但同样重要的是《尤利西斯》也是一部出色的为普通读者写的小说,这主要因为它的情节在许多方面都来自生活,具有强烈的人情味。理查德·埃尔曼是研究乔伊斯的最优秀的评论家之一(他写了一部出色的乔伊斯传记,最近又经过了修订),他说这部小说在本质上可说是发现了对人生的肯定——这种肯定表现在斯蒂芬面对他亡母的形象时意识到天下人人知道的一个词便是"爱",也表现在布卢姆游荡一圈之后回到家中妻子的床上,还表现在摩莉说的"于是我说好吧我愿意好吧"。这可以说是一个男子回到母亲或者妻子身边的神话,而这位母亲或者妻子就是生活本身。它又是一部社会政治小说,因为国家也是一个母亲,尽管这个母亲可能会孕育愤怒、侵略主义、粗俗行为和恶毒的仇恨。它也是一部宗教小说,因为宗教也是一个母亲,尽管布卢姆是个持无神论观点的犹太人,斯蒂芬是个持无神论观点的基督徒,但宗教的赎罪意象及其爱的信念对他们俩都是至关重要的。它又是一部性的小说,因为人类伟大的诞生、性交和死亡的仪式正是发生在常常是反常的色欲和性幻想中,在淫秽的交合和通奸之中。它还是一部旅行的小说,因为布卢姆确实是个四处流浪寻找家园的犹太人,尽管他游荡的范围大都是在当地和家中。十一年之前,在他们的儿子鲁迪出生十一天之后夭折,从那时候起他就停止了同妻子之间的肉体关系,因此,布卢姆就像另一个圣杯传说中的鱼王,在一片不毛之地做肮脏的探险,这在本质上其实就是人生的探险。他找到了斯蒂芬,斯蒂芬使他想起了自己的儿子,他将他带回家中,又负担起丈夫的职责,得到了那狡黠而放荡,然而最后却是温柔的摩莉的肯定。

乔伊斯在写作此书使用了大量的独创性的手法,读者必须接受这一规模空前的创造。曾经当过水手的弗兰克·伯吉思后来成画家,在战争期间他在苏黎世的英国商务处工作,他密切关注乔伊斯创作本书时的情况。乔伊斯在谈到该书的创作时同他说:"我正在以尤利西斯的漂泊为蓝本写一部书。就是说,把《奥德修纪》用作全书的基础。不过时间是在最近,主人公的漂泊发生在十八个小时之内。"他说,这部书将会写出一个现代的尤利西斯,他是个全面的人,一个完全的人,一个普通人,他上有老下有小,既是丈夫,又当情人,对朋友来说他完全靠得住,是个有缺点的好人,这样的人具有多重的侧面。全书的章节仿照《奥德修纪》的结构,每一片段都被赋予不同的文学风格,"独眼巨人"那一章中是在酒店里的戏剧性的独白,"刻尔吉"一章中是在妓院里的幻梦般的超现实主义,"伊大嘉"一章中布卢姆和斯蒂芬回到了埃克尔斯街的家中,那是一段滑稽的《教理问答》式的答问,"潘奈洛佩"这一章中则完全是内心独白,在这一章里布卢姆上床和摩莉睡觉,摩莉漫无边际地想起过去,使用尿盆,最后似乎回应了布卢姆的性要求。

这是个气势磅礴的规划,乔伊斯详细列出了它的方案。他告诉伯吉恩,这部小说也与人体各个部分相呼应,每一章写到身体的某一器官。布卢姆的故事开始时放到锅里煎的腰子并不是随便写的,结尾时他要的蛋也是如此。每一章又与一种特定的艺术有关,因此当斯蒂芬和勃克·穆利根说话时对神学的思考就是别有深意的。每一章还与一种特定的象征和颜色相联系,同时还安排在特定的时刻,不过本书最为不同凡响之处还是它的处理方式,书中所有这些抽象的常常是学术性的概念总是被带到了普通人所能理解的层面,真切自然地表现出来,例如,作为独眼巨人角色的鼓吹武力外交的芬尼亚派的市民的观点就是如此,这个人夸夸其谈,满嘴谬论,荒谬绝伦。要是知道摩莉是作为荷马笔下的珀涅罗珀,墓园实际上指冥府,这有助于我们理解全书。不过这一知识上和文学上的构架并不一定需要点明,我们也可以感到这些人物及其行为都似曾相识,而且具有人生的价值。

在《尤利西斯》中(远远超过《芬尼根守灵夜》)我们确实超越了语言深入到生活之中。我们感受到布卢姆精神上的痛苦,作为一个犹太人,他受到了迫害,他妻子与人有染,他受到都柏林人的嘲笑,因为就当他在城里行走时,他妻子正在和她音乐上的经纪人布莱泽斯·博伊兰、这个"都柏林最坏的家伙"幽会。尽管我们有些怀疑他是故意出门,以便让妻子同情人幽会的,他自己又化名"亨利·弗罗尔"同一个女子秘密通信,尤其是到"夜街"的妓院里去,企图以此来获得满足,但甚至就是这样我们还是对他抱着同情的态度。因为那种超现实的气氛使我们认识到他将屈辱和权力混杂在一起的幻想,他把自己想象成都柏林的市长("我主张整顿本市的风纪,推行简明浅显的《十诫》……电动洗盘机")。我们理解他对夭折的儿子的感情,他对斯蒂芬的爱护,他那复杂的犹太血统以及此事对他的影响。同样,我们也能体会到斯蒂芬精神上的危机——他由于母亲去世而悲痛,更因未能向她表示愿意回到教会使她高兴而感到内疚(他"内心的苛责"),混杂在一起的他肉体上和精神上的欲望。我们也能理解摩莉那易于犯错误的天性以及粗俗的肉欲,她感情用事地追求肉体上享乐以及她自身的失落感。

这部小说确实是一部伟大的人间喜剧——最重要的是《尤利西斯》肯定是一部符合小说伟大传统的喜剧,这个传统可以上溯到菲尔丁、斯特恩和拉伯雷。我认为,正是这极其丰富的各种喜剧的手法使小说形成为一个整体,它的意义远远超出各个章节加在一起所产生的效果。一开始神气十足、体态壮实的勃克·穆利根和昏昏欲睡的斯蒂芬进行那番模仿宗教仪式的对话,从这时候起,我们就可以看出《尤利西斯》是一部极其风趣的深刻作品。布卢姆自然是乔伊斯笔下的"完全的人",但他也是个喜剧角色。"内心独白"的使用可以是文学上的一大创举,是对意识进行探索的新钥匙,但它也是通过并列生成深奥的风趣话语的一种手段,这种并列把各种各样的意象强行组合到了一起。小说的情节可以像史诗那样壮阔,但它也能被浓缩成一个简单的报纸广告:

> 倘若你家里没有,
> 李树商标肉罐头,
> 那就是美中不足,
> 有它才算幸福窝。

肯定的是,在布卢姆回到妻子的床上时,那里会有肉罐头。

乔伊斯的喜剧主要表现在文字的诙谐上,但它也涉及排泄的污物和插科打诨,贯穿在整个故事里有好些胡言乱语的歌儿和下流的笑话("我沏茶时就沏茶,就像格罗根老妈妈说的,我撒尿时就撒尿")。书中包括了男生寄宿学校里笑话如倒置位性交和鸡奸,这对有些学者来说就未免太过分,妓院里那一场面的超现实和幻梦般的描写中,贝洛便是使人精神恍惑并将人变成牲畜的女巫刻尔吉,这些文字也具有精心设计的插科打诨式的喜剧效果,它们出自一系列粗俗下流的双关语。摩莉·布卢姆的那大段喷涌而出的联想建立在精心安排的无意识的联想的基础之上,对《荷马史诗》的大张旗鼓的影射不仅为全书奠定了基础——它确实起到了这种严肃的作用,而且表现了作者作为一个讽仿大师的精湛的技法,乔伊斯出色的喜剧描写主要来自他写作中的讽仿手法,讽仿使我们认识到,所有的作品都是重写,它既是对某一原作发表的看法,又是大张旗鼓地重新创作,乔伊斯的小说中可以听到多个声音,它们对某些源泉或者文学技法既是推崇又是破坏,或者说它们对某些传统和过分夸张的情感进行了讽刺或嘲笑。这说明作者对语言的运用到了得心应手的程度(乔伊斯一向是如此),而且又对语言表达的限度进行了调侃式的探索。

最能说明问题的就是全书即将结尾时"伊大嘉"那一章了,在这里以《要理问答》的问答式文体写到布卢姆带着斯蒂芬回到家中,然后布卢姆又上了床。采用这种文体写作几乎达到无所不能的境地。我们从中获得了极其丰富的信息,既有将水从威克洛郡朗德伍的水库引来("通过有过滤装置的第一期施工的单管及夏管地下引水渠,根据合同直线每码的铺设费为五英镑")一直通到布卢姆厨房里的事,还有布卢姆家里的陈设以及他房间里的书籍。我们也得知他迁移到爱尔兰的历史以及他对人生的理论。事实上《要理问答》

提供了一个与下一章中的内心独白同样复杂的记忆机制。我们面前展现了布满星球的宇宙的图像,接着又谈到了撒尿。在布卢姆和斯蒂芬之间的对话中,他们重建了人类口头和书面语言的古怪的历史,接下来将一首歌照原样连谱穿插在文章中,接着布卢姆回到了妻子摩莉——潘茶洛佩的床上,不过其环境要比荷马原文中的情况低下得多:

  布卢姆如何行动?
  他把几件衣服放在椅子上,脱掉剩下的几件。从床头的长枕下面抽出折叠好的白色长睡衣,将头和双臂套入睡衣的适当部位,把一只枕头从床头移到床脚,床单也相应地整理了一番。然后就上了床……
  他的四肢逐渐伸开的时候,碰到了什么?
  簇新而干净的床单,新添的几种气味,一个人体的存在:女性的,她的;一个人体留下的痕迹,男性的,不是他的。一些面包碎屑,薄薄的几片回过锅的罐头肉,他给掸掉了。
  倘若他微笑了,他为什么会微笑呢?
  他仔细一想,每一个进入者都认为自己是头一个进去的,其实,他总是一连串先行者的后继者……
  先行者有哪一些?
  假定马尔维是那一连串当中的头一个,接着是彭罗斯、巴特尔·达西、西德温教授、朱利叶斯·马斯添斯基、约翰·亨利·门顿、伯纳德·科利根神父……

就这样一直到休·博伊兰。归根结底,荷马喜欢将一切罗列出来。因此布卢姆吻了摩莉的臀部,春情激动起来,接着又同她开始了另一轮《要理问答》式的对话,谈起了斯蒂芬,随后"他休息了,他曾经旅行过"。

这一番饱含嘲讽意味的话语自然并不是本书最后的叙述,接下来还有摩莉的独白,那是小说创作中一个非同凡响的成就,整整二十六页分为八个句子,全文以"yes"开始,也以"yes"结束。在这一章中,究竟摩莉是否最后接受了布卢姆,布卢姆是否恢复了和她的肉体关系,这并无定论——这也是个留给现代的学者去煞费苦心争论的问题。但是本章节奏的变化却隐含他不仅旅行过了,而且到达了目的地——本章开始时,布卢姆已经同全书第四章中大不相同了，他要人把带两个鸡蛋的早餐送到他床头去吃，而且摩莉还将博伊兰和他作了番比较，结果是布卢姆占了上风，正如心理学家所指出的那样，摩莉·布卢姆的半睡半醒中的内心独白是对潜意识状态一次出色的探索，是心理检索的一个不同凡响的尝试。但它同时也是对繁殖力的一大粗俗而滑稽的遐想，这正是拉伯雷式的繁殖力本身的一种形式。我们不能肯定摩莉所接受的情人究竟是过去的事呢还是现在的事，但这却是小说创作中最为非同寻常的结尾之一，这一开放的包容性结尾表明乔伊斯不仅是概念作品，而且还是性描写的大师。

　　无论从哪方面来说，《尤利西斯》的最后一章都是一个温床——此后的现代派作品无不由此诞生。乔伊斯的后一部作品是《芬尼根守灵夜》，其中的主角安娜·利维亚·普鲁拉贝尔无疑便是摩莉·布卢姆的进一步延伸，如今她的形象已经公认为代表着意识流和繁殖力。乔伊斯在1922年几乎《尤利西斯》一完成就着手写作此书，它同《尤利西斯》的关系就同《尤利西斯》与《一个艺术家的画像》的关系一样——既是发展，又含有全新的概念。或许没有其他任何一本书有它那样雄心勃勃的构思。作者企图将它写成世界的历史，一本人人都参与其中的书；作者试图建立一种现代的元语言，一种为小说艺术而构造的世界语。"我无法……按照词汇普通的关系来使用它们。"乔伊斯说。他奋斗的同时，视力严重恶化了，在20年代和30年代中，人们急切地渴望这一伟大作品早日问世，作者在这部幻梦般完美的作品中企图将所有的神话吸纳进去，同时又为建造这些神话的艰难困苦树碑立传，使人永记于心。

　　《芬尼根守灵夜》最后在1939年2月2日出版，恰好是《尤利西斯》问世后十七年。下一年战争就爆发了，乔伊斯又离开了巴黎，回到了他流放生活的老家苏黎世。两个月后他患穿孔性溃疡去世，离开了这个守灵夜之后的世界。现代主义似乎功德圆满，就此结束了，但事实并非如此。《芬尼根守灵夜》这部小说抽象地说到了现代派的伟大任务，那就是既要打破旧的语言和神话，又要构造一个新的自我创建的语言和神话，从而使小说的艺术成为语言本身的艺术。对此我们获益匪浅，许多新的文学实验，以及我们现代语言上的焦虑大都来源于它。但我们从《尤利西斯》获得的更多，这其中就有现代创造的奔放的感情，它以喜剧又以无限的可能性形式出现在我们面前。它成为现代作品勇往直前的精神的一部分，我们如今随处都可以发现它的存在。《尤利西斯》确确实实是个温床。（刘凯芳　译）

问题探讨

1. 怎样理解《尤利西斯》的"神话结构"？乔伊斯的现代"尤利西斯"故事是"戏拟"还是"反讽"？
2. 《尤利西斯》的主题是：幻灭？寻找？还乡？温情？性爱？
3. 乔伊斯为什么将小说第二部分命名为"尤利西斯的漂泊"？布卢姆是现代主义文学中的一个"反英雄"形象吗？他能成为斯蒂芬的"精神之父"吗？
4. 你是否认为《尤利西斯》的叙事"混乱"、"枯燥"和"晦涩"？
5. 比较莫莉和珀涅罗珀。
6. 何为"布卢姆日"？

选 文

关于《喧哗与骚动》：福克纳小说中的时间[①]

[法] 萨 特

导言——

萨特(Jean Paul Sartre, 1905—1980)是法国著名哲学家和文学家，著有《存在主义是一种人道主义》、《恶心》和《肮脏的手》等。福克纳是美国著名小说家，于1949年获诺贝尔文学奖。本文原载萨特的《处境种种》第一集(1947)。《喧哗与骚动》发表于1929年，是福克纳最重要的作品之一。

萨特从哲学的角度，对福克纳的《喧哗与骚动》的叙述手法进行了分析，他特别强调了小说形式和内容之间的紧密关系。萨特指出："一种小说技巧总与小说家的哲学观点相关联。批评家的任务是在评价小说家的技巧之前首先找出他的哲学观点。"在萨特看来，福克纳的时间观念产生于他自己独特的哲学观念。福克纳的时间首先是一种心理时间，而不是以钟表来表示的机

---

① 选自《萨特文学论文集》，施康强等译，安徽文艺出版社，1998年版。

械时间;其次,福克纳的时间是一种没有未来的时间,因此他的世界就是一个不断消失的世界,就好像一个人坐在敞篷车里朝后看所得到的印象;最后,福克纳的时间还是一种情感时间,在那里,"过去的次序是情感的次序","过去……不按照时间顺序排列,而是根据情感散列为星辰"。萨特还指出了福克纳与普鲁斯特对待时间的相似态度,但是他认为,两个人的差别更值得注意:普鲁斯特在平静中捕捉自己那变动不居的过去,陶醉在"失而复得的时间"和自我之中;而福克纳则恰恰相反,他的昆丁首先要逃避的就是时间,也就是他的过去和他自己。

人们阅读《喧哗与骚动》时,一上来就会对写作技巧的奇特感到突兀。为什么福克纳要把故事的时间打碎,又把碎片搅乱呢?为什么朝这个小说世界打开的第一扇窗户竟是一个白痴的意识呢?读者忍不住要去寻找故事的线索,为自己重建时间顺序:"杰生和卡罗琳·康普生有三男一女。女儿凯蒂与达尔顿·艾密司有染后怀孕。不得不赶紧去找个丈夫……"读者到这里就会停下来,因为他发现自己在讲另一个故事:福克纳并非先构思好一个有条理的情节,然后再像洗牌一样把它打乱,他舍此没有别的叙述方法。在古典小说中,故事情节总有一个焦点,如卡拉马佐夫家父亲被害,如《伪币制造者》①中爱德华与贝尔纳相会。但是在《喧哗与骚动》中却找不到这种焦点。是班吉被阉割吗?是凯蒂不幸的私情吗?是昆丁的自杀吗?是杰生对他外甥女的仇恨?每一段情节只要遇上我们的目光,便会自己张开,让我们看到它后面的其他情节,所有的情节。什么事也没有发生,故事没有进展,是我们在每个字底下发现故事,它像一个见不得人的、碍手碍脚的东西躲在那里,其浓缩程度则视不同场合而异。如果认为这些反常做法不过是无谓地卖弄技巧,那就错了:一种小说技巧总与小说家的哲学观点相关联。批评家的任务是在评价小说家的技巧之前首先找出他的哲学观点。显然,福克纳的哲学是一种时间哲学。

人的不幸在于他被时间制约。"人者,无非是其不幸的总和而已。你以

---

① 《伪币制造者》,法国作家安德烈·纪德(1869—1951)的小说。——译注

为有朝一日不幸会感到厌倦,可是到那时,时间又变成了你的不幸了。"①这是这部小说的真正主题。如果说福克纳采用的技巧乍一看似乎是对时间的否定,那是因为我们把时间和时序混为一谈了。是人发明了日期和时钟。"经常猜测一片人为的刻度盘上几根机械指针的位置,这是心智有毛病的症象,父亲说,这就像出汗一样,也是一种排泄。"②要理解真正的时间,必须抛弃这一人为的计时尺度,它什么也测不出来:"只要那些小齿轮在卡喀卡嗒地转,时间便是死的;只有钟表停下来时,时间才会活过来。"③所以昆丁砸毁他的手表这一动作具有象征意义:它使我们进入没有钟表的时间。白痴班吉的时间也是没有钟表的,因为他不识钟表。

这样出现的时间,是现在。这个现在不是在过去和未来之间乖乖地就位并成为两者的理想界线的那个时间:福克纳的现在本质上是灾难性的;它像贼一样逼近我们的事件,怪异而不可思议——它来到我们跟前又消失了。从这个现在再往前,什么也没有了,因为未来是不存在的。现在从不知什么地方冒出来,它赶走另一个现在;这是一个不断重新计算的总数。"还有……还有……再还有……"福克纳像多斯·帕索斯一样把他的叙述当作演算加法,不过他做得要巧妙得多。小说中的行动即使从行动主体的角度来看,在进入现在的同时就爆炸分裂,散落在四处:"我来到梳妆台前拿起那只表面朝下的表。我把玻璃蒙子往台面上一磕,用手把碎玻璃渣接住,把它们放在烟缸里,把表针拧下来也扔进了烟灰缸。表针还在滴答滴答地走。"④这一现在的另一特点是陷入。我用这个词是因为找不到更恰当的词来表示这一无定形的妖魔的某种静止的运动。在福克纳的小说里,从来不存在进展,没有任何来自未来的东西。现在并非首先曾经是一种未来的可能性,就像我的朋友先是我期待的那个人,随后他终于来临那样。不:福克纳的现在无缘无故地出现然后陷入。这一陷入并非一种抽象的看法:福克纳在事物本身中看到它,并且设法让我们也感到它:"列车拐弯了,机车喷发出几下短促的、重重的爆裂声(他和骡子就那样平稳地离开了视域),还是那么可怜巴巴,那么有永恒的耐

---

① 《喧哗与骚动》,李文俊译,上海译文出版社,1984年版,第119页。——译注
② 《喧哗与骚动》,第86页。——译注
③ 《喧哗与骚动》,第96页。——译注
④ 《喧哗与骚动》,第87页。——译注

心,那么死一般的肃穆……"①还有下文:"马车虽然重,马蹄却迅速地叩击着地面,轻快得有如一位女士在绣花,像是没有动,却一点一点地在缩小,跟一个踩着踏车被迅速地拖下舞台的角色似的。"②福克纳似乎就是在事物的中心抓住一种被冻结的速度,他碰到一些喷发出来的、凝固成水柱似的东西,这些水柱失色、后退、缩小,但依然不动。

然而这个不易捉摸、不可思议的静止状态还是可以被抓住,并形诸思想的。昆丁可以说:我把手表砸坏了。只不过,当他说这句话的时候,他的动作已成为过去。过去是可以有称谓、被叙述,并在某种程度上固定为概念或被心灵认出来的。我们在谈到《萨托里斯》时已经指出,福克纳总是当一个事件已经发生后才告诉我们这个事件。在《喧哗与骚动》里一切都在幕后进行:什么也没有发生,却一切都已经发生了。这能使我们理解他的一个主人公这种奇怪的表述方式:"我现在不存在,我过去存在。"也正是在这个意义上,福克纳可以把人写成一个没有未来的总体:"他对各地气候取得的经验的总和"、"他的不幸的总和"、"他有的一切的总和";我们在每一瞬间都能画一条线表示到此为止,因为现在不过是没有规律可循的传闻,不过是过去将来时。福克纳看到的世界似乎可以用一个坐在敞篷车里朝后看的人看到的东西来比拟。每一刹那都有形状不定的阴影在他左右出现,它们似闪烁、颤动的光点,当车子开过一段距离之后才变成树木、行人、车辆。在这一过程中过去成为一种凌驾于现实之上的现实:它轮廓分明、固定不变,现在则是无可名状的,躲闪不定的,它很难与这个过去抗衡;现在满是窟窿,通过这些窟窿,过去的事物侵入现在,它们像法官或者像目光一样固定、不动、沉默。福克纳的独白使我们想起坐飞机遇上许多空潭;每逢一个空潭主人公的意识就"堕入过去",重新升起,再行堕入。现在并不存在,它老在变;一切都是过去的。在《萨托里斯》里过去叫做"故事",因为这都是些经过加工的家族回忆,也因为福克纳还没有找到他的技巧。在《喧哗与骚动》中,这个过去更带有个人性,更游移不定。但是过去纠缠不放福克纳的人物,有时它甚至掩盖了现在——于是现在在影子里行进,像一条地下河流,当它重新露出地面时它自己也变

---

① 《喧哗与骚动》,第98页。括号内的字母为萨特在引用时略去,但未加省略号。"他"指昆丁把身子探出窗外扭过头去看到的另一个骡夫。——译注
② 《喧哗与骚动》,第141—142页。着重号是萨特加的。——译注

成过去了。当昆丁惹怒布兰特时①,他自己毫无觉察:他在重温自己与达尔顿·艾密司的吵架。而当布兰特揍他的时候,这场打架又被昆丁过去与艾密司那场打架所覆盖、隐藏。后来当施里夫将叙述布兰特怎样打了昆丁时,他将描述这个场景是因为它已变成过去——但是当这幕场景在现在发生时,它不过是隐隐约约的悄悄滑过去的事情。有人跟我讲过一位变得痴呆的中学学监,他的记忆像一只打坏了的表,永远停在四十岁上。他已六十岁了,但自己不知道自己的年纪:他最后的回忆是中学的院子以及他每天在顶棚下兜圈子。所以他就借助这最终的过去来解释现在,整天围着桌子转,自以为在监视学生课间休息。福克纳的人物就是这个样子。更糟的是他们的过去本是有条有理的,却不按时间顺序排列,而是根据情感散列为星辰。无数沉默的天体围绕几个中心主题(凯蒂的怀孕,班吉的被阉割,昆丁的自杀)旋转。于是时序就成为荒谬的,"时钟愚蠢地转圈子报时"也是荒谬的:因为过去的次序是情感的次序。我们切不要相信,现在一经过去就变成我们最切近的回忆。现在经历的变化可以把它沉到记忆最深处,也可以让它浮出水面;只有它本身的密度和我们生活的悲剧意义能决定它的浮沉。

以上说的就是福克纳的时间的性质。我们是否承认它呢?这个现在非语言所能形容,像漏船一样到处进水,过去突然侵入现在,感情的次序与理性的次序相对立,后者虽然遵照年代顺序但缺乏现实性,记忆千奇百怪、断断续续,但反复涌现,心潮时起时伏……这一切难道不就是马赛尔·普鲁斯特失而复得的时间吗?我并非不知道两者之间的差别,譬如说我知道,对于普鲁斯特来说,解脱存在于时间本身之中,在于过去全部重现。对于福克纳来说,恰恰相反,很不幸过去从来没有丢失,它始终在那里,死死地缠住我们。我们逃避现时世界的唯一方法是神秘的出神忘形。神秘主义者总是一个企求忘记什么东西的人:他想忘记自我,更一般地说想忘记语言或其形象化的表现。福克纳需要忘记的是时间:"昆丁,这只表是一切希望与欲望的陵墓,我现在把它交给你;你靠了它,很容易掌握证明所有人类经验都是谬误的 reducto

---

① 原书第158—167页(中译本第169—186页)。尤见第162页(中译本182页)的对话。萨特原注:"见嵌在昆丁与艾密司的对话中间的他与布兰特的对话:'你有姐妹没有你有没有?'等等,以及他分不清两次打架,把它们混为一谈的做法。"——译注

absurdum，这些人类的所有经验对你祖父或曾祖父不见得有用，对你个人也未必有用。我把表给你，不是要让你记住时间，而是让你可以偶尔忘掉时间，不把心力全部用在征服时间上面。因为时间反正是征服不了的，他说。甚至根本没有人跟时间较量过。这个战场不过向人显示了他自己的愚蠢与失望，而胜利，也仅仅是哲人与傻子的一种幻想而已。"①《八月之光》中被追捕的黑人正因为忘了时间，才突然获得一种奇特的、残酷的幸福："这不是在你认识到任何东西——宗教、骄傲、任何其他——都帮助不了你的时候，而是在你认识到你不需要任何帮助的时候"②。不过对于福克纳和对于普鲁斯特一样，时间首先是起分离作用的东西。我们记得普鲁斯特的主人公们因不能做到像过去一样相爱而感到惊愕，记得《悠游卒岁录》里的情侣们拼命抓住他们害怕消逝但又知道必将消逝的热情。在福克纳的作品中可以找到同样的焦虑："人们是做不出这样可怕的事来的他们根本做不出什么极端可怕的事来的今天认为是可怕的事到明天他们甚至都记不起来了。"③还有："一种爱或一种哀愁会是一种事先没有计划便购买下来的债券它是不管你愿意还是不愿意自己成长起来的而且是事先不给信号就涌进了自己的记忆并被当时正好当道的任何一种牌号的神所代替的。"④说实话，普鲁斯特的小说技巧本应该也是福克纳的技巧，它是福克纳的哲学在逻辑上必然的产物。但是福克纳是个迷途者，正因为他感到自己迷失了方向，他就不怕冒险，把自己的思想推向极端。普鲁斯特是古典主义者，又是法国人；法国人就是迷路也不会走得很远，他们总能回到正路上来。动人的文采，对清晰观念的爱好以及理智主义迫使普鲁斯持至少保留时间顺序的外表。

应该在一种很普遍的文学现象中寻找这两位作家之所以接近的深刻理由：当代多数大作家，普鲁斯特、乔伊斯、多斯·帕索斯、福克纳、纪德和弗吉尼亚·伍尔夫，都曾经企图以自己的方式割裂时间。有的人把过去和未来去掉，于是时间只剩下对眼前瞬间的纯粹直觉；另一些人，如多斯·帕索斯，把时间变成一种死去的、封闭的记忆。普鲁斯特和福克纳干脆砍掉时间的脑

---

① 《喧哗与骚动》，第85页。着重号是萨特加的。——译注
② 《八月之光》，现代文库1950年版（英文），第99页。——译注
③ 《喧哗与骚动》，第90页。——译注
④ 《喧哗与骚动》，第200页。——译注

袋,他们去掉了时间的未来,也就是行动和自由那一向度。普鲁斯特的主人公们什么也不去做:他们诚然在做预测,但是他们的预见紧贴在他们身上,不能化作桥梁跨越现在,这都是些白日梦,遇到现实就逃之夭夭。阿尔贝蒂娜出现时不是人们期待的那个人,而期待也不过是局限于一瞬间的一场小小的无关紧要的骚动。至于福克纳的主人公们,他们不预见什么;汽车把他们脸朝后带走。给昆丁的最后一天投上漆黑阴影的那个将要发生的自杀不在人的选择范围;昆丁没有一秒钟想到他可以不自杀。这个自杀是一堵岿然不动的墙,一件物,昆丁倒退着向它接近,他不愿意,也不能够思考它:"你仿佛只把它看作是这样一种经验,它可以说是一夜使你白了头而根本没改变你的形态。"它不是你选择去干的事情,它是一种宿命;在它失去它作为可能发生的事情的性质的同时,它就不再在未来中存在;它已经成为现在,而福克纳的全部艺术旨在向我们暗示,昆丁的独白和他最后的散步已经是他的自杀。我以为这样就可以解释这个奇怪的悖论:昆丁想着自己的最后一天时把这当作过去的事。好像是某人在回忆。但是,既然主人公最后的思想跟他的回忆的爆裂和消灭几乎是重合的,到底是谁在回忆呢?应该回答说,小说家的技巧在于他把哪一个时间选定为现在,由此开始叙述过去。正如萨拉克鲁①在《阿拉斯的陌生女人》中一样,福克纳把死亡这一短得不能再短的瞬间选定为现在。所以,当昆丁的记忆开始列举他的各种印象("我隔墙听到施里夫眠床的弹簧声,然后是他的拖鞋在地板上的沙沙声。我起来……")时,他已经死了。在艺术上下了那么多功夫,事实上也是耍了那么多不诚实的手段,目的只是为了取代作者缺乏的对未来的直觉。这下子一切都明白了。首先是时间的不合理性得到解释了,现在既然是不期然的、不定型的,它只有借助加重回忆才能明确自身。我们也认识到持续时间②是"人类特有的不幸"。假如未来有真实性,那么时间离开过去,趋近未来;但是,如果你取消了未来,时间就成了仅起分离作用,把现在从它自身分割开来的东西:"想到你将来不会像这样痛苦,你就再也不能忍受这个想法。"人毕生与时间斗争,时间像酸一样腐蚀人,把他与自己割裂开,使他不能实现他作为人的属性。一切都是荒唐:"人生如

---

① 萨拉克鲁(1899—?),法国当代剧作家。——译注
② 持续时间,法国哲学家柏格森的术语,指不受空间限制的心理时间。——译注

痴人说梦，充满着喧哗与骚动，却没有任何意义。"①

可是，人的时间是否没有未来呢？我知道铁钉、土块、原子的时间处于永恒的现在之中。但是人是不是一个能思想的钉子呢？如果我们一开始就像投入硫酸池一样把人投入宇宙时间，星云、行星、第三纪的皱褶和各种动物种类的时间。然后讨论这个问题，那么答案是明显的。不过，如果我们相信时间是从外部加给意识的，那么像这样在一个个瞬息之间推来搡去的意识应该首先是意识，然后才取得时间属性。意识只有通过把它变为意识的同一运动变成时间，才能"存在于时间之中"；用海德格尔的话来说，它必须"时间化"。于是就不允许在每一现在时让人停下来，把他定义为"他有的一切的总和"；相反，意识的本性决定它自动向前投往未来，我们只能通过它将来是什么来理解它现在是什么，它通过自身的可能性规定它现在的存在：这就是海德格尔所谓的"可能性的沉默的力量"。福克纳式的人被剥夺了可能性，只能通过他的过去来解释他的现在，你不会和他认同的。请你努力把握自己的意识并且去探测它，你会发现它是虚空，你在这里面只能找到未来。我说的甚至不是你的计划和期待：即便是在你眼前闪过的一个动作，只有在你计划把它延伸到它自身之外，你自己之外，在未来中完成它的情况下，它对你才有意义。你看不见这只茶杯的底——你做完一个动作就可以看见它，但是你还没有去做；这张白纸的背面你也看不见（但是你可以把它翻过来）。茶杯、白纸、所有我们周围的稳定、浑成的东西都在未来中展示它们最直接、最厚实的性质。人不是他有的东西的总和，而是他还没有的东西、他可能有的东西的总汇。既然我们是这样沉浸在未来之中的，现在的未定型的粗暴性岂不因此得到缓和？事件并非像贼一样向我们袭来，既然它从其本性来说是一种已成过去的未来。而历史学家为了解释过去，他们的任务难道不是首先寻找这一过去在未来引起的后果？福克纳在人生中看到的那种荒谬性，恐怕是他自己事先加上去的。这倒不是说人生不是荒谬的，但那是另一种荒谬。

那么福克纳和其他许多作者为什么选择了这一种如此不像小说又如此不真实的荒谬性呢？我以为要从我们现在生活的社会状况中去找原因。我觉得福克纳的绝望感先于他的哲学：对他和对我们大家一样，未来已被挡住。我们看到的一切，我们经历的一切，都促使我们说："不能老这样下去了"，然而变革很难设想，除非它采用灾难的形式。我们生活在一个不可能发生革命

---

① 《麦克白》，第5幕第5场。——译注

的时代,福克纳就用他出众的艺术来描绘一个正在死于衰老的社会以及我们在这个社会里感到的窒息。我喜爱他的艺术,但我不相信他的哲学:被挡住去路的未来仍是一种未来:"即使人的实在'前面'再也没有什么了,即使它把账都清了",人的实在的存在仍然取决于这"本身的提前"。譬如说吧,失去一切希望也不至于剥夺人类现实的各种可能性,这不过是"面对这种种可能性的一种存在方式"①。(施康强 译)

♀ 问题探讨 ♀

1. "时间"因素在普鲁斯特和福克纳作品中有何不同形态及其意义?

2. 怎样解读福克纳的"神话"? 福克纳小说象征了"南方的没落",还是象征了现代世界的危机?

3. 《喧哗与骚动》中的意识流手法有什么特色?

4. 何谓"约克纳帕塔法世系"? 什么是"斯诺普斯世界"? 什么是"沙多里斯传统"?

5. 福克纳说他将同一个故事讲述了五次,他为什么要讲述五次?

选 文

加缪与小说艺术 ②

郭宏安

导言——

阿尔贝·加缪在阿尔及利亚的悲苦童年、战争时期的抵抗姿态、四十四

---

① 海德格尔,《存在与时间》。——译注
② 选自郭宏安《从蒙田到加缪:重建法国文学的阅读空间》,生活·读书·新知三联书店,2007 年,第 234—253 页。

岁即获得诺贝尔文学奖以及过早去世等,都让后世对其文学才华之外的是是非非有一种过度解读,并逐渐将其包裹上了道德的外衣。苏珊·桑塔格在《反对阐释》中说:"卡夫卡唤起的是怜悯和恐惧,乔伊斯唤起的是钦佩,普鲁斯特和纪德唤起的是敬意,但除了加缪以外,我想不起还有其他现代作家能唤起爱。"他时常带着一种理智、适度、自如、和蔼而不失冷静的气质去描绘自杀、冷漠、绝对的恐怖等现代文学主题,显示独特的风格。

加缪在20世纪50年代以前,一直被看作存在主义者,尽管他自己多次否认。1951年,他发表了哲学论文《反抗者》,引起了一场与萨特等人长达一年之久的论战,最后与萨特决裂,这时人们才发现,加缪是荒诞哲学及其文学的代表人物。他的哲学及其文学作品对后期的荒诞派戏剧和新小说影响很大。

无论是小说、戏剧还是散文,加缪思想的核心始终是人道主义,是人的尊严问题,强调苦难之中的幸福。

20世纪的著名小说家中,有些人的名字是与某种"新技巧"、"新手法"或"新观念"联系在一起的,例如,普鲁斯特与意识流、卡夫卡与荒诞、赫胥黎与对位、福克纳与时空倒错、萨洛特与潜对话、西蒙与新小说、马尔克斯与魔幻、海勒与黑色幽默等。还有一些人的名字并无此类显赫的联系,但是这丝毫也不曾妨碍人们将其视为杰出的小说家,例如加缪。

当然,加缪也有"荒诞",然而创始者的光荣不属于他;他也有"怀疑",但其渊源史为久远;他也曾被归入海明威派,但似乎并没有什么东西证明他们之间的联系;他也曾被人拉入新小说家一伙,但是他并没有感到特别的荣耀。其实,他从未想过发明什么,他也的确不曾发明什么,他只是不趋时,不媚俗,不以艰深文浅陋。在某些批评家看来,与20世纪所崇尚的"晦涩"、"繁复"相比,"简洁、明晰、纯净"的加缪简直就是"没有什么艺术性"。

然而加缪毕竟是有艺术性的,假使所谓"艺术性"不等于雕琢、华丽、标新立异或追逐时髦之类。加缪的艺术性在于"适度"。

"风格乃是人本身"

加缪是20世纪少有的自觉追求风格的作家。

说到风格,布封的名言尽人皆知,然其恒遭曲解却是知者寥寥。钱锺书先生曾指出："吾国论者言及'文如其人'，辄引布封语（Le style, c'est l'homme）为比附，亦不免耳食途说。布封初无是意，其语仅谓学问乃身外物（hors de l'homme），遭词成章，炉锤各具，则本诸其人（[de] l'hommemême）。'文如其人'，乃读者由文以知人；'文本诸人'，乃作者本诸己以成文。"①考布封初衷，确谓知识、事实、发现等皆身外物，唯风格乃是人本身（Ces choses sont hors de l'homme, le style est l'homme même）。因此，风格乃是作者在其思想的表达上打上自己的印记，故"风格不会消失，不会转移，也不会变质"②。简言之，文以风格传世，而风格则以人为本。

加缪所追求的风格正是布封所论述的风格，然而又不止于此，他对"文本诸人"（即"风格乃是人本身"）之"人"做了深入的探索和全新的解释。他指出："艺术家对取之于现实的因素重新进行分配，并且通过言语手段，做出了修正，这种修正就叫作风格，它使再创造的世界具有统一性和一定限度。"③所谓"修正"，就是艺术家根据人的内在的愿望对现实世界的一种"纠正"，其表现之一就是艺术家所运用的小说这种文学样式。而人的内在愿望则是反抗世界的荒诞和寻求现时的幸福。因此，"这种修正是一切反抗的人都具有的"④。这样，加缪就把风格和反抗联系了起来，使之摆脱了纯形式的品格，浸透了人的天然的深刻要求。布封的名言在加缪的笔下，获得了更深厚的现实基础，同时也获得了更超绝的哲学层次。

加缪追求一种"高贵的风格"，一种蕴含着人的尊严和骄傲的风格。他指出："最高贵的艺术风格就在于表现最大程度的反抗。"⑤这种高贵的风格并不是纯粹形式的，倘若因一味讲究风格而损害了真实，则高贵的风格将不复存在。同时，"高贵的风格就是不露痕迹，血肉丰满的风格化"⑥，而风格化是既要求真实又要求适当的形式的。据此，加缪所谓"高贵的风格"可以归结为互为依存的三种要素：一，给予最大程度的反抗以适当的形式；二，通过纠正现实而获得真实；三，适度而含蓄的风格化。加缪不是那种盲目追求形式的作

---

① 钱锺书，《谈艺录》，中华书局，1984年版。
② ［法］布封，《论风格》。
③ ［法］加缪，《反抗的人》。
④ 同上书。
⑤ 同上书。
⑥ 同上书。

家,也不是那种单纯注重思想的作家,他始终要求内容与形式"保持经常不断的紧密联系"。无论是内容溢出形式,还是形式淹没内容,在他看来都会破坏艺术所创造的世界的统一性。而艺术,恰恰是"一种要把一切纳入某种形式的难以实现的苛求"①。因此,加缪说:"工作和创作了二十年之后,我仍然认为我的作品尚未开始。"②他一直把"真理和反映真理的艺术价值"看得高于一切。当然,加缪对于"真理"(或"真实")有他自己的看法。他曾经不止一次地申明,"现实主义是不可能的"③,他反对资产阶级现实主义,也反对社会主义现实主义,因为前者是一种"黑暗的"文学,后者是一种"教诲的"文学,这两种文学实际上都背离了真实。然而同时,他也不止一次地申明,"现实主义的抱负是合理的"④,艺术不能"服从现实",也不能"脱离现实",因为"在某种意义上说,艺术是对世界中流逝和未完成的东西的一种反抗:它只是想要给予一种现实以另一种形式,而它又必须保持这种现实,因为这种现实是它的激动的源泉"⑤。这种矛盾其实是一种表面的矛盾,其根源在于对现实主义这一概念理解上的分歧。例如,他认为现实主义就是"准确复制现实",就是"无止境地描写事物"、"无穷尽地列举事物"等。而我们知道,现实主义完全可以有另一种定义。因此,以这种对现实主义的歧义或误解来探讨加缪对现实的态度,是没有多大意义的。我们只须指出,加缪的小说绝不缺少现实的内容,恰恰相反,真实是他的小说的生命,只不过如他所说,他的小说同时"给现实加上某种东西,使现实稍有变化",也就是:"小说的本质就在于永远纠正现实世界。"⑥无论是《局外人》对现实的承受,《鼠疫》对现实的解释,还是《堕落》对现实的逃避,都不曾离开人的现实,都是在人的世界中展示人对荒诞的觉醒和反抗。现实经过艺术家的"纠正"成为真实,而"纠正"就是风格化,它"包含了人的干预和艺术家在复制现实时进行纠正的意志"⑦。加缪认为,"风格化最好是含而不露",其本质在于"适度"。加缪的写作艺术的根本在于"恰到好

---

① [法]加缪,《反抗的人》。
② 转引自莫旺·勒白斯克《加缪》。
③ [法]加缪,《艺术家及其时代》。
④ 同上书。
⑤ 同上书。
⑥ [法]加缪,《反抗的人》。
⑦ 同上书。

处",甚至是宁不及而勿过。他在谈及自己的写作时,经常见诸笔端的是"限制"、"堤坝"、"秩序"、"适度"、"栅栏"等表示"不过分"的词。例如,他说:"我知道我本性中的无政府主义,所以我需要在艺术上为自己竖起一道栅栏。"①或者:"为了写作,在表达上宁不及而勿过。总之是勿饶舌。"②这种对于"度"的自觉,使加缪行文有一种挺拔瘦硬的风采。

总之,加缪是一位有风格的作家,其风格可以称为"高贵的风格"。

《局外人》与"含混"

《局外人》1942年出版后,很快就得到萨特的好评。根据他的解释,《局外人》是对"荒诞"的证明和对资产阶级司法的讽刺。然而,后来的批评家纷纷越过了萨特的解释,他们发现了《局外人》的"含混"。

现代批评家普遍认为,"含混"是文学作品的本质特征之一。作家有意识地运用"含混",读者不固执地追求唯一的理解,则作品将变成一个含义深远的多面体。加缪曾经写道:"至少要为使沉默和创造都臻于极致而努力。"③沉默不是虚无,而是富于蕴含的情状,仿佛"此处无声胜有声";创造当然也不是基于虚无的创造,而是打开沉默的硬壳。沉默与创造之间的桥梁将由"含混"来架设。《局外人》呈现出一种多层次多侧面的"含混",其中沉默和创造都已臻于极致。

加缪自己谈到《局外人》时说:"《局外人》描写的是人裸露在荒诞面前。"④他也曾这样概括《局外人》:"在我们的社会里凡在母亲下葬时不哭者皆有被判处死刑之危险。"⑤看来,萨特的评论与作家的自述相去不远。但是,此后四十年间,局外人探索《局外人》的含义的努力一直没有间断。有的批评家从政治角度考察作者对阿拉伯人和法国殖民政策的态度,认为这部小说更应叫作《一个法国人在阿尔及利亚》,而阿拉伯人被杀则表明法国人"对一种历史负罪感的令人惶惑的供认";有的批评家从精神分析的理论出发,把默而索看作现代的俄狄浦斯;还有的批评家把默而索的经历看作一种想象的心理历程,

---

① 加缪答加布里埃尔·多巴莱德问。——译注
② [法]加缪,《手记》,第一卷。
③ 同上书。
④ 同上书,第二卷。
⑤ [法]加缪,《局外人》美国版序。

等等。这种主题的多义性来源于作者置于情节中的许多空白和人物行为的机械性。

人物行为的机械性很容易使浅尝的读者得出这样的印象：默而索是一个满足于基本生理需要的人，他对外界的反应是直接的、感性的、机械的，他的推理能力低于常人，他是一个不好不坏的化外之人，是一个希望远离社会而处于自然状态的人。然而事情似乎不这么简单。假使读者仔细阅读并且不放过作者似乎不经意的若干提示的话，他会发现默而索并不是一个生活在世外桃源中的人。他受过高等教育，推理的能力显然优于周围的人，而且当他"在苦难之门上短促地叩了四下"之后，立刻就明白了自己的处境。他的寡言，他的冷漠，直到他的愤怒，原来都是他对环境的自觉的反应。他不想装假，不想撒谎，不想言过其实，不想用社会的惯例来约束自己的言行，他是个"局外人"。然而何谓"局内"？何谓"局外"？这内与外以何为参照？批评家们曾经把他看作自然人、野蛮人、荒诞的人、精神低能的人，或者是理性的人、清醒的人、现代的人，等等。就每一种人来说，默而索作为小说人物都是清晰的，然而就总体来说，这位小说主人公却又是含混的。不同的批评家都有充分的证据勾画出一个活生生的默而索来。因此，默而索的面目既是清晰的，又是模糊的，这中间的矛盾正说明这一文学形象的丰富性。

这种蕴含丰富的矛盾不难表现在人物性格上，小说的叙述角度更使批评家感到既惶惑又兴奋。他们提出了这样的问题：究竟谁在说话？是默而索还是作者？如果是默而索，那么他在何时何地说话？如果是作者，那么他是同情还是谴责默而索？或者，作者与默而索合一还是与叙述者合一？这些问题使《局外人》这部小说表面上极为清晰的语言变得模糊而含混。

小说的开始是这样一段话："今天，妈妈死了。"小说的结尾，则是默而索在狱中等待着处决的"那一天"，也许是第二天，也许是数日以后。小说从开始到结束，粗粗算起来，至少有一年多的时间。矛盾就出现在这里。如果确认是"今天"说的话，此后的事情皆属想象；如果确认默而索是在临刑的前夜回忆往事，那就不能说"今天，妈妈死了"一类的话。于是有的批评家根据小说第一部和第二部的文体的区别，认为第一部乃是日记，第二部才是完整的逻辑的叙述。也就是说，捕前的经历是逐日记载的，事件既无动机，彼此之间也没有联系，直到"我"杀了人，才突然意识到叩开了"苦难之门"。捕后的经历则不同，"我"已完全明白了自己的处境，所述之事井然有序，推理过程也十分清晰。然而,这仅仅是对小说的时序颠倒的一种解释,批评家们还有其他多种解释,例如有论者以为默而索的独白乃是一种"伪独白",不能以正常的逻辑绳之;有的论者认为说话的并不是默而索,而是某个自称"我"的人在讲述一个叫默而索的人的故事;还有的论者认为,作者要使读者有亲睹亲历之感,于是扭曲时序而在所不惜,等等。无论如何,这种时序的扭曲使这部小说呈现出一种言简意深的风貌,仿佛冰山,所露甚小,所藏却极大。

《局外人》中具有象征意义的形象也是含混的,具有两重性,例如太阳。太阳这一形象如同大海、土地、鲜花等,在加缪的作品中象征着生命和幸福,是人人都可以享用的财富,取之不费分文。总之,太阳是一种善的象征。然而在《局外人》中,太阳的象征意义却非此一端。的确,太阳依然是美的、善的,当"天空是蓝色的、泛着金色"的时候,它可以让人感到舒适;它也可以把女友的脸"晒成棕色,好像朵花",让默而索看着喜欢;它也可以适度地炎热,让游泳的人"一心只去享受太阳晒在身上的舒服劲儿"。然而太阳有它的反面,不是阴影,而是超过了某种限度。它可以使"天空亮得晃眼",把默而索"弄得昏昏沉沉的";它可以是"火辣辣的",晒得土地"直打颤",既冷酷无情,又令人疲惫不堪;由于阳光过分地强烈,人"走得慢,会中暑;走得太快,又要出汗,到了教堂就会着凉",真是进退两难,没有"出路";它也可以"像一把把利剑劈过来",让人觉得刹那间"天门洞开,向下倾泻着大火";正是在这个时候,"大海呼出一口沉闷而炽热的气息",默而索抵抗不了这气息的力量,他失去了平衡,他也用枪声"打破了这一天的平衡,打破了海滩上不寻常的寂静"。于是,"一切都开始了",开始的首先是"苦难",其根源正是默而索酷爱的太阳,那使他感到幸福的太阳。

此外,默而索被捕前后呈现出两个世界,这两个世界的特点恰恰是含混和表里不一。捕前,默而索作为一名小职员生活在流水般的日常世界,他周围的人都有名有姓,有各自的工作。他们的忙碌和烦恼,他们的很少变化的单调生活,他们的许多毫无意义的言谈,无论如何总是构成了一个活跃的、真实的人的世界。人们有小小的痛苦,也有小小的幸福,至少有感官的愉悦。被捕后,默而索却进入一个完全陌生的世界,那里的人只有职务而没有名姓,例如预审推事、检察官、律师、记者、神甫等,这些人似乎并不是作为人而存在,他们是某种职务的代表,他们不是在生活,而是在扮演某种角色。这个表面上有条理、合乎逻辑的世界实际上是虚假的、做作的,是一个非人的世界。

这时的默而索是个有逻辑的人,却又同时是个置身局外的人。

总之,上述种种含混,即主题、人物、象征、叙述方式和小说世界诸方面的含混,使《局外人》成为一个扑朔迷离、难以把握的整体,似乎有不可穷尽的意义,给各种历史条件下的读者都带来了探索的乐趣。

《局外人》曾经被认为是清晰的、简洁的、透明的,是现代古典主义的典范,然而它的有意的单调、枯燥和冷静却打破了这种直接的印象,随着阅读的深入而逐渐剥露出深刻而复杂的内涵,出人意料地展示出含混作为艺术手段所具有的功能。

可以说,《局外人》的艺术集中地体现为含混。

《鼠疫》与"神话"

《鼠疫》不称"小说",而曰"记事",从构思到成书,历时八年,1947年出版后一周,即获批评奖,两年内就再版八次,印行十六万册,迄今已有四百多万册书落入各阶层各年龄的读者手中。一部没有女主角的小说会有这样广大而持久的读者群,在文学史上是极为罕见的,非有震撼人们灵魂的力量才行。这种力量的产生,不能只靠触及时代的热点,还需要有某种更深刻、更久远的原因,这也许只有在神话中才能找到。

加缪在构思写作《鼠疫》时所悬的目标,正是神话。他要创造一个神话,他也要通过神话来表达他的思想。在这里,形式和内容是密不可分的整体。他在谈及自己的作品时说:"……一些不说谎的人,也就是非现实的人。他们并不在这世界上。这大概就是为什么我迄今仍非人们所理解的那种小说家,而是依据其激情和焦虑创造神话的艺术家。"[①]创造神话不是讲述故事,神话追求的是普遍性和超越性,不怕单调和重复,而故事追求的是曲折性和生动性,最忌枯燥和抽象,然而对于人的灵魂具有震撼力的却是神话而不是故事。加缪所赞赏的美国作家赫尔曼·梅尔维尔就是一位神话的创造者,埃哈追捕白鲸莫比·迪克的故事就是一个关于"人与恶搏斗",关于"促使人先是反抗造物及造物主,继而反抗同类和自己的那个不可抗拒的逻辑"的神话[②]。《鼠疫》亦可作如是观。加缪在写作伊始就做了如下的表述:"我想通过鼠疫来表

---

① [法]加缪,《手记》。
② [法]加缪,《赫尔曼·梅尔维尔》。

现我们所感到的窒息和我们所经历时的那种充满了威胁和流放的气氛。我也想就此将这种解释扩展至一般存在这一概念。"①一语破的,创造神话的意图朗然若揭。鼠疫已不仅仅是一种具体的传染病了,它成为象征,而且是多层面的象征,举凡纳粹、战争、人生的苦难(疾患、孤独、离别等)、死亡、恶都可以在这巨大的象征中占一层面。正如作者为这本书选择的题辞所言:"用另一种囚禁生活来描绘某一种囚禁生活,用虚构的故事来陈述真事,两者都可取。"(丹尼尔·笛福语)加缪取了两种,冶于一炉,创造出一个人抵抗恶的神话。

既然是人抵抗恶,那就离不开人及其生存的世界。加缪十分注意耕耘神话的土壤,让象征在现实中扎根。他指出:"像最伟大的艺术家们一样,梅尔维尔把他的象征建立在具体之上,而不是在梦的质料之中。神话的创造者具有天才的特性,仅仅是因为他将神话置于厚实的现实之中,而不是置于想象的流云之中。"②于是,加缪也如同《白鲸》的作者一样,让他的《鼠疫》充满现实世界的无数准确逼真的细节,让日常生活的平淡的风在其间吹拂,从而更见出与恶相搏之惊心动魄;这是寻常百姓的英勇和尊严,有顶天立地之慨,而无叱咤风云之态。在加缪的笔下,病鼠的垂死挣扎,患者的痛苦煎熬,医生们的努力,卫生防疫组织的工作,以及封城之后市民的种种反应,咖啡馆、电影院、商店等场所的反常的热闹,黑市的猖獗,等等,这一切都被以一种无可挑剔的现实主义手法,生动准确地呈现出来。有些场面,例如里厄医生与妻子在车站告别、格朗望着橱窗中的木刻玩具泪流满面等,都具有一种催人泪下的力量,的确是平淡之中涌动其激情,是日常生活中时时可以见到的。正是在这种厚重的现实的基础上,加缪构筑了一个"没有女人的世界"。这是某种抽象,某种升华。没有女人的世界是无法呼吸的世界,是恶肆虐的世界,是必须激励人们奋起抗争的世界。加缪就这样进入了神话世界,把对于鼠疫的解释"扩展至一般存在",即人生本相。在《鼠疫》中,现实与神话相互依存,缺一不可,现实是神话笼罩下的现实,神话是现实支撑着的神话,其结合是艺术生命力的源泉。加缪说:"艺术拒绝日常的真实,就失去生命。然而这生命虽属必要,却并不充分。艺术家不能拒绝现实,是因为他必须给予现实以一种更高

---

① [法]加缪,《手记》。
② [法]加缪,《赫尔曼·梅尔维尔》。

的证明。"①神话的创造不就是对于现实人生的一种更高的证明吗?

《鼠疫》被称为"记事",其人物塑造也很少求助于想象,然而这也许正是神话人物的特点:真实但不求细腻,鲜明但不求独特,生动但不求丰满。批评家也许可以指责作者多少把人物当成了某种观念的载体,但他绝没有理由说这些人物是些苍白的概念和没有生气的木偶。加缪原本无意塑造单个的典型,把人物搞得血肉丰富栩栩如生,因此也极少施笔墨于人物形体的刻画和音容笑貌的复制,然而他绝不放过人物精神活动曲线的每一个起伏或转折。这使他笔下的人物虽面目不清却跃然纸上,虽线条粗略却真实可信,并没有传声筒的毛病。一种深刻的历史感和强烈的现实感使这些人物很自然地进入读者的生活,只要人还需要与恶抗争,而这种抗争看来是永远需要的。这正是神话人物的特殊的魅力:人们只是相信其存在,而不必知其头发为棕色还是金黄,其眼睛是灰色抑或蓝色。例如医生里厄,他既能思想,又能行动,他以清醒的头脑和果决的毅力参加一场必须的战斗。他并不抱有任何幻想,也不自诩"为了人类的得救而工作",他只是履行医生的职责:"对人的健康感兴趣",做好"本分工作"。他的勇气是一个普通人的勇气,但我们知道,普通人的勇气在为了生命和正义而斗争的时候可以产生多么惊人的力量。塔鲁则不同,他为了躲避精神上的鼠疫和追求"内心安宁"来到这座丑陋的城市,他的目标高得吓人,他要做一个"不信上帝的圣人",他需要某种非常的事件来显示和保持他精神上的卓越,因此他感到"做一个真正的人"更为困难。作者对他有着很深的敬意,然而并不把他推荐为可以仿效的榜样。格朗这位事业上和爱情上都未获成功的小职员,却以其正直甚至平凡赢得作者的同情甚至敬重,他那近乎可笑的对于完美的追求终于因意识到限度而未演化为愚蠢的虚妄,使他能够"一本正经地再不去想他的女骑士,专心致志地做他应该做的事情"。作者把"这位无足轻重和甘居人后的人物"推荐为"英雄的榜样或模范",这绝不是无谓的调侃,而是"使真理恢复其本来面目,使二加二等于四"。还有那位新闻记者朗贝尔,他因采访而滞留病城,一心想着的是出城与情人相会,并不认为鼠疫与他有什么相干。他追求的是幸福,然而他终于认识到:"要是只顾一个人自己的幸福,那就会感到羞耻。"他加入了抵抗鼠疫的战斗。帕纳卢神甫开始时将鼠疫看作上帝对人类的"集体惩罚",号召信徒们

---

① [法]加缪,《艺术家在狱中》。

谦卑地接受，因为他不相信"徒劳无功的人类科学"，但是无辜儿童的死使他受到震动，不得不重新审视自己的信仰。他因拒绝治疗而死于鼠疫，这无谓的死告诉人们，以顺从代替斗争会导致什么。然而，在这场人与鼠疫的殊死搏斗中，真正应该受到蔑视的只有那个形迹可疑的科塔尔，因为只有他是与鼠疫"合作"的。总之，《鼠疫》中的这些有名有姓有言语行为的人物代表了人在恶的面前所可能有的种种表现，他们使人抵抗恶这一古老的神话焕发出新的活力，在其中注入了人们经历过的或可以想象的生活真实。

《鼠疫》的语言朴素明快，从容不迫地记述了这一场灾难的兴衰起伏。口吻的平淡与事件的巨大之间形成强烈的反差，这是加缪向斯丹达尔等古典作家学习的结果，同时也是一切神话都具有的明显特征。没有故意制造的效果，没有耸人听闻的夸张，也没有精心编织的悬念，有的只是老老实实的见证和平平常常的思考，然而深刻的哲理恰恰蕴藏在这里。真理不在人迹罕至的高山上，也不在玄奥难解的说教里，真理就在人们生活的大地上，就在人们每日的烦恼和欢乐中。这也是那些伟大的神话早已告诉人们的东西。

《堕落》与象征

加缪似乎对文类有着特殊的敏感，《局外人》被称为"小说"，《鼠疫》不称小说而称"记事"，《堕落》也不称小说，它被称为"叙述"。法国批评家让-约瑟·马尔尚参照纪德的说法，对"叙述"和"小说"的区别做了如下的界定："叙述依照陈述的规则再现事件，小说则依事件本身的顺序向我们展示这些事件。"我们可以借助于这种说法大致将纯小说和纯叙述区分开来：小说正在发生，叙述已然发生；小说逐渐地向我们提供一种性格，叙述则解释这种性格；小说眼看着事件发生，叙述则使人认识这件事；小说是由活跃的下文组成的，叙述则由原因组成；小说展开于现时，叙述则阐明过去。这些看法的第一个后果是，如果主人公是人，叙述更注重研究一种危机（它并加以解释），小说则没有非此不可的主题，其主人公总是人。萨特认为纪德完全有理由指出："小说是'一种不断的涌现，每一章都应提出新问题，都应是出口，是方向，是激励，是读者的精神的一段向前延伸的堤'[①]。"简言之，小说偏于呈现，叙述偏于解释。但是文学的事实证明，小说与叙述之间的区别并不是绝对的，有时甚

---

① 转引自米谢尔·莱蒙《大革命以来的小说》。

至并不是清晰的。《堕落》名为叙述，说明加缪有解释的意图，他要让读者理解什么事情；但是《堕落》也有不少小说的因素，如人物的心理分析、环境描写等等。不过，我们可以看到，《堕落》的小说因素通过象征的运用而融进了叙述，并使叙述本身也成为一种复杂的象征。

与《局外人》和《鼠疫》相比，《堕落》呈现出一种令熟悉加缪的读者感到惊讶的新面目：一种加缪从未有过的尖刻与痛苦交织的嘲讽的口吻，一种心灵受过创伤的、遏制不住报复心理的人的怨毒的口吻。然而，加缪对语言的苛求和对人性的挖掘却一仍其旧，并且由于广泛地运用象征而在《堕落》中强化了《局外人》所具有的含混和《鼠疫》所具有的神话意识，并且因此而使《堕落》摆脱了因纠缠个人恩怨而可能产生的偏颇。象征使《堕落》避免了狭隘性，获得了普遍性。

地域作为象征，在《堕落》中有着特殊的意义。加缪是一位出生在阿尔及利亚的法国作家，其创作基本上以北非为背景，阳光和大海是他最喜欢的地域景观，几乎成为他的作品主题的永久的伴随物。但是，《堕落》的背景却是荷兰，这个"黄金和烟雾的梦"一样的地方，"被雾、冰冷的土地以及洗衣盆一样冒着气的大海包围着"的国度；是玛尔肯岛，这个"了无生气的地狱"；是阿姆斯特丹，它那"同心的运河好像地狱之圈"，而且是"最后一圈"，但丁留给叛徒的那一圈。这正是北非的明媚的阳光和清凉的大海的反面，是"否定之景"。在加缪的笔下，这种令人感到压抑和窒息的景观正是现代世界的象征。与之相对，加缪没有忘记还有完全不同的地方，那是爪哇，"遥远的岛屿"，"在那些岛屿上，人们死的时候疯狂而幸福"；那是希腊，"那儿的空气是贞洁的，大海和娱乐是明朗的"；那是"太阳、海滩、信风吹拂的岛屿，回忆为之绝望的青春"。这种种美好的所在象征着人们的追求和向往。两种地域的对立为《堕落》提供了总体的框架，展示出人类的生存环境：苦难是他每日的伴侣，幸福只存在于怀念和向往之中。

《堕落》中的象征又以具体的形象为载体，有时取自《圣经》或传说，如"鸽子"之类，有时则取自与人物的命运休戚相关的日常景物，如桥、水等。前者意境幽邃，发人深省，后者则自然生动，并且饶有讽刺意味，例如桥。克拉芒斯第一次失去心理平衡是因为在塞纳河上的艺术大桥上听见身后升起一阵"笑声"，后来又回忆起两年前曾在塞纳河上的王家大桥上见死不救。两件事都发生在桥上，他因此而发誓夜里永不过桥。桥在这里成为某种自觉意识的触媒剂。有趣的是,克拉芒斯逃离巴黎,选择了阿姆斯特丹作为隐居地,然而阿姆斯特丹却是个运河之城,拥有一千一百座大大小小的桥。一个人除非不动,动则必须过桥。克拉芒斯躲开了两座桥,却陷入更多的桥的包围之中。他纵使可以永世不再过桥,却断然不能不谈到桥,不想到桥,桥于是而成为一种顽念,时时压迫着他,折磨着他,使他谈桥色变而不能不处于永恒的自责之中。桥之为象征,明矣。有桥则有水,神秘的笑声与溺水的女人成为不可分割的整体。克拉芒斯既已陷入桥的重重包围之中,就必然要受到流水的无休止的追逐。果然,我们听到了他的惴惴不安的告白:"几年前,在我背后,在塞纳河上回响着的喊声,被河水带着奔向海峡,不断地在世界上前进,越过大洋无边的水面,正在这儿等着我,直到这一天我碰到它。我也明白了,它将继续在所有的海上、河上等着我,总之在我苦涩的洗礼水所在的任何一处等着我。"天网恢恢,疏而不漏,负罪之人逃脱不了惩罚,而惩罚总能等到负罪之人自投罗网。水之为象征,亦明矣。

精神的错觉或幻觉如果成为象征,可以具有多米诺骨牌的第一张牌的作用,一倒俱倒,连锁反应。例如克拉芒斯某夜在艺术大桥上听到的那一阵"背后的笑声"。这笑声先是从水里发出,继而又在他身体的某处响起,这当然不是某个具体的人实际存在的笑声,只不过是克拉芒斯的双重人格得以暴露的某种契机而已。加缪论荒诞时说:"一切伟大的行动和一切伟大的思想都有一个可笑的开端。伟大的作品常常诞生在一条街的拐角或一家饭馆的小门厅里。荒诞也如此。"①我们说:觉醒也如此。那种笑声可能随时随地都存在,只是人们往往不注意、听不见罢了,正如克拉芒斯所说:"这声音没有任何神秘之处,这是一种善意的、自然的、几乎是友好的笑声……"

然而,正当一个人感到满足、精神放松戒备的时候,这笑声就能乘虚而入,或从外面某个地方冒出,或在自己身上某个地方响起,实际上,这是精神感到的笑声,并不是耳朵听到的笑声。

波德莱尔指出,"在人来说,笑是意识到他自己的优越的产物","是包含在象征苹果中的许多籽仁之一"②。克拉芒斯听见了笑声,这意味着他已失去了优越,成为别人讪笑的对象。

---

① [法]加缪,《西绪福斯神话》。
② [法]波德莱尔,《论笑的本质并泛论造型艺术中的滑稽》。——译注

这笑声是微不足道的,但其威力足以摧毁一个人的自信,或者撕去一个人的假面。

人物行为的象征性是《堕落》的最引人注目的特色之一,举凡克拉芒斯的乐善好施、攀登高峰、喜欢岛屿、试图中止审判、当法官-忏悔者、隐匿《神秘的羔羊》,等等,都具有可以向多方面延伸的象征意义。尤其是克拉芒斯的对话,更具独特的风采。这是一篇对话,但对话者无缘置喙,只剩下克拉芒斯一个人喋喋不休,然而又并非一篇独白,克拉芒斯想尽一切手段诱使那不出声的对话者落入圈套,读者因此感到分明有一对话者在。主人公与一个无言的对话者对话,这种手法早已见于陀思妥耶夫斯基的《地下室手记》,但加缪别出心裁,令对话者于篇末暴露身份,原来也是一位巴黎的律师,与克拉芒斯同操"这一美妙的职业"。有论者认为,所谓对话其实并不存在,是克拉芒斯在顾影自言。准此,则克拉芒斯的"虚假对话"立刻显出其象征性:克拉芒斯在努力解脱自身的梦魇,并在其失败中显露出他所代表的那一部分人——"当代英雄"——的堕落。他原本希望对方是警察,或可将他逮捕乃至斩首,以便结束"在荒原中呼喊而拒绝走出去的伪预言家的生涯"。他失败了,他还将继续充当那什么也不能预言的伪预言家的角色。克拉芒斯的"虚假对话"象征着某种结束堕落状态的徒劳无功的努力。

《堕落》的象征,可以被看作当代人类世界的某种总体象征。

《流放与王国》与技巧作为工具

加缪在为短篇小说集《流放与王国》(1957)写的一则出版说明中指出:"这个集子包括六个短篇:《不贞的妻子》、《叛教者》、《沉默的人们》、《来客》、《约拿》和《生长的石头》。不过主题只有一个,即流放。然而处理的方式却有六种,从内心独白到现实主义的叙述。"这里,他实际上是说,他运用了六种小说技巧处理了六种流放的方式。

"不贞的妻子"雅妮娜在一次不情愿的旅行中,偶然地发现游牧民族的生活具有一种粗犷自由的美,与自己的平庸猥琐的市民生活相比,一个是"王国",一个是"流放",形同霄壤。她于是有所悟,深夜中只身遁入旷野,让"整个天宇在她的身上展开",与大自然达成神秘而短暂的默契。这是一种奇特的"不贞"。加缪运用了严格遵守时序的叙述,以众多而真实的细节——景物以及过去极少见的有关人的形貌的描写——为支撑,从容不迫地渐次透露出种种信息,使读者有"山雨欲来风满楼"的预感。他又不失时机地推出富有象征意味的形象或动作,使高潮出现之前布满"富于包孕的时刻",例如:"雅妮娜觉得,整个天空响彻一个洪亮、短促的乐音,其回声渐渐充满她头上的空间,然后戛然而止,留下她和这无边的原野默然相对。"我们可以想象,在这"默然"之中,雅妮娜已打定了主意。她此时已铸成了自己的"不贞",那星夜旷野中的一幕实际上成为弦上之箭,只是待时而发罢了。雅妮娜的故事是个极平凡的故事,加缪写来却极有感情,却又出之以极冷静的笔触,反差中呈现出一种"令人不能自持"的神秘美,有寓言的风致。

《叛教者》中,读者所见唯有一片光怪陆离的意识的流动,通篇是一个"精神错乱的人"的无声的独白,只最后一句是客观的描述,如天外飞来,除了点明这奴隶杀了传教士之后仍旧是个奴隶之外,又留下一个难解的疑团。这是一个改宗者的故事,他不愿徘徊在善与恶之间,他怀着扬善的目的来到崇拜恶的地方。他的善不敌异邦的恶,他于是叛教而投入新主人的怀抱。然而,他又面临着再次改宗的屈辱。他没有被杀死,没有成为殉教者的幸运,他始终是个奴隶,他被割去舌头,失去了语言的能力,但他头脑中又生出另一个"舌头",他还有意识能够流动。外部的事件,内心的活动,在一系列热得烫人的形象中交织成闪烁的一片,暴露出一个倾向于极端思想的人的可怕的精神世界。这篇小说结构严谨,于混乱中见出秩序,颇能表现出"一个精神错乱的人"的情状。其实他的精神并没有错乱,只是趋向极端,进入了绝境。他的无声的独白无异于忏悔,这忏悔因借用了大量极富象征意味的形象而具有多向的启发性。"叛教者"处于流放之中,他的王国看来极为渺茫。

《沉默的人们》,正是加缪最熟悉也最感亲切的那些人,具体地说是那些制桶工人。他们因罢工失败而心怀怨恨,他们在大工业的挤压下面临改变职业(然而他们是多么珍爱他们的手艺啊!)的威胁,他们与老板的关系因利害的冲突而遭受扭曲,然而他们最终在老板的女儿的病痛面前打破了沉默,这一切都被以一种现实主义的手法准确鲜明生动地表现了出来。这篇小说写的是复工的第一天,从伊瓦尔上班到下班,整整一天,按照时间的顺序依次呈现出途中的景色、工厂里的气氛、劳动的场面以及工人们对老板的女儿生病这一事件所作的反应,其间很自然地插入伊瓦尔的心理活动,使经过精心选择的大量细节具有活跃而浓郁的生活气息,并且折射出更为广阔的生活场景。加缪对人物着墨不多,但有名有姓的人有七八个之多,都各有性情,颇为鲜明,从主人公伊瓦尔的眼中看去,都显得有血有肉,颇为生动。通篇小说用语朴实无华,对话直截了当,与劳动世界十分相合。小说的结尾透露出某种愿望:"到大海的那一边去。"似乎是对王国的朦胧的追求。《沉默的人们》是一篇现实主义的小说,尽管它的作者反对现实主义。

《来客》的特点是具体、丰富、细腻的环境描写,并在此基础上呈现和深化主人公的孤独感。这环境包括自然环境和社会环境。小学教师达吕对于这环境始终处于不断的选择之中。就自然环境而言,他选择了这片荒凉贫瘠的高原,并且曾经"觉得自己像个大老爷",因为他"生于斯、长于斯,到了别的地方,他就有流放之感"。加缪在其他作品中从未对景物用过如此多的笔墨,荒原、石头、雪、酷烈的太阳,众多的形象组成这个与人极不友善的世界,从而也更衬托出主人公的选择的严肃性:这里就是他的"王国"。然而,社会环境却使他的选择成为一个泡影:他被迫要在把犯人交往当局和放犯人逃走之间做出选择。他选择了,然而他遭到误解,因此,他又失去了他的"王国":"在这片他如此热爱的广阔的土地上,他是孤零零的。"社会环境描写之细腻,在加缪来说,也不曾出现在别的作品中,例如小学教师达吕和阿拉伯犯人共居一室时的表现,被描写得极有曲折感。环境是具体的,人物也是具体的,其心理活动也有具体的历史背景,然而,加缪通过具有象征性的细节和情境而淡化了政治的色彩,突出了普遍的人与环境、人与人之间的沟通困难。"沙漠的门户"、"通往监狱的道路"、"穿过高原的路"、"曲曲弯弯的法国河流之间"、主客共居一室、犯人自投罗网等,都有深广的象征意义。《来客》这篇小说节奏虽然徐缓,但内涵却相当丰富,有一种致密感,这使它有别于《沉默的人们》那样的现实主义小说,尽管其细节描绘显然是现实主义的。

初读,《约拿》讲的是一个"身为名累"的故事,一个画家的艺术生命如何断送于盛名之下。但是,作者在调侃中流露出的愤懑提醒我们:这绝不是一个轻松的笑话,它所寄托的思考是极为严肃的。"孤独还是团结?"这个困扰着约拿的问题也同样地困扰着所有的人。小说的口吻是调侃的,渐渐地转向严肃,仿佛一束可调的灯光,于不知不觉中突然照亮了主人公心中的疑团。读者的疑问生于阅读的结束,不由他不于讽刺和幽默中寻求更深刻的含义。于是,他很自然地看出:"不应该再说某人坏或丑,而应该说他想坏或想丑。"这样一句随口说出的话原来是暗指存在主义的"自由选择",作者的态度也就不言自明了。约拿的结婚,找房子,电话,朋友的来访或邀请,在各种宣言上签名,最后被逼上自搭的阁楼等等,这些生活中的具体问题,无一不间接或直接地与那个问题相联系,作者的忧虑实际上也逐步变得深重。叙述口吻与所述事件之间的不协调,这是加缪从斯丹达尔那里学到的技巧,在这里又一次得到充分的运用。《约拿》这篇小说中没有多少细节,也没有多少对话,一切都在大跨度的时空变化中被叙述出来,很明显,作者在这里更注重的是形象或事件的象征性。这是一篇现代寓言。形象的丰满和鲜明,情节的曲折和完整,细节的丰富和真实,都不是作者所追求的,而调侃的笔调,幽默的口吻,真真假假的格言警句,虚虚实实的环境氛围,却明显透出作者的苦心。

　　《生长的石头》也许是小说集中最精彩的一篇,开头即以有限的环境描写,使读者自然地站在主人公的位置上,用他的眼睛看世界,结尾又出人意料,顿时使主题凝聚升华,读者甚至可以暗自惊讶:怎么不知不觉地跟着主人公走到那茅屋里去,并且和他一样感到"心头充满了纷乱的幸福之感"。作者在叙述中虽取第三人称,但并非置身于读者和主人公之上,而是以主人公的视角与视界为准,使读者有身临其境之感,能够尽可能地贴近主人公,并因此而尽可能地贴近作者。实际上,在这篇小说中,作者、主人公和读者是渐渐地趋向融合的,他们近乎一致的视角使小说的主题具有强烈的感染力,同时也使那些富有质感的形象具有浓厚的主观色彩和感情色彩,例如,"蒙上了水汽的星星在黑色的天空中颤动"、"几只毛色发黄的黑秃鹫热得一动不动"、"沉重的河水",等等。这种带有抒情性的形象描绘真实而生动地传达出主人公内心中的骚动:他似乎在躲避和追寻着什么。在加缪的全部小说中,唯有《生长的石头》和《不贞的妻子》这两篇对于景物给予了如此丰富而饱满的笔墨,此种对于大自然的追求意味着对另一个世界的追求,即对"王国"的追求,因此这两篇小说中那些经过精心选择的形象都具有强烈的象征意义。然而,就主人公的态度而言,却有主动与被动、进取与退却的区别。在《生长的石头》中,形象更丰富、更具体,象征性更深远、更复杂,因此,所呈现出的"王国"的氛围也更浓重,更实在。《生长的石头》更具有神话色彩。

　　总之,《流放与王国》并不是人们通常习见的那种汇集若干不相连属的作品的小说集,而是一个有联系、有不同侧面的整体。加缪所采用的不同的小说技巧都是为这个整体服务的,并在其不同的表现形式上各有侧重,有时又有交替重合。《流放与王国》因篇幅短小,不大为论者所重视,但平心而论,就艺术技巧而言,的确称得上"纯熟"。

就小说艺术,曾有人向加缪提过这样的问题:"《堕落》与'新小说'的探索有什么关系?"加缪的回答可以被视为他的小说观,也可以作为"加缪与小说艺术"这一论题的结论。他是这样说的:"对故事的兴趣与人本身共存亡,然而这并不妨碍人们总是寻求新的方式来讲述,您提到的那些小说家①有理由开辟新的道路。就我个人来说,所有的技巧都使我感兴趣,但我感兴趣的不是技巧本身。比方说,如果我想写的作品需要的话,我会毫不犹豫地采用您所说的这种或那种技巧,或者兼而用之。现代艺术的错误几乎总是使手段先于目的、形式先于内容、技巧先于主题。如果说我酷爱艺术技巧,如果说我试图掌握所有的艺术技巧,那是因为我想自由地加以运用,使之成为工具。无论如何,我不认为《堕落》与您所说的那些探索有联系。事情简单得多。我运用了一种戏剧技巧(戏剧化的独白和潜在的对话)来描绘一个悲剧性的喜剧演员。一句话,我使形式适应主题。"

♀ 问题探讨 ♀

1. 存在主义者加缪和荒诞派代表人物加缪是如何在其创作中体现其思想的?
2. 如何理解加缪作品中出现的大量互不取消的"二元对立"?
3. 为什么加缪坚持认为"西绪弗斯是幸福的"?
4. 简述加缪的戏剧与神话的关联。
5. 结合当时文学思潮分析加缪的最后一部未完作品《第一个人》。

♀ 延伸阅读 ♀

1. [英]马尔科姆·布雷德伯里、詹姆斯·麦克法兰:《现代主义的名称和性质》,《现代主义》,胡家峦等译,上海外语教育出版社,1992年版。

2. [法]加缪:《卡夫卡作品中的希望与荒诞》,《论卡夫卡》,叶庭芳编,中国社会科学出版社,1988年版。

3. 余华:《卡夫卡与K》,《寻找另一种声音——我读外国文学》,余中先选编,外国文学出版社,2003年版。

---

① 指萨洛特、西蒙、罗伯-格里耶等所谓"新小说家"。——译注

4. 曾艳兵:《卡夫卡的"归属"问题》,《20世纪欧美文学热点问题》,曾繁仁主编,高等教育出版社,2002年版。

5. [法]让-伊夫·塔迪埃:《〈追忆逝水年华〉中的时间》,让-伊夫·塔迪埃《普鲁斯特和小说》第十章,桂裕芳、王森译,上海译文出版社,1992年版。

6. [美]约亨·雷利:《乔伊斯与托尔斯泰》,张金言译,《世界文学》,2001年第2期。

7. [英]弗吉尼亚·伍尔夫:《论心理小说家》,弗吉尼亚·伍尔夫《论小说与小说家》,瞿世镜译,上海译文出版社,2000年版。

8. [美]梅尔文·弗里德曼:《理查森与伍尔夫:意识流在英国》,《伍尔夫研究》,瞿世镜编选,上海文艺出版社,1988年版。

9. [德]埃里希·奥尔巴赫:《到灯塔去》[①],埃里希·奥尔巴赫《摹仿论》第二十章,吴麟绶等译,百花文艺出版社,2002年版。

10. [美]E.M.哈里代:《海明威的双重性:象征主义和讽刺》,《海明威研究》,董衡巽编选,中国社会科学出版社,1985年版。

---

① 原标题为"棕色的长筒袜"。——编注

第九章 后现代主义文学

导 论

20世纪是一个多灾多难的世纪,两次世界大战不仅残害了许多人的生命,而且对于幸存者也产生了极大的影响。在轰隆的炮火中,许多人最终放弃了原本已淡漠了的基督教信仰。"上帝之死"迫使人们陷在意义和价值的真空中难以自拔。当代美国社会学和宗教社会学家彼得·贝格尔认为,宗教是一种"用神圣的方式来进行秩序化的人类活动"。其中,"神圣"二字具有两种层面上的反义词,其一是世俗,即神圣性质之匮乏;其二是无秩序,属于更深层面上的相反范畴。贝格尔强调宗教所假定的神圣秩序是一个巨大的实在,它将人的生命安置于一种有终结意义的秩序之中,神圣秩序的丧失造成了无秩序的混乱。虽然,宗教所提供的意义是一种虚幻的意义,但对于深受其熏陶的西方人来说,在没有找到新的、为社会所普遍接受的意义之前,仍无法忍受丧失它的痛苦,因为人对意义的需要和对幸福的需要同样(或更加)强烈。"上帝"的死亡启发人们对文学与现实生活的关系重新认识。从认识论的角度来看,文学与现实生活的关系,是通过语言与人的关系以及语言与世界的关系来确定的。

早在古希腊时期就已经存在着两种针锋相对的语言观:一种把语言看成在本原上与世界、与思想经验最终合一的"逻各斯";另一种则把语言看成一种人为的、约定俗成的惯例,词语由其他的词语衍化而成。由于西方古典语言哲学观念的发展,在很大的程度上受到基督教思想的影响,因此前一种语言观得以发扬光大,而后一种语言观长期被压抑、被忽视。人们通常把语言看成是对世界的命名,认为语词既标志观念,也标志事物本身的存在,语言、思想和实在被认为具有相同的逻辑一致性。简而言之,人们确信语言与世界相等,掌握了语言的秘密就等于洞察了世界的奥妙,人与世界经由语言这个桥梁最终能够统一起来。

在20世纪初的"语言学转向"思潮之后,人们不仅对传统的语言观提出了挑战,还重新审视了语言学的历史,从而发掘出了另一个由洛克、孔狄亚克、洪堡和索绪尔等为代表人物的语言学传统。这一传统的主导观念强调语言中人为的和约定俗成的性质,对20世纪的哲学与文学产生了巨大影响。过去,文学作为一种语言的艺术,被要求用来传达真理,逼真地反应现实,文学的虚构性是被多方指责的根源。重审语言与世界的关系之后,人们越来越怀疑语言表现现实的能力,并逐渐意识到文学作为一种艺术虚构本身的生命力,意识到文学独立存在的理由,和它对人和现实生活的反作用力。在一定的程度上,19世纪末出现的唯美主义,已经显露出对文学虚构的微弱呼声。人们开始要求文学具有"真实感",而不仅仅是对现实生活的逼真模仿,艺术作品的最高标准不再是"真实",而是必须拥有强烈的艺术感染力。

20世纪上半叶的文学形式实验,正是文学虚构展示自身存在价值的结果(尽管有些作家本人并没有明确声明自己的主张,甚至对自己的动机并未由清醒的意识),因为对艺术形式本身的重视就是对虚构艺术某种程度的认可。作家们开始旗帜鲜明地追求形式本身的创新性和感染力,文学形式的实验愈演愈烈,甚至最终走向了极端(事实上,乔伊斯的《芬尼根的觉醒》就是一个极端化的例证,在它之后,新小说派的一些作家对叙事的放弃、B.S.约翰逊等人的活页小说,都说明了形式实验的极端化倾向)。值得庆幸的是,这种倾向很快就为作家们自己所克制,例如,新小说派的代表人物罗伯-格里耶和娜塔莉·萨洛特,纷纷回归具有相对连贯性和可理解性的叙事,不再简单地追求新奇,这在一定程度上减少了文本的破碎性和模糊性。

到了20世纪下半叶,作家们越来越多地将虚构本身作为文学表现的对象,这种关于虚构的虚构作品,所谓"自我指涉式"的文本,就是我们常说的"元小说"。作家们不再像巴尔扎克那样立志充当社会生活的"书记员",他们开始惬意地漫游于自己的虚构世界,认为它对人的精神和情感的触动,可能远远超过现实世界对人的影响。纪德、普鲁斯特、卡夫卡等现代主义作家,已隐约表现出对文学虚构行为本身的认同,而博尔赫斯、马尔克斯和卡尔维诺这些后现代主义作家,则进一步自觉地运用文学虚构来创造奇妙的幻想世界,以此丰富我们的心灵,实现我们无限延伸的愿望和梦想。本章所选的博尔赫斯对于自己创作的讨论,就十分形象地解释了后现代主义作家对文学虚构的一些基本看法。

因篇幅有限,本章所选作家和作品仅仅代表了20世纪欧美文学的某些重要方面,并不能概括这个时期的文学全貌。但我们仍然希望,以下选文能为大家呈现这个时期文学创作中某些不容错过的精品。

选 文

阿兰·罗伯-格里耶的美学革新①

[法]罗歇-米歇尔·阿勒芒

导言——

20世纪50—60年代开始,以罗伯-格里耶、克洛德·西蒙、娜塔莉·萨洛特、米歇尔·布托、罗贝尔·潘热等为首的"新小说家"们开始在文坛引发关注。萨特在为娜塔莉·萨洛特《一个陌生人的肖像》作的"序言"中,对他们的创作是这样评论的:"我们这个文学时代最为奇异的特点之一,就是处处都出现了一些富有生命力的、完全否定的作品,我们不妨称之为'反小说'(anti-romans)"。而罗兰·巴特则把他们的作品作为他"零度情感"的最好验证,他于1954年在《批评》杂志的七八月号上发表《客观文学》一文,对罗伯-格里耶的《橡皮》大加赞赏。

从严格意义上来说,"新小说"不是一个文学流派。只是一种共同的"拒绝"造成了某种归类,而每个人为自己的创作争取的自由是一个很大的特征。理论建构和写作实践都起到零头作用的罗伯-格里耶就曾感慨道:"我们是一

---

① 选自罗歇-米歇尔·阿勒芒《阿兰·罗伯-格里耶》,苏文平、刘苓译,上海人民出版社,2004年版,第1—12页。题目为编者所加。

些个体,对我们而言,在火烧一般热情的二十年中,午夜出版社所代表的,首先是一个创造自由的空间"。事实上,被称为"新小说"派的那些作家,很大程度上不是因为一种先在的文学主张,而是因为午夜出版社才聚到一起的;另外,除了一种"拒绝"从众的共同趋势外,"把他们划为同类的深层理由是叙事"。

阿兰·罗伯-格里耶的文学艺术作品,经过近半个世纪的才华展露,毫无疑问是现代文学最重要的组成部分之一。作为艺术家,他的声望早已超越国界,尤其是在大洋彼岸,20 年来,他所引起的兴趣从未中断过。这种行家的赏识是建立在双重的反常现象之上的。一方面,学术批评界对其作品持一般的欢迎态度,而科学家则不断地予以分析。另一方面,他的作品在广大读者中只引起微弱的反响,而这位艺术家、讲演家的津贴,他在报刊上所采取的旗帜鲜明的立场,他多次参与的广播或电视对话,都使他过早地声誉鹊起,超越了知识界封闭的小圈子。罗伯-格里耶很快成名,而其作品往往未被真正认识。

应当说在罗伯-格里耶的作品问世的时候,他的某些东西使人感到迷惑不解,因为他所采用的技巧和理论方法,是与人们通常承认的理念和思想受到质疑的总环境分不开的。19 世纪末,胜利的实证主义断言,它永远熟悉世界的各种规律。而我们的时代是问题丛生的时代,人们因宗教教条及总的思想体系逐渐崩溃,而对扩大了的世界的意义更加忧虑不安。人们发现,所有的表象只是某种模糊过程的结果,因为该过程由于假定演绎体系中的完备性无法被识别而抑制了认识力。与似乎完备的理论和最有影响的总前提相抵触,世界的物质逃避了理解,总以某种深度给人以无限的惊异,因为这种深度是与人的知觉投射于灵魂深处的映像没有多少关系的。事实上,由于既有的定义存在着缺陷,这种总体意义的缺陷便在某种转述的昏暗中表现出来,即人的环境使人和人的超脱、自主相对立。若像罗伯-格里耶所写的那样,各种物接受"意义的专制"的话,其实这只是"表面现象"——犹如通过讽刺来更好地指出人对物是多么的陌生。[①]

基于这种总体分析,先锋派艺术家们进行了深刻的变革。以立体派画家们的创作为例,它们在透视爆裂的同时,将绘画空间传统的统一体加以解体,

---

① 阿兰·罗伯-格里耶,《为了一种新小说》,午夜出版社,1963 年版,第 20 页。

以便表现直至当时已分化的多维物体的平面。那些使人联想到视线以外之物的光与影的变幻,即隐没于可被头脑领悟的某些要素色彩之中的光与影的变幻,也大大减少。打开他们的画卷,那些画卷只代表一些平面,并列的平面依其表现的现实主义着重表现不同视点看到的现象,通过景物的分解状态来解释人的处境:一个幻觉不完整的观察家的看法,是不能达到世界的心脏的。

就其他技巧方法而论,在文学上也是一样的:"倘若读者有时难于在现代小说中重新找到自我的话,他们有时也会在其生活的世界中感到迷惘。因为在他们周围,一切都让位于老的结构和老的标准。"①在第二次世界大战的后续动荡之后,几位像福克纳或卡夫卡的前辈读者,在法国开辟了文学革新者混合小组的逐字逐句的本体论试验的道路。该小组很快聚集于"新小说"名下,初期公认的奠基人便是罗伯-格里耶。虽然他们当中某些人所传承的传统小说的形象往往是简单的,即讽刺式的,处在有些易懂的标签(反小说、拒绝派等)之外,而且只注意到反对笛卡尔和孔德的继承原则,但是人们明白,这些无视传统观念的人,意欲通过创新和理论的再思考,重新审视现实,逃避理性主义或神秘主义之智慧的习惯标准。事实上,必须像追求新现实主义那样考虑新的传奇故事。新现实主义不再力求破坏世界,而是力求创新世界中②。作品在感情冲动中创造世界,这种冲动不再是参照系的幻想——瓦莱里已经揭露的那种古老的"文学迷信",而是完全属于现象学,即唯我论,把构建个人看法的特殊性和片断化视作表现真实性的唯一保证。一个索绪尔派系的人断言:"不是事物先于观点,而是观点创造事物。"罗伯-格里耶可能这样宣称:"当代的艺术家们知道,他们没有任何一句真实话要说。仅仅是某个人,他感到需要虚构一些形式,而这些形式,完全不是表现真实的,而是作为世界之支离破碎的、暂时的、运动的可能结构来表现的。"③

小说家角色设计上的这种深刻变化,必然伴随着废弃种种根深蒂固的、只许反映可靠现实的看法,因为传统现实主义不言自明地要求,所表现的事物和人物要在作品时空之外的某个地方有真实的生活。如果直到当时,一位优秀的小说家,就是那个能很好讲述一个故事并塑造出一些可信性格的人,

---

① 阿兰·罗伯-格里耶,《为了一种新小说》,午夜出版社,1963年版,第116页。
② 参见罗歇-米歇芒·阿勒芒,《新小说》,椭圆出版社,1996年版。
③ 《今日电影》文集,第70卷,塞热尔斯出版社,1972年版,第114页。

随着《为了一种新小说》作者的出现,那种作家便"无话可说、无可表述了"。从此以后,再也谈不上创作一部你昔日熟悉的小说了,因为作品只是它本身的反照。这就是人们从罗伯-格里耶写作的第一阶段,从《弑君者》(1949年写成)到《在迷宫中》(1959),可能吸取的主要教训。艺术家所探求的现实,不能借助于一些经过考验的叙述形式来表达,因为那些叙述形式无法表达作者在奇异万状之中的世界。于是作品从根本上得到了革新,作家在其中运用多种割裂的手法,阻止那种因果连贯的结构,否定那种反映一个已变得无法想象的世界之严密结构(已成为过去)的做法。叙述片段之间愈来愈多的错位,故事情节的循环加快了时间和空间的循环,这些都与按年代叙述的直线性针锋相对。在先行叙述中,整个故事划分为若干个小故事,叙述者不时地加以评说,均有助于解释一个个象征生活的小故事。罗伯-格里耶以其作品取代过去要求即时明白和真实性的套数和成约。在这种作品中,深刻的严密性不与单一的导向相对应,而是在于一种可变几何学结构的安排,以拆散、转喻、互相碰撞、互相干扰、重复为标志,确定新的叙述范围,说明本体论的、圣经的材料在革新理解方面的特征。于是,这种结构的构件便是循环的主题和重复的形象,其重复随某些细微的变化而再现。这些变化,改变着从根本上来说具有同心圆式的、顽念性质的故事情节的意义。

注意到描写的极端困难,并像萨洛特一样,拒绝把故事局限于"人们看到一些人物活动和生活"①于其中的那种貌似公正的循序渐进,罗伯-格里耶使情节的概念解体,并从其中排除主人公的神圣形象,使人物具有词源意义:一个面具(人),而不是一个真正的个体,他用面具来代替人物的作用。这就是说,一个人唯一的有效性存在于其语言性质之中;一个行为主体"不再只是一个捕捉不到的、几乎看不见的载体"②,它恰恰具有足够的特征,使叙述站得住脚。在一个缺乏深度的世界里,作为没有内在心理活动的角色,罗伯-格里耶的任务不再因传统的心理动机而行动,不允许那些纯假设的、人的本质的、难以实现的戒律凝滞不动。它们类似于流行艺术的典型形象,将与神化传统针锋相对:这种神话认为,艺术家创造的人物能够生活在作者无法控制的地方,

---

① 纳塔莉·萨洛特,《怀疑的世纪》,伽利马出版社,1956年版,第50页。
② 阿兰·罗伯-格里耶,《现实主义,心理学与小说的未来》,《文学批评》第111—112期,1956年8—9月,第699页。

并且拒绝作者辨认、赏识的可能性。它们因而不再是历史的行为思想模式,而是一种绘画形象,其尺度有如书的一页大小,或者几年之后,有如电影银幕的大小。在放弃了"人万能"的"注册号码"①的时代,这种人物得到一个变化不定的身份,成了一个到处使用匿名的人,他使罗伯-格里耶的创作类似卡夫卡的创作。《在迷宫中》的士兵没有军人身份证,他的军大衣上的登记号也不是他自己的,因为那件衣服不是他的。其他行为主体仅以第一个字母表示:《妒嫉》(1957)中的 A,《去年在马里安巴》(1961)中的 A 和 X,《不死的女人》(1963)中的 L、N 和 M,等等。

自他开始创作以来,主人公的这种淡化伴以占优势的大量实物描绘出世界的几何图景:"……寓言在实物的重压下消失了。实物包围寓言,和寓言融为一体,以便更好地将其毁灭。"②由于缺乏情感,这种实物并不表现形式之内或形式之外的任何东西,它们就像表现纯粹现象学的秩序一样表现出来:"世界是一个符号的世界。一切都有符号;不是其他某物的符号,而是它自己的符号,要求被揭示出来的那种现实的符号。"③因此,在他的习惯看法中④,对其"中立的、冷淡的、不偏不倚"目光的客观描写是"一种荒谬",这就是说,任何内在心理形式都没有被排除;对罗伯-格里耶来说,重要的就是摆脱不适宜的心理分析,依他自己的看法来表达人的某种本质,而又不排除主观性。正是物的本身构成激情和人物的内在心理。物"是本体论的建造者,但它不是那种为小说预先存在的本体论的建造者,而是在小说中自我构成的本体论建造者。"⑤从此,人被直接纳入、带进外部世界的改造之中,并随着这些改造而改变。这就是主观性。它知道,外部世界从其内部吸取其意义,但它立即承认,这种意义只对它有价值。承认并接受人的意识的主客性质,使得罗伯-格里耶的小说变成了一种相对小说,而不是一种主观的小说:"小说的相对性质必然要求给个体意识以某些限制,使他注意到,意识创造它自己的世界景象,但这个世界并不因此而成为世界的映像。"于是,其作品跌宕起伏于"它

---

① 阿兰·罗伯-格里耶,《为了一种新小说》,午夜出版社,1963 年版,第 28 页。
② 罗兰·巴尔特,《文学批评随笔》,瑟依出版社,1964 年版,第 65 页。
③ 阿兰·罗伯-格里耶,《为了一种新小说》,午夜出版社,1963 年版,第 92 页。
④ 阿兰·罗伯-格里耶,《为了一种新小说》,午夜出版社,1963 年版,第 117 页。
⑤ 奥尔加·贝尔纳,《阿兰·罗伯-格里耶:空缺的小说》,伽利马出版社,1964 年版,第 220 页。

自己话语的模糊的窃窃私语"①之中,因为作品"构成了一种现实"②,即艺术家能够意识到的唯一现实。当然,要赞同吕多维克·让维耶如下的这些话:

> ……叙述,旨在使我们相信,作为小说家努力之外所构成物的故事世界,现在,它的出现好像是可笑的。描写,它不是伸向世界的一面镜子,它构成一个世界。它不是一个形象,因为它是一种话语,而且应当这样得到承认。因此,作为语言,他自己的努力的唯一一种流露,叙述能够使我们感动。如果只信任自己,如果小说是追求,它就是有限表达手段所追求的目标。③

于是,他的作品以"公开的形式主义的来源,一种绝对自由的练习"和显然是追求那些可表述丰富多彩印象的不同心理因素的姿态出现:"罗伯-格里耶的小说由一片原始的空间开始,围绕这片空间而展开,并以这片空间向整个空间扩散而结束。"④这种中心空缺的叙事故事,取代了有深厚人道气息的神话。就这样,缺乏中心的、缺少叙述者的、缺少故事的写作技巧出现了。于是,这些空白和缺少似乎成了创作小说的真正动力。

他的创作的第一阶段,随着《在迷宫中》的完成而结束。这是一部承前启后的书,它综合地回顾了以往的种种素材,并开始向作品的新发展过渡。在这部作品中,艺术材料变成了叙事方面可疑的中心。作为一种现象学幻象的延长号,这部小说事实上为一些作品和电影之间架起了桥梁。这些电影的审美层次逐渐要求一种不加修饰的结构美学功能。然而,《幽会的房子》(1965),真正标志着其形式主义和游戏第二阶段的开始。

我们称这种形式主义游戏为常用新词的形式游戏,因为这里的游戏是和作品的建构方法分不开的。这些作品展示其艺术的物质性,嘲笑文学的刻板守旧,引导艺术家的创作走向自动表现——既能实现周期性的言语变化,又能实现这样一种思想:美学的对象是创作者和受众共同创造出来的。

---

① 热拉尔·热奈特,《故事的边界》,瑟依出版社,1966年版,第163页。
② 阿兰·罗伯-格里耶,《为了一种新小说》,午夜出版社,1963年版,第138页。
③ 吕多维克·让维耶,《苛刻的话语》,《新小说》,午夜出版社,1964年版,第177页。
④ 奥尔加·贝尔纳,《阿兰·罗伯-格里耶:空缺的小说》,第104页。

与此同时,在这个时期,那些破坏诗意材料的内部冲突的作品,尤其为电影剧本的展示提供了有利的舞台。电影剧作家们认为,无论遇到什么情况,他们的作品都是一种迎战、包围和超越的有力工具。于是,罗伯-格里耶的美学观,作为一种冒险尝试——在无法预见的意义中构建形式,作为创作要素的肯定形式而为人们所敬服。在形式的单位之间,这位艺术家建立一些能揭示其心理世界运行状态的结构联系,因为正是在心理机器特有的奇异念头之中,艺术能够实现与其接受者的真正交流。与萨特的介入文学相反,罗伯-格里耶的作品建造了一个地下小教堂,匠心独运的关键之一就是采用热内特确立的结构主义方法。这就是说:"通过内部结构分析得出的,而不是思想偏见从外部强加的方法,在规范之中获得启示的确切时刻,像热内特那样进行自我构建。"同时,在与场景保持距离的愿望和陷入其幻觉及不可克服的内心矛盾迷宫中的一个人的类似的企图之间,理论与实践的分离,是根本脱离时代的表现。

在这个时期,一种如同本体焦虑的隐喻用于对作品结构的或然判断应运而生:发生器不但都是人的灵感发生器,而且一部作品的内部重复和从一部作品到另一部作品的连续重复,也能使全部美学观向着重新安排作品结构的宏观计划发生转变。在这方面,罗伯-格里耶的形式游戏向着主观现实主义发展。他的这种主观现实主义,在强调一种必要的距离化(相信场景与所体现的故事成反比)的同时,不言自明地确定了某种困惑心理的运作方式:"让缺少故事(在虚构方面)产生故事(在作品方面),让一种言语意义符号与零动作对应,让故事(戏剧)以某种形式将通常复制的世界转变为词语情感的变化,这就是绝对现实主义作品的出发点。"(巴尔特[①]语)

通过简化人物姓氏而形成的性格空洞化,其人物变得越来越可以互换或可有多种形态:比如,《纽约革命计划》(1970)中的劳拉,她时而17岁,是叙述者的姐姐;时而13岁,生活在其银行家叔叔家里;时而15岁,和地铁里的少年犯罪团伙纠合在一起。在这种情况下,我们遇到"一种公开的行动",正如让·里卡杜所说的那样"把名字的永久性和角色的多样性统一起来"[②],并在身份的变化和还原之中发现行动:一些虽然不同的人物,在同一部作品里可

---

① 另译作巴特。
② 热拉尔·热奈特,《第一种形象》,瑟依出版社,1966年版,第150页。

以有同样的身份,或者,同一个人物可以以多个人物的身份出现,比如在《幽会的房子》中,拉迪·阿瓦依次是拉迪·伯格曼、夏娃、夏娃·伯格曼或杰奎琳;约翰逊变成了约翰斯顿或约翰斯托尼;洛伦变成了洛莱或洛尔伦;披发齐眉的洛拉西安娜,时而名叫基姆,时而名叫基托,等等。这种本质特征内部分裂的绝好象征,在《吉娜》中有突出表现:"Jean"这个姓的模棱两可,作为法语或英语的发音,或者是阳性,或者是阴性。

于是,罗伯-格里耶以一种奇异古怪的效应取代了传统的模仿。在这种效应中,有生命的人物被物化了,有如一些机械的小部件,只被用作作品与读者之间的中间齿轮。显然,女人是这个过程中享有特权的因素,被恰当地塑造成一个漂亮女俘,一个性对象和作品对象,一个被诗意拜物教统治的对象,"在她身上,人的概念本身分化瓦解了"①。这些人物的作用,通过其矫揉造作的表现,很快变成了一些机器人或模特:

> 在桌子后面,壁炉上方挂着一面长方形大镜子。我们在镜中瞥见窗户的一半(右边的一半),而在左边(就是该窗户右边),是带镜衣柜的形象。在衣橱的镜子里,我们再次看到窗户,这一次是整个窗户,而且是正面形象(这就是说右边的右窗扇,左边的左窗扇)。这样一来,在壁炉上方就有三个窗扇,它们并排相连,几乎没有间隙,而且各自独立(自左至右):左面窗扇呈正面,中间窗扇呈正面,右面窗扇呈反面。(《模特》,第10—11页)

通过这些杂乱的视觉效果,通过这些物化空间表现并阻止构成方位表示的多种杂乱的光反射现象,作者显然是以扰乱读者的理解为乐。映像构成现实,现实只通过映像而存在,而且只反映它自己的表征。于是图画、图景、照片、广告、雕像和人体模型都有隐去深奥之极的外表,深奥之中却融有参考价值;昔日曾占据着叙事中心的人物被一种模特所取代,镜子的反射作用只能使人看到模特的一部分,被取代的一部分,借以强调超现实主义对一位艺术家的影响,而这位艺术家为其创作提供了一件日常的静止不动之物的平凡载体。

---

① 《向罗伯-格里耶提出的两个问题》,吉勒·拉普热收集整理。《文学半月谈》,第87期,1970年1月16—31日。

  1978年是罗伯-格里耶创作活动的最后转折点。这一年他发表了《弑君者》,第一部直到当年一直未曾发表的作品;他还在午夜杂志第31期上发表了《金三角回忆录》和《罗伯-格里耶自传》第一部分。这个自传计划将最终形成《幻想家》三部曲(1984—1994)。在三部曲中,作者将与回顾式的、蔚为壮观的老一套写作保持巨大的距离,言外之意,他即将站在自动肖像画家的立场上,模仿他们的策略思想,通过旨在推翻文艺作品传统法则的瞬时手法进行创作。这些看似自传的作品,其实与传统作品存在着多方面的根本分歧,其首要分歧便是存在的幻象本身。传统的作品是以连续性、直线性被理解的。罗伯-格里耶则相反,他强调,存在不是由唯一连续的导线贯穿而成,而是通过无数根断线表示同样多的阿里亚娜之线,然而这些大量互不连贯的线的复原,不能使人们走出一个存在的迷宫,一个连自传作家本身都无法走出的迷宫。此外,好像他生活中有些空白。既然缺乏回忆,回顾过去的任何企图都注定要失败,而且抓住的事情只能是偶然的。自传作家开始写作了,他却不知去向何方;其记忆中的片断材料是变幻不定的,不服从于任何连贯性的先决条件。有关自己的空谈,肯定产生必要的虚构。作者不能断言认识自己,更不能识别那些构成自己生活的主要时刻。作家因而属于某个劳伦斯·斯特恩家族,其中的特里斯舛·项狄幽默地发现了无法控制的时间流失:"我将永远追赶不上我自己,哪怕是飞跑狂奔。"①

  因此,要求对回忆材料有新的理解方式。真实性既不存在于故事与先前就有的图景相一致当中,也不存在于忠实描写的日常时间当中,而是存在于意识到有记忆缺失之中,这些记忆缺失变成了作品的发生器。正如《为了一种新小说》要求一种新式的现实主义一样,《幻想家》为现实假设了一个新定义。除了自传作家可能忆起的小事件之外,现实主要由上演于灵魂深处的幻觉戏剧构成。所以,罗伯-格里耶式的自传作家,不是就真实再现的意义上选材,而是就其生活的写作意义上,在其作家痛苦劳作的现实中,自我表现想象,就是说自我表现创造,自我发现。这种革新的态度,要求将所谓的客观真实与想象出来的东西融合起来,推翻那种"通过大型玻璃镜面反映现实与灵魂相结合"的创作方法。因为对罗伯-格里耶来说,主人公的现实就在他的灵

---

① 《斯里斯特拉姆·尚迪绅士的生活与观点》第1卷,罗贝尔·拉丰出版社,1946年版,第383页。

感之中,他反对按年代叙述,驳斥那种毁灭他的以词源词为基础的做法,以利于在现在的叙事中,为反常文学的源泉巩固一席之地。

罗伯-格里耶摆脱了要求结构紧密的任何约定,认为那是虚幻和荒谬的东西。他乐于精心安排一种普遍的怀疑,杂以陈述的迫切要求,并把镜头移向亨利·德·科兰特这样的历史虚构人物。人的概念取代了个体的概念。传统修辞方法的废弃造成了某种干扰和主题上结构的大量缩减,这些又推迟了总体意义的出现,产生了一些特意安排的模棱两可之处,即自传作家自己坚持的构思作品的原则本身。这样一来,罗伯-格里耶使其故事的假定意义表露出来,并通过换喻式毗连之法,使其昔日的客观材料虚构化了。于是,文学以其欺蒙的典型操作手法,通过虚构使人们进入一种比所谓的客观性现实更为真实的现实。在这种看法中,罗伯-格里耶当然不会违背埃科的这句名言:"热爱人类者的责任也许就是使人嘲笑真实,因为唯一的真实就是教导我们,为了真实而从疯狂的情感之中解脱出来。"① 此外,自传部分构成了一部作品的延长号。人们将逐步发现,这部作品完全是以深刻的焦虑和革新形而上学的希望为基础的。

从方法论的观点来看,本书对罗伯-格里耶的美学观划分为三个时期。我们将分析其更新叙事形式的美学观点,一部作品一部作品地展开。第一部作品是《弑君者》,对这部作品的研究更加详尽,因为它为以后的作品提供了线索,体现出大量的、我们随后将发现的特征。关于第二时期,我们将做更多的综合分析,因为它标志着,作家从以其理论论文为指导的论战斗士,过渡到了以其言语特色创作小说和电影的、公开的形式游戏主义作家。最后,本书第三部分将研究分析《幻想家》,我们将努力指出它与其他作品的联系,阐明我们言论的本质:罗伯-格里耶的美学革新,就是追求本体论诞生的艺术表现。

问题探讨

1. 探讨"新小说"作为一种先锋文学潮流出现的背景特点。
2. 罗伯-格里耶后期作品中出现的"虚构自传"是否和上世纪末西方传记

---

① 翁贝托·埃科,《玫瑰的名字》,格拉塞和法斯凯勒出版社,1982年版,第613页。

理论的变化有关?

3. 如何理解"新小说"和荒诞派、如是派之间的关联?

4. 叙事人称"我"在不同的"新小说"作家笔下展现方式有何异同?

5. 简述"新小说"和"新浪潮"电影之间的相互影响。

选 文

作家豪尔赫·路易斯·博尔赫斯谈博尔赫斯[①]

[阿根廷] 博尔赫斯

导言——

阿根廷作家豪尔赫·路易斯·博尔赫斯(Jorge Luis Borges, 1899—1986)是20世纪最有特色的小说家之一。他曾获得包括西班牙塞万提斯奖等在内的多个文学大奖,屡次被提名为诺贝尔文学奖的候选人,但遗憾从未中选。他的作品体裁丰富,涉及诗歌、散文、随笔、短篇小说和文学评论等。博尔赫斯深受欧洲文化的熏陶,他的写作并不局限于拉丁美洲的背景,而是彰显了跨越时空的多种文化遗产,展现出一个变幻莫测的神秘世界。

选文出自维尔杜戈·富恩特斯的《博尔赫斯谈话录》,大约创作于20世纪80年代。文章采用作者惯用的自我指涉(self-reference),言简意赅地总结了作者本人的创作。正是"引言"中透露的怀疑精神,使博尔赫斯成为20世纪最为恰当的代言人之一。博尔赫斯时常反思自己的文学创作与哲学之间的紧密关系,他对时间问题有着持之以恒的关注与思考。对于文学与现实的相关问题,博尔赫斯也有自己的独特见解。他声称自己的写作就是创造一个神秘的世界,在这个世界里,人们仍然可以相信永恒、理想、美和爱等一切被现实世界所毁灭的东西。这个神秘世界是对我们现实世界的补充,是柏拉图梦想过的世界,也是每个人的希望之乡。

---

① 选自博尔赫斯《巴比伦彩票》,王永年译,云南人民出版社,1993年版。

> 一个在智慧的学校里皓首穷经的人带着博大精深的学问最后死了,来到永恒之国的门口。吉祥天使迎上去,对他说:
>
> "喂,凡夫俗子,别往前走啦,你得先向我证明你有进天堂的资格!"
>
> 那人回答说:
>
> "且慢!我要先问问你,你能不能向我证明这里是真正的天国,而不是我死后昏昧心灵的急切的幻想?"
>
> 天使还没有搭腔,门里有个声音说:
>
> "放他进来!他是我们中间的人。"
>
> ——引自苏菲派教徒的言论

我不太喜欢博尔赫斯写的东西,但我没有选择余地。我是八十多岁的人了,相当孤独,双目失明,并不富有。我去过的地方本应比现在多些,因为我只在受到邀请的情况下才外出,但我很喜欢旅行。

博尔赫斯出版的书籍中,书名让我从小就喜欢的唯一的一本是《老虎的金黄》,其余的书名不是起得太抽象,就是太杳渺。

不管怎样,我认为每个人总是写他所能写的、而不是他想写的东西。这一点使我有点惊愕:我认为博尔赫斯盛名之下,其实难副。

他写的短篇小说中,我比较喜爱的是《南方》、《乌尔里卡》和《沙之书》,他有一个集子就用《沙之书》作为书名。散文体裁,他已弃置不用,因为他事实上并不是一位散文作家。我认为散文一般要表达作者的观点,而我不知道他的观点是否重要;对作者来说也许能起激励作用,不过观点总是在改变的,至少聪明人是这样的。

他一生没有读过报,也不主张读报,因为报上都是转瞬即逝的消息,是一些急就章。

他写作,如果他不写作的话,我就会感到不幸,倒不是因为他写的东西精彩,而是因为他干不了别的事。

经过七十个寒暑的文学活动之后,我认为他的全部作品没有给他丢脸;那些篇章的作者是行家,懂得锤炼字句,知道它们的文学价值。我固然相信有许多人能把博尔赫斯说的东西说得更好,我仍旧希望博尔赫斯用他独特的方式来说,那些东西可能并不重要,但我迫切感到必须要求他保持自己的风格。

他从不在自己的生活中寻找创作题材,我从来没有这种想法。听说有人为了写一个国家而专程前去,这使我觉得可笑。

至于灵感,我不知道他是从哪里取得的。也许来自我为他念的所有书籍、我认识的人的闲谈、我听到的东西……

此外,他不是思想家。他是利用哲学问题作为文学素材的作家。叔本华有句名言:我们阅读时是用别人的头脑思索,除了从这层意义来说之外,我不是思想家。博尔赫斯曾用休谟、赫拉克利特、贝克莱等人的头脑思索,但我得重说一遍:他不是思想家,因为除萦怀的时间问题外,我对任何哲学问题都没有得出结论。时间问题启发他写了不少东西。神话始终给他深刻印象。至少比现实主义小说的印象更为深刻。再说,我们生活在充满神话的世界。当他就苏格拉底之死探讨永生之类使他感觉兴趣的问题时,他运用的论证糅合着抽象的思维和神话。听众并没有觉察其中的差别。只见他同时在两个层次中思索,我们已经失去了那种本领。

对于希腊人来说,即使在柏拉图的时代,两种思维方式也是互相混淆的,我猜想今天的情况并没有不同,我们不是生活在理性而是在神话的世界。在睡梦中,心灵还会回到神话的世界。但这只是猜想而已,我希望思维的仁慈和偶然性能帮我们弄清楚。

至于批评,我认为围绕博尔赫斯的作品进行的讨论是有丰富它们的作用的,因为批评揭示了我没有认识到,但是客观存在的事物。我深信作品必须超越作者意识到的领域,否则就没有价值,因为我认为受到别人批评能丰富自己。

博尔赫斯活一天算一天,关于人类的目的、我生活的目的和他一生的作为都没有什么理论。在这方面,我没有什么可说的。

此外,有这种想法也未免荒唐,因为连我自己都不相信自己,有谁会信他呢?因此,他不能谈他作品的目的或者任何别的目的;他不是神秘主义者,也不认为自己受到天启。我只是一介文人。

有一首诗,如果可能的话,博尔赫斯希望与它为伴,待在图书馆里默默无闻;那首题名为"Everness"的诗是这样的:

不存在的事物只有一件。那就是遗忘。

上帝保全了金属,也保全渣滓,
在他预言的记忆里
寄托着将来和逝去的月亮。
一切都已停当。从黎明到黄昏,
你的脸庞在镜中已经留下
并且今后还要留下
千百个反映出来的形象。
宇宙是记忆的一面多彩的镜子,
一切都是它的组成部分;
它艰巨的过道无穷无尽,
你走过后一扇扇门相继关上;
只有在太阳西下的那一方,
你才能见到典型和耀光。

"Everness"这个词是威尔金斯在17世纪造的,意思是永恒,但比永恒更有力。他还创造了一个更为有力、更为可怕的词,从没有人用过,那就是"neverness",指的是永远不会发生的事物。因此,博尔赫斯借用了"everness"一词,写下这首特别悲怆的十四行诗,因为他想说明,在这个世界上一切事物都是镜花水月。

这首诗产生的时候,我还以为人死后有某种幸福,因为那时候我还相信所谓的永生,在博尔赫斯的理念里如今这种想法已荡然无存,当他写下"不存在的事物只有一件,那就是遗忘"的时候,他描绘了一个被回忆压垮的苦恼的人,对一个将他抛弃的女人的回忆,尽管做了极大的努力,我还是忘不了她,现在只能永久生活在那痛苦的回忆之中。

人们设想,上帝的存在是在永恒中发展的,而永恒则是许多昨天的持续不断的、无休无止的进展。正如莎士比亚在《麦克白》中所说,它并不是我们所有的昨天的总和,而是对可能存在的事实一览无余的过去、现在和将来的总和。因为上帝的记忆也将成为上帝的预言。

博尔赫斯写这些诗句时,谈到镜子和反映的形象,显得像是唯心主义者,因为他谈宇宙时并不把它当作一个特殊的问题,而把它当作简单的暂时的交替,或者把它当作我们不妨称之为上帝的、用大写字母书写的"某位人物"的梦境或幻想。

诗人还说,随着每一瞬间的逝去,有一扇门在我们背后关上,我们再也不会打开。所有的东西都成定局,因为它们属于不可侵犯的规律,但是希望还是有的,希望来自太阳西下的彼方,那里有典型和耀光在等待。

按照那首诗的说法,我们生活在充满假象的世界,在我已背弃的另一个世界可能隐藏着永恒的模式。今天我愿意相信另一个世界的存在。也许那是柏拉图梦想的世界,那里有永恒和十全十美的事物。

这些事情都是另一个人,是博尔赫斯的遭遇。多年前我就试图从他身上排除自己,从外围的神话转入时间和无极的游戏,但是那些游戏现在被博尔赫斯接过去了,我要想些别的消遣。是啊,我的一生是一场逃避,我丧失了一切,一切都已遗忘,或者与我无关。

博尔赫斯也许活得不值,但我觉得我应该认为他的一生是有意义的,尤其现在母亲留下我孤零零一个人,我更有必要加强这一信念。

我不知道我们两人之中是谁同你谈话。

♀ 问题探讨 ♀

1. 博尔赫斯为什么被称为"后现代小说之父"?
2. "元小说"的基本叙事特点是什么?
3. "互文性"与后现代主义文学的关系是什么?
4. 博尔赫斯为什么认为他创作的是一种"幻想文学"?他所谓"神话"具有什么涵义?
5. 博尔赫斯对"时间问题"有哪些思考?
6. 论《作家豪尔赫·路易斯·博尔赫斯谈博尔赫斯》中"博尔赫斯"与"我"的关系。
7. 《小径分岔的花园》中的"小径分岔的花园"指什么?小说叙述的是一个"关于迷宫的故事"吗?
8. 分析《接近阿尔莫塔辛》的文体特征。
9. 论《赫尔伯特·奎因作品分析》的叙事模式。
10. 比较卡夫卡与博尔赫斯。

选 文

赫尔墨斯的恶作剧——伊塔洛·卡尔维诺的《寒冬夜行人》①

[南非] 安德烈·布林克

导言——

安德烈·布林克(André Brink, 1935—2015),南非当代著名作家、批评家,生前担任过南非开普敦大学英语系教授、美国普林斯顿大学和法国保尔·瓦莱里-蒙贝利埃第三大学客座教授,他的小说曾两次获得英国布克奖提名,并被翻译成三十多种文字。60年代初,布林克有过一段留学法国的经历,这让他深受法国哲学,尤其是萨特和加缪的影响。作为一个批评家,布林克不仅理论素养深厚,而且精通多种欧洲国家语言,所以他的批评总是旁征博引,分析不同文本也都力求从原文入手,故而常常能够言人所未言,自成一格。

本文节选自《小说的语言和叙事:从塞万提斯到卡尔维诺》,是布林克讨论小说语言的一本专著。在卡尔维诺这一章中,布林克着重分析了《寒冬夜行人》的叙事策略,讨论了作者、叙事者和读者的关系,阐述了叙事的动机、语言的边界、虚构和现实的分野等一系列问题。在布林克的论述中,不难看出结构主义以及解构主义理论对他的影响,而他从语言的角度切入卡尔维诺的文本,正好切合了后现代主义小说对于形式本身的关注,所以这篇文章既可以看作对卡尔维诺的讨论,也可以视为布林克对整个后现代小说特征的一种阐述。

1

本书至此,再读《寒冬夜行人》,让人产生一种奇怪的印象,似乎本书讨论到的所有其他作品,都预示过当前这作品的种种特征。通过埃尔梅斯·马拉纳的种种"戏法",这部作品表达了"语言就是翻译"这样一种思想,似乎作品

---

① 选自安德烈·布林克《小说的语言和叙事:从塞万提斯到卡尔维诺》,汪洪章等译,上海人民出版社,2010年版。

打算从《堂吉诃德》结束的地方开始。(要做翻译,德·劳莱迪斯提醒我们说,就是要"超越原文,将原文转运、搬弄到别的地方"①。)此外,这部小说整体的建构与狄德罗的《宿命论者雅克和他的主人》一样,建基于推延、打断和规避的策略之上。然而这部小说也利用了语言作为"无限引用"的种种可能性,这一概念已经在谈及《米德尔马契》的一章中有所预示。这部作品还展现了我们在拉法耶特夫人和托马斯·曼的小说中已经遇到过的、以其他形式表现出来的不同话语之间的冲突。在作品所做的游戏之中我们得到提醒,从而注意到已经有一位很早的先行者这么做过了,比如简·奥斯丁。语言对于沉默所做的种种不同的斗争,已经在乔治·艾略特和卡夫卡的作品中浮现过,而对"性格"的揭示,作为一种语言结构,也已经在《莫尔·弗兰德斯》中谈到过。"死于语言"可以有不同死法,而死法的形式差异令人瞠目,这在《包法利夫人》和《窥视者》中有着清楚的展现,而在与虚无相对时的那种眩晕感,也被发现弥漫于托马斯·曼和罗伯·格里叶的小说中。那虚无或隐藏在语言背后,或体现于语言之中。连《克莱芙王妃》的大部分、《浮现》全书所涉及的"语言的性别化"问题,卡尔维诺的作品中也有所表现,而且表现得是那样极端,让人觉得语言就是男人欲望的体现。德·劳莱迪斯曾写有一篇妙文(《卡尔维诺与亚马孙悍妇:一部(后)现代文本的解读》,1987),探讨了相关问题。

2

在这部著名的后现代文本中,被彻底颠覆了的是"叙事性"这一概念本身。所谓"叙事性",就是期待一个故事从头开始讲起,然后按顺序发展至中部,最后要有个结尾。然而,除非首先假设叙事,假设由叙事所激起的种种期待,否则,颠覆也就无从谈起。说得更为具体些,所谓叙事,大都与追寻、探索有关。《堂吉诃德》可说是最早、最精彩地体现了这一点,后来的马尔克斯、阿特伍德和拜厄特等人创作的形式各异的作品,也体现了这一点。

卡尔维诺作品中的那位男性"读者",明目张胆地任意支配"另外"那位女性读者。如果说卡尔维诺借此恢复了小说这一体裁(必须指出的是,他这么做,带有半开玩笑的性质,不能当真)所固有的男权主义倾向,那么,在我看

---

① [法]特里莎·德·劳莱迪斯,《叙事中的欲望》,选自《艾丽斯不会:电影中的女性主义符号》,麦克米兰出版社,1984年版,第74页。

来,他的打击目标恰好是针对男权体制下的逻各斯中心主义,其所具有的毁灭性完全可以和《浮现》一书相比。

难怪他的出发点就是朱莉娅·克里斯蒂娃眼中那驱使人向前的欲望。"不是向前寻求绝对,而是明知不可为而为之,想寻求、探索更多一点的真实。这些都与言语的意义,与能说话的人的生存状况有关。"①如同德·劳莱迪斯提醒我们的那样,卡尔维诺具体地为我们提供了"叙事与爱情之间的密切关系,而这种关系清楚地表达在距离与欲望的必要关联中"②。这在卡尔维诺早期的文集《困难的恋爱》中已经是一种不可遏止的驱动力量。但是,德·劳莱迪斯在卡尔维诺早期文集中所发现的令其十分满意的东西,到了《寒冬夜行人》中却大大打了折扣。她觉得,《寒冬夜行人》仅仅为了"眩人耳目、哗众取宠,过分展示了小说的自身指认性"③。这部小说的结构无非就是围绕一位男性"作者"和一位女性"读者"之间的关系而建立起来的:

> 在这本书中,阅读如同写作一样,其实都是欲望的一种功能。追问书的结局就好像追求不可能得到的爱情对象一样,"书写"不允许叙事有完足的时候,意义是四下里播散的,写作是一种延异行为;文本的游戏渗透并削弱着文本的快乐。更为简单地说……这部小说的原型就是男性的性行为。④

但是,正如同雅克和他的主人被拒绝给予"圆满成功"那样,男性欲望在《寒冬夜行人》中无疑也遭到了挫折,并最终遭到揶揄和颠覆。之所以会如此,是因为在这部小说的发展过程中,语言遭到了引人注目的颠覆。

3

小说一开头的几句话,就把读者直接当作讲话的对象,把读者卷入了小

---

① [法]茱莉亚·克里斯蒂娃,《语言中的欲望》,哥伦比亚大学出版社,1980年版,第ix页。
② [法]特里莎·德·劳莱迪斯,《叙事中的欲望》,选自《艾丽斯不会:电影中的女性主义符号》,麦克米兰出版社,1984年版,第70页。
③ 同上书,第70页。
④ 同上书,第76页。

说的文本中:"你即将开始阅读伊塔洛·卡尔维诺的新小说《寒冬夜行人》了。请你先放松一下,然后再集中注意力。把一切无关的想法都从你的头脑中驱逐出去,让周围的一切变成看不见听不着的东西,不再干扰你"。① 从此刻开始,一直到小说的最后一页,读者都好像是小说中的合谋参与者。之所以如此,首先是因为用了动词的第二人称,而且用得就像是第三人称的一个变种(这一手法布托尔在《变》中也用过,当然,狄德罗在《宿命论者雅克》中也曾用过);即使对实际读者而言,这个"你"指的并不就是你(假如实际读者是位女性的话,情形尤其如此),小说中的这个"你"仍然跟幽灵一般,酷似小说之外的读者。这个叙事文本内的"读者"(后文中将继续以引号表示)不仅起到了供叙述者发表意见的传声筒的作用,而且随着文本的发展而越来越成为了行动中的一名演出者,一种催化剂,甚至还成了一种叙述继续发展下去的前提条件。

这位"读者"——明确定义为一位男性——得到(叙述者)提醒,告诉他按常理推测他是怎样在许许多多其他人的行列中从一家书店买到这本小说的,而这就意味着一种最初的、具有决定意义的选择行为也卷入进来了,而后来当"读者"遇到了那位"非读者"伊尔内罗的时候,他们两人这次相遇的一个功能就是要告诫"读者",阅读行为的持续也要依靠不断重复的选择行动。换句话说,他投入了一场持续的搏斗,对手就是那个叙述者,后者在叙述的种种事件中试图否定"读者"选择的自由。这就确定了运动和反运动的磁场范围,而这也就是叙述得以发生的那个空间,持续地解放着意义的新的可能性。

在第一章把"读者"带到和文本面对面的位置之后——在文中"与某物对峙却不很清楚这某物究竟是什么"这句话中——人们就翻过书页,来到了被认为应该是"真正"小说的"寒冬夜行人"一章。这新的一章毕竟有着和全书一样的标题。这个故事是用第一人称叙述的,说的是一名特务冬夜来到一个鲜为人知的小火车站,要搜寻一位陌生人,而他正是要和这位陌生人交换密码和旅行箱。然而这位陌生人却一直没有出现,最终叙述者接到当地警长(这位警长可能是另一位特务)示警,要他在还能逃离的时候尽快逃走,因为

---

① 所引英文译文全部引自威廉·维弗尔翻译的精彩英译本《寒冬夜行人》,伦敦:赛克尔和瓦堡出版社,1981。所引《寒冬夜行人》的意大利文本,是图灵爱诺迪出版公司1979年版。——原注

要跟他换物的对方已经被暗杀了。这一章在叙述者匆匆忙忙赶往一家商店的时候结束了,这家商店的店主是之前提到过的一名女子。这女子最近刚刚和她那当医生的丈夫离了婚,而有种种迹象表明,后者可能会对任何一个胆敢追求他前妻的人实施报复行为。

读者的一连串期望被相继激起,但是这故事却没有继续讲下去,而且后来也没有接着讲——至少在文本所展示的世界里没有讲——因为在第二章里"读者"得到消息,说由于某种意外,他拿到的是该小说的一个赝本,里面只有开头这一章。当他回到那家书店去更换这本书的时候,他遇到了一位年轻女子,目的一样是去换书,而通过这次(男)"读者"和另一位(女)"读者"①的邂逅,一个全新的故事就这样在小说如此这般的叙述中成形了。

除了这部"将要被阅读的小说"之外,另有一本"可能将要被亲身经历的小说"(第 32 页)就在"读者"的眼皮底下形成着——其明显的含义无非是,我们作为这两个故事的"真正"读者,大概也会以类似的方式被卷入到(或者说被拉进)我们自己逐渐展开的故事当中。这就突出显示了所谓的"虚构"和"现实"世界之间的种种不同和相似之处。同样,不论是叙述者还是作者,都被卷入了这一过程。当医生的妻子这一"角色"像一个从众多能指中呈现出来的所指,从一连串的语词中出现时,叙述者明确地警告说:"各位看官,正是您的期待驱使作者朝她走去"(第 20 页)。人们由此会想起罗素·霍班为《格林兄弟家喻户晓的童话故事》所写的才气横溢的序言;在这篇序言中,霍班指出,德文原句"*Es lebte einmal ein Königin...*"依据传统译法译成"很久很久以前,有一个年迈的女王……"不妥。因为这样译的话,那年迈的女王就好像被故事内外的某种东西又重新复活了似的:

> 我们想当然地以为,总会有以讲故事的形式所进行的这样或那样的虚构:构成,成形。我们为什么会把这看作理所当然的呢?我们为什么要进行虚构呢?我们为什么要问:"要是……那将……?"我们进行虚构,是因为我们本身就是虚构出来的。因为曾经有过这

---

① 意大利语语汇丰富,因此卡尔维诺可以得心应手地使用"il Letttore"(男读者)和"la lettrice"(女读者)。维弗尔翻译时用"reader"和"Other reader"来对译这两个词,以示区分,这么译当然可以,但是遗憾的是,性别的差异未能表达出来。

么一个时刻,我们之所以能像人一样地存在,正是因为"它让我们存在了起来"……它让我们存在了起来,而且现在仍让我们存在着。我们制造故事,因为我们本身就是故事……①

值得注意的是,卡尔维诺用了一个相同的表达方式,试图探讨相关可能性,比如:他想,能不能"不说'我思'而说'它思',就像人们常说的'天下雨了'那样"? 他得出结论说:"只要有人敢说'我读,故它写',那么,宇宙就能自己表达自己。"(第176页)②

4

这实际是在试图建构一种语言哲学,而这其实正是这部小说最令人振奋的成就之一。随着小说文本一步步展开,它越来越把自己展现为卡尔维诺在其他地方所描述的那种"朝向沉默的旅程"③。

人们在一开始就该把宇宙想象成是**沉默**的:它是一片混沌未开、寂寞无言的存在,人们也只能无言以对。之所以无言以对,是因为沉默是不可能回答我们提出的任何问题的。语言只是一种尝试,它注定要失败。然而,对人们来说,语言却又须臾不可或缺,人们用这语言去诘问沉默,试图让它开口,即使一开始就明明知道沉默是不可能委身屈就,不可能轻易开口的。对沉默来说,语言只是种补充而已,可有可无。正因为如此,所以叙述人在第153页问道:

---

① [美]罗素·霍班,《〈格林兄弟童话〉导读》,皮卡多出版社,1977年版,第11—13页。
② 前此,英译文未能抓住机会传达此意,甚是遗憾。在第9页上,也就是在第一章将要开始的时候,有人告诉读者,即使犹豫不决,但只要"你继续读下去,还是可以发现**这本书毕竟是可以一读的**,不管你对作者期望如何"(黑体为笔者所加)。意大利语原文中的"il libro si fa leggere"(字面意思是:"该书听凭别人阅读")一句甚是关键。——原注
③ [法]特里莎·德·劳莱迪斯,《卡尔维诺与亚马逊人:读(后)现代文本》,选自《性别技术》,印第安纳大学出版社,1987年版,第71页。德·劳迪莱斯则认为,卡尔维诺让读者所看到的"不是语言表达的不可能性,不是语言的缺席和痕迹,他也不是要展示支离破碎、遁入沉默的语言,相反,他是要说明语言及其意义是无处不在的,语言是具体可感的,它承受着一定的压力,而且其意义也会恣肆繁衍"(第81页)。但我在本章稍后部分将试图说明,语言不断累积的物质可感性恰好表明,迫切需要将其下的虚无掩盖起来:这就好比喧哗与骚动一样,本身并不能代表、说明什么。——原注

但是，如何确定故事开始的确切时间呢？万事万物在这之前就已经开始了，每一部小说的第 1 页第 1 行文字所说的东西，早就在书外发生了。或者，真正的故事要到 10 页、100 页以后才会开始，而在这之前所写的所有文字只不过是序言而已。

语言这东西，向来不甘沉默，相反，它挑战、挑逗沉默；沉默则与语言恰好相反。不过，两者之间也有一定的关系，因为"书本借重书面文字，可说是尚未书写出来的世界之对应物"（第 172 页）。而卡尔维诺观点的出发点就是，"我不相信完整性能够被语言所容纳；我所关心的是置身书外，尚未被写出也写不出的东西"（第 181 页）。

语言就像一座孤岛，置身沉默而无边的海洋中。从远方看去，它整个就像一块斑点，模糊不清。相对于沉默，语言充其量只能算作是"窃窃私语"，发出的是"沙沙声"、"轻吟声"，正如巴特在《语言的低吟》中所指出的那样。巴特将语言比作运行完全正常的引擎所发出的声音。他这一比喻，让人觉得有点奇怪，因为运行正常的东西是不该发出声音的。巴特将其称作"大音，大音就是沙沙声"[1]；人们关心的正是那"恍兮惚兮的意义，而我在倾听窃窃私语的语言时所追问的，也正是这所谓的意义"[2]。

也就是说，人们在接近语言时，就像一个读者打算读一个故事那样，他周身的世界开始"慢慢消失"，小说的第一页（第 3 页）说的就是这层意思；世界开始变得"模糊不清，灰暗不明，（成了）……一种经验的无人之地，其天地已经被压缩到最低限度"（第 12 页），而正是在这小得可怜的私密天地里，读者"解读着那窃窃私语（有意思的是，卡尔维诺也到了该词）[3]，揣摩其背后隐藏着的意图"（第 8 页）。

语言作为书页纸面上的东西，是从其下那毫无意义涌动的波流中浮现出来的"能浮现于书写的纸面上的东西，寥寥无几"（第 20 页）；它们都是些"隆起于纸面的语词"，而与之相对的则是"流畅的叙述"（第 53 页）。而浮现出来的

---

[1] ［法］罗兰·巴特，《语言的沙沙声》，瑟伊出版社，1984 年版，第 94 页。笔者自译。
[2] 同上书，第 96 页。笔者自译。
[3] 意大利原文里的 *un brusio di voci indistinte*（卡尔维诺 1979：18），与巴特所谓的 "*bruissement*"（轻微的响声）正相当。

东西都是作者主观臆断的产物,读者只得"听天由命,徒受偶然性支配,随意性很大"(第27页),而且"世界被浓缩到了一张纸上,而这纸上写着的尽是些深奥难解、极其抽象的语词,此外空无一物"(第251页)。与此同时,不管其出现有多么武断、随意,都带上了一定的意义:"只有通过写作这一有所限定的举动,广袤无边、尚未被形诸文字的世界,才变得清晰起来"(第183页)。

所以,每读一个故事,读者都能觉得,自己所读的故事原来"浸染在一大片其他故事当中。"(第109页);所以,所读的每一个单词,都被包围在其他单词当中;每一个句子又都被包围在更多的句子当中;每一本书又被包围在浩瀚无边的语言的海洋中,随"时间之大潮波动起伏",永无止境(第25页),这使作者"心头顿生疑惑,担心自己能否觅得知音,恐怕自己的笔端无事生非,致使自己所写下来的东西让读者如坠云雾之中,希望读者能够把握住其中的要义"(第61页)。

同样,阅读行为(即理解语言的尝试)同时**使语言变得很不稳定**。卡尔维诺小说中的"读者"们读的虽都是"同一本"小说,然而各自对这部小说的感受却很"不同"。阅读的整个过程使原本确定的意义变得飘忽不定起来,连读者和作者都在一定的空间里互换了位置,这个空间使"(读者和作者)之间的距离有了引人注目的变化"[①]。

无论是从卡尔维诺的语言观,还是从我们对这部小说的阅读来说,这种方法产生的后果都可说是:在每一个句子里,在每一个故事中,在每一个章节里,都有一种既向前又向后的运动,这一运动既指向未来,又指向过去。"在这世界上我最想做的事情",第一个故事里的那位旅行者告诉酒吧里的那位妇女说,"就是使时钟倒转"(第21页);而柳德米拉,那"另一位读者",总是同时读好几本书。她在阅读时,喜欢一往无前,却使那些尚未读完的故事落在自己的身后(第147页)。这不仅仅是一种既朝着过去和朝向未来的时间上的运动,同时也是一种空间上的运动,既向内又向外,一方面像是一个"膨胀中的宇宙",另一方面则又像是在无限地缩小(第26页)。

---

① [加拿大]伊丽莎白·迪普尔,《不能解决的情节》,劳特利奇出版社,1988年版,第109页。这种情况照样发生,尽管卡尔维诺常常希望作者和读者能合二为一:"对大家来说,理想的文学就该如此:其结局必是每一个都会遇到的,即作者和读者合二为一,难分彼此。"(第98页)

结果，语言中的这些正好相反的冲动都向一种**初始的开端**伸展，（"我们所能做的唯一事情就是到所有这一切混乱的源头去"：第 91 页），通向一个**结尾**，一个结局，一种**最终的意义**。

这种既渴望了解起源又渴望了解结尾的冲动，无疑是男人的一个根本特征。正是这种冲动，决定着他们对家族谱系所作的无尽探求，也正是这种冲动形成了人类对叙事的最初渴望——在《寒冬夜行人》中有那么多编造出来的故事，而人们总觉得在这些故事的背后有个最早、最原初的叙述者，"一个年逾古稀的印第安人，人称故事大王"（第 17 页）。与此同时，我们不应忘记，卡尔维诺在其他作品中，比如在《宇宙奇趣》中，曾认为女人可以扮演完全相同的角色，"最早创造人类符号象征体系的是作为母亲的女人"[①]。这至少可以提醒人们注意，《寒冬夜行人》中**调侃**、**戏谑**的背后仍有深意，人们阅读该书时，还真不能把叙述人的话句句当真。之所以如此，也许正是因为这部小说所试图追寻、探讨的恰恰是**男性**的起源和结局，而这两者恰恰又是无论如何都达不到的东西。

但这话说得有点过早，跑到了小说所持论点的前面。目前我们需要注意的仅仅是，这部小说所持的语言观，让人觉得既没有什么起源，也没有什么结局。因为，任何一部文本都像一个小岛，它的周围有着无数的其他文本在嘤嘤作响。

可是，虽然既找不到起源又找不到所谓结局，但寻找的那份**冲动**却仍在。人们试图超越、打破时空所设置的障碍之冲动仍然没有完结。语言就是这样，它一往无前。语言中的每一个句子，都试图达到一个（假定的）句法上的结局，好像它"要拔着自己的头发离开地面，冲向未知似的"（第 37 页），如同小说中的"读者"受到性冲动的驱使，总要尾随着柳德米拉，她到哪儿，就跟到哪儿（第 47 页）。小说得一章接着一章地叙述下去（第 76 页），不仅如此，它还想"一往无前地到达不可知的彼岸"（第 71 页），而语言本身亦复如此。小说第 10 章中有个神秘的家伙说："我在找一本书，这本书应该能告诉人们世界末日来临后世界的意义，能够让人明白，所谓世界就是现在世界上现存的一切终

[①] 马琳·S.巴尔，《女性主义幻设寓言：空间/后现代虚构》，爱荷华大学出版社，1992 年版，第 260 页。

将消亡的东西,世界上唯一真正存在的东西就是世界的末日"(第 243 页)①。

因此,语言力所不达的地方正是沉默。不仅"遥远的别处"有沉默,而且沉默"近在咫尺",它就在语言中。语言中存有裂隙,在这些裂隙中就存有沉默,就像写"日本人"的那一章②中所写到的那"空旷而毫无感觉的空间"(第 209 页)一样,在落叶间若隐若现。

这实际上等于说,读者阅读这本或其他任何一本小说时,并不会局限于小说文本自身所描写的东西,他的思绪会溢出文本之外。从语言哲学的层面来看,这也就意味着:意义总是持续不断地迁延、变异着,总是不愿露身。因为,语言中有着一种双重冲动,它在时间上既留恋过去又憧憬未来,在空间上既向外延展又向内收束。不过,这种冲动最终还是抽身返回,返回那包裹一切的**沉默**("包围我们的是虚空,无尽的虚空",第 249 页)。

而问题是,一旦语言从沉默中出现,它就不能使自己继续保持沉默,而只能喋喋不休,这样才能将已经说出来的东西给抹去。这样一来,为**抹煞**已经说出来的东西,反而必须没完没了继续去说,使说成了一个不断累进的过程:

> 我想逆着时间的潮流往回游:我想把曾经发生过的一些事情的结果给抹去,重新回到原初的状态去。可是,我生命中的每一时刻(可以解读为"我所说的每一句话")都有新事情不断发生,而每一件事又都带来新的后果,所以,我越是想竭力寻回出发时的原点,就离开这原点越远。(第 16 页)

这种语言哲学的悲剧——或者说是闹剧,这取决于我们如何看待这个问题——就在于,即使是闯进了语言之内的那部分"世界",也不值得我们信赖。因为,语言从其本质上说来,既很随意又很偶然,它弄虚作假,充满了伪装和骗局。就如同我们耐不住沉默时会小声自言自语一样,我们不敢面对真理时也会使出歪曲篡改的伎俩。"矫情虚伪才是事物的真正本质"(第 180 页),这

---

① 另一说法则与此相反,两者恰好相互平衡:"每一部小说的第一页第一行所指的恰好是书外已经发生了的东西"(第 153 页)——这话既适用于卡尔维诺,也适用于罗伯-格里耶。
② 指第 8 章后半部分"在月光照耀的叶子上"。该部分写"我"与宫木夫人和真纪子的艳遇。——中译注

话是那不忠实的翻译家马拉纳说的,而他翻译时的所作所为恰恰又决定了整个文本,连叙述者本人也坚称:"虚伪之外无他物"(第193页)。那个女孩儿,名字是否是叫柯里娜,没人能搞清楚。她说:"人们一旦虚情矫饰说起谎话来,就再也没有住口的时候"(第212页)。她说这话,其意思也就等于是说"虚伪之外无他物"。

这在叙事层面上也得到了证实。你看,读者情不自禁地被吸引着去读叙述人所讲的那一个接着一个的故事。这些故事不像被收入一部小说选集中的故事那样,它们不只是简单地存在于小说中。我们在读这些故事时,叙述人讲述过程中已经使这些故事带上了色彩各异的东西。这些东西就像包裹和行头,扛在了故事的肩上,穿在了故事的身上。我们根本没有机会直接进入故事,连直接进入的幻觉都不容许我们有:这些故事都通过中介才得以形成,也就是说,它们都是编造出来的,无根无据。人们读标题为"寒冬夜行人"的那一章,不要把它太当真,因为该章早已被叙述人重新讲过:"小说开始于一个火车站,火车头在喷气,从活塞里冒出的蒸汽覆盖了这一章的开始部分,一团烟云掩没了第一段的部分内容"(第10页)。"在马尔堡市郊外"(第34页)开始时情形亦复如此。乍看上去,"从陡峭悬崖上探出身躯"似乎是在无人介入的情况下,直接讲给我们听的。但是,之前(和其后)几页又明确提醒我们,乌齐·图齐教授正以这种方式在**翻译**、**朗读**这则故事,而这位教授刚一出场,叙述人就说他是个靠不住的译者(第53页)。

接下来,"不怕寒风,不顾眩晕"是由罗塔里娅朗读出来的翻译本。由于我们浸染在这些有**媒介介入**的文本中(也就是说,浸染在语言中,因为语言本身就是一种媒介,就是一种"介乎……间"的东西),因此,我们自然会把其后似乎是直接叙述了的各章也当作中介性章节来读。这些章节当然是中介性的,因为它们都是由艾尔梅斯·马拉纳无中生有地编造出来的。而艾尔梅斯·马拉纳是个典型的"不忠实的翻译者"。

整个中介过程错综复杂,就像拿着一个望远镜去观察事物,靠近一点的东西会一个接着一个地逸出你的视野。在写"日本人"的那一章中,那些令人目不暇接、眼花缭乱的聚焦场景,从叙事层面上恰好证明了这一点:补田教授看着他女儿,而他女儿真纪子又在看着自己的母亲宫木夫人和"我"在做爱,而在做爱的那两个人又反映在教授的眼中……(第208页)。卡尔维诺通过这一幕要向读者传达的是:语言就是这样起作用的。

5

正是在这一背景上,让我们重新回过头来,接着谈《寒冬夜行人》这部小说。话说那位"读者"和"另一位读者"都回到那家书店,他们之所以回去,是想调换自己手里的那本小说。两人虽都开始读了那本小说,可小说的结尾突然又重复起开始时的故事,这颇出乎他们的意料。他们知道,一定是图书在装订时出了问题,一定是装订工人不小心,把一个叫巴扎克巴尔的人写的小说《在马尔堡市郊》张冠李戴地装订到了卡尔维诺的精装本小说中了。因此,先前两人回家时腋下夹着那本小说,原来是一个叫巴扎克巴尔的人写的。

殊不知,那本小说讲的是个完全不同的故事。这个故事的背景似乎是在波兰,"讲的是"一个男人,他把儿子带回家,因为儿子和另一家人吵了架。第二天,父亲动身去了吵架的地点,陪他去的是另外一个男孩,这个男孩就是这个故事的叙述人。两个男孩已经互换了位置,每一个都成了另一个的补充,也就是说既是替代又是多余。实际上,在这互换的过程中发生了变化:第二个儿子"变成"了第一个。小说在不同的文本层次上都采用了这种所谓的"纹心结构"(mise-en-abyme),使类似的技巧发生着繁复的变化。

而正是这第二个故事中的故事,将我们带到了一个至关重要的时刻。我们从小说的第三章得知,巴扎克巴尔这本书的其余部分都由空白页面构成,这表明虚无不仅将威胁到眼睛掠过小说文字表面的读者,而且连其后故事中的人物也难以幸免。因为,那些文字已不再是**可靠**的符号。小说的第83页上说,"每个字的背后都空无一物";第210页写到一架飞往南美的航班,说它正穿越"空间阻隔";而到了第239页,正是大骗子艾尔梅斯·马拉纳本人总结说:"在书写的页面背后空无一物:世界是以奸诈、虚伪、误解和假象的形式而存在的。"

书中的那位"读者"像着了魔似的,想继续读完小说,就像弗兰克·柯默德所说的那样,他一心"想看个究竟",根本忘了自己有自由选择的权利。这位"读者"打电话给"另一位读者",结果才知道,原来她手里的那本有着同样的毛病,也装订错了。结果他们来到了那所大学,在"波迪尼亚·乌格拉语"系见了面。他们发现,自己手中的那部残缺不全的小说,其原文好像是用辛梅里安语写成的。那大学的教学楼颇像座迷宫(这再次表明,语言就像密码,就像艾柯《玫瑰之名》中写到的那图书馆),乌齐·图齐教授的办公室就位于教学楼中间。他坐在办公室里,有模有样地给他们读那小说的原文,一边读还一边翻译,看上去好不滑稽。办公室里四壁皆书,数都数不清——"这世界到处都是文字,磕着碰着的都是"(第49页):

> 阅读就是这样:有种东西存在着,这种东西是由写作而造成的,它客观、实在地存在在那里,无法改易。通过它,我们把自己和某种不在场的另一种东西加以衡量。这不在场的东西既看不见,也摸不着,它只能被看作是想象中的东西。这东西曾经存在过,可现在已成过眼烟云,抓不住,捞不着,已深深地沉入死人的领地……也许这不在场的东西,压根就不存在,它只是人们可望而不可即乃至避之而唯恐不及的东西,是个处于两可之间的东西……阅读就是走向即将到来的东西,至于即将到来的究竟是什么,没人能说得清楚。(第72页)

我们要么像乌齐·图齐教授一样,接受古老的逻各斯中心论,去虚妄地拥抱所谓的"原始意义",拥抱那一开始就与上帝同在的"泰初之道",这"泰初之道"其实就是上帝本身。要么我们就跃进一大步,接受解构的论点。通过解构,所谓意义也就由一连串无穷无尽的可能性而产生。这样的意义,已不再像是一包由寄件人预先装进箱子里的衣服包袱,好像收件人收到时仍然完好无损。小说中的那"另一位读者"就让人想到这样一种选择。这"另一位读者"此时已经有了名姓,她叫柳德米拉。(假如我们说她的名字中的希伯来语词"mila"意思是"语词",这不算是太过牵强吧?)

围绕柳德米拉的能指变得越来越密集,意义追寻作为潜文本,其性色彩也随之变得愈益明显。我认为,我们不能把德·劳瑞提斯所提的阅读建议当真,以为这个潜文本又是在一本正经地重演老掉牙的故事——男人追女人,而应该把它看作一个玩笑,戏谑的成分非常明显,简直就是讽刺性模仿。当然,在决定他们在小说中现身轨迹的欲望关系中,人们很容易看出不同话语的性别特征①,这些特征各异的话语所"再现"的男人有着明显的男性中心主义的特征,而女人则带有明显的解构特征。此外,线性与播散的对立,等

---

① 小说中的每个"人物"(假如像"人物"这样的传统术语还适用的话)都会发现自己处于各种不同话语的十字路口,所以他们无法"确证"每种话语的性质究竟如何。

级森严与互为表里的对立,也同样凸显其中。卡尔维诺这部小说整体上所要考察的,正是人们对待世界、对待小说和语言所采取的不同方法和选择间的差异。

在第三章中,这一过程几乎还没有开始。难怪教授的"乌尔语"文本最终证明不过是另一则故事,是另一新的叙事的开始。而这叙事并无什么结局,或者说,至多也只能带来更多的虚构故事。

这个新的故事,"从陡壁悬崖上探出身躯",如同所有其他故事一样,也是用第一人称讲的。故事说的是,有个陌生人,来到北欧的一处度假胜地,他在海滩上被一姑娘哄骗,去弄了一根姑娘想要的长绳来,结果将自己卷入了一场冒险中:一名囚犯因此获得帮助而成功越狱。他的"无知"——如同允许自己被"卷入"一个故事的读者的"无知"一样——使他冒着很大的风险,承担起令人可畏的责任。可是,这段叙述又突然不了了之,没了下文,让人徒生出一种虚无的感觉。此外,读者还开始有了一个重大发现:也许这些故事——或者说这些故事的开头——之间毫无关联可言,然而却都是在以略微变化了的形式戏拟模仿着侦探小说。在侦探小说中,**被捕**的危险和释放、**逃跑**的可能性各占一半。这些故事的部分秘诀就在于,它们能使读者听凭看不见的作者的任意摆布,在作者的诱使下,读者失去了判断能力,毫无自由选择的余地。读者一心想知道叙事背后的故事是什么,一心想知道故事的背后或语言的背后的意义是什么,无暇顾及其他。不过,话又说回来了,就连这样一种选择也不像看上去那样简单。因为沉浸在故事中,本身也就意味着"逃避"此时此地的束缚,可以让人暂时忘了"现实"。

小说中的男"读者"和女"读者"都坚持要找到那"原原本本"、"完完整整"的小说(这恰好给那位男"读者"一种借口,这样,他就更加有理由和机会去追求柳德米拉)。乌齐·图齐教授手头的那部小说不是原本,"讹误行脱"的毛病所在多多,于是,那男"读者"就去参加另一位学者主持的研讨班,以为他会在研讨班上讨论那所谓的"正本"。毫无疑问,结果(令这位男"读者")大失所望(这使卡尔维诺的这部小说整体上又添加了一系列新的可能性)。这个故事名字叫"不怕寒风,不顾眩晕",讲的是三个青年被围困在城中的故事。他们当中出了叛徒,但是由于故事讲得既不乏技巧又很高妙,因此,很难断定究竟谁出卖了谁。那位男"读者"感到纳闷:"到底是谁在操纵着这故事?"他对这个问题好奇得不得了。然而,答案——假如世上还有类似答案这么个简单东西的话——却并不令人感到惊讶:"是虚无,脚下的虚无……救命啊……我晕……"(第92页)。一个人要是感到眩晕,那就表明他明白一个道理,即语言本没有所谓的终结意义,当它耗散殆尽后,总会归于沉寂。

6

从此以后,小说让人读起来越来越感到眩晕。每一章既是前一章的补充,又是下一章的前言。这充分证明了德里达的有关观点。德里达说:

> 一方面,根本不可能写出前言,却又不得不写,而且还必须写得和文本结合得天衣无缝。由于概念的逻辑不可能不以自身为先决条件,因此,以概念的逻辑而写成的文本本身就是毫无意义的,完全可以抹去。另一方面(性质几乎相同),既然根本不可能写出前言,但又正在写着,因为前言已经成为重写文本的一个关键的转折点,它涉及文本的组织安排,而没有什么其他概念可以预料或取消这种组织安排。①

"读者"无法找到"导致所有这些混乱的根源"(第91页),于是他就去拜访那家出版公司。这家出版公司里堆积着一大批尚未出版的书稿。他从杂役工卡维达格纳那里得知,这些书稿全都是由于一个名叫埃尔梅斯·马拉纳人搞的一场骗局而相继炮制出来的。埃尔梅斯这个名字起得无疑很狡猾,有好几种意思,都与神使赫尔墨斯有关②:德·劳莱迪斯说赫尔墨斯是"奥林匹亚山上爱搞恶作剧的神祇,他甚至敢用歌声骗阿波罗……他总爱冒险,是旅行者的守护神,能带领凡人开拓一个又一个的新领域"③。此外,人们得记住,赫尔墨斯·特里斯墨吉图斯是一切神秘知识的守护神,而埃尔梅斯恰好是他的化身。

这个埃尔梅斯·马拉纳是位职业翻译家,他的那些所谓译作,都是胡编

---

① [法]雅克·德里达,《撒播》,阿里隆出版社,1981年版,第35页。
② 埃尔梅斯(Ermes)与赫尔墨斯(Hermes)相比,拼法上仅有一个字母(H)之差。——译注
③ [法]特里莎·德·劳莱迪斯,《卡尔维诺与亚马逊人:读(后)现代文本》,选自《性别技术》,印第安纳大学出版社,1987年版,第74页。

乱造出来的。其实,他对原文语言,如辛梅里安语(第99页),一窍不通;所谓"原作",也是他杜撰出来的。卡维达格纳给了"读者"一本新小说,小说名叫《向着黑黢黢的下边观看》,据说是个讲法语的比利时人写的,此人名叫伯特兰·范德维尔德。这本小说中也有个具有双重乃至三重身份的特务,在其情妇的帮助下,他想和自己那说不清的过去告别,可是没能成功,就像小说本身一样,要想彻底甩掉前面的几章,也是根本不可能的事。

拼命想要找到小说的"真本",可是屡屡失败,于是"读者"开始详细查考出版商与马拉纳的通信,结果发现了有关一大批国家、地区和不同时代的讯息,发现了各种逸事传闻,接触到了不少支离破碎的哲学观点。这些通信还使"读者"发现了一位爱尔兰作家弗兰纳里,此人现居瑞士。世人正急切地等着他的下一部畅销书出炉,可是他的写作却严重受阻。马拉纳偷走了他在写的那部新书的第一章,并正在试图用电脑完成它。可是,后来人们又发现,原来正是弗兰纳里在剽窃那位比利时作家新出的一部小说;"读者"正心急火燎,满心希望自己手中的那本小说是部很早以前就失传了的孤本。他拿起《一条条相互连接的线》,结果发现这又是一部作品的开头:有个人正一路小跑,在经过一扇开着的窗子时,听到屋里的电话铃响了,于是他就停住脚步,拿起电话来接听,结果卷进了一起绑架案。换句话说,那个慢跑的人回应了来自屋**内**的挑战。他所在的屋**外**,是个与屋内完全不同的空间。他去接听屋内的电话,就是在冒险。其危险性和任何一位读者所经历的差可比拟。想想看,一个读者置身书外,却去响应书中所发出的召唤,不同样是在冒险吗?在前此的一个故事中,叙述人也正在等着"消息、信号和警告"(第54页)什么的,因为这是个双向过程,内部和外部、"文本"和"现实"一直**都**是牵扯在一块的。小说中另一则故事开头部分的叙述人承认道:"我走过许多地方,这些地方原本应该让人觉得越走越向内延伸,可是不然,我却觉得自己越走越是在向外"(第225页)。

我们的这位"读者"正在读着的那本小说残缺不全,小说的作者究竟是真弗兰纳里还是假弗兰纳里,也弄不清楚,正在他犯难的时候,他自己的电话铃响了,对方在电话里叫他到柳德米拉家去一趟。(换句话说,这个"故事"反映了刚刚在"故事中的故事"中发生的事情,难怪镜子和万花筒在整部小说的文本中显得那样重要。)可是,柳德米拉不在家,"读者"苦苦地"寻找叙述中断的那本书"(第151页),却碰巧撞上了一整套秘密藏书。这些书绝大部分是弗兰纳里写的,可其中马拉纳的存在也是不可否认的。他发现,自己在出版商那儿读的那些书信中,常常提及一个女人,这个女人很像柳德米拉;可现在又发现了相反的情形,在她的屋里竟有马拉纳的迹象,这着实让他感到不知如何是好。两个不同的世界似乎又从相反的方向相互融合了。

柳德米拉回来后,两人心中郁积已久的沮丧失意、患得患失的情绪,全都在疯狂、痛快的做爱中释放了出来。艾柯在谈论芭芭拉·卡特兰时代的爱情时,曾写有一段妙文,其中所用笔法与卡尔维诺颇为相似①。借此,卡尔维诺嘲讽了浪漫传奇小说中的爱情场景:

> 柳德米拉,现在有人正在认真地看你,你那肉体正被人上上下下系统地打量着。打量得是那样的仔细,你那玉体好像都能被人触摸到、看到,甚至在味蕾的作用下嗅到、尝到……总之,一个人以为在另一个人身上所能读出来的所有信息、所有东西,都能从你的玉体里读出。(第24页)

然而,这段描写不仅仅以爱情文学为滋养(同时也不仅仅试图抹煞、诋毁爱情文学),更有甚者,它无疑还融入了巴特、克里斯蒂娃等人讨论阅读行为时所使用的一些性术语。巴特说:"女人抄书,这是文学中一大普遍现象。换句话说,人人都在援引'别人已经写好了的'东西。"②

"读者"以为他在柳德米拉的书房里终于找到了弗拉纳里的"真本",可他显然看错了书的标题。这一本书名叫《一条条相互交错的线》,说的是一位大

---

① "我觉得,所谓后现代主要是一种为人的姿态,比如一个男人爱上了一个很有教养的女人,但他心里明白,决不能对那女人说'我爱你爱得快疯了',因为他知道,这个女人肯定知道这样的话早被芭芭拉·卡特兰用过(而且两人对此都心照不宣)。不过,仍有办法。他可以说:'借用芭芭拉·卡特兰的话来说,我爱你爱得快疯了。'这样,他就可以把自己对那女人想说的心里话全都说了出来,不仅避免了假正经,又清楚地告诉对方,如今说一两句率真的话有多么不容易:他爱她——在这天真不存的年代,他爱她。假如那女人心有灵犀,那她同样会明白,有人在向她表白爱情。这样一来,两人虽都不会觉得自己天真,但却都会知难而进,迎接过去的挑战。前人说过的话无法消除、回避,后人还不得不说。两人都会自觉地、不无快意地玩着反讽的游戏……不过,两人仍然可以再次成功地谈情说爱。"([意大利]艾柯,《反思〈玫瑰之名〉》,塞克和沃伯格出版社,1985年版,第68页。)
② [法]罗兰·巴特,《S/Z》,约翰逊·卡普出版社,1975年版,第33页。

亨被镜子和万花筒迷住了("我想把自己的形象无限放大":第164页),结果遭到绑架。但是,绑架他的人究竟是他的敌手,还是他自己手下人按照他的指令干的,一时还说不清楚。

由于仍然置身"被打断的阅读的魔咒"(第241页)之中,"读者"便动身前去寻找弗兰纳里,以为弗兰纳里才可能是最初来源。小说第八章给我们提供了数条弗兰纳里的日记。弗兰纳里匆匆忙忙写这几条日记时,正挖空心思为自己的下一本书寻找着灵感。当时他正坐着,拿眼斜瞅着一位女子(可能就是柳德米拉),那位女子就在他的小屋下面,躺在一张折叠椅里看书。他脑海中想象有两位作家(其中一个就是他的私淑密友范德维尔德,据说他抄袭了后者的书),都在盯着这么一位女子看,两人心里都在盘算着写一本以为该女子必定乐意读的书。两人脑中都闪过艳丽、炫目的各种可能性,每一种可能性都是对此前文本中出现过的东西所做的精彩的评论。弗兰纳里脑中闪过的最重要的一个念头,其形成经过大致如下:

> 在将要写成的书本和已经存在了的事物之间,只可能存在一种互补的关系:书本应该以文字的形式来表达尚未形诸文字的世界;书本的主题、对象,应该是尚不存在也不可能存在的东西,这样的东西只应在书写出来之后才可存在,但同时,这尚不存在的东西又应该能够被已经存在的东西模模糊糊、不很完整地感知得到。(第172页)

这样一来,我们又一次被带回到互补这一概念中来;正如弗兰纳里所说,假如这东西能意识到自身"不足",尚有欠缺,假如它能有所增益的话,那么,从另一角度来看的话,它就必定也意识到了所谓过剩:

> 每种叙事似乎都含有某种过剩、附加的东西,这种东西置身于情节发展所带来的封闭的形式之外。与此同时,也正因为如此,叙事本身所多出来的东西,恰恰也是其本身所缺少的东西。①

而读者恰恰成了一个汇聚之所,这些增益的部分,既显不足又有过剩,全

---

① [法]茨维坦·托多罗夫,《散文的诗学》,布莱克威尔出版社,1977年版,第77页。

都汇集到了读者的身上。正是由于读者的干预,也只能通过他们的干预,各种关系才得以激活。在卡尔维诺的小说中,这一现象是通过"读者"在小说叙事过程中所起的作用,而得到体现的:他是一个"角色",是一个由叙述人"创造"出来的角色,但同时我们可看到,他的言行也在代表着小说的真正读者。他的存在戏剧化地填补了小说文本中的空白点。他本身就"成了"小说文本中的"那个"空白,同时,通过阅读行为,他又成了填补空白的手段。

读完弗兰纳里的日记后,"读者"和弗兰纳里之间曾有一段对话,对话过程中,这位爱尔兰作家(他若不是爱尔兰人的话,又会是什么人呢?)透露说,他透过"读者"最近发现到的两个胡编瞎造的文本,知道了"真本"的行踪。他说,所谓真本其实是一部日文小说,小说的名字叫《在月光照耀的落叶下》,作者是个名叫伊谷高国的人。弗兰纳里送了一本这部小说(的英文本)给"读者"。该章结尾时有一段文字,琢磨着"读者"究竟是个什么样的人:

> 也许他阅读时十分专注,因此一开始就将小说的主题给攫住了,以致读到后面已觉不出有什么精彩。我在写作时也有这种感觉:好长一段时间以来,我每写一部小说,开笔不久就有再也写不下去的感觉,仿佛写小说就只能写出其开头似的。(第197页)

接着就是一段扼要的总结性文字,把我们到目前为止已经读过的部分小结了一下。这简直就是哈金所谓的"自恋式的叙事":一本书在描写着自身,或者至少可以说是在出现的过程中打量着自己,这就好比我们在阅读过程中被人打量一样。我们阅读的时候,别人也在阅读着我们自己;我们阅读的时候,别人也在用文字描摹着我们自己;我们阅读的时候,我们自己也在写作。外部世界的运动已经融入了我们自己内心世界的消长起伏,而交汇点恰好就是作为读者的你、我。

7

我们读(写日本人)那新的一章时,大概都会觉得写得堪称绝妙。该章探讨的不是什么"实体"而是"关系",探讨关系可说是仍在发展过程中的这本小说所关注的焦点。该章细致地描写了一个日本大学生与其教授间的学术和私人关系。这种关系,在该章中表达得颇不一般。这个学生原本对教授的女儿存有日益增长的非分之想,可是滑稽的是,他后来竟鬼使神差地和女儿的**母亲**做起爱来。于是,他和教授的关系也就戛然而止。卡尔维诺在描写落叶时,用的是"典型的日本"笔法,写得婉曲而间接,其实他"真正"的用心还是在人物身上:

> 银杏树叶纷纷飘落,其特点是:每片下落的树叶每时每刻都处于某一具体高度,因此,空旷的、没有感觉的空间即我们的视觉活动的空间,可以分成一系列平面,每个这样的平面上都有一个而且仅有一片树叶在飘荡。(第209页)

这本身就是在复制前面曾经提到过的一个关键情节。在这个关键情节中,那大学生在与真纪子的母亲做爱的时候,脑中也意识到父女俩正眼睁睁地瞧着他俩做爱的场景:"宫木夫人的兴奋反映在她女儿的目光中,再折射到他那冷漠的眼球里和紧闭的嘴唇上"(第208页)。

这最新的"误读"和之前的"误读"一样,也很可能是由令人捉摸不透的埃尔梅斯·马拉纳所导致的。因为我们知道,马拉纳刚去过日本,因此,"读者"无疑又会马不停蹄地去寻找这位行踪颇为诡秘的人物。于是,他动身去了南美。因为据说最近有人在南美见过马拉纳,还说他和一个女人在一起。这个女人看上去酷似柳德米拉的姐姐洛塔利亚,但她本人坚持说自己叫柯丽娜(又叫格特鲁德、英格丽、谢拉、阿尔芳西娜、亚历桑德拉,等等)。但到了南美后不久,他就被人投进了大狱。是不是那女人搞的鬼,一时也弄不清楚。他真的(抑或是文学笔法使然?)被捕入狱,其实也是势所必然,因为此前各章中,被捕入狱的人已经不少;把"读者"投入大牢的南美独裁者,影射的其实就是我们在小说中遇到的那些独断专行的作者(早在小说的第4页,我们就已看到,叙述人对小说中那位所谓的"读者"好像"无所不知",他对"读者"可能做出的反应也做了预测):"'读者',你在做什么?你不准备反抗?不准备越狱逃跑?啊,你打算与他们合作……"(第219页)

在监狱里,"读者"打开了一本在该国遭禁的书,名叫《在空墓穴的周围》。很显然,这本书是在拼凑混合豪尔赫·路易斯·博尔赫斯的作品。在这则新故事中,叙述人外出去寻找他的母亲,结果发现有两个女人都有可能是他的母亲。这两个女人都有一个漂亮的女儿,假使叙述人能弄清楚两个漂亮女儿不是自己的亲妹妹的话,他和她们中的任何一位搞出点风流韵事来,那真是他求之不得的。这种构造冲突的手法颇像博尔赫斯。博尔赫斯本人就曾让自己的心仪已久的福斯蒂诺·海格拉斯起死回生(此前,小说中也有许多人物借尸还魂般地得以复活,个个都以他们的前驱原型出现在小说中),让他直接面对自己,一点也不怕有夺命的危险。

"读者"遭到那个南美国家的囚禁,可后来发现,该国政府原来"和他是一条道上的人"。获释后,他又被派往另一国家,去执行该国官方派给他的使命,因此,他很可能也是所谓铁幕政治中的一员。据说马拉纳本人最近也在该国被捕,随后不久又被释放:"既像是越狱逃跑,又像是被秘密驱逐出境,而且他的受审过程纪录现在又找不到了……反正,现在此人搞得神秘得不得了。"(第240页)我们越来越能发现,这部小说就像一层一层剥洋葱那样,把自己的老底都翻了个儿,原来令人感到困惑不解的手法也逐渐地暴露了出来,让人看个究竟,人们尽可用"我们"的现实去解读它:原来这是个充斥着政治和专制集团的世界,在这样的世界中,权力的运作和作家在自己作品中所运用的策略、手法是何等地相似。

8

"读者"到了那个新的国家后,又得到另一个手抄本,这部手稿名叫《最后结局如何》。但是,由于秘密警察正严密地监视着他的行踪,他只勉强来得及读完该手稿的第一章。在这一章中,叙述人正在试图接近他所深爱的弗兰齐斯卡,其实叙事过程正在试图消除横在他俩之间的一切障碍——建筑物以及建筑物中的住户、兵营、警卫所、警察局,还有大火、垃圾、邮件、经济等,"只要在我脚下留下一片足够厚实的地皮就行了,其他任何地方的任何东西都见鬼去吧"(第247页)。

警察赶来时,他说了一句什么话,结果那帮警察就消失得无影无踪。只剩他和弗兰齐斯卡两人待在一家咖啡馆里。咖啡馆的四壁镶的都是镜子,和他想象中的一模一样。

留给我们的,除了用来讲述那最后故事的语言之外,别的似乎一无所有:事物皆已被抹去,唯有语言得以留存。在这据说毁灭一切"事物"的过程中,叙述人别无选择,只有重新给它们**命名**了。

最后,甚至连一个故事也没有给我们留下,留下的仅仅是该故事的"讲述"过程。"文本在'演练'着它那无法归纳的无,"哈拉里这样写道,"而且,文本以其累进增补的逻辑方式,在构建自身的同时也在解构着自身。"①但是,"故事的讲述"也就是"建构自身的行为",牵涉到的不仅仅是语言:当每个故事走到自己的尽头,它也就超越了自身界限,从而进入了那位"读者"持续不断的人生历程,并且通过他,来拷问"现实"中读者。简言之,话语渗入了这个世界。

9

"读者"和柳德米拉决定结婚。在最后一章的一开头,"读者"和柳德米拉躺在床上,似乎推动叙事和性欲的欲望就此得到了满足,好像日后那幸福美满的生活才刚刚开始。要真的是这样的话,那就无异于是对传统写法的最后一次礼赞,从此,这种写法也就可以被送进历史博物馆了。因为,这种写法总好比把男人的欲望和故事的讲述看作是一回事。

然而,果真如此吗?

柳德米拉关掉床头灯,并要她的新婚丈夫也把灯关掉,这一举动显然是在邀请对方做爱,可我们的这位"读者"却宁愿先把书读完:"你则说:'再等一会。我这就读完伊塔洛·卡尔维诺的小说《寒冬夜行人》了。'"(第260页)至此,我们看到,小说的进展过程以及阅读这部小说的过程,实际上也就是爱情和欲望的实现过程。因此,有人也许会认为,"读者"的阅读和与柳德米拉做爱,**没什么区别**。但是,这样的解读仍会让人觉得不够味儿,让人觉得《寒冬夜行人》所称颂的仍然是大男子主义的语言。在我看来,小说所表达的意思恰恰**相反**。在小说的整个叙述过程中,"读者"始终固执地沿着一种线形路径前行,他所追寻的那种意义,只能存在于男权社会。这种意义,由男人爱好征服和自我实现的欲望所驱动。男人们自信能够找到起源和结尾,等级制度、权威制度以及一切显在的东西都在为他撑腰。然而,这部小说的文本通过不断扩散、放大话语,非常清楚地表明,存在的只有沉默以及沉默之下的虚无。**没有**终极的意义。"读者"在追寻这部令其困惑不解的文本的过程中,找到了一个女子,此时这女子正躺在他的床上;然而,他爱书胜于爱那女子。柳德米

---

① [美]约书亚·哈拉里编选,《文本策略:后结构主义观点》,梅休因出版社,1979年版,第38页。

拉所代表的则是"读者"所珍惜的一切之反面：她从来没有读完过一本书；对作家、出版商以及所有其他承办、代理强势话语的人，她唯恐避之不及。他也许能够娶到她，但却没法"拥有"她。有一次，他向她求爱，但结果也就是把她当做一本书来读而已（和他以前读过的其他书一样，这本书有着中世纪文稿的开场白——"一切由此开始"）。

"读者"在书中的一个性场景中，差一点被人强奸。当时他正在南美坐牢，试图强奸他的，就是那个有许多名字的女人。此人究竟是不是柳德米拉的姐姐罗塔里娅，没人能说得清楚。反正，她是一个很讲究实际的女人，一心想像个作家那样，扮演"男性"角色。她"骚扰"他，是为了以幽默而又不易察觉的方式告诉他，什么叫"以其人之道，还治其人之身"。她"骚扰"他，也暴露了他的好斗性和不确定性。而正是好斗性和不确定性，决定了他在男性社会秩序中的角色地位。他没能通过考验，也没能从中吸取任何教训。不过，后来他把自己那些可怜的欲念都发泄到了温柔恭顺得多的柳德米拉身上。小说中的这个发生在卧室里的场景，虽说是小说结束时最后的一个场景，但它并不能给小说一个真正的结局。这个场景大大地嘲弄了一番我们的"读者"，从中不难看出，他真是个死脑筋的人。

10

"终极作者"，就像所谓的终极意义一样，总是会从"读者"的身边溜走。巴特在《作者之死》一文中说："给一部文本指定一位作者，就等于是在那部文本上强加一种限制，等于让它有了一个最终的所指，这就等于结束了写作"，而"一旦作者被请了出去，那么，再声称能给文本以确解，也就变得毫无意义了。"[①] 然而，"读者"旅行回来，又埋头于图书馆，再次"沉浸在文学中"。他又开始觉得有某种极其重要的东西显现了出来。文本自身设置重重障碍，阻碍人们追寻所谓的意义。此外，文本本身既追寻又设置障碍，既是用来剥洋葱的小刀，又是洋葱本身。因为，文本正是在读者的介入下，才初次将自身写入存在，也才将自身作为这同一过程的一部分，一边写，一边又将自身痕迹"抹擦掉"。"没有什么系统是静止不变的"，霍班说，"它总是在变，变成自己所不

---

① ［美］戴维·洛奇编选，《现代批评和理论》，朗文出版社，1988年版，第171页。

是的东西。任何聚合作用,都能使聚合到一起的东西带有足以分裂自身的能量。"①

没有能够找到任何作者。不过,"读者"找到了他的"另一半"。在他们两人的性结合中,"读者"和现实中的读者之间,也达到了某种结合。在此过程中,还产生了一系列新的可能性,皆与所谓互文性不无关系。我们或多或少可以相信的是,"一切故事所指向的终极意义,都具有双重面孔:生命在继续,死亡不可避免"(第259页)。

在图书馆的那一场景中,"读者"疯狂地一张接着一张地在填写借书卡,他要把自己走遍全球所寻觅到一点蛛丝马迹的那狡猾的十部书都找到。结果发现,十部书的书名放到一起恰好构成了一个句子:

寒冬夜行人,在马尔堡市郊外,从陡壁悬崖上探出身躯,不怕寒风、不顾眩晕,向着黑魆魆的下边观看,一条条相互连接的线,一条条相互交叉的线,在月光照射的落叶上,在空墓穴的周围——最后结局如何?(第258页)

从句法上看,一切看起来都在一个完整的句子里找到自己的恰当位置,这无疑使我们想起了托多罗夫。他曾经将句子作为叙事的一种模式来加以探讨,我们目前的研究也是由此开始的。但是,卡尔维诺比托多罗夫又深入了一层:一个**句子**的确有可能被完成,但叙事句子的意义如何,却取决于该句子以什么样的方式跨越句法和语言的界限,以便与读者的充分体验融合。换句话说,从卡尔维诺小说的叙事中所出现的"那个"句子,其实也就是一个问得丰常含蓄的问题,读者对这个问题不得不做出回答。

正如迪普尔所说,"把十个故事的标题串起来,并且反过来掉过去地重复讲那些故事,这么做,其实再一次开始了人类永无休止的使命,即企图以文字的形式来重写那外部世界,因为外部世界有着无边的表达欲望"。②

---

① 罗素·霍班,《〈格林兄弟童话〉导读》,皮卡多出版社,1977年版,第13页。
② [加拿大]伊丽莎白·迪普尔,《不能解决的情节》,劳特利奇出版社,1988年版,第113页。

当然,也可做出激进乃至悲观的解释。在小说叙事发展过程中所形成的"句子",毫无意义,纯属胡闹,是一种对于沉默的质问,**而沉默对任何质问都永远不可能做出回答**。但是,要是我们同意日内特的观点,那么,对这个句子同样也有可能做出积极、正面的解读。日内特曾经说:"作品说穿了只是一件光学仪器,作者把这仪器交给读者,以便让读者反省自身。"① 这样读来,卡尔维诺在其作品中"真正"想要达到的效果,就是要唤醒读者起来,以反抗大男子主义性质的文本权威及其不可更易性,其目的就是要每个读者负起做人的完全责任。

♀ 问题探讨 ♀

1. 怎样理解《寒冬夜行人》中叙述者与读者的关系?小说里的"你"究竟是指谁?

2. 你最喜欢《寒冬夜行人》的哪一种开头?为什么?

3. 《看不见的城市》里的城市意味着什么?为什么说它们"看不见"?

4. 讨论哲学上的语言学转向与后现代主义思潮之间的关系。

5. 卡尔维诺小说的后现代性体现在什么地方?

6. 早在18世纪就曾出现《项狄传》、《宿命论者雅克和他的主人》等带有"元小说"特征的作品,而更早的《堂吉诃德》则处处体现了对先前骑士小说的"戏仿",那么是不是可以认为这些作品是后现代主义风格的小说?后现代主义小说又要怎样确立自己与其他文学思潮之间的区别?

---

① [法]热拉尔·日内特,《叙事话语》,布莱克威尔出版社,1980年版,第26页。

选　文

马尔克斯谈写作[①]

［哥伦比亚］加西亚·马尔克斯

导言——

　　加西亚·马尔克斯（Gabriel García Márquez，1927—2014），20世纪最负盛名的作家之一，生长于哥伦比亚，早年曾做过记者，50年代起开始文学创作，1982年凭借《百年孤独》（1967）被授予诺贝尔文学奖，除此以外，主要作品还有《没有人给他写信的上校》（1961）、《族长的秋天》（1975）、《一桩事先张扬的凶杀案》（1981）、《霍乱时期的爱情》（1985）等。马尔克斯的小说主要以拉丁美洲为背景，诺贝尔奖授奖词称他的作品"将幻想与现实结合在一起反映了一个大陆的矛盾与生活"，而我们通常将之概括为"魔幻现实主义"。马尔克斯的作品被译介到中国以后，影响了包括莫言、阿来等在内的一大批中国作家，"魔幻现实主义"也成了当代文学评论中反复出现的关键词。

　　本文选自马尔克斯与好友门多萨的谈话录，其中，马尔克斯提到了许多自己写作的习惯和细节，也自陈了小说创作的"师承"，而最重要的内容要属作家本人对"魔幻现实主义"的解释。马尔克斯提醒我们，如果我们在谈论"魔幻现实主义"时，把重点全落在"魔幻"上面，那无疑陷入了理性主义的窠臼，而窄化了对"现实"的理解。马尔克斯的小说不仅提示了文学的多种可能性，同时也暗示了现实的多样性，而他的谈话则进一步明确了这一点。

　　加：我是偶然开始写作的，也许只是为了向一位朋友表明，我这一代人是能够出作家的。从此我就掉进了陷阱，爱上了写作，而且欲罢不能。后来，我又掉进了另一个陷阱，认为除了写作，世界上没有任何事情能让我更加喜爱。

[①]　选自马尔克斯、P. A. 门多萨《番石榴飘香》，林一安译，南海出版公司，2015年版，第27—44页。

门：你说过写作是一大乐事，也说过写作是一件苦差。究竟应该怎么看？

加：两种说法都对。我在开始的时候，刚刚着手探索写作的奥秘，心情欣喜愉快，几乎没有想到自己要负什么责任。我记得那时候，每天凌晨两三点钟，我干完报社的工作，还能写上四页、五页，甚至十页书稿。我曾经一口气写完一个短篇小说。

门：现在呢？

加：现在一天能写完一个大段落就算万幸了。随着时间的推移，写作已经变成一件苦差。

门：为什么呢？有人会说，你已经娴熟地掌握了驾驭文字的技巧，写起来应该得心应手了。

加：问题很简单，就是责任心越来越强了。现在我觉得，每写一个字母，都会引起更大的反响，会对更多的人产生影响。

门：这也许是你成名的后果吧。声誉这么能左右你的心绪吗？

加：确实让我感到困扰。在我们这样一块没想到会涌现一批有成就的作家的大陆上，对于一个没有才华获取文学成就的人来说，最糟糕的事就是他的书像香肠一样出售。我非常讨厌自己变成众目睽睽的对象，讨厌电视、大会、报告会、座谈会……

门：那么，采访呢？

加：也讨厌。我不想跟任何人争名夺利。这和登山运动员一样，冒着生命危险攀登高峰，但是一旦登顶，下一步要做什么呢？要下去，或者争取明智地、尽量体面地下去。

门：你年轻的时候，从事过别的职业，所以常常在晚上写作，烟抽得很厉害。

加：一天抽四十支。

门：现在呢？

加：现在不抽了，我只在白天工作。

门：是不是上午？

加：从上午九点到下午三点。房间里安静无声，暖气充足。要是又吵又冷，我思路就乱了。

门：你是否像别的作家一样，面对空白的稿纸会感到焦虑？

加：是的。除了医学上所说的幽闭恐惧之外，最使我感到焦虑的就是这件事了。但是，我听了海明威的忠告之后，这种焦虑就一扫而光了。他说，只有知道第二天如何继续时,才能休息。

门:对你来说,具备什么条件才能动手写一本书?

加:一个视觉形象。我认为,别的作家有了一个想法、一种观念,就能写出一本书来。我总是得先有一个形象。我认为《礼拜二午睡时刻》①是我最好的短篇小说,我在一个荒凉的镇子上看到一个身穿丧服、手举黑伞的女人领着一个也穿着丧服的小姑娘走在火辣辣的骄阳下,之后写了它。《枯枝败叶》是一个老头儿带着孙子去参加葬礼。《没有人给他写信的上校》是基于一个人在巴兰基亚闹市码头等候渡船的形象,那人沉默不语,忧心忡忡。几年之后,我在巴黎等一封来信,也许是一张汇票,也是那么焦虑不安,跟我记忆中的那个人一模一样。

门:那么,《百年孤独》又是基于怎样的视觉形象呢?

加:一个老头儿带着一个小男孩去见识冰块。那时候,马戏团把冰块当作稀罕宝贝来展览。

门:是你的外祖父马尔克斯上校吧?

加:是的。

门:那就是说,你是从现实中撷取素材的了。

加:不是直接从现实中取材,而是从中受到启迪,获得灵感。我记得,我们住在阿拉卡塔卡的时候,我年纪还小,有一次我外祖父带我去马戏团看单峰驼。还有一天,我对他说,我还没见过冰块呢,他就带我去香蕉公司的营地,让人打开一箱冰冻鲷鱼,把我的手按在冰块里。《百年孤独》就是根据这个形象开的头。

门:在这部小说的第一句话里,你把这两件事合并在一起了。确切地讲,你是怎么写的?

加:"多年以后,面对枪决执行队,奥雷里亚诺·布恩迪亚上校一定会想起他父亲带他去见识冰块的那个遥远的下午。"

门:一般来说,你非常重视一本书的第一句话。你对我说过,第一句话常常比全书其余部分都要难写、费时间。这是什么原因?

加:因为第一句话很可能是成书各种因素的实验场所,它决定着全书的

---

① 1962年首次发表,收在加西亚·马尔克斯的短篇小说集《格兰德大妈的葬礼》中。——译注

风格、结构,甚至篇幅。

门:写一部长篇小说,你要用很长时间吧?

加:光是写,倒不用很长时间,那很快。《百年孤独》我不到两年就写完了。不过,在我坐到打字机旁动手之前,我花了十五六年来构思这部小说。

门:《族长的秋天》你也用了这么长的时间才酝酿成熟。那么,你是酝酿了几年才动手写《一桩事先张扬的凶杀案》的呢?

加:三十年。

门:为什么用了那么长时间?

加:小说中描写的事情发生在1915年,当时我觉得,它并不适合作为长篇小说的素材,只能用来写篇新闻报道。但那时候,在哥伦比亚,新闻报道这种体裁还不太流行,而我又是一个地方报纸的记者,报社对这类事情可能不感兴趣。几年之后,我开始从文学的角度来思考这件事。但是,只要一想到我母亲看到这么多好朋友,甚至几位亲戚都被卷进自己儿子写的一本书里会不高兴,我就又犹豫起来。不过,说实话,这一题材只是在我思索多年并发现了问题的关键之后才吸引住我的。问题的关键是,那两个凶手本来没有杀人的念头,他们千方百计地想让人出面阻止自己行凶,结果事与愿违。这么做是万不得已,这就是这出悲剧唯一的、真正的新奇之处,除此之外,这类悲剧在拉丁美洲相当普遍。后来,由于结构方面的原因,我又迟迟没有动笔。事实上,小说描写的故事在案件发生之后大约二十五年才算了结。那时候,丈夫带着曾被遗弃的妻子回到镇上。不过,我一直认为小说的结尾必须要有行凶过程的细节描写。解决的办法是让讲故事的人自己出场(我生平第一次出场了),他能在小说的时间结构中自如驰骋。这就是说,事隔三十年之后,我才领悟到我们小说家常常忽略的事情,即真实永远是文学的最佳模式。

门:海明威说过,对一个题材既不能仓促动笔,也不能搁置过久。一个故事装在脑袋里那么多年也不动笔写出来,你不着急吗?

加:说实话,如果一个想法经不起多年的冷遇,我是绝不会有兴趣的。而如果这个想法确实经得起考验,就像我写《百年孤独》想了十八年,写《族长的秋天》想了十七年,写《一桩事先张扬的凶杀案》想了三十年一样,那么,到时候就会瓜熟蒂落,我就写出来了。

门:你记笔记吗?

加:从来不记,除了一些工作记录。根据我多年的经验,我认为,要是记笔记,就会老想着记笔记,顾不上构思作品了。

门:你修改得多吗?

加:在这方面,我的工作有了很大的变化。我年轻的时候,往往一口气写完,然后打几份出来,进行修改。现在我边写边改,一行行地改,这样写一天,我的稿纸干干净净,没有涂改勾画,差不多可以送交出版社了。

门:你撕了很多稿纸吗?

加:不计其数。我先把一张稿纸装进打字机……

门:你总是打字吗?

加:是的,我会用电动打字机。如果出了错,或者对打出来的内容不太满意,或者只是打错了字,不管是由于我自己的坏习惯、癖好,还是由于过分审慎小心,我会把稿纸撤下来,换上一张新的。写一篇十二页的短篇小说,我有时要用五百张稿纸。也就是说,我有个怪癖:我认为打字错误等于创作上的失误。这个毛病我改不了。

门:许多作家不适应电动打字机,你没有这种情况吧?

加:我没有。我和电动打字机结下了不解之缘。不使用这种打字机,我简直无法写作。我认为,一般来说,各种条件舒适,能够写得更好。有一种浪漫主义的神话,说是作家要想进行创作,必须忍饥挨饿,必须经受磨难,这我根本不相信。吃得好,使用电动打字机,能够更好地写作。

门:你在接受采访时很少谈到你正在写的作品,这是为什么?

加:因为我正在写的作品是我私生活的一部分。老实说,我感觉那些在接受采访时大谈其未来作品情节的作家有点儿可怜,因为这表明,他们的工作进展得并不顺利,他们想把在小说创作中解决不了的问题拿到报刊上解决,以求自我安慰。

门:可是你常常跟你的知己好友谈论你正在写的作品。

加:这倒不假。我是要他们干一件苦差事。我只要写东西,就常常跟朋友们谈论。用这种办法,我就能发现哪儿写得成功,哪儿写得还有缺陷,这是在黑暗中认清前进方向的一个诀窍。

门:你把正在写的东西讲给别人听,可是几乎从来不让人看。

加:从来不让别人看。这几乎已经变成了一种迷信。实际上,我认为,在文学创作的征途中,作家永远是在孤军奋战,这就像海上遇难者在惊涛骇浪里挣扎。是啊,这是世界上最孤独的职业。谁也无法帮助一个人写他正在写的东西。

门：你认为，最理想的写作环境是在什么地方？

加：我已经说过好几次了：上午在一个荒岛，晚上在一座大城市。上午，我需要安静；晚上，我得喝点儿酒，跟至亲好友聊聊天。我总感到，必须跟街头巷尾的人们保持联系，及时了解当前情况。我这里所说的和威廉·福克纳的意思是一致的。他说，作家最完美的家是妓院，上午寂静无声，入夜欢声笑语。

门：我们着重来谈谈写作技巧吧。在你漫长的学习写作的生涯中，哪些人影响过你，你能对我说说吗？

加：首先是我的外祖母。她不动声色地给我讲过许多令人毛骨悚然的故事，仿佛她刚刚亲眼看到似的。我发现，她讲得沉着冷静，绘声绘色，使故事听起来真实可信。我正是采用了我外祖母的这种方法创作《百年孤独》的。

门：那么是她使你发现自己会成为一个作家的吗？

加：不是她，是卡夫卡。我认为他是采用我外祖母的那种方法用德语来讲故事的。我十七岁那年读到了《变形记》，当时我认为自己准能成为一个作家。我看到主人公格里高尔·萨姆莎一天早晨醒来居然变成了一只巨大的虫子，于是我就想："原来能这么写呀。要是能这么写，我倒也有兴致了。"

门：为什么这一点会引起你那么大的注意？这是不是说，写作从此可以凭空编造了？

加：因为我恍然大悟，原来在文学领域里，除了我当时背得滚瓜烂熟的中学教科书上那些理性主义的、学究气的教条之外，还另有一番天地。这等于一下子卸掉了贞操带。不过，随着年逝月移，我发现一个人不能任意臆造或凭空想象，因为这很危险，会谎言连篇，而文学作品中的谎言要比现实生活中的谎言更加后患无穷。事物无论看起来多么随意，总有一定之规。只要不陷入混乱，不彻头彻尾地陷入非理性之中，就可以扔掉理性主义这块遮羞布。

门：不陷入虚幻？

加：对，不陷入虚幻。

门：你讨厌虚幻，为什么？

加：因为我认为想象只是粉饰现实的一种工具。但是，归根结底，创作的源泉永远是现实。而虚幻，或者说单纯的臆造，就像沃尔特·迪士尼①的东西

---

① 沃尔特·迪士尼（1901—1966），美国著名动画片导演、制片人、形象设计者，迪士尼公司创始人。——译注

一样,不以现实为依据,最令人厌恶。记得有一次,我兴致勃勃地写了一本童话,取名《虚度年华的海洋》,我把清样寄给了你。你像往常一样坦率,对我说你不喜欢这本书。你认为,这是由于你的一个局限:虚幻的东西让你觉得不知所云。你的话使我幡然醒悟,因为孩子们也不喜欢虚幻,他们喜欢想象的东西。虚幻和想象之间的区别,就跟口技演员手里操纵的木偶和真人的区别一样。

门:从文学创作和写作技巧的角度来说,除了卡夫卡之外,还有哪些作家对你产生过影响?

加:海明威。

门:你并不认为他是一个伟大的长篇小说家。

加:他不是一个伟大的长篇小说家,但是个杰出的短篇小说家。他有句名言。他说,短篇小说仿佛一座冰山,应该以肉眼看不见的那个部分作为基础。也就是说,应该以研究、思索、搜集来却没有直接用在故事中的材料作为基础。是的,海明威让人获益匪浅,他甚至会告诉你如何描写一只猫拐过一个街角。

门:格林①也教给你不少东西,我们有一次谈到了这一点。

加:是的,格雷厄姆·格林确实教会了我如何探索热带的奥秘。一个人很难抓住最本质的东西对其十分熟悉的环境做出艺术的概括,因为他知道的东西是那样多,以至于无从下手;要说的话是那样多,以至于最后竟说不出一句来。这正是我面对热带时的问题。我曾兴致勃勃地读过富有观察力的哥伦布、皮加费塔②和西印度群岛编年史家的作品,我还读过戴着现代主义有色眼镜的萨尔戈里③、康拉德和本世纪初拉丁美洲的热带风俗作家以及其他许多人的作品。我发现,他们的观察和现实有非常大的差距。有些人只是罗列现象,而罗列的现象越多,眼光就越短浅;而另外一些人,据我们所知,则一味地雕词琢句,咬文嚼字。格雷厄姆·格林非常正确地解决了这个文学问题:他精选了一些互不相干但是在主观意识中却有着非常微妙而真实的联系的

---

① 格雷厄姆·格林(1904—1991),英国作家、文学评论家。——译注
② 安东尼奥·皮加费塔(约1491—约1531),意大利学者、航海家,麦哲伦环球航行幸存下来的18人之一。——译注
③ 埃米利奥·萨尔戈里(1862—1911),意大利作家,著有冒险小说多种。——译注

材料。用这种办法,从热带的奥秘中可以提炼出熟透的番石榴的芳香。

门:你还从什么人那儿受到了教益,你还记得吗?

加:大约二十五年前,我在加拉加斯聆听过胡安·博什①的教诲。他说,作家这种职业,他的技巧、他的构思才能,甚至他细腻隐蔽的叙述手法,应该在青年时代就融会贯通。我们作家就跟鹦鹉一样,上了岁数,就学不会说话了。

门:从事新闻工作,终究对你的文学创作有些帮助吧?

加:是的,但并不像人们所说的那样。它使我有效地掌握了语言这种工具。新闻工作教会我如何把故事写得有血有肉。让美人儿蕾梅黛丝裹着床单(白色的床单)飞上天空,或者给尼卡诺尔·雷伊纳神甫喝一杯巧克力(是巧克力,而不是别的饮料)就能使他离开地面十厘米②——这些都是新闻记者的描写手法或报道方式,是很有用的。

门:你一向很喜欢电影。作家也能从电影里学到有用的东西吗?

加:我不知道怎样回答这个问题。对我本人而言,电影既有长处,同时也有不足之处。不错,它让我看到了形形色色的形象,但是我现在认识到,在《百年孤独》之前我的所有作品里,我都过分热衷于人物和场景的形象化,甚至执迷于表明取景的视点及角度。

门:你现在一定想到了《没有人给他写信的上校》这部小说。

加:是的,这部小说的风格和电影脚本极为相似。仿佛有一台摄影机在跟拍人物的活动。当我重读这部小说的时候,我仿佛看到摄影机在工作。今天,我认识到,文学手段和电影手段是不尽相同的。

门:你的作品为什么不太重视对话?

加:因为西班牙语的对话总显得虚伪做作。我一直认为,西班牙语的口头对话和书面对话有很大的区别。在现实生活中,西班牙语对话是优美生动的,但写进小说就不一定了。所以,我很少写对话。

门:你在着手创作一部长篇小说之前,作品中每个人物将要展开的种种活动,你是否心中有数?

加:只是有个大概的想法。在小说的写作过程中,会发生难以预料的事

---

① 胡安·博什(1909—2001),多米尼加作家、政治家。——译注
② 《百年孤独》中的人物和情节。——译注

情。我对奥雷里亚诺·布恩迪亚上校的最初设想是,他是我国内战时期的一名老将,是在一棵大树底下小便时一命归天的。

门:梅塞德斯告诉我说,写到他死的时候,你心里很难受。

加:是的,我知道我迟早要把他结果的,但我迟迟不敢下手。上校已经上了岁数,整天做着他的小金鱼。一天下午,我终于拿定了主意:"现在他该死了!"我不得不让他一命归天。我写完那一章,浑身哆嗦着走上三楼,梅塞德斯正在那儿。她一看我的脸色就知道发生了什么事。"上校死了。"她说。我一头倒在床上,整整哭了两个钟头。

门:你认为什么是灵感?这种东西存在吗?

加:"灵感"这个词已经给浪漫主义作家搞得声名狼藉。我认为,灵感既不是一种才能,也不是一种天赋,而是作家坚韧不拔的精神和精湛的技巧同他们所要表达的主题达成的一种和解。当一个人想写点儿东西的时候,这个人和他要表达的主题之间就会产生一种互相制约的紧张关系,因为写作的人要设法探究主题,而主题则力图设置种种障碍。有时候,所有障碍会一扫而光,所有矛盾会迎刃而解,会发生一些过去梦想不到的事情。这时候,你会感到,写作是人生最美好的事情。这就是我所认为的灵感。

门:你在写一本书的过程中,是不是有时候也会丧失这种才能?

加:是的,那时我就得从头至尾重新构思。我用螺丝刀修理家里的门锁和插座,给门刷上绿漆。我认为,体力劳动常常能帮助我战胜对现实的恐惧。

门:什么地方会出问题?

加:常常是在结构上。

门:问题有时会不会很严重?

加:严重到我不得不整个儿重写一遍。1962年我在墨西哥写《族长的秋天》,写到近三百页稿纸时停了笔,底稿里只有主人公的名字保留了下来。1968年我在巴塞罗那重新开始写,辛辛苦苦干了六个月,又停了笔,因为主人公——一个年迈昏聩的独裁者——品格方面的某些特征写得不太清楚。大约两年之后,我买到一本描写非洲狩猎生活的书,因为我对海明威为此书写的前言很感兴趣。这篇前言对我来说价值不大,但是等读到描写大象的那一章,我发现了写好我这部长篇小说的办法。原来,我可以根据大象的某些习性来描绘我小说中的那个独裁者的品格。

门:除了作品的结构和中心人物的心理之外,你还碰到过其他问题吗?

加：碰到过，有一次我简直无从下笔，我怎么也写不好某个城市炎热的气候。这事很棘手，因为那是加勒比地区的一座城市，那儿的天气应该热得可怕。

门：那你后来是怎么解决的呢？

加：我想出一个主意：举家前往加勒比。我在那儿逛荡了几乎有一年，什么事也没干。等回到我写《族长的秋天》的巴塞罗那，我栽了几种植物，让它们飘逸出阵阵芳香，最终我让读者体验到了这座城市的酷热天气。这本书后来没费多大周折就顺利写完了。

门：当你快写完一本书的时候，会出现什么情况？

加：我对它再也不感兴趣了。正如海明威所说，它是一头死去的狮子了。

门：你说过，优秀的小说是现实的诗意再现。你能不能解释一下这个观点？

加：可以。我认为，小说是用密码写就的现实，是对世界的一种揣度。小说中的现实不同于生活中的现实，尽管前者以后者为依据。这跟梦境一个样。

门：在你的作品中，特别是在《百年孤独》和《族长的秋天》中，你描绘现实的方式已经有了一个名称，即魔幻现实主义。我觉得，你的欧洲读者往往对你所讲述的事物的魔幻色彩更为关注，但对产生这些事物的现实却视而不见……

加：那一定是他们的理性主义妨碍他们看到，现实并不是西红柿或鸡蛋多少钱一斤。拉丁美洲的日常生活告诉我们，现实中充满了奇特的事物。对此，我总是愿意举美国探险家 F.W.厄普·德·格拉夫的例子。上世纪初，他在亚马逊河流域经历了一次令人难以置信的旅行。这次旅行使他大饱眼福。他见过一条沸水滚滚的河流，还经过一个地方，在那里，人一说话就会降下一场倾盆大雨。在阿根廷南端的里瓦达维亚海军准将城，极风①把一个马戏团整个儿刮上天空，第二天渔民们用网打捞上来许多死狮子和死长颈鹿。在短篇小说《格兰德大妈的葬礼》中，我描写了教皇在哥伦比亚的一个村庄里进行的一次难以想象的、不可能成为现实的旅行。我记得，我把迎接教皇来访的总统写成一个秃了顶的矮胖子，以别于当时执政的高个瘦削的总统。小说问世十一年后，教皇真的到哥伦比亚来访问，迎接他的总统跟我小说里描写的

---

① 极风，指从南极或北极吹向低纬度地区的冷风。——译注

一模一样：秃顶、矮胖。我写完《百年孤独》之后，巴兰基亚有个青年说他确实长了一条猪尾巴。只要打开报纸，就会发现我们周围每天都会发生奇特的事情，我认识一些普普通通的人，他们兴致勃勃、仔细认真地读了《百年孤独》，但是阅读之余并没有大惊小怪，因为说实在的，我没有讲述任何一件跟他们的现实生活大相径庭的事情。

门：那么，你在作品里所说的一切都具有现实的基础了？

加：在我的小说里，没有一行字不是建立在现实的基础上的。

门：你敢肯定吗？在《百年孤独》里，就有许多相当奇特的事情。美人儿蕾梅黛丝飞上天空，黄蝴蝶缠着马乌里肖·巴比伦……

加：这也都有现实根据。

门：请你举例说明……

加：比方说马乌里肖·巴比伦。我大约五岁的时候住在阿拉卡塔卡。有一天，家里来了一个电工换电表。这件事历历在目，仿佛昨天刚发生似的。他用一条皮带把自己绑在电线杆子上，免得掉下来。这条皮带当时真把我看呆了。后来他又来过好几次。有一次他来的时候，我看见我外祖母一面用一块破布赶一只蝴蝶，一面叨唠："这个人一到我们家来，这只黄蝴蝶就跟着来了。"那个电工就是马乌里肖·巴比伦的原型。

门：美人儿蕾梅黛丝呢？你怎么会想到把她送上天空呢？

加：我本来打算让她在家中的走廊上跟丽贝卡和阿玛兰妲一起绣花时销声匿迹。但这是电影镜头般的安排，我觉得很难让人接受。蕾梅黛丝说什么也得留在那里。于是我就想出一个主意：让她的肉体和精神都升上天空。这样写有事实根据吗？有一位老太太，一天早晨发现她孙女逃跑了。为掩盖事情真相，她逢人便说她孙女飞到天上去了。

门：你在一个地方曾经说过，让美人儿蕾梅黛丝飞上天空可不容易。

加：是啊，她怎么也上不了天。我当时实在想不出办法打发她飞上天空，心中很着急。有一天，我一面苦苦思索，一面走进我们家的院子里。当时风很大。一个来我们家洗衣服的高大漂亮的黑女人在绳子上晾床单，怎么也晾不成，床单让风给刮跑了。当时，我茅塞顿开。"有了。"我想。美人儿蕾梅黛丝有了床单就可以飞上天空了。在这种情况下，床单便是现实提供的一个因素。当我回到打字机前的时候，美人儿蕾梅黛丝就一个劲儿地飞呀，飞呀，连上帝也拦不住了。

问题探讨

1. "魔幻现实主义"的特征是什么？如何理解"魔幻"与"现实"的关系？

2. 马尔克斯对中国当代文学产生过哪些影响？中国作家又是怎样理解并接受"魔幻现实主义"的？

3. 在王安忆看来，《百年孤独》的"魔幻"性质体现在何处？为何说这是一本现实世界中的"现代小说"？

4.《百年孤独》中的"孤独"指什么？

5. 小说中不断出现的阿尔卡蒂奥和奥雷里亚诺等人名意味着什么？

6. 比较威廉·福克纳与马尔克斯的异同。

图书在版编目(CIP)数据

欧美文学/肖锦龙等编.—南京:南京大学出版社,2019.8(2022.11重印)

汉语言文学本科专业核心课程研究导引教材/徐兴无,徐雁平主编

ISBN 978-7-305-22472-0

Ⅰ.①欧… Ⅱ.①肖… Ⅲ.①欧洲文学-文学研究-高等学校-教材②文学研究-美洲-高等学校-教材 Ⅳ.①I106

中国版本图书馆 CIP 数据核字(2019)第 150944 号

敬告作者

为编写《汉语言文学本科专业核心课程研究导引教材》,选编了一些优秀作品,得到许多作者的大力支持,我们表示衷心感谢!由于地址不详等方面的困难,未能与一些作者或译者取得联系,谨表歉意。敬请有著作权的作者与我们联系,以便按国家有关规定支付稿酬并赠送样书。

出版发行	南京大学出版社
社　　址	南京市汉口路 22 号　邮　编 210093
出 版 人	金鑫荣
书　　名	**欧美文学**
编　者	肖锦龙　唐建清　等
责任编辑	柏　雪　马蓝婕
照　排	南京紫藤制版印务中心
印　刷	江苏凤凰通达印刷有限公司
开　本	718×1000　1/16　印张 29.5　字数 470 千
版　次	2019 年 8 月第 1 版　2022 年 11 月第 2 次印刷
ISBN	978-7-305-22472-0
定　价	108.00 元

网址:http://www.njupco.com
官方微博:http://weibo.com/njupco
微信服务号:njupress
销售咨询热线:(025)83594756

* 版权所有,侵权必究
* 凡购买南大版图书,如有印装质量问题,请与所购图书销售部门联系调换